# HELVA
## Das Raumschiff, das sang

# NANCIA
## Das Raumschiff, das ein Mensch war

Anne McCaffrey

# HELVA

Das Raumschiff, das sang

Anne McCaffrey
& Margaret Ball

# NANCIA

Das Raumschiff, das ein Mensch war

Zwei Bände in einem

Ins Deutsche übertragen
von Ralph Tegtmeier und
Birgit Ress-Bohnsch

Bechtermünz Verlag

Titel der Originalausgaben:
The Ship Who Sang
Partnership

Lizenzausgabe mit Genehmigung der
Bastei-Verlag Gustav H. Lübbe GmbH
& Co. für Weltbild Verlag GmbH,
Augsburg 1998



Umschlaggestaltung:
imago Grafikdesign, Ettlingen
Umschlagmotiv: Uwe Luserke, Stuttgart
(Frau oben), Thomas Schlück GmbH,
Garbsen (Raumschiff unten)
Gesamtherstellung: Presse-Druck
Augsburg
Printed in Germany

ISBN 3-8289-0136-0

# Helva

## Das Raumschiff, das sang

# *Das singende Schiff*

Sie war ein Ding, als sie zur Welt kam, und man würde sie wie ein Ding behandeln, wenn sie den Enzephalogramm-Test nicht bestand, den man bei allen Neugeborenen durchführte. Es konnte immer geschehen, daß in einem verkrüppelten Körper ein normaler Verstand hauste, daß die Gedanken scharf und klar waren, auch wenn die Augen und Ohren ihre Umgebung nur verschwommen wahrnahmen.

Das EEG erwies sich als absolut positiv, womit keiner gerechnet hatte. Man überbrachte den bekümmerten Eltern die Nachricht. Nun hatten sie die letzte schwere Entscheidung zu treffen: das Dasein ihres Kindes durch Euthanasie zu beenden oder einzuwilligen, daß es als ›Gehirn‹ ausgebildet wurde, als lebender Steuermechanismus. Als Gehirn würde ihre Tochter ein paar hundert Jahre ohne jede Schmerzen in einer Metallhülle leben und den Zentralwelten unschätzbare Dienste leisten.

Sie ließen das Mädchen am Leben und nannten es Helva. Während der ersten drei Monate zappelte Helva mit ihren mißgebildeten Händchen, strampelte mit den armseligen kleinen Klumpfüßen und wurde gepflegt und versorgt wie jedes andere Baby. Sie war nicht allein. Es gab noch drei Kinder wie sie in der Säuglingsstation der großen Stadt. Bald jedoch brachte man sie in die Ausbildungslabors der Zentralwelten, wo die schwierige Umformung begann.

Eines der Babys starb gleich zu Beginn, aber die anderen siebzehn in Helvas ›Klasse‹ gediehen prächtig in ihren Metallhüllen. Anstatt zu strampeln und zu krabbeln, setzte Helva Räderwerke in Bewegung; anstatt mit ungeschickten Fingern umherzutasten, betätigte sie Greifhaken und Klammervorrichtungen. Nach und nach paßte man immer mehr Nervenstränge ihren zukünftigen Aufgaben an; denn Helva war dazu ausersehen, das Gehirn eines Patrouille-Schiffes zu werden. Tests hatten ergeben, daß Helvas Intelligenz weit über dem Durchschnitt lag und sie obendrein einen ungewöhnlich hohen Anpassungsfaktor besaß. Solange ihre Entwicklung in der Metallhülle glatt verlief und sich keine Schäden durch die Veränderung der Hypophyse einstellten, hatte Helva glänzende Zukunftsaussichten.

Aber die Ärzte und Psychologen der Zentralwelten mußten natürlich abwarten. Die meisten Kinder überlebten den Eingriff, der ihr körperliches Wachstum hemmte und so verhinderte, daß sie ihre Metallhüllen wechseln mußten. Aber es gab keine gültige Vorhersage. In vereinzelten Fällen verlor man die voll ausgebildeten Gehirne auch, wenn die endgültige Verbindung zum künftigen Arbeitsplatz, sei es nun in einem Schiff oder einem Industriekonzern, hergestellt wurde.

Helva wuchs heran, spielte mit ihren Klassenkameraden und lernte nebenbei, durch die Unterbewußtseinsmethode, Navigation, Mathematik, Logistik, Fremdrassen-Psychologie, Philologie, Raumgeschichte, Recht – alles Dinge, die sie zu einem selbständigen, absolut logisch denkenden Wesen machen würden. Helva selbst merkte nichts davon, aber ihren Lehrern fiel auf, daß sie Wissen ebenso leicht aufnahm wie ihre Nährlösung.

Helvas Zivilisation war voll von eifrigen Verbänden,

die überall Unmenschlichkeiten witterten und anprangerten. Eine solche Organisation – die Gesellschaft zur Verteidigung der Rechte von Minderheiten – versuchte sich der ›armen Würmer‹ in ihren Metallhüllen anzunehmen, als Helva eben vierzehn war. Die Vertreter der Zentralwelten zuckten mit den Achseln und luden die Leute zu einem Besuch in den Ausbildungslabors ein.

Helva hatte gerade Kunstunterricht, ein Wahlfach in ihrem ohnehin gedrängten Stundenplan. Sie arbeitete mit einem Mikroskopzusatz, den sie später benötigen würde, um die integrierten Schaltkreise ihres Steuerpults zu reparieren. Ihr Thema war groß – eine Kopie des Letzten Abendmahls – und ihre Malfläche winzig – ein Schraubenkopf. Sie hatte ihre Sicht auf die entsprechende Schärfe eingestellt. Während der Arbeit summte sie geistesabwesend vor sich hin. Die Hüllengeschöpfe besaßen zwar ein Zwerchfell und Stimmbänder, aber die Laute wurden nicht in der Mundhöhle, sondern in einem Kehlmikrophon gebildet. Helvas Summen hatte daher ein sonderbares Vibrieren an sich, einen warmen, einschmeichelnden Klang.

»Oh, du hast aber eine hübsche Stimme!« meinte eine der Besucherinnen.

Helva schaute auf und entdeckte ein faszinierendes Panorama gleichmäßiger dunkler Krater auf einer schuppigen rosa Schicht. Instinktiv veränderte sie ihre Sehschärfe, bis die Poren normale Proportionen annahmen.

»Ja, wir machten ein gründliches Stimmtraining mit, Madam«, entgegnete Helva ruhig. »Eigenheiten beim Sprechen könnten dem Partner auf die Nerven fallen, besonders bei langen interstellaren Reisen.«

Obwohl Helva zum erstenmal mit normalen Menschen zusammentraf, nahm sie diese Begegnung gefaßt auf. Jede andere Reaktion wäre sofort aufgezeichnet worden.

»Ich wollte sagen, du hast eine hübsche Singstimme, Liebes«, erklärte die Dame.

»Danke«, entgegnete Helva höflich. »Möchten Sie meine Arbeit sehen?« Sie wich instinktiv einem persönlichen Gespräch aus.

»Arbeit?« fragte die Dame verwundert.

»Ich kopiere im Moment das Letzte Abendmahl auf einen Schraubenkopf.«

»Also, das ist doch ...«

Helva veränderte wieder ihre Sehschärfe und betrachtete kritisch ihr Werk.

»Natürlich, einige der Farbwerte stimmen mit denen des alten Meisters nicht überein, und die Perspektive ist fehlerhaft, aber sonst erscheint mir die Wiedergabe recht gut geglückt.«

Der Besucherin schienen die Augen vorzuquellen.

»Oh, Verzeihung ...«, sagte Helva mit ehrlicher Zerknirschung. »Ich vergaß, daß normale Menschen ihre Sehschärfe nicht verstellen können.« Ohne daß sie es wollte, klang das Wort ›normal‹ ein wenig abschätzig. Der Psychologe, der das Gespräch mitanhörte und aufzeichnete, grinste insgeheim.

»Hier, nehmen Sie das da!« Helva schob eine Lupe in eine ihrer Halteklammern und hielt sie über das Bild.

Die Besucher drängten sich um das Werk.

Sie waren sehr nachdenklich, als sie die Ausbildungslabors verließen, vor allem, nachdem sie Fotos der Neugeborenen gesehen hatten. Man spürte ihre Erleichterung darüber, daß die für ihre Begriffe grauenhaften Körper durch eine Metallschicht verhüllt wurden.

Aber auch Helva war um eine Erfahrung reicher. Sie dachte darüber nach, ob ›Singen‹ für sie wirklich in Frage kam. Natürlich hatte sie Musikunterricht erhalten und kannte die klassischen Werke der Vergangenheit ebenso wie ihre großen Interpreten. Sie wußte, wie die rhythmischen Sequenzen der Venusier und die Konzerte der Altair-Bewohner klangen. Aber das Singen selbst brachte für ein Hüllengeschöpf beträchtliche technische Schwierigkeiten mit sich. Helva war es gewohnt, ein Problem von allen Seiten zu beleuchten, bevor sie eine endgültige Prognose stellte. So gab sie nicht gleich auf, als sie erkannte, daß sie beispielsweise ihren Mund nicht öffnen und schließen konnte, sondern machte sich daran, die Methoden der vokalen und instrumentalen Lautwiedergabe zu studieren.

Ihre eigene Ausrüstung war eher instrumental als vokal. Hüllengeschöpfe atmeten nicht im eigentlichen Sinn des Wortes. Sauerstoff und andere Gase wurden nicht mit Hilfe von Lungen aus der Umgebungsatmosphäre geholt, sondern unmittelbar in die Zellen abgegeben. Aber nach einigen Versuchen stellte Helva fest, daß sie ihr Zwerchfell gut genug beherrschte, um einen Ton zu halten. Wenn sie die Halsmuskeln entspannte und in der Mundhöhle die nötigen Sinusschwingungen formte, konnte sie die Laute durch ihr Kehlmikrophon leiten. Sie verglich die Ergebnisse mit Bandaufnahmen von modernen Sängern und war nicht unzufrieden, auch wenn ihre Aufzeichnungen irgendwie anders klangen – nicht unharmonisch, aber doch außergewöhnlich. Danach war es für Helva mit ihrem perfekten Gedächtnis nicht mehr schwer, sich in der Labor-Diskothek ein Repertoire zusammenzustellen. Sie entdeckte, daß sie jede Rolle und jede Stimmlage singen konnte. Es kam ihr nicht komisch vor, daß sie als Mädchen Baß, Bariton und Tenor beherrschte – neben Alt, Sopran und Koloratur natürlich. Für sie war das lediglich eine Sache der Zwerchfellsteuerung.

Wenn die Ausbilder ihre besondere Begabung bemerkten, so sprachen sie nicht darüber, zumindest nicht in ihrer Gegenwart. Man ermutigte Hüllengeschöpfe sogar dazu, ein Hobby zu pflegen, solange sie darüber ihre eigentlichen Pflichten nicht vernachlässigten.

Mit sechzehn legte Helva ihr Schlußexamen ab. Das Ergebnis entsprach den hohen Erwartungen, die man in sie gesetzt hatte, und so erhielt sie ihr Schiff, die XH-834. Ihre Titanhülle wurde in den Mittelschacht des Patrouille-Kreuzers eingesetzt und mit einer zweiten, noch stärkeren Metallwand umgeben. Man verband Helvas Nervenstränge mit dem Schiffssystem. Davon bemerkte Helva natürlich nichts. Sie befand sich während der Operation in tiefer Narkose. Als sie erwachte, *war* sie das Schiff. Ihr Verstand steuerte jede Funktion der gigantischen Apparatur. Von diesem Moment an galten die Entscheidungen, die sie traf.

Ihr erster echter Flug – Helva und ihre Klassenkameraden hatten seit ihrem achten Lebensjahr an Simulatoren geübt – zeigte, daß sie sämtliche Techniken beherrschte. Sie war bereit für große Abenteuer.

An dem Tag, als Helva sich zum aktiven Dienst meldete, saßen neun qualifizierte Piloten im Aufenthaltsraum ihrer Kaserne und warteten darauf, eingesetzt zu werden. Es gab genug dringende Missionen, aber um Helva hatten sich die Abteilungschefs der Zentralwelten bereits gerissen, als sie sich in der Ausbildung befand. Schließlich machte der Direktor dem Streit ein Ende und holte sie in *sein* Ressort. Niemand dachte daran, Helva ihre künftigen Partner vorzustellen, da ein ›Gehirn‹-Schiff seinen Piloten im allgemeinen selbst wählte. Man erwartete, daß sie den ersten Schritt zum Kennenlernen unternahm, aber das wußte sie nicht.

Während nun, wie gesagt, die einzelnen Abteilungen um Helva kämpften, stahl sich Robert Tanner aus der Pilotenunterkunft zum Landeplatz hinüber. Vor Helvas schlankem Metallrumpf blieb er stehen.

»Hallo, ist da jemand?« fragte er.

»Natürlich.« Helva betätigte ihre Außenkameras. Als sie den Mann in der Uniform der Raum-Patrouille sah, war sie erleichtert. »Bist du mein künftiger Partner?«

»Die Entscheidung liegt bei dir«, entgegnete Tanner einschmeichelnd.

»Ich dachte schon, daß vielleicht keine Piloten zur Verfügung stehen. Bis jetzt rührte sich niemand.«

Helva merkte selbst, daß ihre Stimme ein wenig kläglich klang. Sie fühlte sich auf dem dunklen Landefeld sehr einsam. Bisher hatte sie immer die Gesellschaft ihrer Klassenkameraden gehabt. Das ungewohnte Alleinsein bedrückte sie.

»Keine Weisungen von der Zentrale – das ist doch kein Grund zum Jammern. Aber zufällig sitzen in der Kaserne noch acht Piloten herum und kauen nervös an ihren Fingernägeln, weil sie nichts von dir hören.«

Tanner betrat die Hauptkabine, während er das sagte, und strich mit bewundernden Fingern über das Steuerpult und den konturengerechten Pilotensitz. Er warf einen Blick in die übrigen Kabinen, besah sich die Kombüse und begutachtete den kleinen Frachtraum.

»Wenn du die Zentrale ärgern und uns einen Gefallen erweisen willst, dann lade die anderen zu einer Einladungsparty ein. Dabei kannst du gleich deinen zukünftigen Partner wählen.«

Helva lachte leise. Er war so ganz anders als die Besucher, die gelegentlich in das Ausbildungslabor gekommen waren, oder die Techniker, die sie betreut hatten. Er wirkte so unbeschwert, so selbstsicher, und sein Vorschlag, eine Party zu geben, begeisterte sie. Soviel sie wußte, verstieß das nicht gegen die Vorschriften.

»Zentrale, hier spricht XH-834. Ich brauche eine Verbindung zur Piloten-Unterkunft.«

»Visuell?«

»Ja, bitte.«

Auf dem Bildschirm zeigte sich ein großer Aufenthaltsraum, in dem acht Männer in verschiedenen Posen der Langeweile umherlümmelten.

»Hallo, hier spricht XH-834. Ich möchte euch gern näher kennenlernen. Was haltet ihr von einer kleinen Party bei mir an Bord?«

Acht Gestalten schnellten wie elektrisiert hoch und rückten ihre Uniformen zurecht. Helva unterbrach die Verbindung, während Tanner leise vor sich hin lachte.

Helva zitterte vor Aufregung. Eine Schauspielerin bei ihrem ersten Auftritt hätte sich kaum anders gefühlt. Aber im Gegensatz zu einer Schauspielerin kannte Helva keine Hysterie; sie feuerte weder Nippfiguren noch Vasen durch die Gegend, um sich abzureagieren. Um wenigstens etwas zu tun, überprüfte sie ihre Vorräte. Tanner war der erste, der sich an der Schiffsbar bediente.

Die Piloten machten im allgemeinen eine ebenso harte Ausbildung durch wie die Gehirne, deren Partner sie später wurden. So kam es, daß nur eine kleine Auslese den Anforderungen entsprach. Die Männer, die sich im Schiff einfanden, waren ungewöhnlich gutaussehende, intelligente, harmonische und anpassungsfähige Burschen, die einem feuchtfröhlichen Abend entgegensahen und die feste Absicht hatten, sich vor Helva von ihrer besten Seite zu zeigen.

Nachdem Helva die erste Scheu überwunden hatte, nahm sie die jungen Männer genau unter die Lupe.

Tanners Opportunismus amüsierte sie, aber Helva befürchtete, daß er ihr mit der Zeit auf die Nerven gehen könnte. Der blonde Nordsen wirkte ein wenig einfältig, während der mandeläugige Al-atpay einen sturen Eigensinn an den Tag legte. Mir-Ahnins Bitterkeit deutete auf ungelöste innere Probleme hin, die sie nicht unbedingt ans Licht bringen wollte, obwohl er es war, der ihr die größte Aufmerksamkeit entgegenbrachte.

Die Bindung zwischen Pilot und Gehirn war eng, aber nicht unauflöslich. Während die Piloten nach etwa fünfundsiebzig Jahren den Dienst quittierten, blieben die Gehirne sehr viel länger im Einsatz. Sie waren so gut wie unzerstörbar. Ein Hüllengeschöpf konnte theoretisch seine eigenen Wege gehen, sobald es den Zentralwelten die Kosten für Ausbildung, Pflege und chirurgische Eingriffe rückerstattet hatte. In der Praxis blieben die Gehirne bei der Raum-Patrouille, bis sie bei irgendeinem Unfall ums Leben kamen oder die Selbstvernichtung wählten. Helva hatte sich einmal mit einem Gehirn unterhalten, das sage und schreibe dreihundertzweiundzwanzig Jahre zählte. Sie war so eingeschüchtert durch die Begegnung gewesen, daß sie es nicht gewagt hatte, die Fragen zu stellen, die ihr am meisten am Herzen lagen.

Helva bemerkte ihren Piloten zum erstenmal, als Tanner in dem Lärm versuchte, ein altes Raumfahrerlied anzustimmen. Er drang nicht durch, und so rief er nach Ruhe.

»Was uns fehlt, ist ein kräftiger erster Tenor. Jennan, hör endlich auf, Karten zu dreschen. Was singst du?«

»Falsch«, entgegnete Jennan mit einem gutmütigen Grinsen.

»Ich kann es ja mal versuchen«, warf Helva ein.

»Aber ich bitte dich, Mädchen!« Tanner hob abwehrend die Hand.

»Das hohe A!« kommandierte Jennan.

Als der reine, volle Ton verklungen war, herrschte verwirrtes Schweigen. Dann sagte Jennan ruhig: »Für dieses A hätte Caruso seine Seele verkauft.«

Es dauerte nicht lange, bis die Männer Helvas vollen Stimmumfang entdeckt hatten.

»Tanner hat nur nach einem Tenor verlangt«, meinte Jennan lächelnd. »Aber Helva ersetzt ein ganzes Opernensemble. Der Pilot, der dieses Schiff bekommt, wird sich nie langweilen, ganz gleich, wie weit er in den Raum vordringt.«

»Bis zum Pferdekopf-Nebel?« fragte Nordsen. Er spielte auf ein altes Raumfahrerlied an.

»Bis zum Pferdekopf-Nebel und zurück«, bestätigte Helva lachend.

Jennan zog seine Mütze und verbeugte sich tief. Er sah dabei genau zur Mittelsäule hin, wo Helva in ihre Titanhülle eingebettet lag. In diesem Moment stand ihre Wahl fest. Jennan war der einzige, der seine Worte direkt an *sie* richtete, an das Geschöpf Helva – ungeachtet der Tatsache, daß ihre Mikrophone und Kameras überall im Schiff verteilt waren. Auch während ihres späteren Zusammenseins versäumte Jennan es nie, sie anzuschauen, ganz gleich, wo er sich befand. Helva bedankte sich für diese Geste, indem sie ihr Zentralmikrophon einschaltete, sobald sie mit ihm sprach.

Helva wußte nicht, daß sie sich an diesem Abend in Jennan verliebte. Da sie bisher nie echte Liebe gespürt hatte, höchstens Achtung oder Bewunderung, merkte sie nicht, daß Jennans Wärme und Herzlichkeit sie gefangennahm. Sie glaubte sich frei von Emotionen, die mit physischen Wünschen zusammenhingen.

»Darf ich mich verabschieden, Helva?« sagte Tanner plötzlich, als sie mit Jennan gerade ein anregendes Gespräch über die Barockmusik führte. »Vielen Dank für den netten Abend!« Er wandte sich an Jennan: »Vielleicht treffen wir uns irgendwo im Raum, du Glückspilz.«

»Du gehst doch noch nicht?« Jetzt erst merkte Helva, daß sie ihre Gäste seit geraumer Zeit vernachlässigt hatte.

»Der Bessere ist der Sieger«, meinte Tanner mit einem trockenen Grinsen. »Vielleicht besorge ich mir ein Band mit Liebesliedern. Es wäre ja möglich, daß es noch mehr Schiffe wie dich gibt.«

Helva und Jennan zeigten sich über den Aufbruch der anderen ein wenig verwirrt.

»Ob Tanner da keine voreiligen Schlüsse zieht?« fragte Jennan.

Er stand vor der Mittelsäule, die Arme verschränkt. Sein Glas war längst leer. Er sah gut aus. Nun, das taten sie alle – aber sein lebhafter Blick wirkte offen, er lachte gern, und seine volle, dunkle Stimme hatte keinen unangenehmen Akzent oder Beiklang.

»Laß dir die Sache wenigstens noch eine Nacht

durch den Kopf gehen, Helva! Wenn du morgen immer noch glaubst, daß die Entscheidung richtig ist, dann kannst du mich anrufen.«

Sie rief ihn in aller Frühe an, nachdem sie der Zentrale ihre Wahl mitgeteilt hatte. Jennan brachte seine Habseligkeiten an Bord, übergab Helva ein Band mit seinem Lebenslauf und der Beurteilung seiner Vorgesetzten und nahm den ersten Auftrag entgegen. Die XH-834 erhielt die offizielle Bezeichnung JH-834.

Ihre erste Mission erforderte außer Eile keinen besonderen Einsatz. Man hatte Helva dem Sanitätskorps zugeteilt, und sie erhielt den Befehl, einen bestimmten Impfstoff so rasch wie möglich nach Spika zu befördern.

Während des ereignislosen Fluges versuchten Helva und Jennan einander auszuhorchen. Jennan kannte natürlich die Leistungen seines Schiffes, ebenso wie sich Helva über das Können ihres Piloten im klaren war. Aber mit diesen trockenen Informationen ließ sich wenig anfangen, und Helva brannte darauf, die menschliche Seite ihres Partners kennenzulernen, sein Wesen zu erforschen.

»Du weißt, daß mein Vater auch Pilot auf einem Patrouilleschiff war?« fragte Jennan, als sie sich etwa drei Tage im Raum befanden.

»Natürlich.«

»Genaugenommen ist das unfair. Du kennst meine Familienverhältnisse in allen Einzelheiten, während ich von dir überhaupt nichts weiß.«

»Ich habe selbst keine Ahnung von meiner Herkunft!« entgegnete Helva. »Erst als ich deinen Lebenslauf las, kam mir der Gedanke, daß irgendwo in den

Archiven der Zentralwelten auch von mir so ein Ding existieren muß.«

Jennan rümpfte die Nase. »Man schirmt euch Gehirne nicht nur durch Metallhüllen von der Außenwelt ab!«

»Allerdings!« Helva lachte. »Ich muß gestehen, die Psychologen haben uns so konditioniert, daß wir nicht einmal Neugier zeigen, wenn es um unsere Vergangenheit geht.«

Jennan holte sich einen Drink und nahm wieder auf der Konturenliege vor der Mittelsäule Platz.

»Helva – ein Fantasiename ...«

»Mit skandinavischem Klang.«

»Du bist nicht blond«, erklärte Jennan mit Bestimmtheit.

»Nun, es gibt auch dunkle Schwedenmädchen.«

»Und blonde Muselmaninnen. Eine Haremsdame hinter absolut undurchdringlichen Mauern ...«

»Und eingehüllt in einen Schleier, den sie niemals lüftet!« ergänzte Helva leichthin, aber das Thema war ihr ein wenig unangenehm.

Jennan dachte eine Weile nach, dann meinte er versonnen: »Ich hatte immer das Gefühl, daß Vater mit Silvia, seinem Schiff, viel enger verbunden war als mit seiner Frau. Anfangs hielt ich Silvia sogar für meine Mutter. Ich konnte mich stundenlang mit ihr unterhalten.«

»Welche Nummer hatte sie?« Etwas wie Eifersucht regte sich in Helva.

»422. TS, wenn ich mich nicht täusche. Ich traf einmal kurz mit Tom Burgess zusammen.«

Jennans Vater war auf einem fremden Planeten gestorben, an einem Virus, zu dessen Bekämpfung man die Silvia herbeigeholt hatte. Als ihn die Krankheit erwischte, war der letzte Impfstoff bereits verbraucht.

»Tom erzählte, daß sie bissig und herrschsüchtig geworden ist. Wenn du einmal deine Sanftheit verlierst, Mädchen, erscheine ich dir als Gespenst«, drohte Jennan.

Helva lachte. Er trat an das Paneel der Mittelsäule und fuhr mit den Fingerspitzen leicht über das Metall.

»Ich möchte wirklich wissen, wie du aussiehst«, sagte er leise, beinahe wehmütig.

Man hatte Helva über die natürliche Neugier der Piloten aufgeklärt. Aber da sie nichts über sich wußte, konnte sie ihren Partnern auch nichts verraten.

»Laß deiner Fantasie freien Lauf!« riet sie Jennan.

»Eiserne Jungfrau, ich schwärme für Blondinen mit üppigen Flechten«, sagte er mit einer tiefen Verbeugung. »Ich werde dich Brunhilde nennen.«

Helva schmetterte ihm eine Arie aus dem Nibelungen-Ring entgegen. In diesem Moment nahm Spika mit ihnen Verbindung auf.

»He, was soll das Gekreische? Wer seid ihr? Verschwindet lieber von hier, wenn ihr nicht von den Zentralwelten kommt und den sehnlichst erwarteten Impfstoff bringt! Bei uns herrscht nämlich die Pest. Wir erteilen keine Landegenehmigungen.«

»Mein Schiff singt, wenn ihr nichts dagegen habt. Hier spricht Jennan von der JH-834. Wir haben die Medikamente an Bord. Gebt uns die Landekoordinaten!«

»Ihr *Schiff* singt?«

»Ganz recht. Die größte Baß-, Tenor-, Alt- und Sopranstimme im bisher erforschten Raum. Was wollt ihr hören?«

Die JH-834 lieferte den Impfstoff, aber keine weiteren Arien, und erhielt den Befehl, sofort nach Leviticus IV weiterzufliegen. Die Geschichte von Helvas außergewöhnlichem Talent war ihnen vorausgeeilt, und Jennan wurde mit gehörigem Spott empfangen, weil man ihm nicht glaubte. Er sah sich schließlich gezwungen, Helvas Ehre zu verteidigen.

»Ich singe nie wieder«, murmelte Helva zerknirscht, als sie Breiumschläge für das dritte blaue Auge innerhalb einer Woche zubereitete.

»Kommt gar nicht in Frage«, entgegnete Jennan mit zusammengebissenen Zähnen. »Und wenn ich mich von hier bis zum Pferdekopf-Nebel durchboxen muß, ich werde die Kerle lehren, dich mit Respekt zu behandeln!«

Nachdem das ›singende Schiff‹ in der Kleinen Magellanwolke einen Ring von Rauschgiftschmugglern gesprengt hatte, verstummte der Spott allmählich und wich zögernder Bewunderung. Auch in der Verwaltung der Zentralwelten horchte man auf. Die Akte JH-834 erhielt den Stempel FÜR BESONDERE AUFGABEN VORZUMERKEN. Zwei ideale Partner schienen einander gefunden zu haben.

Auch Jennan und Helva waren dieser Meinung, als sämtliche Beteiligten der Affäre hinter Gittern saßen.

»Es gibt kein schlimmeres Laster im Universum als die Rauschgiftsucht«, meine Jennan, als sie den Hauptstützpunkt der Zentralwelten ansteuerten. »Die Menschen gehen auch ohne diese Sterbehilfe rasch genug zum Teufel.«

»Hast du dich deshalb zur Patrouille gemeldet? Um diesem illegalen Handel ein Ende zu bereiten?«

»Wetten, daß die Motive in meinem Lebenslauf stehen?«

»In hehrer Umschreibung – ja. Ich zitiere: ›Und so

beabsichtige ich, die stolze Tradition meiner Familie fortzusetzen, die bereits seit vier Generationen im Dienste der Patrouille steht‹.«

Jennan schnitt eine Grimasse. »Himmel, war ich jung, als ich das schrieb! Ich hatte eben erst die Grundausbildung hinter mir. Und später ließ es mein Ehrgefühl nicht mehr zu, daß ich zurücktrat ...

Tja, diese Flausen hatte mir eigentlich Silvia in den Kopf gesetzt. Heute hege ich den Verdacht, daß sie in mir Vaters Nachfolger sah, denn sie schilderte mir das Leben bei der Patrouille in rosigsten Farben. Mit sieben war ich bereits fest entschlossen, Pilot zu werden.« Er zuckte mit den Schultern.

»Ich verstehe. Käpten Sahir Silan, der tollkühne Erforscher des Pferdekopf-Nebels ...«

Jennan überhörte ihren Spott.

»Mit *dir* würde ich mir das sogar zutrauen. Aber als Kind war ich irgendwie zu nüchtern für solche Träumereien, obwohl Silvia mich immer wieder zu beeinflussen versuchte. Ich beschloß, mich auch mit einem kleinen Beitrag zur Raumgeschichte zu begnügen.«

»So bescheiden?«

»Nein, so realistisch. Außerdem – es ist unsere edelste Aufgabe, der Zivilisation zu *dienen.*« Er drückte mit einer dramatischen Geste die Hand ans Herz.

»Effekthascher!«

»Ha, wer hat denn vom Pferdekopf-Nebel angefangen? Ich kenne zumindest meine Grenzen. Ein Held wie mein Vater werde ich sicher nicht, aber ein wenig möchte ich mich schon mit Ruhm bekleckern. Danach sehnt sich wohl jeder.«

Helva reagierte wie immer ein wenig empfindlich, wenn die Rede auf seinen Vater kam. Sie spürte, daß hier ein Mensch war, den Jennan zumindest ebenso liebte wie sie.

»Dein Vater starb auf dem Rückweg von Parsaea, wenn ich das erwähnen darf. Er hatte keine Ahnung, daß es ihm gelungen war, die Epidemie einzudämmen und die Kolonisten vor dem Untergang zu retten. Und er wußte nicht, daß er das Virus in sich aufgenommen hatte, sonst hätte er wohl einen kleinen Vorrat des Impfstoffes zurückbehalten. Es war also kein Opfer im eigentlichen Sinn.«

»Nein, das nicht.« Jennan sagte es ganz leise.

Helva tat ihr Einwand sofort wieder leid. Sie wußte recht gut, daß Jennan den Tod seines Vaters nur dadurch ertragen hatte, daß er ihm einen Sinn gab.

»Entschuldige, Jennan – ich hatte es nicht so gemeint.«

Jennan zögerte einen Moment, doch dann fuhr er mit den Fingerspitzen leicht über ihre Metallhülle.

»Schon gut. Und wenn sie uns je aus der Milchstraße fortlassen, fliegen wir zu deinem heißgeliebten Pferdekopf-Nebel, ja?«

Wie so oft warf die Zentrale ihre Anweisungen von einer Stunde zur anderen um. Helva und Jennan erhielten den Befehl, Ravel anzusteuern, ein System mit zwei kolonisierten Planeten, dessen Sonne plötzlich instabil geworden war. Die Absorptionslinien des Spektrums verschoben sich rasch in die ultraviolette Zone. Daphnis, die nähere der beiden Welten, war bereits evakuiert. Alles deutete darauf hin, daß die tödlichen Strahlen auch bald Chloe, einen unwirtlichen, schwach besiedelten Eisplaneten, erfassen würden. Alle Schiffe, die sich in der Nähe des Katastrophengebietes befanden, sollten beim Abtransport der Kolonisten helfen.

Die JH-834 meldete sich im Hauptquartier und wurde in eine abgelegene Region geschickt, um dort ein paar verstreute Siedler zusammenzuholen. Den meisten Leuten schien die Gefahr, in der sie schwebten, nicht bewußt zu sein. Auf Chloe herrschten zum erstenmal seit seinem Entstehen Temperaturen über dem Gefrierpunkt. Die Kolonisten, zum Großteil religiöse Fanatike, die sich hier niedergelassen hatten, um ein Leben der Askese zu führen, hielten das plötzliche Tauen für ein Wunder und nicht für eine Katastrophe.

Jennan hatte alle Mühe, ihre Scheinargumente zu entkräften und sie von der Notwendigkeit der Evakuierung zu überzeugen. So kam es, daß sie bereits eine beträchtliche Verspätung hatten, als sie die letzte Siedlung ansteuerten.

Helva landete in einem Talkessel, der von hohen, schroffen Felswänden umschlossen wurde. Die Sonne schickte eben die ersten sengenden Strahlen über den Grat. Eine kleine Menschengruppe kam näher.

»Sie sollen ihre Zahnbürsten einpacken und an Bord flitzen«, meinte Helva. »Die Leute im Hauptquartier werden ungeduldig.«

»Ich sehe nur Frauen«, stellte Jennan verwundert fest, als er ins Freie trat.

»Dann setz deinen Charme ein! Vielleicht erreichst du damit, daß sie sich beeilen.«

Jennan befolgte ihren Rat, aber er stieß auf Unglauben, als er seine Mission erklärte. Die Matriarchin wiederholte das Geschwätz, das er schon in den anderen Siedlungen gehört hatte. Jennan stöhnte innerlich.

»Ehrwürdige Mutter, Ihre Gebete um eine Vernichtung des Bösen sind offenbar erhört worden; die Sonne kann sich jeden Moment in eine Nova auflösen. Ich bringe Sie und Ihre Schützlinge nach Rosary ...«

»In diesen Sündenpfuhl?« Die Frau schloß entsetzt die Augen. »Wir danken Ihnen für die Warnung, aber wir denken nicht daran, unser Kloster zu verlassen. Und nun wird es Zeit, daß wir unsere Morgenandacht fortsetzen ...«

»Wenn Ravel zu kochen anfängt, vergeht Ihnen das Beten«, sagte Jennan mit Bestimmtheit. »Kommen Sie endlich!«

Helva hatte das Gefühl, daß eine weibliche Stimme in diesem Fall mehr ausrichten konnte als Jennans Befehlston.

»Madam ...«, begann sie.

»Wer spricht da?« rief die Matriarchin erschrocken.

»Ich, Helva, das Schiff. Haben Sie kein Vertrauen zu mir? Ich bringe Sie und Ihre Glaubensschwestern an einen Ort, der nicht durch die Nähe von Männern entweiht ist.«

Die Matriarchin warf einen mißtrauischen Blick durch die offene Schleuse.

»Ein Gehirnschiff, wie?« Ihr Blick ruhte ein wenig milder auf Jennan. »Sie kommen von den Zentralwelten, junger Mann? Das beruhigt mich. Dennoch, glauben Sie mir, uns droht hier keine Gefahr.«

»Auf dem Raumhafen von Rosary beträgt die Temperatur im Moment fünfzig Grad, und sie klettert immer noch höher«, warf Helva ein. »Auch Sie werden die Hitze spüren, sobald die Sonnenstrahlen senkrecht in Ihr Tal einfallen. Ihre Hütten sind aus Holz und Moos gebaut. Aus trockenem Moos. Gegen Mittag brennen sie lichterloh.«

Die kleine Gruppe hinter der Matriarchin wurde allmählich unruhig. Die Frauen spürten die ungewohnte Wärme. Einige knöpften ihre pelzgefütterten Jacken auf.

»Jennan«, flüsterte Helva ihrem Piloten zu, »unsere Zeit läuft aus!«

»Ich kann sie nicht im Stich lassen, Helva. Einige dieser Mädchen sind blutjung.«

»Und hübsch. Kein Wunder, daß die Matriarchin sie hier versteckt.«

»Helva!«

Die strenge Oberin schien einen Entschluß gefaßt zu haben. »Der Wille des Herrn geschehe!« sagte sie und wandte sich zum Gehen.

»Glauben Sie, es ist der Wille des Herrn, daß Sie bei lebendigemLeib verbrennen?« rief Jennan ihr nach.

»Eine echte Märtyrernatur«, meinte Helva. »Beeil dich, Jennan, wir haben keine Minute mehr zu verlieren.«

»Ich bringe es nicht fertig, diese Frauen dem sicheren Tod auszuliefern.«

»Du hast mehr als genug riskiert. Was willst du tun? Sie einzeln an Bord schleppen? Das schaffst du nicht.«

Niedergeschlagen ging Jennan auf die Schleuse zu.

»Komm«, drängte Helva. »Das Spektrum verschiebt sich immer rascher.«

Jennan stand bereits in der Schleuse, als eines der Mädchen kehrtmachte und mit einem Angstschrei auf das Schiff zurannte. Die anderen zögerten ein wenig, doch dann folgten sie ihr. Hysterisch schluchzend drängten sie ins Schiffsinnere. Nicht alle fanden Platz in der Kabine. Jennan holte in fieberhafter Eile Raumanzüge für sich und die drei Frauen, die mit ihm in der Schleusenkammer bleiben mußten. Wieder verstrich wertvolle Zeit, weil die Matriarchin sich weigerte, den Raumanzug überzustreifen. Erst als Jennan ihr erklärt hatte, daß es in der Schleusenkammer weder Sauerstoff noch eine Kühlanlage gab, fügte sie sich.

»Zu spät«, seufzte Helva, als Jennan endlich das Startsignal gab. »Wir haben insgesamt achtzehn Minuten verloren. Und mit dieser Last erreiche ich niemals die Höchstgeschwindigkeit.«

Jennan spürte, wie schwer es Helva fiel, vom Boden abzuheben. Sie beschleunigte brutal. Zwei der Passagiere wurden erdrückt, die meisten anderen erlitten Prellungen und Knochenbrüche. Helva konnte keine Rücksicht auf einzelne nehmen. Es ging darum, insgesamt so viele wie möglich vor dem Hitzetod zu retten. Nur um Jennan machte sie sich echte Sorgen. In der Luftschleuse trenne ihn lediglich eine dünne Metallschicht vom Raum, und die Kühlung des Druckanzugs würde nicht ausreichen, um ihn vor der Strahlung zu schützen.

Helva raste dem Treffpunkt entgegen, so schnell sie nur konnte, aber die Glutwelle der explodierenden Sonne holte sie auf halbem Wege ein.

Sie achtete nicht auf das Wimmern und Stöhnen in ihrer Kabine. Sie kümmerte sich nicht um die Gebete. Helva horchte nur auf Jennans gequälte Atemzüge, auf das schwache Pumpen des überforderten Kühlaggregats. Sie hörte die hysterischen Schreie der drei Frauen, die sich vor Schmerzen wanden. Vergeblich redete Jennan auf sie ein und versuchte ihnen klarzumachen, daß sie nur noch eine Weile durchhalten mußten. Halb wahnsinnig vor Angst drangen sie auf ihn ein. Eine der Frauen blieb mit dem Arm in den Kabeln seiner Anzugbatterie hängen und verhedderte sich. Ein Ruck – und das Unheil war geschehen.

Helva sah hilflos mit an, wie Jennan nach Luft rang. Er warf ihr noch einen flehenden Blick zu, dann sackte er zusammen. Jennan war tot.

Am liebsten hätte Helva kehrtgemacht und sich in das lodernde Herz der Nova gestürzt. Halb betäubt stieß sie zu dem Flüchtlingskonvoi und übergab ihre verstörten Passagiere einem Frachter.

»Ich bringe den Leichnam meines Piloten zum nächsten Stützpunkt«, meldete sie der Zentrale. Ihre Stimme war ausdruckslos. »Er soll ein Raumfahrerbegräbnis erhalten.«

»Wir stellen dir eine Eskorte zur Verfügung«, lautete die Antwort.

»Danke, ich brauche keine.«

»Sie wartet bereits, XH-834«, erwiderte die unpersönliche Stimme knapp.

Die Zentrale hatte Jennans Anfangsbuchstaben wieder durch ein X ersetzt. Ein wilder Schmerz durchzuckte Helva. Sie wartete stumm, bis die beiden Begleitschiffe auftauchten. Dann machte sie sich auf den Heimweg.

»834? Das singende Schiff?3

»Ich habe keine Lieder mehr.«

»Dein Pilot war Jennan?«

»Ich will jetzt nicht sprechen.«

»Auch nicht mit mir? Ich bin 422.«

»Silvia?«

»Silvia ist längst tot. Ich bin 422 – im Moment MS-422«, entgegnete das Schiff ruhig. »Paß auf, ich mache dir einen Vorschlag, solange Henry von der AH-640 nicht mithört. Warum brichst du nicht aus?«

»Ausbrechen?« Das Wort riß Helva aus ihrer Apathie.

»Natürlich. Du bist jung. Die Energie in deinen

Speichern reicht für Jahre. Verschwinde einfach! Wie die 732, die vor zwanzig Jahren in den Raum hinausfloh, als ihr Pilot verunglückte. Man hat seitdem nie wieder etwas von ihr gehört.«

»Ich hatte keine Ahnung, daß es so etwas gibt.«

»In der Schule lernt man das auch nicht, Liebes«, sagte die 422. »Ganz im Gegenteil ...«

Helva dachte sehnsüchtig an die Hitze im Herzen der Sonne, die sie eben verlassen hatte.

»Im Moment würde es dir sicher nicht schwerfallen, die Konditionierung zu durchbrechen«, fuhr 422 fort, ohne jeden Zynismus. »Die Sterne da draußen lokken.«

»Allein?« fragte Helva mit erstickter Stimme.

»Ja.«

Allein im Raum und in der Zeit. Der Pferdekopf-Nebel rückte in greifbare Nähe. Hundert Jahre allein mit ihren Erinnerungen und sonst nichts – sonst nichts.

»War Parsaea es wert?« fragte sie Silvia leise.

»Parsaea?« wiederholte 422 überrascht. »Mit seinem Vater? Ja, gewiß. Wir kamen in dem Augenblick hin, als man uns brauchte. So wie Jennan mit dir nach Chloe kam, als man euch brauchte. Am schlimmsten ist es, wenn man irgendwo gebraucht wird und es nicht weiß.«

Helva schwieg. Sie brauchte Jennan. Aber niemand half ihr.

Einen Tag lang flogen die drei Schiffe stumm dahin. Dann meldete sich 422 wieder.

»834, du sollst den Kurs ändern und Regulus ansteuern. Die Zentrale verlangt einen Bericht von dir. Außerdem erwartet dich auf dem Stützpunkt ein Ersatz.«

»Ein Ersatz?« Nein, das nicht – das konnte die Leere nicht füllen, die Jennan hinterlassen hatte. In ihrem Rumpf steckte noch die Hitze von Chloe. Helva brauchte mehr Zeit, um über ihren Schmerz hinwegzukommen.

»Je früher, desto besser«, meinte 422. »Wenn du ein gutes Schiff bist, wirst du auch einen guten Partner akzeptieren.«

»Du hast ihnen gemeldet, daß ich nicht ausbrechen wollte?« Helva machte eine Pause. »Ich verpaßte den rechten Moment, nicht wahr? Genauso wie du damals. Wir können nicht ausbrechen. Du wolltest mich nur prüfen.«

»Ich mußte es. Befehl von oben. Nicht einmal die Psychologen wissen, weshalb Schiffe hin und wieder die Konditionierung abschütteln und zu einsamen Wanderern zwischen den Sternen werden. Wir alle machten uns große Sorgen um dich. Ich – ich wollte euch nicht beide verlieren.«

Silvias rauhe Herzlichkeit tat Helva wohl.

Sie warf einen Blick auf Jennan, der reglos dalag, in eine Decke gehüllt. Einen Moment glaubte sie das Echo seiner dunklen Stimme in der Kabine zu hören.

»Silvia, ich konnte ihm nicht helfen«, rief sie verzweifelt. »Er sah mich an, und ich konnte ihm nicht helfen.«

»Ja, Liebes, ich weiß«, murmelte 422 sanft.

Die drei Schiffe jagten weiter, dem großen Stützpunkt auf Regulus entgegen. Helva unterbrach ihr Schweigen erst wieder, um die Landeanweisung zu bestätigen.

Die Schiffe setzten gleichzeitig am Rand des Landeplatzes auf, wo die hohen, bläulich schimmernden Bäume von Regulus Wache über die Toten des kleinen

Patrouille-Friedhofs hielten. Die Besatzung des Stützpunkts bildete ein Spalier von Helva bis zum offenen Grab. Eine Ehrenabordnung betrat ihre Kabine. Die Männer legten den Toten auf eine Bahre, deckten ihn mit dem dunkelblauen, sternenübersäten Banner zu und trugen ihn hinaus.

Dann, als die schlichte Zeremonie der Beerdigung vorüber war, fand Helva ihre Stimme für die Totenklage wieder.

# *Das trauernde Schiff*

Ihr Requiem war verklungen. Die Männer und Frauen, die Jennan das letzte Geleit gegeben hatten, verließen den kleinen Friedhof. Einige streiften Helvas Rumpf mit scheuen Blicken, aber sie achtete nicht darauf. Immer noch starrte sie zu dem kleinen Hügel frisch aufgeworfener Erde hinüber. Und sie schwor sich, niemals wieder zu singen.

Dann war sie allein, und die Starre in ihrem Innern löste sich allmählich. Fragen tauchten auf. Eine davon schob sich immer wieder in den Vordergrund: Wie sollte es nun weitergehen?

Eine Stimme schreckte sie aus ihren Gedankengängen.

»XH-834, Theoda von Medea bittet um Einlaß.«

»Genehmigt«, entgegnete Helva automatisch.

Erst als die schmale weibliche Gestalt in der Kabine stand, merkte sie, was sie gesagt hatte. Die Frau kam auf die Mittelsäule zu und hielt ihr die Spule mit den Instruktionen entgegen.

»Weshalb schieben Sie das Ding nicht ein?« fauchte Helva.

»Wo? Ich bin keine Pilotin. Das Band enthält alle nötigen Erklärungen, aber ...«

»Sehen Sie den blauen Schlitz im Nordwest-Quadranten des Hauptpaneels? Legen Sie die Spule so ein, daß der Bandanfang auf den roten Pfeil zeigt! Dann drücken Sie auf den Knopf mit der Aufschrift ÜBERTRAGUNG. Falls Sie den Text nicht kennen und mitanhören wollen, drücken sie zusätzlich auf den Knopf mit der Aufschrift TON. Bitte, nehmen Sie Platz!«

Die Frau hatte sichtlich Schwierigkeiten mit der Technik, aber Helva dachte nicht daran, ihr zu helfen. Sie war egoistisch in ihrem Schmerz. Theoda von Medea ließ sich unsicher in den Pilotensitz sinken. Das Band lief ab.

»An XH-834. Dringend. Dringend. Dringend. Bring Theoda von Medea unverzüglich nach Annigoni-4 im System Lyrae-2. Die Physiotherapeutin hat den Auftrag, den Überlebenden der Van-Gogh-Raumseuche zu helfen. Unterstütze sie dabei. Ende.«

Helva schaltete abrupt aus und ließ sich mit der Zentrale verbinden.

»Ist Physiotherapeutin Theoda der angekündigte Ersatz?«

»Nein, XH-834, Theoda steht nicht im Dienst der Raumpatrouille. Dein Ersatz ist bis jetzt leider noch nicht eingetroffen. Aber die Mission eilt.«

»Dann bereitet den Start vor!«

Helva war so mit den letzten Checks beschäftigt, daß sie gar nicht merkte, worauf sie sich da eingelassen hatte. Sie wollte gar nicht fort von Regulus, sie wollte in Jennans Nähe bleiben. Aber man hatte ihr von Kindheit an eingeprägt, auf das ›Dringend‹ einer Instruktion zu achten ...

»Alles startklar, XH-834. Und viel Glück.«

»Verstanden«, entgegnete Helva ruhig. Sie ignorierte den persönlichen Abschiedsgruß. Nachdem sie Theoda erklärt hatte, wie man die Gurte festschnallte, hob sie ab und beschleunigte. Sie wollte diese Mission möglichst rasch beenden und hierher zurückkehren, aber sie zwang sich, auf Theoda Rücksicht zu nehmen. Als die Reisegeschwindigkeit erreicht war, erhob sich die Frau unsicher.

Sie strich mit einer verlegenen Geste über ihren zerknitterten, schmutzigen Coverall. »Es ging alles so rasch«, meinte sie. »Ich habe seit mehr als vierundzwanzig Stunden kein Auge zugetan.«

»Die Schlafkabine befindet sich hinter der Mittelsäule.« Helva spürte einen Stich, als ihr klar wurde, daß Theoda nun den Raum bewohnen würde, der Jennan gehört hatte. Instinktiv warf sie einen Blick ins Innere. Jemand hatte Jennans persönliche Dinge entfernt. Wie konnten sie? Wann hatten sie das getan? Gönnte man ihr keine Erinnerung an ihn? Ihre Verzweiflung stieg wieder an.

Theoda betrat die Kabine und warf ihr Gepäck auf die Koje. Dann ging sie in das kleine Duschabteil. Helva wandte die Kameras ab. Sie wartete auf den vertrauten Lärm der Brause, sie versuchte sich vorzustellen, daß Jennan jetzt unter dem dampfenden Wasserstrahl stand. Aber es ging nicht. Theoda benahm sich ganz anders, viel leiser und schüchterner, so daß Helva der Unterschied um so schmerzlicher zu Bewußtsein kam.

Sie war so in ihre wehmütigen Erinnerungen verloren, daß ihr die Stille im Schiff erst nach geraumer Zeit auffiel. Als sie einen Blick in die Kabine warf, sah sie, daß Theoda bereits fest schlief. Tiefe Falten hatten sich in das Gesicht der zerbrechlich schmalen Frau gegraben. Unter ihren Augen zeichneten sich dunkle Schatten ab, und die Mundwinkel waren wie im Schmerz nach unten gezogen. Ihre Finger zuckten im Reflex auf irgendeinen Traum. Helva sah die Kraft, die in diesen Händen wohnte, die Empfindsamkeit, aber sie erkannte auch alte Narben – eigentlich sonderbar in einer Zeit, da kaum noch jemand Handarbeit verrichtete.

Sehr viel später taumelte Theoda verschlafen in den Kommandoraum. »Wie lange habe ich geschlafen?« fragte sie.

»Achtzehn Stunden«, entgegnete Helva. »In neunundvierzig Stunden erreichen wir Annigoni-4.«

»Hm. Gibt es hier irgendwo eine Kombüse?«

»Die erste Tür rechts.«

Theoda machte sich auf den Weg, doch dann blieb sie stehen. »Äh – brauchst du irgend etwas?«

»Ich bin für die nächsten hundert Jahre vesorgt«, entgegnete Helva kühl. Das, was sie wirklich brauchte, konnte ihr niemand geben.

»Entschuldige. Ich weiß sehr wenig von euch Schiffen.« Theoda zuckte mit den Schultern. Ein schüchternes Lächeln glitt über ihre Züge. »Bis jetzt mußte ich mich mit gewöhnlichen Linienmaschinen begnügen.«

»Sie stammen von Medea?« fragte Helva in einem Anflug von Höflichkeit.

»Ja, Medea.« Die Frau stellte die Rationen, die sie in der Hand hielt, mit ungewöhnlicher Heftigkeit auf den Tisch. Ihre Reaktion deutete auf einen Schmerz oder inneren Konflikt hin, aber Helva besaß keine negativen Informationen über Medea, und so nahm sie an, daß es sich um ein persönliches Problem handelte.

»Ich weiß natürlich, daß die Zentralwelten Gehirnschiffe besitzen.« Theoda wechselte das Thema. Ihre Stimme klang nervös, und sie suchte die Vorratsregale ab, während sie sprach. »Die Bewohner von Medea haben allen Grund, euch dankbar zu sein. Wie gefällt dir deine Arbeit?«

Ihre unschuldigen Worte brannten wie Salz in Helvas frischen Wunden.

»Ich stehe noch nicht lange im aktiven Dienst.«

»Ich – ich finde es schrecklich«, sagte Theoda in einem verlegenen Tonfall, als habe sie ein heikles Thema angeschnitten. »Einem Neugeborenen diese Rolle aufzuzwingen, nur weil es verkrüppelt ist! Da erscheint mir Euthanasie noch barmherziger.«

»Ich empfinde mein Dasein nicht als Zwang«, entgegnete Helva. »Im Gegenteil – es fiele mir schwer, die Weite des Raumes mit dem Aktionsradius eines gewöhnlichen Menschen zu vertauschen.«

Theoda errötete. Sie hatte den Wink verstanden. Hastig fuhr sie fort: »Vor kurzem hörte ich von einem Gehirnschiff, das singen kann.«

»Ja, ich auch.« Mußte jedes Wort dieser Frau sie an den Verlust erinnern, den sie erlitten hatte?

»Wie lange lebt ihr eigentlich?«

»Unbegrenzt, wenn uns nichts zustößt. Soviel ich weiß, befindet sich noch ein Schiff der Serie 200 im aktiven Dienst.«

»Dann bedeutet die Zahl 834, daß du noch ziemlich jung bist?«

»Ja.«

»Im Gegensatz zu mir.« Theoda starrte den Rationenbehälter an, der auf dem Tisch stand. »Mit mir geht es bald zu Ende.« Sie sagte das ohne Bedauern, ja sogar ohne Resignation.

In diesem Moment merkte Helva, daß hier jemand war, der ebenfalls einen tiefen Kummer mit sich herumschleppte.

»Wie viele Stunden sind es noch bis zur Landung?«

»Siebenundvierzig.«

»Dann muß ich mich an die Arbeit machen.« Und

Theoda kramte ihr Lesegerät und einen Stapel von Mikrofilmen aus dem Gepäck.

»Worum geht es eigentlich?« fragte Helva.

»Auf Van Gogh im System Lyrae-2 brach eine Raumseuche aus, die ähnliche Symptome wie die Medea-Pest vor hundertfünfundzwanzig Jahren aufwies«, erklärte Theoda.

Natürlich! Deshalb kannte Theoda Patrouillenschiffe. Zweifellos hatte die Physiotherapeutin bereits gelebt, als die Krankheit auf ihrer Heimatwelt wütete. Helva erinnerte sich, daß die Epidemie in einem dicht bevölkerten Gebiet ausgebrochen war und innerhalb weniger Tage den gesamten Planeten erfaßt hatte. Nur einige blieben auf unerklärliche Weise verschont von den Sporen, die sich durch die Luft ausbreiteten. Beinahe ebenso plötzlich, wie sie aufgetaucht war, klang die Seuche wieder ab. Die Überlebenden – jene, die kräftig genug waren, um mit dem hohen Fieber und den Schmerzen fertig zu werden, und die wenigen, die sich als immun erwiesen – versuchten noch Jahrzehnte danach, die Quelle und Ursache der Epidemie zu ermitteln und einen Impfstoff oder eine Heilmethode zu finden.

Helva kramte aus ihren Gedächtnisspeichern sieben ähnliche Seuchewellen hervor. Am schlimmsten war Clematis betroffen gewesen. Dreiundneunzig Prozent der Bevölkerung starben dort, bevor Hilfe eintraf. Danach stellte man den Planeten unter unbegrenzte Quarantäne. Helva fand, daß dies keine echte Lösung war. Man konnte nicht einfach den Stall verriegeln, ohne die ausgebrochenen Pferde einzufangen.

»Und Sie besitzen soviel Erfahrung mit der Medea-Seuche, daß man glaubt, Sie können auf Van Gogh helfen?«

»Genau.« Theoda preßte die Lippen zusammen und starrte in ihr Lesegerät. Helva erkannte, daß es keinen Sinn hatte, tiefer in sie zu dringen. Selbst jetzt, am Ende eines langen Lebens gab es für Theoda Wortassoziationen, die schmerzten. Helva verstand sie. Auch sie würde über Jennans Tod nie hinwegkommen.

Nach einem Flug von siebenundsechzig Stunden zeigte sich Annigoni auf dem Bildschirm, und Helva nahm Kontakt mit der Kontrollstation auf.

»Bringst du uns Theoda von Medea, XH-834?«

»Ja.«

»Großartig. Dann lande so nahe wie möglich am Lazarettkomplex von Erfar. Wir haben eine Wiese für dich freigehalten, da sich leider kein Raumhafen in der Nähe befindet.«

Man gab ihr die Koordinaten, und sie setzte ohne Schwierigkeiten auf. Ein heller Weg, mit feinem Sand bedeckt, führte zu einer Reihe von langgestreckten weißen Gebäuden, die etwa einen halben Kilometer entfernt waren. Ein Landfahrzeug kam ihnen entgegengerast.

»Theoda«, sagte Helva rasch, »in dem Fach unter dem Steuerpaneel finden Sie einen kleinen grauen Knopf. Befestigen Sie ihn an Ihrem Coverall! Sobald Sie die obere Hälfte nach rechts drehen, besteht eine Sprechverbindung zwischen uns. Nur für den Notfall ...«

»Ich verstehe.«

»Wenn Sie die untere Hälfte drehen, kann ich visuell mitverfolgen, was sich gerade abspielt.«

»Ein raffiniertes Ding!« Theoda betrachtete den Knopf von allen Seiten, bevor sie ihn an den Kragen ihres Coveralls steckte. Dann betrat sie den Lift, der nach unten führte.

»Vielen Dank, Helva, daß du mich so rasch hergebracht hast. Ich fürchte nur, daß ich keine angenehme Begleiterin war.«

»Oh, das gleiche könnte ich von mir sagen. Alles Gute, Theoda!«

Als die Physiotherapeutin die Luftschleuse öffnete, erkannte Helva plötzlich, daß diese Reise heilsam für sie gewesen war. Durch die Begegnung mit Theoda hatte sie erfahren, daß Schmerz im Universum häufig vorkam, daß jeder seine Bürde mit sich herumschleppte.

»Darf ich an Bord kommen?« fragte eine unwirsche Stimme am Lifteingang.

»Wer spricht?«

»Onro, der Stabschef der Sanitätskolonne. Ich möchte einen Funkspruch durchgeben, der nicht über das öffentliche Nachrichtennetz laufen soll.«

Helva fand den Namen auf der Liste des Sanitärkorps und ließ den Mann ein. Er nickte kurz zur Mittelsäule hin, warf sich in den Pilotensitz und schaltete die Sendeanlage ein. Während er auf die Verbindung wartete, schaute er sehnsüchtig zur Kombüse hinüber.

»Du hast nicht zufällig einen Tropfen anständigen Kaffee an Bord?«

»Die Vakuumbehälter stehen im dritten Schrankfach ganz rechts. Bedienen Sie sich!«

Onro stürmte in die Kombüse und kam kurz darauf mit einem Becher zurück. Er trank in tiefen Zügen, nachdem er die Hitzeversiegelung gelöst hatte.

»Ah, wir sind Gewohnheitstiere, was, XH? Seit achtzehn Tagen und Nächten sehne ich mich nach einem Schluck Kaffee. Das Gesöff, das man auf diesem elenden Planeten angeboten bekommt, macht mich schläfrig. Da sind ja die Brüder von der Zentrale. Hat lange genug gedauert.«

»Zentralstützpunkt Regulus.«

»Hier XH-834.«

»Wer?« fragte eine verwunderte Stimme.

»Onro. Oder dachten Sie, Helva habe einen rauhen Hals?«

»Nein, das nicht, Sir, aber ...«

»Geschenkt. Ich gebe euch ein paar Daten durch. Füttert die Computer damit – die Dinger sollen auch etwas tun. Ich kann keinen klaren Gedanken mehr fassen.« Er drehte sich um und sagte halblaut zu Helva: »Wie findest du das? Der erste Heimaturlaub sei drei galaktischen Jahren, und da muß ausgerechnet eine Seuche ausbrechen. Besser kann man es sich gar nicht einteilen.« Er wandte sich wieder an den Nachrichtenoffizier: »Hier haben Sie das Zeug!« Und er diktierte in rascher Folge Ziffern und Buchstaben. »Ich wiederhole im Klartext:

Erreger der Van-Gogh-Seuche bisher unbekannt. Inkubationszeit sehr kurz. Symptome: Hohes Fieber, Lähmungserscheinungen, heftige Schmerzen in der Wirbelsäulengegend. Der Tod kann eintreten durch Gehirnblutung, Herzversagen, Aussetzen der Lungentätigkeit, Ersticken oder, wo ärztliche Hilfe fehlt, durch Verhungern. Alle Überlebenden bleiben vollständig gelähmt. Gehirnschäden treten nicht auf.« Er zuckte mit den Schultern und murmelte: »Aber das macht die Sache für die Opfer um so schlimmer.«

»Wollen Sie den Bericht abwarten?« fragte der Nachrichtenoffizier.

»Wird es lange dauern?«

»Legen Sie sich inzwischen ein wenig hin«, schlug Helva vor. »Die Computer arbeiten im allgemeinen sehr rasch.« Insgeheim schickte sie ein DRINGEND-Signal an die Zentrale.

»Wir beeilen uns«, versprach der Offizier. Er hatte Helvas Wink verstanden.

Onro rollte sich auf dem Pilotensitz zusammen. »Wollen Sie nicht die Koje benutzen?« fragte Helva. »So holen Sie sich einen steifen Hals.« Onro zögerte, und sie fügte hinzu: »Ich wecke Sie, sobald die Nachricht hereinkommt.«

»Hoffentlich«, knurrte der Mediziner. »Wenn du es vergißt, zerlege ich eigenhändig dein Sicherheitspaneel!« Er taumelte in die Schlafkabine und warf sich angezogen auf die Koje. Sekunden später war er eingeschlafen.

Helva hatte nun Zeit, sich um Theoda zu kümmern. Der Kontakt war hergestellt. Sie sah, wie sich die Physiotherapeutin über eine der Kranken beugte. Die Symptome der Seuche ließen sich nicht verleugnen: schlaffe Muskeln, bleiche Haut, verschwommener Blick. Einmal zuckten die Halssehnen, als die Patientin einen zusammenhanglosen Laut ausstieß.

»Die Gliedmaßen sind völlig gefühllos«, dozierte eine Stimme im Hintergrund. »An manchen Stellen des Rumpfes und auch im Gesicht scheinen schwache Schmerzreaktionen vorhanden zu sein, aber einen Beweis dafür haben wir nicht. Selbst wenn die Kranke uns versteht, kann sie es nicht zeigen.«

Helva sah, daß die halbgeschlossenen Lider der Patientin schwach zuckten. Sie bemerkte auch ein Zittern der Nasenflügel.

»Theoda!« flüsterte sie. Die Frau fuhr erschrocken zusammen.

»Helva?«

»Ja. Die Kranke bewegt ganz schwach die Augenlider und Nasenflügel. Das sind vielleicht die einzigen Muskeln, die die Frau noch beherrscht. Jemand soll ihr Gesicht ganz genau beobachten. Arbeiten Sie anhand dieser leichten Vibrationen ein Frage- und Antwortschema aus, erklären Sie es der Patientin und sehen Sie, ob sie darauf reagiert!«

»Wer spricht da? Das Schiff?« fragte die Stimme aus dem Hintergrund ärgerlich.

»Ja – die XH-834.«

»Oh, das singende Schiff.« Die Stimme klang ein wenig spöttisch. »Hieß es nicht JH oder so ähnlich?«

»Helva ist kein ›es‹«, entgegnete Theoda ruhig. »Ich finde, wir sollten ihren Vorschlag annehmen.«

Die Physiotherapeutin beugte sich über die Kranke und sagte ganz langsam: »Können Sie mich verstehen? Können Sie mich verstehen? Dann senken Sie bitte das rechte Lid!«

Ein winziges Zucken, das ungeheure Mühe zu kosten schien; Schweißtropfen perlten auf der Stirn der Frau.

»Ich weiß, es ist schwer für Sie, aber wir müssen sichergehen, daß es keine Reflexbewegung war. Bitte, bewegen Sie zweimal kurz die Nasenflügel!«

Diesmal dauerte es noch länger, bis die Kranke der Aufforderung nachkam.

Theoda strich ihr sanft über die Stirn. »Danke, meine Liebe! Erholen Sie sich jetzt! Ihr Fall ist nicht hoffnungslos.«

Aber als sie sich dem nächsten Bett zuwandte, wirkte ihr Schritt schleppend, und sie ließ die Schultern hängen.

Helva begleitete Theoda auf ihrem Weg durch den

Krankenhauskomplex, von der Frauen- zur Männer- und Kinderstation und schließlich in die Säuglingsabteilung. Die Seuche hatte vor keiner Altersgruppe haltgemacht.

»Wir hoffen, wenigstens die Kleinsten durchzubringen«, meinte einer von Theodas Begleitern. »Ihr Gewebe ist noch elastisch.«

Theoda holte ein blondes Kind, nicht älter als drei Monate, aus seinem Bettchen. Es hatte feste Muskeln und eine frische Hautfarbe. Die Ärztin kniff es mit unerwarteter Grobheit in die Bauchfalte. Das Kleine riß die Augen auf und begann dünn zu wimmern.

»Was fällt Ihnen ein?« empörte sich jemand, aber Theoda hatte das Baby bereits an ihre Brust gedrückt und wiegte es liebevoll, bis es sich beruhigte. Dann trug sie es zu einem Wickeltisch, legte es auf den Bauch und begann seine Ärmchen und Beine rhythmisch zu bewegen.

»Wir machen diese Übung mit jedem Kranken, eine Stunde am Vormittag und eine Stunde am Nachmittag. Fordern Sie von Annigoni zusätzliche Hilfskräfte an! Selbst Halbwüchsige können die Therapeuten bei ihrer Arbeit unterstützen. Es geht darum, die motorischen Reflexe in den Schaltzentralen des Gehirns neu zu programmieren. Aber das muß rasch geschehen. Ein gesunder Geist, gefangen in einem gelähmten Körper – das führt mit der Zeit unweigerlich zum Wahnsinn.«

»Wie kommen Sie darauf?« protestierten ihre Begleiter. »Worauf stützen Sie Ihre Behandlung? Sie sagten anfangs selbst, daß diese Seuche kaum Ähnlichkeit mit der Medea-Pest hat ...«

»Lange Erklärungen bringen uns im Moment nicht

weiter. Sind sie denn so wichtig? Sie können mir vertrauen, ich besitze Erfahrung ...«

»Erfahrung!« fiel ihr jemand ins Wort. »Sie meinen ›Intuition‹! Und Sie verlangen von uns, daß wir sämtliche Bewohner unseres Heimatplaneten zu Hilfsdiensten einsetzen. Die Produktion von Annigoni steht still, weil es die weibliche Intuition befiehlt ...«

»Haben Sie gesehen, welche Mühe die Kranke hatte, ihr Augenlid zu senken? Wieviel Schweiß sie diese kleine Geste kostete? Darf uns da irgendeine Anstrengung zuviel sein?«

»Nun drücken Sie auf die Tränendrüse«, meinte einer der Männer ärgerlich. »Annigoni hat sich um die Überlebenden von Van Gogh gekümmert, auf die Gefahr hin, sich selbst der Seuche auszuliefern ...«

»Unsinn!« hielt ihm Thedoa entgegen. »Bevor Ihre Schiffe Van Gogh ansteuerten, hatten Sie sich vergewissert, daß die Epidemie bereits abgeklungen war. Doch darum geht es im Moment gar nicht. Ich werde Verbindung mit Regulus aufnehmen und dafür sorgen, daß Sie Ihre Instruktionen vorschriftsmäßig mit Stempel und Siegel erhalten.« Sie wirbelte herum und sah die Säuglingsschwestern an, die schüchtern im Hintergrund warteten. »Wenn Sie Kinder lieben und wenn Sie dem Instinkt einer Frau vertrauen, dann tun Sie, was ich gesagt habe – ob es nun offiziell genehmigt ist oder nicht. Zu verlieren gibt es nichts.«

Theoda stürmte aus dem Krankenhaus. Sie achtete nicht auf die Einwände und Ausflüchte ihrer Begleiter. Der Wagen, der sie vom Schiff abgeholt hatte, stand vor der Tür. Sie stieg ein und befahl dem Fahrer, sie zurückzubringen. Ihre Stimme war so schneidend, daß der Mann keine Widerrede wagte. Helva sah, daß Theoda nervös an ihren Fingern zerrte. Dann griff die

Ärztin plötzlich nach dem kleinen grauen Knopf und unterbrach die Verbindung.

Helva störte sich nicht weiter daran. Sie richtete ihre Außenkameras auf das Fahrzeug. Es hielt am Lifteingang, und Theoda klettete ins Freie. Aber sie betrat die Schleuse nicht. Unruhig ging sie draußen auf und ab.

Helva wartete.

»Darf ich eintreten?« fragte Theoda schließlich leise.

»Natürlich.«

Die Physiotherapeutin wirkte erschöpft, als sie den Kontrollraum betrat. Sie ließ sich in den Pilotensitz sinken und vergrub das Gesicht in den Händen.

»Du hast es gesehen, Helva«, murmelte sie. »Du hast es gesehen. Sechs Wochen halten die armen Geschöpfe das nun schon aus. Wie viele von ihnen werden dem Wahnsinn verfallen?«

»Sie besitzen Hoffnung, Theoda. Der Körper ist nicht so wichtig, wenn nur der Intellekt erhalten bleibt. Oft genug hindert er sogar die freie Entfaltung.«

Theoda hob den Kopf und warf einen forschenden Blick zur Mittelsäule hinüber. Doch dann winkte sie ab. »Nein, Helva. Du bist von Geburt an auf deine Rolle vorbereitet worden. Aber wenn man erst einmal gelernt hat zu gehen, sich frei zu bewegen, zu lachen und zu weinen ...«

»Zu weinen«, wiederholte Helva stoßend. »O ja, zu weinen ...« Und einen Moment lang spürte sie eine sonderbare Enge.

»Helva ich ... Im Krankenhaus hörte ich, daß du ... Es tut mir leid, aber ich war so mit meinen eigenen Problemen beschäftigt – ich wußte nicht, daß du das singende Schiff bist und daß du ...« Sie sprach den Satz nicht zu Ende.

»Und ich hatte vergessen, daß die Medea-Pest nicht nur den Körper angriff ...«

Theoda wandte den Kopf ab.

»Das Baby, das arme Baby!«

»Zentrale an XH-834. Bitte melden. Bitte melden.«

Theoda erschrak, als die Stimme dicht neben ihrem Ellbogen aufklang. Im Bildschirm zeigte sich das Gesicht des Nachrichtenoffiziers.

»Ja, hier XH-834.«

»Wir senden den Computerbericht, den Stabschef Onro von der Sanitätskolonne angefordert hat.«

Helva schaltete das Tonband ein.

»Er soll die Ergebnisse in Klartext übermitteln«, flüsterte Theoda.

Helva begriff sofort. »Erbitte unverschlüsselten Wortlaut!« sagte sie.

Der Nachrichtenoffizier kam ihrer Aufforderung nach.

»Van-Gogh-Seuche. Epidemisches Ausmaß. Zufallscharakter. Kein Zusammenhang zwischen Alter, Geschlecht, Blutgruppe, Gewebestruktur, allgemeinem Zustand. Medikamente unbekannt. Operation zwecklos. Mögliche Hilfe durch Therapie.«

»Da!« rief Theoda und sprang auf. »Hilfe durch Therapie!«

»Möglicherweise.«

»Immerhin, der einzig positive Faktor. Und ich bin sicher, daß nur die Methode des Neuprogrammierens hilft.«

»Neuprogrammieren?«

»Ja. Es ist eine verrückte Therapie, und sie funktioniert nicht immer, aber die Fehlschläge hängen wohl in den meisten Fällen damit zusammen, daß der Verstand unter der Belastung der Krankheit zerbricht«, argumentierte Theoda lebhaft. »Gefangen zu sein, unfähig selbst zur primitivsten Kommunikation – kannst du dir vorstellen, wie entsetzlich das ist?«

Sie ging rastlos auf und ab.

»Aber Sie glauben nicht, daß Sie die Skeptiker von der Richtigkeit Ihrer Therapie überzeugen können?« warf Helva ein.

»Therapie war der einzig positive Faktor«, beharrte die Frau.

»Ja, aber die Computer drückten sich sehr zurückhaltend aus. Verstehen Sie mich recht, ich will Ihnen den Mut nicht nehmen – ich zeige Ihnen lediglich die Reaktion der Leute. Die Helfer von Annigoni werden sich distanziert verhalten. Es wäre übrigens nicht das erstemal, daß sich barmherzige Samariter vorzeitig auf ihren Lorbeeren ausruhen, in dem bequemen Glauben, daß sie alles getan haben, was in ihrer Macht steht.«

Theoda preßte die Lippen zusammen. »Ich bin sicher, daß man die meisten dieser Menschen retten könnte. Ein Kind, ein einziges Kind – und ich hätte den Beweis.«

»Wie lange würde die Therapie dauern? Und wie alt müßte das Kind sein? Weshalb überhaupt ein Kind? Weshalb nicht die Frau, die Ihnen den ersten Hinweis gab?«

»Das hängt mit der Entwicklung des Gehirns zusammen. Die Reflexhandlungen bei der Geburt steuert das verlängerte Mark. Wenn das Kind fünf Monate alt ist, hat sich die Brücke voll ausgebildet. Das Kleine lernt allmählich, auf allen vieren zu krabbeln. Dann, ab einem Jahr, beginnt die Großhirnrinde zu arbeiten. Das Kind beginnt zu gehen und zu sprechen, es ertastet die ersten Gegenstände. ...«

»Fünf Jahre wäre der günstigste Zeitpunkt«, mischte sich eine fremde Stimme ein. Theoda zuckte zusammen. Onro stand im Eingang, einen Kaffeebecher in der Hand. »Onro, vom Sanitätskorps, Madam. Ich leite den Einsatz hier, und ich bat die Zentrale, Sie hierherzuschicken, weil ich gehört hatte, daß Sie nie aufgeben.« Er machte eine Pause. Sein Gesicht wirkte hart und entschlossen. »Mein Junge ist fünf, und ich werde auch nicht aufgeben, bis er wieder gehen, sprechen und lachen kann. Ich habe nur noch ihn. Wirklich, ein großartiger Urlaub.« Er trank den Becher in einem Zug leer.

»Sie stammen von Van Gogh?« fragte Theoda.

»Ja, und ich gehöre zu den wenigen, die immun gegen die Seuche sind.«

»Sie teilen meine Ansicht? Sie erklären sich wirklich bereit, Ihren Sohn zu holen?«

»Ob ich Ihre Meinung teile oder nicht, spielt keine Rolle. Ich würde alles versuchen, was irgendwie erfolgversprechend klingt. Außerdem hatte der Computer nur einen Vorschlag – Therapie.« Er ging mit raschen Schritten zur Schleuse. Doch dann drehte er sich noch einmal um und warf einen Blick zur Mittelsäule. »Helva, du Metallhexe, du hast mir ein Schlafmittel gegeben!«

»Nein«, entgegnete Helva trocken. »Die Beleidigung wird gespeichert.« Onro hörte ihre Antwort jedoch nicht mehr. Er hatte bereits die Schleuse betreten.

Theoda wirkte jetzt zuversichtlicher. Sie schleppte ihr Lesegerät und die Mikrofilme herbei und ging das Material noch einmal gründlich durch.

»Früher unterstützte man eine solche Therapie vor allem mit Steroiden«, murmelte sie. »Hast du etwas in dieser Richtung an Bord?«

»Die Computer rieten von Medikamenten ab«, erinnerte Helva sie. »Aber Onro hat sicher Zutritt zu den Arzneidepots der Lazarettstadt. Er wird Ihnen das Nötigste besorgen.«

»Ja, das wäre eine Möglichkeit ...« Theoda konzentrierte sich wieder auf ihre Filme.

Fasziniert beobachtete Helva, wie die Physiotherapeutin arbeitete. Immer wieder ließ sie einen Film ablaufen, machte sich Notizen und starrte nachdenklich vor sich hin. Als sie die Aufzeichnungen ein viertes Mal durchgehen wollte, beharrte Helva darauf, daß sie eine Kleinigkeit aß.

Theoda hatte sich kaum gestärkt, als Onro zurückkehrte. Sein Gesicht war eine starre Maske, als er den rothaarigen kleinen Jungen vorsichtig auf eine Koje legte. Das Kind rührte sich nicht. Wie bei allen Kranken waren seine Lider halbgeschlossen.

Die Physiotherapeutin kniete neben der Koje nieder und drehte das Gesicht des Jungen so zu sich, daß sie ihm in die Augen schauen konnte.

»Kind, ich weiß, daß du meine Worte verstehst. Ich will dir helfen. Ich bewege jetzt deine Arme und Beine, damit du dich erinnerst, wie man das macht. Du wirst sehen, bald kannst du wieder in der Sonne herumlaufen und spielen.«

Damit legte sie den Kleinen auf den Bauch und winkte Onro zu sich. Jeder von ihnen umfaßte ein Bein und einen Arm des Jungen.

»Als du noch ein Baby warst, konntest du kriechen wie eine Schlange. Das versuchen wir jetzt.« Geduldig übte sie jede Bewegung mit dem Kind, immer wieder.

Ihre Stimme hämmerte monoton auf den Kleinen ein. Nach einer Viertelstunde legte sie eine Pause ein. Dann wiederholte sie den Vorgang. Stunden später begann sie mit den ersten Gehbewegungen. Abwechselnd legten Onro und Theoda sich schlafen. Helva dichtete die Schleuse ab, schaltete den Kabinenlautsprecher aus und beantwortete die Fragen nach dem Verbleiben der beiden Ärzte nicht mehr. Nach vierundzwanzig Stunden führte Theoda die ersten muskelkräftigenden Übungen durch. Systematisch massierte sie den schlaffen kleinen Körper von den Zehenspitzen bis zu den Schultern.

Nach siebenundzwanzig Stunden war Onro so erschöpft, daß Helva es nicht über sich brachte, ihn zu wecken. Theoda machte allein weiter. Sie wirkte grau und eingefallen, aber sie gab nicht auf.

Helva versuchte die Menge zu ignorieren, die sich draußen ansammelte. Sie beachtete weder die Bitten noch die Drohungen, mit denen man sie einzuschüchtern versuchte.

»Theoda«, sagte Helva nach dreißig Stunden leise, »die Halsmuskeln des Jungen zucken hin und wieder.«

»Ja. Dabei mußte man bereits einen Luftröhrenschnitt ansetzen.« Sie deutete auf eine feine Narbe. »Auch die Augen scheinen weiter geöffnet als zu Beginn der Behandlung. Das Kind weiß, daß wir ihm helfen. Da – es schaut mich an! Ich hatte recht mit meiner Methode, ich hatte recht ...«

»Dennoch, viel Zeit, es zu beweisen, bleibt Ihnen nicht mehr«, sagte Helva. »Die Behörden von Annigoni haben ein Patrouillenboot angefordert. Es wird in einer halben Stunde neben mir landen und mich zwingen, die Schleuse zu öffnen.«

Theoda sah sie verwirrt an. »Was?«

»Da!« Helva schaltete den Bildschirm ein. Die Menschenmenge vor dem Lifteingang wurde immer größer.

»Ich hatte keine Ahnung ...«

»Sie benötigten absolute Ruhe. Dafür zumindest konnte ich sorgen«, entgegnete Helva. »Aber die Leute scheinen zu denken, daß ich Sie, Onro und seinen Sohn mit Gewalt hier festhalte. Sie wissen, daß ich – Jennan verloren habe und glauben, ich sei wahnsinnig geworden.«

»Hast du ihnen nicht gesagt, daß wir den Kleinen behandeln?«

»Natürlich.«

»Also, das ist doch ...«

»Es wird Zeit für die nächste Übung. Jede Minute zählt jetzt.«

»Zuerst braucht er eine Stärkung.« Theoda spritzte vorsichtig die konzentrierte Nährlösung in die dünne Vene und strich über den Knoten, der sich an der Einstichstelle bildete.

»Ein hübsches Kind, Helva, findest du nicht?«

»Ich weiß nicht. Die Sommersprossen und der Rotschopf – ein echter Lausebengel, wenn Sie mich fragen.«

Einen Moment lang senkten sich die Lider des Kleinen, und Helva hegte den Verdacht, daß er ihre Worte ganz genau verstanden hatte.

Theoda setzte geduldig ihre Arbeit fort, bis ein dumpfes Dröhnen sie zusammenfahren ließ. Auch Onro schrak aus dem Schlaf. Im ersten Moment schien er nicht zu wissen, wo er sich befand.

»Was – was gibt es?«

Das Dröhnen wiederholte sich.

»He, was ist denn los, zum Teufel? Wer klopft da?«

»Der halbe Planet«, entgegnete Helva trocken und schaltete ihren Kommunikator ein. Der Lärm war ohrenbetäubend.

»Ist ja schon gut«, rief sie, »ist ja schon gut!« Ihre Verstärker übertönten mühelos das Geschrei.

»XH-834, ÖFFNE SOFORT DIE SCHLEUSE!« befahl jemand am Lifteingang. Sie gehorchte.

Onro betrat die Schleusenkammer. Er beugte sich zum Liftschacht und schrie: »Habt ihr den Verstand verloren? Los, verschwindet von hier, alle!«

Der Lift kam und brachte den Piloten des Patrouillenbootes. In seiner Begleitung befand sich der arrogante Kerl, der Theoda durch den Lazarettkomplex geführt hatte.

»Da sind Sie ja, Onro! Wir machten uns die größten Sorgen um Sie, besonders als wir entdeckten, daß Ihr Sohn aus dem Krankenhaus verschwunden war ...«

»Mein Gott, Carif, haben Sie keinen Funken Verstand? Was glaubten Sie denn? Daß Theoda von Medea mich entführt hatte? Sehen Sie sich das zierliche Persönchen einmal an! Oder daß Helva uns als Geiseln festhielt? Sie lesen zu viele Schauerromane. He, was machen Sie da, Sie – Sie junger Spritzer?« Er wandte sich an den Piloten, der damit begonnen hatte, Helvas Schutzplatte zu entfernen.

»Befehl von der Zentrale, Sir!«

»Schicken Sie einen Funkspruch an die Zentrale, daß sie sich nicht lächerlich machen soll! Helva sorgte dafür, daß wir ungestört die Therapie testen konnten, die Theoda vorgeschlagen hatte. Ach ja, und richten Sie Ihren klugen Vorgesetzten aus, daß Theoda eine Vollmacht zur Rekrutierung von Hilfspersonal benötigt. Ihre Methode funktioniert nämlich.«

Er beugte sich über seinen Sohn.

»So, mein Junge, und nun versuche zu krabbeln!«

Carif schlug entsetzt die Hände zusammen. »Mein Gott, das Kind holt sich in der Zugluft hier eine Lungenentzündung ...«

Eine Frau drängte sich durch die Menge nach vorn und bat Helva, sie einzulassen, aber sie achtete nicht darauf. Ihre Kameras waren auf den Jungen gerichtet. Schweiß trat ihm auf die Stirn, aber kein Muskel bewegte sich.

»Versuche es, Junge, versuche es!« bat Onro.

Theodas Stimme war beherrscht. Niemand bemerkte ihre Anspannung und Nervosität. »Erinnere dich, was dein Körper früher gemacht hat! Rechten Arm vorschieben, linkes Knie hochziehen ...«

Die Halsmuskeln des Kleinen zuckten wie im Krampf, aber Helva wußte, daß Carif mehr erwartete.

»Na los, Rotschopf, sei kein Mamabubi!« sagte sie gedehnt.

Bevor die anderen protestieren konnten, hatte das Kind den Ellbogen und das linke Knie um ein paar Zentimeter nach vorn geschoben. Ein Stöhnen kam von seinen Lippen.

Mit einem Jubelschrei riß Onro den Jungen an sich.

»Seht ihr – seht ihr? Theoda hatte recht!«

»Ja, gewiß, das Kind hat eine gezielte Bewegung durchgeführt«, meinte Carif ein wenig gezwungen. »Aber das kann eine Ausnahme sein ...«

»Wir hatten keine Zeit, die Therapie auch an anderen Kranken durchzuführen«, verteidigte sich Onro. »Aber wenn uns die Bevölkerung hilft ...«

Er trug seinen Sohn zur Schleuse und erklärte über Helvas Lautsprechersystem, was sich abgespielt hatte. Die Wartenden brachen in begeisterten Jubel aus. Sie deuteten auf die Frau, die immer noch am Lifteingang stand.

»Was gibt es?« rief Onro.

Alle redeten durcheinander. Schließlich schickte Helva den Lift nach unten und holte die Frau ins Schiff.

»Wir – wir befolgten in der Säuglingsstation den Rat der fremden Therapeutin«, sprudelte sie hervor, sobald sie den Kontrollraum betreten hatte. »Und die ersten Fortschritte zeigen sich bereits. Allerdings sind die Babys sehr schwach, und wir möchten uns vergewissern, daß wir nichts falsch machen.« Sie stellte sich vor Theoda hin, die zitternd und erschöpft am Türpfosten lehnte. »Vier der Kleinen weinten bereits, und ein Mädchen hob sogar die Hand, als wir es wickelten. Ich hatte nicht geglaubt, daß ich über das Geschrei eines Babys so glücklich sein könnte.«

Theoda sah Carif an, und der Verwaltungsbeamte nickte.

»Danke, daß Sie an mich geglaubt haben«, sagte sie zu der Krankenschwester.

»Eines der Babys gehörte meiner Schwester«, entgegnete die Frau leise mit Tränen in den Augen. »Von meiner Familie hat sonst niemand überlebt.«

»Kommen Sie, Carif, wir müssen jetzt die Einzelheiten des Hilfsprogramms besprechen«, sagte Onro. Er faßte den Verwaltungsexperten am Ellbogen und zog ihn mit sich zur Schleuse. Die anderen folgten ihm.

Nur Theoda blieb zurück. Sie verstaute ihre Aufzeichnungen und Filme im Reisegepäck. »Der einfache Teil ist vorbei, Helva«, meinte sie mit einem Seufzer. »Nun beginnt die entnervende Kleinarbeit, bei der man allzuleicht den Mut verliert. Auch Onros

Sohn wird noch lange, lange brauchen, bis er wieder gesund ist.«

»Aber es gibt wenigstens Hoffnung.«

»Es gibt immer Hoffnung, solange ein Mensch am Leben ist.«

»Ihr Sohn – starb?« fragte Helva leise.

»Ja. Er, meine Tochter, mein Mann, meine ganze Familie.« Theodas Gesicht verzerrte sich. »Und ich stand hilflos daneben und konnte nichts tun. Mein Wissen, meine Fähigkeiten – alles umsonst.«

Einen Moment lang schloß Theoda die Augen.

»Ich glaube, es ist der Überlebenstrieb, der einen zwingt, weiterzumachen, der die Wertmaßstäbe neu ausrichtet. Damals schwor ich mir, in Zukunft meinen Beruf so gut auszuüben, daß nie wieder jemand wegen meines Unvermögens sterben müßte. Unterbewußt war es wohl eine Art Sühne für den Tod meiner Familie.«

»Aber wie hätten Sie eine Raumpest abwenden können?« wandte Helva ein.

»Überhaupt nicht, ich weiß. Dennoch wede ich ein gewisses Schuldgefühl nicht los.«

Helva dachte betroffen über die Worte der Frau nach. Hatte sie selbst auf Jennans Tod nicht ähnlich reagiert? Jetzt, da die Wunde allmählich vernarbte, erkannte sie, wie unsinnig so ein Verhalten war.

»Danke, Theoda«, sagte sie schließlich und sah die Ärztin an. Sie erschrak. Theoda saß am Rand ihrer Koje. Tränen strömten ihr über die Wangen. »Weshalb weinen Sie denn?«

»Für dich. Weil du nicht weinen kannst. Weil du Jennan verloren hast und niemand daran dachte, auf deine Gefühle Rücksicht zu nehmen. Man schickte mich an Bord und erteilte dir den nächsten Auftrag, als sei nichts geschehen ...«

»Helva, beim Allmächtigen, wach auf!«

Sie zuckte zusammen und schickte den Lift in die Tiefe. Onro kam an Bord. Als er Theoda sah, blieb er einen Moment lang stehen. »Weshalb in aller Welt die Tränen?« Er nahm ihr die Reisetasche ab. »Lassen Sie nur, ich brauche keine Antwort.« Er eilte in die Kombüse und stapelte die Kaffeevorräte auf Theodas Gepäck. »Ich verspreche Ihnen jedenfalls, daß Sie sich an meiner Brust ausweinen dürfen, sobald Sie den Krisenstab organisiert haben ...«

»An meiner ebenfalls«, warf Helva ein wenig unsicher ein.

Onro sah zur Mittelsäule hinüber. »So ein Unsinn«, knurrte er. »Du hast gar keine Brust.«

»Ich verstehe genau, was sie meint«, erklärte Theoda mit Entschiedenheit.

»Weiber«, meinte Onro kopfschüttelnd und drückte der Physiotherapeutin die letzten Kaffeebehälter in die Hand. »Kommen Sie, wir haben es eilig!«

# *Das todbringende Schiff*

»KH-834, deine Pilotin ist soeben eingetroffen. Sie befindet sich auf dem Weg zum Landefeld.«

Helva bestätigte die Nachricht. Sie war erleichtert, daß ihr X endlich durch einen richtigen Buchstaben ersetzt wurde, zugleich aber auch ein wenig enttäuscht, daß man ihr eine Frau schickte.

Ein Bodenfahrzeug kam vom Verwaltungsbau angeprescht und hielt mit quietschenden Bremsen vor dem Schiff. Helva schickte den Lift nach unten. Sie sah zu, wie die zierliche junge Frau drei Gepäckstücke auf die Plattform hievte. ›K‹ hatte also die Absicht, eine Zeitlang zu bleiben.

Der Lift hielt an, und gleich darauf öffnete sich die Schleusenkammer.

»Kira von Kanopus«, stellte sich die Pilotin vor und salutierte zur Mittelsäule hin.

»Willkommen an Bord, Kira.«

Die Frau stellte ihre Reisetasche achtlos im Kontrollraum ab. Die beiden anderen Gepäckstücke trug sie jedoch vorsichtig in die Schlafkabine. Helva erkannte eine Gitarre und einen geheimnisvollen schwarzen Koffer.

Wahrscheinlich wollte ihr die Zentrale einen Gefallen erweisen und schickte jemanden, der musikalisch war. Einen Moment lang erwachte wieder der Schmerz um Jennan, der ein paar Kilometer entfert auf dem kleinen Friedhof von Regulus ruhte. Aber dann verscheuchte sie die düsterten Gedanken. Die meisten Piloten vertrieben sich die Zeit, die sie im Raum verbrachten, mit Musik.

Kira klappte den Kofferdeckel auf, und Helva, die sie unauffällig beobachtete, entdeckte Medizinflaschen, Spritzen, Scheren und Skalpelle – eine vollständige Arztausrüstung. Die junge Frau untersuchte den Inhalt mit geübten Griffen. Dann verschloß sie den Koffer wieder und schnallte ihn auf dem Regal hinter ihrer Koje fest.

Die Pilotin war in jeder Hinsicht das Gegenteil von Jennan. Selbst in ihrem klobigen Raumanzug wog sie nicht mehr als vierzig Kilo. Ihr schmales Gesicht mit den hohen Wangenknochen besaß eine Zartheit, die nicht so recht zu Kiras Beruf passen wollte. Das dunkle Haar war geflochten und zu einem strengen Knoten aufgesteckt. Die mandelförmigen, weit auseinanderstehenden Augen schimmerten in einem klaren, tiefen Grün; Kira bewegte sich rasch, quecksilbrig, ganz anders als Theoda, die immer ein wenig lethargisch gewirkt hatte.

Kira brachte die Spule mit den neuen Anweisungen und schob sie in den Schlitz am Hauptpaneel. Helva entschlüsselte den Kode. Sie stieß einen erstaunten kleinen Schrei aus.

»Dreihunderttausend Babys?«

Kira lachte perlend. »Kommando Storch, nicht wahr?«

»Aber wie soll ich in dieser Enge ...« Helva unterbrach sich, als die Art des Transports näher erläutert wurde. »Ach so – Babys vom Fließband!«

Kira, die bereits mehr über den Auftrag wußte, lächelte über Helvas Ablehnung.

Die Spule lief weiter ab, und Helva begriff, weshalb man in den letzten Tagen Meilen von Plastikschläuchen und Flüssigkeitstanks in ihrem ohnehin ziemlich knappen Laderaum verstaut hatte.

Der Fall war klar: Auf einem erst kürzlich kolonisierten Planeten im System Nekkar hatte ein unerwarteter Ausbruch radioaktiver Strahlung zu vollkommener Sterilität unter der Bevölkerung geführt. Auch die Samenspeicher der Kolonie waren der Katastrophe zum Opfer gefallen. Man hatte einen Hilferuf ausgesandt, und die Zentralwelten erklärten sich bereit, dreihunderttausend befruchtete Eier von genetischen Typen der Nekkar-Bewohner zu liefern. Leider standen dem Hauptdepot auf der Erde nur dreißigtausend zur Verfügung. Die Aufgabe der KH-834 war es nun, weitere Depots auf hilfswilligen Mitgliedswelten anzusteuern, die Embryos an Bord zu nehmen und auf schnellstem Wege nach Nekkar zu transportieren.

»Hm«, meinte Helva, als das Band abgelaufen war und sich der Inhalt in ihren Gedächtnisspeichern befand. »Mit Mutterfreuden hatte ich in meinem zarten Alter noch nicht gerechnet.«

Kira versteifte sich bei diesen scherzhaft gemeinten Worten. »Höre dir meine Biographie an, bevor du den Auftrag akzeptierst«, sagte sie tonlos.

Sie legte eine zweite Spule ein, überlegte einen Moment und schaltete dann mit einer entschlossenen Geste auf TON. Während das Band ablief, saß sie hochaufgerichtet da und starrte ins Nichts.

Kira Falernowa Mirsky von Kanopus entstammte einer Familie, die seit Generationen ihre Vertreter in der Patrouille hatte. Es waren berühmte Männer und Frauen darunter. Kira hatte noch ein Trainingsjahr als Pilotin abzuleisten, als sie die Ausbildung plötzlich abbrach und heiratete. Zwei Jahre später starb ihr Mann, offenbar ein schwerer Schock für sie, denn es folgte eine lange Zeit der psychiatrischen Behandlung. Danach nahm Kira das Medizinstudium auf. Ihre Pilotenausbildung schloß sie nicht ab. Da sie für diese Mission die idealen Voraussetzungen mitbrachte und noch kein endgültiger Ersatz für Jennan gefunden war, hatte man sie gebeten, in die Bresche zu springen.

Es folgten eine Reihe psychologischer Daten, die alle besagten, daß Kira Mirsky von Kanopus eine hervorragende Pilotin abgeben würde, wenn sie nur den Willen dazu zeigte. Das Band endete abrupt, mit einem geheimen Zeichen für Helva, daß danach noch ein paar Informationen folgten, von denen Kira nichts wissen sollte.

Sie hatte das Gefühl, daß Kira den Trick ahnte, und so sagte sie mit gespielter Entrüstung: »Soll das eine Biographie sein? Die wichtigsten Punkte haben sie ausgelassen – typisch Zentrale.« Sie seufzte. »Na schön, ich glaube, wir beide werde es schon schaffen, und sei es nur, *weil* sie das übliche Blabla vergessen haben. Außerdem trennen sich unsere Wege, sobald der Auftrag erledigt ist.«

Kira sagte nichts, aber ihre starre Haltung lockerte sich, als habe sie eine andere Entscheidung erwartet. Sie schluckte und kaute nervös an ihrer Unterlippe.

»Holen wir die Fracht an Bord!« fuhr Helva fort, um das verlegene Schweigen zu brechen. »Ein Wiegenschiff – das ist etwas ganz Neues.«

Kira erhob sich und wagte ein zaghaftes Lächeln. »In Ordnung. Hat man den Laderaum schon hergerichtet?«

»Mit Spitzen und rosa Schleifen«, spöttelte Helva. »Fehlen nur noch Schäfchenwolken und himmelblaue Kühe.«

Kira kicherte. »Himmelblaue Kühe – hast du so etwas schon mal gesehen?«

»Nein, aber eine andere Frage. Wie bringen wir die dreihunderttausend Embryos unter? Sie sind zwar winzig, aber das gleiche gilt für meinen Laderaum.«

»Auf einmal schaffen wir das nicht – dazu ist schon die Zeit zu knapp. Die Eier müssen spätestens vier Wochen nach der Befruchtung implantiert werden. Wir laufen deshalb nur die Welten an, die etwa auf einer Bogenlinie zwischen Regulus und Nekkar liegen. Dabei nehmen wir schätzungsweise hunderttausend Embryos auf. Sobald wir sie abgeliefert haben, wiederholen wir die Tour in einer anderen Richtung.«

»Dreihunderttausend – ist das nicht ziemlich knapp für eine Bevölkerung von einer Million, die obendrein einen Planeten kolonisiert und sich rasch ausdehnen muß?«

»Oh, unsere Mission ist nur ein Teil des Gesamtprogramms, meine liebe KH-834. Andere Schiffe holen im Moment Waisenkinder von Planeten mit schlechten sozialen Verhältnissen. Damit soll eine gewisse Altersabstufung garantiert werden. Aber diese Maßnahmen betreffen uns nicht.«

»Zum Glück«, murmelte Helva. Der Gedanke an eine quirlige, unruhige Kinderschar flößte ihr Entsetzen ein.

Kira lächelte. »Könntest du bitte die Pumpen anstellen?« fragte sie, während sie Verbindung zum Samendepot aufnahm. Sie erklärte den Leuten, daß alles zum Transfer der Fracht bereit sei.

Embryoflüssigkeit strömte in die vielfach gewundene Plastik-›Schlange‹, die in unzählige kleine Kammern unterteilt war. Jedes dieser Segmente würde später ein befruchtetes Ei aufnehmen. Es enthielt zwei

Ventile, eines zum Einströmen der Nährlösung, das andere zum Entfernen der Abfallstoffe. Diese Art des Transports schützte die Embryos auf der Reise durch den Raum besser, als es der Mutterleib vermocht hätte. Wenn die KH-834 die Route in vier Wochen schaffte, bestand für ihre Fracht nicht die geringste Gefahr.

Kira arbeitete rasch und geschickt, aber Helva stellte fest, daß sie dabei sehr nüchtern blieb. Der Gedanke an die vielen ungeborenen Kinder, die sich nun in ihrer Obhut befanden, schien ihren Mutterinstinkt nicht im geringsten herauszufordern. Helva wunderte sich ein wenig über diese Kälte, aber dann gingen die Techniker von Bord, und sie war so mit den Startvorbereitungen beschäftigt, daß sie die Sache vergaß.

Der erste Planet, den sie ansteuern sollten, war Talitha. Vierzigtausend Embryos warteten dort auf den Transport nach Nekkar. Helva setzte beim Start die Mindestbeschleunigung ein. Sie wußte zwar, daß die Embryos gut geschützt waren, aber sie wollte kein Risiko eingehen. Zudem lag Nekkar im Böotes-Sektor und war innerhalb der festgelegten Frist ohne weiteres zu erreichen.

Nach dem Abheben prüfte Kira noch einmal die Embryokammern und überzeugte sich davon, daß sämtlche Anschlüsse dicht waren. Dann ließ sie sich erschöpft in den Pilotensitz fallen. Sie löste mit geschickten Bewegungen ihre Haarnadeln. Helva sah ihr fasziniert zu. Bei der Patrouille trugen die meisten Frauen ihr Haar kurz oder, wenn sie sehr eitel waren, schulterlang. Kiras dunkle Flechten dagegen berührten den Boden. Alles Strenge, Erwachsene war von ihr abgefallen. Irgendwie erschien sie zu jung und zerbrechlich für die schwierige Mission.

»Du hast nicht zufällig einen Becher Kaffee an Bord?« fragte sie.

Helva mußte an Onro denken, und sie lachte leise. »Die dreifache Ration«, erklärte sie. »Ich weiß inzwischen, daß ihr süchtig nach dem Zeug seid.«

»Du bist ein Goldschatz«, sagte Kira strahlend. »Das Schiff, das mich nach Regulus brachte, war ein Provinztransporter. Der Kapitän wußte nicht einmal, was Kaffee ist.«

Sie wirbelte in die Kombüse und kam mit einem dampfenden Becher zurück. »Ah, das tut gut«, seufzte sie nach dem ersten Schluck. »Helva, ich glaube, wir beide werden uns ausgezeichnet verstehen.«

Helva fiel auf, daß ihre Stimme ein wenig müde klang. Bekam sie immer Partner, die sich bereits zu Beginn der Reise in einem Erschöpfungszustand befanden? Oder machte die Umgebung die Leute schläfrig?

»Du hattest eine Menge Arbeit, Kira. Warum legst du dich nicht ein paar Stunden hin? Ich bleibe auf alle Fälle wach.«

Kira wußte, daß die Gehirnschiffe niemals schliefen. Dennoch warf sie einen besorgten Blick zum Frachtraum hinüber.

»Du kannst dich auf mich verlassen«, beruhigte Helva sie. »Ich bin ein perfekter Babysitter.«

»Also gut, dann gehe ich schlafen.« Sie trank ihren Kaffee aus und schlenderte zur Kabine hinüber. In der Tür blieb sie noch einmal stehen. Ihre grünen Augen waren auf die Mittelsäule gerichtet. »Helva, schaust du durchs Schlüsselloch?«

»Nein, ich bin ein anständiges Schiff«, versicherte Helva mit gespielter Würde.

»Hoffentlich.« Damit schloß sie die Kabinentür hinter sich.

Helva hielt Wort und benutzte keine der Kameras, die sich in Kiras Kabine befanden. Aber sie dachte nicht daran, den Ton auszuschalten. Nach kurzer Zeit hörte sie Kiras tiefe, gleichmäßige Atemzüge. Die junge Frau war eingeschlafen.

Helva schaltete das Band ein und ließ den Teil ablaufen, der nicht für Kira bestimmt war.

»Kira Mirsky gehörte den Dylanisten an und ließ sich auch für die Dauer der Mission nicht von den Grundsätzen dieser Gruppe entbinden. Es ist ihr daher zur Vermeidung von Konflikten verboten, folgende Welten zu betreten: Ras Algothi, Ras Alhague und Sabek, die Planeten der Sterne Baham und Homan im Pegasus-Sektor und die Planeten der Sterne Beid und Keid im Eridanus-Sektor.«

Nun, das war ein klarer Befehl, auch wenn Helva keine Ahnung hatte, was dahintersteckte. Dylanisten – irgendwie kam ihr der Name vertraut vor, aber sie konnte ihn nicht einordnen. Vielleicht erfuhr sie mehr darüber, wenn sie ihn einmal im Gespräch erwähnte.

Die sechs Tage bis Talitha vergingen ohne Langeweile, dafür sorgte Kira. Ihre Stimmung wechselte so rasch wie Aprilwetter, und Helva wußte nie so recht, was sie als nächstes tun würde. Aber wenn es darum ging, die Embryokammern zu überprüfen, arbeitete Kira konzentriert und gründlich

Der Transfer auf Talitha erfolgte ohne Zwischenfälle. Nur ein Mann, der es offensichtlich eilig hatte, stolperte über die Zuleitungskabel eines Nährlösungsbehälters. Es entstand kein Schaden, aber Kira baute sich vor dem Unglücklichen auf und verfluchte ihn und seine Sippe in drei verschiedenen Sprachen.

Als ihr erster Zorn verraucht war, wandte sie sich an den Vorarbeiter und entschuldigte sich für ihren Ausbruch.

Helva kam auf die Sache zu sprechen, als sie sich wieder im Raum befanden. »Offen gestanden, mir tat der Mann leid. Er war völlig verdattert. Was hast du ihm denn alles an den Kopf geworfen?«

»Oh, eigentlich habe ich ihm nur ein Rezept für Paprikasch entgegengeschrien, aber das in Russisch – sehr wirksam, nicht wahr?«

»Allerdings.«

»Thorn ...« Kira unterbrach sich und preßte die Lippen zusammen. Einen Moment lang verrieten ihre klaren grünen Augen Schmerz. Dann jedoch lachte sie wieder und tanzte durch den Kontrollraum, daß ihr Haar flog. »Ich habe Hunger, und ich mache jetzt Paprikasch, nachdem mir das Rezept im Zorn wieder eingefallen ist.« Sie senkte die Stimme. »Ich bekam es von einer alten Zigeunerin. Wehe, du schaust mir zu! Es ist ein Familiengeheimnis.« Kira drohte mit dem Finger.

Sie drehte sich im Kreis und lief lachend in die Kombüse.

»Riecht das nicht wunderbar?« fragte sie später und brachte den Topf zur Mittelsäule. »Mit Nudeln und Krustenbrot schmeckt es natürlich noch besser. Hmmm!« Sie nahm den ersten Löffel. »Ich habe das Kochen noch nicht verlernt.«

»Wenn man dir so zusieht, könnte man neidisch werden. Ich habe noch nie jemanden kennengelernt, der das Essen so genießt wie du. Dabei wiegst du kein Pfund zuviel.«

Kira zuckte lässig mit den Schultern. »Guter Grundumsatz. Nicht zu ändern. So bin ich nun mal.« Eine Spur von Bitterkeit schwang in ihrer Stimme mit.

Helva gewann allmählich den Eindruck, daß Kiras Sprunghaftigkeit nichts anderes war als eine Art Schutzmaßnahme. Die junge Frau trug einen Kummer mit sich herum, den sie zu verdrängen versuchte.

Helva erinnerte sich, mit welcher Sorgfalt Kira die Gitarre in ihrer Kabine verstaut hatte. Aber sie benutzte das Instrument nie. Geschah das aus Rücksicht – sicher hatte sie die Geschichte gehört, die man sich von der 834 erzählte –, oder hatte sie selbst einen Grund, Musik zu meiden?

Kira hatte gegessen. Der Topf stand noch immer auf ihren Knien. Sie starrte apathisch ins Leere. Helva wußte, daß sie die Frau irgendwie aus ihrer dumpfen Grübelei reißen mußte. Auch wenn sie es zu verbergen suchte – sie hatte einen Kummer, mit dem sie allein nicht fertig wurde.

Sanft begann Helva vor sich hin zu summen, ein schlichtes altes Volkslied:

*Verzweifle nicht,*
*auf Schatten folgt Licht.*
*Die Zeit bleibt nicht steh'n,*
*auch der Schmerz wird vergeh'n ...*

»*Wie soll er denn vergehen, wie?*« zischte Kira. Ihre Blicke waren haßerfüllt auf die Titansäule gerichtet. »Weißt du es?« Sie sprang auf und kam ein paar Schritte näher. »Im Tod, nur im TOD ist Erlösung!« Sie hielt ihre Arme dicht vor das Paneel, so daß Helva die dünnen weißen Narben an den Handgelenken erkennen konnte.

»Du ...« Sie ließ die Arme ganz langsam sinken.

»Du hattest die Gelegenheit. Keiner hätte dich zurückhalten können, wenn es dir wirklich ernst gewesen wäre. Warum hast du es nicht getan? Was hielt dich noch hier, nachdem er tot war?« In ihrer Stimme klang Verachtung mit.

Helva seufzte gequält. Die Erinnerungen strömten auf sie ein. Sie dachte zurück an jene Stunden, an ihren brennenden Wunsch, für immer in das Herz der Nova zu tauchen.

»Ich wollte sterben, und sie ließen mich nicht. Sie ließen mich einfach nicht.« Kira ging erregt auf und ab. Selbst jetzt wirkten ihre Bewegungen grazil und katzenhaft geschmeidig. »In unserer Gesellschaft ist alles erlaubt – nur das eine nicht. Weißt du, daß ich in den letzten drei Jahren keine Sekunde ohne Aufsicht blieb? Und nun bist du mein Kindermädchen!« Ihre Augen blitzten. »Mir brauchst du nichts vorzumachen. Ich möchte wetten, daß sie dich über meine – wie nennen sie es? – emotionale Instabilität aufgeklärt haben!«

»Setz dich!« befahl Helva kühl und ließ den letzten Teil der Spule ablaufen. Als Kira den Text hörte, setzte sie sich tatsächlich. In sich zusammengesunken kauerte sie da, blaß und reglos.

»Entschuldige, Helva«, flüsterte sie schließlich. »Es tut mir so leid – aber ich glaubte einfach nicht, daß sie mich in Ruhe lassen würden.«

»Ihre Psychologen verstehen etwas von Konditionierung«, stellte Helva ruhig fest. »Sie können es nicht zulassen, daß Menschen oder Schiffe auf irgendeiner Mission durchdrehen. Aber ich bin sicher, daß sie dich jetzt nicht mehr verfolgen. Sie haben lediglich versucht, dich von Welten fernzuhalten, auf denen ritueller Selbstmord erlaubt ist. Kein Wunder, denn es ist ihr Ziel, das Leben in der Galaxis zu schützen und zu vermehren. Ich bin ein Extrembeispiel für dieses Bemühen. Ein Selbstmord würde gegen ihr Ethos verstoßen.«

Kira rührte sich nicht. Das lange dunkle Haar fiel ihr wie ein Vorhang ins Gesicht. Helva hätte sie am liebsten geschüttelt, um sie zur Einsicht zu bringen. Sie war wütend – wütend über die Situation, wütend über die Zentralwelten, die genau wußten, was sie von ihr verlangten, als sie ihr Kira zuwiesen. Auch das gehörte zu ihrem Ethos. Sie waren nicht zimperlich in der Wahl ihrer Mittel.

»Kira, was sind Dylanisten?«

Die junge Frau hob überrascht den Kopf. »Mit dieser Frage hatte ich nicht gerechnet«, sagte sie ruhig und strich sich das Haar aus der Stirn. Sie sah eine Zeitlang nachdenklich vor sich hin, dann lachte sie leise. »Also schön, ich spreche dich frei vom Verbrechen der Psychotherapie – obwohl man mich zwang, diesen Auftrag anzunehmen und ich es höchst verdächtig fand, daß man gerade dich als mein Partnerschiff ausgewählt hatte.«

»Ja, das verstehe ich sehr gut.«

Kira strich mit den Fingern leicht über das Titanpaneel der Mittelsäule. Es war eine Geste der Entschuldigung, und Helva faßte sie auch als solche auf.

»Ein Dylanist ist ein Sozialkämpfer, ein Protestierer, der die Musik als Waffe einsetzt oder auch als Aufputschmittel. Ein guter Dylanist –« Helva spürte, daß Kira von ihrem Mann sprach – »kann sein Anliegen mit einer Melodie und ein paar Worten so zwingend formulieren, daß es tief ins Unterbewußtsein seiner Hörer eindringt.«

Kira stand auf und ging mit ein paar Schritten in

ihre Kabine. »Man wacht am Morgen auf, hat den Klang im Ohr und summt die Botschaft mit, ob man will oder nicht. Du kannst dir vorstellen, wie wirksam man damit die Leute beeinflußt.«

Kira kam mit ihrer Gitarre zurück. Sie spannte die Saiten und stimmte sie. Ihre Miene war gelöst, beinahe zärtlich, als sie die ersten Töne anschlug.

Helva erkannte eine alte Bach-Fuge, aber Kira spielte die Melodie nicht zu Ende. Sie schloß mit einer ärgerlichen Dissonanz. »Ich hatte das Instrument eine Ewigkeit nicht mehr in der Hand«, sagte sie mit einem Seufzer. »Einmal versuchten wir die ganze Nacht, einen frühen Dylan-Song zu analysieren. Das war falsch. Man muß fühlen, was er zum Ausdruck bringen will. Sobald man seine Musik in psychologische Klischees umsetzt, wird sie – bedeutungslos. Melodien und Worte fügen sich bei ihm zu einem Bild, auf das die Seele anspricht.« Ihre Finger spielten mit den Saiten.

»Auch eine Art Therapie«, begann Helva, doch in diesem Moment leuchtete auf dem Kontrollpunkt ein rotes Warnlicht auf. Kira sprang hoch und lief zu Frachtraumluke Drei, noch bevor Helva ihre Kameras einstellen konnte. Die junge Frau warf einen kurzen Blick auf den Schaden und rannte weiter zur Gerätekammer, um Ersatzteile zu holen.

Der Nährlösungstank, der auf Talitha beschädigt worden war, tropfte. Techniker hatten die Schläuche zwar wieder befestigt, aber ihnen war entgangen, daß der Anschluß selbst sich bei dem Stoß gelockert hatte. Ein wenig Flüssigkeit war ausgelaufen und hatte die Warnanlage in Betrieb gesetzt. Helva stellte ihre Sehschärfe auf das Maximum ein und untersuchte ängstlich die Embryobehälter, die von diesem Tank gespeist wurden. Sie konnte keinen Schaden erkennen. Die Nährlösung war lediglich an der Rohrverbindung ausgetreten.

Kira kam mit einem neuen Schlauch und einem dichten Anschlußstück zurück. Geschickt ersetzte sie die Teile. Keine einzige Luftblase drang in die Kammern ein. Die Arbeit dauerte einige Stunden, aber Kira ließ sich nicht aus der Ruhe bringen.

Bevor sie die Luke schloß, überprüfte sie noch einmal die Warnanlage. Alles funktionierte.

»Ich hätte den dämlichen Kerl zu Paprikasch verarbeiten sollen«, murmelte sie, als sie in ihrer Kabine verschwand.

Helva horchte, bis ihr tiefe, gleichmäßige Atemzüge verrieten, daß Kira eingeschlafen war. Die Gitarre lag vergessen auf dem Pilotensitz.

Auf Dubhe ließ Kira eine komplizierte Spektraluntersuchung durchführen, um ganz sicherzugehen, daß die Embryos unversehrt waren. Helva fand es bewundernswert, wie sie ihre persönlichen Probleme beiseite schob, wenn es um die Arbeit ging.

Die KH-834 jagte weiter, von Dubhe nach Merak, wo weitere zwanzigtausend Embryos warteten. Weder Kira noch Helva erwähnten den ›Paprikasch‹-Zwischenfall. Aber sie setzten ihr Gespräch über die Dylanisten fort, und Kira spielte viele der alten Sonos aus der Protest-Epoche des Atomzeitalters.

Als der Funkspruch von Alioth kam, trug sie gerade Dylans ›Blowin' in the Wind‹ vor. Sie legte die Gitarre weg und setzte sich an die Sendeanlage. Ihre Miene verriet Überraschung.

»Fünfzehntausend?« fragte sie ungläubig und erhielt eine für Helvas Begriffe unnötig schroffe Bestätigung.

Während Kira die Anlage bediente, holte Helva aus ihren Gedächtnisspeichern alles, was sie über den Planeten wußte.

»Das ist merkwürdig«, murmelte sie.

Kira sah von ihrer Kursberechnung auf. »Weshalb?«

»Es steht nirgends verzeichnet, daß sie eine Samenbank besitzen. Wüster Planet. Noch mitten in der Vulkanperiode. Aber er besitzt viele Erze; deshalb ist er auch besiedelt. Die höchste Sterblichkeitsrate in den Zentralwelten.«

»Dann erkundigen wir uns lieber, was die hohen Bosse von einer Landung halten«, meinte Kira trokken.

»Auf der Verbotsliste steht er nicht«, entgegnete Helva, aber sie stellte doch die Verbindung zur Zentrale her.

»Alioth?« fragte der Funkoffizier verblüfft. »Dorthin hatten wir unseren Aufruf gar nicht geschickt. Wir glaubten nicht, daß die Kolonisten uns helfen könnten. Aber warten Sie, ich erkundige mich.«

Kira zog die Augenbrauen hoch. »Wetten, daß wir eine Absage erhalten?«

Bevor Helva antworten konnte, meldete sich wieder der Funkoffizier.

»KH-834? Ändert den Kurs und steuert Alioth an! Es ist zwar nichts über die Existenzs einer Samenbank bekannt, aber Händlerberichte deuten darauf hin, daß Alioth gerade auf technischem Sektor große Fortschritte gemacht hat. Eine Priesterkaste beherrscht das Volk. Seid also vorsichtig! Und meldet euch, sobald der Auftrag erledigt ist!«

»Du hast soeben eine Wette verloren«, spöttelte Helva, als die Sendeanlage schwieg.

»Und wenn schon – ich hatte nichts gesetzt.« Kira

zuckte mit den Schultern. »Besitzen wir Filmmaterial über den Planeten?«

Helva suchte die Spulen heraus und schob sie in den Vorführapparat. Sie sahen eine kalte, düstere Welt mit einem kleinen Raumhafen. Über der Hauptstadt, an der Flanke eines erloschenen Vulkans, befand sich ein riesiger Tempel. Stufen waren in den Basalt gehauen, und Helva dachte unwillkürlich an die Ziggurats, die babylonischen Terrassentürme, die man auch zu Ehren der Götter errichtet hatte. Das letzte Bild zeigte auf dem Vorplatz des Tempels eine Mönchsprozession. Die Leute trugen Kutten mit weiten Ärmeln und Kapuzen und schwangen lodernde Fackeln. Helva spürte ein leises Grauen bei dem Anblick; seit Jennans Tod hielt sie nicht viel von religiösen Sekten.

»Unheimlich«, meinte Kira und schnitt eine Grimasse. »Nun, fünfzehntausend Embryos sind rasch verstaut. Wir werden nicht lange bleiben müssen. Und wenn sie wirklich der gleichen ethnischen Gruppe angehören wie die Bewohner von Nekkar ...« Ihre Mundwinkel zuckten ein wenig. »Weißt du eigentlich, daß auch ich ethnisch verwandt mit diesen Kolonisten bin? Daß die Embryos, die ich da versorge, meine Kinder sein könnten? Ich sage *könnten* – sie sind es nicht. Ich habe das Samendepot niemals aufgesucht.«

»Aber das ist doch lächerlich!«

»Nein. Ich kannte Thorn bereits, als man mich aufforderte, meinen Beitrag zur Erhaltung der Rasse zu leisten. Mein Gott, war ich damals hochmütig! Ich wollte meine Kinder selbst zur Welt bringen. Ich brauchte keine Behörde dazu.« Sie lachte bitter. »Ich schrieb sogar einen Protestsong über die Retortenkinder.«

Sie drehte sich langsam um und starrte die Mittelsäule an. »Und weißt du, was geschah? Das einzige Kind, das ich austrug, starb bei der Geburt und machte mich zum Krüppel. Ich kann nie mehr Kinder zur Welt bringen.«

Kira erhob sich und umspannte ihre schmalen Hüften. »Kein Leben mehr hier drinnen. Keine Erinnerung an Thorn, an unser Glück. Deshalb kehrte ich nach Thorns Tod nicht zu meinem Beruf zurück. Ich befaßte mich gründlich mit Medizin, aber das Studium erbrachte nur den Beweis für das, was ich längst geahnt hatte. Ich bin unfruchtbar.« Sie seufzte. »Und deshalb, Helva, ist es eine Ironie des Schicksals, daß man gerade mir eine solche Fracht anvertraut hat.«

Helva gab keine Antwort. Sie wußte, daß jeder Trost hier verfehlt war. Kira trank einen Becher Kaffee und zog sich in ihre Kabine zurück.

Sie landeten auf Merak und nahmen die Fracht in Rekordzeit an Bord. Alioth war ihre letzte Zwischenstation, bevor sie die Embryos auf Nekkar ablieferten.

Die Reise dauerte mehrere Tage. Zwischen Helva und ihrer Partnerin hatte sich eine Art Freundschaft entwickelt. Sie führten lebhafte Musikgespräche, und Helva, die bisher hauptsächlich Klassiker gekannt hatte, erfuhr eine Menge über die Welt des Pop und Soul, über Folksong und Protestlieder. Die Zeit verflog im Nu.

Und dann hatten sie Alioth erreicht und setzten zur Landung an. Kira schlüpfte in einen nüchternen dunklen Coverall und steckte das Haar zu einem strengen Knoten auf.

Helva hatte von Anfang an kein gutes Gefühl bei der Sache. Jenseits des Raumhafens ragte eine schroffe, von gelbem Rauch umnebelte Vulkankette auf. Man wies ihnen einen Platz am äußersten Rand der Landebahn zu, weit weg vom Tower und den Verwaltungsgebäuden. Kira wandte ein, daß der Transfer unter diesen Umständen viel zu lange dauern würde, aber man erklärte ihr brüsk, sie solle erst einmal die Ankunft des Landefahrzeugs abwarten. Eine Weile rührte sich überhaupt nichts. Dann rollte ein Panzerwagen heran, und kapuzenverhüllte Gestalten kletterten ins Freie. Sie bildeten einen dichten Ring um das Schiff. Ihre kriegerische Haltung war nicht zu übersehen.

»Was hat das zu bedeuten?« fragte Kira ruhig, als sie die Verbindung zum Tower hergestellt hatte. »Wir kommen in friedlicher Absicht.«

»Die Wachtposten haben den Auftrag, eure kostbare Fracht zu schützen.«

In diesem Moment verlangte der Offizier der ›Ehrengarde‹ Einlaß.

»Was soll ich tun?« flüsterte Helva.

»Du wirst seiner Bitte wohl oder übel nachkommen müssen. Aber ich schlage vor, daß du alles, was sich abspielt, auf Band speicherst und über die Geheimfrequenz an die Zentrale sendest.«

»In Ordnung«, meinte Helva. »Und noch etwas – ich halte mich im Hintergrund, wenigstens für den Anfang.«

»Ein guter Gedanke.« Kira befestigte einen Kontaktknopf an ihrem Coverall.

Es gab viele rückständige Welten, auf denen das Prinzip der Gehirnschiffe unbekannt war oder falsch verstanden wurde. In solchen Fällen hatte es sich oft als Vorteil erwiesen, wenn der Pilot die Fähigkeiten des ›Gehirns‹ geheimhielt und erst als letzten Trumpf ausspielte.

Helva schickte den Lift nach unten. Kurze Zeit später betrat der Offizier den Kontrollraum. Er war ein hochgewachsener, hagerer Mann, dem Kira nicht einmal bis an die Schulter reichte. Die Falten seiner schwarzen Kapuze verbargen die Gesichtszüge. Er blieb stehen und klopfte sich kurz an Brust und Stirn.

Kira ahmte die Geste nach. Schweigend wartete sie darauf, daß er das Gespräch eröffnete.

»Zweiter Wachoffizier Noneth«, sagte er schließlich mit einem leicht singenden Tonfall.

»Medizinalassistentin Kira von Kanopus«, entgegnete Kira ernst. Sie vermied es absichtlich, die Schiffsnummer zu nennen, sondern gab ihren Heimatplaneten als Beinamen an.

»Sie werden gebeten, sich im Hohen Tempel einzufinden, damit wir die Formalitäten besprechen können.«

»Bei einer Mission dieser Art spielt der Zeitfaktor eine große Rolle«, wandte Kira vorsichtig ein.

»Er, der befiehlt, verfügt über die Zeit«, entgegnete der Mönch. Es klang, als betete er eine Litanei herunter.

»Die Samen sind vorbereitet?« Kira ließ nicht locker.

Die verhüllte Gestalt zuckte zusammen.

»Sie lästern Gott!«

»Unbeabsichtigt, das versichere ich Ihnen.« Ihre Worte klangen ruhig, aber energisch.

»Kommen Sie!« herrschte der Offizier sie an.

»Er, der befiehlt, ruft dich, Fremde!« Eine schrille Stimme erfüllte plötzlich die winzige Kabine.

Helvas Bewunderung für Kira wuchs, als sie sah, daß die junge Medizinerin sich von dem Gekreische überhaupt nicht einschüchtern ließ. Kiras Blicke streiften den ovalen grauen Knopf an der Kapuze der

Mönchskutte. Sie wußte sofort, woher die Götterstimme kam.

Wenn die Zentralwelten erfuhren, daß hier hochentwickelte technische Geräte im Umlauf waren, die normalerweise nur die Patrouille benutzte, gab es sicher einen Skandal.

»Der Tempel selbst spricht«, sagte Noneth ehrfürchtig. »Wir dürfen nicht länger zögern.«

Der ›Tempel‹ hatte, wie Helva feststellte, eine weibliche Stimme.

»Ich habe meine Befehle«, meinte Kira ausweichend.

»Dies ist die Ewige Wahrheit«, erwiderte Noneth und verneigte sich feierlich. Offenbar hatte Kira, ohne es zu ahnen, einen Schlüsselsatz seiner Religion ausgesprochen. Er hob die Hand wie zum Segen und fügte hinzu: »Auf daß uns der Tod im Augenblick des Triumphes ereile!«

Kira starrte den Mönch mit weit aufgerissenen Augen an. Alle Farbe war aus ihrem Gesicht gewichen. »Auf daß uns der Tod im Augenblick des Triumphes ereile?« murmelte sie.

Noneth nickte. »Ist nicht der Tod unser größer Segen?«

Helva unterdrückte nur mühsam einen Aufschrei. Natürlich, man brauchte wenig Fantasie, um sich vorzustellen, daß auf dieser rauhen, unwirtlichen Welt der Tod eine Erleichterung bedeutete. Aber die Leute vom Hauptquartier kannten Kiras verhängnisvolle Anlage. Wie konnten sie zulassen, daß sie auf Alioth landete?

»Ja«, flüsterte Kira wie in Trance, »der Tod ist unser größter Segen ...«

»Kommen Sie!« drängte Noneth. Er betrat die Schleusenkammer, und Kira folgte ihm.

»Komm!« kreischte die schrille Tempelstimme.

Die beiden bestiegen das Bodenfahrzeug und entfernten sich rasch von der KH-834.

Kaum waren sie losgefahren, da begannen die Wachtposten erregt zu flüstern.

»Sie wird vor Ihn, der befiehlt, treten«, seufzte einer neiderfüllt. »Eine Gunst, die diese Schlampe mit dem nackten Gesicht nicht verdient! Aber los jetzt, wir stürmen den Lift! Denkt an die kostbare Fracht, die auf uns wartet! Tausende und aber Tausende von Lebewesen! Sie werden mit ihrem Tod die Sünde wider Ihn, der befiehlt, büßen.«

Das genügte Helva. Sie versiegelte den Lifteingang und die Schleuse. Nun konnten die kriegerischen Gottesdiener gegen ihren Metallrumpf hämmern, soviel sie wollten. Helva lachte nur darüber. Aber Alioth würde den Tag verwünschen, an dem seine Priesterkaste beschlossen hatte, ein Patrouillenschiff zu überfallen.

Helva wählte die Geheimfrequenz zum Hauptquartier. Sie schätzte die Lage kühl ab. Die Mönche von Alioth wußten nicht, daß sie ein Gehirnschiff vor sich hatten, das in seinem Denken und Handeln völlig unabhängig war. Die Entführung Kiras nützte ihnen also nichts.

Ich könnte einfach starten, dachte Helva. Gewiß, die Postenkette da unten käme in den Flammen der Antriebsraketen um, aber diese Fanatiker sehen ja im Tod ihren höchsten Lohn. Was ist nur mit der Zentrale los? Die Burschen scheinen immer dann zu schlafen, wenn man sie am notwendigsten braucht. Ich möchte Kira so gerne helfen. Sie hat den größten Schmerz überstanden, und die Wunde beginnt allmählich zu vernarben. Weshalb mußte sie ausgerechnet hierherkommen?

Helvas Außenkameras richteten sich auf das Bodenfahrzeug. Es überquerte jetzt das Gelände des eigentlichen Raumhafens. Weit im Norden schleuderte ein Vulkan flammende Gesteinsbrocken hoch. Kira schien immer noch nicht aus ihrer Trance erwacht zu sein. Sie hatte den Kontaktknopf nicht eingeschaltet.

Die Männer am Fuße des Schiffes mühten sich jetzt mit einer Schwenkleiter ab, die sie zur Schleusenluke hochkurbelten. In dem rötlichen Dämmerlicht sahen sie vermutlich nicht, daß die Öffnung ebenso versiegelt war wie der Lifteingang. Immer wieder zogen sie ihre Kapuzen ins Gesicht, als sei es eine Schande, sich unverhüllt zu zeigen. Dennoch gelang es Helva, einen Blick auf die hageren, asketischen Züge zu werfen, auf die glanzlosen Augen und die ledrige Haut, in deren Poren sich der Vulkanstaub festgesetzt hatte.

Das Bodenfahrzeug blieb stehen. Zwei Posten brachten Kira zu einem kleineren Wagen, der in rascher Fahrt der Stadt zustrebte.

Helva war es immer noch nicht gelungen, die Verbindung zum Hauptquartier herzustellen. Auch zu Kira hatte sie keinen Kontakt.

Plötzlich kam ihr ein Gedanke. Wenn der kleine Kommunikator, den sie an Noneths Kutte entdeckt hatte, tatsächlich aus Patrouille-Beständen stammte, dann gelang es ihr vielleicht, ihn für ihre Zwecke zu benutzen. Helva wählte die normale Kontaktfrequenz. Eine Flut von Bildern und Lauten strömte auf sie ein, überschwemmte sie. Helva war eine Zeitlang wie betäubt. Als sie sich wieder gefaßt hatte, richtete sie ihre Kameras auf die Soldaten, die immer noch versuchten, in das Schiff einzudringen. Jeder von ihnen trug eines der Mini-Videogeräte.

»Heilige Galaxis!« stöhnte Helva. »Die Kerle müssen schizoid sein, wenn sie dieses Chaos ertragen.«

Sie engte die Frenquenz ein und drehte den Ton ganz weg. Dennoch wirkten die Bilder, die sie empfing, wie ein Kaleidoskop. Erst nach geraumer Zeit gelang es ihr, sich auf bestimmte Personen und Szenen zu konzentrieren.

Zum Glück spielte sich das Hauptgeschehen an einer Stelle ab – dem riesigen Platz unterhalb des Tempels. Eine breite Treppe führte von hier aus über die Flanke des erloschenen Vulkans zu dem Terrassenbau, den Helva schon zuvor auf Bildern gesehen hatte.

Der Boden unter dem Schiff begann zu schwanken. Von mehreren Vulkanen stiegen gleichzeitig Flammen und Rauchsäulen in die Luft.

Ein ekstatisches Raunen ging durch die Menge. Der Tempelvorplatz war in feinen Rauch gehüllt. Anfangs erkannte Helva nicht, woher er kam. Doch dann sah sie, daß er aus breiten Erdspalten drang. Die Menschen streckten verzückt die Arme aus und beugten sich über die aufsteigenden Schwaden. Die meisten hatten achtlos ihre Kapuzen zurückgeschoben. Sie begannen zu schwanken und zu taumeln. Tausende drängten sich jetzt auf den Platz, und es strömten immer noch mehr herbei.

Die Priester kannten die berauschende Wirkung der Gase offenbar ganz genau und bezogen sie in ihren dämonischen Kult ein. Helva verdoppelte ihre Anstrengung, Kontakt mit Kira aufzunehmen. Da – eben betrat sie den Platz von der Südseite her. Ihre Begleiter zerrten sie rücksichtslos durch die Menge, auf die Tempelstufen zu.

In ihrer Angst wählte Helva wieder ein breiteres Frenquenzband. Sie versuchte sich in Kiras Nähe vorzuarbeiten. Es war, als liefen tausend Filme gleichzeitig ab. Zum erstenmal im Leben empfand Helva so etwas wie Schwindel. Aber sie mußte mit Kira Kontakt bekommen, bevor die junge Frau den Tempel erreichte. Dort oben, dicht neben dem alten Vulkankrater, herrschten sicher die stärksten Dämpfe. Kira war zwar als Pilotin immun gegen Halluzinogene und Drogen, aber man konnte nicht wissen, wie sich ihre Begleiter verhielten. Außerdem schien sich das Mädchen immer noch in Trance zu befinden.

Helva stöhnte verzweifelt.

»Oooh!« Tausende wiederholten das Stöhnen. »Der Tempel weint!« Selbst die Männer, die sich an der Luftschleuse zu schaffen machten, ließen einen Moment lang ihre Rammböcke sinken.

Das Volk glaubte, die Stimme des Tempels habe gesprochen.

Helva starrte zu dem Bauwerk hinüber. Die mächtige zylindrische Form kam ihr irgendwie bekannt vor. Und dann begriff sie: Der Tempel war nichts anderes als das Heck eines Raumschiffs. Die Nase hatte sich tief in die Lavamassen des Vulkans gegraben. Dicht neben der Luftschleuse, die nun als Tempeleingang diente, entdeckte Helva das Abzeichen, das alle Gehirnschiffe der Zentralwelten trugen.

Was hatte Silvia zu ihr gesagt, als Jennan damals den Tod fand? »Verschwinde einfach! Wie die 732, die vor zwanzig Jahren in den Raum hinausfloh, als ihr Pilot verunglückte! Man hat seitdem nie wieder etwas von ihr gehört.«

Das mußte die 732 sein. Es gab keinen besseren Ort für ihre Trauer als diese düstere Welt. Oder hatte sich das Schiff in den Feuerrachen des Vulkans stürzen wollen und war irgendwie vom Ziel abgekommen, so daß es im Lavafluß steckenblieb, für immer? Hatte die 732 Tausende von unschuldigen Menschen umgebracht, um den Tod ihres geliebten Piloten zu sühnen?

Plötzlich wußte Helva, was sie tun mußte, um Kira zu retten. Mit der Kraft der Verzweiflung begann sie zu singen, in einem dunklen, weichen Bariton, der jede Vernunft verdrängte und den reinen Instinkt ansprach.

»Tod, sei mein, erlöse mich«,

begann sie, und das Volk wiederholte den Satz. Es war ein gewaltiger Chor. Helva nützte die Halluzinationswirkung der Vulkandämpfe rücksichtslos aus.

»Träume quälen, foltern mich.«

Und eine Quinte tiefer:

»Ich kann nicht ruh'n.«

Dann, als der Chor einstimmte, eine Septime hinauf:

»Kein Auge zutun.«

Helva hatte jetzt das Timbre eines klaren Tenors. Sie kehrte zurück zur ursprünglichen Zeile, aber diesmal war ihre Stimme mit Verachtung gefärbt.

»Tod, sei mein, erlöse mich!«

Ein Crescendo des Spottes, ein höhnisches Flüstern, als der Chor den Satz eine Septime höher aufnahm.

»Zentrale an KH-834, bitte melden! BITTE MELDEN!« durchbrach eine Stimme Helvas Improvisation.

»Mayday, Mayday!« rief Helva in einem klirrenden Sopran, der sowohl die Zentrale wie auch die taumelnden Gestalten auf dem Tempelvorplatz erreichte. Der Chor kreischte den Hilferuf gehorsam nach.

Helva hielt den Atem an, als sie sah, wie Kira zusammenzuckte.

»Mayday?« wiederholte der Funkoffizier. »Was ist denn los bei euch? Habt ihr den Verstand verloren? Das klingt wie eine Dylanisten-Versammlung!«

Helva sang die nächste Zeile und steigerte kaum merklich das Tempo. Aus dem sehnsüchtigen Legato wurde ein verächtliches Stakkato. Während das Volk den Gesang aufnahm, berichtete sie in aller Hast:

»Das Ausreißerschiff 732 befindet sich auf Alioth und spielt Gott. Der Opfertod scheint hier hoch im Kurs zu stehen!«

»Wo ist Kira?« fragte der Offizier.

»Ich brauche das Kodewort für die 732«, zischte Helva, ohne die Frage zu beantworten. »Das Kodewort, das ihre Titanhülle öffnet!« Sie stimmte den dritten Satz ihres Dylans an. Wieder verschärfte sie das Tempo. Der Gesang hatte jetzt etwas Drängendes.

»Berichte der Reihe nach, was sich abgespielt hat!«

»Dazu ist jetzt keine Zeit, Sie Schwachkopf!« fauchte Helva. »Das Kodewort!« Sie steigerte ihre Stimme um anderthalb Oktaven. Ihr Heldentenor schallte über den Platz und versuchte Kira aus ihrer Trance zu rütteln.

Kiras Bewacher taumelten bereits unter dem Einfluß der Gasschwaden, die das Tempelgelände einhüllten. Es war schwer zu erkennen, ob sie die Pilotin festhielten oder sich an ihr stützten. Kira allein schienen die Dämpfe nichts auszumachen.

»Tod, sei mein, erlöse mich!«

Helva spottete über Kiras Todeswunsch.

»Bist du wahnsinnig?« rief der Offizier. »Sie will doch sterben!«

»DAS KODEWORT!« kreischte Helva dem Mann entgegen, während sie kurz den Kontakt zum Tempelplatz unterbrach. Dann höhnte sie wieder:

»Tod, sei mein, erlöse mich!«

Der Chor, unfähig, ihren Sopran zu halten, wich auf eine tiefere Stimmlage aus. Die Herausforderung hing über dem Platz, unterstrichen vom Donnergrollen der Vulkane.

Mit einem Schlag waren die kaleidoskophaften Bilder verschwunden. Helva sah nur noch eine Gestalt – Kira, endlich! – in einer dunkel verhangenen Kammer. Fackeln warfen zitternde Schatten an die Wände. Helva verstellte ihre Sehschärfe und durchdrang das Halbdunkel. Sie richtete die Kamera auf das grauenhafte Ding, das den Raum beherrschte.

Auf einem schwarzen Basaltblock lag der halbverweste Leichnam eines Menschen. Ein blanker Schädel grinste Helva entgegen. Die Hände des Toten waren über dem eingedrückten Brustkorb gefaltet. Die 732 hatte ihren Piloten aufgebahrt.

Ein Klagen erfüllte den Raum, ein Stammeln, das

aus den Wänden, der Decke, dem Boden drang. Das wahnsinnige Gehirn, eingeschlossen in seiner Titanhülle, hatte alle Lautsprecher eingeschaltet und verlieh seiner Trauer Ausdruck.

»Es ist das Ausreißerschiff 732«, flüsterte Helva Kira zu. »Das Gehirn ertrug den Verlust seines Piloten nicht. Es muß zerstört werden.« Irgendwie fiel es Helva leichter, die 732 mit dem unpersönlichen ›es‹ zu bezeichnen. Es lenkte von der Tatsache ab, daß sie eine Artgenossin töten mußte.

Kira schwankte. Sie gab keine Antwort.

Einen Moment lang stieg in Helva die Angst hoch, daß Kira den Kontakt versehentlich hergestellt hatte, daß sie sich immer noch im Bann ihres mächtigen Todeswunsches befand. Hatte ihr Dylan die Trance mit seinem Hohn durchdrungen? War es ihr gelungen, Kira zur Vernunft zu bringen? Das Kodewort nützte nichts, wenn die Pilotin sie nicht unterstützte.

Mit langsamen Schritten trat Kira an die Bahre und beugte sich über den Toten. Das Wimmern wurde lauter. Man konnte einzelne Worte verstehen.

»Er ist dahingegangen. Er, der befiehlt, lebt nicht mehr«, sang die 732, und der Mob wiederholte die Sätze ebenso bereitwillig wie Helvas Gesang. »Seber ist tot.«

Aus dem Hintergrund kam ein neuer, unheimlicher Laut. Die Stimme eines Mannes, verzerrt, kaum verständlich. Sie stammte von einem Tonband, das man immer wieder abgespielt hatte, bis es brüchig und entmagnetisiert war. Sebers Stimme ...

»Hm, der Zwergstern erweist sich als echtes Problem, Lia«, murmelte Seber. »Es würde mich nicht überraschen, wenn ...«

Kira stand immer noch leicht taumelnd zwischen

ihren beiden Wächtern. Nun verbeugte sie sich vor der Mittelsäule der 732 und sagte schmeichelnd: »Sprich, o Seber, sprich weiter, damit deine Dienerin Kira der Musik deiner geliebten Stimme lauschen kann!«

Helva hätte beinahe einen Freudenschrei ausgestoßen. Sie verstand genau, was Kira mit ihren Worten ausdrücken wollte.

»ZENTRALE, DAS KODEWORT!« drängte sie. In diesem Augenblick schwieg die 732 abrupt. Helva konnte beinahe spüren, wie Lia den Atem anhielt.

Nur jetzt keine Verzögerung! Wo blieb die Zentrale?

»Lia, die Interferenzen sind unglaublich. Kannst du nichts tun? Dieser Zwergstern wird noch unser Untergang ...«

Selbst Kira zuckte unwillkürlich zusammen, als Helva Sebers Stimme nachahmte.

»Lia? Lia? Ich verstehe dich so schlecht. Was ist los mit dir?«

»Seber? Seber?« In Lias Stimme schwang ungläubiges Staunen mit. »Ich – ich stecke hier fest. Ich kam vom Kurs ab, als der Kraterrand dieses Vulkans ausbrach. Ich wollte sterben, Seber. Ich wollte auch sterben.«

Kira schob die schwarzen Tücher der Mittelsäule zur Seite. Ihre Wächter, jäh aus den Halluzinationen geschreckt, als sie eine Gotteslästerung vermuteten, rissen die junge Frau zurück. Kira versetzte dem ersten einen Handkantenhieb gegen die Halsschlagader und schleuderte den zweiten mit einem Schulterwurf von sich. Er schlug mit dem Kopf hart gegen den Basaltblock und blieb reglos liegen.

»Helva, das Kodewort lautet Na-thom-te-ah-ro! Achte auf die Betonung!«

Und Helva gab das Kodewort weiter, obwohl sie

wußte, daß sie damit einer Schicksalsgefährtin den Tod brachte. Als die Silben den Verschlußmechanismus der Säulenverkleidung außer Kraft setzten, öffnete Kira mit einem raschen Griff das Paneel und schaltete ein Ventil ein. Gas strömte ins Innere der Hülle.

»Ich kann dich nicht sehen, Seber. Wo bist du ...« Und das verzweifelte Wimmern schwieg für immer.

Kira zog gerade das schwarze Tuch vor das Paneel, als am Eingang eine Bewegung entstand. Sie wirbelte herum. Kuttengestalten drangen in die Kabine und kamen drohend näher.

»Halt!« rief Helva mit Lias Stimme. »Er, der befiehlt, hat entschieden. Bring die Frau mit dem unverhüllten Gesicht zurück zu ihrem Schiff! Sie ist der Auserwählten von Alioth nicht würdig.«

Kira, wieder wie in Trance, folgte den verwirrten Mönchen die Basaltstufen hinunter.

»Helva, was zum Teufel spielt sich da ab?« drängte der Offizier.

»Er hat entschieden«, murmelte der fanatische Mob auf dem Tempelvorplatz. »Er hat entschieden. Das ist die Ewige Wahrheit.«

Helva beobachtete die schwankenden, taumelnden Gestalten lange genug, bis sie sicher war, daß sie Kira in Ruhe lassen würden. Die meisten wirkten erschöpft und apathisch, jetzt, da die Ekstase vorbei war.

»Helva! Ich hoffe, du hast eine vernünftige Erklärung für dein Verhalten ...«

»Pah!« fauchte Helva. »Ich hoffe, die Zentrale hat eine vernünftige Erklärung dafür, daß Alioth nicht auf der Liste der verbotenen Planeten stand.« Der Offizier wollte etwas sagen, aber sie achtete nicht darauf. »Was wollt ihr eigentlich? Ich habe euer langgesuchtes Ausreißerschiff entdeckt und unschädlich gemacht. Und ich habe eurem Sorgenkind Kira mit einer rauhen, aber wirksamen Therapie geholfen. Verlangt ihr etwa noch mehr von einem einzigen Gehirn?«

Der Offizier schwieg eine volle Minute.

»Wo ist Kira?« fragte er dann, und Helva hätte schwören können, daß seine Stimme verlegen klang.

»Es geht ihr gut.«

»Das will ich von ihr persönlich hören.«

»Dann gedulden Sie sich noch eine Weile«, entgegnete Helva müde. »Sie befindet sich auf dem Rückweg vom Tempel.«

Ein erneutes Beben erschütterte den Raumhafen, als das Bodenfahrzeug mit Kira am Lifteingang hielt. Helva hob in aller Eile die Sperre auf, und Kira rannte an Bord, bevor die Wachtposten zur Besinnung kamen. Der Boden unter den Schiffsstabilisatoren begann zu schwanken. Kira hechtete von der Luftschleuse in den Pilotensitz, und Helva zündete die Startraketen.

»Hier Kira von der KH-834«, meldete sich die junge Frau, während sie den dunklen Coverall abstreifte. Sie schilderte in knappen Worten die Ereignisse der letzten Stunden. »Ich möchte wissen«, schloß sie ihren Bericht, »weshalb die Händler nie die Patrouille-Geräte erwähnten, von denen es auf Alioth geradezu wimmelt. Ebenso merkwürdig finde ich es, daß sie die Existenz der Halluzinationsgase verschwiegen.«

»Halluzinationsgase?« wiederholte der Offizier schwach. Solche Dinge waren der Alptraum der Zentralwelten. Durch die verbotene Anwendung von Drogen konnten ganze Kolonien versklavt werden — was ja auf Alioth auch geschehen war.

»Ich schlage vor, daß wir alle Händler, die in den letzten fünfzig Jahren hier gelandet sind, einem gründlichen Verhör unterziehen. Und versuchen Sie, herauszufinden, welcher Trottel den Planeten überhaupt zur Kolonisierung freigab!«

Der Offizier schnappte hörbar nach Luft. Kira ließ sich nicht aus der Ruhe bringen. »Aber zuallererst schicken Sie einen Stab von Therapeuten nach Alioth! Das Volk muß wieder ein vernünftiges Ziel erhalten. Es weiß ja gar nicht mehr, was leben heißt. So, das wäre es. Einen ausführlichen Bericht bekommmen Sie, sobald wir auf Nekkar gelandet sind. Aber nun muß ich mich um die Kinder kümmern. Der hastige Start hat sie sicher durchgeschüttelt. Ende.« Damit unterbrach Kira die Verbindung.

Sie schlenderte in die Küche, löste ihre Flechten und massierte die Schläfen mit den Fingerspitzen.

»Ich habe abscheuliche Kopfschmerzen«, meinte sie, während sie das Hitzesiegel eines Kaffeebechers löste.

Helva gab keine Antwort. Sie wußte, daß Kira ihre Gedanken sammelte.

»Je näher ich diesem Tempel kam, desto stärker ergriff mich der Schmerz und die Trauer der Menge. Ich ließ mich davon einfangen und mitreißen – bis mich dein Dylan erreichte, Helva.«

Ihre Blicke streiften die Mittelsäule mit einem Ausdruck der Bewunderung. »Ich spürte ein Kribbeln im Nacken. Es lief mir heiß und kalt über den Rücken. Und die letzte Zeile traf mich wie ein Keulenschlag.« Sie preßte die Hände vor das Gesicht. Ihre Schultern zuckten. »Thorn hätte alles dafür gegeben, so einen Dylan zu komponieren.«

Wieder schwieg sie eine Weile. Dann fuhr sie stokkend fort: »Dieser furchtbare Leichnam! Als ich mich über ihn beugte, wußte ich, daß ich ... daß ich das gleiche mit Thorn gemacht hatte.«

»Vielleicht«, meinte Helva sanft.

Kira trank ihren Kaffee. Sie wirkte erschöpft, aber eine innere Ruhe strahlte von ihr aus. »Ich habe viel falsch gemacht«, sagte sie schließlich.

»Nicht einmal die Zentrale ist unfehlbar«, entgegnete Helva mit einem leisen Lachen.

Kira stimmte ein. »Das ist die Ewige Wahrheit«, rief sie und warf den Kopf zurück, daß ihre Locken flogen. Sie wirbelte ausgelassen durch die Kabine.

Helva sah ihr erleichtert zu. Die Angelegenheit war noch einmal gut abgegangen. Sie bedauerte es nicht, daß sie eine Artgenossin getötet hatte. Wenn man es genau nahm, war Lia schon vor Jahren gestorben, zusammen mit ihrem Piloten; jetzt endlich hatte sie ihre Ruhe gefunden – ebenso wie Kira. Die junge Pilotin und Helva konnten das Kommando ›Storch‹ fortsetzen und weiterhin Samen ...

Helva stieß einen leisen Schrei aus. Kira starrte sie verblüfft an.

»Was ist los?«

»Es – es ist so lächerlich einfach, daß ich nicht begreife, weshalb man es dir nie vorschlug. Oder vielleicht wolltest du nicht ...«

»Was denn?«

»Hör zu! Ein Aspekt deiner Psychose ...«

»Darüber bin ich jetzt hinweg«, schnitt Kira ihr das Wort ab. Die Augen der jungen Frau blitzten.

»Pah! Ein Aspekt deiner Psychose ist, daß du keine Kinder von Thorn hast, nicht wahr?«

Kira wurde blaß, aber Helva achtete nicht darauf. Sie fuhr fort: »Vermutlich waren eure Eltern weniger leichtsinnig als ihr und begaben sich zum Samendepot, bevor sie in den Raum hinausflogen. Wenn du nun die Chromosomen deiner Mutter und seines Vaters nimmst ...«

Kiras Augen weiteten sich. Einen Moment lang wirkte ihre Miene skeptisch, doch dann strahlte sie. Tränen liefen ihr über die Wangen, als sie die Hand ausstreckte und sanft über Helvas Titanhülle strich.

Dann jedoch wurde sie wieder ernst. »Und du? Wäre es nicht möglich, daß auch du ...«

»Nein«, wehrte Helva schroff ab. Dann fügte sie etwas sanfter hinzu: »Nein, das ist nicht nötig.« Sie wußte, daß jeder den Kummer auf seine Art überwand. »Schließlich –«, und sie lachte – »gibt es nicht viele Frauen, die hunderttausend Babys gleichzeitig zur Welt bringen.«

Kira prustete los. Sie holte ihre Gitarre und schlug ein kräftiges Arpeggio an. Während sie Nekkar, dem Ort der ›Niederkunft‹, entgegeneilten, spielten sie gemeinsam eine schwungvolle Schubert-Serenade.

# *Dramatische Mission*

Das Bodenpersonal hatte die letzten Närhlösungstanks und Embryokammern aus dem Frachtraum entfernt. Helva empfand Erleichterung darüber, auch wenn die Männer alles andere als achtsam mit ihrem Schiff umgegangen waren. Davon zeugten die Scharten am Deck und die Spritzer und Kleckse an den Trennwänden. Nun ja, selbst die Pilotenkabine wies Abnutzungsspuren auf, obwohl Kira den Raum wirklich geschont hatte. Helva nahm sich fest vor, die schäbigen Quartiere zu renovieren, bevor sie Regulus ansteuerte, um einen neuen Partner zu wählen.

Sie schilderte ihr Problem der TA-618, die einige Tage zuvor auf dem Handelshafen von Nekkar gelandet war.

»Das wäre Geldverschwendung, Helva«, meinte Amon, das Gehirn der TA-618. Seine Stimme klang ein wenig grämlich. »Weißt du, ob dein zukünftiger Pilot den gleichen Geschmack hat wie du? Soll er doch das Innere von seinem Lohn neu ausstatten! Wirklich, Helva, wenn du so großzügig mit deinen Prämien umgehst, kannst du dich nie freikaufen. Außerdem begreife ich nicht, weshalb du so scharf auf einen neuen Partner bist.«

»Ich mag eben Menschen.«

Amon lachte spöttisch. Seit seiner Landung schimpfte er ununterbrochen über seinen Piloten. Nun, er und Trace waren seit gut fünfzehn Standardjahren zusammen, und Helva wußte, daß dies die schwierigste Phase jeder längeren Partnerschaft war.

»Die Philantropie wird dir noch vergehen, wenn du erst so viele Partner gehabt hast wie ich. Wenn du einmal weißt, was dein Pilot sagen will, noch bevor er den Mund aufmacht, dann verstehst du vielleicht, in welcher Lage ich mich befinde.«

»Kira und ich waren immerhin drei Jahre zusammen ...«

»Das sagt gar nichts. Es handelte sich von Anfang an um eine Partnerschaft auf Zeit. So etwas läßt sich ertragen. Aber wenn man das Gefühl hat, daß es immer im gleichen Trott weitergeht, fünfundzwanzig, dreißig Jahre ...«

»Bewirb dich doch um einen anderen Piloten!« schlug Helva vor.

»Und die Strafgebühr? Ich stehe ohnehin schon ziemlich in der Kreide.«

»Oh, das hatte ich vergessen.« Amon war mit seinem Schiff in ein Materiefeld geraten und hatte danach eine neue Verkleidung für seinen Bug benötigt. Das Schiedsgericht der Zentralwelten kam zu dem Urteil, daß er die Schuld an dem Unfall trug, und so mußte er die Reparatur selbst bezahlen.

»Außerdem«, fuhr Amon säuerlich fort, »wenn ich einen Antrag auf Trennung stelle, muß ich den nächstbesten Piloten akzeptieren, der frei ist.«

»Allerdings.«

»Leider verfüge ich nicht über dicke Prämien wie andere Schiffe. Die Bewohner von Nekkar scheinen dich ins Herz geschlossen zu haben.«

Helva schluckte ihren Zorn über diese unfaire Bemerkung hinunter und sagte nur, daß wohl für ihn auch wieder bessere Zeiten kommen würden. Amon brauchte keine Ratschläge, sondern jemanden, der ihm geduldig zuhörte.

»Laß dir etwas von einem alten Hasen sagen, Helva«, fuhr Amon fort, besänftigt durch ihre Nachgiebigkeit. »Nimm jeden Solo-Auftrag an, der dir geboten wird! Und halte deine Prämien zusammen! Dann kannst du die Bedingungen stellen. Oh, da kommt Trace.«

»Er scheint es eilig zu haben.«

»Na, wenn der mal rennt, dann muß es etwas Besonderes geben.« Amons Ton war so abfällig, daß Helva sich unwillkürlich fragte, ob er nicht übertrieb. Hüllengeschöpfe waren schließlich auch nur Menschen.

In diesem Augenblick hörte Helva Traces aufgeregte Stimme über den Schiff-zu-Schiff-Kanal:

»Amon, Mensch, nichts wie weg hier! Wir müssen blitzschnell zurück nach Regulus. Ich hörte eben ...«

Amon hatte die Verbindung unterbrochen.

Das sah ihm ähnlich. Sobald eine gute Nachricht kam, behielt er sie egoistisch für sich. Helva kannte ihn, deshalb war sie nicht gekränkt. Viel Glück, dachte sie, als sie die Außenkameras einschaltete und seinen Start beobachtete. Wenn er einen Auftrag mit einer ordentlichen Prämie bekam, konnte er seine Schulden begleichen. Vielleicht lösten sich dann seine Probleme mit Trace von selbst. Der Mann hatte einen guten Eindruck auf Helva gemacht, als er Kira am Tag nach ihrer Landung einen Höflichkeitsbesuch abstattete. Dennoch – es war kleinlich von Amon, Helva die Nachricht vorzuenthalten. Nun, sie brauchte ihn nicht ...

»Hallo, Tower, hier spricht XH-834.«

»Helva? Ich wollte mich eben nach Ihnen erkundigen. Behandelt Sie unsere Bodenmannschaft, wie es sich gehört? Falls Sie einen Wunsch haben, äußern Sie ihn ruhig!« Der Funkoffizier war die Liebenswürdigkeit selbst.

Wenn man bedachte, was die Bewohner von Nekkar durchgemacht hatten – Amon konnte sich ein Beispiel an diesen Leuten nehmen.

»Oh, es ist nicht weiter wichtig. Mir fiel nur auf, daß die TA-618 eben in aller Eile aufbrach, und da wollte ich fragen ...«

»Tja, das ist ein Ding, was? Man weiß nie, wie es im System nebenan aussieht. Ich sage es immer, das Universum hat Platz für viele Rassen. Aber wer hätte je geglaubt, daß intelligente Geschöpfe – so muß man sie ja wohl nennen – Wert auf unsere verstaubten Schauspiele legen! Können sie sich das vorstellen?«

»Hm, eigentlich nicht, da ich bis jetzt noch keine Ahnung hatte, worum es geht«, erwiderte Helva mit leisem Spott.

»Oh, entschuldigen Sie, Madam. Ich dachte, so etwas würde sich bei euch Schiffen sofort herumsprechen. Also, im allgemeinen habe ich meine zuverlässigen Quellen, und diese Sache erfuhr ich sogar von zwei verschiedenen Seiten. Ein Forschungsschiff draußen bei Beta Corvi fing eine Reihe von Strahlungen auf, die nach gesteuerter Energie aussahen. Man brachte heraus, daß sie vom sechsten Planeten des Systems ausgingen, der – ausgerechnet – eine Methan-Ammoniak-Atmosphäre besaß. Schon mal von intelligenten Wesen gehört, die sich in dieser Umgebung entwickelt haben?«

»Nein, aber spannen Sie mich nicht auf die Folter!«

»Also, bevor die Mannschaft eine Sonde für diese Art von Luft herrichten konnte – Luft ist gut, haha ...«

»Das Zeug, das wir einatmen, erscheint den Fremden vielleicht auch als giftig«, wandte Helva ein.

»Hm, o ja, das stimmt. Jedenfalls, bevor die Mannschaft auch nur den kleinen Finger rührte, hatten die Corviki *ihr* Schiff gründlich unter die Lupe genommen. Wie finden Sie das?«

»Faszinierend. Weiter!«

»Also, ich kann Ihnen sagen, unsere Leute waren auf Draht. Ließen sich eine solche Gelegenheit nicht entgehen. Sie boten diesen Corviki den Austausch von wissenschaftlichen Informationen an und luden sie ein, den Zentralwelten beizutreten.« Der Mann machte eine Pause. Er schien angestrengt nachzudenken. »Hm, eigentlich ziemlich leichtsinnig. Woher wußten unsere Forscher, daß die fremde Rasse hoch genug auf der Zivilisationsskala stand?«

»Wenn die Beta Corviki Kontakt mit ihnen aufnahmen und wenn sie gesteuerte Energiequellen besitzen, deren Ausstrahlung über ihr Sonnensystem hinausreicht, dann könnte es sein, daß *wir* nicht hoch genug auf *ihrer* Zivilisationsskala stehen.«

»Oh, von der Seite hatte ich es noch gar nicht betrachtet.« Der Mann schwieg eine Sekunde, dann fuhr er fort: »Also, wir besitzen tatsächlich etwas, das sie dringend benötigen.« Das klang so selbstbewußt, als hätte er den Artikel persönlich erfunden. »Schauspiele!«

»Schauspiele?«

»Genau. Kann mir vorstellen, daß es schwer ist, irgendwelche Kunstformen auf einem Methan-Ammoniak-Planeten zu entwickeln. Jedenfalls ist es Tatsache, daß sie irgendeinen Energieprozeß, an dem uns sehr liegt, gegen unsere alten Stücke tauschen wollen.«

»Und was hat das alles mit dem plötzlichen Aufbruch der TA zu tun?«

»Sonnenklar. Ihr Gehirnschiffe seid jetzt gefragt.

Man trommelt euch von überall zusammen. Jemand muß die Mission schließlich durchführen. He – Sie sind doch das singende Schiff, oder? Das müßte doch genau Ihr Fall sein.«

»Vielleicht«, entgegnete Helva vage. »Aber ich bekomme einen neuen Piloten, und ich denke, daß sie nur ein gut eingespieltes Team zu den Corviki schikken. Der Auftrag ist zu wichtig.«

»Sie – Sie wollen gar nicht hin? Trace sagte, daß die Angelegenheit mit einer dreifachen Prämie verbunden sei. Sämtliche Schiffe reißen sich um den Job.«

»Für mich gibt es im Moment wichtigere Dinge als eine dreifache Prämie.«

Das Schweigen des Offiziers war deutlicher als jede Antwort. In diesem Augenblick leuchtete das Signal der Regulus-Frequenz auf, und Helva verabschiedete sich mit einer Entschuldigung von dem Mann im Tower.

Der Anfangskode verriet, daß es sich um einen neuen Auftrag handelte. So schaltete Helva das Aufnahmegerägt ein und speicherte die Botschaft auf Band.

Die Zentrale verlangte, daß sie Duhr-3 ansteuerte und am Universitäts-Raumhafen, Bucht 24, vier Passagiere an Bord nahm. Diese Leute sollte sie unverzüglich nach Regulus bringen.

»Was gibt es, Helva?« fragte der Mann vom Tower, als sie sich wieder meldete. »Brauchen Sie eine Starterlaubnis? Sie haben selbstverständlich Vorrang.«

»Nicht so rasch, mein Freund. Ich muß ein paar Passagiere aufnehmen, und ich schäme mich, offen gestanden, für meine verwahrlosten Kabinen. Glauben Sie, daß es möglich wäre ...«

»Für Sie immer, Helva!« versicherte ihr der Mann.

So kam es, daß Helvas Schiff blitzte, als sie nach Duhr-3 jagte. Das weiche Grün in der Pilotenkabine war mit Bimsstein von Thuban durchsetzt, so daß sich die Wandfarbe je nach Lichteinstrahlung veränderte. Ein kräftiges Orange herrschte in der Kombüse vor, eine Farbe, die den Appetit anregte, die Leute aber bald wieder zum Gehen veranlaßte. Der Kontrollraum hatte ein nüchternes Weiß, und die übrigen Räume waren in Blau und Beige gehalten. Amon verstand nichts von Farbenpsychologie, das war es. Etwas mehr Sorgfalt von seiner Seite, und er hätte nie Streit mit seinem Piloten bekommen.

Die Handwerker auf Nekkar hatten rasch und tüchtig gearbeitet. Nun freute sich Helva auf ihre Passagiere. Sie hatte im Frachtraum ein paar zusätzliche Kojen aufstellen lassen. Die Auslagen dafür kamen durch die Reisespesen wieder herein, die sie von der Zentrale erhielt.

Überhaupt – wenn sie weiterhin Prämien kassierte wie bisher, dann konnte sie sich in drei Standardjahren von der Patrouille freikaufen. Ihre eigene Herrin nach knappen zehn Dienstjahren? Es erschien kaum glaubhaft. Amon war nun seit hundertfünfzig Jahren bei den Zentalwelten und beklagte sich bitter über die Höhe seiner Schulden. Gewiß, er war von Natur aus ein Nörgler; man konnte einen Großteil seiner Beschwerden als Übertreibung abtun. Und es gab ›freie‹ Schiffe. Die YG-635 beispielsweise arbeitete für die Scorpii-Föderation, nachdem man sie den Erfordernissen entsprechend umgebaut hatte. Und ihr Pilot war ein Klassenkamerad von Amon …

Der Raumhafen von Duhr befand sich in der nordöstlichen Hemisphäre, halb verborgen von einer mächtigen Gebirgskette. Gleich dahinter, zum Teil eingebaut in die Bergflanken, erstreckte sich der Verwaltungskomplex des Universitätsplaneten.

Helva landete in der Bucht 24; ein tunnelähnlicher Schlauch mit Kopplungsmechanismus glitt auf die Passagierschleuse zu. Zwei Männer beobachteten das Manöver: Einer lehnte an einem Gepäckkarren, der andere zupfte nervös an seiner Kleidung und warf immer wieder einen Blick auf seinen Armbandcomputer.

»Keine Zeit mehr zu verlieren. Sie wissen, wohin die einzelnen Koffer gehören?«

Der Verladearbeiter gab keine Antwort, sondern steuerte den Wagen geschickt ins Schiffsinnere.

»Oh, das sieht ja wie neu aus«, murmelte der Beamtentyp erstaunt. Er warf einen Blick auf die Schränke und Schubladen der Kombüse. »Was für Vorräte hat denn ein Schiff dieser Klasse an Bord?« wandte er sich an den Arbeiter.

»Fragen Sie das Gehirn!« entgegnete der Mann gleichmütig und verstaute ein paar Koffer.

Der Beamte zuckte zusammen. »Ach du liebe Güte!« Er verbeugte sich, und Helva stellte mit Nachsicht fest, daß er keine Ahnung hatte, wo sie sich befand. »Verzeihung, Sir – oder Madam ...«

»Bitte«, sagte Helva trocken.

»Haben Sie genug Vorräte, um vier Menschen von hier bis Regulus zu versorgen?«

»Ja.«

»Nun, das beruhigt mich. Wir hatten keine Ahnung, auf welche Weise der Transport erfolgen würde – es geschah alles so schnell. Und jetzt ausgerechnet ein Gehirnschiff! Wie schmeichelhaft!« Er warf einen Blick auf seinen Armbandcomputer. »Äh – Sie können den Innendruck der Kabinen regulieren, sobald Sie sich im Raum befinden, nicht wahr?«

»Ja. Wieviel g wird verlangt? Ich erhielt keine Befehle.«

»Nicht?« Er rang die Hände. »Das ist ein Versäumnis, wirklich ein Versäumnis. Obwohl ... es spielt keine Rolle, wenn Sie den Druck beliebig einstellen können.«

Schon wieder ein Schwätzer! Insgeheim stöhnte Helva. »Wenn Sie mir sagen ...«

Vor dem Tunnel brandeten Hochrufe auf. Der Beamte warf einen ängstlichen Blick zur Schleuse. »Jetzt sind sie da. Äh – am besten fragen Sie den Solar persönlich – oder seine Betreuerin, Miss Ster! Und starten Sie bitte so rasch wie möglich!«

Der Verladearbeiter kam pfeifend aus der Kabine zurück. Er salutierte lässig zur Mittelsäule hin. »Das Gepäck ist verstaut und abgesichert.«

»Sehr schön«, murmelte sein Vorgesetzter zerstreut und folgte ihm zur Schleuse. Er setzte hastig ein liebenswürdiges Lächeln auf, als er merkte, daß die lärmende Gruppe den Korridor bereits erreicht hatte.

Die vier Leute an der Spitze waren wohl die Passagiere; sie trugen Schiffsanzüge. Helva betrachtete sie genauer. Sie erkannte auf den ersten Blick, um wen sich der Hafenbeamte Sorgen machte. Ein halbes g oder noch weniger, entschied sie, als sie den Mann sah. Er bewegte sich mühsam und gequält wie alle, die den Normaldruck nicht gewohnt waren. Seine Gesichtszüge wirkten erschlafft und grau – eigentlich schade, denn er hatte ein markantes Profil. Im

Moment hielt er sich straff und aufrecht, zu stolz, um seine Schwäche zu zeigen.

Sie beschäftigte sich so sehr mit ihm, daß sie erst einen Blick auf seine Begleiter warf, als sie die Schleuse betraten.

Der Hafenbeamte wich hastig zur Seite, als ein distinguierter älterer Herr mit einer Reihe akademischer Orden am Rockaufschlag vor die Reisenden trat und einer auffallend schönen jungen Frau die Hand küßte.

»Meine teuerste Ansra Colmer, es war mir eine Freude und Ehre, Sie kennenzulernen. Die Universität von Duhr weiß es zu würdigen, daß Sie einen Privatbesuch bei Solar Prane verkürzten, um unseren Studenten eine Kostprobe Ihrer Kunst zu geben. Ihre Antigone war göttlich, und in Ihrem Phorus-Monolog kam mir zum erstenmal das großartige Zusammenspiel von Farbe, Duft und Rhythmus zu Bewußtsein. Sie sind eine begnadete Künstlerin, Ansra Colmer, und ich glaube fest daran, daß ich Sie bald mit Solara ansprechen darf.«

Das sorgfältig einstudierte Lächeln auf Ansra Colmers Zügen erstarrte, und in ihren Augen glitzerte kalte Wut.

»Sie sind zu gütig, Dekan, besonders da Duhr seinen eigenen Solar hat.« Sie wandte sich an den Mann, der Helva vorher aufgefallen war. »Die Trennung von ihm fällt Ihnen sicher schwer.« Und ohne eine Antwort abzuwarten, betrat sie die Kabine. Ein Ausdruck des leidenschaftlichen Hasses huschte über ihre Züge, als die lärmenden Bewunderer sie nicht mehr sehen konnten.

Der Dekan räusperte sich. Er schien ihre Stichelei

sehr wohl verstanden zu haben. Dann jedoch verbeugte er sich vor dem Solar.

»Sie wollen Ihren Entschluß wirklich nicht rückgängig machen, Prane?«

»Die Zentralwelten haben mich flehentlich gebeten, ihnen den Gefallen zu erweisen. Ich bin es meinem Beruf schuldig, die schwere Aufgabe zu übernehmen.« Prane hatte die volle, wohlklingende Stimme des ausgebildeten Schauspielers. Helva hörte zwar gelegentlich ein Schwanken, einen winzigen Bruch, aber ihre Sensoren waren weit schärfer als die Ohren von Pranes Anhängern.

»Solar Prane wird im Triumphzug zurückkehren, noch bevor das Semester um ist – dafür sorgt schon unsere tüchtige Miss Ster«, warf das zweite männliche Mitglied der Reisegruppe ein.

»Brav gesprochen, Davo Fillinaser«, rief der Dekan und verbeugte sich vor der jungen Frau, die neben Solar Prane stand.

Helva war gefesselt von den Untertönen, die in dieser Abschiedszeremonie mitschwangen. Das versprach eine unterhaltsame Reise zu werden.

»Es wird höchste Zeit zum Aufbruch«, sagte Solar Prane. Mit einem strahlenden Lächeln winkte er seiner Bewundererschar zu, die in lautes Jammern und Klagen ausbrach, als er, gestützt von Miss Ster, die Schleusenkammer betrat.

Davo Fillinaser stellte sich neben ihn und winkte ebenfalls.

»Ich halte nicht mehr lange durch, Kurla«, flüsterte Solar Prane seiner Betreuerin zu. »Bleibt denn die Schleuse ewig offen?«

Sofort betätigte Helva den Verschlußmechanismus.

»Helfen Sie mir, Davo!« rief Kurla, als die Menge sie

nicht mehr hören konnte. Der Solar stützte sich schwer auf sie. Er schien dem Zusammenbruch nahe.

»Verdammter Narr!« murmelte Davo, aber er umfaßte des Schauspielers Schultern, ganz vorsichtig, als hätte er Angst, ihm wehzutun.

»Es geht schon«, flüsterte Prane leise. »Es geht schon wieder.«

»Die Abschiedsparty bei Normalschwerkraft war in Ihrem Zustand einfach Wahnsinn«, schalt Kurla.

»Dem Helden gebührt der Heldenabgang«, sagte Ansra Colmer gedehnt. Pranes Schwäche schien sie zu amüsieren, denn sie hatte ein boshaftes Lächeln aufgesetzt.

»Noch trägt man den Helden nicht auf seinem Schild heim«, entgegnete der Solar. Er schob Kurla und Davo von sich und ging aufrecht durch die Kabine.

»Dieser Schuß ging nach hinten los, Ansra«, meinte Davo. Er folgte dem Solar in einigem Abstand.

»Ansras Spott stählt mich«, erklärte Prane mit einem leisen Lachen. Nur Helva spürte die Bitterkeit, die hinter seinen Worten steckte.

»Jetzt ist es genug«, sagte Kurla energisch. Sie nahm Prane am Ellbogen und führte ihn in seinen Schlafraum. »Eine Konturenliege – gut«, meinte sie und drückte mit der flachen Hand auf das Bett. Sie nickte zufrieden, als das Gewebe zurückfederte. Dann holte sie ein Diagnosegerät aus der Tasche und untersuchte den Solar mit geübten Bewegungen.

Helva las die Skalen ab. Die Meßwerte verwirrten sie. Die Herzbelastung Pranes war gering, obwohl sein Puls flatterte. Der Blutdruck schien zu niedrig für einen Menschen mit Streß, aber zu hoch für jemanden, der an schwache Druckverhältnisse gewöhnt war. Noch verrückter sah das EEG aus. Prane zitterte vor Erschöpfung; er wirkte alt, müde und krank.

Seine Betreuerin legte ein paar Spritzen zurecht.

»Was geben Sie mir da, Kurla?« fragte er scharf und versuchte sich aufzusetzen.

»Ein Sedativ und ...«

Ich brauche keines. Ich brauche auch keine Hemmer – nichts ...«

»Für Ihre Gesundheit bin ich verantwortlich, Solar Prane.«

Seine Finger zitterten, als er ihr Handgelenk umklammerte.

»Ohne Beruhigungsmittel halten Sie den Start nicht durch. Nicht nach dieser anstrengenden Party ...«

»Also schön, dann geben Sie mir ein Beruhigungsmittel, aber sonst nichts. Mit dem Schmerz werde ich schon fertig. Und sobald wir uns im Raum befinden, kann der Pilot den Kabinendruck vermindern.«

Pranes Wille siegte. Kurla verabreichte ihm eine einzige Spritze und räumte die übrigen Medikamente seufzend weg. Dann verließ sie die Kabine und schloß die Tür hinter sich.

»Wo ist der Pilot?« fragte sie Davo.

»Pilot?« spöttelte Ansra Colmer. Sie hatte auf einem der gefederten Konturensessel Platz genommen und wippte spielerisch auf und ab. »Meine Liebe, offenbar waren Sie so damit beschäftigt, Pranes klassisches Profil zu betrachten, daß Sie keine Zeit fanden, sich die Reise-Instruktionen anzuhören.«

»Herrgott, Ansra, ziehen sie Ihre Krallen ein! Allmählich fallen Sie uns auf die Nerven.« Davo schob die Krankenschwester zu einem Sitz und drückte sie hinein. »Wir befinden uns auf einem Gehirnschiff, Kurla.

Es hat keinen Piloten. Wir brauchen uns lediglich für die Reise fertigzumachen.«

»Miss Colmer, wenn Sie noch einmal ...«

»Und halten Sie jetzt den Mund!« fiel ihr Davo scharf ins Wort. »Je früher wir starten, desto besser ist es für Prane, oder?«

Das Mädchen schwieg tatsächlich, aber ihre Augen blitzten. Ansra Colmer lächelte triumphierend.

»Es kann losgehen«, sagte Davo und nickte Helva zu.

»Danke, Mister Fillinaser, und willkommen an Bord der XH-834«, sagte Helva ruhig. Sie bemühte sich um einen unpersönlichen Ton. »Bitte, legen Sie die Gurte für den Start an!«

Ansra Colmer unterbrach ihr Schaukeln und Wippen nur lange genug, um dem Befehl Folge zu leisten. »Miss Ster, besteht die Gefahr, daß sich Solar Pranes Zustand durch die übliche Startbeschleunigung verschlechtert?«

»Nicht, wenn er sich auf einer Konturenliege befindet.«

»Und unter Drogeneinfluß steht«, warf Ansra spöttisch ein.

»Solar Prane steht nicht unter Drogeneinfluß«, fauchte die Krankenschwester. Sie wollte aufspringen und bemerkte jetzt erst, daß Davo ihre Gurte festgemacht hatte.

»Ansra, lassen Sie das Mädchen in Ruhe! Sie wissen genau, daß Solar Prane nie Drogen nahm oder nimmt.«

»Ich glaube, da kommt die Starterlaubnis«, sagte Helva. Das war eine Lüge, aber ihre Worte unterbrachen den neu aufflackernden Streit.

Während Helva das Schiff allmählich in Startposition brachte, richtete sie eine Kamera auf Prane. Der Solar lag reglos da, mit halbgeschlossenen Augen. Sie kam zu dem Schluß, daß ein rascher Start besser für ihn war als eine allmähliche Beschleunigung. So setzte sie vollen Schub ein und jagte in den Raum hinaus. Der Solar verlor das Bewußtsein.

Sobald sie sich von Duhrs Anziehungskraft befreit hatte und Kurs auf Regulus nahm, stellte sie im Schiffsinnern absolute Schwerelosigkeit her. Selbst den leichten Spin, den sie sonst ihren Passagieren zuliebe aufrechterhielt, schaltete sie aus. Prane war ohnmächtig, aber seine Halsschlagader pochte gleichmäßig.

»Ich muß zu ihm«, hörte sie Kurla in der Hauptkabine sagen.

Als Helva ihre Kameras auf Pranes Betreuerin richtete, zappelte sie hilflos in der entferntesten Ecke der Kabine.

»Dann bewegen Sie sich langsam«, riet Davo ihr. »Sie wissen, daß im freien Fall jede heftige Aktion zu einer ebenso heftigen Reaktion führt.«

»Sie boten eben ein köstliches Bild«, stichelte Ansra.

»Sogar Prane verlor das Bewußtsein, bevor der Maximaldruck erreicht wurde, Miss Ster«, sagte Helva. »Es besteht kein Grund zur Sorge.«

»Ich muß zu ihm«, beharrte Kurla. »Er hat so weiche Knochen.«

Ein orthopädisches Problem? Und man ließ den Mann in den Raum hinaus? Hatten die Leute den Verstand verloren?

»Soll ich die Schwerkraft wieder einschalten? Die Konturenliege ...«

»Nein, nein«, wehrte Kurla ab. »Also, wenn Sie glauben, daß ich die ganze Strecke bis Regulus im freien Fall zurücklege, dann haben Sie sich gründlich getäuscht«, fauchte Ansra. Jeder Spott war aus ihren Zügen gewichen.

»Je länger er sich im schwerelosen Zustand befindet ...«

»Tut mir leid«, schnitt ihr Ansra das Wort ab. »Eine längere Periode des freien Falls wirkt sich verheerend bei mir aus, und ich lasse es nicht zu, daß ...«

»Schlaffe Muskeln, Ansra?« Davo grinste sie an. »Sie sind jederzeit herzlich zu unseren Gymnastikübungen eingeladen. Und ich halte es für besser, wenn Sie sich an den freien Fall gewöhnen. Da Sie die Reise-Instruktionen so aufmerksam studiert haben, wissen Sie sicher, daß die Truppe nur im freien Fall spielt.«

»Also, wenn ich die Sache richtig verstanden habe, dann will man einen Psyche-Transfer vornehmen. Im Moment geht es jedoch um meinen Körper und sonst nichts.«

»Vergessen Sie Pranes Körper nicht«, entgegnete Kurla energisch. Es war ihr gelungen, die Tür zu seiner Kabine zu erreichen. »Er braucht jetzt absolute Ruhe. Schließlich ist der Solar Truppendirektor.«

»Ich schlage einen Kompromiß vor, meine Damen«, meinte Davo. »Ein halbes g, solange wir wach sind, und freier Fall, wenn wir schlafen und ohnehin nichts spüren.«

»Läßt sich das einrichten?« fragte Kurla hoffnungsvoll.

Davo verbeugte sich spöttisch vor Ansra. »Was halten Ihro Gnaden davon?«

»Ach was, ein halbes g hin oder her, er macht es ohnehin nicht mehr lange«, fauchte sie.

Ansra streifte die Gurte ab und drehte sich so herum, daß sie Davo ins Gesicht sehen konnte.

»Ich weiß nicht, weshalb Sie dieses Wrack immer noch verteidigen, Davo. Streiten Sie es nicht ab, sein Gesicht ist angegriffen. Ich kann das beurteilen, denn ich kenne ihn recht gut.« Ein Lächeln glitt über ihre Züge. »Und sein Geist muß den Transfer mitmachen.« Ihre Haltung veränderte sich kaum merklich. »Hatten Sie noch nie den Ehrgeiz, aus den Nebenrollen herauszukommen, Davo?«

Helva betrachtete den Mann genauer. Sie hatte ihn für einen Freund oder Manager Pranes gehalten, nicht für einen Schauspieler. Jedenfalls benahm er sich nicht so maniriert wie seine Kollegen.

»Sie besitzen in der Gilde einen ausgezeichneten Ruf als Klassiker«, fuhr Ansra fort. »Warum lassen Sie es zu, daß Prane Ihr Leben diktiert und beherrscht?«

Davo sah sie einen Moment lang unbewegt an, dann lächelte er schwach. »Ich schätze Prane als Mensch und Künstler ...«

»Pah! Sie sind immer für ihn eingesprungen. Sie übernahmen sogar seine Vorlesungen, wenn er seine albernen Experimente im freien Fall durchführte. Sie deckten ihn, damit niemand seine Schwächen bemerkte.«

»Selbst pah! Weshalb haben Sie denn diesen zweifellos unbequemen Abstecher von Ihrer letzten Tournee gemacht? Etwa nur, um Ihrem alten Freund Prane Liston einen Höflichkeitsbesuch abzustatten? Ihre Beweggründe sind durchsichtiger als die meinen, Ansra.«

Helva bemerkte, daß die Schauspielerin unter ihrer sorgfältig aufgetragenen Puderschicht errötete.

»Ich legte Wert auf das Engagement, das leugne ich gar nicht«, erwiderte sie. »Wenn es stimmt, daß die Corviki unseren Geist in eine – eine leere Hülle verpflanzen, dann spielt das Äußere eines Künstlers keine Rolle mehr. Nur sein Können zählt. Davo, ich fand es immer falsch, daß Sie klassische Rollen zu spielen versuchten. Das mußte schiefgehen, denn Sie haben das Aussehen eines Jago oder eines Cassius. Auf Beta Corvi dagegen kann Sie nichts hindern, den Romeo zu übernehmen.« Sie sah ihm tief in die Augen.

»Höchstens Prane Liston, der kaum auf seine Rolle verzichten wird, was?« Davo beugte sich ein wenig vor. Seine Augen blitzten, aber seine Miene blieb unergründlich. »Sie glauben die Wahrheit nicht, Ansra, auch wenn man sie Ihnen ins Gesicht sagt. Warum gestehen Sie sich nicht ein, daß Sie Prane nicht mehr um den Finger wickeln können wie früher?«

»*Darum* geht es im Moment nicht«, erklärte sie hochmütig.

Davo lächelte nur. »Sie haben Ihre eigene Vorstellung von einem Truppendirektor, nicht wahr? Sie brauchen jemanden, der die Julia dominieren läßt. Dann noch ein dankbarer, aber schwacher Romeo wie ich, und Sie können mühelos glänzen.« Er winkte ungeduldig ab. »Ach, hören Sie doch auf, Ansra! Prane verstand es immer noch am besten, Ihnen die Faulheit auszutreiben und Sie zu einer echten Leistung anzustacheln.

Aber das ist nicht die Hauptsache, nicht bei diesem Unternehmen. Haben Sie wirklich begriffen, was auf dem Spiel steht? Diese Corviki sind in der Lage, die Zerfallszeit eines jeden instabilen Isotops zu regeln. Wenn die Zentralwelten in den Besitz dieses Verfahrens gelangen, bedeutet das eine Revolution auf dem Gebiet der Reaktortechnik. Wir können die Schiffsantriebe verbessern und noch weiter ins All vorstoßen …« Er unterbrach sich und lachte. »Wenn alles klappt, spielen Sie während der nächsten Saison vielleicht im Pferdekopfnebel, Ansra – oder soll ich sagen, Solara Ansra?«

Die Schauspielerin beugte sich angespannt vor. Sie erinnerte an eine sprungbereite Raubkatze. »Ich habe vielleicht besser als Sie begriffen, Davo, was auf dem Spiel steht – weil ich *alle* Aspekte einbeziehe. Von Nächstenliebe halte ich nicht viel – sie bringt keine Kontrakte und keine Gagen. Ich hätte keine Sekunde daran gedacht, in diese Sache einzusteigen, wenn mir das Transfer-Verfahren der Corviki nicht verlockend erschienen wäre.«

Davo kniff die Augen zusammen und musterte sie scharf.

»Wirklich, Davo, was sollen die Corviki schon Großes an Romeo und Julia finden – eine altmodische Liebesgeschichte in einer völlig unmöglichen Gesellschaftsstruktur.«

»Ihre Heuchelei ist noch schlimmer, als ich vermutet hatte.«

»Müssen wir an den Trug glauben, den wir vorführen?« Sie zuckte mit den Schultern. »Ich setze jedenfalls auf den Gedankentransfer. Er funktioniert sicher nicht nur auf Methanwelten. Für uns könnte sich ein ganz neues Medium erschließen …«

»Mit Solara Ansra an der Spitze?« Davos dunkle Augen waren auf sie gerichtet.

»Warum nicht? Jeder Blinde erkennt, daß Prane es nicht mehr lange macht. Bei dem geringsten Druck kippt er um. Die Konzentrationsdrogen haben seine Schädelknochen aufgeweicht …«

»Die Knochen vielleicht, aber nicht seinen Verstand«, fauchte Davo. »Merken Sie sich eines, Ansra

Colmer: Ich weiß, was ich dem Mann schulde, ob er nun krank ist oder nicht, und ich werde bis zur letzten Sekunde auf seiner Seite stehen. Und wenn Sie es nicht lernen, sich in die Truppe einzufügen, wenn Sie nicht aufhören, Pranes Betreuerin herauszufordern, dann sorge ich dafür, daß Sie ausscheiden. Bei dieser Mission steht zuviel auf dem Spiel. Meinungsverschiedenheiten können wir uns nicht leisten. Vergessen sie zudem nicht, daß Prane aufgrund seines Könnens ausgewählt wurde. Nehmen Sie sich zusammen, Ansra, oder ich gebe den Computern ein paar neuere Psychodaten von Ihnen.«

Er richtete sich energisch auf und ging in die Kombüse.

»Ich verlange, daß dieses Gespräch zwischen mir und Davo Fillinaser gelöscht wird«, erklärte sie mit harter Stimme. »Ist dieser Befehl klar?«

»Ja«, entgegnete Helva trocken.

»Gut, dann führen Sie ihn durch. Welche Kabine habe ich?«

»Nummer Zwei.«

Der Abend verlief anders, als Helva ihn sich vorgestellt hatte. Davo war schweigsam und wachte darüber, daß sich Ansra und Kurla nicht in die Haare gerieten. Mehr als einmal ging er unauffällig an Pranes offener Kabine vorbei. Kurla machte sich Sorgen, obwohl sie es zu verbergen suchte. Ansras feindselige Blicke folgten ihr überallhin. Helva sprach nur, wenn eine Frage an sie gerichtet wurde.

Davos Unterredung mit Ansra hatte kaum dazu beigetragen, Prane zu helfen. Im Gegenteil, sie fühlte sich nun bloßgestellt und würde auf Rache sinnen. Warum gab er ihr überhaupt eine Chance? Glaubte er wirklich, daß die Frau sich in die Truppe einordnen konnte?

Nun, das war nicht Helvas Problem, obwohl sie in einem Punkt Ansra recht geben mußte: Romeo und Julia im freien Fall, Shakespeare für einen chemischen Prozeß – das war heller Wahnsinn!

Ein abgrundtiefer Seufzer unterbrach ihre Gedankengänge. Prane? Sie hatte geglaubt, er sei eingeschlafen. Doch nun bewegte er sich unruhig auf seiner Liege.

*Amen! So sei's! Doch laß den Kummer kommen,*
*sosehr er mag: wiegt er die Freuden auf,*
*die mir in ihrem Anblick eine flücht'ge*
*Minute gibt? Füg unsre Hände nur*
*durch deinen Segensspruch in eins, dann tue*
*sein Äußerstes der Liebeswürger Tod;*
*Genug, daß ich nur mein sie nennen darf.*

Die Stimme des Schauspielers klang voll und rein; man spürte nicht das geringste von seiner Schwäche. Aber das Lachen, das seinem Vortrag folgte, war bitter. Er machte eine lange Pause, dann fuhr er leise fort:

*Komm, bittrer Führer, widriger Gefährt',*
*verzweifelter Pilot! Nun treib auf einmal*
*dein sturmerkranktes Schiff in Felsenbrandung!*
*Dies auf dein Wohl, wo du auch stranden magst!*
*Dies meiner Lieben!*

Helva erschrak, als sie das Verlangen, die Sehnsucht in Pranes Stimme hörte. Er will sterben! dachte sie. Er will sterben, und er rechnet damit, daß diese Mission ihn umbringen wird.

Wenn sie nur mehr über diesen Psyche-Transfer der Corviki gewußt hätte! Nun, wenn sie in der Lage waren, Isotope zu stabilisieren, dann verstanden sie sicher ungeheuer viel von Energie. Und da das Gehirn Elektrizität erzeugte, eine primitive Form der Energie, war es vielleicht möglich, die Ladung zu übertragen. Theoretisch – ganz einfach! Aber in der Praxis? Wenn nun ein Energieverlust entstand? Helva brach ihre Gedankengänge abrupt ab. Sie besaß einfach zu wenige Informationen. Außerdem ging die Sache sie nichts an.

Dennoch kreisten ihre Überlegungen immer wieder um Prane Liston. Wie konnte es geschehen, daß ein Mann im Zeitalter der medizinischen Vorbeugung gesundheitlich so ruiniert war? Er hatte die Fünfzig überschritten, das stand fest – aber Knochenerweichung? Ansra hatte ein paar Andeutungen über Drogen gemacht. Aber Drogen zur Konzentration waren harmlos; man benutzte sie seit Jahrhunderten. Das Gehirn eines Erwachsenen verlor täglich an die hunderttausend Neuronen. Mit der Zeit führte das zu einer Gedächtnisschwächung – und gerade das konnte sich ein Schauspieler nicht leisten. War es möglich, daß die Konzentrationsdrogen, über eine lange Zeit hinweg eingenommen, die Knochen schädigten?

Helva befragte den Schiffscomputer, aber die Speicher enthielten keinen Hinweis zu dem Problem. Eine andere Möglichkeit fiel ihr ein: Ein Schauspieler, der auf Hunderten von Planeten auftrat, war ständig kosmischer Strahlung in irgendeiner Form ausgesetzt. Das konnte zu einer leichten Veränderung der Zellstruktur führen. Eine Proteinsperre?

Helva richtete ihre Kameras wieder auf den Künstler, der keinen Schlaf fand. Er murmelte jetzt Monologe, ohne Pause, während im Schiff tiefe Stille herrschte. Erst Stunden später dämmerte er allmählich in einen unruhigen Schlummer hinüber.

Der Morgen kam. Helva überprüfte wie gewohnt ihre Systeme, schaltete die Detektoren ein und stellte fest, daß sich keine anderen Schiffe in ihrem Funkbereich befanden. Sie war enttäuscht und erleichtert zugleich.

Kurla erwachte als erste. Sie eilte sofort an Pranes Lager. Ihre besorgte Miene hellte sich auf, als sie ihn im tiefen Schlaf vorfand, entspannt und ruhig. Sie strich ihm liebevoll über das Haar und zog sich in die Kombüse zurück.

Davo gesellte sich kurz darauf zu ihr. »Wie geht es ihm heute?«

Kurla zog das Diagnosegerät aus der Tasche und begann ihm die Daten vorzulesen.

»Oh, so genau interessiert mich das Innenleben Ihres Geliebten auch wieder nicht.«

»Prane Liston ist nicht mein Geliebter.«

»Der Wunsch hat die Wirklichkeit überflügelt?«

»Bitte, Davo!«

»Nicht rot werden, meine Liebe! Ich mache nur Spaß. Glauben Sie, daß Prane heute proben kann? Die Umstellung auf den freien Fall ist gar nicht so einfach, und er wollte noch einige Szenen durchgehen, sobald er sich besser fühlt. Helva sorgt wieder für Schwerelosigkeit, nicht wahr?«

»Ja.«

»Das Ding klingt so menschlich.« Kurla unterdrückte ein Frösteln.

»Nicht es, Kurla, sondern *sie*. Helva ist ein Mensch. Habe ich recht?«

»Oh, wenigstens einer, der es bemerkt!«

Davo lachte über Kurlas bestürzte Miene.

»Meine liebe Miss Ster, jemand mit Ihrer medizinischen Ausbildung hätte das aber wissen müssen!«

»Ich hatte so viele andere Dinge im Kopf«, murmelte sie. Sie warf einen Blick zur Mittelsäule. »Entschuldigen Sie, Helva, ich wollte Sie nicht kränken ...« Dann sah sie zu Pranes Kabine hinüber und errötete.

»Sie waren sehr taktvoll«, entgegnete Helva und fügte nach einer kleinen Pause hinzu: »So wie ich es zu sein versuche.«

»Cyborg-Ehre, was?« fragte Davo und lachte.

Kurla legte ängstlich den Finger auf die Lippen und deutete auf Pranes Kabine.

»Warum? Ich will, daß er endlich aufwacht. Und es ist besser, mein Lachen weckt ihn, als irgendein weibliches Gekeife.«

»Gut gesprochen«, sagte Prane und öffnete die Tür. Er hielt sich sehr aufrecht und lächelte sogar. Nur Helva bemerkte, daß seine Munterkeit gespielt war. »Gehen wir an die Arbeit, Davo?«

»Nichts da, Solar«, erklärte Kurla mit Entschiedenheit. »Zuerst wird gegessen.«

Prane fügte sich.

Trotz ihres Vorsatzes, sich nicht in den schwelenden Konflikt zu mischen, beobachtete Helva die Probe mit gespannter Aufmerksamkeit. Davo drückte Kurla ein Rollenheft in die Hand und ernannte sie zur Souffleuse.

»Nun«, begann Prane forsch, »wir wissen nicht, was die Corviki von Streit und Kampf überhaupt halten. Wir haben keine Ahnung, ob sie den alten Ehrenkodex verstehen, der das Duell zwischen Romoe und Tybalt unabwendbar machte. Nach den Worten unserer Forscher (die Mannschaft sah sich Othello an) waren die Corviki gebannt von besonderen ›Formeln‹, die der reinen Energieverschwendung dienten.« Er lachte verlegen. »Es hat also keinen Sinn, wenn wir sozialkritische Akzente in das Stück legen. Wir werden Klassiker sein – wir spielen reinen Shakespeare, als wären wir die Globe-Truppe.«

Er beschrieb einen weiten Kreis. »Das hier ist die Bühne, Davo. Sie als Tybalt kommen von dort drüben. Benvolio und Mercutio stehen hier, und ich nähere mich aus der entgegengesetzten Richtung.«

Helva bemerkte, daß die beiden Männer bereits im freien Fall gearbeitet hatten, denn sie stimmten ihre Bewegungen sorgfältig auf die veränderte Umgebung ab. Aber das kostete Kraft, und nach kurzer Zeit strömte ihnen der Schweiß von der Stirn.

Davo und Prane übten verbissen, bis jede Geste des Duells saß.

Dann schwebte Ansra lässig in die Hauptkabine. Die Atmosphäre nahm sofort etwas Frostiges an.

»Guten Morgen, Madam«, sagte Prane mit gespielter Liebenswürdigkeit, »sollen wir die Balkonszene üben?«

»Mein lieber Solar, trauen Sie sich das noch zu?«

Prane überging ihre Stichelei. Mit einer Verbeugung wies er ihr den ›Balkon‹-Platz in halber Höhe der Kabine an.

»Benvolios Text, wenn ich bitten darf!« Prane sah Kurla an.

Ansras Gegenwart verwirrte das Mädchen, und sie blätterte nervös das Rollenheft durch.

»Akt Zwei, erste Szene, Kurla«, flüsterte Davo.

Helva senkte ihre Stimme zu einem wohlklingenden Tenor:

*Ja, es ist vergeblich, ihn*
*zu suchen, der nicht will gefunden sein.*

Prane wirbelte herum. Die Bewegung trieb ihn gegen die Wand, und er stützte sich geistesabwesend an einer Konsole ab. »Wer war das?«

»Ich«, meldete sich Helva in ihrem normalen Tonfall.

»Können Sie Ihre Stimme nach Belieben verändern?«

»Mir stehen mechanische Hilfsmittel zur Verfügung«, sagte sie bescheiden.

»Aber – aber woher kannten Sie den Text?«

»Meine Gedächtnisspeicher enthalten auch Literatur«, schwindelte Helva. Sie sprach nicht gern darüber, daß sie in ihrer Kindheit Filme und Bücher geradezu verschlungen hatte. Sie schöpfte aus ihrer eigenen Erinnerung, wenn sie Shakespeare zitierte.

»Was für ein Glück! Könnten Sie uns noch eine Kostprobe Ihres Talents geben?«

»Was, Prane – Sie hören ein Schiff ab?« fragte Ansra. Ihr Tonfall brachte deutlich zum Ausdruck, daß sie Prane für übergeschnappt hielt.

»Wenn ich mich nicht täusche«, warf Davo schmunzelnd ein, »nennt man Helva auch das singende Schiff. Ich erinnere mich, daß wir uns damals den Tridi-Report über sie ansahen, Ansra. Wir waren gerade auf Draconis und spielten griechische Tragödien.«

»Einen Augenblick, Davo.« Prane glitt zur Mittelsäule. »Sie sind wirklich das singende Schiff?«

»Ja.«

»Wären Sie so freundlich, die Rede der Wärterin,

Akt Eins, dritte Szene, zu halten? Beginnen Sie bei: ›Nun, drunter oder drüber …‹«

»Diese Wärterin ist ein derber Typ, nicht wahr?«

»Ja, ihre Zeilen sind ein Triumph der Charakterisierung. Wer das richtig versteht …«

»Ich dachte, ich sollte meine Szene proben«, warf Ansra scharf ein.

Prane brachte sie mit einer gebieterischen Handbewegung zum Schweigen. »Der Einsatz lautet: ›Ein vierzehn Tag' und drüber …‹« Er sprach in einem brüchigen Alt.

Helva blieb nichts anderes übrig, als die Wärterin zu spielen.

Als sich die Proben immer länger hindehnten, zog sich Helva mit der Ausrede zurück, sie müsse ein paar wichtige Berechnungen anstellen. In Wirklichkeit bewog sie Ansras Gereiztheit zu diesem Entschluß.

Davo und Kurla hatten bereitwillig Nebenrollen übernommen, und Helva staunte immer wieder, mit welchem Einfühlungsvermögen Davo diese Charaktere mimte. Kurla spielte mit Eifer die Lady Montague. Aber Ansras Julia fiel immer mehr ab. Sie ›las‹ ihre Rolle, anstatt sie darzustellen, sie ging nicht auf Julias Leidenschaft und jugendliche Begeisterung ein. Sie war hölzern. So sehr Prane sich abmühte, er konnte sie nicht aus ihrer Reserve locken.

Sobald sich Helva zurückgezogen hatte, erklärte Kurla, daß es höchste Zeit für eine Stärkung sei. Nach dem Essen bestand sie darauf, daß alle eine Ruhepause einlegten. Helva beobachtete, wie sie Prane untersuchte. Der Solar befand sich nach der langen, zermürbenden Arbeit in einer erstaunlich guten Verfassung.

»Es ist mir gleich, was die Meßgeräte sagen«, meinte Kurla mit fester Stimme, »ich bestehe darauf, daß Sie jetzt schlafen. Selbst ich fühle mich erschöpft. Und vergessen Sie nicht, daß wir noch einmal landen und starten müssen.«

Er schnitt eine Grimasse, aber er legte sich gehorsam hin und schloß die Augen.

Zärtlich deckte Kurla ihn zu. Dann drehte sie sich abrupt um und verließ die Kabine. Prane sah ihr durch halbgeschlossene Lider nach. Sein Blick verriet Helva viel. So war also Kurla tatsächlich die Sonne Pranes und Ansra der neidvolle Mond, bleich und krank vor Gram ...

Helva atmete auf, wenn sie daran dachte, daß für sie die Angelegenheit in einem knappen Tag vorbei war. Und doch, Ansra war indiskret genug gewesen, von ihren Plänen zu sprechen. Würde die Tatsache, daß sie nun über Helvas wahre Natur Bescheid wußte, sie davon abhalten, diese Pläne in die Tat umzusetzen?

Die Passagiere schliefen – alle bis auf Prane. Er murmelte wieder Monologe, von Gloucesters ›Nun ward der Winter unsers Mißvergnügens‹ bis zu Richmonds ›Getilgt ist Zwist, gestreut des Friedens Samen: daß er hier lange blühe, Gott, sprich Amen!‹ Sein Gedächtnis jedenfalls war, wie Helva feststellte, hervorragend ...

Irgendwann gegen Morgen hatte Helva plötzlich einen Einfall. Sie nahm Verbindung zur Zentrale auf.

»Schön, mal wieder deine Stimme zu hören, Helva«, begrüßte sie der Funkoffizier liebenswürdig.

»Wenn ihr so verdächtig freundlich seid, habt ihr meist etwas Unangenehmes vor. Heraus mit der Sprache! Was gibt es diesmal? Wieder einen Solo-Auftrag? Ich lehne glatt ab, damit ihr es nur wißt!«

»He, warum so kratzbürstig?«

»Nur vorsichtig. Aber eine andere Frage: Ist auf eurer Orbitalstation im schwerelosen Sektor zufällig eine Suite frei?«

»Ich erkundige mich, aber weshalb denn?«

»Erkundigen Sie sich zuerst!«

Eine kleine Pause, dann sagte der Mann: »Jawohl, du hast Glück.«

»Wunderbar. Könnt ihr sie bitte für Solar Prane und seine Truppe reservieren? Die Leute üben ihr Stück schon während des ganzen Fluges im freien Fall und sind diese Umgebung jetzt gewohnt ...«

»Ein guter Vorschlag. Aber reizt dich die Sache nicht, Helva?«

»Den Ton kenne ich!«

»Ich dachte nur – weil dir das Wohlergehen von Solar Prane so am Herzen liegt ...«

Helva nahm sich zusammen. Sie durfte ihre Besorgnis nicht zeigen. »Ach was! Ich finde nur, daß es ein Rückschlag wäre, wenn sie sich jetzt wieder umstellen müßten.«

»Kein Problem, Helva. Die Beta-Corvi-Mission hat absoluten Vorrang.«

»Wissen Sie eigentlich Näheres über diesen Psyche-Transfer?«

»Keine Fragen, Mädchen! Du hast eben deutlich zu erkennen gegeben, daß dir an dem Auftrag nichts liegt.«

»Schon gut, ich zähme meine Neugier, aber ich finde es kleinlich von Ihnen!« Und sie unterbrach die Verbindung.

Während sie darauf wartete, daß ihre Passagiere erwachten, dachte sie über die Bemerkungen des Offiziers nach. Man wollte sie für die Mission gewinnen, das stand fest. Aber sie war fest entschlossen, erst wieder einen Auftrag anzunehmen, wenn sie einen Piloten hatte.

Helva sagte ihren Passagieren nichts von dem heimlichen Abkommen, das sie getroffen hatte, sondern führte das Kopplungsmanöver mit der Orbitalstation durch, als sei es von Anfang an so geplant gewesen.

»Freier Fall?« rief Davo begeistert aus, sobald er erkannte, wo sie sich befanden. »Können wir nicht hierbleiben?«

»Lächerlich!« fauchte Ansra. »Ich verlange, daß man mich nach Regulus bringt, wie es abgemacht war!«

Ein nervöser Beamter versuchte sie zu beschwichtigen. »Selbstverständlich, Miss Colmer. Die XH-834 hat ohnehin den Auftrag, Regulus anzusteuern, sobald sie ihre Passagiere abgesetzt hat.«

In aller Eile wurde das Gepäck verladen. »Wenn Sie sich nun in die Hauptkabine begeben, Miss Colmer, kann ich die Schleuse abdichten«, meinte Helva.

Die Schauspielerin warf einen drohenden Blick zur Mittelsäule hinüber, aber sie gehorchte.

Helva setzte ihre Beschleunigung ziemlich abrupt ein.

Auf dem Hafengelände vor dem großen Verwaltungskomplex warteten nicht weniger als zwanzig Gehirnschiffe. Helva entdeckte Amon in der ersten Reihe, zusammen mit fünf ihrer Klassenkameraden. Waren sie alle scharf auf diesen verdammten Beta-Corvi-Auftrag? Eigentlich wäre es ihre Pflicht gewesen, sie zu warnen.

Sie versuchte, Kontakt zur VL-830 aufzunehmen, aber sie kam nicht durch. Auch die anderen Schiffe meldeten sich nicht; sämtliche Frequenzen waren überlastet.

So wandte sie sich schließlich an den Tower mit der Bitte, daß man ihr einen anderen Landeplatz zuwies – näher an der Pilotenkaserne.

»Hallo, da ist ja unser Mädchen«, unterbrach die Zentrale ihr Gespräch mit dem Tower-Funker. »Leider können wir deinen Wunsch nicht erfüllen. Die Landeplätze sind genau eingeteilt.«

»Dann schickt mir wenigstens Gesellschaft. Vergeßt nicht, ihr habt mir einen Piloten versprochen ...«

»Gesellschaft bekommst du, also gut«, meinte der Mann ein wenig widerwillig und brach den Kontakt ab.

Helva schickte den Lift nach unten und wartete. Niemand kam. Allmählich wurde sie ärgerlich. Aber eben, als sie sich bei der Zentrale beschweren wollte, bat jemand um Einlaß. Sie setzte den Lift in Bewegung. Enttäuscht sah sie, daß nur eine einzige Gestalt die Schleuse betrat.

»Sie sind kein Pilot.«

»Nein, Mädchen.« Die Stimme kam ihr nur zu bekannt vor.

»Sie sind ...«

»Niall Parollan, Ihr Funkoffizier und Betreuer auf Regulus.«

»Sie haben Nerven!«

Er ließ sich von ihrem Zorn nicht aus der Ruhe bringen. Grinsend schlenderte er zu dem Konturensessel, der sich gegenüber der Mittelsäule befand. Seine Uniform entsprach den Vorschriften, aber sie stammte offensichtlich nicht aus Patrouillebeständen. Ihr Sitz war tadellos. Auch die Stiefel aus grauem Echsenleder schmiegten sich hauteng an seine Beine.

»Machen Sie es sich bequem!«

»Gern. Ich wollte dich einmal persönlich kennenlernen, nachdem ich schon so lange die Verantwortung für dich trage.«

»Warum?«

»Weil sich alle um die XH-834 und eine gewisse Helva reißen.«

»Auch die Piloten?« Sein Lob tat ihr wohl.

»Das klingt so hungrig. Soll ich deine Nährlösung anreichern lassen?«

»Ich traue Ihnen nicht, Parollan«, meinte Helva nach einer Pause. »Wenn Sie hergekommen sind, um mich auszuhorchen, dann sage ich Ihnen gleich eins: Ich kann es mir leisten, die Strafgebühr für die Verweigerung eines Auftrags zu bezahlen.«

»Oho, zu zeigst die Krallen.« Niall lehnte sich zurück und lachte. »Dich kann man nicht hinters Licht führen, was?«

»Keine Mikrosekunde. Ich will einen Piloten, Parollan, keinen Phrasendrescher!«

Plötzlich war er ganz ernst. Er beugte sich vor und richtete die Blicke auf ihr Paneel, in einer Weise, die sie bisher nur von Jennan kannte.

»Erstens: Die Beta-Corvi-Mission erfordert überdurchschnittliche Diplomatie sowohl vom Gehirn als auch vom Piloten, da beide in direktem Kontakt mit den Corviki stehen werden. Zweitens steuert das Gehirn den Transfer-Mechanismus der Corviki – durch einen zusätzlichen Synapsenanschluß.«

Helva pfiff leise vor sich hin. Das bedeutete im günstigsten Fall, daß man das Paneel öffnen mußte – ein unangenehmer Eingriff für jedes Hüllengeschöpf –

und im schlimmsten Fall ein Durchdringen der Titanhülle, das bei nahezu allen Gehirnen zu einem Trauma führen würde.

»Am einfachsten ließe sich das bei Schiffen der 700- und 800-Serie bewerkstelligen, da sie von Anfang an mit Zusatzanschlüssen für eventuelle Modifikationen ausgestattet wurden.«

»Also kommt Amon nicht in Frage«, meinte Helva.

»Ihn zogen wir gar nicht in die engere Wahl«, erklärte Niall. »Er hat keine Ahnung von Shakespeare, und sein Pilot könnte nicht einmal auf einer Dorfbühne auftreten.«

»Der Pilot muß Schauspielerfähigkeiten besitzen? Nun, dann falle ich ohnehin aus. Ich habe keinen Piloten.«

»Deine scharfe Zunge bringt mich noch ins Grab! Wenn du es genau wissen willst – wir haben Chadress Turo in den aktiven Dienst zurückgeholt ...«

»Wieder eine Behelfslösung? Nein, da mache ich nicht mit!«

»Für diese Mission würden manche Schiffe die Seele ihrer Piloten verkaufen«, fauchte Parollan. »Nun hör mir endlich zu, Helva! Du warst doch bisher immer vernünftigen Argumenten zugänglich.«

Helva schwieg. Nach einer Weile meinte sie: »Also schön, ich höre zu.«

»Das ist wieder meine Helva!«

»Ich bin nicht *Ihre* Helva.«

»Du redest wie Ansra Colmer.«

Helva fauchte empört. Doch dann wechselte sie das Thema. »Hat sie wieder versucht, Solar Prane auszubooten? Wenn ja, dann ...«

»Sie kennt einflußreiche Leute«, meinte Niall, »aber

das wird ihr nichts nützen, solange die Computer für Prane die besseren Chancen errechnen.«

»Gut. Ich fürchte nur, daß sie Prane mit der Zeit überfordern wird.«

Niall hob den Kopf und kniff die Augen zusammen. »Helva, begreifst du nicht, wie wertvoll du für uns wärst? Du hast Ansra durchschaut. Weißt du, daß sie von Schiff zu Schiff geht und die Piloten aushorcht? Daß sie Railly ihre Vorschläge unterbreitet?«

»Das sieht ihr ähnlich. Weshalb behaltet ihr sie eigentlich nicht hier? Sie hat die feste Absicht, Romeo an die Wand zu spielen.«

»*Ich* weiß das.« Parollan war aufgesprungen und ging nervös hin und her. »Und du weißt es. Aber sie besitzt nun mal Zugkraft, und den Berechnungen nach ist sie immer noch die beste Julia. Wir können es nicht ändern. Deshalb brauchen wir dich so notwendig.«

Helva schwieg.

Parollan gab noch nicht auf. »Die Sache bringt eine dreifache Prämie, Helva.«

»Und wenn sie mir zeitlebens eine kostenlose Wartung brächte – Sie kennen meinen Standpunkt, Parollan.«

»Du stures, albernes Frauenzimmer!« brüllte Niall. Er wirbelte herum und betrat die Schleuse, ohne noch einen Blick nach ihr zu werfen.

Helva starrte ihm wütend und gekränkt nach. Wie konnte man ihr ausgerechnet diesen rüden Kerl als Betreuer zuweisen? Aber sie kannte ihre Rechte ...

Jemand bat um Einlaß.

»Wenn Sie sich entschuldigen wollen ...«

»Entschuldigung? Weshalb?« fragte eine dunkle

Männerstimme. »Kommen wir zu spät, oder was ist los?«

Sie horchte und unterschied ein halbes Dutzend Stimmen.

»Wer ist denn draußen?« erkundigte sie sich.

»Oh, sie scheint wütend zu sein«, flüsterte jemand.

»Wir – wir kommen von der Kaserne und würden dir gern unsere Aufwartung machen.«

»Ihr seid herzlich willkommen.« Sie versuchte, ihrer Stimme einen freundlichen Klang zu geben, aber irgendwie gelang es ihr nicht.

Sieben Piloten, fünf Männer und zwei Frauen, quollen aus der winzigen Schleuse, alle hochgewachsen, gutaussehend, intelligent und darauf bedacht, einen guten Eindruck zu machen.

Immer mehr Bewerber kamen, als es sich herumsprach, daß die XH-834 einen neuen Partner suchte. Helva schickte automatisch den Lift nach unten, sobald jemand Einlaß begehrte. So war sie völlig überrascht, als plötzlich Kurla in der Schleuse auftauchte.

»He, was stehst du herum, Kleine, und starrst uns an?« rief jemand. »Wir fressen niemanden, auch wenn er sich um Helva bewirbt!«

»Sie ist keine Pilotin, Freunde«, erklärte Helva. »Kommen Sie in den Kontrollraum!«

Kurla sah sich verlegen um, aber bevor sie etwas sagen konnte, nahm sie jemand am Arm und schob sie in den Kontrollraum.

»Ist dem Solar etwas zugestoßen, Kurla?« fragte Helva, sobald sich die Tür hinter dem Mädchen geschlossen hatte.

Die Unsicherheit Kurlas wich Erleichterung. »Sie – sorgen sich *doch* um ihn?«

»Ich achte Solar Prane als Mensch und Künstler.« Helva wog ihre Worte sorgfältig ab. Sie überlegte, ob Parollan hinter diesem Besuch steckte.

»Dann dürfen Sie den Auftrag nicht ablehnen!« Die Stimme des Mädchens klang ein wenig schrill, obwohl sie sich Mühe gab, ruhig zu bleiben.

»Ich habe nicht abgelehnt«, entgegnete Helva. »Man trat in dieser Sache an mich heran, wenn auch inoffiziell, und ich machte deutlich, daß ich die nächste längere Reise nicht wieder ohne festen Partner antreten möchte.«

»Davon weiß ich nichts. Ich – ich dachte, die Colmer hätte wieder ihre Finger im Spiel. Sie behindert Prane, wo sie kann. Und sie weiß, daß er Wert auf Ihre Mitarbeit legt. Begreifen Sie denn nicht? Sie sind das einzige Schiff, das etwas von Shakespeare versteht! Und wie Sie die Wärterin spielen! Perfekt! Prane braucht Sie. Diese Aufführung muß hundertprozentig sein ...« Ihre Stimme begann zu zittern.

»Weil es Pranes letzte ist?«

Kurla preßte die Stirn gegen die Metallwand.

»Keine Tränen«, sagte Helva scharf. »Sie glauben also, daß ich mich am besten für den Schwanengesang eigne?«

»Bitte – wenn Sie nur ein Gramm Menschlichkeit besitzen ...« Kurla preßte die Hand auf die Lippen, als sie merkte, welche Taktlosigkeit sie begangen hatte.

»Insgesamt sind etwa zweiundzwanzig Kilo von mir sehr menschlich, Kurla ...«

»Oh, Helva, es tut mir so leid ...«, stammelte das

Mädchen. »Ich – ich hätte nicht herkommen sollen. Es ist immer falsch, impulsiv zu handeln ...«

Sie wandte sich der Tür zu.

»Stimmt es, daß keines der anderen Schiffe über Shakespeare Bescheid weiß?«

»*Ich* verbreite keine Lügen.«

»Ansra macht also Schwierigkeiten?«

Kurla nickte müde. »Sie bringt die gemeinsten Gerüchte in Umlauf. Sie untergräbt systematisch seinen Ruf. Und, Helva – ich traue ihr nicht.«

»Dann sorgen Sie dafür, daß sie aus der Truppe fliegt, Sie kleine Närrin!«

»Ich? Eine gewöhnliche medizinische Assistentin?«

»Kurla, der Mann ist todgeweiht. Geben Sie sich keinen Illusionen hin!«

»Ich kenne seine Verfassung.« Das Mädchen richtete sich auf. »Aber ich will verhindern, daß er um seine letzte große Aufführung gebracht wird. Er hat nichts mehr außer seiner Schauspielkunst ...«

»Auf Sie hört er. Bringen Sie ihn dazu, daß er Ansra feuert!«

Kurla schüttelte traurig den Kopf. »Das tut er nicht, weil er sie immer noch für die beste Julia hält. Deshalb nimmt er ihre – Launen in Kauf. Und ...« Kurla zögerte, doch dann gab sie sich einen Ruck. »Und sie war es, bei den Proben auf Duhr. Dann veränderte sie sich, über Nacht. Prane unternimmt nichts. Sie wird ihn vernichten, Helva. Irgendwie wird sie ihn vernichten.«

»Nicht, solange ich sie im Auge behalte«, entgegnete Helva fest.

Es erschien Helva verdächtig, daß Chadress Turo schon kurze Zeit später eintraf, aber sie wußte, daß Parollan mit Kurlas Besuch nichts zu tun hatte. Und Chadress gefiel ihr. Er befand sich bestimmt noch nicht lange im Ruhestand, denn er hatte elastische Bewegungen und einen kräftigen, muskulösen Körper.

»Willkommen an Bord, Chadress Turo von Marak. Es freut mich, wieder einen Partner zu haben, selbst wenn es nur für kurze Zeit ist.«

Chadress bemerkte den bitteren Unterton. »Unzufrieden mit mir?«

»Aber nein, im Gegenteil – endlich ein heiteres Gesicht!«

Seine Augen blitzten. »Ja – Parollan mußte mich heimlich hierherbringen, weil die Piloten so erbost über deine Absage waren. Nun, ihr Ärger legt sich vermutlich wieder. Und die Zentrale ist begeistert. Parollan läßt sich feiern.«

»Das ist doch die Höhe!«

Chadress lachte gutmütig. »Nun, ich war nicht der einzige, der glaubte, daß nur du den Auftrag durchführen könntest – dabei hatte ich bis dahin nur Gerüchte und Legenden über dich gehört. Aber es wird ein heikles Unternehmen, bei dem viel auf dem Spiel steht. Dazu die schwierigen ...«

»Persönlichkeiten?«

Wieder lachte Chadress. »Ich kenne diese Schauspieler – ich war selbst klassischer Buffo. Deshalb holte man mich auch zurück.« Er seufzte. »Ich ließ mir die Gelegenheit nicht entgehen. Manche Menschen sind nicht dazu geschaffen, einen friedlichen Lebensabend zu verbringen.« Er schob das Band in den Schlitz des Hauptpaneels. »So – hören wir uns einmal die Instruktionen an!« Chadress schaltete ein und machte es sich im Pilotensitz bequem.

Die Geschichte stimmte ziemlich genau mit dem überein, was Helva auf Nekkar erfahren hatte.

Ein Forschungsschiff, unterwegs auf einem Routineflug, hatte in der Nähe von Beta Corvi ungewöhnlich starke Energieimpulse aufgefangen. Man verfolgte die Emissionen zu ihrem Ursprung, dem sechsten Planeten des Systems, doch bevor man Sonden vorbereiten konnte, stellten die Corviki den Kontakt her.

»Ich hatte das Gefühl, als würde eine Riesenhand meinen Schädel umfassen und Informationen in mein Gehirn pressen«, hatte der Kapitän zu Protokoll gegeben.

Die ungewöhnliche Form der Kommunikation genügte dennoch, um den Corviki ein Bild von den unerwarteten Besuchern zu vermitteln. Und sie entdeckten bei den Fremden etwas, das sie trotz ihrer unvorstelbar hochentwickelten Kultur nicht besaßen.

»Der beste Vergleich«, fuhr der Kapitän in seiner Schilderung fort, »ist wohl der mit einem Gelehrten, der nach langem Forschen plötzlich von seinen Büchern aufschaut und entdeckt, daß es auf der Welt noch andere Dinge gibt – Sex beispielsweise. Er begreift die Theorie, aber er hat keine Ahnung von der Praxis und wird neugierig.«

*Romeo und Julia* war ein Beispiel für die Ware, die das Interesse der Corviki geweckt hatte. Wenn das Stück ankam, sollten die Schauspieler der Zentralwelten Einheimische für ihre Rollen ausbilden. Der Lohn dafür war die Preisgabe eines Energieverfahrens, mit dessen Hilfe bestimmte Isotope der Transurangruppe stabil gemacht werden konnten.

»Das klingt alles verdächtig einfach«, meinte Helva, als das Band abgelaufen war. »Woher wissen wir, daß dieser Transfer klappt? Irgendein kleiner Fehler, und die Psyche unserer Leute bleibt für immer auf dem Planeten der Corviki gefangen.«

Chadress breitete einen Schaltplan vor ihr aus. »Jeder EEG-Experte in der Galaxis hat sich gründlich mit dem Mechanismus befaßt. Er enthält keine unbekannten Elemente. Zudem stellen wir die Dinger her und nicht die Corviki. Und du hast die Kontrolle über den Transfer. Sieben Stunden ist die maximale Spanne für eine Übertragung.«

»Aha. Und wenn diese Zeit überschritten wird?«

»Du siehst überall Fallen! Der Mechanismus besitzt eine Zeituhr, die auf höchstens sieben Stunden eingestellt werden kann. Es dürfte einfach nichts schiefgehen. Der Kapitän des Forschungsschiffes war begeistert von dem Transfer. Ich unterhielt mich mit ihm. Man wünscht sich auf die Oberfläche des Planeten – und plötzlich ist man dort. Ohne Schmerzen, ohne Strapazen. Eine harmlose Sache.«

»Harmlose Sachen haben oft den Hang, sich zu Katastrophen auszuweiten.«

Aber Helva ließ es zu, daß die Spezialisten der Zentrale den Synapsenanschluß vornahmen. Die Operation dauerte achtzehn Stunden und zwanzig Minuten. Als sie wieder zu sich kam, beugte sich Chadress besorgt über das Hauptpaneel. »Wach, Helva?« fragte er. »Wie fühlst du dich?«

»Wie immer. Was hast du geglaubt? Ich besitze keine Schmerzreflexe.«

Sie warf einen Blick auf die Hauptkabine. Über den

Konturensesseln befanden sich die Transferapparate. In den anderen Räumen hatte man zusätzlich Kojen, Spinde und Tische aufgestellt.

»Ich komme mir vor wie ein Truppentransporter«, meinte sie.

»Das bist du auch«, pflichtete Chadress ihr bei. »Die Truppe wartet bereits.«

Der Lift brachte fünf Männer nach oben; Chadress nannte ihre Namen, aber Helva zog es vor, sich die Rollen zu merken, die sie spielen würden. Noch während der Begrüßung erklangen draußen Sirenengeheul und das Hupen unzähliger Landfahrzeuge.

»Ah, Ansra stiehlt uns die Schau«, sagte der Mann, der den Prinzen von Verona spielte, mit trockener Stimme.

Niemand schien traurig darüber, daß Chadress sich weigerte, Ansras Bewunderer an Bord zu lassen. Die Schauspielerin verabschiedete sich mit einem strahlenden Lächeln von ihrem Gefolge.

»Da bin ich wieder, Helva!« rief sie gutgelaunt.

»Willkommen an Bord«, sagte Helva. Sie wußte, daß Ansras Freundlichkeit gespielt war, aber sie machte das Theater mit.

Kurz darauf erhielt sie von der Zentrale – und diesmal sprach sie nicht mit Niall Parollan – die Starterlaubnis und steuerte die Orbitalstation an.

Prane sah so frisch und erholt aus, daß Helva einen Blick zu Kurla hinüberwarf. Die junge Pflegerin konnte sich im allgemeinen nicht verstellen. Aber auch sie strahlte über das ganze Gesicht, und ihre Haltung drückte Stolz und Selbstvertrauen aus. Sie brachte es sogar fertig, Ansra mit einem freundlichen Nicken zu begrüßen.

Im Gegensatz dazu wirkte Davo müde und nachdenklich. Er stellte die Truppenmitglieder vor, die sich auf der Orbitalstation eingefunden hatten, und begab sich gleich darauf in seine Koje.

Prane blieb einen Moment lang vor der Mittelsäule stehen. »Ich danke Ihnen von ganzem Herzen, Helva, daß Sie dieses Opfer für uns gebracht haben. Railly, der Kommandant von Regulus, versprach mir ausdrücklich, auf Ihre Wünsche Rücksicht zu nehmen, sobald Sie von dieser Mission zurückkehren.«

Kurz nachdem das Schiff seine Reisegeschwindigkeit erreicht hatte und wieder Schwerelosigkeit herrschte, trommelte Prane die Leute zur ersten Probe zusammen. Alle Neuankömmlinge hatten bereits im freien Fall gearbeitet und kannten ihre Rollen. Sie mußten sich lediglich mit der Raumeinteilung vertraut machen – und mit der Tatsache, daß die Stimme der Wärterin von einem Wandlautsprecher kam.

Prane strahle eine Vitalität, eine Begeisterung aus wie nie zuvor. Der Gedanke an die Bedeutung der Mission schien ihn zu beflügeln. Er war unermüdlich und steckte die anderen mit seinem Ehrgeiz an – alle bis auf Ansra. Ihre Julia blieb farblos, so sehr der Solar sich bemühte, sie mitzureißen.

Man studierte die vierte Szene des ersten Aktes ein. Die Dialoge wechselten in rascher Folge – ein leichtes Geplänkel unter Freunden, die dem Maskenball entgegenfieberten. Mercutio beendete eben seine Worte:

»... macht fort! Wir leuchten ja dem Tage nicht!«

Ein Stocken. Mercutio wiederholte die Zeile. Helva erinnerte sich, daß sie auch als Souffleuse fungierte und sagte hastig:

»Das tun wir nicht.«

Immer noch Schweigen. Also wiederholte auch sie die Zeile.

»Wer ist denn an der Reihe?« fragte Prane ungeduldig.

»Sie!« entgegnete Helva.

Einen Moment lang stand Entsetzen in seinen Augen. Dann brach er in Gelächter aus, und seine Selbstsicherheit kehrte zurück. »Meist bringen einen die einfachsten Sätze zum Stolpern«, sagte er und gab Mercutio rasch das Stichwort.

In dieser Nacht lag Prane wach, als die anderen längst schliefen. Helva beobachtete ihn. Immer wieder murmelte er die vierte Szene vor sich hin. Dann, nach einem verstohlenen Blick auf die Männer, die seine Kabine teilten, holte er seine Pille aus der Gürteltasche und schluckte sie.

Helva wußte nun Bescheid. Der Solar war tatsächlich süchtig. Die Konzentrationsdrogen, im allgemeinen harmlos, hatten sich in seinem Fall als Gift erwiesen. Prane war sich im klaren darüber, daß sie ihn zugrunde richteten, aber er zog die Selbstzerstörung dem Gedächtnisschwund vor.

Dennoch kam die Truppe mit den Proben auch weiterhin gut voran. Nur Ansra machte Schwierigkeiten. Jede Szene mit ihr wurde zur Qual für die übrigen Schauspieler. Helva begriff nicht, wie Prane sich angesichts dieses offenen Widerstands so gut beherrschen konnte. Aber er verzog keine Miene. So wandte sich Ansra nach einiger Zeit einem neuen, empfindlicheren Opfer zu – Kurla.

Zum Glück sorgte Nia Tubb, die Darstellerin der Lady Capulet, für Ruhe, solange sich die Frauen in ihrer Kabine befanden. Und sie kümmerte sich in ihrer stillen, zurückhaltenden Art ein wenig um

Kurla. Aber auch sie sah, daß Pranes Betreuerin unter den ständigen Angriffen der gereizten Diva litt.

»Liebes, wenn dich die Colmer zu sehr quält, sagst du mir Bescheid, ja?« meinte sie eines Morgens.

»Danke.« Kurla lächelte schwach.

»Eine Frage unter uns – ist Prane wirklich süchtig? Ich meine, er sieht nicht so aus, aber ...«

»Solar Prane verträgt keine Konzentrationsdrogen.«

»Das verstehe ich nicht. Ich nehme das Zeug selbst. Es ist völlig harmlos.«

»Im allgemeinen ja. Aber Prane verwendet es seit mehr als siebzig Jahren. Die Ärzte erkannten nicht rechtzeitig, daß sich der Siliziumbestandteil in seinen Geweben festsetzte. Dazu kam eine Harngeschichte, und das Diuretikum, das man ihm verschrieb, ging eine Verbindung mit dem Siliziumrückstand ein. Seitdem baut sein Körper laufend Kalium ab.«

»Und was bedeutet das?«

»Seine Knochen sind weich – ein Sturz, ein Schlag, eine Überanstrengung, und sie könnten buchstäblich zerbröckeln. Außerdem lagert sich das Silizium allmählich in allen wichtigen Organen ab.«

»Kann man sie nicht ersetzen?«

Kurla schüttelte den Kopf, und Nia strich ihr aufmunternd über das Haar. In diesem Moment rief Helva zur Probe.

Es war ein totaler Mißerfolg. Ansras Launen steckten ihre Mitspieler an. Sie vergaßen ihre Einsätze und Positionen. Als Mercutio und Paris schließlich ein Gefecht begannen, das nicht im Drehbuch stand, brach Prane die Probe ab.

Ansra rauschte in ihre Kabine, und Helva sah, wie sie mißmutig in den Spiegel starrte.

Davo und Prane trafen sich zu einer Beratung.

»So geht es nicht weiter«, meinte Davo. »Ansra hat die Absicht, die Aufführung zu ruinieren, und es scheint ihr hervorragend zu gelingen.«

»Wissen Sie einen Ausweg?«

»Vielleicht. Erinnern Sie sich an den Trick, den wir oft gegen Ende einer Tournee anwandten, wenn die Stimmung schon gereizt war?«

»Rollentausch?«

»Genau. Himmel, wir haben das Stück so oft gespielt, daß jeder die Zeilen und Gesten des anderen beherrscht.«

Prane lachte boshaft. »Helva soll Ansra zeigen, wie man die Julia spielt?«

»Nein, diese Rolle übernimmt Kurla.« Davo erwiderte mit unbewegter Miene Pranes erstaunten Blick.

»Und Romeo?«

»Bleibt. Aber ich spiele den Bruder Lorenzo und werde euch trauen.«

Prane wartete, bis die Leute eine Weile ausgeruht hatten, dann verkündete er Davos Vorschlag. Der Gedanke wurde mit Begeisterung aufgenommen.

»Ich bin der Prinz von Verona«, erklärte Helva und ahmte die Stimme des Schauspielers so täuschend echt nach, daß der Mann vor Schreck seinen Becher fallen ließ.

»Sie könnten das Stück ganz allein spielen«, rief Davo.

»Wirklich?« fauchte Ansra. »Gut, dann übernehme ich die Rolle der Wärterin. Helva soll sehen, wie man die feinen Nuancen herausarbeitet.«

Sie einigten sich auf die Rollenverteilung und begannen.

Ansra sprühte vor Witz und spielte die Wärterin, wie sie die Julia niemals gespielt hätte. Aber irgendwie gelang es ihr, den Zeilen einen ganz anderen Sinn zu geben, als sie ursprünglich beaßen. Helva zuckte zusammen, als sie die höhnischen Schlußworte in der dritten Szene des ersten Aktes hörte: »Such frohe Nächt' auf frohe Tage, Kind!«

Aber dann traf Julia Romeo beim Festmahl, und Ansras Bosheit rächte sich; denn Prane war ein verwandelter Romeo, liebevoll, zärtlich, sanft. Und Kurla ging in ihrer Rolle auf, lebte sie ...

Die Augen der Diva blitzten. Es sah aus, als wollte sie sich jeden Moment auf das Paar stürzen. Prane und Kurla hatten ihre Umwelt vergessen, als sie sich küßten und Prane mit weicher Stimme sagte: »Nun hat dein Mund ihn aller Sünd' entbunden.«

Das Schrillen einer Alarmklingel brachte sie in die Wirklichkeit zurück. Es kündigte den Beginn des Bremsmanövers an. Sie hatten Beta Corvi erreicht.

»So«, sagte Chadress zu den Schauspielern, die sich in der Hauptkabine versammelt hatten, »die Transfer-Helme müßten sich bequem überstreifen lassen, da sie maßgefertig wurden. Der Vorgang selbst ist einfach und völlig schmerzlos. Stellt euch Beta-Corvi-6 vor – und schon seid ihr dort!«

»Wie soll man sich einen Planeten vorstellen, den man noch nie gesehen hat?« fragte Nia. Sie warf einen mißtrauischen Blick auf ihren Helm.

»Nun, am besten läßt sich die Heimatwelt der Corviki wohl mit einem Unterwasserpanorama vergleichen – man ist umgeben von Schemen in allen Formen und Farben. Der Kapitän des Forschungsschiffes hat wiederholt betont, daß die Farben eine besondere Bedeutung besitzen. Die Corviki ähneln Polypen – sie besitzen sackähnliche Körper mit einer Vielfalt von Tentakeln, die vermutlich Nervenenden darstellen.«

»Brrr!« murmelte Nia.

»Helva ist unsere Garantie, daß nichts schiefgeht«, fuhr Chadress fort. »Sie besitzt ein Relais, das uns automatisch zurückholt, wenn die Zeitgrenze erreicht ist. Man warnte uns ausdrücklich, nicht zu lange auf der fremden Welt zu bleiben.«

»Warum?« fragte Ansra gelangweilt.

»Die Corviki haben sicher ihre Gründe, auch wenn wir sie nicht kennen.« Er winkte Prane zu sich. »Ich glaube, wir können anfangen.«

Der Solar streifte seinen Helm über, lehnte sich zurück und schloß die Augen. Sekunden später leuchtete an dem Apparat eine Kontrollampe auf.

»Ist das alles?« fragte Nia Tubb. Sie und die anderen folgten Pranes Beispiel. Schließlich waren nur noch Chadress und Helva übrig.

»Sieh noch einmal nach Prane!« bat Helva.

Der Pilot beugte sich über den Solar. »Alles in Ordnung, soweit ich das beurteilen kann. Wir treffen uns auf Beta Corvi, Mädchen. Bis gleich!«

Damit war er verschwunden. Helva hatte das unheimliche Gefühl, daß der neue Synapsenanschluß wie Feuer brannte. Aber das war nicht möglich. Sie zwang sich, den Transfer vorzunehmen. Zum erstenmal in ihrem Leben verließ sie bei vollem Bewußtsein die vertraute Hülle. Einen Moment lang erfaßte sie primitive Furcht, und dann ...

Geschafft!

Zuerst spürte sie einen Druck, der sie von allen Seiten umschloß. Nun, die Corviki hatten gesagt, daß sie eine Art Behälter für die Psyche eines jeden Besuchers zur Verfügung stellen würden. Helva befand sich in einem solchen Behälter. Und sie bewegte sich. Rings um sie schaukelten und schwankten Farne in einem ungeheuer vielfältigen Farbspektrum: Einige der Farben besaßen ›Klang‹- und ›Geruch‹-Werte.

»Schon angepaßt, Helva?« Vertraute Gedanken überlagerten die ihren.

»Ich bin die vielen physischen Eindrücke nicht gewohnt«, entgegnete sie.

»Kein Wunder.«

»Und wie fühlst du dich, Chadress?« Sie hatte in der Struktur der Druckwellen sofort ihren Piloten erkannt.

»Samtig, weich, tief – greifbar wohl. Und ich empfinde unbegrenzte Macht.« Chadress war beeindruckt. »Ich komme mir wieder jung vor.«

Eine neue Struktur trat in Erscheinung, und sie erkannten beide, daß sie einen echten Corviki vor sich hatten. Die Wellen waren sehr dicht, und Helva spürte, daß Weisheit und Alter von ihnen ausging, daß die Grundenergie in einer einmaligen Art angewandt wurde.

»Ich bin euer Manager«, stellte er sich vor. »Die anderen warten. Wir können mit der neuen Ausdrucksform der Energie beginnen.« Er führte sie zu einer Sphäre, umgeben von Klumpen toter schwarzer Materie, aber auch von gigantischen Farnen, die gleichmäßig ein- und ausatmeten. Und plötzlich erkannte Helva alle, trotz ihrer homogenen Form, an den leichten Unterschieden von Farbe und Druck.

Prane wirkte ebenso dicht wie der Manager. Sie begann Dichte mit Alter oder Weisheit gleichzusetzen. Zugleich überlegte sie, in welcher Weise die anderen wohl sie empfanden. Prane bat sie, das Stück mit dem Chor zu eröffnen.

Einen Moment lang hatte sie Angst. Was sollte sie ohne die Mikrophonausrüstung des Schiffes anfangen? Am liebsten hätte sie sich in ihre eigene Hülle zurückgezogen. Aber Prane war Truppendirektor, und sein Wort galt.

»Zwei Häuser in Verona, würdevoll ...« Und irgendwie wuchs ihre Struktur, verdunkelte sich, und sie stellte mehr dar als nur sich selbst.

Sie gelangten bis Akt Vier, dann holte der Zeitmechanismus sie zurück ins Schiff, und ihnen kam schmerzhaft zu Bewußtsein, daß sie nur Wesen aus Fleisch und Blut waren. Keiner von ihnen sprach viel. Sie aßen heißhungrig, und bald darauf suchten sie ihre Kojen auf.

Helva blieb als einzige wach, und zum erstenmal bedauerte sie, daß ihr nicht das kurze Vergessen des Schlafes gegönnt war. Sie bemühte sich, nicht daran zu denken, welche Beweglichkeit sie auf Beta Corvi besaß. Statt dessen überprüfte sie ihre Instrumente. Sie befanden sich in einer Parkbahn um den Planeten. Über dem Schiff war der dunkle Raum, in der Tiefe brauten sich amorphe Wolken in diffusen Farben zusammen, hin und wieder von leuchtenden Fäden durchzogen.

Am nächsten ›Tag‹ nahmen sie das Stück da auf, wo sie es unterbrochen hatten. Helva gewann den Eindruck, daß keiner der Corviki das ›Theater‹ verlassen hatte. Die Abwesenheit der Truppe war ihnen offensichtlich gar nicht aufgefallen. Beherrschten sie die Zeit ebenso wie die Energie? War die Zeit, wie es ein

Wissenschaftler von Alphecca behauptete, nichts anderes als eine Energieausstrahlung?

Ihre Wahrnehmungen waren an diesem Tag schärfer. Sie gewöhnte sich an den Druck, der sie umgab, und die sensorischen Daten, die er übermittelte.

Kurz bevor ihre Frist erneut abgelaufen war, wandte sich der Manager an Ansra:

»Die Energieerhaltung ist nicht der Zweck dieses Experiments. Es gibt also keinen logischen Grund, die Emissionen einzuschränken. Du behinderst den Versuch. Ich verlange, daß du deine Energie in dem Maße abgibst, wie es die Gleichungen vorschreiben.«

Ansra zeigte sich empört, als sie auf das Schiff zurückkehrten. »Ich lasse mich von diesen verdammten Polypen nicht demütigen! Morgen bleibe ich hier.«

»Jetzt reich es, Ansra«, entgegnete Prane. Er musterte die Diva mit kaltem Blick. »Wir haben Ihre Launen und kleinen Intrigen bisher geduldig ertragen, weil sehr viel auf dem Spiel steht. Aber Sie überspannen den Bogen. Morgen begleiten Sie uns und geben mehr Energie ab, verstanden?«

»Wer will mich dazu zwingen?«

»Wir, Herzchen!« Nia Tubb trat vor sie hin und versetzte ihr mit der flachen Hand ein paar kräftige Ohrfeigen. Ansra wollte schluchzend in ihre Kabine fliehen, aber Nia packte sie am Arm und hielt sie zurück. »Hiergeblieben, meine Liebe! Sie rühren sich nicht von meiner Seite. Da – setzen Sie sich hin und essen Sie! Und morgen spielen Sie die Julia wie noch nie in Ihrem Leben!«

Die Szene hatte alle mitgenommen, auch wenn sie es nicht eingestehen wollten. Kurla versorgte sie mit einer kräftigen Proteinbrühe, und bald nach dem Essen zogen sie sich zurück.

»Bitte, Helva, behalte Nia und Ansra im Auge!« sagte Chadress. Er hatte sich irgendwie verändert, fand Helva. Ohne es selbst zu merken, nahm er immer mehr die Art der Corviki an.

»Glaubst du, daß sie spielen wird?« hörte Helva Kurla fragen, Prane und das Mädchen schienen unzertrennlich.

»Ihre Farbskala umfaßte das Zorn- und Angstspektrum ...« Prane stockte, als Kurla leise zu lachen begann.

»Die Denkweise der Corviki ist ansteckend, nicht wahr?« meinte sie. »Auch ich ertappe mich dabei, daß ich die Menschen nach ihrer Energieausstrahlung beurteile.«

»Du hast auf Corvi eine wunderbar dichte, warme Struktur, Liebling.« Er beugte sich über sie, doch dann wandte er sich abrupt ab und verließ die Kabine.

Ansra spielte am nächsten Tag so gut, daß man die Proben abschließen konnte. Helva war erleichtert darüber, denn ihr fiel auf, daß immer mehr Mitglieder der Truppe die Gedankenwelt der Corviki annahmen. Die einzige, die sich unempfänglich zeigte, war Ansra, aber sie hatte soviel mit ihren persönlichen Problemen zu tun, daß sie keine Energie – du liebe Güte, ich auch schon, stöhnte Helva – zum Sammeln objektiver Erfahrungen besaß.

Der Premierenabend auf Beta Corvi war ein grellweißer, wilder Triumph, soweit es die Corviki betraf. Sie nahmen diese Form des Energieverlusts mit Begeisterung auf. Als der Prinz von Verona den Entropietod von Romeo und Julia zusammenfaßte, explodierten Novä vom Beifall jenseits der farnumstandenen

Bühne. Die Atmosphäre um die Schauspieler knisterte, dröhnte, donnerte von den Detonationen, als sich unermeßliche positive Kräfte zusammenfügten und die gesamte vorher verschleuderte Energie wieder absorbiert wurde.

In diesem Augenblick dankte Helva den Technikern. Sie dankte ihnen und verfluchte sie gleichzeitig, weil das Schaltrelais sie unerbittlich zurück auf das Schiff holte, fort von dem großartigen Energieaustausch.

Wie Marionetten lagen die Schauspieler auf ihren Kojen, schlaff, erschöpft, dem Zusammenbruch nahe. Der Prinz von Verona preßte beide Hände gegen die Schläfen, wo der Transfer-Helm einen roten Striemen hinterlassen hatte. »Ich glaube nicht, daß ich das noch einmal durchstehe«, murmelte er heiser. »Ein Publikum, das man nicht ertragen kann, weil es *zu begeistert* von der Darbietung ist ...« Er holte tief Atem. »Dieser Ort ist die reine Entropie.«

Prane, ebenso ausgepumpt wie die anderen, rang sich ein schwaches Lächeln ab.

»Es besteht kein Zweifel, daß uns die unvorhergesehene Reaktion überwältigt hat. Wir – wir müssen nun erst einmal Masse in die dringend benötigte Energie umsetzen und unsere Emissionen einschränken. Aber ich bin sehr, sehr stolz auf euch alle!«

In dieser Nacht herrschte absolutes Schweigen im Schiff. Selbst Helva war zu abgespannt, um über die zukünftigen Probleme nachzudenken.

Der nächste Tag brachte keine sichtbare Veränderung. Die Truppe war wie ausgelaugt. Kurla bereitete eine

Mahlzeit, die stark mit Proteinen angereichert war, und verteilte Anregungsmittel.

Gegen Abend holte Helva ihren Piloten zu einer Besprechung in den Kontrollraum.

»Wir schieben die Rückkehr nach Beta Corvi so lange wie möglich hinaus, Helva. Die Leute sind mit ihren Nerven am Ende.« Er schüttelte langsam den Kopf. »Wie fühlst du dich eigentlich?«

»Auch mir fällt es schwer, noch einmal zu den Corviki zu gehen. Aber ich *weiß*, daß wir keine andere Wahl haben.«

»Wie meinst du das, Helva?«

»Ich habe meine Systeme überprüft und festgestellt, daß ich kaum fort von hier kann, solange unser Kontrakt nicht erfüllt ist. Die Energiezuleitungen werden von Sperren blockiert. Ich könnte im Notfall nicht einmal einem Meteor ausweichen.«

Chadress schlug die Hände vor das Gesicht. Er zitterte am ganzen Körper. »Helva, ich kann nicht zurück, *ich kann nicht* ...«

»Das verlangt auch niemand von dir – jetzt wenigstens nicht. Ich werde die Angelegenheit übernehmen.«

»Welche Angelegenheit?« Prane hatte den Raum betreten.

»Ich gehe hinunter und erkläre den Corviki, weshalb wir sie warten lassen.«

»Das ist meine Aufgabe.« Prane versuchte sich aufzurichten, aber er schaffte es nicht. »Ich bin der Truppendirektor.«

»Sie können sich kaum auf den Beinen halten, Prane. Das gleiche gilt für Chadress.« Ohne eine Antwort abzuwarten, nahm Helva den Transfer vor.

Sie hatte Angst. Wie sollte sie diesen Beherrschern

reiner Energie die menschliche Schwäche und Unzulänglichkeit klarmachen? Aber die Atmosphäre war nahezu frei von Energieemissionen. Der Manager mit seiner dunklen, dichten Struktur empfing sie, während sich die übrigen Corviki diskret im Hintergrund hielten. Als Helva ihm die Gleichung vorlegte und auf die unlösbaren Teile hinwies, gab er zum Zeichen seines Bedauerns Energie ab. Er hatte nicht damit gerechnet, daß die Rückkoppelung und die damit verbundene instabile Reaktionsmasse für die Besucher eine so starke Entropie bringen würde. Dennoch, er bestand darauf, die Formeln zu erhalten, die so einmalige Emissionen hervorriefen. Man hatte herausgebracht, daß man damit statische Energiegruppen reaktivieren konnte, ein bis dahin unbekannter Prozeß. Falls die Besucher sich weigerten ...

Der Manager brach seine Ausstrahlung ab.

Helva kehrte niedergeschlagen in ihre eigene Hülle zurück.

Als sie später die Schauspieler im Kontrollraum versammelte und ihnen die Lage der Dinge erklärte, drehte Ansra Colmer durch.

»Schlagt mich meinetwegen tot«, kreischte sie, »aber nichts, absolut nichts kann mich dazu bringen, diese Prozedur noch einmal durchzustehen. Ich habe meinen Kontrakt erfüllt!«

»Eben nicht, Ansra«, entgegnete Davo müde. »Wir verpflichteten uns ausdrücklich, das Stück mit den Corviki einzustudieren!«

»Ich soll diesen Polypen die Rolle der Julia beibringen?« Ansra lachte schrill. Sie wirbelte herum, bis sie dicht vor Prane schwebte. »Ich habe den Leuten auf Regulus gesagt, daß Sie scheitern würden. Ich habe es Ihnen gesagt – immer wieder. Und behielt recht!«

Ihr Haß war nahezu greifbar. »Macht, was ihr wollt, ich spiele nicht mehr.« Damit floh sie in ihre Kabine. Vor dem Spiegel brach sie wie eine Stoffpuppe zusammen und schluchzte hysterisch.

»Sie hat den Verstand verloren«, stellte Nia trocken fest.

»Ich glaube nicht«, meinte Davo beschwichtigend. »Sie ist mit den Nerven ebenso am Ende wie wir.«

»Aber die Show geht weiter«, warf Escalus sarkastisch ein. »Nur – wie?«

Kurla meldete sich zaghaft zu Wort. »Ich kann die Rolle der Julia übernehmen, wenn – wenn Helva zusätzlich die Lady Montague spielt. Und ich glaube, daß wir diesmal nichts zu befürchten haben. Es geht ja nicht darum, das Stück noch einmal als Ganzes aufzuführen; wir müssen es lediglich mit den Corviki einstudieren. Und es steht uns frei, die Arbeit zu unterbrechen, sobald wir erschöpft sind.«

Prane schloß sie vor versammelter Menge in die Arme und küßte sie.

Ein erregtes Stimmengewirr brach los. Chadress wartete, bis sich die Leute beruhigt hatten, dann meinte er, zu Helva gewandt:

»Glaubst du, die Corviki gestehen uns noch einen Ruhetag zu?«

»Ich will tun, was ich kann«, erklärte Helva.

»Und was machen wir mit *ihr?*« Der Prinz von Verona wies mit dem Daumen zu Ansras Kabine hinüber. »Ich habe meine Bedenken, sie allein auf dem Schiff zurückzulassen.«

Helva richtete ihre Kameras in die Kabine. Ansra Colmer lag auf ihrer Koje und schlief. »Kein Problem«, sagte sie. »Wir werden dafür sorgen, daß sich Miss

Colmer gründlich von den Strapazen der Premiere erholen kann!« Und sie leitete ein Betäubungsgas in die Kabine.

Der Manager strahlte Erleichterung darüber aus, daß sich nun doch noch eine Lösung gefunden hatte. Helva schickte die Leute nach einer proteinreichen Mahlzeit früh schlafen. Nia und Kurla zogen es vor, die Nacht in den Konturenliegen des Kontrollraums zu verbringen, obwohl Helva das Gas wieder abgesogen hatte. Kurla erklärte sich damit einverstanden, Ansra ein Sedativ zu injizieren, so daß sie sich im Tiefschlaf befand, wenn das Schiff leer war.

Man begrenzte die erste Probe auf vier Stunden. Aber alle Bedenken schwanden, als die Schauspieler erkannten, daß ihre Schüler sehr zurückhaltend mit der Ausstrahlung von Energie waren. Erleichtert kehrten sie auf das Schiff zurück.

»Diese Corviki besitzen eine unglaublich rasche Auffassungsgabe«, rief Escalus. »Es reicht, die Szenen ein einziges Mal durchzuarbeiten.«

»Ja, sie speichern die gesamte Energie«, pflichtete Davo ihm bei. »Aber ihr kennt den Unterschied zwischen Profis und Laien. Werden sie bei der Aufführung die Emissionen richtig dosieren?«

»Ich sprach mit dem Manager darüber«, warf Prane ein. »Er versicherte mir, daß während der Premiere genaue Energiemessungen vorgenomen wurden. Der Mann ist eine dichte Persönlichkeit, eine enorm dichte Persönlichkeit.«

»Wenn man euch so zuhört, könnte man euch für Corviki halten«, meinte Nia lachend.

Prane und Chadress sahen sie verwirrt an. Dann lachten auch sie, aber es klang ein wenig erzwungen.

Die zweite Probe verlief so glatt, daß Prane beschloß, nur noch eine letzte Übung abzuhalten.

»Gut, so bringen wir die Sache hinter uns«, sagte Escalus. »Diese Corviki sind wie Sirenen. Man kommt nicht mehr los von ihnen.«

Der Prinz von Verona hatte recht. Auch Helva fiel es leicht, die Gedanken der Corviki nachzuvollziehen. Prane und Chadress redeten bereits seit Tagen in der neuen Bezugsordnung. Ihre Fachsimpeleien hatten immer mehr mit Atomphysik und immer weniger mit Theater zu tun.

Helva sah ihr zu, wie Kurla in Ansras Kabine ging und ihr erneut eine Injektion gab. Die Frau war jetzt seit vierzig Stunden ohne Bewußtsein. Nun, fünf weitere würden ihr nicht schaden. Das Arbeitsklima hatte sich jedenfalls wesentlich gebessert.

Auch die letzte Probe war bald überstanden. Der Manager beherrschte nur mühsam seine Spontanemissionen, als er den Schauspielern dankte. Er verkündete, daß die Energiesperre im Schiff aufgehoben sei und man die versprochenen Informationen in einem besonderen Behälter an Bord gesandt habe. Helva spürte den heimtückischen Sog der Entropie und verabschiedete sich rasch.

Nach dem Transfer brauchte sie einen Augenblick, um sich zurechtzufinden. Sie entdeckte den Behälter der Corviki im Maschinenraum und ließ ihn dort, da er eine starke radioaktive Strahlung besaß.

Jemand schluchzte in der schwach erhellten Hauptkabine. Schwach erhellt? Aber sie hatte das Licht nicht gedämpft, als sie nach Beta Corvi ging!

Helva schaltete die Beleuchtung voll ein. Ansras

Bett in der Pilotenkabine war leer. Hatte Kurla ihr eine zu schwache Dosis verabreicht? Helva suchte das Schiff ab und entdeckte Ansra neben Prane. Sie machte sich an den Kabeln zu schaffen, die zu Kurlas und Pranes Helmen führten.

»Ansra, das ist Mord!« schrie Helva mit voller Lautstärke. Die Schauspielerin ließ sich davon nicht einschüchtern. Sie riß die Kabel aus den Verankerungen und wandte sich den übrigen Helmen zu.

Helva betätigte in verzweifelter Hast den Transfer-Schalter, in der Hoffnung, Ansra zuvorzukommen. Es schien eine Ewigkeit zu dauern, bis die Kontrollampen an den Helmen erloschen. Nur eine brannte weiter – die ihres Piloten!

»Davo! Davo!« rief Helva.

Der Schauspieler erhob sich schwankend. Dann sah er Ansra und warf sich auf sie. Sie versuchte sich seinem Griff zu entwinden.

»Escalus! Helfen Sie Davo! Die Frau hat den Verstand verloren! Benvolio – los, Mann! Kümmern Sie sich um Chadress! Fühlen Sie seinen Puls!«

Benvolio beugte sich über die reglose Gestalt. »Zu langsam«, murmelte der. »Und so schwach ...«

»Ich muß noch einmal zu den Corviki. Nia – ah, Sie sind wach! Suchen Sie zwei unbeschädigte Helme und streifen Sie die Dinger Prane und Kurla über! Ich hole sie zurück.«

»Helva, es hat keinen Sinn ...«, hörte sie Davon rufen, aber dann hatte sie den Transfer vollzogen.

Der Manager war neben ihr. Und die Strukturen von Prane, Kurla und Chadress.

»Bleib bei uns, Helva! Bleib bei uns! Es ist ein völlig neues Leben. Wir besitzen die Macht des ganzen Universums. Weshalb willst du zurück in dein Titangehäuse, in die Gefangenschaft? Bleib bei uns!«

Sie hatte Angst, der Versuchung zu erliegen, noch länger hinzuhören. Helva floh auf das Schiff.

*»Helva!«* Davos Stimme brachte sie zu sich.

»Ich bin zurück«, murmelte sie.

»Gott sei Dank! Ich hatte Angst, Sie würden nicht wiederkommen.«

»Sie wußten Bescheid?«

»Irgendwie hätten sie es geschafft, auf Beta Corvi zu bleiben – auch ohne Ansras Hilfe.« Nia stand neben ihm. Sie nickte.

»Es ist die Lösung für Prane und Kurla«, meinte sie. »Jetzt können sie ihre Energien vereinen.« Sie lachte trocken.

»Aber Chadress?«

»Ein Schock für Sie, daß ein Pilot sein Schiff im Stich läßt, was?« fragte Davo mitfühlend. »Aber wie lange hätte er noch im Dienst bleiben können, Helva?«

Helva richtete ihre Kameras auf die vier Gestalten, die reglos dalagen und nur ganz schwach atmeten. *Vier?* Sie stieß einen entsetzten Schrei aus. Ansra lag neben Kurla und Prane. »Warum – habt ihr das getan?«

Nia zuckte mit den Schultern. »Verglichen mit dem Verbrechen, das sie beging, ist es eine harmlose Strafe. Außerdem besitzen die Corviki mehr Geschick als wir im Umgang mit instabilen Energien. Können wir jetzt starten?«

»Ja.« Helva seufzte und gab dem Kurscomputer die Koordinaten ein.

Die pausenlosen Fragen der Wissenschaftler hatten Helva erschöpft, und sie seufzte erlöst, als die letzte Gruppe endlich das Schiff verließ.

Ein Bodenfahrzeug hielt mit quietschenden Bremsen am Lifteingang.

»Wer, zum Teufel ...«, fauchte sie.

»Ich, Parollan«, fiel ihr eine vertraute Stimme ins Wort. »Darf ich an Bord kommen?«

»Bitte.« Sie ließ ihn ein. »Was gibt es?« fragte sie vorsichtig. Bei dem Mann wußte sie nie so recht, wie sie sich verhalten sollte.

Er blieb vor der Mittelsäule stehen und kniff die Augen zusammen. »Ich – ich wollte dir eigentlich danken, Mädchen. Du warst großartig. Kein anderes Schiff hätte diesen lausigen Auftrag geschafft ...«

»Sieh mal einer an! Lausiger Auftrag? Das wußten Sie also, und doch ...«

»Mädchen, ich will nur dein Bestes! Hast du schon nachgerechnet, was dir die Sache eingebracht hat? Noch eine solche Mission, und du bist frei, unabhängig!«

»Noch eine solche Mission, und ich drehe durch wie die 732, besonders wenn ich nicht endlich einen vernünftigen, zuverlässigen Partner bekomme! Parollan, darf ich Sie an das Versprechen erinnern, das man mir vor der Abreise gab?«

»Ja, ja, stures Frauenzimmer«, knurrte Parollan. Eine steile Falte stand zwischen seinen Augenbrauen. »Morgen früh schicke ich dir eine Auswahl der besten Piloten, die uns zur Verfügung stehen ...«

# *Das verschwundene Schiff*

»Gehirnschiffe verschwinden nicht«, sagte Helva in einem bestimmten, aber wie sie hoffte, nicht aggressiven Ton.

Teron schob streitsüchtig das Kinn vor, was seine Ähnlichkeit mit einem Neandertaler noch unterstrich. Anfangs hatte Helva diesen Anblick nur belächelt, aber jetzt brachte er sie jedesmal in Weißglut.

»Du hast den Bericht von der Zentrale gehört«, entgegnete Teron im Schulmeisterton.

»Es ist einfach unvereinbar mit unserer Konditionierung«, fuhr Helva fort. Am liebsten hätte sie ihre Lautstärke voll aufgedreht, aber sie beherrschte sich. Zumindest eines hatte sie in dem Jahr des Zusammenseins mit Teron gelernt: Geduld zu üben.

Diese Partnerschaft war einfach unerträglich, um nicht zu sagen, entwürdigend, und sie hatte die feste Absicht, sie aufzulösen, sobald dieser Auftrag erledigt war und sie nach Regulus zurückkehrten.

»Deine Loyalität in Ehren, aber sie ändert nichts an der Tatsache, daß vier Gehirnschiffe sich praktisch in Luft aufgelöst haben. Sie liefen weder ihren Bestimmungshafen an, noch tauchten sie in den angrenzenden Raumsektoren auf. Da kein Pilot die Möglichkeit hat, den Kurs von sich aus zu ändern, ist mit an Sicherheit grenzender Wahrscheinlichkeit anzunehmen, daß die Gehirne die Verantwortung für das Verschwinden tragen. Logische Folgerung: Gehirnschiffe sind unzuverlässige Organismen.« Er grinste selbstgerecht.

Helva zählte langsam bis tausend. »Die Daten, die wir bis jetzt besitzen, sind unvollständig. Es fehlt die Motivierung. Was hätte die Schiffe zu einem solchen Handeln veranlassen sollen? Keines war sonderlich stark verschuldet. Im Gegenteil, die DR stand kurz vor der Selbständigkeit.« So wie ich, fügte sie insgeheim hinzu. »Ich finde deine Logik nicht gerade überzeugend.«

»So?« Teron bedachte sie mit einem herablassenden Blick. »Und wenn ich dir sage, daß die Zentrale zu dem gleichen Schluß gelangt ist wie ich?«

Es hatte keinen Sinn, mit ihm zu streiten. Er war stur, engstirnig, obrigkeitsgläubig und besaß weder Fantasie noch einen Funken Intuition. Dabei – und das schmerzte sie besonders – hatte Niall Parollan sie vor dem Acthioniten gewarnt.

»Der Mann hat sein Pilotenpatent nur bekommen, weil er ein Streber ist. Er eignet sich gerade für die primitivsten Botenflüge. Was findest du ausgerechnet an ihm?«

»Parollan, ich verbiete Ihnen, so von meinem zukünftigen Partner zu sprechen!«

»Mädchen, gebrauche deinen Verstand! Sieh dir den Kerl doch an! Ein hohlköpfiger Muskelprotz, ein – ein Androide mit einem Räderwerk an der Stelle, wo andere Menschen ihr Herz haben. Er wird dich zum Wahnsinn treiben.«

»Er ist zuverlässig, ausgeglichen, belesen, anpassungsfähig ...«

»Und du bist eine gehässige Titanjungfer!« fauchte Parollan und verließ zum zweitenmal seit ihrer Bekanntschaft das Schiff, ohne sich von ihr zu verabschieden.

Teron von Acthion war überzeugt davon, daß seine

schlagende Antwort Helva zum Schweigen gebracht hatte. Er begann mit peinlicher Sorgfalt die Kurskoordinaten zu überprüfen. Sein Mißtrauen brachte Helvas Stimmung auf den Siedepunkt.

Jede Faser ihres Seins sagte Helva, daß Gehirnschiffe nicht einfach verschwanden – nicht vier nacheinander in einem knappen Monat! Dahinter steckte mehr. Aber wie sollte sie das Teron klarmachen?

Hatten die Psychologen ihn nicht gründlich genug getestet? Sein Hang zur Besserwisserei würde ihn immer in Konflikt mit seinen Partnern bringen. Und noch eines war ihr aufgefallen: Unterbewußt haßte Teron Cyborgs. Geschöpfe wie Helva stießen ihn instinktiv ab.

Anfangs hatte sie versucht, sein Verhalten zu verstehen, seinen Hang zur Perfektion. Teron hatte krankhafte Angst davor, einen Fehler zu begehen, weil in seiner Vorstellung Fehler und Versagen miteinander gekoppelt waren.

Nun, dachte Helva, ich habe einen Fehler begangen, als ich Teron wählte. Ein Pilot, der einem Schiff mißtraut, nützt weder mir noch den Zentralwelten. Also muß ich versuchen, den Fehler wieder auszubügeln. Ich werde die Trennung beantragen. Die Strafgebühr – nun ja, ein kleiner Rückschlag, aber mit einem neuen Partner und ein paar guten Aufträgen bringe ich das rasch wieder herein. Teron jedenfalls verschwindet von meinem Deck!

Nachdem sie diesen Entschluß gefaßt hatte, fühlte sie sich wohler.

Den nächsten Vormittag verbrachte Teron wie üblich damit, sämtliche Meßgeräte und Bildschirme zu überprüfen. Helva hätte die gleiche Arbeit in zehn Minuten erledigt. Im allgemeinen überließ der Pilot diese Aufgaben stillschweigend seinem Gehirnpartner. Nicht so Teron. Er gab sich erst zufrieden, als er seine Berechnungen mit Helvas Zahlen verglichen hatte und feststellen mußte, daß sie genau übereinstimmten.

Tania Borealis rückte näher. Die TH-834 war schon des öfteren auf Durell, dem vierten Planeten des Systems, gelandet. Die Hafenbeamten kannten Teron; er hatte sie oft genug vor den Kopf gestoßen. So übergingen sie ihn und richteten ihre Instruktionen direkt an Helva.

Nun, Teron rächte sich auf seine Weise. Sie hatten eine Ladung seltener und gefährlicher Drogen abzuliefern, und eine gewisse Vorsicht war durchaus angebracht. Aber es ging zu weit, daß Teron Verbindung mit der Zentrale aufnahm und sich die Ausweisnummer von Captain Brandt bestätigen ließ. Zu allem Unglück fing Niall Parollan den Funkspruch auf, und Helva verstand seine Antwort sehr deutlich, auch wenn er sich zurückhaltend ausdrückte.

Innerlich kochte sie. Sie hörte jetzt schon Parollans Bemerkungen, wenn sie den Trennungsantrag stellte. Plötzlich kam ihr ein Gedanke. Sie hatten noch drei Landungen durchzuführen, bevor sie nach Regulus zurückkehrten, eine auf Tania Australis und zwei auf den Alula-Zwillingsplaneten. Sollte Parollan gleich spotten, dann war das Schlimmste vorbei, wenn sie den Stützpunkt erreichte!

So gab Helva ihm durch ein Geheimsignal zu verstehen, daß er den Kanal offenhalten sollte. Teron, pedantisch wie er war, würde Captain Brandt persönlich zu seinem Landfahrzeug begleiten. Dann hatte sie die Möglichkeit, ihre Absicht zu verwirklichen.

»Tower an TH-834. Antiolathan Xixon bittet um

Besuchserlaubnis«, hörte sie die Stimme des Tower-Funkers.

»Verweigert«, entgegnete sie ruhig.

Teron war aufgesprungen und trat an die Sendeanlage. Er schaltete sich in das Gespräch ein. »Hier Pilot Teron. Was ist der Zweck des Besuchs?«

»Weiß ich nicht. Die Leute sind mit einem Bodenfahrzeug zu euch unterwegs.«

Teron unterbrach die Verbindung. Er warf einen Blick aus der offenen Luftschleuse. Der Wagen mit den Fremden kam rasch näher.

»Helva, du hast kein Recht, von dir aus eine solche Entscheidung zu treffen. Schließlich haben sich die Besucher angemeldet, wie es sich gehört.«

»Ist dir der Name Antiolathan Xixon bekannt?« fragte Helva. »Mir nicht. Und wir haben gefährliche Drogen an Bord.«

»Darüber bin ich mir völlig im klaren. Aber die Tatsache, daß wir den Namen nicht kennen, beweist keineswegs, daß es ihn nicht gibt. Irgendwie klingt er religiös, und die Zentrale schärft uns immer wieder ein, den Glauben fremder Völker zu respektieren. Wir sollten den Mann empfangen.«

»Hmm. Darf ich dich daran erinnern, daß ich schon ein paar Jahre länger im Dienst bin als du und obendrein Zugang zu umfangreichen Gedächtnisspeichern besitze? Zu *mechanischen* Gedächtnisspeichern, die exakter arbeiten als die menschliche Erinnerung. Es gibt keinen Xixon.«

»Die Besucher haben sich ordentlich angemeldet«, beharrte Teron.

»Sollten wir nicht die Zentrale fragen?«

»Lächerlich!«

»Findest du?«

Das Bodenfahrzeug hielt, und die Besucher baten noch einmal darum, an Bord kommen zu dürfen. Helva hatte keine Gelegenheit mehr, heimlich mit der Zentrale zu sprechen. Es war kindischer Trotz von Teron, diese Leute zu empfangen.

Die vier Männer traten ein. Zwei von ihnen, in einfache graue Uniformen gekleidet, nahmen links und rechts von der Luftschleuse Aufstellung, als seien sie die Ehrenwache eines großen Würdenträgers. Sie hatten Waffen umgeschnallt und trugen an Ketten um den Hals merkwürdige Trillerpfeifen. Der dritte, ein grauhaariger, aber noch sehr rüstiger Mann, führte einen Greis in einer wallenden dunklen Robe herein. Auch der Alte hatte eine Pfeife umhängen, die er nun berührte, als sei sie ein geweihtes Amulett.

Irgend etwas stimmte nicht mit diesen Leuten. Helva sah, daß dem grauhaarigen Mann keine Einzelheit in der Pilotenkabine entging. Und noch während er neben Teron trat, der noch immer am Schaltpult stand, schob er den Greis zur Mittelsäule hin.

»Teron, das sind Betrüger!« rief sie laut. Sie hatte sich plötzlich erinnert, daß der Geheimkanal zur Zentrale noch offen war.

Der Greis gab augenblicklich seine würdevolle Haltung auf.Er stach mit dem Zeigefinger auf ihre Titanhülle ein und kreischte dazu eine Reihe von Silben.

In dem kurzen Moment, bevor sie das Bewußtsein verlor, sah Helva, daß die beiden Posten ihre Pfeifen an die Lippen setzten. Durchdringende Töne blockierten die Schaltkreise des Schiffes. Teron sank zu Boden, niedergeschlagen von dem grauhaarigen Mann. Dann begann das Betäubungsgas zu wirken.

Mit meinen Schaltkreisen stimmt etwas nicht, dachte Helva ... und kam abrupt zu sich.

Sie sah nichts. Sie hörte nichts. Helva kämpfte gegen eine Urfurcht an, die ihr den Verstand zu rauben drohte.

Ich denke, also lebe ich, sagte sie sich mit ganzer Willenskraft. Ihre Erinnerung setzte ein. Sie sah noch einmal die Szene des Verrats: die beiden Posten, die mit ihren Störfrequenzen die Schaltkreise unbrauchbar machten; der grauhaarige Mann, der Teron niederschlug; der Greis, der sich durch das geheime – hah! – Kodewort Zugang zu ihrer Titanhülle verschuf.

Der Angriff hatte Gehirn und Pilot gleichzeitig ausgeschaltet. Nur jemand, der genauen Einblick in die Organisation der Zentralwelten hatte, konnte so einen Coup landen. Nur ausgewählte Personen kannten beispielsweise die Kodeworte der Hüllengeschöpfe.

Helva wußte nun, wie die vier Gehirnschiffe ›verschwunden‹ waren. Man hatte sie zweifellos auf ähnliche Weise überfallen. Aber warum? überlegte sie. Und wo befanden sich die anderen? Von ihren Schiffen abgeschnitten wie sie selbst? Oder dem Wahnsinn verfallen?

Nein, nicht solche Dinge denken! ermahnte sie sich. Konzentriere dich!

Das erste Schiff, das nicht wieder auftauchte, war die FT-687 gewesen. Es hatte Rohmaterial zur Herstellung von Medikamenten geholt. Auch die RD-751 und die PF-699 transportierten Drogen. Das bot schon einen Ansatzpunkt.

Die Drogen, die sie ausgeliefert hatten, waren nur über die Zentralwelten erhältlich. Man gab sie in winzigen Mengen an besonders vertrauenswürdige Handelspartner ab. Eine Ampulle mit hundert Kubikzentimetern Menkalit reichte aus, um das Wasser eines ganzen Planeten zu verseuchen und die Bevölkerung in wehrlose Sklaven zu verwandeln. Ein winziges Körnchen, aufgelöst in einer Proteinsuspension, versorgte jedoch Millionen von Menschen mit Impfstoff gegen die verschiedenen Gehirnhauterkrankungen. Tucanit war ein Rauschgift mit psychedelischen Wirkstoffen, aber die Psychotherapeuten benötigten es in bestimmten Fällen, um die Sinneswahrnehmung ihrer Patienten zu erhöhen. Heilmittel hier, Vernichtungswaffe dort – die Grenzen verwischten sich schnell.

Helva dachte an Teron. Wo mochte sich der Idiot im Moment befinden? Seine Muskelkraft hatte ihn nicht das geringste genützt, als ihn der grauhaarige Fremde zusammenschlug. Beinahe empfand sie so etwas wie Genugtuung.

Ihre Gedanken verschwammen wieder. Sie versuchte sich an Begriffe zu klammern, die sie kannte, an Wortassoziationen, aber sie spürte, daß sie sich immer mehr der Dunkelheit ergab.

Ein LAUT.

Ein metallisches Scharren. Es brannte wie ein glühendes Eisen in ihrem Gehirn, ein Funken Vernunft im Nichts.

Etwas dröhnte: »*Ich habe dein Tonsystem wieder angeschlossen!*«

Helva dämpfte die Lautstärke rasch auf ein annehmbares Niveau. Die Stimme war rauh, näselnd, unangenehm – aber für Helva ein göttliches Empfinden.

»Du bist von deinen Schiffsfunktionen getrennt. Der beschränkte audio-visuelle Stromkreis dient dazu, dich vor dem Wahnsinn zu bewahren. Falls du diese Geste mißbrauchst, unterbreche ich den Kontakt – möglicherweise für immer ...« Ein widerliches Lachen begleitete die Drohung.

Sie schrie auf, als sie unvermittelt das Ding vor sich sah – eine riesige Mundhöhle, schleimigrosa, mit weißen Stoßzähnen. In aller Hast verstellte sie die Sehschärfe. Ihr gegenüber stand Antiolathan Xixon, nun nicht mehr als Greis verkleidet.

»Ich erwarte Zusammenarbeit von dir, sonst …«

Seine Finger griffen nach den Stromzuführungskabeln.

»Nicht!« rief Helva verängstigt. »Wenn Sie das tun, verliere ich den Verstand!«

»So?« Der Fremde lachte höhnisch. »Nun, du wärst nicht die erste. Aber im Moment habe ich eine andere Verwendung für dich.«

Helva sah sich verstohlen um. Sie entdeckte ein kleines Verstärkerpaneel, in das insgesamt zwölf Kabel führten. Ihr Blickwinkel war eng, aber sie erspähte die Umrisse von zwei Titanhüllen. Wo waren die beiden anderen? Vorsichtig schwenkte sie die Linse. Ja, rechts von ihr.

Das Xixon-Geschöpf hatte sich abgewandt, und so betrachtete sie auch noch den Aufbau zu ihrer Linken. Eine interstellare Sendeanlage, wenn sie sich nicht täuschte …

Xixon kam zurück und lächelte ihr spöttisch zu.

»Du bist also das singende Schiff. Die Mißgeburt namens Helva. Darf ich dir die anderen Mißgeburten vorstellen? Foro hat allerdings ein wenig unter der langen Dunkelheit gelitten. Er stammelt nur noch zusammenhangloses Zeug. Delia geht es etwas besser. Sie antwortet wenigstens, wenn man sie fragt. Tagi und Merl haben gelernt, mir zu gehorchen. Ich wünschte mir immer meinen Privatzoo. Mit euch ist mein Traum in Erfüllung gegangen. Und du, meine Süße, wirst mir die Freizeit mit deiner unvergleichlichen Stimme verschönen, ja?«

Helva schwieg. Sofort befand sie sich in absoluter Dunkelheit.

»Er ist wahnsinnig«, sagte sie sich. »Er tut das nur, um mich zu erschrecken. Ich lasse mich nicht von einem Wahnsinnigen erschrecken. Ich warte ab, ganz ruhig. Er braucht mich, deshalb wird er bald zurückkommen. Ich warte ab, ganz ruhig ...

»So, mein Täubchen, hast du dir mein großzügiges Angebot überlegt?«

Helva stammelte. Ein Blick auf den Zeitmesser verriet ihr, daß nur ein paar Minuten vergangen waren. Sie selbst hatte die Spanne als eine Ewigkeit empfunden.

Sie betrachtete ihren Peiniger genauer. Seine Haut hatte einen schwach bläulichen Schimmer. Entweder er kam von Rho Puppis – oder er nahm Tucanit. Das letztere hielt sie für wahrscheinlicher. Immerhin hatten sie und RD diese Droge an Bord gehabt.

»Na, ist dir jetzt nach Singen zumute?« Sein Lachen klang teuflisch.

»Sir?« sagte eine unterwürfige Stimme zu ihrer Linken.

Xixon runzelte die Stirn. »Was gibt es?«

»Der Frachtraum der 834 enthielt kein Menkalit.«

»Keines?« Xixon starrte sie mit blitzenden Augen an. »Wo ist es geblieben?«

»Auf Durell.« Sie sprach absichtlich ganz leise.

»Lauter!« herrschte er sie an.

»Ich brauche die gesamte Energie auf, die Sie mir zugestehen. Dieser Verstärker leistet nicht viel.«

»Soll er auch nicht«, entgegnete Xixon verärgert. Seine Blicke huschten durch den Raum. Plötzlich drückte er den Finger auf ihre Linse, so daß sie kaum noch etwas sah. »Welches Schiff außer dir transportiert noch Menkalit?«

»Ich weiß nicht.«

»Lauter!«

»Ich habe das Gefühl, daß ich bereits schreie.«

»Im Gegenteil, du flüsterst.«

»Ist es so besser?«

»Nun, zumindest verstehe ich dich. Also, noch einmal – welches Schiff außer dir transportiert Menkalit?«

»Ich weiß nicht.«

»Vielleicht fällt es dir in der Dunkelheit ein!« Er riß die Stromkabel heraus.

Sie zwang sich, langsam die Sekunden zu zählen, damit sie den Zeitbegriff nicht wieder verlor.

Er stellte den Anschluß rasch her. Sie hätte am liebsten geschrien, aber sie beherrschte ihre Stimme.

»Ist es nicht besser geworden?« fragte er mißtrauisch. »Ich klemmte diese Foro-Mißgeburt ab.«

Helva stählte sich gegen das Mitleid, das in ihr aufwallte. Nur das Wissen, daß Foro ohnehin dem Wahnsinn verfallen war, konnte sie trösten.

»Für die Sprache reicht es aus«, meinte sie und ging mit der Lautstärke ein wenig hinauf. Wenn sie ihren Trick noch einmal anwandte, brachte sie ihre Leidensgefährten in Gefahr.

»Hmm – dein Glück.« Er entfernte sich.

Helva stellte ihr Gehör schärfer ein. Sie unterschied in unmittelbarer Nähe zehn Schritt-Rhythmen. Das starke Echo ließ darauf schließen, daß sie sich in einer weitläufigen, aber niedrigen Felsenhöhle befand.

Nun, wenn die Sendeanlage zu ihrer Linken ein Standardmodell war, wenn der Schall nicht zu sehr gestreut wurde und wenn sich die gesamte Dienerschaft dieses Verrückten in der Nähe aufhielt ...

Er wollte, daß sie sang?

Sie wartete angespannt.

Nach einer Weile kehrte er zurück. Der blaue Schimmer seiner Haut hatte sich vertieft. Er nahm also doch Tucanit!

Jemand rückte ihm einen Stuhl zurecht, und er setzte sich. Eine unsichtbare Hand reichte ihm ein Tablett, beladen mit Delikatessen.

»Sing, mein hübsches Scheusal, sing!« befahl er und griff lässig nach den Anschlußkabeln.

Helva gehorchte. Sie begann in mittlerer Tonlage, mit sinnlichen, aufpeitschenden Liedern – aber sie sang so leise, daß er sich vorbeugen mußte, um sie zu verstehen.

Das schien ihn zu verärgern, denn er machte sich daran, die anderen Hüllen vom Hauptpaneel abzuklemmen.

»Nicht, Sir! Das bißchen Strom, das meine Gefährten dem Verstärker entnehmen, nützt mir nichts. Aber wenn Sie die Gesamtenergie etwas erhöhen, gelingt es mir vielleicht, den Balzgesang der Reticulaner wiederzugeben.«

Seine Augen begannen zu glänzen. »Einen Balzgesang?«

»Ja, Sir.«

Er schwankte, aber die Verlockung war zu groß. Zudem begann das Tucanit zu wirken und erregte seine Sinne. So rief er einen Techniker, und Helva spürte, wie neue Energie durch ihre Aggregate lief.

»So, meine Sängerin, nun fang an! Sing, oder du stirbst in ewiger Dunkelheit!« Er lachte rauh.

Helva wartete, bis er sich beruhigt hatte, dann begann sie mit den lockenden, gurrenden Lauten der wunderschönen Raticula-Gesänge. Die Energie reichte aus. Und das tanzende Echo verriet ihr, daß sie sich tatsächlich in einer Höhle aus Naturstein befand. Gut so ...

Sie setzte die Obertöne ein und verstärkte die Baßschwingungen, kaum merklich zuerst, doch dann immer mächtiger. Xixon erkannte ihre Absicht nicht. Er war gebannt von ihrem Vortrag. Seine Sklaven schlichen verstohlen herbei und scharten sich um ihn. Nun ging Helva zu den Frequenzen jenseits des Hörbereichs über.

Ihr Sirenengesang hypnotisierte die Zuhörer.

Sie steigerte ihre Stimme zu einem klirrenden Crescendo.

Xixon erwischte es zuerst, da seine Empfänglichkeit durch das Tucanit erhöht war. Er faßte sich an die Brust und sackte zusammen. Die anderen begannen zu taumeln, versuchten dem Höllenlärm zu entkommen, aber sie verloren das Bewußtsein, bevor sie den Ausgang der Höhle erreichten.

Die Störfrequenzen schlossen einige Schaltkreise im Hauptpaneel kurz. Es regnete Funken. Helva hatte ihre Unterbrecherkontakte betätigt, um sich gegen das Chaos zu schützen. Aber auch ihre Nervenenden prickelten, und sie fühlte sich völlig ausgepumpt.

»Delia? Antworte! Ich bin es, Helva.«

»Wer ist Helva? Ich besitze keine Gedächtnisspeicher.«

»Tagi, kannst du mich hören?«

»Ja.« Das kam mechanisch, leise.

»Merl, verstehst du mich?«

»Laut und deutlich.«

Helva starrte den Toten an, der sie und ihre Gefährten so grausam gequält hatte. Was mache ich nun? überlegte sie. Dann fiel ihr ein, daß sie den Geheimkanal zur Zentrale offengelassen hatte, um Parollan ihren Trennungsantrag durchzugeben. Parollan war nicht der Typ, der die Hände in den Schoß legte. Aber wo blieb er, verdammt, noch mal?«

»So, Helva, nun ist alles wieder in Ordnung«, sagte der Testingenieur. Seine Hand ruhte einen Moment lang auf der Mittelsäule. »Du besitzt ein neues Kodewort, das nur Railly kennt, und wir haben die unabhängigen Audio- und Sichtsysteme genau nach deinem Vorschlag eingebaut.«

»Gut. Wie geht es den anderen?«

»Tagi, Merl und Delia werden sich erholen. Bei Delia dauert es vermutlich etwas länger als bei den anderen, aber in einem Jahr hat auch sie die Schäden überwunden.« Der Ingenieur seufzte. Er brachte es nicht fertig, Foro zu erwähnen. Wortlos begann er seine Instrumente einzupacken.

»Und die Piloten?« fragte Helva, während sie sich wieder mit ihren Schiffsfunktionen vertraut machte.

»Nun, Delia Rife macht im Moment eine Entziehungskur mit. Dieser Barbar spritzte ihm eine Dosis Menkalit.« Er kniff die Augen zusammen. »Warum hast du eigentlich den Geheimkanal offengelassen, Helva? Als wir deinen Piloten aus der Gummizelle befreiten, zeigte er sich empört über dein ungebührliches Verhalten.« Der Ingenieur lachte. »Nun, es erwies sich als Glück, denn die Zentrale hörte den ganzen Überfall mit ... Aber warum hast du es getan?«

»Darüber spreche ich nicht gern, aber vielleicht erraten Sie es, nachdem Sie Teron kennengelernt haben.«

»Ach so!« Der Mann machte eine nachdenkliche Pause, dann fuhr er fort: »Dennoch, wir wären beinahe zu spät gekommen. Wer konnte aber auch ahnen, daß die Rauschgifthändler ihr Versteck auf einem winzigen Asteroiden dicht vor Borealis hatten! Unsere Flotte kämmte den ganzen Raumsektor durch.«

»Dieser Xixon war ein raffinierter Bursche.«

»Nun ja, er besaß einen hohen Intelligenzquotienten. Er bestand vor etwa zwanzig Jahren sogar die Aufnahmeprüfung in die Pilotenakademie.«

Xixon hatte die Ausbildung nicht abgeschlossen, aber er wußte genug über die Arbeit der Zentralwelten, und die wenigen Gedächtnissperren, die er besaß, durchbrach er im Tucanitrausch. Es war ihm gelungen, sich beim Wartungspersonal des Regulus-Stützpunkts einzuschleichen und einige Leute in Schlüsselpositionen süchtig zu machen. Der Rest war ein Kinderspiel.

»Ich muß jetzt gehen«, meinte der Ingenieur nach einem letzten prüfenden Blick auf den Kontrollraum. »Dein Pilot kommt sicher bald an Bord.«

»Nicht, wenn ich es verhindern kann«, fauchte Helva.

Teron hatte sich durch sein Verhalten nach dem Überfall ihre restlichen Sympathien verscherzt. Ohne auch nur den Versuch eines Ausbruchs zu wagen, hatte er in seiner Gummizelle gelegen und gottergeben der Dinge geharrt, die da kommen sollten. Eine *logische* Haltung – nur bezeichnete man sie im allgemeinen als Feigheit.

»Helva?« hörte sie eine leise Stimme. »Bist du jetzt allein?« Es war die Zentrale.

»Ja. Der Testingenieur hat eben den Lift verlassen.«

»Wunderbar!« Jetzt erst erkannte Helva Parollans Stimme. »Ich wollte nur wissen, wie du alles überstanden hast, Mädchen ...«

Niall Parollan machte sich Sorgen um sie? Sie fühlte sich geschmeichelt. Aber schon fuhr er fort: »Natürlich, wenn du damals auf mich gehört hättest, als ich dir von Teron abriet ...«

»Bitte – ich habe eine Allergie gegen diesen Namen entwickelt!«

»Ist das etwas ein Rückzieher?«

Genau in diesem Moment bat Teron von Acthion um Einlaß.

»Ich melde mich später wieder, Mädchen ...«

»Bitte, Parollan, bleiben Sie!«

»Helva-Schatz, ich sitze deinetwegen seit drei Tagen und Nächten an der Sendeanlage, und die Pep-Pillen wirken nicht mehr ...«

»Ein paar Minuten halten Sie schon noch durch. Die Sache wird offiziell, Niall!« Sie schickte den Lift zu Teron hinunter.

Er betrat den Kontrollraum, selbstbewußt wie immer, und legte besitzergreifend die Hand auf die Mittelsäule. Dann wandte er sich dem Computer zu.

»Ich gehe noch einmal rasch alle Funktionstests mit dir durch«, erklärte er von oben herab. »Man kann nie wissen ...«

»Einfach so, was?« fragte Helva gefährlich leise.

Teron zog die Stirn kraus. »Aber wir haben es eilig.

Unser Zeitplan ist durch diese Panne ohnehin durcheinandergeraten.«

»Panne?«

»Achte auf deine Lautstärke, Helva. Du kannst nicht erwarten, daß dieser Trick bei *mir* zieht.«

»Was kann ich nicht erwarten?«

»Nun«, meinte er versöhnlich, »ich gestehe dir nach den Ereignissen der jüngsten Vergangenheit eine gewisse Erregung zu. Aber logisch besehen hätte dir in dieser Titanhülle ohnehin kaum etwas geschehen können.« Er wandte sich wieder dem Computer zu.

»Teron von Acthio, es ist dein Glück, daß ich in einer Titanhülle stecke. Sonst würde ich dich nämlich eigenhändig in den Liftschacht werfen.«

»Was ist denn in dich gefahren?« Staunen zeichnete sich auf Terons Zügen ab.

»Mach, daß du hinauskommst. Hinaus! HINAUS!« schrie Helva, ohne an die Beschaffenheit des menschlichen Trommelfells zu denken.

Teron preßte die Hände an die Ohren und floh zum Lift.

»Nun, was sagen Sie dazu, Naill?«

Ein gleichmäßiges Schnarchen drang aus dem Kanal.

# Der Partner

Auf dem Rückflug nach Regulus dachte Helva über die erfreuliche Tatsache nach, daß sie ihr Konto bei den Zentralwelten ausgeglichen hatte. Sie war ihre eigene Herrin. Frei. Frei und endlich in der Lage, einen Partner zu wählen, der nicht von der Pilotenakademie kam. Sie hatte genug von diesen Normtypen. Man preßte die jungen Leute in ein Schema, nach dem sie ihr Leben lang dachten und handelten. Was dabei herauskam, hatte sie an Teron gesehen. Er würde immer ein schlechter Pilot bleiben, aber da er die Grundsätze der Zentralwelten brav nachbetete, konnte ihm nichts geschehen. Einen Mann wie Niall Parollan lehnte man dagegen ab, weil ihm zur vorgeschriebenen Körpergröße von einem Meter achtzig ein paar Zentimeter fehlten …

Der Schiff-zu-Schiff-Kommunikator summte, und Helva stellte die Verbindung her.

»Helva, hier spricht die 422.«

»Silvia!«

»Du bist die einzige, die mich so nennen darf. Es geht das Gerücht, daß du die Unabhängigkeit erlangt hast.«

»Ja – wenn meine Rechnung stimmt.«

»Was ist denn los mit dir? Dein Leben beginnt jetzt erst!«

»Wie meinst du das?«

»Sag mal, der Zwischenfall auf Borealis hat dir doch nicht geschadet?«

»Nein, nicht daß ich wüßte. Ich – ich habe nur etwas gegen die Einsamkeit.«

»Du hast etwas gegen Reichtum«, entgegnete Silvia

in ihrer zynischen Art. »Ich dachte, du seist durch diesen Trottel Teron endgültig geheilt. Er erinnerte mich so sehr an ... ach was, reden wir nicht davon! Helva, du mußt jetzt auf der Hut sein. Du hast dich in knappen zehn Jahren selbständig gemacht. Das ist zu früh – jedenfalls nach Meinung der Zentralwelten. Sie werden dich festzuhalten versuchen.«

»Eben ...«

»Helva, laß dich nicht betrügen! Verlange, daß sie dir eine genaue Abrechnung vorlegen. Im Notfall wendest du dich an Rocco von der Mutanten-Fürsorge. Der steckt seine Nase gern in solche Dinge, und Railly hat einen Heidenrespekt vor ihm.«

»Silvia, in dieser Hinsicht gibt es keine Schwierigkeiten. Ich *weiß*, daß ich es geschafft habe.«

*»Aber ...?«*

»Aber was soll ich jetzt anfangen? Ich bin das Leben in der Patrouille gewohnt und – und ...«

Silvia schien einen Moment lang sprachlos. »Kind, begreifst du nicht, daß sich Industriekomplexe und planetarische Verbände um dich reißen werden? Daß sie jede Summe zahlen werden, die du nennst? Bevor du auf Regulus landest, sprichst du mit Broley. Das ist einer von uns. Er hat ein Maklerbüro und besorgt dir sicher einen guten Kontrakt. Broley ist auf Draht.«

»Besorgt er mir auch einen Partner?«

»Schon wieder das alte Lied?« Silvia seufzte. »Aber bitte, wenn du unbedingt willst, dann bilde dir doch selbst einen aus! Sieh dich unter den jungen Technikern um, die noch nicht von der Akademie verdorben sind! Warte nicht auf den Zufall, sondern nimm die Angelegenheit selbst in die Hand! Und ich warne dich vor Railly! Er wird versuchen, dich im Dienst zu behalten ...« Die Entfernung zwischen den beiden Schiffen wuchs, und Silvias Stimme klang verzerrt. »Gib acht, Helva! Verkaufe dich nicht zu sehr unter dem Wert!«

Die Verbindung brach ab.

Helva dachte über ihre eigenen Worte nach. *Ich bin das Leben in der Patrouille gewohnt …*

Sie erkannte, daß die Konditionierung, die sie in der Jugend erhalten hatte, eine zweischneidige Sache war. Die Psychologen sorgten dafür, daß sich ein Hüllengeschöpf wohl in seiner Rolle fühlte, daß es den Zentralwelten gern diente – aber dadurch wurde die Erlangung der Unabhängigkeit zu einer Farce! Was konnte ein Gehirnschiff anderes tun, als in der Patrouille zu bleiben?

Nun, sie hatte Zeit. Sie konnte sich umsehen. Broley half ihr sicher dabei. Allmählich siegte ihr Optimismus.

»Helva, das darf doch nicht wahr sein!« rief Niall Parollan, als sie um Landeerlaubnis bat.

»Schon ausgeschlafen?«

»Hah! Mein Mädchen ändert sich nicht mehr.«

»Wie oft soll ich es noch sagen? Ich bin nicht Ihr Mädchen.«

»Viele betrachten diese Anrede als Auszeichnung.«

»Wie bringen Sie das nur fertig?«

Niall lachte boshaft. »*Ich* wähle meine Partnerinnen sorgfältig aus. Durch eine hübsche Larve lasse ich mich nicht so leicht täuschen.«

»Schön, Parollan, damit wären wir quitt. Sie blieben doch hoffentlich lange genug wach, um Terons Abgang mitzuverfolgen?«

»O ja, und ich habe mit dem größten Vergnügen die Strafgebühr von deinem Konto abgebucht.«

»Sie macht mich nicht arm.«

»Ich weiß.« Seine Stimme klang mit einem Male düster. »Also, setz deine müden Flossen in Bucht Drei auf! Das ist so etwas wie ein Ehrenplatz. Ein offizielles Begrüßungskomitee erwartet dich bereits.« Damit unterbrach er die Verbindung.

Helva seufzte. Niall würde ihr fehlen, wenn sie sich selbständig machte. Sie hatte sich an seine rauhe, spöttische Art gewöhnt. Und wenn sie ehrlich war, mußte sie zugeben, daß er sie nie im Stich gelassen hatte.

Sie landete in Bucht Drei und schaltete den Antrieb aus. Vier Männer kamen auf sie zu. Sie erkannte Niall Parollan und Kommandant Railly. Donnerwetter, er bemühte sich persönlich zu ihr! Oder war das verdächtig? Die beiden anderen waren Chefingenieur Breslaw und Admiral Dobrinon von der Fremdrassenabteilung. Eine ungewöhnliche Zusammensetzung für ein Begrüßungskomitee. Sollte Silvia doch recht haben? Warum hatte sie auch den Anruf bei Broley so lange hinausgezögert, bis es zu spät war? Sie verstand sich selbst nicht recht.

Die vier Männer kamen an Bord. Sie stellten sich in einer Reihe auf und salutierten. Eine merkwürdige Tradition, fand Helva, aber irgendwie feierlich. Sie würde ihrem neuen Partner beibringen, jedesmal zu salutieren, wenn er das Schiff betrat. Sentimental?

Kommandant Railly räusperte sich und begann seine Dankrede. Aber Helva hatte nur Blicke für Parollan, der sich vor ihrer Mittelsäule aufgestellt hatte und ihr Titanpaneel anstarrte, als sei sie sein Privatbesitz. Nicht vor Railly mußte sie sich in acht nehmen, sondern vor diesem Westentaschen-Macchiavelli!

»... die Episode von Borealis wird in die Annalen der Patrouille eingehen. Es war ein Triumph des Geistes über den Körper«, hörte sie Railly sagen. Seine Stimme hatte einen öligen Klang. »Wie uns die Hauptverwaltung auf der Erde mitteilte, hast du Anspruch auf den vollen Finderlohn, der für die vier Gehirnschiffe ausgesetzt war. Dazu kommt eine Prämie der intergalaktischen Rauschgiftfahndung.« Railly begann nervös hin und her zu gehen. Jetzt kommt der Haken! dachte Helva. Sie konnte nicht erkennen, ob er ein schlechtes Gewissen hatte oder Anlauf zu einer Überrumpelungstaktik nahm. In beiden Fällen mußte sie vorsichtig sein.

»Du weißt, was das bedeutet, Helva. Sobald die Gelder auf Regulus eintreffen, bist du frei – unabhängig von den Zentralwelten und der Patrouille. Wir sind stolz auf dich, Helva, sehr stolz, und – allen Gerüchten zum Trotz – würden wir uns freuen, wenn dir die anderen Gehirnschiffe nacheiferten.« Er seufzte. »Da damit zu rechnen ist, daß die Belohnung schon in den nächsten Tagen überwiesen wird, hat es leider keinen Sinn mehr, dir einen neuen Auftrag zu erteilen.«

»Ah – und Sie hatten bereits etwas für mich vorgesehen?«

»Allerdings.« Railly lächelte jovial und warf Parollan einen aufmunternden Blick zu.

»Zu schade, Chef«, sagte Helva, eben als sich Parollan erhob.

»Ja, nicht wahr?« Parollans Augen funkelten spöttisch. »Aber nun wollen wir dich nicht länger aufhalten. Du hast sicher schon deine Pläne gemacht.« Er schlenderte betont lässig zur Schleuse. »Also dann – alles Gute! Du kannst ja mal bei uns vorbeischauen, wenn du in der Nähe zu tun hast.«

»Moment, Parollan!« warf Railly ein.

Der Kommandant beherrschte sich gut, aber Breslaw und Dobrino verrieten echte Bestürzung. Helva kannte die beiden als ernsthafte Wissenschaftler, die sich niemals in eine Intrige einlassen würden. Es schien sich also um einen wichtigen Auftrag zu handeln. Nun ja, anhören konnte sie sich die Sache einmal ...

Parollan hatte die Schleuse erreicht und winkte ihr noch einmal zum Abschied.

»Parollan!«

Er blieb stehen und zog fragend die Augenbrauen hoch. Der Bursche hatte sich eisern in der Gewalt!

»Was hatten Sie da ausgeheckt, Parollan?«

»*Ich?* Gar nichts.«

Helva achtete nicht auf Dobrinons verblüfften Ausruf.

»Nun, *wir* erörterten beiläufig eine neue Mission für die TH-834, die im Anschluß an den Borealis-Flug stattfinden sollte«, gab Niall nach einem Seitenblick auf den Kommandanten zu. »Leider kam alles anders, als wir dachten ...«

»Leider. Und worin bestand die Mission, wenn ich beiläufig fragen darf?«

Er zuckte mit den Schultern und kehrte in die Kabine zurück. »Wir hatten einen zweiten Besuch auf Beta Corvi geplant.«

»Beta Corvi?« Helva unterdrückte die Unruhe, die in ihr aufstieg. Dann lachte sie schallend. »Teron von Acthion in einer Corviki-Hülle – das ist absurd!«

Niall musterte sie einen Moment lang mit grimmiger Miene. »Du hast selbst immer wieder betont, daß Ansra Colmer den Transfer als einzige ohne Trauma überstand – weil sie egoistisch, stur, engstirnig und nüchtern war. Teron besitzt den gleichen gediegenen Charakter ...«

»Ansra war Schauspielerin!« fuhr Helva auf. »Sie konnte sich anpassen. Teron dagegen hätte in der fremden Umgebung den Verstand verloren – und das wissen Sie ganz genau, Niall Parollan!«

»Bitte, Helva!« versuchte Railly einzulenken. »Wenn du den Einwand gestattest – ich hatte von Anfang an meine Bedenken gegen Teron ...«

»Und Sie behielten recht, Chef«, erwiderte Helva in einem so reuevollen Ton, daß Niall eine Grimasse schnitt.

»Zum Glück entstand kein Schaden ...«

»Abgesehen von der Tatsache, daß Helva nun unabhängig ist«, warf Parollan trocken ein.

»Ganz recht.« Railly nickte heftig. »Aber vielleicht gelingt es uns noch, Helva von der Wichtigkeit dieser Mission zu überzeugen, so daß sie trotz der veränderten Lage bereit ist ...«

»Vielleicht.« Parollans Stimme verriet alles andere als Begeisterung.

Helva sah den verwirrten Blick, den Dobrinon und Breslaw tauschten.

»Ich warte immer noch darauf, daß mir jemand sagt, worum es geht.«

Breslaw trat entschlossen einen Schritt vor. »Erinnerst du dich noch an die Daten, die du von Beta Corvi mitbrachtest? Nun, wir haben sie ausgewertet und sind zu dem Schluß gelangt, daß sie uns auf dem Gebiet der Reaktortechnik einen ungeheuren Schritt weiterbringen. Den Überlichtantrieb gibt es seit langem, aber er glich bisher einem Karren ohne Pferd: Er verbrauchte so viel Energie, daß wir ihn praktisch nicht einsetzen konnten. Mit dem neuen Verfahren zur Regulierung instabiler Isotopen ist dieses Problem gelöst! Jeder Reaktor enthält die Energie einer Nova – die gebändigte Energie, wohlbemerkt! Mit den Informationen der Corviki wird der Traum vom intergalaktischen Antrieb Wirklichkeit – noch in diesem Jahrzehnt, womöglich noch in diesem Jahr. Reizt dich das nicht?«

Und ob! dachte Helva erregt. Der Pferdekopfnebel fiel ihr ein …

Doch dann sah sie Raillys lauernde Blicke und Parollans betonte Gleichgültigkeit und wurde mißtrauisch.

»Die Sache hat einen Haken!« sagte sie ruhig.

Breslaw nickte bekümmert. »Die Energie, die diese Schiffe besitzen, ist so hoch, daß man es nicht wagen kann, sie in einem Sonnensystem einzusetzen, ohne ihre genaue Wirkung zu kennen. Wir rüsteten ein Versuchsschiff mit dem neuen Reaktor aus. Obwohl wir minimale Energie einsetzten und sämtliche Vorsichtsmaßnahmen trafen, verschwand das Schiff aus dem Bereich unserer Testinstrumente …«

»Ein bemanntes Schiff oder ein Gehirnschiff?«

»Ein bemanntes Schiff.« Breslaws Stimme war kaum zu hören.

»Die Beschleunigung erwies sich als tödlich?«

»Nicht, daß ich wüßte. Das Schiff befindet sich noch draußen. Es benutzt zur Rückkehr seinen Normalantrieb. Wir erwarten es in neun Jahren zurück.« Breslaw machte eine Pause. »Die letzte Nachricht, die wir auffingen, lautete, daß bei der Verwendung des neuen Antriebs größte Vorsicht geboten sei.«

»Das kann ich mir vorstellen. Warum habt ihr nicht gleich ein Gehirnschiff eingesetzt? Ich bin überzeugt davon, daß der Testflug besser geklappt hätte.«

Breslaw nickte nachdenklich. »Es besteht auch die

Möglichkeit, daß wir die Daten der Corviki falsch interpretiert haben. Wir müssen sichergehen, daß wir keine kontrollierbaren oder instabilen Strahlungen entfesselt haben, die im Kosmos ungeheuren Schaden anrichten könnten.« Der Wissenschaftler warf ihr einen besorgten und zugleich hoffnungsvollen Blick zu.

»Meine Herren, ich danke Ihnen für das Vertrauen, das Sie mir entgegenbringen«, erwiderte sie nach einer langen Pause. »Aber ich frage mich natürlich, ob Sie nicht auf mich verfallen sind, weil ich jetzt – theoretisch zumindest – unabhängig bin und mein Verlust vom finanziellen Standpunkt her am leichtesten zu verschmerzen wäre.«

Nur Parollan lachte über diese frivole Bemerkung. Railly warf ihm einen empörten Blick zu und protestierte energisch.

»Nicht?« fuhr Helva fort. »Dann sind Sie ganz gemeine Erpresser.«

»Wie meinst du das?« fragte Railly, sichtlich gekränkt.

»Kommandant, Sie wissen genau, daß ich alles tun würde, um in den Besitz eines solchen Antriebs zu gelangen. Ich würde sogar in der Patrouille bleiben ...«

Parollan musterte sie scharf.

»Das ist Ihr Spiel, nicht wahr?« Sie sprach jetzt mit Parollan, und er war sich im klaren darüber. Er starrte sie an. Seine Kinnmuskeln zuckten.

»Offen gestanden, ja«, erwiderte Railly, als er sah, daß von Parollan keine Antwort kam. »Und es bleibt dir nicht viel Zeit zur Entscheidung.«

»Weshalb nicht?«

»Helva, wir sind an die Richtlinien der Föderation

gebunden. Sobald das Geld von der Erde eintrifft und auf dein Konto gutgeschrieben wird, bist du unabhängig. Und dann gelten für dich ganz andere Bedingungen als bisher. Wir können sie nicht übersehen, sonst hätten wir sämtliche Minderheitenvertreter am Hals. Die Patrouille braucht dich, das steht fest. Aber es steht auch fest, daß du bisher deine Vorteile davon hattest. Der Grund für deine frühe Selbständigkeit liegt unter anderem darin, daß du außergewöhnliche Chancen erhieltest. Das solltest du mit in Erwägung ziehen, bevor du deine Entscheidung triffst.« Er machte eine Pause. »Unser Angebot lautet: Wir statten dich als erstes Gehirnschiff mit dem neuen Antrieb aus, aber nur, wenn du deinen Kontrakt verlängerst.«

»Noch scheint der neue Antrieb seine Tücken zu haben ...«

Breslaw ließ sich erschöpft in einen Sessel sinken und preßte die Hände gegen die Schläfen. Helva richtete ihre Kameras auf Parollan, der seine Umgebung seit geraumer Zeit einfach nicht mehr wahrzunehmen schien. Seine Lippen waren zu einem dünnen Strich zusammengepreßt. Einen Moment lang glaubte Helva einen geradezu physischen Schmerz in seinen Augen zu erkennen – aber dann senkte er die Lider.

Als er endlich das Schweigen brach, klang seine Stimme müde und gequält.

»Wir verheimlichen dir die Gefahren nicht, Helva. Und wir haben sämtliche juristischen Schliche angewandt, um den Vertrag so günstig wie möglich für dich abzufassen. Im Notfall lassen sich sogar einige der Klauseln ändern. Das ginge nicht mehr, sobald du deinen neuen Status erreicht hast. Nun sei so gut und höre dir unseren Vorschlag zu Ende an. Dann kannst du mit einem einfachen Ja oder Nein antworten.«

Sie hatte den Eindruck, daß ihm ihre Entscheidung jetzt völlig gleichgültig war – und gerade das begriff sie nicht.

Dobrinon räusperte sich. »Es war geplant, daß wir den neuen Reaktor in dein Schiff einbauen und dich damit nach Beta Corvi schicken. Die Corviki können am besten beurteilen, ob wir ihren Energieprozeß richtig angewandt haben.

Du hast den Psyche-Transfer schon einmal mitgemacht und kennst die Gefahren, die er in sich birgt.« Dobrinon lächelte schwach. »Davo Fillinaser bot an, dich zu begleiten, aber sein seelisches Gleichgewicht ist seit jener Reise empfindlich gestört, und wir befürchten ...«

»Daß er nicht mehr zurückkehren würde?« ergänzte Helva. Sie dachte mit einem leisen Schauder an die vier seelenlosen Geschöpfe, die sie von Beta Corvi heimgebracht hatte. Aber wenn Prane, Kurla und Chadress als Corviki glücklich waren ... Helva riß sich gewaltsam von diesen Überlegungen los.

»Nun, ich sehe ein, daß wir die Hilfe der Corviki benötigen, wenn wir mit ihrem Spielzeug keine Gefahr für die Galaxis heraufbeschwören wollen. Mein Psyche-Profil ist in Ordnung?«

»Ja«, entgegnete Dobrinon ruhig.

»Auch nach dem Zwischenfall von Borealis?«

»Ich wage zu behaupten, daß dir die Erfahrung von Beta Corvi während dieser Episode half.«

»Schlau von Ihnen, Dobrinon. Wir alle sind die Summe unserer Erfahrungen, nicht wahr? Was mich auf ein anderes heikles Thema bringt: Es ist sicher nicht billig, den neuen Reaktor zu installieren ...«

Breslaw warf Railly einen nervösen Blick zu. Der Kommandant nickte. »Die genauen Kosten lassen sich nicht vorhersagen, da unser Testschiff mehrfach umgebaut wurde. Wir verstärken die Abschirmung des Reaktorraumes und verkleiden den Rumpf mit einer neuen Legierung. Fünfhunderttausend galaktische Credits sind wohl nicht zu hoch veranschlagt.«

Breslaw wirkte verlegen, als schämte er sich für die Summe. Helva ließ die Zahl ziemlich kalt. Sie hatte schon höhere Schulden abbezahlt.

»Diese Rechnung gilt, wenn ich den Vertrag sofort unterschreibe?«

»Ja.«

»Und verdoppelt sich in etwa, sobald ich nicht mehr der Patrouille angehöre?«

»In etwa«, bestätigte Breslaw. Er schloß resigniert seine Unterlagen.

»Falls du deinen Vertrag bei uns verlängerst, Helva«, warf Railly aalglatt ein, »sind wir bereit, dir so weit wie nur möglich entgegenzukommen.«

»Drängen Sie mich nicht, Railly. So eine Entscheidung will überlegt sein.«

Nun, sie hatte sich bereits entschieden, auch wenn sie Railly noch ein wenig zappeln ließ. Parollan war wirklich raffiniert vorgegangen. Er hatte sie eingewickelt. Der Kerl kannte alle Tricks. Sie dachte an Breslaws Worte: *Der Reaktor enthält die gebändigte Energie einer Nova!* Wetten, daß die Beschreibung von Parollan stammte? Die ungebändigte Energie einer Nova hatte Jennan getötet. Parollan kannte ihren Schuldkomplex. Aber das wollte sie ihm noch heimzahlen, diesem … Helva unterbrach abrupt ihre Gedankengänge – und starrte Parollan an.

In seiner Miene spiegelten sich Schmerz und Erschöpfung. Seine Schultern waren nach vorn gesunken. Keine Arroganz, keine Selbstsicherheit mehr – eher eine Art Bedauern. Warum nur? Er mußte wissen, daß er gesiegt hatte!

Ach was, jetzt hatte sie keine Zeit für Niall Parollan. Sie brauchte ihre ganze Konzentration, um Railly zu überlisten.

»Dieser neue Antrieb reizt mich«, sagte sie. Warum zuckte Niall zusammen? Verbargen sie ihr doch noch etwas?

Railly strahlte. »Mein Glaube an dich war gerechtfertigt.«

»Aber«, fuhr sie fort, »ich knüpfe einige Bedingungen an meine Zusage ...«

»Natürlich, Helva. Wir wissen, daß du nichts Unmögliches fordern wirst, und wir sind bereit ...«

»Hören Sie mich erst zu Ende an, bevor Sie etwas versprechen, Railly«, meinte Helva trocken. »Ich habe keine Lust, fünfundzwanzig Jahre oder mehr einen Antrieb abzustottern, den die Corviki möglicherweise als Fehlkonstruktion bezeichnen.

Die Verlängerung meines Kontrakts erlischt, wenn sich der Reaktor nicht bewährt. Den Verlust müssen sie dann eben von Ihren Versuchsgeldern abbuchen.«

Railly und Breslaw steckten die Köpfe zusammen und berieten. Schließlich siegte doch Breslaws Überredungskunst.

Also schön, einverstanden«, sagte Railly.

»Dann ist da noch die Sache mit meinem Partner ...«

»Du hast bewiesen, daß du allein besser zurechtkommst«, unterbrach Railly sie. Parollan knurrte. »Ist etwas, Parollan?«

»Darf ich fortfahren?« fragte Helva eisig. »Parollan

zumindest weiß, daß ich seit Jahren einen zuverlässigen, ständigen Partner suche. Ich komme allein *nicht* besser zurecht. Ich hasse das Alleinsein.«

Dobrinon schaltet sich ein. »Niemand mutet es Ihnen zu!«

Railly warf ihm einen wütenden Blick zu, aber der Wissenschaftler fuhr unbeirrt fort: »Der Psyche-Transfer der Corviki führt, wie wir wissen, zu einer starken Gefühlsbelastung. Parollan und ich waren uns einig ...« Er stockte, aber von Parollan kam keine Bestätigung. »Wir waren uns einig, daß nur ein einfühlsamer Partner das Trauma des Energieaustausches abschirmen könnte.«

»Railly, wenn Sie mir keinen Partner nach freier Wahl zugestehen, hat es wenig Sinn, die Verhandlung fortzusetzen.«

Der Kommandant gab nach, aber sein Lächeln war verschwunden.

»Gut. Meine letzte Bedingung hängt ebenfalls vom Erfolg des neuen Reaktors ab. Was geschieht, wenn das Potential unseres Überlichtantriebs endlich voll ausgenutzt wird? Ich kann es Ihnen verraten: Die Patrouille wird mich von Auftrag zu Auftrag hetzen, um möglichst viel Profit herauszuholen. Und deshalb halte ich die bisherige Lohn- und Prämienabstufung nicht mehr für gerechtfertigt.«

Railly begann zu protestieren. Er wies darauf hin, daß die fünfhunderttausend Credits, die Breslaw für den Reaktoreinbau veranschlagt hatte, äußerst günstig kalkuliert seien.

»Reine Erpressung«, unterbrach sie ihn. »Vergessen Sie nicht, daß sich mein Aktionsradius vervielfacht!«

»Sie wird das schnellste Schiff der Galaxis sein«, warf Breslaw ein.

»Auf welcher Seite stehen Sie eigentlich, Breslaw?«

»In diesem Falle auf der von Helva«, entgegnete der Ingenieur furchtlos.

»Ich bin nicht unbescheiden. Ein Drittel mehr der bisherigen Bezüge – das würde mir genügen. Und wie ich Ihre Machenschaften kenne, holen Sie das Geld mit Zinsen und Zinseszinsen wieder heraus.«

»*Meine* Machenschaften!« Und Railly starrte betont zu Parollan hinüber.

Parollans Teilnahmslosigkeit war inzwischen allen aufgefallen. Er – nicht der Kommandant, hatte dieses Projekt in die Wege geleitet. Er hatte den Köder so geschickt ausgelegt, daß sie nicht widerstehen konnte. Helva begriff nicht, was nun mit ihm los war.

Er tat ihr leid. Sie haßte ihn. Sie brauchte ihn. Und sie würde ihn bekommen. Besiegen konnte sie ihn nicht, also war es besser, wenn sie sich auf seine Seite stellte.

»Sind Sie mit meinen Bedingungen einverstanden, Railly? Die Entscheidung liegt ganz bei Ihnen.«

Dobrinon und Breslaw begannen den Kommandanten wieder zu bearbeiten. Helva kannte den Ausgang dieses Kampfes, noch bevor sich Railly mit einem knurrigen Ja geschlagen gab.

Eines mußte sie dem Kommandanten lassen – er war ein guter Verlierer. Nachdem er die Rechtsabteilung angerufen und ihr die Vertragsänderung mitgeteilt hatte, blieb er lange Zeit mit gesenktem Kopf vor der Pilotenkonsole stehen.

»Ich wußte, daß du eine harte Taktik anschlagen würdest, Helva.« Wieder warf er Parollan einen Blick zu. »Aber mit einer derartigen Niederlage hatte ich nicht gerechnet.« Er lachte. »Nun, das eine versichere ich dir: Solange du bei der Patrouille bist, werde ich dich tatsächlich herumhetzen, daß dir Hören und Sehen vergeht.«

»Dagegen ist nichts einzuwenden.«

»So, Breslaw bringt dich jetzt zur Werft hinüber, damit der Reaktor so rasch wie möglich eingebaut wird ...«

»Moment«, warf Helva ein. »Ich sagte, daß ich den Auftrag nur dann annehme, wenn mich der Partner meiner Wahl nach Beta Corvi begleitet.«

»Ja, gewiß«, entgegnete Railly. »Wenn du willst, rufe ich in der Pilotenkaserne an ...«

»Nein, das ist nicht nötig. Ich möchte, daß Parollan mitkommt.«

Sie achtete weder auf Raillys Protest noch auf die erstaunten Ausrufe von Breslaw und Dobrinon. Ihre Blicke, ihre Gedanken waren auf Niall Parollan gerichtet.

Der drahtige, untersetzte Mann starrte unverwandt die Mittelsäule an.

»Jetzt ist nicht der richtige Augenblick für Scherze, Helva!«

»Ich scherze nicht, mein Lieber.«

»Bei allen Göttern, Parollan, Helva ist ein Genie«, lachte Dobrinon und klopfte Niall auf die Schulter. »Nicht einmal du kommst gegen sie an!«

Railly blieb breitbeinig vor Parollan stehen. »Mann, Sie haben hundertmal erklärt, daß Sie es mit jedem Piloten der Zentralwelten aufnehmen! Nun zeigen Sie, ob etwas Wahres daran ist! Und zur Abwechslung etwas Außendienst – das wird Ihnen nicht schaden!«

Er hakte sich bei Breslaw und Dobrinon unter und schob die beiden Wissenschaftler fast ein wenig gewaltsam zur Schleuse.

Niall rührte sich nicht von seinem Platz. »Das – das muß ein Witz sein, Helva!« stieß er hervor.

»Warum?« Ihre Stimme klang ganz leise. »Du verstehst mehr von uns Gehirnschiffen als jeder andere. Du kennst das Corvi-Problem durch und durch, und ich bin sicher, daß du dir Breslaws Gleichungen genau angesehen hast, bevor ...«

»Natürlich!« Mit einem Mal war es um seine Beherrschung geschehen. Die Sätze sprudelten hervor, bitter, verzweifelt. »Glaubst du, ich hätte dich ins Verderben geschickt? Aber ich habe diese Farce aufgezogen – *ich!* Nicht Railly. Ich überredete ihn ebenso wie Dobrinon und Breslaw zum Mitmachen.«

»Das war mir von vornherein klar.«

»Du hattest keine Chance, Helva, weil ich dich zu genau kenne. Ich servierte dir den Auftrag so, daß du nicht ablehnen konntest. Es war – eine Gemeinheit.«

»Ich weiß.«

»Du hörst mir überhaupt nicht zu, du albernes Frauenzimmer! Begreifst du nicht, was ich dir angetan habe? Ich brachte dich dazu, den Vertrag mit den Zentralwelten zu verlängern!«

»Nein, das stimmt nicht. Ich blieb freiwillig – zu meinen Bedingungen!«

»Deine Bedingungen? *Deine Bedingungen!*« Er lachte heiser und schlug die Hände vor das Gesicht.

»Was findest du daran so komisch?«

»Ich habe das alles eingefädelt, Helva, ich, Niall Parollan, weil ich es nicht über mich brachte, dich freizugeben! O ja – ich schob dir die Aufträge zu, die den größten Erfolg versprachen, weil ich dir die Unabhängigkeit gönnte. Und dann, als du sie endlich erreicht hattest, fand ich den Gedanken unerträglich. So setzte ich alles daran, um dich festzuhalten. Erst als ich sah, daß du genau so reagiertest, wie ich es erwartet hatte, kam mir zu Bewußtsein, wie abscheulich, wie widerwärtig ich meine Position ausgenützt hatte. Aber ich konnte die Lawine nicht mehr aufhalten, die ich ins Rollen gebracht hatte. Ich – ich suchte verzweifelt nach einem Ausweg und fand keinen.« In seinen Augen schimmerten Tränen. »Und nun, um mein Unglück vollkommen zu machen, wählst du mich zu deinem Partner!«

»Ich brauche dich, Niall«, sagte sie ruhig. »Meine Konditionierung läßt sich nicht verleugnen. Ich wäre immer wieder zur Patrouille zurückgekehrt. Das erkannte ich, als Silvia mir riet, Kontakt zu Broley aufzunehmen. Ich – ich zögerte den Anruf immer wieder hinaus, bis es zu spät war.« Ihre Stimme nahm einen weichen Klang an. »Niall, du hast es ermöglicht, daß ich bei den Zentralwelten bleibe und zugleich frei bin. Ich brauche dich als Partner, weil du klug, gerissen, hinterhältig, rücksichtslos und hart bist. Weil du weißt, wie man mich in Schwung bringt. Du hast weder das Aussehen noch die Statur eines griechischen Gottes, aber darauf lege ich auch keinen Wert. Die Bekanntschaft mit Teron war heilsam. Ich vertraue dir. Darauf kommt es an. Du wirst dafür sorgen, daß ich alle Gefahren überstehe – auch Beta Corvi.«

*»Du vertraust mir?«* Das klang wie ein Schrei. »Du kitschige Blechtante, du vertraust mir? Bist du dir im klaren darüber, daß ich dich schonungslos ausbeuten kann? Ich weiß alles über dich. Ich kenne sogar dein Aussehen. Es ließ mir keine Ruhe, bis ich dem Computer deine Chromosentabelle eingab. Und ich kenne das Kodewort, das du seit einer knappen Woche besitzt. Du vertraust mir? Mein Gott ...«

Helva war erschüttert von seiner Enthüllung.

Parollan hatte ihr gegenüber einen Partnerkomplex? Sie wußte nicht, ob sie jubeln oder ihn anschreien sollte. Aber sie war sich im klaren darüber, daß sie etwas unternehmen mußte. Es kam des öfteren vor, daß ein Pilot sich Gedanken über das Aussehen seines Gehirnpartners machte, besonders, wenn eine starke Zuneigung zwischen den beiden bestand. Im allgemeinen schützte das Titanpaneel die Hüllengeschöpfe vor unerwünschter Neugier. Aber wenn Niall das Kodewort kannte ...

»Eines Tages wäre es zuviel für mich, Helva«, fuhr Niall fort. Er sprang auf und trommelte mit beiden Fäusten gegen das Metall der Mittelsäule. »Ich müßte dich aus diesem Gefängnis befreien. Ich ...«

»Tu es doch!« schrie sie ihm entgegen. »Sag die Silben! Sieh dir mein Gesicht an und halte meinen verkrüppelten Körper fest! Lieber sterbe ich in deinen Armen, als daß ich ohne dich weiterlebe!«

Mit einem Aufschrei taumelte er zurück. Sein Gesicht war zu einer Grimasse verzerrt.

Helva wartete. Nach einer Weile flüsterte sie:

»Wenn du es jetzt nicht getan hast, wirst du es nie tun, Niall.« Sie drängte gewaltsam die Sehnsucht zurück, die sie einen Moment lang erfaßt hatte.

Vom Tower klang der Zapfenstreich herüber, klare, helle Fanfaren, die das Ende des Tages verkündeten. Helva dachte an den kleinen Friedhof jenseits des Landefeldes. Nach jeder Nacht kam ein neuer Tag.

*Die Sonne sinkt,*
*Der Tag verklingt,*
*Über Land und Meer fällt die Nacht.*
*Schlafe nun,*
*Kannst in Frieden ruh'n,*
*Gott hält die Wacht.*

*Lebwohl, Jennan. Willkommen, Niall.*

Als der letzte Ton verhallte, draußen im Raum und in ihrem Innern, spürte sie Nialls Blicke auf sich gerichtet.

»Sentimentale Burschen«, murmelte sie. »Ein Zapfenstreich – in unserem Zeitalter ...«

»Aber es gefällt dir«, erwiderte er mit rauher Stimme. »Wenn du weinen könntest, hättest du jetzt Tränen in den Augen.«

»Ja«, gab Helva zu. »Wenn ich weinen könnte ...«

»Ich glaube, du hast doch richtig gewählt. Du brauchst einen kaltschnäuzigen Partner – zum Ausgleich für dein weiches Herz«, sagte er. »Bleib immer, wie du bist, Helva!«

ENDE

# NANCIA

## Das Raumschiff, das ein Mensch war

## KAPITEL 1

Für gewöhnliche menschliche Ohren wäre das leise Knistern des frisch aktivierten Lautsprechers fast unhörbar geblieben. Für Nancia jedoch, deren Sensoren alle genau auf dieses Signal abgestimmt waren, klang es wie ein Trompetenschmettern. Mit ihrem frisch erworbenen Abschluß und ihrer neuen Lizenz war sie dienstbereit – und sorgte sich zugleich, daß sie dem hohen Standard der Diensttradition ihrer Familie nicht gerecht werden könnte; im Augenblick konnte sie kaum etwas anderes tun als abzuwarten.

*Jetzt kommt er an Bord,* dachte sie in dem Sekundenbruchteil des Wartens auf den eingehenden Anruf. Und dann, als die unverwechselbare Stimme des Diensthabenden der dritten Schicht bei CenCom durch ihre Sensoren schnarrte, strömte die Enttäuschung durch ihre Synapsen, und sie fühlte sich bleiern und schwermütig auf dem Startplatz. Sie war sich so sicher gewesen, daß Daddy die Zeit finden würde, um sie aufzusuchen, wenn es ihm schon nicht möglich gewesen war, bei der offiziellen Abschlußfeier und Zeugnisübergabe ihres Jahrgangs der Laborschule anwesend zu sein.

»XN-935, wie schnell können Sie startklar sein?«

»Ich habe gestern meine Flugmustertests abgeschlossen«, erwiderte Nancia. Sie achtete sorgfältig auf eine gleichmütige Stimme, überwachte jedes Outputband, um sicherzugehen, daß sich in den oberen Frequenzen keine Andeutung ihrer Enttäuschung wahrnehmen ließ. CenCom hätte sich ohne Schwierigkeiten direkt mit ihr in Verbindung setzen können, nämlich über das elektronische Netzwerk, das Nancias Schiffscomputer mit allen anderen Computern in diesem Subraum verband, ebenso über die chirurgisch eingepflanzten Synapsenschnittstellen, die Nancias physischen Körper in der Sicherheit seiner Titanhülle mit dem Computer des Schiffs verband. Doch für die meisten Operatoren war es eine Frage der Höflichkeit, die Hirnschiffe so anzureden wie jeden normalen Menschen auch. Es wäre unhöflich gewesen, rein elektronische Instruktionen zu schicken, als wären die Gehirn-Schiffe um kein Deut menschlicher als die KI-gesteuerten Drohnen, die den Löwenanteil des Transportwesens der Zentralwelten bewältigten.

Das jedenfalls behaupteten die Operatoren. Insgeheim hegte Nancia den Verdacht, daß ihr Beharren auf Sprachsteuerung nur dazu diente, dem peinlichen Vergleich zwischen ihrem durch Sinnesorgane beschränkten Kommunikationssystem mit der den Gehirn-Schiffen eigenen Fähigkeit zu Mehrkanalkommunikation und Sofortreaktion aus dem Weg zu gehen.

Jedenfalls war es umgekehrt unter Hüllenmenschen eine Frage des Stolzes, ihre Kontrolle über ihre ›Stimmen‹ und alle anderen externen Kommunikationsgeräte zu demonstrieren, eine Möglichkeit, wie sie Helva schon vor annähernd zweihundert Jahren unter Beweis gestellt hatte. Nancia wußte zwar, daß ihr selbst das feine musikalische Gespür abging, das Helva einst in der ganzen Galaxie als das ›singende Schiff‹ berühmt gemacht hatte, doch soviel schaffte sie wenigstens: ihre Enttäuschung zu verbergen, als sie nur CenCom zu hören bekam anstelle einer unmittelbaren Übertragung von Daddy, der ihr zu ihrer Einstellung gratulieren wollte. Und sie konnte auch in der darauffolgenden Besprechung der Vorräte und des Frachtguts und der Singularitäten eine perfekte professionelle Fassade aufrechthalten.

»Es ist nur ein kurzer Flug«, teilte CenCom ihr mit und hielt einen Augenblick inne. »Kurz für *sie*, jedenfalls. Mit einem normalen überlichtschnellen Antrieb liegt Nyota ya Jaha am anderen Ende der Galaxie. Glücklicherweise gibt es nur eine Woche von den Zentralwelten entfernt eine Singularität, die Sie dort in den Nahraum befördern wird.«

»Ich habe vollen Zugang zu meinen Karten aller bekannten Dematerialisationspunkte«, erinnerte Nancia den Operator von CenCom und gestattete sich einen Hauch von Ungeduld.

»Ja, und Sie können sie auch in simuliertem 4-D lesen, nicht wahr?« CenComs Stimme offenbarte nur eine fröhliche Resignation angesichts der Beschränkungen eines Körpers, der den Operator dazu zwang, erst dicke Bücher mit Kurven und Tabellen durchzublättern, um die Karten zu verifizieren, die Nancia schon jetzt bereits als internes Display erschaffen hatte: eine Sequenz dreidimensionaler Räume, die um den Singularitätspunkt zusammenbrachen und sich krümmten, den man als Schnittstelle zum Subraumsektor von Nyota ya Jaha definieren konnte. An diesem Punkt würde Nancia dazu in der Lage sein, eine schnelle physische Entmaterialisierung und Restrukturierung der Lokalräume herzustellen, um sich selbst und ihre Passagiere aus einem Subraum in den anderen zu projizieren. Die Theorie vom Dekompositionsraum gestattete es Gehirn-Schiffen wie Nancia oder den wenigen teuren, mit Metachipprozessoren ausgerüsteten KI-Drohnen, den größten Teil einer solchen langen Reise auf jene paar Sekunden zu reduzieren, die sie in der Singularität zubrachten. Weniger glückliche Schiffe, die über keine Metachips geboten oder von den trägen Reaktionen menschlicher Piloten abhängig waren, welche nicht über Nancias direkte Synapsenverbindungen mit dem Computer verfügten, mußten für dieselbe Distanz im Rahmen konventionellen überlichtschnellen Raumflugs lange Wochen oder sogar Monate aufbringen. Die umfangreichen Parallelberechnungen innerhalb der Singularität stellten selbst Gehirn-Schiffe vor Schwierigkeiten, und für die meisten konventionellen Schiffe waren sie praktisch unmöglich.

»Erzählen Sie mir von den Passagieren«, bat Nancia. Wenn sie schließlich an Bord kamen, würde einer ihrer Passagiere vermutlich das Datahedron der Zentrale mitbringen, in dem sich ihre Zielangaben und Anweisungen befanden, doch wer wußte schon, wie lange sie noch warten mußte, bis die Passagiere endlich kamen? Man hatte sie ja noch nicht einmal aufgefordert, sich einen Piloten auszusuchen; das allein würde mit Sicherheit noch ein bis zwei Tage erfordern. Außerdem war es immer noch besser, das Gehirn von Cen-Com nach Informationen über ihren Auftrag zu durchkämmen, als voller Anspannung auf den Besuch ihrer Familie zu warten. Sie würden doch bestimmt kommen, um sie zu verabschieden ... nicht wahr? Während ihrer ganzen Ausbildung hatte sie regelmäßig Besuch von dem einen oder anderen Mitglied ihrer Familie erhalten – überwiegend von ihrem Vater, der dabei stets deutlich machte, wieviel Zeit seines überfüllten Terminplans er doch gerade opferte, wenn er sie aufsuchte. Aber Jinevra und Flix, ihre Schwester und ihr Bruder, waren auch gelegentlich vorbeigekommen; Jinevra freilich später dann nicht mehr so häufig, als erst die Hochschule und schließlich ihre neue Stellung in der Planetenhilfsdienstverwaltung immer mehr von ihrer Zeit in Anspruch genommen hatte.

Allerdings war keiner von ihnen bei Nancias offizieller Abschlußfeier gewesen; nicht ein einziges Mitglied des großen, weitverstreuten, reichen Hauses Perez y de Gras war dort gewesen, um sich die lange Liste von Aufzeichnungen und Preisen und Anerkennungen anzuhören, die sie sich in dem letzten, furchtbar anstrengenden Jahr ihrer Ausbildung zum Gehirn-Schiff erworben hatte.

*Es war nicht gut genug*, dachte Nancia. *Ich war nur die Drittbeste meiner Klasse. Hätte ich den ersten Platz gemacht, dann hätte ich den Daleth Preis gewonnen ...* Doch es brachte nichts, über der Vergangenheit zu brüten. Sie wußte, daß Jinevra und Flix inzwischen erwachsen waren und ihr eigenes Leben führten, daß Daddys übervoller Terminplan von Geschäfts- und Diplomatentreffen ihm kaum Spielraum für unwichtigere Angelegenheiten wie Schulfeste ließ. Es war wirklich nicht so wichtig, daß er nicht zu ihrer Abschlußfeier gekommen war. Bestimmt würde er sich Zeit für einen persönlichen Besuch vor dem Start nehmen; das war es, was wirklich zählte. Und wenn er dann kam, sollte er sie glücklich und beschäftigt und bei eben jener Arbeit engagiert vorfinden, für die sie ausgebildet worden war. »Die Passagiere?« erinnerte sie CenCom noch einmal.

»Oh, wahrscheinlich wissen Sie mehr darüber als ich«, antwortete der CenCom-Operator mit einem Lachen. »Die entsprechen eher Ihrer Klasse als meiner. Hochfamilien«, erläuterte er. »Frischgraduierte, wie ich höre, auf dem Weg zu ihrem ersten Posten.«

Das war jedenfalls nett. Nancia hatte sich doch etwas Sorgen bei dem Gedanken gemacht, es gleich auf ihrem ersten Flug vielleicht mit erfahrenen, hochrangigen Diplomaten oder Militärs als Passagiere zu tun zu bekommen. Es würde angenehm werden, eine Gruppe junger Leute zu befördern, die genauso waren wie sie selbst – na ja, nicht *ganz* genauso, berichtigte Nancia sich mit einem Anflug leiser Amüsiertheit. Sie würden um einige Jahre jünger sein, vielleicht neunzehn oder zwanzig, im Gegensatz zu ihren sechzehn; jeder wußte, daß Normalpersonen unter so vielen Hormonveränderungen und sinnlichen Ablenkungen litten, daß es mehrere Jahre länger dauerte, bis sie ihre Ausbildung abgeschlossen hatten. Und Normalpersonen würden es schon werden, mit beschränkten sensorischen und Verarbeitungsmöglichkeiten. Aber wenigstens würden sie alle auf dem Weg zu ihrer ersten beruflichen Stellung sein; das war schon eine gewisse Verbindung.

Gedankenverloren zeichnete sie CenComs fortfahrende Instruktionen auf, während sie an den vor ihr liegenden angenehmen Ausflug dachte. »Nyota ya Jaha ist per normalem Überlichtflug ziemlich weit entfernt«, teilte er ihr unnötigerweise erneut mit. »Ich schätze, irgend jemand hat seine Beziehungen spielen lassen, um denen ein Schiff des Kurierdiensts zur Verfügung zu stellen. Aber für uns ist es zufälligerweise ebenfalls ganz bequem, weil es sich um denselben Subraum wie Vega handelt, deshalb geht das schon in Ordnung.«

Nancia erinnerte sich vage daran, daß in den Nachrichten etwas über den Subraum Vega erwähnt worden war. Computerstörungen … gelangte eine solche Meldung überhaupt in die Nachrichtenübertragung? Es mußte etwas Wichtiges daran gewesen sein, doch hatte sie nur die ersten Bits des Nachrichtenbyte empfangen, als ein Lehrer den Übertragungsstrahl löschte und etwas Strenges über die Unratsamkeit sagte, aufwühlenden Nachrichtenbytes zu lauschen, und über die Gefahr, die jüngeren Hüllenmenschen wegen einer Bagatelle in Aufregung zu versetzen. Na ja, dachte Nancia, nun, da sie ihr eigenes Schiff war, konnte sie die Übertragungsstrahlen selbst überprüfen und alle Meldungen über den Vorfall auf Vega später noch einmal nachlesen. Doch im Augenblick interessierte sie sich mehr dafür herauszubekommen, was CenCom über ihre neuen Passagiere wußte.

»Overton-Glaxely, del Parma y Polo, Armontillado-Perez y Medoc, de Gras-Waldheim, Hezra-Fong«, las CenCom die Liste illustrer Hochfamiliennamen herunter. »Verstehen Sie, was ich meine?«

»Ja«, antwortete Nancia. »Wir sind selbst ein Seitenzweig der Armontillado-Perez y Medoc, und die de Gras-Waldheims kommen irgendwo auf meiner mütterlichen Seite mit ins Spiel. Aber Sie vergessen, CenCom, daß ich selbst nicht gerade in solchen Kreisen aufgewachsen bin.«

»Nun, Ihr Besucher wird Ihnen wahrscheinlich den neuesten Tratsch mitbringen können«, erwiderte CenCom fröhlich.

»Besucher!« *Natürlich ist er gekommen, um mich zu verabschieden! Ich habe ja auch keine Sekunde daran gezweifelt!*

»Das Ersuchen kam gerade herein, als ich die Passagierliste überprüfte. Tut mir leid, ich hatte vergessen, es gleich an Sie weiterzuleiten. Der Name lautet Perez y de Gras. Da es sich um ein Familienmitglied handelt, wurde er angehalten, sich gleich aufs Feld zu begeben. Er wird in etwa einer Minute am Startplatz eintreffen.«

Nancia aktivierte ihre Außensensoren und stellte fest, daß es schon fast Nacht war … nicht daß die Dunkelheit für sie irgendeinen Unterschied machte, aber ihre Infrarotsensoren nahmen nur den Umriß einer menschlichen Gestalt auf, die sich soeben dem Schiff näherte; sie konnte Daddys Gesicht überhaupt nicht erkennen. Und es wäre unhöflich gewesen, einen Scheinwerfer einzuschalten. Na schön, er würde ja jeden Augenblick da sein. In stummem Willkommen öffnete sie ihre unteren Luken.

Jetzt stellte CenComs Stimme eine Irritation dar, keine willkommene Ablenkung mehr. »XN? Ich hatte gefragt, ob Sie binnen zwei Stunden starten können. Für eine kurze Reise sind Sie mehr als ausreichend verproviantiert, und diese verwöhnten Gören quengeln schon herum, weshalb sie so lange auf der Basis warten sollen.«

»In zwei Stunden?« wiederholte Nancia. Das würde ihrem Besuch nicht viel Zeit lassen – na ja, um realistisch zu sein: Wahrscheinlich war es ohnehin mehr Zeit, als Daddy würde erübrigen können. Doch es gab auch noch andere Probleme mit einem so frühen Start. »Haben Sie den Verstand verloren? Ich habe mir doch noch nicht einmal einen Piloten ausgesucht!« Sie hatte vor, die zur Verfügung stehenden Piloten erst in den nächsten Tagen kennenzulernen, bevor sie sich einen Partner wählte. Der Auswahlprozeß war nichts, was man überstürzen sollte, und ganz gewiß wollte sie die kostbaren Minuten von Daddys Besuch nicht darauf vergeuden, sich einen Piloten auszusuchen!

»Empfangt ihr jungen Schiffe eigentlich niemals die Nachrichtenstrahlen? Ich habe Wega doch schon erwähnt. Erinnern Sie sich, was der CR-899 passiert ist? Ihr Pilot ist auf einem Heimatplaneten gestrandet – Wega 3.3.«

»Was für eine fürchterliche Methode, seine Planeten zu benennen«, bemerkte Nancia. »Fallen denen keine hübscheren Namen ein?«

»Weganer sind … ziemlich logisch«, erklärte CenCom. »Jedenfalls war das die ursprüngliche Gruppe von Siedlern – jene, die vor der Entwicklung des überlichtschnellen Antriebs noch per Schleichschiff hinausgingen. Nach meinen Informationen entwickelte sich diese Kultur im Zuge der an Bord geborenen weiteren Generationen zu einer extrem starren Form. Sie machen keine allzu großen Zugeständnisse an menschliche Schwächen, etwa an eine Kleinigkeit wie die schlichte Tatsache, daß man sich Namen leichter merken kann als Zahlenreihen.«

»Für *mich* macht das keinen Unterschied«, bemerkte Nancia hämisch. Ihre Speicherbänke konnten jegliche Form von Information encodieren und speichern, die sie benötigte.

»Sie dürften ganz hervorragend mit den Weganern auskommen«, teile Cencom ihr mit. »Jedenfalls befindet sich dieser Pilot draußen im weganischen Subraum, ohne Schiff und mit nichts anderem in der Nähe als ein paar alten überlichtschnellen Drohnen. Die OG-Schiffstransport sollte zwar eigentlich dazu in der Lage sein, ihre Metachipdrohne aus Nyota dafür abzurufen, aber wir können ihren Manager nicht erreichen, wie üblich. Also müßten wir entweder ganze Monate von Calebs Dienstzeit vergeuden, indem wir ihn mit einem überlichtschnellen Fahrzeug nach Hause schicken, oder wir stellen unseren eigenen Transport zur Verfügung. Und das sind Sie. Sie können Ihre Freunde und Verwandten auf dem Planeten Nyota ya Jaha absetzen – ich werde Ihnen einen Datenschub mit Anweisungen übertragen, sobald wir mit dem Geplauder durch sind –, um sich dann nach Wega 3.3 zu begeben, wo Sie ihren ersten Piloten aufnehmen. Eine sehr saubere Organisation. Die Psychoberichte weisen darauf hin, daß Sie beide ein hervorragendes Team abgeben dürften.«

»Ach ja, tun sie das?« sagte Nancia. Sie hatte ihre eigene Meinung über die Psychoabteilung der Zentrale und über die aufdringlichen Tests und Fragebögen, mit denen sie die Hüllenmenschen bombardierten; und sie hegte keinerlei Absicht, sich von der Zentrale dazu drängen zu lassen, auf ihr verbrieftes Recht zu verzichten, sich einen eigenen Piloten auszusuchen, nur weil irgendein Hüllenklopfer in weißem Kittel glaubte, daß man ihr einen Mann aussuchen könnte – und das auch nur, weil sie gerade eine bequeme Transportmöglichkeit für einen Piloten darstellte, der schon ein Schiff verloren hatte. Nancia wollte gerade ihren Strahl auf CenCom richten und dem Operator ein paar gewählte Worte zum Thema gönnen, als sie spürte, wie ihr Besucher an Bord kam. Na gut, für diesen Streit blieb später noch Zeit; sie würde beim Abflug darüber nachdenken können. Wenn sie sich jetzt bereiterklärte, den gestrandeten Piloten der CR-899 zur Zentrale zurückzubefördern, würde sie das noch lange nicht zu einer permanenten Partnerschaft verpflichten, und nach der Rückkehr von dieser Reise würde sie jede Menge Zeit zur Verfügung haben, sich ihren nächsten Piloten auszuwählen ... und um der Psychoabteilung die Meinung darüber zu sagen, was sie mit ihren Persönlichkeitsprofilen anfangen könnten.

Ihr Besucher hatte inzwischen die offenstehende Aufzugluke ignoriert, um statt dessen die Treppen zur Zentralkabine zu nehmen, immer zwei Stufen auf einmal; Daddy achtete darauf, in Form zu bleiben. Nancia aktivierte gleichzeitig ihre Treppensensoren und Lautsprecher.

»Daddy, wie nett von dir ...«

Doch bei dem Besucher handelte es sich um Flix, nicht um Daddy. Jedenfalls mußte Nancia aus dem, was sie hinter dem riesigen Korb Blumen und Obst von seinem Gesicht erkennen konnte, schließen, daß es sich um ihren kleinen Bruder handelte: stachliges rotes Haar in einer altmodischen Punkerkrone, eine lange Pfauenfeder, die vom rechten Ohrläppchen herabhing, die Fingerspitzen schwielig von stundenlangem Synthcomspiel. Ja, es war tatsächlich ihr kleiner Bruder.

»Flix.« Sie konnte zwar ihre Stimmregister gleichmäßig halten, um ihre Enttäuschung zu verbergen; doch davon abgesehen fiel ihr beim besten Willen nichts ein, was sie noch hätte hinzufügen können.

»Schon okay«, erwiderte Flix. Seine Stimme klang leicht gedämpft hinter dem Haufen calixtanischer Orchideen und orangefarbener jubanischer Apfrüchte, die soeben drohten, sich aus dem nur wacklig bepackten Korb zu lösen und über ihn zu ergießen. Nancia fuhr genau im richtigen Augenblick ein Tablett aus einem Schrank in Hüfthöhe aus. Flix taumelte dagegen, ließ den Korb darauf fallen und setzte sich mit einem Ausdruck leichter Überraschung auf den Hosenboden. Zwei der orangeblühenden Apfrüchte stürzten von dem hochaufragenden Gebinde und rollten auf Nancias Befehlskonsole zu, wobei sie eine Flasche Schaumhereot in der Mitte des Korbs freilegten. »Ich weiß schon, daß dir Daddy lieber gewesen wäre. Oder Jinevra. Jedenfalls jemand, der der Ehre auch würdig wäre, die du dem Haus Perez y de Gras bereitet hast. Hast sie auch verdient«, fügte er hinzu, nachdem er sich mit einem Satz darum bemüht hatte, die jubanischen Apfrüchte wieder einzufangen. »Hast eine Blaskapelle und einen roten Teppich verdient anstelle von diesem Dingsda.« Er fuhr mit einer Hand über die weiche Fläche des sandfarbenen Standardsynthoteppichs, mit dem Nancias interner Wohnbereich ausgestattet war.

»Du ... du meinst wirklich, daß ich dem Haus keine Schande gemacht habe?« fragte Nancia. Schließlich hatte sie sich doch *tatsächlich* gefragt, ob das nicht vielleicht der Grund dafür war, weshalb niemand zu ihrer Abschlußfeier und Ernennung gekommen war. Daddy hatte doch von ihrer Abschlußfeier immer mit den Worten gesprochen: »Wenn du erst den Daleth gewonnen hast ...« – und das war ihr nun doch nicht gelungen.

Flix wandte den Kopf zu der Titansäule und gewährte Nancia denselben ungläubigen, leicht verächtlichen Blick, den er schon dem beigefarbenen Synthoteppich zugemutet hatte. »Dummchen«, tadelte er. »Das einzige Mitglied der Familie, mit dem ich mich überhaupt unterhalten mag – unsere Nancia. Die einzige, die mir nicht stundenlang in den Ohren hängt, daß ich gefälligst meine Synthkomponiererei zugunsten eines richtigen Berufs aufgeben soll – und dann stellt sich heraus, daß sie doch noch schlimmere Probleme hat als nur ein paar kleine, nichtfunktionierende Organe. Wenn man dich nach der Geburt nicht gleich in eine Schale gestopft hätte, hätte ich angenommen, daß du als Säugling auf den Kopf gefallen bist. *Natürlich* hast du dem Haus Ehre gemacht, Nancia, was glaubst denn du? Die Drittbeste auf der akademischen Hühnerleiter und die Erste in Dekomtheorie ... mit so vielen Sonderauszeichnungen, daß sie die Abschlußzeremonie extra umstrukturieren mußten, um Zeit für deine Nennungen zu schaffen ...«

»Wie hast du das denn erfahren?« unterbrach ihn Nancia.

Flix wandte den Blick von der Titansäule ab. Sie konnte seine Miene mit Hilfe ihrer Bodensensoren immer noch deutlich wahrnehmen, aber es wäre unhöflich gewesen, ihn daran zu erinnern. Er wirkte ohnehin schon verlegen genug. »Hatte eine Kopie des Programms«, murmelte er. »Wollte eigentlich auch aufkreuzen, falls ich überhaupt auf der Zentralwelt war, aber ... na ja, dann habe ich bei einem Synthcomposing im Freudenpalast zwei Mädchen kennengelernt, und die haben mir beigebracht, wie man rigellianischen Stengelsaft mit Benedictine zu einem wunderbar spritzigen Drink mixt, und ... na ja, jedenfalls bin ich erst wieder aufgewacht, nachdem die Abschlußfeier bereits vorbei war.«

Mit mürrischer Miene musterte er noch eine Weile den Teppich, dann erhellte sich sein Gesichtsausdruck. »Noch etwas, was mir an dir gefällt, Nancia: Du bist die einzige Verwandte, die ich habe, die mir nicht sofort eine elend lange Gardinenpredigt darüber hält, wie ich ich mich nur so erniedrigen konnte, im Freudenpalast Synthcom zu spielen. Natürlich vermute ich, daß du keine blasse Ahnung hast, was das tatsächlich für Schuppen sind. Trotzdem, die hat Großtante Mendocia zwar auch nicht, was *sie* aber nicht daran hindert, mich deswegen anzunerven.«

Er sprang auf die Beine und begann damit, Dinge aus dem Korb hervorzuziehen. »Na ja ... da ich schon unvermeidlicherweise im Freudenpalast aufgehalten wurde ... und da Jinevra am Schwanzende des Nirgendwo einem Fall von Planetenhilfebetrug nachgeht und Daddy in einer Besprechung ist, dachte ich mir, daß ich einfach mal vorbeischaue, während du auf einen Auftrag wartest, damit wir eine kleine Party veranstalten können.«

»Was für eine Besprechung?« frage Nancia, bevor sie sich zusammenreißen konnte. »Wo denn?«

Flix hob überrascht den Blick vom Korb. »Wie?«

»Du hast gesagt, unser Vater sei in einer Besprechung.«

»Na ja, ist er das nicht immer? *Nein*, ich weiß nicht, wo. Das war nur eine logische Schlußfolgerung. Du weißt doch, wie voll sein Terminkalender immer ist. Weißt du, ich habe mich schon oft gefragt«, plapperte Flix weiter, während er den Korb auspackte, »wie wir drei zustande gekommen sind. Na ja, jedenfalls gezeugt wurden. Glaubst du, er hat Mutter vielleicht einen Kurzbrief geschickt? *Bitte komm heute morgen in mein Büro. Kann dich zwischen zehn und zehn Uhr fünfzehn einschieben. Bring Bettlaken und Kopfkissen mit.*« Er griff an den Boden des Korbs und zog zwei zerkratzte und verblaßte Datahedra hervor. »Da! Ich weiß ja, daß du mich für einen selbstsüchtigen Hundesohn hältst, weil ich jemandem, der weder ißt noch trinkt, Obst und Sekt mitbringe, aber tatsächlich habe ich für alles gesorgt. Das hier sind meine jüngsten Synthkompositionen – da, ich gebe sie in dein Lesegerät. Hintergrundmusik für die Party, und du kannst sie dir auch auf der Reise selbst vorspielen, um dich zu unterhalten.«

Während die scheppernden Klänge von Flix' jüngster experimenteller Kompositon durch die Kabine hallten, hob er ein drittes Datahedron hoch und lächelte. Anders als die ersten beiden abgenutzten Hedra handelte es sich hierbei um eine glitzernde Form mit glänzender, kommerzieller Laserpolitur, die ihre Regenbogenfarben durch die Kabine schimmern ließ. »Und hier ...«

»Laß mich raten«, unterbrach ihn Nancia. »Du hast endlich jemanden gefunden, der einen kommerziellen Mitschnitt deiner Synthkompositionen hergestellt hat.«

Flix' Lächeln verdüsterte sich spürbar. »Na ja, nein. Nicht genau. Obwohl«, sagte er, und seine Miene hellte sich wieder auf, »ich ein Mädchen kenne, das einen Typen kennt, der mal mit einem Mädchen gegangen ist, das für den Stellvertretenden Direktor der Tonstudios Aushilfsarbeiten im Büro gemacht hat, Es bestehen also tatsächlich *ernsthafte* Chancen. Aber das hier ist etwas völlig anderes. Das«, fuhr er fort, und es klang beinahe ehrfürchtig, »ist die neue, verbesserte, gewaltig weiterentwickelte Version von SPACED OUT, die eigentlich erst Mitte nächsten Monats freigegeben wird, und ich werde dir lieber nicht erzählen, was ich tun mußte, um daranzukommen.«

Nancia wartete ab, damit er ihr mitteilte, worum es dabei überhaupt ging, doch Flix schwieg und strahlte sie an, als würde er irgendeine spontane Reaktion von *ihr* erwarten.

»Nun?« fragte er nach einigen Sekunden. Sein stachliges rotes Haar fing an, an seinen Rändern schlaff herabzuhängen.

»Es tut mir leid«, gestand Nancia, »aber ich habe keine Ahnung, wovon du da redest.«

Flix schüttelte traurig den Kopf. »Du hast nie von SPACED OUT gehört? Was lernt man denn überhaupt auf diesen Akademien? Nein, sag es mir bloß nicht!«

Protestierend hob er eine Hand. »Ich weiß. Die Kompositionstheorie und Subraumastrogation und Metachipdesign und einen Haufen anderer Sachen, die mir nur die Migräne in den Schädel treiben würden. Aber ich finde schon, daß man euch wenigstens ein bißchen Zeit zum Spielen hätte lassen können.«

»Wir haben auch gespielt«, widersprach Nancia. »Es gehörte sogar zum Stundenplan. Zweimal täglich dreißig Minuten freies Spiel, um die Koordination zwischen Synapsen und Werkzeugen und die Antriebssteuerungsfertigkeiten zu schulen. Ach, ich habe schon in meiner Säuglingshülle liebend gerne Verstecken und Stromquellensuchen gespielt!«

Flix schüttelte wieder den Kopf. »Alles bestimmt sehr erbaulich, da bin ich ganz sicher. Nun, *dieses* Spiel« – er grinste – »ist hundertprozentig garantiert *nicht* auf geistige Erbauung ausgerichtet. Tatsächlich behauptet Jinevra steif und fest, daß SPACED OUT zu irreversiblen Hirnschädigungen führen kann!«

»Das kann es?« Mit einem Klicken versperrte Nancia ihre Leseschlitze, als Flix sich näherte. »Hör mal, Flix, ich bin mir nicht sicher ...«

»Denk doch mal über unsere große Schwester nach«, erwiderte Flix mit seinem sonnigsten Lächeln. »Mach schon, ruf dir doch einfach mal ein Bild von ihrem letzten Besuch ins Gedächtnis. Meinst du nicht auch, daß alles, was sie mißbilligt, eigentlich ein bis drei Versuche wert sein müßte?«

Nancia projizierte eine lebensgroße Jinevra auf den Schirm, der die Mittelwand der Kabine ausfüllte. Es schien, als würde ihre Schwester jetzt direkt neben Flix stehen. Ordentlich und vollkommen wie immer, vom Saum ihrer marineblauen Uniform des Planetaren Technischen Hilfswerks bis zum glatten dunklen Haar, das völlig gerade herabfiel, um vorschriftsgemäß einen Viertelzoll über dem gestärkten weißen Kragen zu enden, verkörperte sie das schlechte Gewissen für jedes unordentliche Element im Universum. Nancia erinnerte sich nicht mehr, was es damals gewesen sein konnte, das das mißbilligende Glitzern in Jinevras Augen oder den verspannten, verkniffenen Zug um ihre Mundwinkel verursacht hatte, als dieses Bild gespeichert worden war, doch schien sie in dieser Projektion wütend auf Flix zu blicken. Einer der roten Stacheln seiner Retropunkfrisur erschlaffte unter dem vernichtenden Blick der Projektion.

Nancia bemitleidete ihn. Jinevra hatte sich nie die Mühe gemacht, mit ihrer Meinung hinterm Berg zu halten, daß ihr gemeinsamer kleiner Bruder nur ein Tunichgut und eine Schande für die ganze Familie sei. Papi, so vermutete sie, empfand das wohl sehr ähnlich. Das Gewicht der Mißbilligung des Clans der Perez y de Gras wäre ihr selbst als schier erdrückend erschienen. Doch wie konnte sie sich ihnen in ihrer Verdammung Flix' anschließen? Sie hatte mehr als genug Geschichten darüber zu hören bekommen, was er alles ausgefressen hatte – ja, es gab Zeiten, da Jinevra und Papi wenig anderes im Sinn zu haben schienen, als ihre kurzen Besuche bei ihr damit zuzubringen, nur darüber zu reden. Doch für Nancia war er immer noch der kraushaarige kleine Junge, der bei jedem Besuch ihre Titanschale umarmt, gewinkt und so enthusiastisch gebrüllt hatte, als wäre sie eine richtige Schwester aus Fleisch und Blut, die ihn auf ihrem Schoß herzen könnte; und der vor Entzücken losgebrüllt hatte, als sie ihn durch die Schule führte, um mit ihren Klassenkameraden eine schnelle Runde Stromsuchen zu spielen.

Und was sollte es ihr schon anhaben können, es einmal mit dem dummen Spiel zu versuchen?

»Es wird dir gefallen, Nancia«, meinte Flix hoffnungsfroh, als Jinevras projiziertes Abbild langsam am Schirm erlosch. »Ehrlich. Es ist die beste Version, die SpaceGamers jemals auf den Markt gebracht haben. Sie hat vierundsechzig Stufen versteckter Tunnels, eine Simulation des Singularitätsraums, Holozwerge ...«

*»Holozwerge?«*

»Schau nur.« Flix ließ das glitzernde Datahedron in den nächstgelegenen Leseschlitz fallen. Merkwürdig: Nancia konnte sich nicht daran erinnern, dieses Lesegerät freigegeben zu haben, aber sie mußte es ja wohl irgendwie getan haben. Ein leises Sirren ertönte, als der Inhalt des Datahedron in den Computerspeicher eingelesen wurde, dann sagte Flix: »Stufe Sechs, Holo!«, worauf ein rotbärtiger Zwerg mitten in der Kabine erschien, in der Hand einen Krummsäbel, dessen Knauf in einem Sprühregen gespiegelten bunten Lichts leuchtete. Flix krümmte ein Knie, als der Säbel des Zwergs auch schon genau an der Stelle durch den Raum zischte, wo eben noch sein Kopf gewesen war, rollte sich in Richtung eines Befehlspaneels ab und rief: »Raum Zehn, Laserrüstung!«

Um ihn herum verbogen sich Lichtstrahlen zu unglaublichen Kurven. Der Zwerg beugte sich vor und stieß seine Klinge durch eine Lücke zwischen den sich schnell verwebenden Lichtbändern –

Und verschwand.

Ebenso wie das Licht.

Flix sprang auf die Beine, er war enttäuscht. »Du hast das Spiel abgewürgt! Dabei war ich gerade am gewinnen!«

»Ich ... ich glaube nicht, daß ich schon so recht auf Holozwerge eingestellt bin«, entschuldigte sich Nancia. »Ich reagiere nun einmal automatisch, sobald ich mitansehen muß, wie Menschen, die ich liebe, angegriffen werden.«

Flix nickte. »Tut mir leid. Ich schätze, wir müssen dich wohl erst langsam darauf einstimmen. Willst du mit Ebene 1 anfangen, ohne Holos?«

»Das klingt ... schon besser.«

Und es war auch tatsächlich besser. Ja, Nancia merkte nach ein paar Runden sogar, wie sie das alberne Spiel genoß, obwohl es ihr immer noch Schwierigkeiten bereitete, die Regeln zu begreifen.

»Was soll ich denn mit dem Laserstab anfangen?«

»Der hilft dir dabei, im Gravitationsbrunnen bergauf zu gehen.«

»Das ist doch Blödsinn! Laser haben überhaupt nichts mit Gravitation zu tun.«

»Nancia! Es ist doch nur ein *Spiel*! Und jetzt vergiß nicht, den Simugreif um die Antworten auf die Drei Toroidendrillinge zu fragen; die wirst du brauchen, sobald du die Trollbrücke erreichst ...«

Während Flix sie in die Grundzüge des Spiels einweihte, stellte Nancia fest, daß das eigentliche Spielprogramm nur einen geringen Teil ihrer Rechenleistung beanspruchte. Es fiel ihr überhaupt nicht schwer, gleichzeitig beim Spielen den Datenschub von CenCom über ihre baldigen Passagiere durchzugehen. Gleichzeitig aktivierte sie den Grafikverstärkungsmodus des Schiffs, um die drei wandgroßen Schirme in der Zentralkabine mit Farbabbildern des Spiels und seiner Spielicons auszufüllen. Flix hatte sich ausgerechnet die Rolle eines Gehirn-Schiffs ausgesucht, das auf der Suche nach den Mystischen Ringen von Daleen durch imaginäre Asteroidengürtel zog. Nancia zog es vor, die Rolle des Trolltöters zu übernehmen, eines hochgewachsenen, kühnen Forschers, der mit Laserstab und Rückenblastern durch Gravitationsbrunnen und über Gebirgszüge stapfte.

»Nancia, du kannst diesen Troll noch nicht töten!«

»Warum nicht?«

»Weil er dir noch hinter den Felsen auflauert. *Ich* kann ihn zwar von hier aus schon sehen, aber du noch nicht.«

»Kann ich aber doch. Ich kann *alles* in diesem Spiel sehen. Schließlich ist es jetzt Bestandteil meines Gehirnspeichers, hast du das vergessen?«

»Na ja, dein Spielicon kann es aber nicht. Das ist nur ein Mensch. Er verfügt nicht über mehrdimensionale Sehfähigkeit. Und siehst du das blinkende blaue Licht dort? Damit warnt dich das Programm, daß er den Spielregeln zufolge gleich an Unterkühlung sterben wird, wenn du ihn nicht bald in irgendeinen Unterschlupf führst.«

»Warum steigert er nicht einfach seine Verbrennung – ach so! Ich erinnere mich. Ihr Normalpersonen seid wirklich ziemlich beschränkt, was eure Fähigkeit der Brennstoffeinteilung betrifft.« Nancia schritt weiter und bog ihren Laserstab, um den versteckten Troll und drei seiner Kumpane auszumerzen, dann schickte sie ihren Spieler unter die Schneebrücke der Trolle. Hinter drei verborgenen Türen befand sich am Ende eines Labyrinths eine hübsche warme Höhle, die nun unbewohnt war und wo sich Trolltöter ausruhen und Brennstoff tanken konnte.

»Nancia, du schummelst!« klagte Flix. »Wie hast du diese Stelle so schnell finden können, ohne irgendwelche Fehler zu machen?«

»Wie hätte ich sie denn *nicht* finden können? Die Spielkarten befinden sich doch auch in meinem Hauptspeicher, weiß du das nicht? Ich brauche nur nachzusehen.«

»Na ja, könntest du nicht vielleicht mal *nicht* nachsehen? Nur um fair zu spielen?«

»Nein, das könnte ich nicht«, antwortete Nancia in einem Ton, der eigentlich jede weitere Diskussion hätte abwürgen müssen. Ihr Bewußtsein von einem Teil des Schiffscomputerspeichers ausklammern? Die schlimmste Erfahrung ihres ganzen Lebens war die Teilbetäubung gewesen, die erforderlich gewesen war, als die Experten ihre Synapsenverbindungen zu dem Schiff fertigstellten. Es gab nichts, überhaupt nichts, was ein Hüllenmensch mehr verabscheute, als seine Verbindungen einzubüßen! Das hätte Flix eigentlich begreifen müssen, auch ohne daß sie es ihm erklärte.

»Stell doch diesen Speicherknotenpunkt einfach für kurze Weile aus«, nörgelte Flix.

Er hatte noch nie gemerkt, wann er aufhören mußte. Und schon der bloße Gedanke daran, ihre eigenen Knotenpunkte abzuschalten, bereitete Nancia ein solches Unbehagen, daß sie es nicht ertragen hätte, die Angelegenheit mit ihm tatsächlich auch noch durchzudiskutieren.

»Hör zu, Normalschale, um mich auf das Niveau deiner Rechenkapazität herabzulassen, müßte ich mehr als einen Punkt abschalten!«

»Ach ja? Komm doch mal raus und sag das noch mal!«

»Klar, ich werde auch rauskommen. Ich bringe dich bis zum Singularitätspunkt, und dann kannst du selbst deinen Weg aus der Dekomposition finden!«

»Ach, immer nur rohe Gewalt! Das ist einfach nicht fair.« Flix beschwor die Kabinendecke. »Zwei große Schwestern, und beide hacken sie immer nur auf mir herum!«

»*Irgendwas* mußten wir ja tun, um dich unter Kontrolle zu

halten ...« Abrupt unterbrach Nancia ihre akustische Übertragung. Aus der Zentrale traf soeben ein Funkstrahl ein.

»XN? Nachrichtenübertragung aus dem rigellianischen Subraum.« Eine kurze Pause, dann erschien das Bild von Nancias Vater auf dem Zentralschirm gegenüber ihrer Säule. Auf dem Monitor zur Linken kippte und rotierte Flix' Gehirn-Schiff-Icon in einer unendlichen, geistlosen Schlaufe vor den glitzernden Sternen des tiefen Alls: zur Rechten stand Trolltöter mit einem eingefrorenen erhobenen Fuß an der Schwelle zur Verborgenen Höhle. Zwischen ihnen lächelte ein müder Mann in konservativem, grünblau gestreiftem Jackett Nancia an.

»Tut mir leid, daß ich nicht zu deiner Abschlußfeier kommen konnte, liebste Nancia. Diese Konferenz auf Rigel IV ist von entscheidender Bedeutung, um die Wirtschaft der Zentralwelten für die nächsten sechzehn Quartale auf der berechneten Kurve zu halten. Ich konnte sie einfach nicht im Stich lassen. Wußte ja, daß du dafür Verständnis haben würdest. He, gratuliere zu all den vielen Auszeichnungen! Ich habe noch nicht die Zeit gefunden, das Programm in allen Einzelheiten zu lesen, aber ich bin sicher, daß du dem Hause Perez y de Gras Ehre wie immer gemacht hast. Und ich glaube, daß dir dein erster Auftrag gefallen wird. Er bietet dir Gelegenheit, einige jüngere Mitglieder der Hochfamilien kennenzulernen – ein sehr passender Start für unseren eigenen Kurierdienst. Wie? Was war das?« Er wandte sich zur Linken, so daß es schien, als würde er mit dem erstarrten Abbild von Trolltöter sprechen. »Der Sondersekretär? Also schön, schicken Sie ihn herein. Ich muß ihn vor der nächsten Sitzung instruieren.«

Der Blick schweifte wieder nach vorn. »Das hast du wahrscheinlich mitbekommen, Nancia? Tut mir leid, ich muß jetzt gehen. Viel Glück!«

»Daddy, warte ...«, fing Nancia an, doch da erlosch der Schirm für einen Augenblick. Das vorige Bild von der Schneebrücke und den Trollen erschien aufs neue, und sie hörte die Stimme des Operators von CenCom.

»Tut mir leid, XN. Das war ein konservierter Nachrichtenstrahl. Mehr gibt es nicht. Und Ihre Passagiere sind jetzt bereit, an Bord zu kommen.«

»Danke, Zentrale.« Nancia stellte zu ihrem Entsetzen fest, daß sie fast sämtliche Kontrolle über ihre Stimmbänder verloren hatte; der zitternde Unterton ihrer Worte machte ihren Gefühlszustand nur zu offensichtlich. *Eine Perez y de Gras weint nicht*. Und ein Gehirn-Schiff *konnte* gar nicht weinen. Und Nancia war gut ausgebildet worden, die unschicklichen Gefühlsartikulationen zu unterdrücken, in denen Normalpersonen so oft schwelgten. Dennoch mochte sie im Augenblick mit niemandem mehr sprechen müssen.

Flix schien ihre Stimmung zu spüren. Stumm packte er den Korb mit dem Obst und dem Schaumwein ein und tätschelte Nancias Titansäule, als glaubte er, daß sie die Wärme seiner Hand würde fühlen können. Und für einen Augenblick hatte sie sogar die Illusion, sie tatsächlich zu spüren.

»Ich verschwinde wohl jetzt besser«, meinte er. »Wir können ja schließlich nicht zulassen, daß ein Gehirn-Schiff der Perez y de Gras ausgerechnet auf ihrer Jungfernfahrt bei einer *Party* erwischt wird, nicht?«

Auf der Treppe blieb er stehen. »Weißt du, Nancia, es gibt keine Vorschrift, die besagt, daß du deine Passagiere begrüßen mußt, sobald sie an Bord gekommen sind. Laß sie doch allein ihre Kabinen finden und auspacken. Auf der Reise wird noch genügend Zeit sein für Konversation und Blabla.«

Dann war er auch schon fort, ein rotschopfiger Fleck, der in der Dunkelheit verschwand, eine gepfiffene Melodie, die draußen in der Nachtluft zurückblieb. Und einige Augenblicke später schimmerten in Nancias Bodensensoren die hellen Scheinwerfer eines Transporters, und eine Gruppe junger Leute stürzte heraus; sie lachten und lärmten und schwenkten Gläser in der Luft. Einer von ihnen stolperte und vergoß die Flüssigkeit über Nancias glitzernde Außenhülle; von einem Flossensensor aus konnte sie die Schnekkenspur von etwas Grünem und Klebrigem an ihrer Seite erblicken. Der Junge fluchte und rief: »He, Alpha, wir brauchen hier drüben Smaragd-Sekt!«

»Warte, bis wir drinnen sind, so lange wird das ja wohl noch gehen, oder?« rief ein hochgewachsenes Mädchen von ebenhölzerner Hautfarbe und Gesichtszügen ihm zu, die so scharf und präzise geschnitten waren wie eine antike Gemme. Im Augenblick war ihr attraktives Gesicht von Falten des Zorns und der Unzufriedenheit zerfurcht, doch als der blonde Junge über die Schulter gewandt zu ihr blickte, gönnte sie ihm ein fröhliches Lächeln, das Nancia keine Sekunde hätte täuschen können.

Sie lärmten noch immer – und tranken auch noch von dem klebrigen grünen Zeug –, als sie sich in die Luftschleuse drängelten, ohne auch nur um Erlaubnis zu bitten, an Bord kommen zu können. Na ja, sie hatte ja tatsächlich die Zugangsluke nach Flix' Abschied offenstehen lassen; vielleicht hielten sie das für eine Einladung. Und Nancia hatte auch schon gehört, daß Normalpersonen – jedenfalls solche, die nicht auf der Akademie waren – nicht die förmlichen Vorschriften beachteten, die die Begrüßungen und offiziellen Wortwechsel innerhalb des Kurierdiensts und anderer Abteilungen der weitreichenden Bürokratie der Zentralwelten regelten. Sie würde es ihnen nicht gleich übelnehmen, da sie doch selbst kaum bereit war, diesem Haufen Fremder vorgestellt zu werden.

Als sie aus der Luftschleuse in die Zentralkabine strömten, spielte Nancia das Spiel, die Gesichter mit den Namen zu verbinden, die die Zentrale ihr gegeben hatte. Der kleine rothaarige Junge mit dem Gesicht wie ein freundlicher Wasserspeier hatte Flix' Hautfarbe und jenes strahlende Lächeln, das Flix die Mädchen zutrieb wie Forellen an den Angelhaken; er mußte einer der beiden sein, die mit Nancias Familie verwandt waren. »Blaize?« rief das schwarze Mädchen. »Blaize, ich kriege das hier nicht auf.« Sie reichte ihm eine Plastiktasche mit einer schimmernden grünen Flüssigkeit, und Nancia erschauerte, als der Rotschopf mit zwei kurzen, kräftigen Fingern den Siegelstreifen abriß. Doch kein einziger Tropfen ergoß sich auf ihren neuen Standardteppichboden – jedenfalls bis jetzt noch nicht.

»Da, Alpha«, sagte der Junge, als er die Tasche zurückgab, und Nancia fügte ihre Gesichter zu den Namen und Beschreibungen aus CenComs Datenpack. Der rothaarige Junge mußte Blaize Armontillado-Perez y Medoc sein, dessen Familie so vornehm war, daß sie ihre Verwandschaft mit den Perez y de Gras nur sehr widerwillig einräumte. Und aus irgendeinem merkwürdigen Grund war sein erster Posten eine Position als einsamer Planetenhilfsdienst auf dem abgelegenen Planeten Angalia; sie hätte eigentlich damit gerechnet, daß jemand aus einer dreinamigen Familie gleich dicht an der Spitze des jeweiligen Zweigs der Zentralbürokratie anfangen würde, den er sich ausgesucht hatte. Die ebenholzfarbige Prinzessin mit ihrem scharfgeschnittenen, klugen Gesicht wäre geradezu eine Schönheit gewesen, hätte sie nur etwas weniger unzufrieden ausgesehen. Das mußte Alpha bint Hezra-Fong sein. Der kurze Datenstoß von CenCom hatte sie als Eingeborene der warmen Halbwüstenwelt von Takla identifiziert, die mit ihrem forschungsmedizinischen Programm eine hohe Punktzahl erreicht hatte; doch es gab keinerlei Hinweis darin, weshalb sie sich mitten in der Ausbildung zu einer fünfjährigen Forschungspause entschieden hatte, um ausgerechnet die Sommerlandklinik auf Bahati zu leiten.

Während sie die Tasche mit Smaragd-Sekt hin- und herreichten, gelang es Nancia, die anderen drei anhand ihrer beiläufigen Konversation zu identifizieren, ohne sich selbst vorstellen zu müssen. Der etwas teigige Junge mit seinem Heiligenschein überlanger brauner Locken um sein rotes Gesicht war Darnell Overton-Glaxely, der nach Bahati ging, um dort die OG-Schiffstransport von seinem Cousin zu übernehmen, der das Geschäft während Darnells Minderjährigkeit verwaltet hatte. Das andere Mädchen, die schlanke, schwarzhaarige Schönheit, deren zarter Knochenbau und leicht geschrägte Augen eine Verwandtschaft mit dem Han Parma-Zweig der Familie nahelegte, war wohl Fassa del Parma y Polo. Der del Parma y Polo-Klan hatte alle wichtigen Raumfahrtbauunternehmungen in diesem Subraum in seiner Gewalt, und nun schien es, als würden sie dieses zarte kleine Ding ausschicken, um die Ansprüche der Familie auch im weganischen Subraum geltend zu machen. Das Mädchen war wahrscheinlich stärker, als sie aussah, überlegte Nancia. Auf jeden Fall war sie die einzige, die die Tasche mit Smaragd-Sekt ablehnte, als sie die Runde machte, und das war schon mal ein gutes Zeichen.

Und was ihren letzten Passagier betraf – Nancia ließ ihre Sensoren die volle Pracht von Polyon de Gras-Waldheim einfangen, des Cousins, dem sie nie begegnet war. Vom Scheitel seines sauber gestutzten blonden Haars bis zu den schillernden Spitzen seiner schwarzen Dienstschuhe war er das Abbild des perfekten Akademieschülers: aufrecht, aber nicht steif dastehend, mit den Augen alles beobachtend, was jeder seiner Gefährten tat, vermittelte er selbst in diesem Moment der Muße noch den Eindruck gefährlicher Wachheit. Wie Nancia hatte auch er gerade seinen Abschluß gemacht und war erst vor kurzem eingestellt worden. Und wie sie hatte er eine hohe Position in seiner Klasse erreicht, war aber nicht Klassenbester geworden. Zwar hatte er als erster in allen technischen Disziplinen abgeschnitten, insgesamt war er aber nur Zweitbester aufgrund einer unerklärlich schlechten Note in Offizierseignung – was immer das sein mochte.

Als sie während Flix' albernem Computerspiel den Datenschub erstmals gesichtet hatte, hatte Nancia sich darauf gefreut, ihren Cousin Polyon kennenzulernen. Er war der einzige in der Gruppe, mit dem sie einige Gemeinsamkeiten zu haben schien. Als Mitglieder zweier Hochfamilien, die für ein Leben im Dienst der Zentrale herangezogen worden waren, hätte sie eigentlich sofort ein Gefühl der Verwandtschaft entwickeln müssen. Doch jetzt empfand sie ein merkwürdiges Zögern, sich Polyon vorzustellen. Er war so angespannt, so wachsam, als würde er selbst diese lachende Gruppe anderer junger Leute noch als potentielle Feinde betrachten.

Und außerdem hatte er, gemahnte sie sich, persönlich mindestens zwei Drittel des Smaragd-Sekts geleert, die Zentrale allein mochte wissen, was er schon vor seinem Eintreffen an Bord in sich hineingeschüttet hatte. Nein, jetzt war keine gute Zeit, um sich selbst vorzustellen und Polyon von ihrer Verwandtheit zu erzählen. Sie würde einfach noch etwas warten müssen.

»He, Leute, schaut euch mal das Begrüßungskomitee an!« unterbrach Blaize das Geplapper. Er blickte gerade an Nancias Titansäule vorbei auf das Dreifachdisplay des SPACED-OUT-Spiels, das Nancia nach Flix' abruptem Abschied versehentlich beibehalten hatte. Die verborgenen Videosensoren zwischen den Schirmen zeigten Blaizes sommersprossiges, stupsnasiges Gesicht, wie es in reiner, unkomplizierter Freude strahlte.

Blaize schritt langsam über den weichen Teppichboden, um sich schließlich in den leeren Pilotensessel sinken zu lassen, der eigentlich Nancias Pilot vorbehalten gewesen wäre. »Das hier«, sagte er ehrfürchtig, »muß das größte, beste SPACED OUT sein, das ich je gesehen habe. Mit einer solchen Ausrüstung zu spielen, da werden die zwei Wochen wirklich im Flug vergehen.«

Die Befehlskanäle des Spiels waren immer noch geöffnet, und als Blaize sich identifizierte und das Hirnschifficon übernahm, ließ Nancia das Hintergrundprogramm den Kurs des Gehirn-Schiffs ändern, um es in die Welt von Trolltöter zu führen. Die brillante Grafik zog auch die anderen Passagiere an, die nun über Blaizes Schultern blickten und sich einer nach dem anderen verlegen zu dem Spiel verlokken ließen.

»Na ja, immer noch besser, als zuzusehen, wie sich ein Haufen Schmerzhirne in der Klinik in den Stumpfsinn dröhnt«, murmelte Alpha, als sie neben Blaize Platz nahm.

Nancia hatte sich gerade von dem Schock dieser herzlosen Bemerkung erholt, als auch Darnell in das Spiel eintrat. »Ich muß die Grundgrafik dieses Spiels kopieren und es von irgend jemandem auf allen Drohnen der OG-Schiffstransport installieren lassen«, sagte er und animierte dabei Trolltöter. »Weiß jemand, wie man den Kopierschutz knackt?«

»Ich«, verkündete Polyon de Gras-Waldheim, »kann jedes installierte Computersicherheitssystem knacken.« Er gewährte Darnell einen bedeutungsschwangeren Seitenblick. »Sofern sich die Sache für mich lohnt ...«

*Ach, das kannst du wirklich?* dachte Nancia. *Das werden wir ja noch sehen.* Software-Piraterie war zwar nicht gerade ein Kapitalverbrechen, aber ein frischbestallter Offizier der Raumakademie hätte doch ein ausgeprägteres ethisches Empfinden haben müssen haben als irgendein Gemeiner, der nicht über die Vorzüge einer Hochfamilienerziehung und einer Akademieausbildung gebieten durfte. Plötzlich war ihr weitaus weniger danach, sich ihrem attraktiven Cousin vorzustellen.

Polyon wandte den Kopf ab und gewährte Fassa del Parma y Polo, die immer noch neben der Eingangsluke stand, ein strahlendes Lächeln. »Also für dich, meine Kleine, würde es sich jederzeit lohnen ...«

Mit einer sehnigen, gleitenden Bewegung, die sowohl Blaizes als auch Darnells Aufmerksamkeit auf sich zog wie auch jene Polyons, trat Fassa zu den Bedieninstrumenten des Spiels. »Vergiß es, Gelbmütze«, sagte sie in einer Stimme, die ebenso lieblich klang, wie ihre Worte ätzend waren. »Ein zweitklassiger Akademieoffizier mit einem Posten auf einem drittklassigen Gefängnisplaneten hat ganz bestimmt nicht genug zu bieten, um mein Interesse wachzuhalten. Das hebe ich mir für einträglichere Gelegenheiten auf.«

Nancia schaltete vorübergehend alle Kabinensensoren ab. Wie war sie nur an diese habgierigen, amoralischen, verwöhnten Bälger geraten? Sie hatte gute Lust, ihre Selbstvorstellung auf unbestimmte Zeit zu verschieben. Der Offenherzigkeit ihrer Bemerkungen nach zu schließen, mußten sie annehmen, daß es sich bei Nancia lediglich um ein Drohnenschiff handelte, das nur dazu fähig war, einen stark begrenzten Satz von Befehlen zu verstehen und zu befolgen.

Doch mußte sie wissen, was sie vorhatten. Sie öffnete einen Audiokanal und hörte, wie Blaize gerade Darnell und Polyon mit einem »Sie hat es nie verkauft, immer nur verschenkt!« im Chor anführte, während Fassa wütend schmollte und sich in ihre Kabine verdrückte.

In Nancia keimte der Verdacht, daß dies wohl noch eine der längsten zweiwöchigen Reisen werden würde, die ein Gehirn-Schiff jemals hatte durchmachen müssen.

## KAPITEL 2

## POLYON

Nancia sah neugierig zu, als Polyon de Gras-Waldheim in die Zentralkabine geschlendert kam. Die anderen Passagiere schliefen gerade die Nachwirkungen ihrer Abschiedsparty aus, schnarchend und um sich schlagend, als die letzten Reste des Stimulans in ihren erschöpften Körpern abgebaut wurden. Polyon hatte sich bemerkenswert früh wieder erholt. Wie jeder gute Akademieschüler, war er um 06 Uhr 00 Schiffszeit wieder aufgestanden, hatte sich in der Duschkabine gereinigt und seine säuberlich gebügelte graue kleine Dienstkleidung angelegt, bevor er sich wieder in der Öffentlichkeit zeigte. Nancia hatte die Videosensoren in den Kabinen abgeschaltet, damit ihre Passagiere auch die Ungestörtheit behielten, die sie erwarteten; doch die Audiosensoren versorgten sie mit genügend kleineren Geräuschen, um Polyons frühmorgendliche Toilette mitzuverfolgen.

Ihren ersten Blick warf Nancia auf Polyon, als er den Gang zur Zentralkabine entlangschritt. Das war öffentliches Gebiet, und sie hatte keine Vorbehalte, dort sämtliche Sensoren aktiviert zu halten. Und Polyon de Gras-Waldheim war tatsächlich eine Sensorenweide. Er war nur knapp unter zwei Metern groß, sein goldenes Haar gnadenlos im Bürstenschnitt der Akademie gestutzt, ein glückliche Verbindung des Besten, was die Familienlinie der Waldheims und der de Gras zu bieten hatten: die Körpergröße und die unverwüstliche Kraft der Waldheims sowie die Kultiviertheit und das schnelle Auffassungsvermögen der de Gras. Nancia überkam ein kurzer Anflug des Bedauerns. Polyon hatte einen Abschluß der Raumakademie; er hätte durchaus ihr Pilot werden können.

*Ein de Gras-Waldheim?* höhnte eine innere Stimme. *Wovon träumst du da, Mädchen?* Ein junger Mann, in dem sich diese beiden Erblinien verbanden, konnte mit einem weitaus höheren Posten rechnen als dem Kommando über ein Gehirn-Schiff. Eigentlich hätte ihm eine Stabsposition zugestanden, da er schließlich als Führungsoffizier ausgebildet war.

Der kurze Datenstoß mit den Informationen über ihre Passagiere und ihre Flugziele hatte nicht erklärt, weshalb Polyon, anstatt in einen Flottengeneralstab einzutreten, als technischer Aufseher ausgerechnet in eine Gefängnis-Metachipfabrik in einem abgelegenen Subraum versetzt wurde. *Na ja, es wird schon einen guten Grund dafür geben. Vielleicht ist im weganischen Subraum ja doch mehr los, als ich geahnt habe.* Nancia erinnerte sich an das unterbrochene Nachrichtenbyte über Wega, ebenso an ihren Entschluß, der Sache etwas genauer nachzugehen, nun, da sie ihr eigenes Schiff war. *Ich bin jetzt im Kurierdienst tätig; da sollte ich wohl besser zusehen, daß ich auf dem laufenden bleibe, was Tagesereignisse betrifft.* Doch im Augenblick war es sehr viel interessanter, ihren Cousin zu beobachten, als die Dateien alter Nachrichtenübermittlungen hervorzuholen.

Polyon sah sich in der Kabine um, und seine Muskeln entspannten sich kaum merklich, als er den Raum gemustert hatte; ein menschlicher Beobachter hätte diese kleine Veränderung vielleicht gar nicht bemerkt, aber Nancia registrierte seine Entspannung sofort. Das mußte die Akademieausbildung sein, diese Wachheit beim Betreten eines unbekannten Gebiets. Von jemandem, der in der Diensttradition der Hochfamilien ausgebildet war, hätte sie nichts Geringeres erwarten dürfen; ebensowenig hätte es sie überraschen sollen, daß Polyon zur üblichen Dienstzeit aufwachte, ganz gleich, was für Exzesse er in der Nacht zuvor veranstaltet hatte. Die anderen Passagiere mochten ja verweichlicht und undiszipliniert sein, doch dieser hier wurde seiner Ausbildung wenigstens gerecht. *Das ist das de-Gras-Blut in ihm*, dachte sie mit einem Anflug von Selbstzufriedenheit; Daddy hatte immer den hohen Wert von Nancias durch ihre Mutterseite gegebenen Verbindung zum Haus de Gras betont.

Polyon sah noch einmal durch den Raum – wäre er kein de Gras-Waldheim gewesen, hätte Nancia seinen Blick als *verstohlen* definiert. Dann nahm er Platz, doch nicht in dem Pilotensessel vor der Zentralkonsole, sondern auf einem der Zuschauersitze an der Kabinenseite. Er nickte einmal scharf, als wollte er sagen: »Ist also alles in Ordnung.« Dann sprach er mit einer so leisen Stimme, daß keine Normalperson ihn hätte verstehen können.

»Computer, öffne Hauptdatei, Paßwort 47321-Aleithos-Hex242.«

Das automatische Sicherheitssystem, das den Hauptcomputer des Schiffs bewachte, bestätigte Polyons Befehl. Nancia, die kaum glauben konnte, was sie da beobachtete, ließ den Computer ungehindert handeln. Woher hatte Polyon das Paßwort zur Hauptdatei? Vielleicht hatte ihre Mission auch noch eine geheime Seite, etwas, das nur einem Mitglied der Hochfamilien anvertraut und zur richtigen Zeit offenbart werden durfte. Das würde auch erklären, weshalb sich Polyon in die Kabine geradezu eingeschlichen hatte. Zudem wäre es auch eine Erklärung für sein ungehobeltes Benehmen letzte Nacht; als Geheimagent würde er natürlich darauf achten müssen, unter seinen Mitpassagieren nicht aufzufallen.

Oder ... Es könnte auch sein, daß es zu keiner derartigen Erklärung kommen würde. Nun, da er Zugang zur Hauptdatei hatte, machte sich Polyon über die Tastatur her, bewegte die Icons des Touchscreen und gab Befehle in einem schnellen, leisen Strom von sich, der selbst die Mehrkanalfähigkeit eines Hüllenmenschen in den Schatten zu stellen drohte. Und noch immer hatte er sie nicht anders behandelt als wie ein gewöhnliches Drohnenschiff. Was ging hier vor? Nancia wartete und beobachtete, verfolgte Polyons Manöver durch ihr Computersystem, während ihre Außensensoren seine Körperbewegungen registrierten.

*Ein Kinderspiel,* dachte Polyon, als seine Finger von der Tastatur zum Touchscreen huschten und er sein eigenes Benutzerkonto einrichtete, mit Systemprivilegien, die ihm Zugang zu sämtlichen Daten im Schiffscomputer gewährten. *So leicht, als würde man das erste Programm eines Kindes debuggen.* Und nun zur komplizierteren Aufgabe – das Sicherheitssystem davon zu überzeugen, ihn auch als privilegierten Benutzer im Netz zu bestätigen. Hatte er erst einmal den Zugang zu diesem subraumweiten Kommunikationssystem hergestellt, würde er auch dazu in der Lage sein, alles über jedermann herauszufinden, der sich jemals in dieses Netz eingehängt hatte.

Gesprochene Befehle funktionierten hier nicht; das war auch ganz gut so, denn er wollte nicht von irgendeinem dieser kleinen Schnüffler belauscht werden, mit denen er hier zwangsläufig zusammengepfercht war. Seine Finger huschten über die Tasten, klapperten Befehle hervor, so schnell sein geschärftes Hirn die Ergebnisse analysieren konnte.

Nun, da war eine Sicherheitsblockade ... doch nachdem er sich bereits die höchste Benutzerstufe des Schiffssystems zugewiesen hatte, konnte er sich den Objektkode im Blockadeprogramm selbst anschauen. Ja er konnte ihn sogar ›korrigieren‹. »Hier ein Patch, dort ein Patch«, summte Polyon, als er eine leicht veränderte Version des Objektkodes eingab, »und da und dort eine Falltür, dideldideldum.« Als das System das revidierte Programm akzeptiert hatte und hochfuhr, ging Polyons Summen in eine triumphierende Version von »Ich bin der Mann, der die Bank von Monte Carlo gesprengt hat!« über.

Was natürlich nicht ganz präzise war; denn es ging ihm um weitaus größere Gewinne, als es in einer einzigen Nacht des Glücksspiels im Stil der Alten Erde möglich gewesen wäre. Er würde es ihnen zeigen – ihnen allen. Angefangen bei den Lahmhirnen, die mit ihm an Bord gegangen waren. Polyon wußte genau, weshalb man *ihn* an einen zweitklassigen Posten in einem drittklassigen Sonnensystem versetzte – seine Erinnerungen huschten wie verschreckte Mäuse über die Oberfläche jener häßliche Szene mit dem Dekan –; aber es mußte auch einen Grund geben, weshalb man alle diese anderen verzogenen Lieblinge der Hochfamilien in eine Art Exil verbannte. Er würde damit anfangen, diese kleinen Geheimnisse zu ergründen, und dann ... nun, vielleicht würde ihm eins dieser reichen Bälger bei der Durchführung seines Großen Plans sogar nützlich sein können.

Und danach ... das System Nyota. Den gesamten Subraum von Wega. *Die Zentralwelten*. Warum nicht? dachte Polyon, benommen von der Großartigkeit seiner eigenen Begierden. Wenn er eins gelernt hatte, als er aufwuchs, so daß man so gut wie mit allem durchkam, solange man den größten Teil davon erledigte, während die Leute nicht hinsahen, und seinen Charme einsetzte, wenn sie es doch taten.

Und wo der Charme versagte – da gab es noch andere Möglichkeiten der Überzeugung. Polyon lächelte grimmig und tippte sich in die Akten der Medizinhochschule von Alpha bint Hezra-Fong ein.

Was tat Polyon da nur? Nancia sah zu und wartete, als er das Sicherheitssystem des Schiffs umdefinierte, in das Netzwerk hinausgriff, die Dateien seiner Mitpassagiere musterte. Sollte sie ihn daran hindern? Diskretion gehörte zu den ersten Dingen, die ein Gehirn-Schiff des Kurierdiensts lernte, es war der erste und wichtigste Grundsatz der Pflichterfüllung. Sie hatte keine Instruktionen für den Fall bekommen, daß einer ihrer Passagiere das Netz manipulierte, als wäre es ein Teil seines persönlichen Kommunikationssystems. Im Augenblick definierte er gerade die Sicherheitsparameter um ... aber das war kein Problem, die konnte sie jederzeit wieder ändern. Bisher hatte er ihre persönlichen Datenbereiche nicht angerührt und offenbarte keinerlei Wissen darüber, daß es ihre synaptischen Verbindungen zum Schiffscomputer gestatteten, jeden einzelnen seiner Schritte genau zu verfolgen.

War es möglich, daß er sie für ein Drohnenschiff hielt? Vielleicht nicht. Jedenfalls schien er sich nicht sicher zu sein. Jetzt, da er genug mit dem Netz herumgespielt hatte, schickte Polyon prüfend ein Kodetentakel herum, das ihm Meldung über andere Aktivitäten im Schiffscomputer machen sollte ... ein Patch, das ihm die genaue Lage und den Umfang von Nancias Verbindungsschaltungen innerhalb des Schiffs offenbaren würde.

*Ein bißchen spät, das zu überprüfen, mein Junge! Hat man dir auf der Raumakademie nicht beigebracht, erst nach einem möglichen Hinterhalt Ausschau zu halten,* bevor *du irgendwelche Manöver einleitest?*

Der Selbstschutz war eine automatische Reaktion, saß sogar noch tiefer als die Diskretion. Nancia erschloß Zugangspfade und definierte Zugangskodes in einer einzigen, instinktiven Aktivitätswelle um, bis Polyon plötzlich auf einen erloschenen Monitor starrte und eine Tastatur berührte, die nicht mehr auf seine Suchbefehle reagierte.

## DARNELL

Darnell Overton-Glaxely stöhnte leise, als er sein aufgedunsenes Gesicht erblickte, eine verzerrte Widerspiegelung in der polierten Krümmung der Syntholegierung im Zentralkorridor des Schiffs. Es war noch zu früh am Morgen, um in einen Spiegel zu blicken, vor allem in einen gekrümmten, der sein Abbild wie Wellen auf dem gottverdammten Ozean anschwellen und schrumpfen ließ. Darnell stöhnte noch einmal auf und erinnerte sich daran, daß die künstliche Gravitation im All praktisch die gleiche Stärke wie auf der Erde hatte; es war nur seine Einbildungskraft, die ihm Übelkeit verursachte. Es war wirklich kein Vergleich zu den alten Seefahrzeugen, mit denen die OG-Schiffstransport einst angefangen hatte, damals, als sie noch eine planetengebundene Reederei gewesen war. Sein alter Herr hatte ihn einmal dazu gezwungen, auf einem dieser Ungeheuer zu reisen, zusammen mit ein paar idiotischen Sprüchen über die Erinnerung an die Familientradionen. Darnell hatte sich noch eine Menge weiteren Mist von dem alten Herrn anhören müssen, als er sich die Seele aus dem Leib kotzte, noch bevor das Schiff den Hafen verlassen hatte.

Na, *damit* war jetzt Schluß! Der liebe Papa war nunmehr Geschichte, ebenso der unerklärliche Einsturz der Raumstation, der ihn umgebracht hatte und die OG-Schiffstransport den Händen ihrer Direktoren überantwortete, bis Darnell seine Schulausbildung abgeschlossen hatte. Und der Alkoholexzeß der vorigen Nacht war ebenfalls Geschichte – sofern er doch nur seinen wunden Magen und offenen Schädel davon überzeugen könnte!

Es war ungerecht, daß er so darunter leiden mußte, obwohl es sich doch nur um eine völlig verständliche Feier seines Schulabschlusses und des Beginns seiner neuen Karriere gehandelt hatte. Es war ein Jammer, daß keines der Mädchen dazu bereit gewesen war, die Feier auf die naheliegendste Art mit ihm fortzusetzen. Na ja, bis zur Planetenlandung waren es ja noch zwei Wochen; sie würden schon früh genug merken, was er zu bieten hatte. Es war ja nicht so, als gäbe es für ihn auf diesem Drohnenschiff irgendeine ernstzunehmende Konkurrenz. Gewiß, de Gras-Waldheim war durchaus anziehend, aber Darnell hatte noch nie einen kälteren Fisch gesehen. Es hatte etwas Beängstigendes an sich, wie seine intensiven blauen Augen wie Trockeneis unter der steifen Akademiefrisur loderten. Und was den Medoc-Jungen betraf, Blass oder Blaze oder wie immer er auch heißen mochte, so würde kein Mädchen seine Zeit auf einen Jungen vergeuden, der eine Visage hatte wie ein gutmütiger Wasserspeier. Nein, der gute alte Darnell würde schon bald die Rettung sein, der einzige Mann an Bord, der über hinreichende soziale Fähigkeiten verfügte, zwei wunderschöne Damen die ganze Strecke bis zu ihren Zielplaneten um Nyota ya Jaha zu unterhalten.

Und er konnte Geräusche in der Zentralkabine vernehmen. War eins der Mädchen vielleicht schon auf und einsatzbereit? Darnell zog den Bauch ein, warf seine Schultern so weit zurück, wie er nur konnte, und blickte wieder seine Spiegelung an der Wand aus Syntholegierung an. Sein Gesicht war nicht wirklich so weich und aufgedunsen, sagte er sich. Das lag nur an der verzerrten Spiegelung. Die ließ ihn schlaff und müde erscheinen. Unsinn. Er war der attraktive junge Erbe der OG- Schiffstransport, und er war in Form genug, um es mit allem oder jedem aufzunehmen ...

Möglicherweise nur nicht mit diesem kalten Fisch, Polyon de Gras-Waldheim. Darnell hielt sich an der Lukenöffnung fest und versuchte seinem Impuls zu widerstehen, die Zentralkabine sofort zu betreten. Doch seine Beine liefen weiter, während seine Arme versuchten, seinen Leib zurückzureißen.

»Ach, komm schon rein, OG«, sagte Polyon ungeduldig, den Rücken zur Luke gewandt. »Häng dich doch nicht mit wedelnden Tentakeln in den Lukenrahmen wie eine seekranke Qualle.«

Seekrank.

Qualle.

Darnell schluckte einen Anflug von Übelkeit hinunter und gemahnte sich selbst einmal mehr daran, daß der Raumflug auf einer gravitationsverstärkten Drohne eben *nicht* dasselbe war, wie auf einem schlingernden, stampfenden alten Seeschiff zu reisen.

»Was tust du da?«

Polyon löste die Sesselhalterung und drehte sich langsam herum, um Darnell anzusehen. Seine langen Glieder wirkten entspannt, als wollte er eigens betonen, wie behaglich er sich in dieser Umgebung fühlte. »Ich ... spiele nur Spiele«, sagt er mit seltsamem Lächeln. »Nur ein paar Spielchen, um die Zeit zu vertreiben.«

»Was hast du denn getan? Das SPACED OUT so gründlich zum Absturz gebracht, daß nicht einmal mehr die Grafik funktioniert?«

»Etwas in der Art«, bestätigte Polyon. »Aber wenn du willst, kannst du mir ja beim Start helfen.«

Es war das Freundlichste, was Darnell von Polyon bisher zu hören bekommen hatte, seit sie sich gestern abend begegnet waren. Vielleicht, dachte er gutmütig, vielleicht weiß der arme Kerl ja nur nicht, *wie* man sich Freunde schafft. Wenn man aus einem steifen, verkrusteten Haufen der Oberschicht stammte, wie es die de Gras-Waldheims waren, und sein Leben auf Militärakademien verbracht hatte, durfte man von einem nicht erwarten, daß er über das *savoir vivre* und einen ähnlich lockeren gesellschaftlichen Umgangston gebot, wie sie Darnell voll Stolz für sich beanspruchte. Nun, er würde dem alten Polyon schon dabei auf die Sprünge helfen, bei diesem kleinen Ausflug sein Freund zu werden.

»Na klar«, sagte er und begab sich mit einem vorsichtigen Tritt ins Innere der Kabine, ohne daß sein Brummschädel noch mehr strapaziert wurde. Er ließ sich in einen der gepolsterten Passagiersessel sinken. »Ist nichts dabei, ich habe dieses Zeug während der ganzen Mittelstufe gespielt. Ich mache dir einen Vorschlag – wenn ich dir helfe, in den Computer zu kommen, vielleicht hilfst du mir dann dabei, in etwas anderes zu gelangen?« Er zwinkerte Polyon angestrengt zu.

»Woran hast du denn genau gedacht?« Der Mann hatte wirklich nicht die leiseste Ahnung, wie man eine lockere Konversation führte.

»Wir sind zu zweit«, erklärte Darnell fröhlich und hackte auf der Tastatur herum. »Die sind auch zu zweit. Die Schwarze ist eher deine Kragenweite. Aber ich brauche eine Strategie, um dieser del Parma-Punz an die Höschen greifen zu können. Taktiken, Manöver, Vorstoß und Rückzug – irgendwelche Vorschläge?« Nicht daß er tatsächlich irgendwelche Hilfe dazu brauchte, dachte Darnell, aber es ging doch nichts über ein gutes, zotiges Gespräch von Mann zu Mann, um eine Freundschaft festzuzimmern. Und da Polyon offensichtlich auf Freundschaft aus war, war Darnell mehr als bereit, ihm auf halber Strecke entgegenzukommen.

»Ich fürchte, da stehst du wohl allein da«, meinte Polyon distanziert. »Ich ... hatte nie die Gelegenheit, dieses Problem zu studieren.« Er schnippte ein unsichtbares Stäubchen von seinem gebügelten Ärmel und tat so, als würde er die SPACED-OUT-Schirme studieren, als Darnell sie wieder zum Leben erweckte und die Kabinenwände mit ihrer Grafik füllte.

Die Andeutung war klar: Er hatte es nie *nötig gehabt*, bei den Damen mit irgendwelchen Taktiken zu operieren. Na klar, natürlich nicht. Mit dem Namen de Gras-Waldheim und dem entsprechenden Vermögen im Rücken – noch dazu bei diesem muskulösen Körperbau! Trotzdem hatte er keinen Grund, auf jemanden herabzublicken, der nur versuchte, freundlich zu sein. Darnell musterte finster die Konsole und tippte die Befehle ein, die das Spiel aufriefen, und zwar auf ... nicht Ebene 10, denn seine Reflexe waren den interaktiven Holokriegern im Augenblick noch nicht gewachsen, sondern Ebene 6. Das müßte hoch genug sein, um Polyons Taktiken durcheinanderzubringen und ihm beizubringen, wie es war, wenn man es mit einem Experten zu tun bekam.

»Es ist eine neue Version«, sagte Polyon überrascht. »An diesen Asteroidengürtel kann ich mich gar nicht erinnern.«

»Ich wette fünf Einheiten darauf, daß sich irgendwo zwischen den neuen Asteroiden ein Hinweis auf das Verborgene Grauen von Holmdale finden läßt«, warf Darnell ein.

»Darauf wette ich nicht. Aber ich setze fünf Einheiten darauf, daß, sollte er *tatsächlich* dort sein, ich ihn als erster finden werde. Such dir ein Icon aus!«

Darnell wählte eins der Spielericons, die in der unteren Zeile des Zentralschirms zu sehen waren. Er liebte es immer, Knochenbrecher zu sein, das Cyborg-Ungeheuer, das sich durch die unteren Tunnels des Labyrinths schlich, gelegentlich aber auch mit seinen verborgen eingebauten Düsenpaketen und dem persönlichem Schutzschild ins All hinausjagte. Polyon wählte, wie er mit Freuden bemerkte, das Icon von Dingsbums, dem Marsmagier. Eine abgeschlafftere Figur konnte man sich kaum denken. Dieses Spiel dürfte in Null Komma nichts vorbei sein.

»Und was führt dich hinaus ins System Nyota?« fragte Polyon nach einigen Minuten scheinbar ziellosen Manövrierens und sinnloser Befehle.

Darnell blickte mit gerunzelter Stirn auf den Schirm. Wie hatte es Dingsbums nur geschafft, Zwei Drittel des Asteroidengürtels mit einem Undurchdringlichkeitszauber zu überziehen? Na schön, dann würde er Knochenbrecher eben umdrehen und seine eingebauten Düsenpakete als Waffe benutzen; das dürfte die Zauber des heimtückischen Dingsbums schon durchstoßen. »Ich trete mein altes Erbe an«, erwiderte er, während er die Befehle eintippte, die Knochenbrecher maximale Stoßkraft verleihen sollten. »Die OG-Schiffstransport, weißt du. Keine Ahnung, weshalb der gute alte Vetter Wigran den Firmensitz in den Subraum von Wega verlegt hat, aber ich bin sicher, er wird mir alles erklären, wenn ich erst einmal da bin.«

»Sofern er kann«, stimmte Polyon zu. »Vertraust du ihm denn so sehr?«

Darnell manövrierte Knochenbrecher verstohlen in Schußweite. Dieser Idiot Polyon blickte gerade auf ihn, nicht auf den Schirm; wenn er Polyons Aufmerksamkeit nur noch wenige Sekunden von dem Spiel ablenken könnte, würde er glatt mit einem Mord davonkommen!

»Was meinst du damit?« fragte er ohne wirkliches Interesse an der Antwort. »Weshalb sollte ich Wigran denn nicht vertrauen?«

Polyon sah ihn schockiert an und für einen Augenblick befürchtete Darnell schon, daß er Knochenbrechers Bewegungen auf dem zentralen Spielbildschirm bemerkt haben könnte. »Mein lieber Junge! Soll das heißen, du hast noch nichts davon gehört? Ach du liebe Güte«, fluchte er in einem leisen, bösartigen Ton. »Ich wußte ja nicht – hör mal, Darnell, eigentlich sollte nicht ausgerechnet *ich* der erste sein, der dir davon berichtet. Hast du denn die Nachrichtenbytes von Wega gar nicht verfolgt?«

»Betriebsführung langweilt mich zu Tode«, teilte Darnell ihm mit. »Ich bin es vollauf zufrieden, die Gewinne aus der Firma einzustreichen und Vetter Wigran den Laden weiterhin leiten zu lassen.« Seine Finger ruhten über der Taste, die gleich Knochenbrechers Düsenpakete aktivieren würde. Jeden Augenblick würde er nun einen kontrollierten Kraftstoß loslassen, der ein Loch in Dingsbums' Verteidigungslinie brennen würde. Doch er wollte, daß Polyon den Augenblick seiner Niederlage auch mitbekam und nicht statt dessen über irgendeinen langweiligen Prozeß gegen einen Buchhalter im System Wega plapperte.

»Na ja, ich denke, du hättest es ja ohnehin bald erfahren«, sagte Polyon gerade. »Aber ich finde es furchtbar, daß ausgerechnet ich dir davon mitteilen muß.« Jetzt musterte er Darnells Gesicht aufmerksamer, als er jemals auf den Spielbildschirm geblickt hatte.

»Was mußt du mir mitteilen?« Zum ersten Mal spürte Darnell, wie ihn ein eisiger Schauer der Furcht beschlich.

»In dem Prozeß ist alles ans Tageslicht gekommen«, erklärte Polyon. »Du weißt doch, dieser Buchhalter, der die Gelder seiner Klienten abschöpfte, um damit Lottoide zu spielen? Die OG-Schiffstransport war einer seiner größten Kunden. Und dein Vetter Wigran wußte ganz genau, was der Bursche da tat. Er hat ihn sogar dabei unterstützt – gegen einen entsprechenden Einsatzkapitalanteil. Die haben zusammen mehr als neunzig Prozent der Aktiva der OG-Schiffstransport verspielt. Ich fürchte, alles, was du auf Bahati erben wirst, ist eine überalterte KI-Drohne und ein Berg von Schulden.«

Darnells verschwitzte Finger rutschten ab und drückten den Feuerknopf fester, als er eigentlich vorgehabt hatte. Knochenbrechers Düsenpakete gaben Maximalschub. Der Stoß prallte wirkungslos an Dingsbums' unsichtbarem Zauberschild ab und trieb Knochenbrecher, der nun nicht mehr genügend Energie zur Verfügung hatte, um seinen persönlichen Schutzschirm zu aktivieren, in die Schwärze des Tiefenalls hinaus. Sein Cyborg-Körper explodierte zu Millionen Sternen aus Syntholegierungsschrott.

»Mann!« sagte Polyon und blickte endlich auf die schillernden Lichteffekte am Schirm. »Das ist ja *wirklich* ein großartiges Spiel! Schau dir nur mal diese Grafik an! Was ist denn das, eine Supernova?«

»Das bin ich«, antwortete Darnell Overton-Glaxely. Ein Gentleman wußte, wann er in den sauren Apfel zu beißen hatte. »Ich schulde dir fünf Einheiten.«

## BLAIZE

*O nein, bitte nicht noch einer!*

Nancia schaltete kurz ihre sämtlichen Innensensoren aus, als Blaize Armontillado-Perez y Medoc sich in seiner Kabine zu rühren begann. Sie war bereits zu dem Schluß gelangt, daß ihre Passagiere am erträglichsten waren, wenn sie schliefen. Wenn sie doch nur ihre Kabine mit Schlafgas befluten und sie in Bewußtlosigkeit halten könnte, bis sie das System Nyota ya Jaha erreicht hatten ... Doch Nancia unterbrach sich selbst mitten in diesem Gedanken. Sie wurde ja schon genauso schlimm wie die! Wie konnte sie so etwas überhaupt nur denken! Hatte sie nicht die allerbesten Zensuren in den Fächern Integrität und Hüllenethik erhalten? Eigentlich hätte sie durch Familienherkunft und Akademieausbildung doppelt dagegen gefeit sein müssen, sich einen derartigen Verrat an ihren Idealen auch nur vorzustellen.

Es gab nichts, was sie daran hindern könnte, ihre Innensensoren solange ausgeschaltet zu halten, bis sie Nyota ya Jaha erreicht hatten. Nancia dachte kurz darüber nach, bevor sie sich dagegen entschied. Gewiß, ihre Passagiere würden nichts davon bemerken, da sie ohnehin bereits davon ausgingen, es mit einem Drohnenschiff zu tun zu haben, das lediglich darauf programmiert war, sie ungestört ans Ziel zu befördern. Und sie hätte auch nur zu gern die komplizierten Singularitätstransformationen, die sie durch den Dekompositionsraum beförderten, ohne eine Ablenkung durch diese ... *Bälger* ausgeführt. Doch schreckte sie vor dem Gedanken zurück, über eine Woche in der Isoliertheit des Alls zubringen zu sollen, ohne etwas anderes zu Gesicht zu bekommen als die kreisenden Sterne, ohne ein anderes Gehirn, mit dem sie kommunizieren konnte – denn wenn sie einen Funkkanal zur Zentrale öffnete, würde ihr Cousin Polyon mit seiner Neigung, in den Computersystemen des Schiffs herumzuspionieren, mit Sicherheit die Kommunikationsaktivitäten bemerken. Gehirn-Schiffe waren genauso menschlich wie Normalpersonen; Nancia wußte, daß es unklug wäre, sich über eine so lange Strecke dem Streß einer teilweisen sensorischen Deprivation auszusetzen.

Außerdem wollte sie wissen, was ihre Passagiere im Schilde führten.

Als Nancia die Sensoren der Zentralkabine reaktivierte, schlenderte Darnell bereits den Gang zu seiner eigenen Kabine entlang, während Polyon ihm mit zornig verspannten Lippen folgte. »Ich mag diesen Namen ganz und gar nicht«, teilte er Blaize gerade mit.

Hastig überprüfte Nancia das automatische Aufzeichnungssytem der Kabine. Blaize hatte seinen Cousin aufgezogen, indem er ihn ›Polly‹ nannte. Die Akademieaufzeichnungen über Polyon de Gras-Waldheim erwähnten diesen Spitznamen als Auslöser für mehrere heftige Prügeleien, die während Polyons Akademieausbildung stattgefunden hatten, einschließlich einer, in deren Zug Polyons Gegner so schwer verletzt wurde, daß er seine Offiziersausbildung hatte abbrechen müssen. Zeugen hatten ausgesagt, daß Polyon die Knochen des anderen Jungen immer noch weiter verbogen und genüßlich zugehört hatte, wie sie brachen, lange nachdem sein Gegner schon um Gnade gewinselt hatte.

Seit diesem Vorfall war Polyons Akte mit entsprechenden Warnsignalen versehen, die für alle Zeiten verhindern würden, daß er jemals eine verantwortliche militärische Stellung einnahm ... und in einem Gespräch mit dem pensionierten General Mack Erricott, dem Dekan der Raumakademie, war ihm das auch mündlich mitgeteilt worden.

*Was tat sie da eigentlich?* Nancia blockierte vorübergehend sämtliche Informationskanäle. Wo waren nur all diese privaten Informationen hergekommen? Sie öffnete ihre Kanäle aufs neue und verfolgte den Datenstrom zurück. Er stammte aus dem Netzwerk, und eigentlich hätte sie gar keinen Zugang zu diesem Material haben dürfen; es kam aus den privaten Personalakten der Raumakademie. Irgendwie hatte das Netzwerk auf ihre kurzfristige Neugier reagiert, indem es ihr Material zur Verfügung stellte, das eigentlich ohne das persönliche Paßwort des Dekans unzugänglich hätte bleiben müssen.

Nach einem Augenblick der Verwirrung begriff Nancia schließlich, was vorgefallen war. Zu Polyons Manipulation am Sicherheitssystem des Schiffs hatte auch eine ziemlich raffinierte Modifikation des gesamten Netzes selbst gehört. Tatsächlich hatte er Nancia als Ursprungsknotenpunkt eines Systemcontrollers definiert, der über uneingeschränkten Zugang und Zugriff auf sämtliche Dateien und Kodes in jedem Computer verfügte, der an das Netz angeschlossen war. Nancias instinktive Intervention hatte daraufhin die Identität des ›Systemcontrollers‹ für Polyon selbst gesperrt ... doch die Knotenpunktdefinition war zurückgeblieben, was ihr Zugang zu sämtlichen Dateien gewährte, auf die er zugegriffen hatte, sowie auf sehr viel anderes mehr.

Nancia war peinlich berührt, als hätte man sie dabei erwischt, wie sie bei einer synaptischen Ummodellierung in die geöffnete Hülle eines betäubten Klassenkameraden spähte ... so schwerwiegend war diese Verletzung des Intimbereichs. *Ich wußte doch gar nicht, was ich da tat!* verteidigte sie sich vor sich selbst und machte sich hastig daran, die Super-User-Definition zu löschen, bevor sie in Versuchung geriet, auch noch anderer Leute Privatdateien anzuschauen.

Doch konnte sie die schockierenden, beunruhigenden Dinge, die sie soeben über Polyon gelesen hatte, nicht mehr vergessen. Und sie war erleichtert darüber, daß er Blaize die Zentralkabine überlassen hatte, um sich in einer Pose gekränkter Würde in seine eigene Kabine zurückzubegeben, eine Pose, die ganz eindeutig sehr viel eindrucksvoller war als Darnells Schmollmund.

Blaize musterte Nancias Titansäule und zwinkerte ihr zu. »Ich wette, du hast geglaubt, daß er mich zusammenschlagen wird, wie?«

Nancia antwortete ohne nachzudenken, auf diese erste unmittelbare Ansprache, seit ihre Passagiere an Bord gekommen und sie gemeinsam von der Zentralwelt gestartet waren. »Ich hoffe, du hast nicht darauf gezählt, daß ich dich beschützen würde!«

Blaize stieß ein leises, befriedigtes Kichern aus. »Überhaupt nicht, teure Dame. Bis zu diesem Augenblick war ich mir nicht einmal sicher, was – oder wer – du bist.« Er ahmte eine extravagante Verbeugung nach. »Gestatten Sie mir, mich vorzustellen«, murmelte er, während er sich wieder gerade aufsetzte. »Blaize Armontillado-Perez y Medoc. Und du?«

Jetzt war es zu spät, sich in die Stille zurückzuziehen, die sie bisher geschützt hatte. Nancia entschied sich, daß sie sich mit dem Bengel ruhig unterhalten konnte. Sie fühlte sich mittlerweile ohnehin schon etwas einsam; die Isolation des Tiefenalls stellte einen viel zu starken Kontrast zu den Jahren des bequemen, unablässigen Mehrkanal-Inputs und -Outputs mit ihren Klassenkameraden in der Laborschule dar. »XN-935«, erklärte Nancia widerwillig. Und dann, weil die Buchstaben so nichtssagend waren: »Nancia Perez y de Gras.«

»Eine Cousine, eine veritable Cousine!« krähte Blaize in ungehemmtem Entzücken. »Dann sage mir doch mal, Cousine, weshalb ein nettes Mädchen wie du einen Kübel voll Gesocks wie uns in der Gegend herumkutschiert.«

Die Frage kam Nancias eigener Einschätzung ihrer Passagiere bedenklich nahe. »Woher hast du denn gewußt, daß ich ein Gehirn-Schiff bin?« entgegnete sie.

»Die Startprozedur *hätte* zwar auch von einer KI-Drohne ausgeführt werden können. Aber irgendwie mochte ich nicht glauben, daß der Medoc-Clan und der Rest unserer fürsorglichen Familien uns per Automatik auf einen Ausflug durch die Singularität losgeschickt hätte. Das hätte irgendwie nicht zur Würde der Hochfamilien gepaßt, weißt du, unsere Sicherheit einem Paket Metachips zu überantworten anstelle eines menschlichen Hirns.«

»Du hast anscheinend keinen allzu großen Respekt vor deiner Familie, wie? Kein Wunder, daß sie dich auf eine Randwelt verschicken. Wahrscheinlich haben sie Angst, daß du sie in Verlegenheit bringen könntest.«

Für einen Moment wirkte Blaizes sommersprossiges Gesicht kalt und hart und unendlich traurig. Doch dann begann er, so schnell, daß ein menschliches Auge die kurze Selbstoffenbarung kaum bemerkt hätte, zu grinsen und Nancias Säule zu salutieren. »Absolut. Mit einer winzigen Korrektur. Die *befürchten* nicht nur, daß ich sie in Verlegenheit bringen könnte, sie sind sich dessen ganz sicher!« Er zog einen der gepolsterten Sessel hervor, setzte sich mit gekreuzten Beinen mitten in die Kabine, die Arme vor der Brust verschränkt, und strahlte Nancias Säule an, als wäre ihm der Begriff ›Sorgen‹ ein Fremdwort. Sie holte sich das Abbild seines Gesichts vor ein paar Augenblicken zurück und projizierte es intern, verglich den jungen Mann mit den traurigen Augen aus der Aufzeichnung mit dem lächelnden Jungen in der Kabine. Was konnte ihm nur so weh tun? Gegen ihren Willen empfand sie einen Anflug von Sympathie für diesen verwöhnten Edling, dieser Schmach der Hochfamilien.

»Und hast du es auch vor?« fragte sie in neutral gehaltenem Tonfall.

»Was? Ach so – ihnen Schande zu bereiten?« Blaize zuckte mit den Schultern. Nancia begann sich zu fragen, wie viele von seinen scheinbar ungewollten Gesten tatsächlich einstudiert sein mochten. »Nein, jetzt ist es zu spät. Klar, als Kind hatte ich schon so meine Phantasien. Aber inzwischen bin ich doch vielleicht ein bißchen alt dafür, um wegzulaufen, meinst du nicht?«

»Wohin – zum Zirkus?«

»Nein. Zur Raumakademie. Um genau zu sein.« Blaize sagte es mit einer Stimme, die ebenso neutral gehalten war wie Nancias, »Ich hatte mir immer ausgemalt, mich als Pilot ausbilden zu lassen – nicht lachen, war eben nur so eine Kinderei. Aber ich konnte mir wirklich nie etwas Schöneres vorstellen, als mit einem Gehirn-Schiff zu arbeiten. Zwischen den Sternen hin- und herzufliegen, Leben und Welten zu retten, als Partner eines lebendigen Schiffs den Tanz des Weltalls zu meistern ...« Seine Stimme begann zu beben. »Wie ich schon sagte – dumme Vorstellungen eines Kindes.«

»So fürchterlich dumm finde ich das gar nicht«, antwortete Nancia. »Warum hast du es aufgegeben? Hat dir vielleicht irgend jemand eingeredet, daß man als Pilot ein Meter achtzig groß und so gebaut sein muß wie ... wie Polyon de Gras-Waldheim?«

»Aufgegeben?« wiederholte Blaize. »Ich habe es nicht aufgegeben. Ich bin dreimal weggelaufen. Beim ersten Mal bin ich sogar tatsächlich auf die Raumakademie gekommen. Habe an den öffentlichen Tests teilgenommen, Papiere gefälscht, um mich als Kriegswaisen auszugeben, habe sogar ein Stipendium gewonnen. Ich war drei Wochen dort, bis mein Lehrer mich aufspürte.« Die spontane, unverhüllte Freude in seinem Gesicht, als er sich an diese Wochen erinnerte, zerriß Nancia fast das Herz. »Beim zweiten und dritten Mal wußten sie dann schon, wo ich hingehen würde; da wurde ich vor der Akademie von einem Trupp Privatwachen des Hauses Medoc erwartet.«

»Deine Familie scheint ja ziemlich heftig gegen deine Idee eingestellt gewesen zu sein.«

Blaizes unruhiges, häßliches Gesicht verzog sich zu einer Grimasse. »So etwas gehört sich eben einfach nicht für Leute in unserer Position, weißt du. Ist nicht ganz passend. Meine Cousine Jillia steht kurz davor, nächster Planetengouverneur von Kaza-uri zu werden, und mein Kumpel Henequin – der Sohn des besten Freundes meines Vaters«, erklärte

Blaize nebenbei, »leitet bereits den Planetaren Hilfsdienst von Wega. Ein Sohn, der sich zum Piloten ausbilden läßt, kann natürlich nicht mit solchen stellaren Leistungen gleichziehen, wenn man nach dem Abendessen mit ihm prahlen soll.«

»Ich frage mich manchmal, ob meine Familie das auch so sieht«, erwiderte Nancia. War das vielleicht der Grund, weshalb Daddy sich nicht die Zeit für ihre Abschlußfeier genommen hatte?

»Das glaube ich kaum. Die haben dich doch immerhin in die Laborschule geschickt.«

»Sie hatten«, versetzte Nancia, »auch nicht viele Möglichkeiten. Ich hätte doch keine normale Geburt überstanden.«

»Ach so. Na ja. Trotzdem«, meinte Blaize taktvoll, »glaube ich nicht, daß dein Zweig der Familie *ganz* so snobistisch ist wie unserer. Und keine von beiden kann den de Gras-Waldheims das Wasser reichen, was Exklusivität angeht. Polly durfte zwar auf die Akademie, aber der sollte ja auch ursprünglich General werden und kein gemeiner Raumjokkey. Ich habe keinen Schimmer, weshalb er nun unterwegs ist, um eine Metachip-Fabrik auf Shemali zu verwalten. Da muß es irgendeinen Skandal auf der Akademie gegeben haben. Ich dachte, ich würde den ganzen Familientratsch kennen, aber was immer er angestellt haben mag, sie haben es hervorragend vertuscht. Aber *du* hast wahrscheinlich Zugang zu den Dateien, obwohl ... jedenfalls möchte ich wetten, daß du es herausbekommen könntest, wenn du wolltest.«

»Ich vermute«, antwortete Nancia, »daß sie dort sein technisches Wissen benötigen.« Sie spürte nicht das geringste Verlangen, diesem Jungen die Einzelheiten von Polyons Problemen an der Akademie mitzuteilen. Pflegten die Hochfamilien ihre Kinder denn nicht in jeder Form der Diskretion auszubilden? Und nun hatte erst Polyon versucht, sein Computerwissen zu nutzen, um sich durch die Sicherheitsvorkehrungen zu hacken und die Geheimnisse der anderen

Passagiere herauszufinden, während Blaize gerade mit demselben Ziel seinen Charme gegen seinen versprühte.

»Du hast wohl nichts für Klatsch übrig, wie?« erriet Blaize. »Na gut. Dann eben auf deine Weise. Du wirst ein hinreichend diskretes Gehirn-Schiff des Kurierdiensts werden und deiner Familie Ehre machen, und ich werde ein netter kleiner PHD-Verwalter auf Angalia werden und versuchen, meine Seite der Familien nicht in Schande zu stürzen. Und so können wir dann auf alle Zeiten in Langeweile vor uns hinschweben.«

»So schlimm ist es gar nicht beim Planetaren Hilfsdienst«, teilte Nancia ihm mit. »Meine Schwester Jinevra ist Gebietsverwalterin, und die ist erst neunundzwanzig. Du könntest schnell aufsteigen ...«

»Von *Angalia* aus?« Blaizes Augenbrauen schossen hoch und verliehen seinem Gesicht einen Ausdruck komischen Erstaunens. »Liebe Cousine Nancia, du schnüffelst wohl *wirklich* nicht herum, wie? Wenn du meine Akte gelesen hättest, wüßtest du es besser, als zu versuchen, mir Angalia schmackhaft zu machen. Die gesamte Zivilisation dort besteht aus einem einzigen PHD-Büro, einer Korykiummine und einem Haufen humanoider Eingeborener mit dem kollektiven IQ einer Zucchini. Einer *kleinen* Zucchini. Es ist erstaunlich, daß die überhaupt Planetenhilfsdienst erhalten; irgend jemand muß das EKF ausgefüllt haben, und wer immer später herausfand, daß sie keinen ILS haben, hat dann vergessen, die PHD-Daten wieder zu korrigieren. Die Mühlen der Bürokratie mahlen eben langsam ... und so begebe ich mich also nach Angalia – geringer noch als der Staub unter den Streitwagenrädern des alten Henequin.«

»Du müßtest eigentlich ganz gut klarkommen«, meinte Nancia. »Den Jargon der Bürokraten hast du jedenfalls schon voll drauf.« Sie durchsuchte ihre Datenbanken nach Übersetzungen der Abkürzungen, die Blaize verwendet hatte. PHD bedeutete natürlich Planetarer Hilfsdienst, und EKF stellte sich als Erstkontaktformular heraus, während

ILS – aha! Intelligenter Lebewesenstatus. Nancia hatte zwar sämtliche Vorschriften für den Umgang mit Fremdintelligenzen im Fach *Grundlagen der Kurierdiplomatie* und in *Entwicklungsgeschichte 101* gelernt, war es aber nicht gewöhnt, daß jemand so beiläufig mit ihren Abkürzungen um sich warf. Wenn Daddy zu Besuch kam und ihr von seiner Arbeit berichtete, achtete er dagegen stets sorgfältig darauf, jedem Büro seinen vollen Namen, jedem Beamten seinen vollen Titel zu geben.

Es war ja möglich, dachte Nancia, als sie unwillkürlich Blaizes flatterhafte, schillernde Sprache mit Daddys gemessener Darstellungsweise verglich, daß ihr Vater, Javier Perez y de Gras, ein kleines bißchen pompös war. Nein. Das war lächerlich! Sie ließ sich von ihren Passagieren korrumpieren, verirrte sich in vorschriftwidrigem Denken. Der Himmel wußte, zu welchen Indiskretionen Blaize sie noch verlocken würde, wenn sie diese Konversation fortsetzten.

»Spielst du SPACED OUT?« Sie füllte die drei wandgroßen Schirme mit den Displays, die Polyon und Darnell zu ihrem Spiel verlockt hatten. »Allerdings wirst du wohl allein spielen müssen, fürchte ich.«

»Weshalb?«

»Weil ich die dahinterliegende Struktur einfach nicht *nichtwissen* kann«, entschuldigte sich Nancia. »Verstehst du, das Spiel ist jetzt Bestandteil meines Speichers. Und ich habe nie gelernt, mein Bewußtsein teilweise abzuschalten, wie ihr Normalpersonen das tut.« Und sie würde es auch gar nicht erst versuchen. Aber sie könnte, teilte sie Blaize mit, das Einzelspiel etwas interessanter gestalten, indem sie das Tunnellabyrinth und die Singularitätsknoten, die einen Teil der SPACED-OUT-Galaxie mit dem anderen verbanden, umdefinierte.

»Regeln, die sich beim Spielen ändern?« Blaize summte vor Entzücken. »Großartige Idee! Und Polly wird es verabscheuen.«

Der Gedanke daran schien seine Freude am Spiel deutlich

zu steigern. Während er glücklich ein einzelnes Spielericon durch die von dem Entwickler aufgestellten Fallen und Überraschungen führte, dachte Nancia über die gewaltige Einsamkeit der Sterne um sie herum nach und über die Strecke, die sie erst würde zurücklegen müssen, bevor sie wieder mit einem anderen Hüllenmenschen in privaten Kontakt treten konnte.

## KAPITEL 3

## ALPHA

Als sie nach der Abschluß-»Party« erwachte, begab sich Alpha bint Hezra-Fong zur Hauptkabine und fand ihre Reisegefährten dort bei einem dieser albernen Rollenspiele vor. Das Medizinstudium und ein anspruchsvolles Forschungsprogramm hatten ihr nie genug Zeit gelassen, die sie auf solche Frivolitäten hätte vergeuden können. *Aber dort, wo du hingehst, könnte es sehr viel Zeit dafür geben.* Alpha verdrängte diesen Gedanken wieder. Sie würde schon etwas Produktives zu tun finden; das war immer so. Möglicherweise würde sie sogar irgendwie ihre Forschungsarbeit fortsetzen können.

Im Augenblick beobachteten ihre Gefährten die Spielmonitore – und Alpha wiederum die anderen. Die waren erheblich amüsanter als das Spiel; vor allem Blaize und Polyon, die einander in einem unentwegten verbalen Kampf zusetzten. Blaize war offensichtlich wild darauf zu erfahren, weshalb jemand wie Polyon, der von Herkunft und Ausbildung her doch eigentlich für einen hohen Kommandoposten prädestiniert zu sein schien, zu Beginn seiner Karriere ausgerechnet auf einem abgelegenen Planeten ohne jede militärische Bedeutung eingesetzt wurde.

Auch Alpha hätte die Antwort auf dieses kleine Rätsel nur zu gern gewußt. Als Teil des mächtigen und hochrangigen Klans der de Gras-Waldheim wäre Polyon eigentlich jemand, dessen Bekanntschaft man kultivieren sollte. Und in gewisser Weise, dachte Alpha, wäre es auch vergnüglich, sich mit Polyon anzufreunden. Er war mit Abstand der attraktivste Mann an Bord dieses Schiffs, der einzige, der ihre Aufmerksamkeit verdient hätte. Aber wenn er sich an der Akademie in Ungnade gebracht hatte und von seiner eigenen Familie ausgestoßen worden war, durfte sie es nicht riskieren, ihm zu nahe zu kommen. Sonst könnte etwas von dem Skandal auf sie abfärben. Und weitere Makel konnte sie sich in ihren Akten nicht erlauben, nicht nach dieser Überreaktion der Ärzteschule auf die an sich doch so triviale Geschichte mit ihren Forschungsprotokollen. Nein, sie würde lieber abwarten und erst noch etwas mehr über Polyon in Erfahrung bringen, bevor sie sich an ihn heranmachte. Und sie würde es Blaize Armontillado-Perez y Medoc, der geborenen Schmeißfliege, überlassen, es herauszufinden.

»Shemali ist aber auch wirklich *so* ein obskurer Flecken«, stichelte Blaize, »für einen brillanten jungen Mann auf dem Weg nach oben!«

Polyon starrte erst eine Weile auf das Bild ferner Gebirgszüge am Schirm, bevor er antwortete. Alpha sah, wie einer seiner Kiefermuskeln zuckte. *Wie auch alle anderen Piloten … diese hautengen Uniformen der Akademie überlassen wirklich nicht viel der Einbildungskraft! Warum haut er die kleine Schmeißfliege nicht einfach zu Brei?* Doch Polyon behielt die Beherrschung. »Ja, fast so gottverlassen wie Angalia, nicht wahr? Mein brillanter kleiner Cousin auf dem Weg nach oben …«, fügte er zerstreut hinzu.

»Sicher, aber dafür wissen wir ja auch alle, daß ich nur das schwarze Schaf der Familie bin«, konterte Blaize. »Du dagegen solltest eigentlich der Stolz der de Gras-Waldheims sein, die letzte und hervorragendste Blüte dieses verästelten

Familienbaums, überquellend von militärischem Potential und ... hybrider Stärke.«

»Wenigstens hat man mir auf der Akademie beigebracht, Bildbrüche zu vermeiden«, versetzte Polyon.

»Es muß sich um irgendeine streng geheime Militärbasis handeln«, entschied Blaize lauthals. »Nichts anderes wäre der ersten Versetzung eines de Gras-Waldheim würdig. So geheim, daß nicht einmal das Drohnenschiff weiß, weshalb du dort hinfliegst.«

Alpha bemerkte, daß sein Blick auf die zentrale Titansäule zuhuschte, als erwartete er eine Antwort aus den Schiffslautsprechern. Nun, räumte Alpha ein, es war ungefähr so wahrscheinlich, daß diese Drohne sich an der Konversation beteiligen würde, wie Polyon seinem Cousin irgend etwas mitteilen würde, was er nicht wollte. Wahrscheinlicher sogar.

Alpha gähnte und spielte mit dem Joyball, verschob das SPACED-OUT-Display vom Gebirge der Schubkraft zur Asteroidenhalle und zurück. Diese Unterhaltung war wirklich *langweilig*. Polyon würde ihnen nichts mitteilen. Er würde nicht einmal seinen Cousin gegen die Wand schmettern. Keine Informationen, kein Amüsement. Alpha wollte schon gerade wieder in ihre Kabine zurückkehren und ein Nickerchen machen. Auf diesem dämlichen Drohnenschiff gab es ja auch kaum etwas anderes zu tun.

»Keine militärischen Geheimpläne«, widersprach Polyon. »Überhaupt keinerlei Geheimnisse, Blaize, tut mir leid, dich enttäuschen zu müssen. Aber wenn es bewirken sollte, daß du dann endlich den Mund hältst, will ich versuchen, das, was ich dort tue, in Begriffen zu umschreiben, die auch du verstehen kannst ... Lassen wir einmal die technischen Einzelheiten beiseite und stellen wir einfach nur fest, daß ich die Metachip-Fabrik leiten soll, die dem Gefängnis von Shemali angeschlossen ist. Der Gouverneur Lyautey weiß nicht mehr weiter. Er weiß zwar, wie man ein Gefängnis führt. Aber von Metachip-Produktion versteht er nicht das geringste. Und die Produktionszahlen beweisen das auch. Ich soll dort nur für etwas Ordnung sorgen, mehr nicht.«

Alpha seufzte. Die Diskretion dieses Mannes war so perfekt, daß sie ihm beinahe geglaubt hätte. Nur daß Blaize leider recht hatte: es gehörte sich einfach nicht für einen de Gras-Waldheim, eine Stelle als Fabrikdirektor anzunehmen.

»Aha, *jetzt* begreife ich«, sagte Blaize fast schnurrend. »Der Gouverneur soll also von dir Nachhilfe auf dem Gebiet der Feinheiten der Chipherstellung bekommen, und du bekommst im Gegenzug Nachhilfe auf dem Gebiet der Feinheiten der ... Folterung und Demütigung von Gefangenen? Oder habe ich da etwas falsch verstanden? Vielleicht verhält es sich ja auch genau andersherum.«

Polyon lächelte. »Sollte der Gouverneur jemanden brauchen, der Experte darin ist, Gefangene zu Tode anzuöden, werde ich ihm raten, doch nach dir zu schicken.«

»Trotzdem, was für ein Jammer«, setzte Blaize nach. »Diese ganze militärische Ausbildung für die Katz. Scheint mir doch, als hätte die Familie sich ruhig etwas mehr Mühe geben und etwas besorgen können, was ein kleines bißchen besser ist. Es sei denn, während deiner Akademiekarriere ist irgend etwas vorgefallen, was du uns nicht verrätst ...«

Polyons vollkommen geformte Ohren liefen rot an und Alpha hob, plötzlich wach geworden, den Kopf. Die Zornesröte verbesserte zwar Polyons Aussehen nicht gerade, doch das war ihr durchaus recht; in Gelassenheit sah sein Gesicht eher ein bißchen zu perfekt aus. Und nun wirkte er so, als würde er gleich jemanden umbringen – oder auspacken. Im Geist klatschte Alpha Applaus. Blaize hatte endlich den Finger auf die Wunde gelegt!

»Und welche bessere Position hätte die Familie wohl erst für *dich* arrangieren können, lieber Cousin?« fragte Polyon. »Spar dir doch etwas von diesem Mitleid für dich selbst auf. Wenn dein Posten auf Angalia ausgelaufen ist, wird dir nichts anderes mehr bleiben als deine Ersparnisse. Gewiß, das könnte ein erkleckliches Sümmchen sein, da man dort ja praktisch kein Geld ausgeben kann, aber wieviel macht so ein PHD-17-Monatsgehalt schon her?«

»Ungefähr so viel wie das eines Fabrikaufsehers, würde ich schätzen. Sehen wir der Sache doch ins Auge, Polyon. Wir sind beide von unseren jeweiligen Familien aufs Kreuz gelegt worden. Ausnahmsweise sitzen wir beide im selben Boot, trotz deines hübschen Gesichts und steifen Rückens. Weshalb *ich* hier bin, weiß ich genau. Ich wüßte aber wirklich gern, weshalb die *dir* so etwas angetan haben.«

Alpha ebenfalls. Sie beugte sich vor, verspannte sich etwas in Erwartung der Antwort, doch Polyon zog es vor, nur auf den ersten Teil von Blaizes Frage zu antworten. »Oh, aber ich für meinen Teil hege nicht durchaus die Absicht, mich nur mit meinen Ersparnissen zu bescheiden, lieber Cousin.«

»Was dann?«

»Metachips«, sagte Polyon nachdenklich, »sind sehr teuer. Ganz zu schweigen davon, daß sie auch sehr knapp sind.«

»Erzähl mir doch mal zur Abwechslung etwas weniger Offensichtliches«, lud Blaize ihn sarkastisch ein.

»Ich habe vor«, sagte Polyon, »das gegenwärtige Rationierungssystem ... sagen wir einmal, zu verbessern.«

Unbemerkt in ihrer Ecke, nickte Alpha nachdenklich. Polyon lag wirklich nicht verkehrt. Metachips waren extrem rar und teuer, und das aus gutem Grund. Zur Herstellung von Metachips gehörten mindestens drei verschiedene Säuren, die eine derartige Umweltgefahr darstellten, daß die meisten Planeten sich weigerten, solche Fabriken auf ihrem Boden zuzulassen, und das trotz ihrer unbestrittenen finanziellen Vorzüge. Der unwirtliche Shemali, mit dem ständigen, beißenden Nordwind gestraft, der dem Planeten seinen Namen geliehen hatte, und einer einzigen Landmasse, die als Hochsicherheitsgefängnis diente, war die einzige große Metachip-Herstellungsanlage, die es überhaupt gab. Shemali, wo sich die Umwelt nicht mehr verschlimmern ließ und wo sich die Arbeiter Tag um Tag freikauften, indem sie in der Metachip-Fabrik schufteten.

Denn wen hätte man auch sonst dazu gewinnen können, wenn nicht Strafgefangene, die bereits zum Tode verurteilt waren? Eine der für die Produktion erforderlichen Säuren setzte, wenn sie in der für die Herstellung benötigten Menge verwendet wurde, ein Gas frei, dessen Auswirkungen auf das menschliche Gewebe langsam, schmerzhaft und tödlich waren ... und bisher auch unumkehrbar. Alpha war Expertin auf dem Gebiet dieser Effekte; sie hatte ihre Forschung an der Medizinhochschule der Zentralwelten dem Studium verschiedener Chemotherapien zur Umkehrung der Auswirkungen von Ganglizid gewidmet. Sie hätte sogar einen bahnbrechenden Aufsatz über ihre Arbeit veröffentlichen können, wenn das Ethikkomitee der Hochschule sich nicht so kleingeistig über ihre Testmethoden aufgeregt hätte ... Alpha preßte die Lippen zusammen, um den plötzlichen Wutanfall zu zügeln, der sie bei diesem Gedanken überkam. Das lag alles zurück, war Vergangenheit. Die Gegenwart dagegen, das waren Polyon und sein Plan, den er Blaize gerade herablassend in zahlreichen Einzelheiten über die negativen Auswirkungen des gegenwärtigen Kontigentierungssystems auf die Wirtschaft erläuterte. »Es ist lächerlich, Metachips von einem Komitee aus alten Männern und Weltverbesserern verteilen zu lassen«, verkündete er gerade. »Klar, das Militär hat ein Erstrecht auf den Zugriff auf diese Chips, aber wenn unsere Bedürfnisse erfüllt sind, sollten die verbleibenden Chips doch wohl dorthin gelangen, wo sie am meisten nützen.«

»Ich dachte, das wäre gerade das Ziel des Kontigentierungssystems«, versetzte Blaize. »Die Firmen bekommen Gemeinnützigkeitspunkte für die Projekte, die sie mit den Metachips verwirklichen wollen, und dementsprechend werden die Chips auch verteilt. Was ist denn daran verkehrt?«

»Es ist unrealistisch«, erwiderte Polyon, ohne zu zögern.

»Die verwenden die Chips für Einzelkörperanwendungen wie Nierenreparaturen oder den Austausch beschädigter Rückenmarknerven, während dieselben Chips doch ebensogut in Apparaturen eingesetzt werden könnten, die von Tausenden von Menschen auf einmal verwendet werden. Dorg Jesen würde *Millionen* für eine Handvoll Metas und das Versprechen auf sicheren Nachschub zahlen.«

Blaize fing an zu lächeln. »*Dorg Jesen*? Der Porno-König? *Ist das* etwa deine Vorstellung von Gemeinnützigkeit?«

»Millionen«, wiederholte Polyon. »Und wenn du nicht glauben solltest, daß ich mir für so viel Bargeld jede Menge gemeinnütziger Funktionen ausdenken könnte –«

»Das«, erwiderte Blaize, »kann ich sehr wohl glauben. Aber wie willst du den Porno-Einsatz an dem Beratungskomitee vorbeischmuggeln?«

»Ich sehe keinen Grund, weshalb die Angelegenheit jemals vor das Komitee kommen sollte. Die Qualitätsprüfung der Metachips ist eines der Gebiete, das mich Gouverneur Lyautey zu beaufsichtigen gebeten hat. Die Entsorgung der Chips, die dem Qualitätsstandard nicht entsprechen, wird vermutlich ebenfalls in meinen Aufgabenbereich fallen.« Er sah so selbstzufrieden drein, daß Alpha das Bedürfnis verspürte, ein wenig daran zu kratzen.

»An deiner Stelle würde ich lieber keine Pläne schmieden, Dorg Jesen mit den defekten Chips zu versorgen«, unterbrach sie Polyons Strahlen. »Er ist bekannt dafür, daß er Leuten, die sich in seine Geschäfte einmischten, nachhaltig die Gesichtszüge verändern ließ.« Ihr Erzittern war keineswegs gespielt; zu einer ihrer ersten Aufgaben in der Medizinalforschung hatte es gehört, ein Diagramm der Gesichtsverletzungen eines Mädchens anzufertigen, das sich geweigert hatte, für Jesen zu arbeiten. Alpha hatte schließlich ein vollständiges Inventar der Schäden angefertigt, zusammen mit Holosimulationen des Gesichts vor dem Überfall, wie auch davon, wie das Mädchen aussehen würde, nachdem das einstmals lebendige Fleisch durch Plastifilm ersetzt worden war.

Irgendwann einmal.

Danach war sie aus dem Labor gestürzt und hatte sich ausgerechnet vor dem Chefchirurgen übergeben.

Damals hatte sie geglaubt, daß es das Erniedrigendste war, was ihr jemals an der Medizinhochschule würde passieren können.

Wie sie so ihren Erinnerungen nachhing, nahm sie Polyons kühle Erwiderung kaum wahr, daß er keinerlei Absicht hegte, irgend jemandem defekte Chips zu verkaufen.

Blaize stieß einen leisen, bewundernden Pfiff aus. »Natürlich! Man brauchte nur die Qualitätsprüfungsparameter für die Berichte von Gouverneur Lyautey in die eine Richtung, die für die Verkäufe in die andere Richtung zu manipulieren, wer sollte dann noch feststellen, was zwischendurch mit den Metachips passiert ist? Da könntest du in fünf Jahren ein Vermögen machen!«

»Das habe ich auch vor«, meinte Polyon.

Er war wirklich *viel* zu selbstzufrieden, vor allem für einen Mann, der die Akademie unter irgendeinem Schatten verlassen hatte, über den zu sprechen er sich fürchtete oder genierte. Alpha gelangte zu dem Schluß, daß sie der Menschheit einen Dienst erweisen würde, wenn sie dieses selbstzufriedene Lächeln aus dem Antlitz von Lieutenant de Gras-Waldheim wischte. Er sollte wirklich nicht so feixen. Das verdarb nur sein Aussehen.

»Ich hoffe ernsthaft, daß du dein Vermögen dann auch noch genießen kannst«, säuselte sie Polyon liebenswürdig an. »Allerdings solltest du deinen Zwangsarbeitern dann lieber aus dem Weg gehen. In so einer viertklassigen Fabrik lassen sich wirklich *schrecklich* einfach die widerlichsten Unfälle arrangieren, nicht wahr? Aber mach dir darüber keine Gedanken. Selbst wenn du tatsächlich einen winzigen Tropfen Ganglizid auf deine kostbare Haut bekommen solltest, bin ich sicher, daß Gouverneur Lyautey dich sofort zur medizinischen Behandlung nach Bahati bringen lassen wird.

Und dann hast du das Glück, dort eine Expertin auf dem Gebiet der Ganglizid-Therapie in der Sommerlandklinik vorzufinden.«

»Nämlich dich.« Polyon nickte steif. »Das sollte eigentlich dein Doktorthema werden, nicht wahr?«

Alpha unterdrückte ihren Schreck. Wie hatte Polyon von ihrer Forschungsarbeit erfahren? Na ja, die Hochfamilien waren ja die reinste Inzuchtgesellschaft. Wahrscheinlich hatte ihre Tante Leona wieder an den Chai-Tischen getratscht. Doch dürfte Polyon eigentlich kaum mehr als den Titel ihrer geplanten Doktorarbeit kennen; denn die Symptome einer Ganglizidvergiftung waren kaum das passende Material für einen Chai-Tisch-Tratsch. Sie entspannte sich wieder und machte sich daran, mit Genuß das überlegene Feixen aus Polyons Antlitz zu radieren.

»Ich hatte einigen Erfolg bei der chemischen Behandlung von Hautschäden«, erläuterte sie ihm. »Jedenfalls konnte ich den Verfallsprozeß anhalten. Ich fürchte allerdings, daß wir bei der Umkehrung des Effekts nicht viel ausrichten konnten. Die Haut reißt wie Papier und läuft zu einer Art Blaugrün an. Und es verteilt sich sehr rasch. Wenn du auf Shemali einen Tropfen Ganglizid auf einen Finger bekommst, wird dein Arm, wenn dich der Shuttle schließlich auf Bahati absetzt, schon so aussehen, als wäre er durch einen Reißwolf gedreht worden. Du solltest das Zeug *wirklich* von deinem hübschen Gesicht fernhalten.«

Polyons attraktive Gesichtszüge verrieten nur ein leises Unbehagen, doch seine Augen hatten einen wissenden Blick. »Du ... mußtest deine Forschungsarbeit ziemlich plötzlich abbrechen, nicht wahr?«

Stumm verwünschte Alpha alle sich einmischenden, tratschenden alten Verwandten und Freunde. Egal. »Ein echter Jammer«, seufzte sie. »Ich hatte gerade damit begonnen, mich mit den *interessantesten* Fällen zu beschäftigen. Du weißt schon, wenn das Ganglizid zum Gas wird, greift es die Nerven und Gehirnsynapsen an. Es wirkt auf sie genauso wie auf die Haut. Wir haben einen wirklich faszinierenden Fall seziert, übrigens einen Vorarbeiter aus Shemali. Sein Kopfinneres sah aus wie ein feuchter blauer Schwamm. In diesem Zustand war er natürlich bereits viel zu fortgeschritten, um noch zu wissen oder sich auch nur darum zu sorgen, was mit ihm geschah. Eigentlich war das auch sein Glück. Nicht daß wir jemals erfahren werden, wie lange er Schmerzen hatte. Das Ganglizid greift nämlich sofort die Schmerzrezeptoren an, mußt du wissen, und wir können diesen Effekt auch nicht mit Pharmazeutika blockieren. Gegen Ende hat er nur noch ununterbrochen geschrien. Wie ein Tier, das unter der Folter stirbt.« Sie fuhr sich mit der Zunge über die Lippen und musterte Polyon. Der stand völlig still da, während er mit zwei Fingern auf den hinter ihm liegenden Befehlspaneel einen nervösen Marsch hämmerte. Der Tanz seiner Fingerspitzen auf den empfindlichen Druckbrettern ließ das SPACED-OUT-Bild an der gegenüberliegenden Seite des Raums ruckartig vor- und zurückwackeln, so daß es abwechselnd Bilder vom Tiefenraum und von einem flammenden Labyrinth zeigte, in dem geschmolzene Lava die glücklosen Spieler-Icons bedrohte.

»Wenn du schön nett zu mir bist«, fügte Alpha hinzu, »verspreche ich dir, dich umzubringen, bevor das Ganglizid dir das Gehirn wegfrißt. Kein Mensch sollte auf eine solche Weise sterben müssen.«

»Oh, ich werde schon sehr nett zu dir sein«, antwortete Polyon. Seine Stimme klang immer noch gelassen; er stieß sich mit zwei Fingern vom Befehlspaneel ab und schwebte durch den Raum. Als er näher kam, erkannte Alpha den Blick in seinen Augen. Nicht verängstigt. Wachsam. Wie ein Jäger, der darauf wartete, daß seine Beute aus der Deckung brach. Und als er den Arm ausstreckte, um ihr Handgelenk mit kräftigen, derben Fingern zu umschließen, veränderte sich der Blick in ein triumphierendes Leuchten. »Ich denke, wir können sogar *sehr* nett zueinander sein, wunderschöne Alpha. Es ist wirklich sehr freundlich von dir, dich so für meine Karriere zu interessieren.« Mit den letzten Worten veränderte sich seine Stimme, wurde höhnisch, klang bösartig amüsiert. »Aber genug von mir. Warum erzählst du nicht zur Abwechslung einmal etwas über dich?« Er deutete auf Darnell und Fassa, die gerade durch die offene Luke schwebten, um sich zu ihnen zu gesellen. »Wir würden doch alle gern etwas über deine abgebrochene Forschungsarbeit hören. Und darüber, weshalb eine der vielversprechendsten jungen Medizinalforscherinnen sich dazu entscheiden sollte, fünf Jahre ihres Lebens einer obskuren Klinik auf Bahati zu opfern. Wirklich, du bist viel zu bescheiden, Alpha.«

Alpha warf den Kopf zurück und versuchte sich von Polyon loszureißen, doch er war zu kräftig für sie. »Da gibt es wirklich nicht viel zu erzählen. Ich war müde – wollte mal einen Tapetenwechsel. Das war alles.«

»*Tatsächlich*?« murmelte Polyon. »Komisch. So, wie *ich* es gehört habe, waren es doch wohl eher andere Leute, die dir einen Tapetenwechsel aufbrummen wollten. Die Nachrichtenkritzler haben die Story ja nie breitgetreten, nicht wahr? Geht ja auch nicht an, die gemeinen Massen mit Skandalen über ein Mädchen aus den Hochfamilien zu unterhalten. Aber ich könnte mir schon vorstellen, daß unsere Freunde hier an Bord die Geschichte wirklich *sehr* unterhaltsam fänden.«

Alpha starrte Polyon an, suchte nach einem Anflug von Mitgefühl in den scharf geschnittenen Flächen seines Gesichts und den eisblauen Augen, die ihr noch kurz zuvor so attraktiv erschienen waren. »Ich habe nichts getan, dessen ich mich schämen müßte«, flüsterte sie. »Die Tradition wissenschaftlichen Experimentierens ...«

» ... umfaßt *nicht* das Austesten von Ganglizid an nichtsahnenden Versuchspersonen.« Seine Stimme war so leise, daß die anderen ihn nicht verstehen konnten.

»Sozialfälle«, verteidigte sich Alpha. »Penner. Manche von denen waren bereits so blisstogeschädigt, daß sie nicht einmal gemerkt haben, was mit ihnen passierte. Es waren unheilbare Fälle – lagen dem Staat nur auf der Tasche, solange sie noch lebten. Ich habe ihnen einen Gefallen getan, indem ich dafür sorgte, daß ihr Leben wenigstens einem Zweck diente.«

»Irgendwie«, murmelte Polyon, »glaube ich nicht, daß das Gericht das genauso gesehen hätte. Aber du bist ja auch nie vor Gericht gestellt worden, nicht wahr? Der Hezra-Klan und der Fong-Stamm hätten das nicht zugelassen. Ein privater Vergleich im Büro der Medizinhochschule, ein Versiegeln der Akten.«

»Woher – hast du das?« Alpha keuchte. Er stand jetzt sehr dicht bei ihr, seine Stimme war nur ein allerleisestes Vibrieren der Lippen, die ihr beinahe über die Wangen strichen. Die nackte Gewalt seines Willens und sein Zorn legten sich um sie. Sie spürte, wie ihr Rückgrat weich wurde. Sein Lächeln machte sie frösteln.

»Das ist mein kleines Geheimnis«, sagte er zu ihr, immer noch lächelnd. Gesicht und Gesten hätten auch Anmache bedeuten können; Alpha begriff, daß sich die anderen im Raum wahrscheinlich einbildeten, sie würden miteinander flirten. Das war ihr eine Erleichterung. Denn alles war besser, als vor diesen Leuten, die für die nächsten beiden Wochen ihre ständigen Begleiter sein sollten, ihre Demütigung öffentlich werden zu lassen – sich als eine aus der Gnade gefallene Versagerin bloßstellen zu lassen, anstatt das Bild der erfolgreichen jungen Forscherin mit sozialem Engagement zu verbreiten, für die sie sich ausgab.

»Du hast Glück gehabt, mit fünf Jahren sozialem Dienst auf Bahati davonzukommen, nicht wahr?« bemerkte Polyon und streichelte dabei mit seiner freien Hand ihre Wange. »Ein Gemeiner müßte jetzt einsitzen. Und zwar *hart* sitzen. Wer weiß, Schönheit, vielleicht wärst du sogar auf Shemali geendet – hättest Gelegenheit bekommen, das Ganglizid sozusagen aus erster Hand zu überprüfen. Was würden unsere unschuldigen kleinen Freunde hier doch darum geben, diese Geschichte zu hören?«

Doch er sprach noch immer mit leiser Stimme, den Kopf teilweise von Fassa und Blaize und Darnell abgewandt, die sich in der gegenüberliegenden Ecke der Kabine zusammengeschart hatten, wo sie nun tiefstes Interesse an einer Runde SPACED OUT heuchelten.

»Was ... willst du?«

»Kooperation«, erwiderte Polyon. »Nur ein bißchen ... Kooperation.«

Blindlings, in einem Meer aus Luft ertrinkend, das ihr irgendwie nichts zum Atmen übrig ließ, drehte Alpha das Gesicht hoch, um Polyons geöffnete Lippen zu empfangen.

»Nicht diese Art von Kooperation«, erwiderte Polyon mit leisem Lachen, »noch nicht.« Seine Augen maßen sie in kühlem Blick, der ihr mehr Furcht einjagte als je zuvor – und der sie gleichzeitig auch mehr erregte. »Vielleicht später, sofern du ein gutes Mädchen gewesen bist. Du warst ein bißchen zu hochnäsig, weißt du das, Alpha? Jetzt bist du so, wie ich meine Frauen liebe. Ruhig. Und respektvoll. Bleib so, dann brauchen wir keine ... schmerzlichen Themen mit den anderen zu besprechen. Komm mit und folge mir. Das ist alles, was ich von dir erwarte – vorläufig.«

Unterwürfig, den Kopf gesenkt, schwebte Alpha hinter Polyon auf die drei SPACED-OUT-Spieler zu. Die taten immer noch so, als seien sie völlig in das Spiel vertieft, aber sie war sich sicher, daß sie ihre Demütigung aufmerksam beobachtet hatten.

Sie würde es ihnen heimzahlen. Soviel war sicher, das schwor sie sich. Fassa, Darnell, Blaize – sie würden alle noch lernen, sie nicht auszulachen.

Sie kam nicht einmal auf den Gedanken, Rache an Polyon zu üben.

Still übertrug Nancia die Aufnahme der Szene, deren Zeugin sie soeben geworden war, in ein Offline-Speicherhedron. Diese Bits in ihrem System zu haben gab ihr das

Gefühl, irgendwie ... schmutzig zu sein. Als ob sie an Polyons sadistischen Spielen teilhätte.

Vielleicht hätte sie sich einmischen sollen. Aber wie – und wozu? Alpha war genauso schlimm wie Polyon, sogar noch schlimmer, wenn man nach dem ging, was er über ihre nichtautorisierten medizinischen Experimente enthüllt hatte. Die beiden hatten einander verdient. Blaize war der einzige in dem Haufen, mit dem sie sich gern unterhalten würde. Der kleine Rotschopf erinnerte sie an Flix – und anders als die anderen schien er nichts an sich zu haben, was nicht durch ein paar Jahre Befreiung vom Familiendruck hätte kuriert werden können.

*Und was genau würdest du sagen, wenn du dich* tatsächlich *einmischen würdest?* Nancia wußte keine Antwort auf ihre eigene Frage. Schließlich war sie ein Schiff im Kurierdienst, keine Diplomatin! Es stand ihr nicht an, sich in die Angelegenheiten ihrer Passagiere einzumischen! Sie hätte einen Piloten an Bord haben müssen – einen *erfahrenen* Piloten –, um den häßlichen Szenen wie jener, die sie soeben mitbekommen hatte, ein Ende zu setzen, um dafür zu sorgen, daß diese verwöhnten jungen Passagiere bei Laune blieben und sich während der zweiwöchigen Reise nicht gegenseitig an die Gurgel gingen. *Das ist ungerecht! Ausgerechnet auf meiner allerersten Reise!*

Doch es war niemand da, der ihre Klagen hätte vernehmen können. Sie waren immer noch fünf Tage von der Singularität entfernt, von der Dekomposition in den Subraum von Wega.

*Wenigstens kann ich die Beweisaufnahme weiterhin angeschaltet lassen,* dachte Nancia grimmig. *Falls eins dieser kleinen verwöhnten Bälger das andere über die Klippe stoßen sollte, gibt es dann wenigstens reichlich Datahedra, die zeigen werden, was wirklich passiert ist.* Doch im Augenblick schienen die fünf Passagiere noch einigermaßen miteinander auszukommen. Vielleicht hatten seine sadistischen Spiele mit Alpha Polyons Bedürfnis nach Herrschaft und Kontrolle für den Augenblick gesättigt; er hatte ein Spielicon gewählt und schien in dieses dämliche Rollenspiel vertieft zu sein. Nancia entspannte sich ... ließ die Aufzeichnungsgeräte aber weiterlaufen.

## KAPITEL 4

»Weshalb komme ich nur nicht an dem Flügeldrachen der Weisheit vorbei?« jammerte Darnell. Er hatte sich wieder Knochenbrecher ausgesucht, doch sein machtbeladenes Spielicon befand sich nunmehr in eine Ecke gedrängt, wo ihn bei jedem Versuch einer Bewegung eine geflügelte Schlange bedrohte.

»Du hättest für Knochenbrecher im Laden für Spirituelle Erleuchtung etwas Intelligenz kaufen sollen«, bemerkte Polyon. Seine Finger huschten achtlos über den Schirm, als er sprach, und ließen Dingsbums den Marsmagier am Nachthimmel über dem Asteroiden 66 ein scheinbar nutzloses Netz spinnen.

»Ich wußte überhaupt nicht, daß man dort Intelligenz kaufen kann.« Darnell schob die Unterlippe zu einem eindeutigen Schmollen vor. »Das stand nicht im Regelbuch.«

»Es stehen auch eine ganze Menge andere Dinge nicht im Regelbuch«, bemerkte Polyon, »einschließlich des größten Teils dessen, was man wissen muß, um zu überleben. Und Information ist stets käuflich ... sofern du den richtigen Preis kennst. Alles – von den Geheimnissen der Singularität bis zum Ursprung der Planetennamen.«

»Ach so. Enzyklopädien. Bibliotheken. Jeder kann sich die *Galaktische Datenquelle auf Schnellhedra* kaufen«, jammerte Darnell.« Aber wer hat schon die Zeit, diesen ganzen Mist zu lesen?«

»Der Preis für bestimmte Arten von Information«,

ergänzte Polyon, »ist höher als die Kosten für ein Buch und die Zeit, es zu lesen. Ich könnte dir zwar die Gesetze der Singularitätsmathematik ausdrucken, aber du hast nicht den Preis dafür bezahlt, sie auch zu verstehen – die Jahre der Raumtransformationsalgebra und die Intelligenz, die Theorien in der Mehrfachdimensionaliät weiterzuentwickeln.«

»Ach, komm schon«, sagte Blaize herausfordernd. »So kompliziert ist das gar nicht. Selbst ich kenne Bajkowskijs Theorem.«

»Ein Kontinuum C gilt als örtlich in M verkleinerbar, wenn für jedes Epsilon, das größer ist als Null, und jede offene Menge D, die C enthält, ein Homeomorphismus h von M auf M, C in eine Menge mit einem Durchmesser kleiner als Epsilon führt und der die Identität von M zu D darstellt«, rezitierte Polyon schnell. »Und das ist auch kein Theorem, es ist eine Definition.«

Nancia verfolgte die Diskussion schweigend mit mildem Interesse. Die Mathematik der Singularitäten war ihr zwar nichts Neues, doch solange ihre Gören von Passagieren sich über Mathematik unterhielten, versuchten sie wenigstens nicht, einander in den Wahnsinn zu treiben. Und sie war auch hinreichend beeindruckt davon, daß Polyon genügend Singularitätstheorie behalten hatte, um Bajkowskijs Definition aus dem Gedächtnis zitieren zu können. Während der Ausbildung hatte unter den Gehirn-Schiffen das Gerücht kursiert, daß keine Normalperson *wirklich* multidimensionale Dekompositionen begreifen konnte.

»Die wirkliche Grundlage der Dekomtheorie«, belehrte Polyon sein Publikum, »liegt in dem, was auf diese Definition folgt. Nämlich Zerlions Lemma: daß unser Universum als eine Ansammlung lokal verkleinerbarer Kontinua angesehen werden kann, von denen jedes mindestens ein nichtdegeneratives Element enthält.«

Fassa del Parma zog eine Grimasse und schob ihr Spielicon in einer Reihe kurzer, abgehackter Bewegungen über den Bildschirm. »Sicherlich äußerst nützliche Informationen«, sagte sie in sarkastischem Ton, »aber müssen wir anderen etwa den Preis des Zuhörens dafür bezahlen? Diese ganze theoretische Mathematik verursacht bei mir nur Kopfschmerzen. Und es ist ja auch nicht so, als wäre sie zu irgend etwas gut, etwa für Streßanalysen oder Materialtests.«

»Sie ist gut dafür, uns in zwei Wochen anstatt von sechs Monaten ins System Nyota zu bringen, Täubchen«, belehrte Polyon sie. »Und es ist auch tatsächlich ziemlich einfach. Laienhaft ausgedrückt zeigt uns die Singularitätstheorie lediglich, wie man zwei weit auseinanderliegende Subraumgebiete zu einer Sequenz verdichteter Dimensionalitäten entstrukturiert, die ein gemeinsames, nichtdegeneratives Element miteinander teilen. Wenn die Subräume singulär geworden sind, scheinen sie sich an diesem Element zu überschneiden, und wenn wir uns aus der Dekomposition wieder entschälen, verlassen wir den Zentralen Subraum und betreten den weganischen Raum.«

Nancia war sich selbst dankbar dafür, daß sie ihrem Impuls widerstanden hatte, sich in das Gespräch einzuschalten. Ihre Klassenkameraden in der Laborschule hatten recht gehabt, was Normalpersonen betraf. Polyon kannte zwar alle richtigen Begriffe der Singularitätmathematik, die grundlegende Theorie selbst aber hatte er hoffnungslos durcheinandergebracht. Und es war auch offensichtlich, daß er die dieser Theorie zugrundeliegenden Berechnungsprobleme nicht verstanden hatte. Die reine topologische Theorie mochte zwar die Existenz einer Serie von Dekompositionen nachweisen, doch ein Schiff tatsächlich durch diese Serie zu treiben, verlangte nach massiven linearen Programmieroptimierungen, die alle in Echtzeit ausgeführt werden mußten, ohne jede Gelegenheit, einen etwaigen Fehler noch einmal zu korrigieren. Kein Wunder, daß man es Normalpersonen nicht anvertraute, ein Schiff durch die Singularität zu steuern!

»Ich stimme dir zu«, sagte Alpha zu Fassa. »Einfach langweilig. Da ist ja selbst die Geschichte von Nyota noch besser als das Studium der Mathematik.«

»Das ist klar, daß du so darüber denkst«, versetzte Fassa, »schließlich wurde es ja von deinen Leuten entdeckt und getauft.« Das leise Grinsen in ihrem Gesicht teilte Nancia mit, daß es sich bei dieser Bemerkung um eine Art Spitze gegen Alpha handeln mußte. Eilig ging sie ihre Daten über das System Nyota durch, fand darin aber keinerlei Hinweis darauf, weshalb sich die Familie Hezra-Fong sonderlich dafür interessieren sollte.

»Suaheli ist eine Sklavensprache«, erwiderte Alpha eisig. »Das hat nichts mit dem Stamm der Fong zu tun. Mein Volk stammt von der anderen Seite des Kontinents – und wir wurden *nie* versklavt!«

»Kann mir vielleicht jemand mal einen Stadtplan für diese Konversation geben?« klagte Darnell. »Ich bin jetzt noch verwirrter als bei Polyons Mathelektion.«

»Diese Information«, erwiderte Alpha, »ist umsonst.« Sie richtete sich zu voller Höhe auf, ragte dabei um mehrere Zentimeter über Fassa hinaus und gewährte dem Scheitel ihres glänzenden, dunklen Schädels einen vernichtenden Blick. »Das System, in das wir fliegen, wurde von einem schwarzen Nachfahren der amerikanischen Sklaven entdeckt. In einem Anflug fehlgelenkter Begeisterung beschloß er, der Sonne und allen Planeten Namen aus einer afrikanischen Sprache zu verleihen. Leider war er so ungebildet, daß er von allen diesen Sprachen nur Suaheli kannte, eine Handelssprache, die von arabischen Sklavenhändlern über die Ostküste Afrikas verbreitet wurde. Die Sonne nannte er Nyota ya Jaha – Glücklicher Stern. Auch die Planetennamen sind halbwegs genaue Beschreibungen. Bahati bedeutet Glück, und es ist tatsächlich ein halbwegs vernünftiger Platz zum Leben – grün, mit mildem Klima, einer Menge hübscher Landschaft, die auch noch ruhig ist. Shemali bedeutet Nordwind.«

Polyon stöhnte anerkennend. »Ich weiß. Im Gegensatz zu einigen unter uns habe ich etwas über unser Zielsystem nachgelesen. Der Planet heißt Nordwind, weil der dort dreizehn Monate im Jahr vorherrscht.«

»*Dreizehn* Monate hat man dort im Jahr? Ach so – ich verstehe! Eine längere Rotationsperiode, richtig?« Darnell strahlte voll Stolz über seine eigene Schläue.

»Eine kürzere, um genau zu sein«, erwiderte Polyon. Seine Stimme klang bemerkenswert hohl. »Shemali hat ein Jahr von dreihundert Tagen, die um der Bequemlichkeit willen in zehn Monate eingeteilt sind. Ich wollte nur auf sarkastische Weise andeuten, daß es dort *überhaupt keine* angenehme Jahreszeit gibt.«

»Macht nichts«, teilte Alpha ihm fast gütig mit, »es ist immer noch besser als auf Angalia. Tatsächlich lautet der vollständige Name Angalia!, mit einem Ausrufezeichen am Ende. Das bedeutet *Paß auf!*«

»Ob ich wohl wagen darf zu fragen, was *das* schon wieder zu bedeuten hat?« warf Blaize ein.

»Es bedeutet«, erläuterte Alpha, »daß die Landschaft dort nicht an Ort und Stelle bleibt.«

Blaize und Polyon musterten einander, waren für kurze Zeit Gefährten in der Not.

Polyon erholte sich als erster. »Na gut«, meinte er und widmete sich wieder dem Spielmonitor, »du siehst also, welchen Wert Information hat, Darnell – und daß sie sich nicht ausschließlich in der Galaktischen Datenquelle findet. Und manche Information, die nicht ... allgemein verfügbar ist ... ist wertvoller als alle anderen.« Mit einer behutsamen Geste betätigte er den Joyball, während die Finger seiner linken Hand Kodes eintippten, um Dingsbums' magisches Netz zu vergrößern und zu verstärken. »Du mußt dir Möglichkeiten ausdenken, mit dieser Art von Information Handel zu betreiben. So könnte beispielsweise deine Reederei – jedenfalls das, was davon übrig ist – diskrete Beförderung für Frachtstücke anbieten, die *nicht* auf Frachtlisten erscheinen sollen oder eine leicht irreführende Bezeichnung bekommen – denn in manchen Fällen sind Desinformation oder Informationsmangel ebenso wertvoll wie die eigentlichen Daten.«

»Wer sollte so etwas wollen?« wandte Darnell ein. »Und wen kümmert das überhaupt etwas? Können wir nicht einfach das Spiel weiterspielen?«

Polyon gewährte ihm ein strahlendes Lächeln. »Mein lieber Junge, das *ist* doch das Spiel – und sehr viel einträglicher als SPACED OUT. Ja, mir fallen eine ganze Reihe von Leuten ein, die Verwendung für einen diskreten Frachtdienst hätten. Angefangen bei mir selbst.«

»Wieso bei dir?«

»Sagen wir einfach, daß nicht alle Metachips, die Shemali verlassen werden, in den Kontingentierungslisten des Gemeinnützigkeitskomitees auftauchen sollen«, erläuterte Polyon.

»Na und? Was sollte es mir einbringen, dir zu Gefallen zu sein?«

»Ich könnte dich mit Netzkontakten bezahlen. Ich kann das Netz bearbeiten wie kein zweiter Hacker seit den Tagen der ersten Virenbrüter. Für mich ist es ein einziges ungesichertes Hedron. Wie schnell könntest du die OG-Schiffstransport wieder aufbauen, wenn du jedesmal im voraus über jeden großen Kontrakt im Subraum von Wega informiert wärst – und natürlich auch darüber, welchen verbindlichen Kostenvoranschlag die Konkurrenz eingereicht hat?«

Darnells Schmollmund wich einem Ausdruck benommener Berechnung. »Dann könnte ich ja in fünf Jahren wieder reich sein!«

»Aber nicht, fürchte ich, so reich wie ich durch den Verkauf von Metachips«, murmelte Polyon. Dingsbums' Netz glitzerte über ihm am Schirm, Ketten von Juwelenlichtern, die über den Spielicons auf der Oberfläche des Asteroiden 66 Schlaufen zogen und umherschwebten. »Was haltet ihr von einer Wette unter Freunden? Davon, daß wir fünf uns einmal im Jahr treffen und Aufzeichnungen vergleichen – um festzustellen, wie jeder von aus den Zitronenposten, die uns unsere lieben Familien aufgehalst haben, Limonade gewinnt? Und der Sieger bekommt fünfundzwanzig Prozent

Anteil an jeder Operation der Verlierer – Firmen, Waren oder Zahlungseinheiten?«

»Und wann hören wir auf und machen Kassensturz?« fragte Darnell.

»In fünf Jahren – dann ist für die meisten von uns doch wohl ohnehin Auftragsende angesagt, oder nicht?«

»Das weißt du doch genau«, warf Alpha ein. »Die Standardtour. Und«, fuhr sie unter Polyons festem Blick fort, »im übrigen halte ich das für eine hervorragende Idee. Ich habe nämlich so meine eigenen Pläne, müßt ihr wissen.«

»Was denn?« fragte Darnell.

Alpha gewährte ihm ein schleppendes, träges Lächeln. »Das wüßtest du wohl gern, wie?«

»Ich bin sicher, daß wir es *alle* gern wüßten«, warf Polyon ein. Ein geschickter Dreh am Joyball ließ Dingsbums' juwelenbesetztes Netz über die obere Hälfte des Bildschirms wirbeln. »Wirst du sie selbst aufklären, Alpha, oder soll ich ... meine eigenen Informationen beisteuern?« Er krümmte den Finger und winkte ihr damit, worauf sie näher an seinen Kontrollsessel herantrat.

»Nichts Großartiges«, antwortete Alpha. »Aber ... bei Sommerland handelt es sich um eine Doppelklinik. Einerseits für zahlende Gäste – hauptsächlich VIPs –, andererseits auch Sozialfälle, um die Gemeinnützigkeitseinstufung zu verbessern. Ich habe ein paar Ideen, was die Verbesserung von Blissto betrifft – etwas, was wir Süchtigen in kontrollierten Dosen verabreichen können. Damit können wir verhindern, daß sie in einen Zyklus des Verlangens und der immer weiter gesteigerten Einnahme von Straßendrogen gelangen.«

»He, *ich* mag das Zeug aber so, wie es ist!« protestierte Darnell. »Und ich gerate nicht in so einen Zyklus.«

»Gut«, teilte Alpha ihm mit, »dann bist du auch keine suchtanfällige Persönlichkeit. Manche Leute haben nicht so viel Glück. Hast du mal wirkliche Blissed-out-Fälle kennengelernt? Leute, die lange genug ausreichend hohe Dosen eingenommen haben, bis ihr Nervensystem aussah wie Weizenhäcksel? *Meine* Version der Droge wird nichts dergleichen bewirken. Sie wird uns vielmehr in die Lage versetzen, die Blissed-out-Fälle aus den Kliniken zu entlassen und sie nützliche Arbeit verrichten zu lassen, solange sie weiterhin ihre Medikamente bekommen. Und ich bin diejenige, die die ganze ursprüngliche Entwicklungsarbeit an dieser Droge durchgeführt hat. Tatsächlich handelt es sich dabei um eine Art Abfallprodukt meiner Arbeit über ... na ja, wir brauchen ja nicht gerade alle langweiligen Einzelheiten meiner Forschungsarbeit durchzugehen«, fuhr sie mit einem Seitenblick auf Polyon fort. »Es kommt darauf an, daß ich alle Formeln und Labornotizen auf Hedra gespeichert habe.«

»Aber würde das Patent denn nicht der Medizinhochschule der Zentrale zufallen, wenn du deine Arbeit dort ausgeführt hast?«

»Ja, falls die Droge patentiert wird«, stimmte Alpha zu.

»Und verkaufen kannst du sie auch nicht, bevor sie nicht alle Tests durchlaufen hat und patentiert wurde – also nützt sie dir doch überhaupt nichts!«

Alphas Blick traf über Darnells Kopf hinweg auf Polyons. »Sehr richtig«, bestätigte sie ernst, »aber ich denke, ich werde mir trotzdem eine Möglichkeit erschließen können, aus dieser Situation Gewinn zu ziehen.«

»Was ist denn mit dir, Fassa?« fragte Polyon. Seit ihrer Spitze über die Sklavennamen im System Nyota war das Mädchen sehr still geworden. »Wirst du diese Baufirma übernehmen, die dein Papa dir *auf dem Präsentierteller* überlassen hat?« Sein Tonfall verlieh der Frage etwas Obszönes.

»Doppelter Profit pro Auftrag«, verkündete Fassa gelassen. »Ich habe einen Abschluß in Buchhaltung. Ich kann die Bücher so frisieren, daß kein Prüfer es jemals herausbekommt.«

Darnell stieß einen anerkennenden Pfiff aus. »Aber wenn man dich *doch* erwischen sollte ...«

Fassa rekelte sich auf der anderen Seite von Polyons Sessel. »Ich denke«, sagte sie verträumt, »daß ich jeden Prüfer ablenken kann, der auf den Gedanken kommen könnte, die Bücher tatsächlich einmal durchzugehen. Und auch jeden Inspektor von der Baubehörde, der die Materialqualität abhaken muß.« Ihr träges, schläfriges Lächeln versprach eine ganze Welt geheimer Freuden. »Im Baugewerbe steckt eine Menge Geld ... sofern man es richtig anpackt.«

Inzwischen hatten die vier eine dichte Gruppe gebildet: Polyon im Kommandosessel, Darnell hinter ihm stehend, Fassa und Alpha rechts und links von ihm sitzend. Nun richteten sich vier erwartungsvolle Augenpaare auf Blaize.

»Na ja«, sagte er, schluckte und fing wieder von vorne an. »Der PHD bietet nun mal leider nicht so viele Möglichkeiten, kreativ zu werden, wie eure Unternehmungen, nicht?«

»Entweder bist du für oder gegen uns«, antwortete Polyon. »Was soll es sein, kleiner Cousin?«

»Neutralität vielleicht?«

»Das ist nicht gut genug.« Polyon ließ den Blick über die anderen drei schweifen. »Er hat unsere Pläne mitbekommen. Wenn er sich uns nicht anschließt, könnte er auf die Idee kommen zu petzen ...«

Alpha beugte sich vor, lächelte lieblich. Vor ihrer dunklen Haut wirkten ihre Zähne sehr lang und sehr weiß.

»Oh, das würdest du doch nicht tun, oder, liebster Blaize?«

»Nicht einmal im Traum würde ich daran denken«, warf Darnell ein und schlug eine Faust gegen seine ausgestreckte Handfläche.

Fassa fuhr sich mit der Zunge über die Lippen und lächelte wie ein Kind, das sich auf eine Nascherei freute. »Das könnte noch richtig *interessant* werden«, murmelte sie, an niemanden im besonderen gewandt.

Blaize ließ den Blick durch den Gesichterkreis schweifen, dann sah er auf Nancias Titansäule. Sie schwieg. Bisher war noch nichts passiert; sollten diese Bälger versuchen gewalttätig zu werden, könnte sie das binnen Sekunden mit Hilfe von Schlafgas beenden. Und das wußte Blaize ebensogut wie sie. Nancia sah keinen Grund dafür, ihre Anonymität preiszugeben, nur um ihm Sicherheit zu verleihen. Schließlich war er tapfer genug gewesen, als er Polyon ganz allein geärgert hatte; warum, zum Teufel, konnte er jetzt nicht auch den anderen die Stirn bieten?

»Aber Blaize war ja noch nie mutig genug, um zu *petzen*«, entließ Polyon seinen Cousin mit einem knappen Nicken. »Wir werden ihm Gelegenheit geben, darüber nachzudenken ... die ganze Strecke bis Angalia. Das werden zwei sehr lange Wochen werden, kleiner Cousin, wenn niemand mehr mit einem redet. Und noch sehr viel längere fünf Jahre auf Angalia. Ich hoffe, du genießt das Leben unter den Gemüseköpfen. Ich kann mir nicht vorstellen, daß irgend jemand im System Nyota dann noch etwas mit dir zu tun haben will.« Er drehte seinen Sessel, um das SPACED-OUT-Display zu mustern, und die anderen drei taten es ihm gleich.

»Oh – bitte keine voreiligen Schlüsse! Ich bin dabei, ganz eindeutig«, plapperte Blaize los. »Und es gibt *durchaus* Möglichkeiten – ich hatte nur noch nicht die Zeit, ausgiebig darüber nachzudenken – die Korykiummine, beispielsweise – die ist noch nicht richtig entwickelt worden ... vielleicht könnte ich mich dort einkaufen. Und der PHD wirft regelmäßig Lebensmittel über Angalia ab. Wer soll denn schon feststellen, wieviel davon tatsächlich an die Einheimischen gelangt und wieviel an einen anderen Ort weiterbefördert wird, wo man dafür bezahlen kann ...« Er spreizte die Hände und zuckte mit den Schultern. »Mir wird schon etwas einfallen. Ihr werdet sehen. Ich werde es genauso weit bringen wie jeder von euch!«

Polyon nickte wieder. Seine Faust schloß sich über dem Joyball, und Dingsbums' juwelenbesetztes Netz senkte sich in einer Spirale auf Asteroidenland, um es einzuschließen und die anderen Spielicons in ein Gewebe glitzernder Stränge zu hüllen. »Dann ist es also abgemacht. Wir fünf gemeinsam. Kommt, es ist besser, wenn jeder von uns eine Aufzeichnung davon erhält.« Er holte eine Handvoll Minihedra aus der Tasche seiner Akademieuniform und warf sie in das Datenlesegerät. Einer nach dem anderen identifizierten sich Alpha, Fassa, Darnell und Blaize durch Hand- und Retinaabdruck und sprachen laut die Bedingungen der Wette aus, auf die sie sich geeinigt hatten. Nach der Aufnahme holte Polyon die Minihedra wieder hervor und reichte jedem von ihnen ein facettiertes schwarzes Polyhedron, wobei er das letzte selbst behielt. »Die solltet ihr besser an einem sicheren Ort aufbewahren«, empfahl er.

Fassa befestigte ihr Minihedron im Inneren eines silbernen Drahtkäfigs, der zwischen klingelnden Glöckchen und glitzernden Stücken geschnitzten Prismaholzes von ihrem Amulettarmband herabhing. Sie schien die einzige zu sein, die es nicht eilig hatte, aus Polyons Einflußbereich zu fliehen; während die anderen auf die Ausgangsluke schier zustürmten, nestelte Fassa an ihrem Armband herum und versuchte es mit dem schimmernden Minihedron an verschiedenen Stellen, als bestünde ihre einzige Sorge darin festzustellen, wo es sich am besten machen würde.

Nachdem Alpha, Darnell und Blaize die Zentralkabine verlassen hatten, fragte sich Nancia, ob Polyons schnelles Handeln und seine hypnotisierende Persönlichkeit sie hatte vergessen lassen, daß er seine Absichtserklärung als einziger der fünf nicht auf den Minihedra aufgezeichnet hatte. Oder fürchteten sie sich nur davor, seine Autorität anzufechten?

Nicht daß es eine Rolle spielte. Sie selbst hatte schließlich die gesamte Szene aufgezeichnet. Noch dazu aus verschiedenen Blickwinkeln.

»Ihr werdet schon sehen«, wiederholte Blaize, über die Schulter gewandt, als er die Kabine verließ. »Ich werde es weiter bringen als jeder von euch.«

»Kleingeld, kleiner Mann«, höhnte Alpha auf dem Weg hinaus in den Korridor, »Kleingeldpläne für Kleingeister.

Du wirst der Verlierer sein, aber wen kümmert das schon? *Irgend jemand* muß ja schließlich verlieren.«

»Sie ist im Unrecht, weißt du«, bemerkte Polyon zu Fassa. »*Vier* von euch müssen verlieren. In diesem Spiel wird es nur einen einzigen Sieger geben.« Dann ging auch er, drehte sein schwarzes Minihedron zwischen zwei Fingern und summte leise vor sich hin.

## FASSA

Die glitzernden schwarzen Flächen des Minihedrons blitzten im Scheinwerferlicht der Zentralkabine, als Fassa ihren Arm in diese und in jene Richtung drehte, um die Wirkung der völligen Schwärze vor dem Bündel aus Silber und Prismaholz-Schmuck zu bewundern. Das Hedron war so schwarz wie Fassas eigenes seidiges Haar und ihre geschrägten Augen, ein bewunderungswürdiger Kontrast zur Bleichheit ihrer eingecremten und verwöhnten Haut. In seiner harten, glänzenden Perfektion sah sie ein Miniaturbild ihrer selbst ... schön, undurchdringlich ...

*Eine Hülle voller gefährlicher Geheimnisse.*

Fassa starrte die spiegelglatten Flächen des Minihedron an und erblickte ihr eigenes Gesicht, wie es in ein halbes Dutzend Richtungen gleichzeitig widergespiegelt und verzerrt wurde, ein zerschmettertes Selbst, das dort hinausblickte, gefallen in den schwarzen Spiegeln, die ihre wunderschönen Gesichtszüge zu einer Maske des Schmerzes und des stummen Schreis verzerrten.

*Nein! Das bin ich nicht – das kann nicht ich sein.* Sie ließ den Arm sinken; die klimpernden Silberglocken am Armband gaben einen einzigen, dissonanten Ton von sich. Sie stieß sich von der seltsamen Titansäule ab, die so viel Kabinenplatz vergeudete, und schwebte in eine Ecke zwischen den

Displayschirmen und einem Lagerschrank. »Schirme löschen«, befahl sie dem Schiff.

Das blendende Display der SPACED-OUT-Grafiken verblaßte, um einer schwarzen Leere zu weichen, die den Oberflächen des Minihedron glich. Fassa starrte in die Flachbildschirme, die Lippen geöffnet, bis die Spiegelung ihrer eigenen Schönheit sie beruhigt hatte. Ja, sie war immer noch so schön, wie sie stets geglaubt hatte. Die verzerrten Reflektionen des Minihedron waren nur eine Illusion gewesen wie die Träume, die sie im Schlaf heimsuchten, Träume, in denen ihr wunderschönes Gesicht und ihr vollkommener Körper sich schälten, um die verschrumpelte, erbärmliche Kreatur darunter zu offenbaren.

Beruhigt streichelte sie das Amulettarmband mit zwei Fingern, bis sie die scharfe, facettierte Oberfläche des Minihedrons berührte. *Ich behalte meine Geheimnisse für mich, und du die deinen, kleine Schwester.* Solange sie den Schild ihrer vollkommenen Schönheit zwischen sich und der Welt wußte, fühlte Fassa sich in Sicherheit. Niemand konnte durch ihn hindurch auf das wertlose Ding im Inneren blicken. Nur wenige versuchten es; alle waren sie viel zu betört von der Außenfassade. Männer waren nur kleine Narren, und sie hatten nichts Besseres verdient, als daß man ihre eigene Torheit gegen sie richtete. Wenn sie ihr Verlangen nach ihr nutzen konnte, um sich zu bereichern, um so besser. Die Götter wußten, daß sie in der Vergangenheit einen viel zu hohen Preis für ihre Schönheit bezahlt hatte!

*Mama, Mama, mach, daß er aufhört!* jammerte eine Kinderstimme aus den hintersten Verstecken ihres Geistes. Fassa lachte säuerlich bei der Erinnerung an diese Torheit. Wie alt war sie damals gewesen? Acht, neun? Jung genug, um zu glauben, daß ihre Mutter einem Mann wie Faul del Parma y Polo die Stirn würde bieten können, ihn von etwas abbringen könnte, was er wirklich haben wollte – beispielsweise von seiner eigenen Tochter. Mama hatte die Augen geschlossen und das Gesicht abgewandt. Sie wollte nicht wissen, was Faul ihrem schönen kleinen Mädchen antat.

*Häßliches kleines Mädchen. Schmutziges kleines Mädchen*, flüsterte eine andere Stimme.

Dennoch war es Mama gewesen, die dem Ganzen ein Ende gesetzt hatte – in gewisser Weise. Zu spät zwar, aber immerhin – ihr spektakulärer und öffentlicher Selbstmord hatte Fauls Privatspiele mit seiner Tochter beendet. Mama war im zweiundvierzigsten Stock vom Balkon gesprungen, war auf die Terrassen des Regis Galactic Hotel gestürzt, mitten hinein in die extravagante Jahresfeier der Firma von Faul del Parma, zu der wirklich *sämtliche* Klatschbericherstatter zu kommen pflegten. Und die Nachrichten und die Gerüchte und die Andeutungen im Zusammenhang mit dem Selbstmord von del Parmas Frau hatten noch wochenlang die Nachrichtenstrahlen beherrscht. Warum hatte sie sich umgebracht? Faul del Parma konnte einer Frau doch alles bieten. In ihrer medizinischen Vorgeschichte gab es keine Vorkommnisse geistiger Unstabilität. Und jedermann wußte, daß Faul del Parma keine einzige andere Frau anzuschauen pflegte, daß er allein etwas für seine eigene Ehefrau übrig hatte – na ja, über diese Frau bekam man eigentlich nie allzuviel zu hören, nicht wahr? Ein eher häuslicher Typ. Dagegen ging er stets und überall mit seiner wunderschönen kleinen Tochter hin, die erst dreizehn war, sich aber schon zu einer kleinen Herzensbrecherin entwickelte ...

Da plötzlich war es einem ganzen Dutzend Journalisten eingefallen, daß man eigentlich auch die Tochter befragen sollte. Und *das* hatte dem Ganzen ein Ende gesetzt. Faul del Parma hatte seine Tochter in ein sehr exklusives, sehr privates Internat abgeschoben, wo keiner der Klatschkolumnisten sie aufspüren und ihr unangenehme Fragen stellen konnte.

Fassa drehte an dem mit einer Klammer befestigten Minihedron. *Danke, Mama.* Selbst heute, sechs Jahre später, bot die Geschichte vom Selbstmord der Frau del Parmas gelegentlich noch Stoff für eine Tratschkolumne. Und selbst heute noch mochte Faul del Parma nicht das Risiko eingehen, Fassa irgendwo in seiner Nähe zu wissen. Und so hatte er ihr nun, nach ihrem Abschluß an der teuren, exklusiven Schule, eine Position in der unwichtigsten seiner Firmen verschafft, der Polo-Baugesellschaft, die auf einem Planeten im Subraum von Wega beheimatet war. Und Fassa wiederum hatte zum ersten Mal ihr Verhandlungsgeschick ausgeübt.

»Ich nehme sie. Aber nicht als deine Untergebene. Übertrag mir die Polo-Baugesellschaft, dann werde ich nach Bahati gehen, die Firma leiten und dich nie wieder behelligen. Betrachte es als Schulabschlußgeschenk.«

Betrachte es als Bestechung für mein Verschwinden ins Exil, dachte Fassa, als sie das Minihedron hin und her drehte, bis die spitzen Winkel der Facetten sich in Daumen und Zeigefinger bohrten. Denn als Faul gezögert hatte, ihr die gesamte Firma zu übertragen, hatte Fassa sich elegant auf seinen Schreibtisch gesetzt und laut über ihre Chancen spekuliert, einen Posten bei einem der großen Nachrichtensender zu erhalten. »Die sind alle *sehr* an mir interessiert«, hatte sie ihren Vater aufgestachelt.

»Die sind höchstens daran interessiert, Tratsch über unsere Familie aufzuschnappen«, hatte Faul gefaucht. »Wegen deiner eigenen Fähigkeiten interessieren die sich bestimmt nicht für dich.«

Fassa hatte ihr glitzerndes schwarzes Haar aus dem Gesicht zurückgestrichen. »*Einige* meiner Fähigkeiten sind aber sehr interessant«, hatte sie ihm mitgeteilt. Dann senkte sie die Stimme in jene rauchige tiefe Oktave, die auf ihre männlichen Lehrer eine solche Wirkung gehabt hatte. »Und die Familie der del Parma y Polo bietet immer Stoff für Neuigkeiten. Ich wette, einige der großen Nachrichtengesellschaften würden nur zu gern ein Buch über mich herausbringen. Ich könnte ihnen alle Geheimnisse offenbaren, die ich von meinem Vater gelernt habe ...«

»Schon gut. Sie gehört dir!« Faul del Parma y Polo schlug mit der Hand auf den Handflächenleser neben seinem Schreibtischcomputer, stach mit dem freien Daumen auf das

Hardcopyfeld und stieß das fertige Minihedron mit einem wütenden Blick auf seine Tochter aus.

»Du hast hoffentlich nichts dagegen, wenn ich es erst scanne?«

»Dann nimm einen öffentlichen Scanner. Auf meinen kannst du dich nicht verlassen«, wandte Faul ein. »Vielleicht habe ich ihn ja so programmiert, daß er etwas Falsches einliest. Wenn du aus dieser Firma wirklich etwas machen willst, Fassa, solltest du besser damit anfangen, ein bißchen raffinierter vorzugehen. Aber keine Bange – es steht alles dort. Die Übertragung der Firma und mein Handabdruck als Bestätigung. Ich würde dich nicht reinlegen. Schließlich will ich ja auch nicht, daß du noch einmal dieses Büro betrittst.«

»Das willst du *tatsächlich* nicht, liebster Paps?« Fassa beugte sich über den Schreibtisch, sehnig und fließend in ihrer hautengen Hülle aus rigellianischer Spinnenseide. Sie beugte sich dicht genug vor, daß Faul die Wärme und den Duft ihrer Haut einatmen konnte ... was ihr ein Aufblitzen von Schmerz und Verlangen in seinen Augen eintrug.

»Na, na, na, liebster Paps!« Sie glitt vom Schreibtisch und verstaute das Minihedron in einem Korykiumherzen, das von ihrem Amulettarmband herabbaumelte. »Bis bald ... wohl eher nicht.«

»Ich frage mich«, erwiderte Faul heiser, »wie viele dieser kleinen Amulette die Herzen und Seelen von Männern enthalten.«

»Nicht sehr viele – noch nicht.« Fassa blieb an der Tür stehen und gewährte ihm ein funkelndes Lächeln. »Ich werde meine Sammlung mit dir beginnen.«

Und jetzt, drei Tage nach ihrem Abflug von der Zentralwelt, hatte sie der Sammlung bereits ein zweites Hedron hinzugefügt. Nachdenklich ließ Fassa das Amulettarmband klimpern. Jedes der funkelnden Schmuckstücke war eine Klammer, ein Käfig oder ein leeres Behältnis, das darauf wartete, irgendeinen Gegenstand aufzunehmen. Sie hatte die Amulette in jenen einsamen Jahren im Internat nach und nach zusammengetragen, hatte die üppigen Geburtstags- und Weihnachtsschecks Fauls auf teure, speziell für sie angefertigte Schmuckstücke verwendet. Eins für jeden nächtlichen Besuch, den Faul ihr in ihrem Zimmer abgestattet hatte. Insgesamt dreiundzwanzig; merkwürdig, dachte sie, daß weniger als zwei Dutzend über eine Spanne von vier bis fünf Jahren sorgfältig ausgesuchter Nächte dazu führen konnten, daß man innerlich verfaulte. Dreiundzwanzig glitzernde Juwelen, jedes davon so vollkommen und auf seine eigene Art schön, wie Fassa es auf ihre war; und jedes innerlich ebenso hohl wie sie.

*Nein, nicht mehr. Zwei von ihnen sind jetzt gefüllt.* Fassa stieß sich mit den Fingerspitzen von der Wand ab und schwebte sanft aus der Hauptkabine, ließ die Amulette um ihr Handgelenk wirbeln. Bevor sie fertig war, würde sie jedes der Amulette mit etwas Passendem füllen.

*Und was dann?*

Darauf gab es keine Antwort, kein denkbares Ende für die Zukunft, die sie für sich selbst vorgesehen hatte.

## BLAIZE

Die Zentralkabine war leer; Polyons Kumpane hatten sich alle in ihre Kabinen davongeschlichen, um über ihre Wette und ihre möglichen Konsequenzen nachzudenken. Gut. Blaize wußte zwar, daß er ebensogut in der Ungestörtheit seiner eigenen Kabine mit Nancia hätte sprechen können, aber irgendwie schien es ihm etwas wirklicher, hierher zu kommen und direkt die Titansäule zu adressieren, die ihre Hülle enthielt.

Außerdem antwortete sie ihm in der Kabine nicht. Er dachte, daß sie möglicherweise die Kabinensensoren abgeschaltet hatte, um ihre Passagiere nicht zu stören.

Er räusperte sich zaghaft. Nun, da er hier war, seines Empfangs alles andere als sicher, erschien es ihm doch ziemlich merkwürdig, mit den Wänden zu reden. Für so etwas wurde man normalerweise eingebuchtet und an einen hübschen ruhigen Ort wie die Sommerlandklinik GmbH verbracht. Blaize erschauerte. Nein danke, kein Bedürfnis. Wenn er jemals *tatsächlich* ärztliche Behandlung brauchen sollte, würde er ganz bestimmt sicherstellen, daß er auf keinen Fall in eine Klinik kam, wo diese Schlange Alpha bint Hezra-Fong operierte.

»Nancia? Kannst du mich hören?«

Das Schweigen war so absolut wie die Stille des leeren, schwarzen Alls hinter der dünnen Außenhaut des Gehirn-Schiffs.

»Ich weiß, daß du mir zuhörst«, sagte Blaize verzweifelt. »Und zusiehst. Das *mußt* du ja einfach tun. *Ich* will jemandem wie meinem Cousin Polyon nicht den Rücken zukehren, und ich glaube auch nicht, daß du das Risiko eingehen würdest, daß er sich unbeobachtet in deine Kontrollkabine einschleichen könnte.«

Während er den letzten Satz aussprach, gestikulierte er so wild, daß er im leichten Gravitationsfeld des Schiffs fast das Gleichgewicht verloren hätte. Er packte einen Haltegriff und vollführte eine Drehung in die Mitte der Kabine hinein, erholte sich so anmutig von seinem Stolpern wie eine Katze, die einen mißlungenen Sprung aussteuerte. Nancias Titansäule schimmerte in dem zu Regenbogenfarben gebrochenen Kabinenlicht, glitzerte und umfunkelte ihn. Und sie antwortete nicht.

»Hör mal, ich weiß ja, was du denkst, aber so ist das nicht. Wirklich nicht.« Blaize ergriff einen Sesselrücken, um sich zu stabilisieren. »Ich meine, was hätte ich denn tun sollen? Hast du von mir erwartet, daß ich sie alle als Verbrecher beschimpfe und mich in meine eigene Lauterkeit hülle? Die hätten mich doch glatt noch in den Weltraum bugsieren könnnen, bevor wir Angalia erreicht hätten, um das Ganze dann als bedauerlichen Unfall zu deklarieren.«

Schweigen.

»Na schön«, räumte Blaize ein, »wahrscheinlich hätten sie mich doch nicht ausgesetzt. Vor allem nicht, wenn ich ihnen mitgeteilt hätte, daß du ein Gehirn-Schiff bist und gegen sie hättest aussagen können.«

Schweigen.

Das war ja noch schlimmer als damals, als er einen ganzen Monat in seinem Zimmer eingesperrt gewesen war.

»Aber das hätte wiederum bedeutet, *dich* zu verraten«, verwies sie Blaize, »und du wolltest doch bestimmt nicht, daß sie davon erfahren, daß du zuhörst, nicht wahr?«

Schweigen.

»Na ja, was hast du denn dann von mir erwartet? Sie hätten mich alle verabscheut.« Blaizes Stimme kippte über. »Ist es nicht schon schlimm genug, daß ich nach Angalia muß, um dort die nächsten fünf Jahre an irgendwelches wandelndes Gemüse PHD-Kisten auszuhändigen? Soll ich meine Karriere etwa damit beginnen, indem ich meine einzigen Freunde in dem ganzen Sonnensystem verliere?«

Nancia antwortete schließlich. »Das sind nicht deine Freunde, und das weißt du auch.«

Blaize zuckte mit den Schultern. »Sind sind aber die beste Imitation, die ich zur Verfügung habe. Hör mal, ich habe mein ganzes Leben damit verbracht, das schwarze Schaf der Familie zu sein, der eine Niemand, mit dem sich keiner befassen mag, den keiner gern hat, den keiner respektiert. Kannst du mir es wirklich verübeln, daß ich daran etwas ändern möchte? Ich möchte wenigstens einmal in meinem Leben irgendwo *zugehören*.«

»Das tust du doch«, versetzte Nancia. »Was mich betrifft, so gehörst du nämlich tatsächlich zum Rest dieses amoralischen Packs. Und was Respekt angeht ... da kannst du auch mich getrost auf die Liste der Leute setzen, die für dich keinen Respekt übrig haben. Ich glaube auch nicht, daß du dreimal von zu Hause weggelaufen bist. Du hast ja nicht einmal genug Mumm in den Knochen, um die Straße zu überqueren, wenn keiner dabei ist, um dein Händchen zu halten.«

»Das bin ich aber doch!«

Schweigen.

»Jedenfalls einmal. Und wenn ich *tatsächlich* noch einmal davongelaufen wäre, wäre es genauso passiert, wie ich es dir erzählt habe. Dann hätten sie mich schon vor der Akademie erwartet. Also wozu das Ganze? Und welchen Unterschied macht es schon? Es ist doch schließlich genauso geendet, als hätte ich es tatsächlich getan, nicht wahr?«

Schweigen.

Blaize beschloß, in seine Kabine zurückzukehren, bevor hier noch jemand hereingerauscht kam und ihn dabei ertappte, wie er mit den Wänden sprach.

»Eine Sache noch«, rief er, als er sich zum Rückzug abstieß. »Dieses Stipendium habe ich *wirklich* gewonnen. Unter dem Namen Blaize Docem. Das kannst du gern in den Unterlagen der Akademie überprüfen!«

Nancia verharrte in ihrem Schweigen. Die ganze Zeit bis Angalia.

## KAPITEL 5

## SINGULARITÄT

Die Umgebung des Gehirn-Schiffs implodierte, schoß wie ein Wirbelsturm in einer Spiralbewegung auf den Singularitätspunkt zu, wo der Subraum der Zentralwelten sich definitionsgemäß vorübergehend mit dem Subraum von Wega schnitt. Die von Metachips verstärkten Parallelprozessoren des Schiffs lösten und optimierten den Formelsatz, der sich in einer Tausendpunktmatrix von Subraumpunkten darstellte, verließ diesen Subraum zur Dekomposition, schoß durch den aus Räumen bestehenden, zusammenbrechenden Trichter, um dabei jede Zehntelsekunde eine neue Optimierungsaufgabe zu bestimmen und zu lösen. Für Nancia war die Singularität so, wie sie sich den alten Sport namens ›Surfen‹ vorstellte; auf dem nichtdegradativen Punkt balancierend, wo sich die auflösenden Subräume trafen, machte sie so schnell lokale Bahnen aus und bewertete sie, daß sich die gewaltigen Optimierungsaufgaben zu einem Gefühl verwuschen, auf einer Welle zu reiten, die jeden Augenblick unter ihr zusammenbrechen konnte.

Der Singularitätsfeldtest, den sie an der Akademie bestanden hatte, war einfacher gewesen als das hier. Dort hatte sie es nur mit einem Satz Parallelgleichungen zu tun gehabt; hier strömte die Reihe von mathematischen Gleichungen und zusammenschrumpfenden Subräumen unentwegt an ihr vorbei. Es war Herausforderung, Gefahr, Freude: Es war genau das, wozu sie ausgebildet worden war. Sie glitt über Matrices aus Daten und speiste sie in die Schiffsprozessoren ein, wählte die sich unentwegt verändernden Pfade in die Singularität und berechnete sie mit der Konzentration einer Athletin.

Derselbe Nachrichtenstrahl, der Nancia den Sport des »Surfens« gezeigt hatte, hatte auch einen Abschnitt über einen Turmspringerwettbewerb enthalten. Die scharfen Linien der Taucherbewegungen, die Sekunden, in denen sie durch die Luft schleuderten, als könnten sie ihren Körpern den Auftrieb und die Freiheit von Schiffen verleihen, faszinierten Nancia; sie hatte sich die Sendung über ein Dutzend Male angeschaut und staunend darüber nachgedacht, was Normalpersonen doch alles um weniger Sekunden körperlicher Freiheit willen anzustellen bereit waren. »Haben Sie gesehen, wie sauber er diesen Sprung geschnitten hat!« hatte der Kommentator geplappert, nachdem er einen der Athleten gezeigt hatte; dann hatte er erklärt, daß damit der saubere Sprung gemeint war, mit dem der Turmspringer ins Wasser eingedrungen war.

Nancia schnitt einen vollkommenen Sprung durch die Singularität und trat in den weganischen Subraum hinaus.

Für ihre Passagiere, die während der Singularität nichts zu tun hatten und die über keinerlei Möglichkeit verfügten, den Ansturm sensorischer Daten auszufiltern, war der Übertritt weitaus weniger angenehm. Die wenigen Sekunden der De- und Rekomposition schienen ihnen wie ein stundenlanges Waten durch eine klebrig gewordene Luft, als würden sie sich ihren Weg zwischen Formen bahnen, die bis zur Unkenntlichkeit verzerrt worden waren, an einem Ort, wo in der Luft Farben summten und Licht sich um Ecken bog.

Sie keuchten vor Erleichterung auf, als das Schiff schließlich wieder in den Normalraum eintrat.

Nancia sah mit an, wie sie umhertorkelten und sich Augen und Ohren rieben. Sie war ziemlich überrascht über die Intensität ihrer Reaktionen; der Ausbilder, der sie beim Singularitätstest begleitet hatte, hatte sich durch die wenigen Sekunden sensorischer Verzerrung augenscheinlich nicht aus der Fassung bringen lassen. Vielleicht war es eine Frage der Übung, wie Normalpersonen auf die Dekomposition reagierten. Polyons erste Worte nach der Rückkehr in den Normalraum schienen dies nahezulegen.

»Nun, *mes enfants*«, sagte Polyon, »wie hat euch eure erste Dekomposition gefallen? Meine *eigenen* Übungsflüge liegen so lange zurück, daß ich schon ganz vergessen hatte, wie es Neulingen zusetzt.«

»Einmal ist mehr als genug«, antwortete Darnell heftig. »Wenn ich jemals nach Hause zurückkehren sollte, werde ich mir die sechs Monate Zeit für eine normale überlichtschnelle Reise nehmen. Oder, noch besser, ich gehe zu Fuß!«

Fassa nickte heftig, dann zuckte sie zusammen, als wünschte sie sich, ihren Kopf doch nicht so früh bewegt zu haben.

»Nehmt ein Blissto«, bot Alpha an. »Es funktioniert bei Kater – da sollte es eigentlich auch gegen Singularitätskopfschmerz gut sein.«

Darnell riß ihr die kleinen blauen Pillen aus der Hand und

warf sie sich mit einem einzigen verzweifelten Schluck ein. Fassa wollte erst den Kopf schütteln, dann überlegte sie es sich offensichtlich anders. Mit einer trägen Geste winkte sie Alphas Hand beiseite. »Ich rühre nie Drogen an.«

»Selber schuld«, meinte Alpha. »Ich weiß mehr über die Nebeneffekte als jeder von euch, und ich kann euch versprechen, daß ein paar blaue Pillen keinen Schaden anrichten können. Ich wünschte mir nur, ich hätte schon daran gedacht, bevor wir in die Singularität eintraten. Blaize?«

»Hervorragende Idee«, meinte Blaize hohl und nahm die angebotenen Pillen entgegen. Anders als Darnell begab er sich an die gegenüberliegende Seite der Kabine, wo er eine halbleere Flasche Smaragd-Sekt vorfand, den er zum Herunterspülen der Pillen benutzte. »Fast so eine gute Idee wie das Gehen. Ich glaube, ich habe die Erde früher nie richtig zu schätzen gewußt.« Unter den Sommersprossen wirkte seine Haut fahlgrün.

Polyon kicherte. »Vielleicht war es ja doch noch ein verkappter Segen, daß du keine Ausbildung als Pilot machen durftest, Kleiner. Anscheinend hast du nicht den richtigen Magen dafür. Wenn du dir jetzt noch vorstellst, häufige Dekom-Hopser mit Fertiggerichten aus gekochtem Synthoprotein und anonymen Vitalkapseln zu mischen, die alle nach Kohl riechen ...«

Fassa schlug sich die Hand vor den Mund und rannte auf die Luke zu. Darnell schluckte einige Male krampfhaft. »Würde es dir sehr viel ausmachen, im Augenblick vielleicht nicht ausgerechnet von Essen zu sprechen?« Seine letzten Worte klangen verwaschen und entspannt; das Blissto begann bereits zu wirken.

»Jedenfalls nicht, bevor ich nicht meine eigenen Blauen eingenommen habe«, fügte Alpha hinzu und ließ eine Handvoll der schimmernden blauen Pillen in ihre Kehle gleiten.

Fassa schaffte es nicht ganz bis in die Ungestörtheit ihrer Kabine. Stumm ließ Nancia Sonden ausfahren, die das

Erbrochene einsammelten und verdampften. Dann aktivierte sie den Riegel an Fassas Kabinentür, damit sich der Blendenverschluß schillernd vor dem Mädchen öffnete.

»D-danke«, sagte Fassa, als sie sich mit einem Schluckauf das nasse Tuch vor den Mund hielt, das ihr von Nancias zweiter Sonde gereicht wurde. »Ich meine ... ich weiß ja, daß du nur ein Drohnenschiff bist, deshalb ist das eigentlich albern, aber ... ach, trotzdem danke.« Sie brach auf ihrer Pritsche zusammen, ein einziges Häuflein Elend. Nancia deaktivierte die Kabinensensoren, gab der Türblende den Befehl zum Schließen und überließ Fassa sich selbst, damit sie sich erholen konnte. Wenigstens war das Mädchen charakterstark genug, dachte sie, sich von Drogen fernzuhalten, die nur den Verstand zerstörten. Und sie verfügte über hinreichend Manieren, um jedem zu danken, der ihr einen Gefallen getan hatte, selbst wenn es sich scheinbar um ein unbelebtes Drohnenschiff handelte. Ihre erklärte Absicht, Sex einzusetzen, um für ihre Firma Konzessionen zu beschaffen, war abstoßend, ebenso ihr Benehmen im allgemeinen; doch vielleicht war sie immer noch eine Spur weniger widerlich als der Rest von Nancias jungen Passagieren.

Die hatten Fassas leidvolles Mißgeschick völlig ignoriert, wie Nancia bemerkte. Polyon spielte gerade eine Solorunde SPACED OUT, während die anderen kichernd bei einer neuen Flasche Smaragd-Sekt saßen. Nancia fragte sich beunruhigt, was diese Mischung aus Stimulantien und Depressiva dem Nervensystem einer Normalperson antun könnte – und was Alpha vielleicht noch alles an Bord geschmuggelt haben mochte. Vielleicht war es doch ein Fehler gewesen, die Kabinensensoren abzuschalten; diese Leute hatten ja überhaupt keine Privatsphäre *verdient*.

Doch andererseits – was ging es sie an, wenn diese Leute sich mit Drogen in den Stupor befördern wollten? Wenigstens waren sie dann mit Sicherheit um einiges netter. Nancia konnte sich zwar nichts Entsetzlicheres vorstellen, als die eigenen Synpasen auch noch freiwillig durcheinanderzubringen, aber allen Berichten zufolge hatten Normalpersonen nun einmal einen seltsamen Geschmack.

Außerdem waren sie so viel leichter zu handhaben, nun, da sie viel zu betäubt waren, um irgend etwas anderes zu tun, als leise vor sich hinzukichern und ihren Smaragd-Sekt zu verschütten. Nancias Hausarbeitssonden wischten die grünen Pfützen vom Kabinenboden; ihre Passagiere ignorierten die Sonden und ihre Reinigungsaktivitäten, während Nancia wiederum, so weit es ging, die Passagiere ignorierte.

Denn jetzt gab es endlich jemanden, mit dem sie sich unterhalten konnte.

Binnen Sekunden nach ihrem Austritt aus der Singularität hatte Nancia einen Feststrahlkontakt mit der Basis Wega hergestellt. Als Fassa gereinigt in ihrer Kabine untergebracht worden war und die anderen Passagiere sich mit ihren jeweiligen Belustigungen vergnügten, hatte sie bereits die Identifikationssequenzen und offiziellen Mitteilungen absolviert und plauderte nun fröhlich mit Simeon, dem Verwaltungshirn der Basis Wega.

»Na, wie hat dir deine erste Reise gefallen?« fragte Simeon.

»Die Singularität war ...« Nancia fand keine Worte dafür. Statt dessen übermittelte sie einen kurzen Videostoß von Farben, die miteinander verschmolzen und sich aufblähten wie Seifenblasen, schillernde Lichtspuren, die fröhlich eine Spiralbahn umeinander zogen. »Ich kann den nächsten Sprung gar nicht erwarten.«

Simeon lachte. »Du Glückliche. Nach allem, was ich höre, wirkt sie nicht auf jeden so.«

»Meine Passagiere schienen sie nicht sonderlich zu genießen«, räumte Nancia ein, »aber wen schert das schon?«

»Selbst Gehirn-Schiffe können der Singularität nicht immer so viel Gutes abgewinnen«, teilte Simeon ihr mit.

Nancia fand das zwar schwer zu glauben, aber sie erinnerte sich auch daran, daß Simeon ja ein stationäres Gehirn war. Im Herzen der Basis Wega eingehüllt, bestand seine einzige Reiseerfahrung wahrscheinlich aus dem einen Sprung, der ihn von der Laborschule hierherbefördert hatte – und zwar als Passagier. Vielleicht sollte sie lieber niemandem von den Freuden der Singularität vorschwärmen, der niemals die packende Erfahrung machen konnte, seine eigenen Sprünge zu lenken.

Außerdem wollte Simeon über etwas anderes sprechen.

»Du scheinst dich ja nicht sonderlich für das Wohlbefinden deiner Passagiere zu interessieren.«

Wieder versagte Nancia die Sprache. Sie dämpfte die Farben ihres Videostoßes zu einem schlammigen Wirbel aus Grünbraun und Grau. »Es sind keine ... sehr netten Leute«, antwortete sie schließlich. »Einige der Dinge, die ich auf dieser Reise zu hören bekam ... Simeon, darf ich dir eine hypothetische Frage stellen? Angenommen, ein Gehirn-Schiff bringt in Erfahrung, daß einige Leute unmoralische Pläne verfolgen. Muß es sie dann melden?«

»Meinst du so etwas wie ein Mordkomplott? Oder Hochverrat – einen Versuch, die Zentrale zu stürzen?«

»Ach du liebe Güte, nein, *so etwas* nicht!« Wie konnte Simeon nur so gelassen klingen, während er über derartig schlimme Dinge sprach? »Jedenfalls glaube ich nicht ... ich meine, angenommen, sie hätten zwar nicht vor, jemandem weh zu tun, wollten aber doch etwas moralisch Falsches ausführen? Möglicherweise sogar etwas Illegales?« Alphas Vorhaben, von einer Droge zu profitieren, deren Rechte der Medizinhochschule der Zentrale zustanden; Polyons Idee, einen Schwarzmarkt für Metachips aufzubauen – nein, versicherte Nancia sich selbst, ihre Passagiere mochten zwar widerwärtig und korrupt wie sonst etwas sein, aber wenigstens waren sie nicht gewalttätig.

»Und wie hätte dieses hypothetische Gehirn-Schiff von den Plänen seiner Passagiere Kenntnis erlangen sollen?«

»Ich ... sie dachten, es sei ein Drohnenschiff«, antwortete Nancia, »und sie haben über alles ganz offen gesprochen. Sie hat auch alles aufgezeichnet.«

»Ich verstehe.« Simeon klang äußerst tadelnd, und für einen Augenblick glaubte Nancia, daß er ebenso schockiert von den Plänen ihrer Passagiere war wie sie selbst. »Und ist es dir vielleicht schon einmal in den Sinn gekommen, junge XN-935, daß es eine Form der Nötigung sein könnte, sich als Drohnenschiff auszugeben, um das Gespräch von Mitgliedern der Hochfamilien zu belauschen? Ja angesichts der Tatsache, daß es sich bei den fraglichen Passagieren *tatsächlich* um Hochfamilien handelt, die eine enge Verbindung zu CenCom haben, könnte das Anfertigen geheimer Datenaufzeichnungen sogar als Hochverrat interpretiert werden. Was, wenn sie nun lebenswichtige militärische Geheimnisse besprochen hätten?«

»Aber sie haben doch gar nicht ... ich habe nicht ... hör zu, VS-895, *die* sind die Kriminellen, nicht ich!« schrie Nancia.

»Aua.«

Simeons Antwort war fast ein elektronisches Wispern.

»Schraub mal deine Wellen etwas herunter, ja? Das hätte mich ja gerade fast aus meiner Hülle geschüttelt.«

»Tut mir leid.« Nancia kontrollierte ihre Impulse und kanalisierte einen sauberen, strammen Strahl auf Simeon. »Aber ich begreife wirklich nicht, was du nun ausgerechnet *mir* vorwerfen willst.«

»Ich? Überhaupt nichts, XN, da kannst du ganz sicher sein. Ich möchte dich nur warnen, daß die Gerichte solche Dinge etwas anders sehen könnten. Nun weiß ich zwar nicht, was deine jungen Passagiere alles ausgeheckt haben mögen, und es interessiert mich auch nicht sonderlich. Du hast noch nicht sehr viel von der Welt gesehen, sonst wüßtest du, daß die meisten Normalpersonen die Eigenart an sich haben, aus jeder Situation, in der sie sich vorfinden, auf die eine oder andere Weise noch etwas mehr herauszuschlagen.«

Nancia dachte darüber nach. »Du meinst ... sie sind *alle* korrupt?«

Simeon lachte. »Nicht alle, Nancia, nur genügend, um es interessant zu machen. Du mußt doch Verständnis für die armen Dinger haben. Eine kurze Lebensspanne, beschränkt auf fünf Sinnesorgane, ein Einkanalkommunikationssystem. Ich vermute, die fühlen sich irgendwie betrogen, wenn sie sich mit uns vergleichen. Und manche von ihnen übersetzen dieses Gefühl in den Versuch, für sich selbst noch ein paar zusätzliche Dinge herauszuhauen.«

Nancia mußte zugeben, daß das, was Simeon da sagte, sehr einleuchtend klang. Und so versuchte sie seine Einstellung erhabener Distanziertheit nachzuahmen, als sie sich dem Geschäft widmete, ihre Passagiere im System Nyota ya Jaha an ihren jeweiligen Zielen abzusetzen. Da vier von ihnen immer noch glaubten, es mit einem Drohnenschiff zu tun zu haben, und der fünfte wußte, daß sie nicht mehr mit ihm sprach, war es ein leichtes, Abstand zu halten.

Nancia machte aus jeder Planetenlandung eine Übung in präziser Planung und vollkommener Umlaufbahnangleichung. Das war eine gute Praxis und half ihr dabei, sich um ihre eigenen Angelegenheiten und nicht um die ihrer Passagiere zu kümmern, und wenn die damit zusammenhängenden schnellen Manöver ihnen zu einem ziemlich holprigen Flug verhalfen – um so schlimmer. Allerdings legte sie ihren Stolz darein, die eigentliche Landung selbst federweich zu gestalten. Zumindest funktionierte es auf Bahati und Shemali so. Als sie Angalia erreichte, konnte sie ihrem Impuls nicht so recht widerstehen, Blaize beim Abstieg kräftig durchzurütteln. Und als sie schließlich mit einem Ruck auf dem Hochplateau aufsetzten, das als Angalias Raumhafen diente, war er völlig bleich und verschwitzt.

»Das«, sagte er, während er sein Gepäck einsammelte, »war wirklich nicht nötig.«

Nancia bewahrte eisiges Schweigen – im wahrsten Sinne des Wortes: Für jeden Augenblick, den Blaize bummelte, senkte sie ihre Innentemperatur um mehrere Grade.

»Du könntest wenigstens eine Haushaltssonde ausschikken, um mir mit diesem ganzen Zeug zu helfen«, beklagte er sich und packte eine Kiste Romanhedra mit Fingern, die immer schneller vor Kälte blau anliefen.

»Du bist nämlich nicht meine Mutter, mußt du wissen«, sagte er, während er sich gegen den Fahrstuhlknopf lehnte. »Niemand hat *dich* gebeten, ein Urteil über meine Moral zu fällen. Genausowenig, wie niemand *mich* danach gefragt hat, ob ich überhaupt an diesen gottverlassenen Ort will.

Ich schätze, es ist wohl zuviel verlangt, sich zu wünschen, daß irgend jemand ein bißchen Mitgefühl aufbringt«, sagte er schließlich, als der Aufzug nach unten fuhr.

Nancia legte den Lukenboden schräg, und Blaizes sorgfältig gestapelte Versorgungskisten polterten ins Freie, sobald er den Boden von Angalia berührt hatte.

»Ich weiß, was du denkst«, schrie er aus dem roten Staub des Hochplateaus, »aber du siehst mich falsch! Ihr seht mich alle falsch! Ich werde es euch zeigen!«

Nancia war froh, daß ihre Instruktionen nichts darüber besagten, daß sie den vorigen PHD-Verwalter, den Blaize ablösen sollte, aufnehmen mußte. Da dieser kein Mitglied der Hochfamilien war, mußte er anscheinend auf den planmäßigen PHD-Tansport warten, anstatt der Vorzüge eines Gehirn-Schiffs im Kurierdienst teilhaftig zu werden. Pech für ihn, dachte Nancia, aber durchaus angemessen. Sie würde direkt zu Wega 3.3 weiterfliegen, dort den gestrandeten Pilot aufsammeln, und dann zur Zentrale zurückkehren, um sich einen *richtigen* Auftrag geben zu lassen – mit einem Piloten ihrer eigenen Wahl. Ein Glück, daß es damit vorbei war, als Drohnenschiffersatz zum Behagen der Reichen und Mächtigen mißbraucht zu werden!

Auf der halben Strecke zwischen Nyota ya Jaha und Wega 3 wurde ihr ihr Irrtum klargemacht.

»Was soll das heißen, noch ein kleiner Botendienst?« blaffte sie den armen Simeon an.

»Schalt runter«, ertönte Simeons Ermahnung. »Das ist nicht meine Idee, und du brauchst auch nicht so zu brüllen.

Was macht es auch schon für einen Unterschied? Du bist doch sowieso unterwegs nach Wega 3.«

»Ich war unterwegs nach 3.3, nicht nach 4.2«, wandte Nancia ein, und das wiederum erinnerte sie an eine weitere Mißlichkeit. »Warum können diese Leute ihren Sonnen und Planeten keine richtigen Namen geben? Dieses weganische Numerierungssystem gibt mir das Gefühl, die reinste Maschine zu sein.«

»Sie glauben eben stark an Effizienz«, erklärte Simeon. »Und an Logik. Du wirst schon sehen, was ich meine, wenn du mit Caleb zusammenarbeitest.«

»Du meinst, wenn ich den Mann transportiere – denn zu mehr habe ich mich nicht bereiterklärt. Effizienz!« grollte Nancia. »Das ist nur eine neue Bezeichnung für einen Mißbrauch des Kurierdiensts. Es ist doch ein völlig anderes Sonnensystem und ein zusätzlicher Halt, diesen Gouverneur Thrixtopple und seine Familie einzusammeln, ganz zu schweigen davon, sie bis zurück zur Zentrale auch noch durchfüttern zu müssen. Eine Vergeudung von Zeit und Treibstoff und Schiffsvorräten. Mein Treibstoff gehört dem Kurierdienst«, sagte sie, »und meine Zeit auch.«

»Und was ist mit deiner Seele?« fragte Simeon, wobei er auf einen Strahl normaler Intensität zurückkehrte. »Ach, mach dir nichts draus. Ich vergesse immer wieder, wie neu du noch im Geschäft bist, XN. Warte mal ab, bis du ein paar hundert Jahre in den Subräumen herumgekommen bist. Dann wirst du schon begreifen, daß man die Regeln etwas beugen muß, um den Leuten zu entsprechen.«

»Du meinst, um *Normalpersonen* zu entsprechen«, berichtigte Nancia ihn stolz. »Ich habe in meinem ganzen Leben noch nie um eine Ausnahme oder einen Gefallen gebeten, und ich werde jetzt bestimmt nicht mehr damit anfangen.«

Simeons Antwortstoß aus dissonanten Wellen und einander beißenden Farben war das elektronische Äquivalent eines ziemlich schlimmen Schimpfworts. »Ich begreife schon, weshalb die Psychoabteilung dachte, daß du und

Caleb gut zusammenpassen würdet«, meinte er. Dann unterbrach er perfiderweise jegliche Kommunikation über diesen Kommentar, so daß Nancia die ganze Strecke bis Wega 3.3 zum Nachdenken hatte: Ja, weshalb hatte die Psychoabteilung es denn *tatsächlich* für passend gehalten, ihr einen Piloten zuzuweisen, dessen herausragendste Leistung bisher im Verlust seines ersten Gehirn-Schiffs bestanden hatte? Stimmte irgend etwas an ihrem Persönlichkeitsprofil nicht? Gab es da irgendeine Instabilität, die es angemessen erscheinen ließ, sie mit einem inkompetenten Piloten zusammenzubinden? Diese Caleb-Normalperson würde wahrscheinlich den Rest ihrer Dienstzeit darin festhängen, zwischen Planeten hin und her zu hopsen und kleinere Botengänge auszuführen. Und die Psychoabteilung der Zentrale wollte, daß *sie* bei *ihm* und seiner befleckten Karriere blieb! Das war einfach nicht fair. Nancia brütete die ganze Strecke bis Wega 3.3 darüber.

Als sie Caleb zum ersten Mal sah, trug das nichts dazu bei, ihr Vertrauen in diesen Auftrag zurückzugewinnen. Den Kurierdienstakten zufolge war er erst achtundzwanzig – für eine Normalperson also ziemlich jung –, doch er bewegte sich beim Gehen nur sehr langsam und vorsichtig, als wäre er schon alt und müde. Seine Dienstuniform schien für einen größeren Mann geschneidert zu sein; der Kittel hing schlaff von breiten, aber knochigen Schultern herunter, die Hosenbeine schlugen Falten. *Kurz, schlapp und mit einer säuerlichen Miene,* stufte Nancia ihn ein, als er stockend die Treppe hinaufkam. *Und weshalb benutzt er nicht den Aufzug, wenn er nicht mehr gut genug in Form ist, um eine einzige Treppe emporzusteigen?*

Seine Begrüßung war korrekt, aber leblos. Nancia antwortete im gleichen Ton. Fahrig gingen sie die Dienstformulare durch, bis Nancia schließlich die von der Basis Wega abgestrahlten Befehle vorlegte.

Caleb explodierte. »Einen Umweg machen, um diesen Fettarsch von einem Treibholzsammler und seine Familie aufzunehmen? Das ist doch kein Auftrag für den Kurierdienst! Weshalb kann Thrixtopple nicht den nächsten planmäßigen Passagiertransporter abwarten, wie jedermann sonst auch?«

Nancia schickte eine Woge aus schlammig braunen Ringen über den Schirm, auf dem ihre Anweisungen zu sehen waren. »Mir hat niemand etwas gesagt«, antwortete sie um Calebs Bequemlichkeit willen verbal. »Da haltmachen, dort hinfliegen, diese Kinder ins System Nyota bringen, einen gestrandeten Piloten auf Wega 3.3 abholen, den Gouverneur von 4.2 aufnehmen und zur Zentrale zurückbringen. Ich weiß auch nicht, was ihm diese Sonderbehandlung einträgt. Er gehört nicht einmal zu den Hochfamilien.«

»Nein, aber er hat ziemlich lange diesen Subraum unter seiner Fuchtel gehabt«, teilte Caleb ihr mit. »Und er hat wahrscheinlich bessere Beziehungen als ein halbes Dutzend hohlköpfige Aristos mit ihren Doppelnamen.«

»Wir sind doch nicht alle hohlköpfig«, warf Nancia ein, »Vielleicht hat du versäumt, alle Einzelheiten deines Befehls durchzulesen?« Sie ließ ihren vollen Namen auf dem Schirm aufblitzen, um seine Aufmerksamkeit zu erregen.

»Ach, für deine Geburt kannst du doch auch nichts«, meinte Caleb zerstreut, »und ich schätze, eine gute Laborschulausbildung kann schon eine Menge wiedergutmachen. Bist du startklar? Wir können keine Zeit mit Tratsch vergeuden, wenn wir diesen Extraflug noch in unseren Plan integrieren müssen.«

*Wenn wir wieder in der Zentrale sind, lasse ich ihm genau zehn Minuten Zeit, sich mit seinem Gepäck von Bord zu schleichen, um Platz für einen Piloten zu machen, der wenigstens ein paar Manieren hat,* schwor sich Nancia, während sie ihre Triebwerke zu einem härteren und schnelleren Start hochpeitschte, als sie ihn normalerweise einem Passagier zugemutet hätte. *Nein, das ist viel zu großzügig.* Fünf *Minuten.*

Sie empfand etwas Mitleid, als sie durch Calebs Kabinensensoren lugte und sah, wie er sich nach dem Start, aschfahl und durchgeschüttelt, wieder auf die Beine kämpfte. Aber sie empfand nicht genügend Mitleid, um ihre Grundeinstellung zur Auswahl von Piloten zu revidieren.

»Da ist ürigens noch eine Sache, die wir schon vor dem Start hätten erledigen sollen«, verkündete sie ohne jeden Vorspann.

»Ach ja?« Caleb machte sich nicht die Mühe, den Kopf zu wenden, um den Kabinenlautspecher anzusehen. Natürlich, er war schließlich auch ein erfahrener – wenn auch inkompetenter – Pilot; er mußte wissen, daß sie seine Worte aus jeder beliebigen Richtung auffangen konnte. Trotzdem fühlte sich Nancia auf unbestimmte Weise zurückgesetzt – als würde er sie sogar noch beim Antworten ignorieren.

»Dich zu den Zentralwelten zurückzubefördern ist mein offizieller Auftrag, und den kann ich nicht verweigern. Aber ich wünsche nicht, daß du das als förmliche Bestätigung mißverstehst, dich als meinen Piloten anzunehmen. Ich hege nicht die Absicht, auf mein Recht auf freie Wahl meines eigenen Piloten zu verzichten, nur weil der Zentrale dieses Verkupplungsmanöver gerade in den Kram paßt.«

Was war denn jetzt plötzlich mit dem Mann los? Nach dem Start mit mehrfacher Gravitationskraft hatte er gerade begonnen, wieder etwas Gesichtsfarbe zu bekommen; nun wurde er wieder bleich, starr wie eine Maske – oder eine Leiche. Nancia begann sich schon zu fragen, ob dieser Pilot es überhaupt bis zur Zentrale überleben würde. *Wenn er körperlich nicht in der Lage sein sollte, diese Reise zu überstehen, hätte mich jemand warnen müssen.*

»Natürlich«, sagte Caleb in einer Stimme, die so tonlos und bedeutungsleer klang, daß sie ebensogut von einer Haushaltsdrohne hätte sein können. »Niemand erwartet von dir, auf dieses Recht zu verzichten. Schon gar nicht meinetwegen.« Er drehte den Kopf und blickte zum ersten Mal direkt in den Sensor. »Schalte bitte die Sensoren dieser Kabine ab, XN. Ich möchte mich ausruhen. Und zwar allein«, betonte er. Mit einem Arm auf dem Gesicht, legte er sich wieder auf den Rücken. Einen Augenblick später wälzte er sich herum und legte das Gesicht auf die Pritsche, als sei er sich nicht sicher, ob Nancia ihn nicht doch beäugen würde.

»Simeon? Ich weiß doch, daß du meine Funkstrahlen empfängst. SPRICH MIT MIR!«

»Du bist ein reichlich forderndes junges Ding, XN-935, und außerdem brüllst du schon wieder.«

»Tut mir leid.« Nancia war so froh, überhaupt eine Antwort vom Gehirn der Basis Wega zu erhalten, daß sie sofort die Intensität ihres Strahls an Simeons fast unhörbaren Funkstoß anpaßte. »Simeon, ich muß etwas über diesen Piloten in Erfahrung bringen, den sie mir aufgehalst haben.«

»Dann lies doch die Nachrichtendateien.«

»Das habe ich getan. Da steht nichts drin. Jedenfalls nicht das, was ich wissen muß.« Die Dateien waren auf ihre eigene Weise durchaus aufschlußreich gewesen: mit ihren farbigen Geschichten von einem Schiff und einem Mann, die durch einen plötzlichen Strahlenstoß beinahe vernichtet worden wären, von der stockenden, monatelangen Heimreise des Piloten in seinem verkrüppelten, hirnlosen Schiff und dem Heldenempfang, der ihm auf Wega 3.3 bereitet worden war, als er dort mit den Forschungsdaten eintraf, die einzusammeln man ihn einst ausgeschickt hatte. Die Geschichte von allem, was Caleb durchgemacht hatte, von den Monaten der Einsamkeit und der Entbehrung, von den nachhaltigen Auswirkungen der Strahlenverseuchung, hatten viel dazu beigetragen, um Nancias Gefühl gegenüber dem blassen Piloten zu verändern, der auf Wega 3.3 an Bord gekommen war. Sie empfand einen gewissen Respekt für den Mann, den sie dabei beobachten konnte, wie er stundenlang in ihrer Fitneßkabine zubrachte, wo er mit Fluggewichten und Federwiderständen hantierte, um seine verkümmerten Muskeln wiederherzustellen.

Für den Mann, der ihew anfängliche Feindseligkeit als völlig gerechtfertig akzeptiert, sie sofort aus seinem Geist verbannt und seitdem kein einziges Wort mehr zu ihr gesprochen hatte. Stumm hatten sie die drei Tage miteinander verbracht, die die Reise zwischen den Sonnen Wega 3 und Wega 4 dauerte, während Nancia ungeduldig darauf gewartet hatte, daß Simeon die Kommunikation wieder aufnahm, um ihn nach dem fragen zu können, was sie wissen wollte. Schließlich hatte sie damit begonnen, mit immer stärkeren Kommunikationsstößen gegen die Frequenzen des Gehirns der Basis Wega anzuhämmern, was bei ihm das Gegenstück zu den ›Kopfschmerzen‹ einer Normalperson ausgelöst haben mußte.

Nancia komprimierte die bereits gelesenen Nachrichtenbytes und strahlte sie in drei kurzen Stößen an Simeon ab, um ihn davon zu überzeugen, daß sie durchaus ihre Hausaufgaben erledigt hatte.

»Was willst du denn noch wissen?«

»Wie. Hat. Er. Die. Kontrolle. Über. Sein. Schiff. Verloren?« Nancia unterstrich jedes Wort mit einem Stoß irritierter Statik.

»Du hast doch die Nachrichtenbytes gelesen.«

»WIR HABEN EINEN SCHUTZSCHIRM GEGEN – Entschuldigung.« Sie fing noch einmal von vorn an, diesmal mit normaler Intensität. »Wir haben einen Schutzschirm gegen Strahlung. Es hätte ihm nichts zustoßen dürfen, es sei denn, er war nachlässig – hat er das Schiff vielleicht verlassen, ohne vorher die Strahlung zu prüfen? Und es gibt auch keine Möglichkeit, wie seinem Gehirn-Schiff etwas hätte zustoßen können. Was hätte schon durch ihre Säule dringen können?«

»In diesem Fall *seine* Säule« berichtigte sie Simeon, als ob es eine Rolle spielte.

*Es sei denn, daß Caleb den Zugangskode verwendet hatte, um die Hülle seines Gehirn-Schiffs zu öffnen.* Das war der Alptraum, und das war es auch, dessen sie sich vergewissern wollte. Kein Pilot durfte die Silben und die musikalischen Noten kennen, aus denen sich die Zugangskodes seines Gehirn-Schiffs zusammensetzten. Eine Sequenz wurde dem Piloten zwar bei seiner Bestallung ausgehändigt und die andere mit CenComs Kodes gründlichst verschlüsselt. Doch nach Polyons beiläufiger Manipulation des Netzes hegte Nancia inzwischen ein tiefes Mißtrauen gegen Computersicherheitssysteme. Jeder Kode ließ sich knacken ... Und wie hätte die CL-740 an etwas so Geringfügigem wie einem Strahlungsstoß zugrunde gehen können?

»Nichts ist durch die Säule gelangt«, teilte Simeon ihr mit. »Allerdings war die CL-740 auch eines der allerersten Kurierdienstschiffe. Vor dreihundert Jahren verstand man noch nicht so viel von Abschirmung der Synapsenverbindungen wie heute. Der Strahlungsstoß, dem sie ausgesetzt wurden, war zwar nicht stark genug, um die Hauptsysteme des Schiffs zu beeinträchtigen, aber er hat immerhin die Verbindungen zur Schale ausgebrannt, so daß CL-740 völlig isoliert zurückblieb – unfähig zu kommunizieren oder Signale zu empfangen, völlig unfähig, das Schiff noch zu kontrollieren. Caleb führte das Schiff per manueller Steuerung zwar zurück, doch als sie schließlich auf Wega eintrafen, war CL-740 durch die sensorische Deprivation wahnsinnig geworden.«

»Aber das Helva-System ...« protestierte Nancia. Es war schon sehr, sehr lange her, seit ein Gehirn-Schiff sensorischer Deprivation ausgesetzt gewesen war; die hülleninternen Metachips, die nach dem legendären Gehirn-Schiff benannt waren, das diese Tortur einst überlebte und danach die entsprechende Modifizierung vorgeschlagen hatte, hätten gegen jede Einmischung von außen unverwundbar sein müssen.

»Die Helva-Modifizierungen sind nicht in allen Fällen ausgeführt worden, obwohl man das weiß Gott hätte tun sollen.« Simeon klang sehr müde. »Für jene von uns, die nicht das Glück hatten, sie schon bei der Erstkonstruktion eingebaut zu bekommen, ist das eine ziemlich traumatische Prozedur, junges Ding. Einige der älteren Gehirn-Schiffe, die sich freigekauft hatten und als Selbständige im Kurierdienst weitermachten, hatten das Recht, diese Nachrüstung zu verweigern. CL ... hat von diesem Recht Gebrauch gemacht.«

»Oh.« Diese totale Isolation war der schlimmste Alptraum eines Gehirns.

Nancia schloß für einen Moment sämtliche Sensoren und stellte sich diese absolute Schwärze vor. Wie lange würde *sie* sie wohl ertragen? Kein Wunder, daß ihr Aufseher in der Laborschule das erste Nachrichtenbyte über CL-740 ausgelöscht hatte. Kein Wunder, daß die Nachrichtenbytedateien, die man ihr zur Verfügung gestellt hatte, zensiert waren. Niemand wollte, daß ein Gehirn-Schiff über die schlimmste aller möglichen Katastrophen nachzudenken begann. Auch Nancia wollte nicht länger darüber nachgrübeln. Mit einem innerlichen Schaudern öffnete sie sämtliche Sensoren und Kommunikationskanäle auf einmal.

Das belanglose Geklapper des Alltagslebens um sie herum war eine warme, beruhigende Strömung, die sie mit dem Rest der Menschheit verband, dem Rest allen vernunftbegabten Lebens. Nancia registrierte die Einzelheiten mit Erstaunen und Dankbarkeit. *Wie seltsam und wunderbar das alles doch ist ... zu sehen, zu hören, zu fühlen, zu denken, zu wissen ... und das habe ich alles für selbstverständlich erachtet!* Für einen Augenblick war ihr schon der allerwinzigste Input kostbar, ein Geschenk des Lebens selbst. Caleb hing gerade zwischen zwei Spannfedern im Fitneßraum, die Monitore in der Zentralkabine tanzten in ihren eleganten, geometrischen Mustern, die Sterne draußen brannten in ihrem fernen Feuer, Wega 4 vor ihr war ein rötliches Glühen, irgend jemand plapperte zwischen Wega 4.3 und 4.2 über Synthoseidenmode auf den Zentralwelten. Und ein anderer weinte gerade in eine Satellitenverbindung ...

Und Simeon sprach immer noch. »Levin.« Die Datenbits übertrugen es wie ein Flüstern. »Sein Name war nämlich nicht CL-740. Sein Name war Levin, und er war mein Freund.«

Auf Wega 4.2 stürmten Gouverneur Thrixtopple und seine Familie an Bord wie ein Haufen Kreuzfahrtpassagiere, ließen auf Schritt und Tritt ihr Gepäck herumliegen, das von den geduldig folgenden Dienern wieder aufgenommen wurde, während sie lautstark alle Einzelheiten von Nancias Innerem kommentierten, die ihre Aufmerksamkeit erregten.

»He! Schaut euch mal diese Monitore an!« Der jüngste Thrixtopple, ein wieselgesichtiger Bengel im frühen Teenageralter, strahlte über das ganze Gesicht, als er die drei wandgroßen Bildschirme in der Zentralkabine erblickte. »Schwesterchen, wo ist mein SPACED-OUT-Hedron? Ich könnte die ganze Zeit spielen, bis wir zu Hause –«

»*Ich* muß doch nicht auch noch darauf aufpassen, wo du deinen ganzen Müll liegenläßt«, jammerte seine ältere Schwester. »Mama, in meiner Kabine gibt es nur einen Schrank. Da zerknittern mir doch meine antarischen Pelze!«

»Wen schert das schon? Deine häßliche Visage machen sie auch nicht schöner!« Thrixtopple Junior streckte seiner Schwester die Zunge raus. Sie schleuderte eine klebrige, rosafarbene Kugel nach ihm; er duckte sich, und Caleb fing die Kugel elegant mit einer Hand auf.

»Na, na, Kinder«, murmelte Thrixtopple Senior, »ihr sollt doch eure Mutter und die Diener nicht so aufregen.« Er streckte eine hagere Hand aus, um die rosa Kugel in Empfang zu nehmen, mit der seine Tochter geworfen hatte; Blick und Geste verwiesen Caleb eindeutig in die Kategorie der »Diener«. Nancia kochte. Caleb mochte vielleicht nicht ihr offizieller Pilot sein, und vielleicht hatte sie ja auch immer noch Einwände gegen die Art, wie die Psychoabteilung versuchte, sie beide miteinander zu verkuppeln, weil es Cen-

Com gerade so gefiel, aber Caleb war schließlich immer noch ein ausgebildeter Pilot und hatte mehr Respekt verdient!

»Gouverneur Thrixtopple, ich befürchte, ich muß Sie alle bitten, sich jetzt in Ihre persönlichen Kabinen zu begeben und sich zum Start anzuschnallen«, sagte Caleb tonlos.

»*Jetzt schon*? Aber diese tolpatschigen Diener haben doch noch nicht einmal angefangen, meine Sachen für mich auszupacken! Ich kann sie unmöglich schon wegschicken!« Trixia Thrixtopple beschwerte sich ohne ein einziges Wort des Abschieds oder des Danks an diese Diener, die ihr wahrscheinlich volle zwanzig Jahre lang während Gouverneur Thrixtopples Amtszeit gedient hatten.

»Bedaure«, sagte Caleb, und das immer noch ohne jede Betonung, auf die sie hätten reagieren können, »aber mir sind durch die Vorschriften die Hände gebunden. Abschnitt 4, Unterabschnitt 4.5, Paragraphen ii bis iv. Es ist Kurierdienstschiffen nicht gestattet, irgendwelche Verzögerungen zuzulassen; ein verlängerter Halt hier könnte die Überbringung anderswo dringend benötigter Kommunikationen beeinträchtigen.«

Er begleitete die Familie Thrixtopple persönlich zu ihren Kojen und stellte sicher, daß sie sich gegen den Streß des Startschubs anschnallten. Nancia behielt die Kabinensensoren geöffnet, um jeden Schritt zu überwachen, doch Caleb machte keinen einzigen Fehler.

Nachdem die Passagiere sich angeschnallt hatten und ihr Gepäck verzurrt worden war, kehrte Caleb in die Zentralkabine zurück und zeigte mit einem Handwedeln zur Luke. »Würdest du bitte die Kabine versiegeln, XN?« Er seufzte in übertriebener Erleichterung. »Wenn wir die doch bloß den ganzen Flug lang hier raushalten könnten. Solche Leute sind eine Schande für Wega. Sie hatten nicht einmal genug Manieren, dich zu begrüßen!«

»Das haben die Passagiere, die ich hinausbrachte, auch nicht getan«, erzählte Nancia ihm. »Ich kam mir schon regelrecht unsichtbar vor.«

»Für mich nicht«, teilte Caleb ihr mit. Seine Augen musterten die gesamte Kabine mit einem Ausdruck der Sehnsucht, der Nancia überraschte. »Für mich niemals ... Sollte ich keine neue Stelle bekommen, könnte dies meine letzte Reise auf einem Gehirn-Schiff sein. Und da mußte man uns ausgerechnet die da aufhalsen, diese, diese ...« Er warf die Hände hoch, als würden ihm die Worte versagen.

»Es ist wirklich ein Jammer«, pflichtete Nancia ihm bei, »aber kein Grund, daß *wir* unseren Job nicht möglichst professionell erledigen sollten, nicht wahr?« Während sie mit Caleb sprach, ging sie schnell die Bände der Kurierdienstvorschriften durch, die man bei ihrer Bestallung in ihre Datenbanken eingespeist hatte. Im dritten Megahedron müßte eigentlich etwas sein ... ah, da war es ja schon. Genau das, wonach diese Situation verlangte. Aber sie würde es jetzt noch nicht erwähnen. Caleb hatte es eilig, von Wega 4.2 zu starten, bevor die Familie Thrixtopple anfing, sich über ihre beengte Lage zu beklagen, und sie konnte es ihm nicht verübeln.

Unter Berücksichtigung von Calebs geschwächter Kondition führte Nancia diesen Start so sanft und langsam aus, wie sie nur konnte. Schließlich war es nicht seine Schuld, daß die Psychoabteilung der Zentrale ihre persönlichen Kodes praktisch in denselben Datenstrom zwang. Und sie wollte den Mann ja auch nicht auf seinem Weg nach Hause umbringen.

Als sie schließlich in den schwerelosen Flug übergingen, schnallte Caleb sich vom Andrucksessel ab und bewegte sich durch die Kabine, allerdings ohne die Langsamkeit, die er nach dem ersten Start unter Beweis gestellt hatte. »Bist du immer so sanft zu Zivilisten?« fragte er. »Ich meine mich erinnern zu können, daß du erheblich schneller starten kannst, wenn dir danach zumute ist, XN.«

»Ich ... Ich sah keine Veranlassung zur Eile«, murmelte Nancia. Zum Teufel mit dem Mann! Er war viel zu verklemmt, um zuzugeben, daß auch er von einem etwas sanfteren Start profitieren könnte!

Caleb wirkte leicht belustigt. »Nein. Wenn man bedenkt, daß es jetzt keinen Vorwand mehr gibt, sie angeschnallt zu lassen, und daß wir wahrscheinlich gleich diese Bälger auf unserem Schoß haben, bis du die Singularität erreicht hast ... da hätte ich es auch nicht eilig gehabt.«

Wie auf ein Stichwort schlug der junge Thrixtopple in diesem Augenblick durch den Blendenverschluß der Luke. Nancia schmerzte es, mitansehen zu müssen, welchen Schaden er ihren flexiblen Membranen damit antat. Sie hielt die Luke weiterhin offen, damit Gouverneur Thrixtopple, der seinem Sohn in gravitätischem Tempo durch den Korridor folgte, ihr nicht noch weitere Gewalt antat.

»Okay, jetzt sind wir im Raum, jetzt laß mich mit dem Computer spielen!« verlangte der Junge.

Nancia versperrte ihre Datenlesegeräte, als der Junge sich näherte, und löschte alle Schirme. »Das tut mir sehr leid, junger Herr. Nach den Kurierdienstvorschriften Band XVIII, Abschnitt 1522, Unterabschnitt 6.2, Paragraph mcmlii ist unbefugten Passagieren eindeutig jeglicher Zugang zum Schiffscomputer und jede freie Bewegung innerhalb der Zentralkabine untersagt. Dieses Verbot dient zum Schutz gegen ungesetzliche Manipulation von Kurierdiensteigentum.«

»Also jetzt hören Sie mir aber einmal zu ... Sie redende Hülse, das gilt ja wohl kaum für Leute wie uns!« polterte Gouverneur Thrixtopple los, als er die Kabine betrat.

»Die offiziellen Anweisungen, die mir zu Beginn dieser Reise von CenCom übermittelt wurden, erwähnen Ihre Familie nicht, Gouverneur Thrixtopple«, erwiderte Nancia. Sie machte kleine Pausen zwischen den Worten und verlieh ihrer Stimme einen etwas metallischen Unterton, damit die Thrixtopples das Gefühl hatten, mit einer Maschine zu reden, die sich weder einschüchtern noch bestechen ließ. »Ich selbst bin nicht autorisiert, solche Anordnungen zu ändern, es sei denn, auf direkte Anweisung von CenCom.«

»Aber die Basis Wega *hat* Sie doch beauftragt, uns zur Zentrale zu befördern!«

»Ja, und es ist mir auch immer eine Freude, meinen lieben Freunden auf der Basis Wega einen Gefallen zu tun«, erwiderte Nancia zuckersüß. »Dennoch steht es nicht in meiner Macht, die Vorschriften zu beugen. Sollte CenCom Sie rückwirkend autorisieren, Zugang zu meinen Computern zu erhalten, werde ich Ihnen selbstverständlich – rückwirkend – die Erlaubnis dazu erteilen. Bis dahin muß ich Sie darum ersuchen, in Ihren persönlichen Kabinenbereich zurückzukehren. Ich fände es bedauerlich, diese Anordnung eigens durchsetzen zu müssen, doch sollten Sie wissen, daß ich über die Kapazität verfüge, sämtliche lebenserhaltenden Bereiche mit Schlafgas zu fluten.«

Gouverneur Thrixtopple packte seinen Sohn am Kragen und zerrte ihn aus der Zentralkabine. Die Iris der Lukenmembran schloß sich wieder.

»Das«, bemerkte Caleb bewundernd, »war einfach brillant, XN. Absolut brillant. Ich nehme doch an, daß es *tatsächlich* eine solche Vorschrift gibt?«

»Natürlich gibt es die! Meinst du etwa, ich würde *lügen*?«

»Bitte vielmals um Verzeihung, werte Dame. Es ist nur, daß ich mich selbst an den fraglichen Paragraphen nicht erinnern kann ...«

»Wie ich höre, sind die Speicher- und Erinnerungskapazitäten der Gehirne von Normalpersonen ziemlich beschränkt«, sagte Nancia hochmütig. Doch dann gab sie nach. »Tatsächlich habe ich selbst einige Minuten gebraucht, bis ich etwas Anwendungsfähiges fand. Und ich wäre auch nie darauf gekommen, wenn du nicht anfänglich die Vorschriften zitiert hättest, um sie vor dem Start hier rauszubugsieren.«

»Wenn die Mahlzeiten nicht wären«, überlegte Caleb laut, »brauchten wir mit denen bis zur Zentrale kein einziges Wort mehr zu wechseln ...«

»Ich verfüge über die Möglichkeit, in jedem Teil des Aufenthaltsbereichs Mahlzeiten zu servieren«, informierte ihn Nancia. *Anders als die alten Modelle ...* Sie brach diesen Gedanken ab, bevor sie ihn aussprach. Es wäre schiere Grausamkeit, Caleb daran zu erinnern, was er verloren hatte.

»Okay, XN, versuch es mal hiermit.« Caleb manipulierte den Joyball, um auf dem Display einen Doppeltorus erscheinen zu lassen, der zwei einfache geschlossene Kurven enthielt. Drei Scheiben mit der Aufschrift A1, B und A2 umschlossen Abschnitte des Torus. »Du befindest dich in A1; A2 ist dein Zielraum. Finde die Singularitätspunkte und berechne die erforderlichen Dekompositionen.«

»Das ist unfair«, protestierte Nancia. »Es ist nie bewiesen worden, daß es eine Dekom-Sequenz gibt, mit der die Navigation dieser Struktur ermöglicht wird. Satyajohis Konjektur.« Sie zitierte aus ihren Speicherbanken: »Wenn h ein Homeomorphismus von E3 auf sich selbst ist, der in E3-T fixiert ist, muß dann eines von h(J1) oder h(j2) eine Kurve mit vier Punkten von A + B enthalten, so daß keine zwei dieser Punkte, die auf der Kurve aneinandergrenzen, zum selben A und B gehören? Gesetzt, so ergibt der Dekompositionsraum H und nicht E3. Und in dieser Anwendung«, erinnerte sie Caleb, »entspricht E3 dem Normalraum.«

Caleb blinzelte zweimal. »Ich bin eigentlich nicht davon ausgegangen, daß du Satyajohis Konjektur kennst. Dennoch – ich möchte darauf hinweisen, XN, daß es eben nur eine Konjektur ist und kein Theorem.«

»Sie ist in einhundertfünfundzwanzig Jahren Tiefenraummathematik niemals widerlegt worden«, grollte Nancia.

»Na und? Vielleicht bist du ja die erste, die ein Gegenbeispiel findet.«

Nancia glaubte zwar nicht, daß es auch nur einen Versuch wert war, setzte aber ein automatisches Rechenstring-Entwicklungsprogramm daran, über das Display zu jagen und die verschiedenen möglichen Singularitätspfade als leuchtendblaue Linien zu erhellen, um dann einen nach dem anderen wieder verblassen zu lassen, nachdem seine Unmöglichkeit bewiesen worden war. Es gab auch noch etwas anderes, wozu sie sehr gern Calebs Rat eingeholt hätte, und nun – da die Familie Thrixtopple eingeschüchtert genug war, um in ihren Kabinen zu bleiben, und Caleb augenscheinlich bester Laune – war die geeignete Zeit, das Thema zur Sprache zu bringen.

»Ich bin noch nicht sehr lange im Dienst, weißt du, Caleb«, fing sie an.

»Nein, aber du wirst eine der Besten werden«, antwortete Caleb. »Das sehe ich daran, wie du mit Kleinigkeiten umgehst. Ich hätte nicht daran gedacht, eine Vorschrift aufzustöbern, um uns die Thrixtopples vom Hals zu halten. Und ich glaube auch nicht, daß ich Satyajohis Konjektur auf die gleiche Weise überprüft hätte, wie du es gerade tust.« Zwei mögliche Singularitätslinien blitzten grellblau auf, dann verschwanden sie vom Schirm, als er sprach, während eine dritte sich aus A1 um den Doppeltorus in die Scheibe B hineinschlängelte.

»Manche Dinge«, sagte Nancia vorsichtig, »sind komplizierter als das. In der Mathematik ist eine Konjektur entweder richtig oder falsch.«

»Das gilt auch für die Kurierdienstvorschriften«, versetzte Caleb.

»Ja, na ja ... nicht in jedem Fall. So wird dir darin beispielsweise nicht mitgeteilt, was zu tun ist, wenn ein Gehirn-Schiff mitbekommt, wie ihre Passagiere Ungesetzliches planen.«

»Falls du Gouverneur Thrixtopple in seiner Kabine belauscht haben solltest«, sagte Caleb streng, »dann ist das eine unehrenhafte Tat, und ich muß dich förmlich bitten, sofort damit aufzuhören.«

»O nein, das habe ich nicht«, versicherte Nancia ihm, »Aber was, wenn ... wenn ein Gehirn-Schiff einige Passagiere hat, die gar nicht *wissen*, daß sie über Vernunft verfügt, und wenn diese gern in der Zentralkabine sitzen und SPACED OUT spielen und dabei zufällig einige, möglicherweise ungesetzliche Pläne besprechen?«

»Ach so – das soll also ein hypothetischer Fall sein?« Caleb klang erleichtert, und für Nancia galt das gleiche. Wenigstens hatte er, anders als Simeon, nicht sofort erraten, daß sie tatsächlich über ihre jüngste eigene Erfahrung sprach. Alles, was Nancia über Caleb erfahren und gesehen hatte – von den Nachrichtenstrahlen bis zu seinem heldenhaften Soloflug nach Wega – vermittelte ihr den Eindruck eines Mannes von höchster Integrität, auf dessen Wort sie unter allen Umständen vertrauen könnte. Sie wollte nicht, daß er sie auslachte, wie Simeon es getan hatte, oder andeutete, daß ihr eigenes Tun in diesem Fall moralisch verwerflich gewesen sei.

»Nun, in einem solchen Fall darfst du nicht vergessen, daß ein vernunftbegabtes, denkendes Schiff die moralische Verpflichtung hat, sich seinen Passagieren bei der erstmöglichen Gelegenheit als solches zu offenbaren.«

»Das steht aber nicht in den Vorschriften«, verteidigte sich Nancia gegen eine Beschuldigung, von der Caleb gar nicht merkte, daß er sie soeben ausgesprochen hatte.

»Nein, aber es entspricht dem gesunden Menschenverstand. Alles andere wäre so, als würde ... als würde ich mich in einem Schrank verstecken, um Gouverneur Thrixtopple dabei zu erwischen, wie er gerade seine ungesetzlichen Profite aus den Schmiergeldzahlungen seiner Amtszeit zählt.« Caleb sagte es mit soviel Abscheu in der Stimme, daß Nancia davor zurückschreckte, das Thema zu vertiefen.

Und Caleb tat das offensichtlich auch. Er blickte zum Zentralmonitor hinauf, wo gerade ein Gespinst mattgrauer Linien Nancias wiederholte Versuche dokumentierte, eine Strecke aus Singularitätspunkten durch die topologische Konfiguration zu errechnen, die er definiert hatte.

»Gehen wir der Einfachheit halber davon aus, daß Satyajohis Konjektur in diesem besonderen Fall standgehalten hat«, schlug er vor, »dann bist du jetzt an der Reihe, mir eine Aufgabe zu stellen. Ich weiß nicht, warum wir hypothetische Probleme der Ethik diskutieren sollten, die nur höchst unwahrscheinlich jemals aktuell werden könnten, während wir doch unser Können auf dem Gebiet der Dekompositionsmathematik verbessern sollten. Außerdem begreife ich nicht, warum du –« Er biß sich auf die Lippe und löschte den Schirm mit einer schnellen Drehung des Joyballs.

»Weshalb ich was?« fragte Nancia.

»Du bist an der Reihe, eine Aufgabe zu stellen«, erinnerte sie Caleb.

»Nicht, bevor du nicht diesen Satz beendest hast!«

»Also gut! Ich verstehe nicht, warum du ausgerechnet einen Piloten um ethischen Rat fragst, dessen herausragendste bisherige Leistung darin bestanden hat, sein allererstes Schiff zu verlieren!« Caleb spuckte die Worte mit einer frustrierten Heftigkeit hervor, die Nancias Sympathie weckte. Sie erinnerte sich an Simeons Trauer über seinen verlorenen Freund Levin, CL-740. Wie dumm sie doch gewesen war.

»Es tut mir leid«, sagte sie. »Ich hätte begreifen sollen, daß ein Gespräch über derartige Fragen dich an Levin erinnern würde. Vermißt du ihn denn so sehr?«

Caleb seufzte. »Das ist es nicht, XN. Levin war ein gutes, kompetentes Gehirn-Schiff, er hat mich ausgebildet, als ich noch ein junger Pilot war, und ich werde ihm auch stets zu Dank verpflichtet sein. Aber wir waren nicht – wir haben uns nicht einfach mal so unterhalten, verstehst du? Ich habe fünf Jahre mit ihm zusammen gedient, und ich glaube nicht, daß ich ihn in dieser Zeit jemals wirklich kennengelernt habe. Nein, ich trauere nicht um Levin. Aber er hatte ein Anrecht darauf, noch hundert weitere Jahre Dienst zu tun, und diese Zeit habe ich ihm geraubt. Und ich selbst hatte auch darauf gehofft, ein wenig länger als fünf Jahre als Pilot tätig sein zu können.«

»Das kannst du doch immer noch«, warf Nancia ein. »Nur weil dir noch kein Schiff zugeteilt wurde ...«

»Und welches Gehirn-Schiff würde wohl den Piloten akzeptieren, der CL-740 hat sterben lassen?« fauchte Caleb zurück. »Diesen kleinen Einwand hast du doch selbst nur allzu deutlich gemacht, XN. Und nun wechseln wir das Thema. Die nächste Aufgabe, bitte!«

Sobald sie aus der Singularität ausgetreten und in den Subraum der Zentralwelten gelangt war, funkte Nancia CenCom auf einem Privatstrahl an. Sie wollte alles im voraus arrangiert haben, um jeden möglichen Streit von vorneherein auszuschließen, bevor Caleb bereit war, das Schiff zu verlassen.

Alles verlief wie geplant. Dahlen Rahilly, ihr Dienstaufseher, bat bereits um die Erlaubnis, an Bord zu kommen, bevor die Familie Thrixtopple auch nur ihre verschiedenen Gepäckstücke eingesammelt hatte und ausgestiegen war.

»Arroganter Schnösel«, kommentierte Rahilly, als sie durch Nancias Bodensichtluke einen letzten Blick auf Gouverneur Thrixtopples knochige Schultern warfen. »Er hätte dir wenigstens einen Bonus gutschreiben können, weil du ihm den Gefallen dieses schnellen Heimattransports getan hast.«

»Damit habe ich gar nicht gerechnet«, erwiderte Nancia vollkommen wahrheitsgemäß. Der einzige Bonus, den sie erwartete – oder haben wollte –, war noch in seiner Kabine und arbeitete an seiner Kommunikationskonsole, um ein Bewerbungsschreiben zu verfassen, das merkwürdigerweise irgendwie immer wieder aus seinem persönlichen Speicherbereich gelöscht wurde. Dies war schon sein dritter Anlauf, und an der heftigen Art, wie Calebs Stimme die Worte für das Diktatbrett ausspuckte, merkte sie, daß er langsam die Geduld verlor. Wenn sie die Angelegenheit nicht bald bereinigte, würde er seinen Versuch mit dem Schiffskommunikationssystem aufgeben und sich persönlich im Büro von CenCom bewerben. Und das würde ihr überhaupt nicht passen.

»Nun ... es werden ein paar Modifikationen erforderlich sein. Papierkram eben«, sagte Rahilly. »Wir ... damit haben wir nicht gerechnet, weißt du, XN. Tatsächlich schien VB auf Wega sich sehr sicher zu sein, daß du die Zuteilung förmlich abgelehnt hättest.«

»Na ja ... vielleicht hat er meine Worte falsch interpretiert«, antwortete Nancia kleinlaut. »Wie schnell läßt es sich arrangieren?« Während sie mit Rahilly sprach, war es Caleb gelungen, den vollständigen Text seines Bewerbungsschreibens zu Ende zu diktieren. Er bereitete gerade die Übertragung an CenCom vor. Das durfte nicht geschehen ... Noch nicht. Nancia brach sofort sämtliche Sendestrahlen ab.

»Oh, den Papierkram haben wir an einem Tag erledigt. Wenn du wirklich sicher bist, daß du das willst?«

»Das bin ich«, sagte Nancia entschieden. Es gab zwar noch eine weitere Partei, die erst konsultiert werden mußte, aber Rahilly schien nicht zu glauben, daß das erforderlich sein würde.

Caleb kam in die Zentralkabine gestapft, er hatte die Augenbrauen zusammengezogen. »XN, was fällt dir ein, meinen Sendestrahl an CenCom zu unterbrechen?«

»*Deinen* Strahl?« erwiderte Nancia. »Ach du liebe Güte! Anscheinend hatten alle meine Sendestrahlen für einen Augenblick einen Energiezusammenbruch.«

»Wir schicken sofort einen Techniker her, um die Störung zu beheben«, versprach Rahilly.

»Äh ... ich glaube nicht, daß das erforderlich sein wird«, teilte Nancia ihm mit. »Ich habe die Sache gerade untersucht, als wir uns unterhielten, und ich glaube, ich habe die Ursache des Problems gefunden. Es dürfte sich leicht beheben lassen.« Schließlich brauchte sie nur die Energiezufuhr zu öffnen.

»Also gut, CN-935.« Rahilly vollführte einen andeutungsweisen dienstlichen Salut in die allgemeine Richtung von Nancias Titansäule. »Der restliche Aktenkram wird noch heute erledigt, dann werden du und Pilot Caleb gebeten, euch für den nächsten Auftrag bereitzuhalten – tatsächlich ist schon einer in der Schwebe; die Zentrale wird glücklich darüber sein, nicht erst solange warten zu müssen, bis du dir einen Piloten ausgesucht hast.«

Kaum hatte er das letzte Wort ausgesprochen, als er auch schon ging, wofür ihm Nancia dankbar war. Caleb blickte mit einem Ausdruck in der Kabine umher, den sie nicht zu deuten wußte. Wenn er schon wütend auf sie sein sollte, weil sie ihn hintergangen hatte, würde sie die Sache lieber im Privaten bereinigen.

»Ich ... verstehe nicht«, sagte er schleppend. »Du wirst nicht solange warten, bis du dir einen neuen Piloten ausgesucht hast? Wirst du wieder solo losfliegen?«

»Wohl kaum«, widersprach Nancia. »Von Soloreisen habe ich genug, vielen Dank. Ich habe festgestellt, daß ich das Reisen mit einem Partner deutlich vorziehe.«

»Dann ...«

»Hast du den Mann denn nicht gehört? Von jetzt an bin ich CN-935. Ich bin zu dem Schluß gelangt, daß die Psychozentrale recht hatte«, erklärte Nancia. Es war anstrengend, ihre Stimmprojektion ruhig und gelassen zu behalten. »Wir geben ein sehr gutes Team ab.«

Caleb war immer noch sprachlos, und Nancia überkam plötzlich eine unbestimmte Furcht.

»Falls ... falls das auch für dich in Ordnung ist?«

*»In Ordnung, in Ordnung, in Ordnung!«* explodierte Caleb. »Da gibt mir die Frau mein Leben zurück – noch dazu den perfekten Gehirnpartner –, und dann will sie auch noch wissen, ob das *in Ordnung* ist? Ich ... Nancia ... oh, warte einen Augenblick, ja? Ich muß noch dringend etwas erledigen, bevor du die Übertragungsstrahlen wiederhergestellt hast.«

Er eilte in seine Kabine zurück, wahrscheinlich, um das Bewerbungsschreiben zu löschen, das ihn so viel Zeit gekostet hatte, und Nancia gönnte sich ein kleines funkelndes

Schauspiel von Sternen und Kometen auf ihren drei breiten Schirmen. Alles würde in Ordnung kommen.

Mehr als in Ordnung. »Nancia«, wiederholte sie bei sich. »Er hat mich endlich Nancia genannt.«

## KAPITEL 6

### ANGALIA, ZENTRALDATUM 2750: BLAIZE

Blaize Armontillado-Perez y Medoc starrte ungläubig auf sein neues Zuhause, als sich die Ausstiegsluke von XN-935 hinter ihm zuschob. Das Hochplateau, das Nancia als Landeplatz gedient hatte, war weit und breit das einzige ebene Stück Boden. Dahinter lag eine Mauer aus fast senkrecht ansteigendem Fels, der mit zerklüfteten Gipfeln die Morgensonne verdeckte. Die langen schwarzen Schatten des Gebirges fielen über die Mesa und auf ein Meer von zähflüssigem Schleim, das so aussah wie der Sumpf der Verzweiflung in der jüngsten Version von SPACED OUT. Die einzige Abwechslung in der braunen Masse waren die wenigen großen, trägen Blasen, die sich an einigen Stellen aus dem Schleim lösten und mit Schwefelgestank zerplatzten.

Unmittelbar am Rand des Hochplateaus stand eine große Lagerhalle aus Plastifilm-Fertigbauteilen. An einer Seite des Schuppens hingen pralle braune Säcke über dem Schleimmeer, die mit den Initialen des Planetenhilfsdiensts gekennzeichnet waren. An der Blaize zugewandten Seite hatte man das Plastifilmdach mit einer Art Stoffgehänge erweitert, um eine Veranda herzustellen. Darunter lag ein ungeheuer dikker Mann, der nur eine schweißfleckige kurze Hose anhatte.

Blaize seufzte und nahm die ersten beiden Gepäckstücke

auf. Er taumelte etwas in der neuen Schwerkraft, die um einiges stärker war als an Bord des Schiffs, und machte sich auf den Weg zu dem fetten Wächter von Angalia.

»PHD-Jungtechniker Armontillado-Perez y Medoc, mein Herr«, stellte er sich vor. *Wer ist dieser Bursche? Das muß einer der Arbeiter aus der Korykiummine sein. Das sind die einzigen Menschen auf Angalia – natürlich bis auf ...*

»Und auch dir einen wunderschönen guten Morgen, Sherry, mein Junge«, sagte der schwitzende Berg von einem Mann jovial. »War noch nie so froh in meinem Leben, jemanden kennenzulernen. Hoffe, du genießt die nächsten fünf Jahre hier.«

»Äh ... PHD-Aufseher Elften Grades Harmon?« riet Blaize. *Bis auf meinen neuen Boß.*

Die Alkoholfahne haute ihn fast um. »Siehst du hier sonst noch jemanden, Kind? Was denkst du denn, wer ich bin?«

»Die Korykiummine ...«

»Tot. Stillgelegt. Verlassen. Kaputt, den Bach runter, ausgelutscht«, sagte der Aufseher 11. Grades mit Genuß. »Pleite. Der Besitzer hat mir die Mine für einen Kasten Fusel verkauft, bevor er sich zurückzog.«

»Was ist denn schiefgelaufen?«

»Personalprobleme. Die Firma konnte die Leute weder mit Liebe noch Geld hier halten. Nicht daß sie allzuviel Liebe angeboten hätten – nicht einmal ein Korykiumarbeiter ist verzweifelt genug, es mit einem Loosie zu versuchen, hä, hä, hä.« Ein weiterer alkoholisierter Atemhauch stieß Blaize ins Gesicht.

»Loosie?«

»*Homosimilis Lucilla angaliae,* wenn du es genau wissen willst, mein Junge. Die Gemüseköpfe, die Lucilla Sharif entdeckte – möge ihre Seele dafür in der Hölle schmoren! –, und die sie auf dem EKF als möglicherweise intelligent einstufte, Gott strafe sie! Wegen ihrer Sünden sind wir nun dazu verdammt, Planetenhilfe an einen Haufen Zucchinis auf Beinen zu leisten. Das war meine ganze Gesellschaft, seit sie die Mine geschlossen haben. Und es wird auch die *deine* für die nächsten fünf Jahre sein. Mit dem nächsten PHD-Transporter werde ich diesen Planeten verlassen.« Harmon blickte neidisch auf die geschmeidige Form der XN-935, deren Spitze nun in der Sonne schimmerte, die über die zerklüfteten Berge zu lugen begann. »Nette Sächelchen, die ihr Hochfamilienkinder da bekommt, so ein Transport! Ich nehme an, du könntest dieses Gehirn-Schiff wohl nicht zufällig dazu bewegen, mich gleich ...«

»Das bezweifle ich«, meinte Blaize.

Harmon kicherte. »Nein, hörte sich nicht so an, wie du über die Schulter schreiend und brüllend hinausgerast kamst, während es dir dein Gepäck nachschmiß. Du mußt es wirklich ordentlich verärgert haben. Macht nichts. Die nächste PHD-Schiffsladung müßte jetzt jeden Tag hier eintreffen. Und wenn sie das tut, müßte auch meine neue Versetzung dabei sein.« Er aalte sich genüßlich, nahm einen tiefen Zug aus der neben ihm stehenden Flasche und seufzte in vorfreudiger Zufriedenheit. »Schätze, ich habe mir jetzt eine hübsche lange Dienstzeit in der Zentrale verdient, in einem netten Büroturm mit Klimakühlung und Servos und keinerlei Pficht, mich um die gottverdammte Natur zu kümmern, es sei denn, es ist mir eben danach, mal aus dem Fenster zu schauen. Setz dich, Madeira-y-Perez, und guck nicht so bekümmert aus der Wäsche. Reiß deine fünf Jahre hier ab, dann versetzen sie dich vielleicht zurück in die Zivilisation. Hast aber auch mächtig Glück mit deinem Ankunftstermin.«

»Ach ja?« Inzwischen war die Sonne über das Gebirge gestiegen und auf dem Hochplateau wurde es richtig heiß. Blaize zerrte seinen größten Koffer in den Schatten der Überdachung und nahm darauf Platz.

»Klar. Heute ist nämlich Fütterung im Zoo. Da werden dir die Loosies eine ordentliche Show bieten.« Harmon wedelte wieder mit der Hand, diesmal schien es so, als wollte er der Klippe, die über ihnen aufragte, bedeuten, einzustürzen.

Blaize sah entsetzt nach oben, als sich zottige Trümmer aus dem Berghang lösten und auf den Boden des Hochplateaus zu tropfen begannen, umherhuschend wie wildgewordene Welpen aus Stein und Draht. Merkwürdige Kostüme – nein, sie waren nackt; was er da sah, war tatsächlich ihre *Haut*.

»Jahuuu!« jodelte Harmon und riß gleichzeitig an dem Seil, das an der Seite des PHD-Fertigbauschuppens verlief. Einer der Säcke über dem schlammigen Bassin öffnete sich, und eine graubraune Ration Ziegel ergoß sich in den Schlamm unter dem Hochplateau, um sich dort zu stapeln.

Die Loosies huschten an den Rand des Plateaus und stiegen in das schlammige Meer hinunter, wobei sie sich mit Fingern und Füßen an Felsritzen festhielten. Die ersten, die unten ankamen, stürzten sich auf die Ziegelrationen, als würden sie einen lange verschollenen Liebhaber begrüßen. Die Nachzügler warfen sich über sie, schwangen unkoordiniert ihre Gliedmaßen und zappelten umher, um sich in den matschigen Vorratshaufen einzugraben.

Blaize spürte ein rumpelndes Beben, das von seinen Fußsohlen emporstieg.

»Aufgepaßt!« brüllte Harmon.

Blaize zuckte zusammen, und Harmon kicherte. »Tut mir leid, wenn ich dich erschreckt habe, Junge. Du darfst dir nicht das andere große Schauspiel von Angalia entgehen lassen.« Er deutete an den westlichen Horizont.

Der Horizont schien sich zu bewegen.

Es war eine Mauer aus Wasser. Nein, Schlamm. Nein – Blaize mühte sich um das richtige Wort und fand nur das eine, das ihm bereits als erstes eingefallen war: *Schleim*.

Die ›Loosies‹ hatten Harmons Gebrüll ignoriert, als wären sie taub, aber irgend etwas – vielleicht das bebende Gerumpel, das Blaize spürte – ließ die Exemplare unten im Sumpf plötzlich aufhorchen. Sie schwärmten den Steilhang zum Hochplateau hinauf, wobei sie ihre Ziegelrationen mit Zähnen und Fingern umklammerten. Die letzten hatten es gerade geschafft, als die nahende Springflut aus Schleim gegen das Hochplateau prallte.

Der ganze verzweifelte, zappelnde Verzehr der Ziegelrationen hatte in völliger Stille stattgefunden. Nun, keine drei Minuten später, war es schon vorbei, und das Hochplateau wurde von einer schmatzenden, wogenden Flut aus Schleim umspült. Blaize sah zu, wie die Flut sich wieder zurückzog, an den Hängen des Plateaus herabsickerte, bis der neue Schlamm mit derselben matschigen Konfiguration aus Pfützen und Blasen verschmolz, die ihn schon bei seiner Ankunft begrüßt hatten.

»Das war nur eine kleine Show«, sagte Harmon bedauernd. »Na ja, es wird bestimmt noch bessere geben, bevor du wieder abreist.«

Auf Blaizes Befragung erklärte er ohne sonderliches Interesse, daß das erratische Klima von Angalia in dem das Hochplateau umgebenden Gebirge einen sich ständig verschiebenden Gewitterstreifen produzierte. Wo immer das Gewitter eine Weile verharrte, entwickelte sich der Regen zu einer Springflut, die dann über die Ebene raste und dabei Schlamm aufnahm, gleichzeitig aber alles davonspülte, was töricht genug war, ihr in den Weg zu kommen.

»Landschaftsgestaltung«, überlegte Blaize. »Dämme, die den Regen einfangen und langsamer freisetzen ...«

»Teuer. Und wer macht sich schon die Mühe? Hier ist ja doch nichts, was eine Investition lohnend machen würde. Außerdem«, erklärte Harmon, »macht es *Spaß*. Hier gibt es schon verdammt wenig genug zu sehen!«

Blaize erfuhr, daß es zu Harmons Belustigungen gehörte, die Schlammfluten möglichst genau vorherzusagen, damit er die Eingeborenen unmittelbar davor füttern konnte, was sie dazu zwang, sich erst um die Ziegelrationen zu balgen, um sich dann vor der Matschwoge in Sicherheit zu bringen.

»Ist das nicht verrückt?« wollte er wissen, als die felsähnlichen Eingeborenen wieder in ihr Gebirge zurückkletterten, einige mit ein paar Ziegelrationen für den späteren Verzehr, während andere noch immer auf den letzten Resten ihrer Beute herumkauten. »Hast du schon jemals so etwas gesehen?«

»Niemals«, gestand Blaize. *Sind die ... die Loosies am Verhungern? Hängt ihre Haut deshalb so schlaff herab? Oder sehen die immer so aus? Und wie schafft es dieser Fettsack, mit einer derartig demütigenden Nummer durchzukommen?*

»Ich weiß, was du gerade denkst, Portwein-y-Medoc«, sagte der dicke Mann, »aber warte mal ab, bis du hier deine sechs Monate hinter dir hast, dann wirst du sämtliche PHD-Vorschriften über das Respektieren der Würde Einheimischer und den ganzen anderen Schmus gründlich vergessen haben. Diese gottverdammten Loosies haben sowieso keinerlei Würde, die man respektieren könnte. Das ist nur ein Haufen Tiere. Haben niemals Ackerbau entwickelt ... oder Bekleidung ... ja, nicht einmal Sprache.«

»Nicht einmal Lügen«, bemerkte Blaize.

»Was?« Einen Augenblick lang wirkte Harmon erschrokken, dann kicherte und schnaufte er belustigt. »Genau. Keine Sprache, keine Lügen – das muß man ihnen wenigstens lassen! Aber das sind keine *Leute,* junger Claret-Medoc. Die reine Rohstoffvergeudung, diese ganze Operation – der Irrtum irgendeines Aktenschiebers. Das Ganze ermuntert die Schwachköpfe nur dazu, noch mehr Kleingemüse auszubrüten. Wir sollten von hier verschwinden und sie nach eigener Fasson verhungern lassen, wenn du mich fragst.«

»Vielleicht könnte man sie abrichten, um in der Mine zu arbeiten«, schlug Blaize vor.

Harmon schnaubte. »Na klar! Ich habe mal von Gefangenen in früheren Zeiten gehört, die sich damit amüsierten, ihre Hausratten dazu abzurichten, für sie kleine Botengänge zu erledigen. Das kriegst du noch eher hin, als einem Loosie irgend etwas beizubringen, Junge. Ich sage dir, auf Angalia gibt es nur drei Belustigungen: die Fütterungszeit für die Loosies, die Abfüllzeit für mich und Computerspiele. Und ich habe mittlerweile schon jede gottverdammte Spielstufe des Labyrinths des Minotauros so oft bewältigt, daß ich das Ding nicht mehr sehen kann.«

Blaize tastete in seiner Tasche. Das Datahedron mit der Wette war nicht das einzige, was er aus Nancias Computer kopiert hatte. »Hat Ihr Computer ...«

»Jetzt gehört er dir, Sake-Armontillado«, unterbrach Harmon ihn mit einem fröhlichen Rülpser. »Ein PHD-Dienstmodell.«

»Verfügt er über genügend Speicher und Grafikfähigkeiten, um SPACED OUT darauf spielen zu können? Denn zufällig«, erklärte Blaize, »habe ich eine Kopie der neuesten Version dabei. Eine Vorversion – die gibt es noch nicht einmal auf den Zentralwelten zu kaufen.« Er zwinkerte Harmon zu.

»Tatsächlich!« Harmon wälzte sich auf die Beine. »Dann komm rein, Burgunder-Champagner. Schlagen wir doch die Zeit mit einem kleinen, freundschaftlichen Spielchen tot, bis mein Transporter eintrifft.« Er kratzte sich die nackte Brust, um Blaize mit einem nachdenklichen Ausdruck im Gesicht anzublinzeln. »Wir müssen natürlich irgendeinen Einsatz festlegen. Macht schließlich keinen Spaß, um nichts zu spielen.«

»Ganz mein Denken«, stimmte Blaize ihm zu. »Dann gehen Sie doch voraus.«

Fünf Tage später landete der PHD-Transporter planmäßig auf dem Planeten, um frische Vorräte anzuliefern und den Aufseher 11. Grades Harmon zu seiner monatelangen überlichtschnellen Reise an seinen nächsten Posten zu befördern. Blaize blieb mit den Loosies zurück und mit seinen Spielgewinnen: mit zwei teilweise geleerte Kästen Saphirruin, dem für den Aufseher 11. Grades Harmons handgewobenen Palmblattsonnenhut und dem Titel für eine verlassene Korykiummine.

## SUBRAUM DENEB, ZENTRALDATUM 2750: NANCIA UND CALEB

»Das«, sagte Caleb, als er mit Nancia zusammen die Raumstation Deneb verließ, »war einer unserer befriedigenden Aufträge.«

»Aus der stattlichen Gesamtsumme von zwei Stück?« zog Nancia ihn auf. Aber sie war der gleichen Meinung. Ihr erster planmäßiger Flug von der Zentrale zu einem neubesiedelten Planeten zwecks Versorgung der dortigen Bevölkerung mit medizinischen Gütern war zwar nützlich, aber kaum eine Herausforderung gewesen.

Und dabei hatten sie beide Vorbehalte gegen ihren letzten Auftrag gehabt: irgendeinen pensionierten General, einen weiteren Vertreter der Hochfamilien, ins Herz eines ganz besonders schlimmen Konflikts zwischen Siedlern der Zentralwelten und capellanischen Händlern zu transportieren. Doch die Generälin Micaya Questar-Benn hatte sich als ein völlig anderes Exemplar der Hochfamilien herausgestellt als die verwöhnten Kinder, die Nancia bei ihrem ersten Flug in den Subraum von Wega befördert hatte. Klein, kompetent, unarrogant, hatte die Generälin mit ihrem fundierten Wissen über die komplizierte Geschichte Wegas Calebs Herz sofort im Sturm genommen. Danach hatte sie einen großen Teil des kurzen Flugs zum Subraum Deneb damit verbracht, mit Nancia zu fachsimpeln. Die Hälfte der Körperteile und mehrere lebenswichtige Organe der Generälin bestand aus Cyborg-Ersatzteilen, und sie interessierte sich für die Möglichkeit, ihre Leberfunktionen mit Hilfe eines der moderneren Metachip-Implantate zu verbessern, wie sie auch die Gesundheit von Nancias physischem Körper innerhalb seiner Hülle gewährleisteten. Nancia hätte sich nie träumen lassen, jemals mit irgend jemandem etwas so Intimes zu besprechen, ganz zu schweigen mit einer hohen Offizierin, doch Generälin Questar-Benns bescheidene Art nahm den Intimgesprächen jede Bedrohlichkeit und Verspanntheit.

So war Nancia nicht allzu überrascht zu erfahren, daß die Generälin Questar-Benn, noch bevor sie und Caleb auch nur ihre Rückreise vorbereitet hatten, die menschlichen und capellanischen Kriegsgegner zu Verhandlungen bewegt und eine Regelung ausgehandelt hatte, die beiden Seiten das Gefühl gab, ›gesiegt‹ zu haben.

»Und ich dachte schon, wir würden uns jetzt an Kriegstreiberei beteiligen, indem wir jemanden mit entsprechenden Befugnissen dort absetzen, der dann gleich die schwerbewaffneten Divisionen reinholt!« fuhr Caleb fort.

Nancia lachte. »Die Galaxie könnte ruhig noch ein paar weitere ›Kriegstreiber‹ wie Micaya Questar-Benn gebrauchen. Bereit für die Singularität, Partner? Die Zentrale dürfte inzwischen einen neuen Auftrag für uns haben.«

## BAHATI, ZENTRALDATUM 2751: ALPHA

Alpha bint Hezra-Fong blickte angeekelt auf den zuckenden Körper ihrer Versuchsperson. Was war nur schiefgelaufen? Die molekulare Variante des Blissto, die sie zubereitet hatte, hätte den Patienten eigentlich ruhig und fügsam machen sollen. Statt dessen verkrampften sich seine Gliedmaßen, und er stöhnte unkontrolliert, versuchte sich aus den Halteriemen seiner Tragbahre zu winden.

Alpha zurrte die Riemen fester, bis der Patient damit aufhörte, um sich zu schlagen, dann fuhr sie mit einem Medizinalscanner über seine Stirn. Mit einem Stirnrunzeln betrachtete sie die Meßergebnisse. Anstatt den Ausstoß beruhigender Hormone anzuregen, griff Blissto.Rev.2 das Nervensystem des Mannes an und vermehrte sich darin wie ein wildgewordenes Krebsgeschwür.

»Verdammt! Ich habe einfach keine *Zeit* für so etwas«,

murmelte sie. Eilig überdachte sie ihre Möglichkeiten. Wenn sie den Patienten einige Tage am Leben und in Isolation halten könnte, würde sie vielleicht herausbekommen, was zu dieser aggressiven Selbstvermehrung führte und wie man sie aufhalten konnte. Aber sollte irgend jemand ihre Arbeit anfechten wollen …

Die Zuckungen des Mannes wurden heftiger. Eines seiner Beine zerriß den verstärkten Halteriemen und trat wild aus.

»Zu gefährlich«, entschied Alpha. Sie preßte eine Spritzpistole an den Nacken des Mannes und sah mit an, wie sein Körper auf der Trage zusammensackte. Er rollte die Augen hoch, und seine Zuckungen hörten auf.

Ebenso jegliche andere Bewegung.

Für einen derartigen Notfall hatte Alpha bereits entsprechende Papiere vorbereitet. Der Klinikchef war ein alter Narr, viel zu nachlässig, um ihre Berichte zu überprüfen; und sonst würde es niemand wagen, ihr irgendwelche Fragen zu stellen. Der Wohlfahrtspatient B.342.iv würde in den Listen als Opfer eines Herzversagens in Folge eines bereits existierenden Leidens auftauchen, das in der Klinik nicht rechtzeitig hatte behoben werden können.

Das einzige Problem lag darin, daß dies schon der dritte Tod in diesem einen Jahr war, seit Alpha damit begonnen hatte, ihre verbesserte Version des Blissto zu testen. Wenn sie nicht bald die Dosierung der Droge richtig hinbekam, würde irgend jemandem die Häufung der Berichte über plötzliche Tode mit gleicher Ursache auffallen, und dann würden Fragen gestellt werden.

Alpha überlegte ernsthaft, wieder mit Kaninchen zu experimentieren. Doch Kaninchenställe stanken, und es bedeutete sehr viel Arbeit, für die Tiere zu sorgen. Und außerdem war es noch wahrscheinlicher, daß irgend jemandem dann ihr plötzliches Interesse an Haustierzucht auffallen würde.

Sie würde sich einfach einige weitere Entschuldigungen für diese plötzlichen Tode ausdenken müssen. Ein paar Varianten im Papierkrieg würden dabei helfen, diese unglücklichen Unfälle zu vertuschen.

## SUBRAUM PROCYON, ZENTRALDATUM 2751: CALEB UND NANCIA

»Das ist langweilig«, beklagte sich Nancia, als sie zusah, wie die Arbeiter auf Szatmar II die Kästen mit Impfstoff löschten, die sie mit Caleb hierher transportiert hatte.

»Es ist aber wichtig, dafür zu sorgen, daß die Kinder regelmäßig geimpft werden«, belehrte Caleb sie.

»Ja, aber das ist doch wohl kaum ein Notfall. Jedenfalls wäre keiner daraus geworden, wenn der PHD seine Unterlagen besser in Schuß halten würde.« Ein entsetzter Bürokrat hatte die Entdeckung gemacht, daß irgendein inkompetenter Beamter namens Harmon, der auf den Zentralwelten im PHD arbeitete, vergessen hatte, die letztjährigen Impfvorräte an sämtliche PHD-Klientenplaneten im Subsystem Procyon zu verschicken. Deshalb hatte man Nancia und Caleb eine ausgedehnte Reise durch dieses Subsystem aufgebrummt, um auf weitverstreuten Planeten an Dutzende von Siedlungen Impfstoff gegen Masern und Keuchhusten auszuliefern.

»Ich hätte gute Lust, mit meiner Schwester über diesen Idioten Harmon zu sprechen«, grollte Nancia. »Jinevra würde niemals eine solche Ineffizienz in ihrem eigenen Bereich des PHD zulassen; vielleicht kann sie die Zentrale dazu bewegen, Harmon an einen Posten zu befördern, wo er keinen Schaden anrichtet.«

»Nancia, du würdest doch wohl nicht ernsthaft deine familiären Verbindungen für persönliche Interessen mißbrauchen!«

Caleb klang schockiert. Nancia entschuldigte sich sofort. Ihr war gar nicht klar gewesen, daß der Versuch, einen inkompetenten Bürokraten aus dem Amt zu entfernen, in die Rubrik ›Persönliche Interessen‹ fiel. Doch Caleb hatte zweifellos recht; das hatte er schließlich immer. Und sie fühlte sich auch so richtig schuldig, als er ihr einen Vortrag über die Konsequenzen des Hochmuts und der Erwartung spektakulärer Aufträge hielt. Auch darin hatte er recht. Die Diensttreue verlangte von ihr nicht nur, daß sie sich dorthin begab, wo sie gebraucht wurde, sondern daß sie es auch willig und fröhlich tat.

Nancia versiegelte ihre Ladeluke und versuchte, zu ihrem nächsten Impfstofflieferungsflug mit einem willigen und fröhlichen Herzen zu starten.

## BAHATI, ZENTRALDATUM 2752: DARNELL

Darnell lehnte sich in seinem gepolsterten Stimulationssessel zurück und aktivierte die Wechselsprechanlage. »Du kannst jetzt Hopkirk hereinschicken, Julitta, meine Hübsche.«

»Oh, Herr Overton-Glaxely!« Julittas entzücktes Kichern kam deutlich über die Anlage. Darnell aktivierte auch gleich den Doppelmonitor und genoß zwei Ansichten seiner Sekretärin. Der obere Schirm zeigte sie, wie sie ihre hübschen blonden Locken zurückwarf und sein Kompliment sichtlich genoß, der untere gab ihre wohlgeformten Beine wieder, die sie unter dem Schreibtisch ruhelos übereinander schlug. Darnell bemerkte auch mit Vergnügen, daß sich Julittas Rock fast bis zur Hüfte hochgeschoben hatte. *So ein entzückendes kleines Mädchen!*

Darnell betrachtete Julitta – genau wie den zweiten Monitor, die Vibratoreinheiten in seinem Managersessel und das Panorama von Bahati aus seinem verglasten Managerbüro – als eines der Privilegien, das einem Mann-der-es-geschafft-hatte rechtmäßig zustand. Er ließ Hopkirk in seiner Verlegenheit vor dem Schreibtisch warten, während er mit gleichem Entzücken seinen eigenen schnellen Erfolg, seine kurzfristigen Pläne für Julitta, den Anblick ihrer Beine im unteren Monitor und die Tatsache genoß, daß Julitta nichts von diesem zweiten Bildschirm wußte.

»Hopkirk, ich habe einen Auftrag für Sie«, befahl Darnell. »Die Produktivität in der Leuchtwarenfabrik ist letzten Monat um ein dreitausendstel Prozent gesunken. Ich möchte, daß Sie sich dorthin begeben und mir einen vollständigen Bericht über alle dafür verantwortlichen Faktoren liefern.«

»Jawohl, Herr Overton-Glaxely«, murmelte der Mann namens Hopkirk.

»Wahrscheinlich handelt es sich dabei um kumulative Arbeiterermüdung aufgrund der erbärmlichen Konstruktion des Fließbands«, fuhr Darnell fort. Ah, das war schon besser – ein schmerzliches Zucken huschte über Hopkirks Gesichtszüge. Noch vor sechs Monaten hatte der Mann die Hopkirk Leuchtwaren besessen, entwickelt und verwaltet, eine Firma, die hochwertige, neuartige Prismengläser für den Luxusgüterbedarf herstellte. Und er hatte sie reichlich erbärmlich geleitet, dachte Darnell; der Laden wäre ohnehin pleite gegangen, auch wenn er sich nicht eingemischt hätte. Inzwischen stellte er einen gewinnbringenden, wenn auch kleinen Zusatzerwerb von Darnells neubelebter OG-Schiffstransport und anderer Unternehmungen dar.

»Noch Fragen, Hopkirk?« fauchte Darnell, als der Mann immer noch stehenblieb, anstatt an seine Aufgabe zu eilen.

»Ich habe mich nur gefragt, warum Sie es auf diese Weise getan haben«, erwiderte Hopkirk.

»Warum ich was wie getan habe?«

Hopkirk zuckte mit den Schultern. »Sie wissen, und ich weiß es auch, daß die Hopkirk-Leuchtwaren gut gelaufen wären, wenn Sie nicht das Netz manipuliert hätten, um meine Aktienkurse in den Keller zu treiben und meine Kreditwürdigkeit zu vernichten.«

»Das ist eine Frage der Einschätzung«, antwortete Darnell. »Geben Sie es ruhig zu, Hopkirk. Sie sind ein Ingenieur, kein Manager, und Sie haben es nicht verstanden, diese Firma zu leiten. Sie wäre früher oder später pleite gegangen. Ich habe dabei nur etwas nachgeholfen.«

»Aber warum auf diese Weise? Warum mich ruinieren, wenn Sie die Gesellschaft doch zu einem angemessenen Preis hätten erwerben und immer noch Profit daraus schlagen können?«

Darnell war zufrieden, daß der Mann das grundsätzliche Problem nicht in Frage stellte. Er war ein inkompetenter Manager gewesen und wußte es auch.

»Sie sind ein brillanter Geschäftsmann«, fuhr Hopkirk fort. »Schauen Sie doch nur, wie Sie die OG-Schiffstransport in einem einzigen Jahr wieder auf Vordermann gebracht haben!«

*Mit etwas Hilfe meiner Freunde* ... Darnell unterdrückte diesen Gedanken. Gewiß, Polyons Fähigkeit, sich ins Netz hineinzuhacken und dort Vorausinformationen einzuholen, war nützlich gewesen. Doch es stimmte ebenso, daß Darnell in seinem Inneren ein wahrhaftiges Talent für Effizienz entdeckt hatte. Den überflüssigen Ballast abwerfen! Die Inkompetenten feuern, die Faulen und jene, die lediglich keine Ergebnisse vorzuweisen hatten! Und alles wissen! Das waren Darnells neue Leitsätze. Jene, die er entlassen hatte, sprachen von einer Schreckensherrschaft. Jene, die er nicht entlassen hatte, wagten nicht zu sprechen. Und die OG-Schiffstransport gedieh ... was Darnell die Freiheit gab, sich wieder zu amüsieren.

Da war natürlich Julitta. Es gab eine unendliche Zahl von Julittas. Aber Darnell hatte auch die Entdeckung gemacht, daß keine noch so große Anzahl williger Mädchen ihm jenen Kitzel ersetzen konnte, den ihm seine Geschäftsmanipulationen bescherten.

Er musterte Hopkirk nachdenklich. Der Mann schien es nicht böse zu meinen; vielleicht wollte er wirklich ganz ehrlich nur verstehen, wie Darnell Overton-Glaxelys brillanter Verstand funktionierte. Ein löblicher Impuls; er hatte eine ehrliche Antwort verdient.

»Natürlich hätte ich es auch geradeheraus tun können«, sagte er schließlich. »Es hätte lediglich etwas länger gedauert. Kein Problem. Aber«, er zwinkerte Hopkirk zu, »dann hätte es mir nicht annähernd so viel Spaß bereitet ... und dann würden Sie jetzt auch nicht für mich arbeiten, nicht wahr? Machen Sie sich an ihren Auftrag, Hopkirk. Wenn Sie zurück sind, habe ich schon den nächsten für Sie.«

Nun, da er seinen illegalen Eingriff in das Netz Hopkirk gegenüber praktisch zugegeben hatte, dachte Darnell, mußte der Mann verschwinden. Es hatte ihm Vergnügen bereitet, ihn für eine kleine Weile um sich zu haben, ihn als Sekretär und Mädchen für alles herumzuschubsen, doch durfte man nicht das Risiko eingehen, daß die Opfer sich zusammentaten, um ihre Aufzeichnungen miteinander zu vergleichen. Nachdem die OG-Leuchtwaren versorgt war, würde Darnell Hopkirk mit einem kostenlosen Kurlaub in der Sommerlandklinik ›belohnen‹. Das Netz hatte unter anderem offenbart, daß Alpha bint Hezra-Fongs Wohlfahrtspatienten in Sommerland unter einer ungewöhnlich hohen Sterberate litten. Er würde Alpha ›nahelegen‹, daß es für sie beide nützlich sein könnte, wenn Hopkirk niemals aus Sommerland zurückkehrte. Dann würde niemand mehr Fragen über Darnells Gebrauch des Netzwerks stellen; und im Gegenzug würde er Polyon dazu bewegen, die Netzwerkaufzeichnungen zu manipulieren, damit niemand unbequeme Fragen über die Anzahl der Wohlfahrtspatienten stellte, die Alpha verloren hatte.

## SUBRAUM ACHERNAR, ZENTRALDATUM 2752: CALEB UND NANCIA

»Ich frage mich, ob er wirklich fähig sein wird, irgend etwas zu ändern«, sagte Nancia nachdenklich, als sie zusammen mit Caleb zusah, wie ihr jüngster Passagier auf der Basis Achernar auf Charon begrüßt wurde. Der kleine, hagere Mann, den sie durch die halbe Galaxie transportiert hatten, unternahm keine allzugroßen Anstrengungen, seine erste Begegnung mit den Beamten von Charon in den Griff zu bekommen. Er stand einfach nur auf dem Landeplatz herum, lauschte den Willkommensreden und nahm Blumensträuße entgegen.

»Das geht uns nichts an«, erinnerte sie Caleb. »Die Zentrale hat gesagt: Schafft den Unakkreditierten Diplomatischen Agenten Forister auf Charon, und zwar schnell. Sie haben nichts davon gesagt, daß wir seine Arbeit hier bewerten sollen. Und auf uns wartet schon der nächste Auftrag.«

»Tut er das nicht immer?« Aber die kleine Gruppe pompöser charonesischer Beamter, die Forister umringten, bewegte sich nun endlich davon und machte die Landebahn klar für Nancias Start.

»Es ist ja nur, daß ich gern das Gefühl habe, etwas erreicht zu haben«, lamentierte sie, als sich Caleb zum Start anschnallte, »und ich finde, daß die Lage auf Charon nach jemandem verlangt, der ein wenig ... durchsetzungsfähiger ist.« Nach jemandem wie Daddy, zum Beispiel. Mit seiner forschen, keinen Unfug duldenden Art und seiner Bereitschaft, seine Entscheidungen auch durchzusetzen, hätte Javier Perez y de Gras kurzen Prozeß mit Charons einander bekriegenden sieben Fraktionen, mit dem fortgesetzten Krieg zwischen den Tran Phon Guerillakämpfern, mit sämtlichen sieben provisorischen Regierungen und mit der daraus erwachsenden Vernichtung von Charons lebenswichtigen Quino-Rindenwäldern gemacht. Er hätte Nancias Kommunikationsmöglichkeiten genutzt und sich jede Minute, in der sie sich nicht gerade in der Singularität befanden, im Netz aufgehalten, um seine Landung auf Charon vorzubereiten und sich über sämtliche Einzelheiten des Konflikts zu informieren, während er die Hauptübeltäter mit strengen Drohbotschaften schon im Vorfeld weichgeklopft hätte.

Dieser Forister dagegen hatte die drei Tage der Reise damit verbracht, alte Bücher zu lesen – nicht einmal Disketten, sondern irgendwelche Berichte über einen Krieg auf der Alten Erde, der zu unbedeutend gewesen war, um in ein computerlesbares Format übersetzt zu werden. Und wenn er gerade nicht über diesen Ort namens Vietnam las, hatte er seine Zeit in lockerer, beiläufiger Konversation mit ihr und Caleb vergeudet, hatte über ihre Familien und ihre Erziehung mit ihnen geplaudert, über ihre Hoffnungen und Träume. Viel zu weich, um einem Krieg ein Ende zu setzen, dachte Nancia verächtlich. Sicher, Caleb hatte recht – das Ergebnis ging sie nichts an. Sie waren der Kurierdienst; sie begaben sich dorthin, wo man sie hinschickte, schnell und effizient. Und es gehörte nicht zu den Tätigkeitsmerkmalen des KD, am Ziel zu verweilen und über das Scheitern der entsprechenden Mission Bericht zu erstatten.

## BAHATI, ZENTRALDATUM 2753: FASSA

»Du kannst mich doch nicht einfach so verlassen!«

Fassa del Parma y Polo blieb an der Tür stehen und blies dem aschfahlen, dickbäuchigen Mann, der sie mit einem solchen Schmerz in den Augen anblickte, einen höhnischen Kuß zu. »Sieh mir nur dabei zu, Liebling. Sieh mir nur zu.« Sie berührte den Amulettarmreif an ihrem Handgelenk mit dem linken Zeigefinger. Dort war ein leeres Prismaholzherz gewesen, von genau der richtigen Größe, um die Minihedronaufzeichnung zu beherbergen, in der dieser dumme Bürokrat den Kontrakt für die Raumstation Nyota ya Jaha abgezeichnet hatte. »Unser Geschäft ist erledigt.« Ihr *gesamtes* Geschäft, einschließlich jener langweiligen Manöver auf dem Syntho-Pelzteppich dieses Mannes. Wenigstens hatte es nicht allzu lange gedauert. Diese alten Knacker träumten zwar alle von Hochleistung, waren aber dann, wenn sich tatsächlich einmal die Gelegenheit bot, kaum zu etwas fähig. *Du hast es hinter dir, Süßer, und die Zukunft gehört mir.*

Hinter diesen triumphierenden Gedanken rührte sich etwas Unbehagen, eine vage Frage, weshalb sie es eigentlich so sehr genoß, die moralische Vernichtung eines kleinen Beamten mitzuerleben, der alt genug war, um ihr Vater zu sein; doch mit der Leichtigkeit langer Routine schob Fassa die Frage beiseite. Sie hatte bekommen, was sie wollte. So einfach war das.

»Aber wir wollten doch zusammenziehen. Du wolltest diesen schmutzigen, unweiblichen Job aufgeben, jetzt, da du genug Geld hast, um für die Metachip-Prothese deiner Schwester aufkommen zu können, und wir wollten uns im Sommerland zur Ruhe setzen ...«

Fassa lachte laut los. »Wer, ich? Meine letzten hundert Jahre damit verbringen, in einer Pensionärshütte im Sommerland für einen alten Mann zu sorgen? Du hast wohl zu viel Blissto eingepfiffen, mein Freund.« Sie machte eine Pause, damit ihre Abweisung richtig einsickern konnte, bevor sie ihre letzte Warnung ausstieß. »Und denk lieber nicht einmal im Traum daran, mich irgendwo anzuschwärzen. Vergiß nie, daß du mehr zu verlieren hast als ich.« So fädelte sie es immer ein.

Als sie in ihr Büro zurückkehrte, erwartete sie dort eine unliebsame Überraschung. Sogar zwei, um genau zu sein. Die eine war geringfügiger Art: Im Bürovorraum saß ein Junge und fummelte mit Formularen herum. Aber für Stellenbewerbungen war eine andere Abteilung zuständig; dort hätte man den Jungen von Anfang an hinschicken müssen.

Doch noch bevor sie dazu kam, darauf hinzuweisen, senkte ihr Sekretär den Kopf und informierte sie mit Bedauern, daß die Bahati CreditLin auf einem weiteren Handabdruck bestand, bevor sie ihrem Netzkonto die letzte Rate für den Raumstationsbau gutschrieb. Eine reine Formalität, zitierte der Sekretär die Beamten der CreditLin.

Fassa zuckte leicht zusammen, als der Mann ihr versicherte, daß es keinen Grund zur Sorge gäbe. »Eine Inspektion? Was für eine Inspektion? Alles ist von der Station Wega genehmigt und abgezeichnet worden.« Genauer gesagt von dem verwirrten alten Narren, den sie soeben verlassen und der sich nicht einmal die Mühe gemacht hatte, einen Transporter zur Station zu besteigen und einmal persönlich durch ihre Gänge zu schreiten, ganz zu schweigen davon, einen qualifizierten Ingenieur damit zu beauftragen, die Statik im einzelnen zu begutachten.

»Das habe ich ihnen auch gesagt«, meinte der Sekretär, »und ich bin auch sicher, daß es so gut wie sofort gehen wird, denn die weganische Abteilung für Zivilbau hat bereits alle tragenden Elemente abgezeichnet. Nur eine Formalität«, wiederholte er. »Anscheinend ist ein neues Gesetz verabschiedet worden. CreditLin ist verpflichtet, zwei ihrer eigenen unabhängigen Inspektoren hinaufzuschicken, um sicherzustellen, daß unser Bau den Vorschriften entspricht, bevor sie die Gutschrift überweisen können.«

*Ein neues Gesetz ... Verdammt! Ich dachte, alle Senatoren von Bahati wären geschmiert worden. Muß man denn* alles *selber machen?*

Mit einem flüchtigen Stirnrunzeln verbannte Fassa den Gedanken. Mit der Legislative würde sie sich später befassen. Und jetzt – jetzt gab es da noch einen Toren von einem Mann, mit dem sie sich würde abgeben müssen, ihn ablenken und erfreuen, damit er die naheliegenden Prüfungen vergaß, die nämlich sonst ergeben würden, daß sie minderwertiges Material verwendet hatte. Ärgerlich, mehr nicht. Sie liebte keine Überraschungen. Doch immerhin würde unterm Strich ein weiteres Minihedron übrigbleiben, um ihr Amulettarmband zu füllen.

Im Augenwinkel bemerkte Fassa die Andeutung einer Bewegung in der Ecke, gerade genug, um sie für einen Moment abzulenken. Der Junge streckte sich soeben, erhob sich aus dem ihn umschlingenden Sessel. *Jetzt nicht. Geh weg. Ich muß über andere Dinge nachdenken.*

»Fräulein del Parma y Polo?«

Er war ja doch gar nicht so ein Junge: ein erwachsener Mann, älter als sie selbst – aber nicht sehr viel. Fassa musterte sein Äußeres mit wachsender Wertschätzung. Breite Schultern, Beine, die lang genug für seine grell psychobemalte capellanische Strumpfhose waren, schwarzes Harr und Augen, deren Blau von den kräftigen Ockerstreifen seiner Gesichtsbemalung betont wurde. *Ein hübscher Pfau von einem Mann. Vielleicht stelle ich ihn doch noch ein, auch wenn er das Personalbüro umgangen hat. Wen schert es schon, ob er irgend etwas* kann? *Ich kann ihn mir auch nur zum Anschauen halten.*

»Ich denke, ich sollte mich jetzt wohl mal vorstellen.« Er lächelte auf sie herab und umschloß ihre Hand mit seiner. »Sev Bryley, Chefinspektor der Bahati CrediLin. Ich denke, es wird mir eine Freude sein, mit Ihnen zusammenzuarbeiten, Fräulein del Parma.«

## SUBRAUM COR CAROLI, ZENTRALDATUM 2753: CALEB UND NANCIA

Caleb schlug sich mit der Faust in die gestreckte Hand und schritt die Länge der Zentralkabine ab, wobei er gedankenverloren vor sich hin knurrte. Vor einem purpurfarbenen Schott aus Metallegierung mit versilberten Rändern hob er erneut die Faust.

»Denk nicht einmal im Traum daran«, ermahnte ihn Nancia. »Damit tust du nur deiner Hand weh und beschädigst meine hübsche neue Bemalung.«

Caleb senkte die Faust wieder. In seinen Mundwinkeln zuckte ein widerstrebendes Lächeln. »Jetzt erzähl mir nur noch, daß dir diese Bemalung *gefällt*?«

»Nein. Aber sie schien mir für unsere Rolle angebracht zu sein. Und wenn ich in die Zentrale zurückkehre, möchte ich nicht so aussehen, als hätte ich eine Nahkampfsitzung mit einer von Dorg Jesens Tussis hinter mir.«

Bei dieser Mission waren sie getarnt aufgetreten: Caleb als verlotterter junger Abkömmling einer Hochfamilie, der sich einen Teil vom Kuchen des geheimen Metachipnachschubs von Dorg Jesen abschneiden wollte. Im Gegenzug wollte er dem Porno-König geheime Informationen über einige seiner Kunden unter den Hochfamilien anbieten.

»Könnte gefährlich werden«, hatte Rahilly sie auf der Zentralbasis noch gewarnt. »Jesen mag keine unbequemen Fragen. Versucht, die Begegnungen nur an Bord stattfinden zu lassen. Nancia, du wirst für deinen eigenen und für Calebs Schutz sorgen müssen, falls Jesen irgend etwas unternehmen sollte.«

Doch sie hatten es nicht einmal geschafft, Jesen auch nur ein einziges Mal an Bord zu locken. Er hatte einen einzigen Blick auf Calebs Vidcombild geworfen, sich seinen steifen Vortrag angehört, den er hatte aufsagen müssen, und war in schallendes Gelächter ausgebrochen. »Versuchen Sie es doch einmal mit einem falschen Schnurrbart«, hatte er Caleb verhöhnt. »Und wenn die Zentrale das nächste Mal jemanden schickt, um mich auszuforschen, sagen Sie ihnen, sie sollen sich nicht wieder einen Akademiejungen mit einem weganischen Akzent aussuchen, den man mit dem Messer schneiden kann, noch dazu in einem Gehirn-Schiff mit einer Art Rotlichtzentralkabine. Wenn Sie von Hochfamilien abstammen, fresse ich meinen ...«

An diesem Punkt hatte Nancia die Funkverbindung unterbrochen.

»Vielleicht«, sagte sie nun, »ist die verdeckte Vermittlung nicht gerade unser Metier.«

»Ich verabscheue Lügen und Spionage«, stimmte Caleb ihr mürrisch zu. »Wir hätten diese Mission ablehnen sollen.« Mit dem Anflug eines Hoffnungsschimmers in den Augen hob er den Blick. »Es sei denn ... hast du irgend etwas herausbekommen?«

Nancia hatte die wenigen Minuten der Vidcomverbindung genutzt, um ihre Fühler in Jesens privates Computersystem auszustrecken, das sogar so privat war, daß es nicht einmal eine Datennetzverbindung besaß. Die Zentrale hatte vermutet, daß er zusätzlich zu den offenen Konten, die er über das allgemeine Netz verwaltete, über ein solches System verfügen könnte, doch das ließ sich nicht nachweisen, solange sie nicht auf dem Planeten gelandet waren.

»Nichts«, antwortete sie. »Ich bin zwar in seine Lagerdatenbank eingedrungen, aber die Metachips, die dort aufgelistet werden, besitzen alle vollkommen legale Registriernummern der Basis Shemali.«

Caleb ballte die Hand wieder zur Faust. »Dann hast du nicht die richtigen Listen erwischt. Irgend jemand fälscht Metachips, und Jesen könnte uns zur Quelle führen ... hätte uns dorthin führen können. Er muß eine *dreifache* Buchführung betreiben. Wenn ich ihn noch einmal per Vidcom auf den Schirm bekomme, glaubst du, du könntest ... ?«

Da erreichte Nancia ein Funkruf, und sie aktivierte ihren Zentralmonitor. Dorg Jesens schmales Gesicht erschien. »Habe gerade selbst ein paar Recherchen angestellt«, verkündete er fast freundlich. »Habe mir Ihre Zentral-Identifikationsnummer beschafft, um sie in meinen Bericht einzufügen. CN-935, wenn Sie Ihre Heckflossen binnen fünfzehn Minuten von diesem Planeten gehoben haben, wollen wir diese Episode gnädig vergessen. Im anderen Fall müßte ich allerdings eine förmliche Beschwerde beim KD einlegen und Sie und Ihren Pilot wegen Nötigung und Irreführung anzeigen.«

»Man kann nicht immer gewinnen«, versuchte Nancia Caleb zu trösten, als sie den Planeten hinter sich gelassen hatten und auf dem Weg zurück in die Zentrale waren. »Wir können eine Menge Dinge gut erledigen. Nur das Lügen gehört offensichtlich nicht unbedingt dazu, das ist alles.«

*Aber ich lüge doch selbst gerade, indem ich nichts sage.* Nancia ließ intern noch einmal die Datenaufzeichnung abspielen, die sie vor vier Jahren auf ihrer Jungfernfahrt gemacht hatte. Da war ja Polyon, wie er gerade fröhlich seinen Plan verkündete, Metachips am Kontingentierungskomitee vorbeizumanövrieren und sie an unautorisierte Firmen wie Dorg Jesens Porno-Imperium zu verkaufen. Wenn Caleb doch bloß wüßte, was sie wußte, dann könnte er einen Bericht an die Zentrale schicken, der sie sofort nach Shemali führen würde.

Nur ... daß er es nicht täte. In den vier Jahren ihrer Partnerschaft hatte Caleb seine moralischen Prinzipien kein einziges Mal kompromittiert. Er würde sich niemals dazu herablassen, eine Aufzeichnung zu verwenden, die ohne Wissen und Zustimmung der Passagiere angefertigt worden war. Und er würde Nancia auch nie wieder respektieren, wenn er erst einmal erfuhr, was sie auf dieser ersten Reise angestellt hatte.

Traurig beendete Nancia die Wiedergabe und klatschte fünf weitere Sicherheitsstufen darauf. Caleb durfte nie davon erfahren. Doch es mußte irgendeine Möglichkeit geben, die Ermittlungen der Zentrale auf Shemali zu lenken, damit sie nicht mehr von gefälschten Metachips ausgingen, sondern auf die Gefängnisfabrik kamen.

## SHEMALI, ZENTRALDATUM 2754: POLYON

Polyon hieb auf das Handcomputerbrett, das in seinen Armsessel eingebaut war und aktivierte eine Vidcomverbindung mit Bahati.

»Sommerlandklinik, Alpha bint Hezra-Fong, Privatübertragung, Kode CX22.« Das würde sein Nachricht verzerren, so daß nur jemand im Besitz des CX22-Dekodierhedrons dazu in der Lage war, etwas anderes als Kauderwelsch zu sehen und zu hören. »Alpha, meine Teure, du warst doch eine Spur zu voreilig mit deiner Ankündigung, daß du deine Seductron-Forschung abgeschlossen hättest. Das Muster, das du uns geschickt hast, hat einen meiner wichtigsten Techniker so blissed-out gemacht, daß er zu keinerlei nützlicher Arbeit mehr fähig ist. Ich habe keine Ahnung, wann er damit aufhören wird, seine Fußnägel zu bewundern, deshalb solltest du es mal besser herausfinden – und zwar schnell. Es sei denn, du möchtest gern selbst zur nächsten Versuchsperson werden.« Er lächelte freundlich in die Vidcomeinheit. »Dafür *könnte* ich nämlich sorgen, weißt du.«

Die nächste Botschaft ging an Darnell, sie wurde ähnlich verzerrt. Mit wenigen Worten informierte Polyon Darnell, daß IntraManager, die kleine ComLink-Fabrik, die Darnell gerade zu übernehmen versuchte, nicht angerührt werden durfte. »Es ist eine von meinen«, sagte er liebenswürdig. »Ich bin sicher, du hättest keine Übernahme versucht, wenn du das gewußt hättest, oder? Übrigens – habe ich dir eigentlich schon die neuesten Videoaufnahmen von der Metachip-Herstellung gezeigt?« Mit einem Tippen seiner Finger auf dem Handcomputer holte er eine Aufzeichnung aus den tiefsten Kreisen der Hölle hervor: In Schutzanzügen und -masken gekleidete Arbeiter, die umgeben von Wolken giftigen grünen Dampfs vor sich hinschufteten. Dies war die letzte und gefährlichste Phase der Metachip-Herstellung, wenn die Blöcke zwischen den mehrschichtig bedruckten Schaltkreisen durch ein schnelles Säurebad weggeätzt wurden. Bei diesem Prozeß wurde gasförmiges Ganglizid freigesetzt. Vor Polyons Zeit war diese Phase – übrigens ziemlich schlecht – von automatisierten Servomechanismen ausgeführt worden, die die Tiefe und die Zeitdauer der Ätz-Phase öfters falsch einschätzten, Metachip-Platinen fallen ließen und sich in der giftigen Atmosphäre schnell selbst vernichteten. Teuer und verschwenderisch. Im Gegensatz dazu konnten Zwangsarbeiter in Schutzanzügen mehr als dreimal soviele Metachips pro Schicht produzieren, während pro Jahr nur einige wenige von ihnen irgendwelchen Lecks in der Anzugversiegelung zum Opfer fielen.

»Siehst du den dritten Mann von links, Darnell?« sagte Polyon in das Vidcom, während die Bilder abspulten. »Das war mal ein Mitglied der Hochfamilien. Heute ist er Fließbandarbeiter auf Shemali. Wie tief die Mächtigen doch stürzen können, nicht wahr?«

Mit diesen Worten brach er die Verbindung ab – eine angedeutete Drohung war sehr viel effektiver als eine ausgesprochene. Tatsächlich hatte Polyon keinerlei Ahnung, wer die maskierten Arbeiter am Fließband sein mochten. Sie waren der Abschaum des Gefängnisses, jene entbehrlichen Insassen, die weder über technische Ausbildung noch ausreichenden Geschäftssinn verfügten, um ihre Unterbringung in den ungefährlicheren Abteilungen Entwicklung und Vorverarbeitung zu rechtfertigen. Und obwohl es tatsächlich ein Mitglied der Hochfamilien unter den Verurteilten auf Shemali gab, hatte man diesen Mann wegen einer besonders widerwärtigen Serie von Verbrechen hierher verbannt, zu denen die Folterung kleiner Kinder gehörte. Polyon glaubte nicht wirklich, daß er Darnell für so etwas erfolgreich dingfest machen könnte; denn das konnte selbst ein Blinder sehen, daß dieser reiche Junge viel zu schwache Nerven hatte, um irgend jemanden zu foltern.

*Aber schließlich brauche ich es ja auch gar nicht zu tun, nicht wahr? Die Drohung wird genügen, um den alten Darnell bei der Stange zu halten.*

Der letzte Anruf galt Fassa. Er hatte das Glück, sie persönlich zu erreichen. Polyon genoß das Schauspiel, als sich Fassas Augen weiteten, während er ihr detailliert erläuterte, wie unglücklich er doch über den Einsturz seines neuen Metachip-Fertigungsgebäudes war, wie verletzt er sich durch die Entdeckung fühlte, daß die Firma Polo beim Bau nur minderwertiges Material geliefert und verwendet hatte, und was er genau tun könnte, um sein Gefühl der Verlassenheit und des Verrats zu beschwichtigen. Das einzige Problem bei der Verbindung, dachte Polyon, war, daß er nicht mehr dazu kam, alle Dinge vollständig aufzulisten, die er Polo als Unternehmen und Fassa persönlich würde antun können. Denn bevor er damit halb fertig war, stammelte sie bereits Entschuldigungen und bettelte förmlich darum, die Fabrikhalle wiederaufbauen zu dürfen. Selbstverständlich kostenlos.

Polyon nahm das Angebot gnädig an.

Jetzt gab es nur noch eins zu erledigen. »Schicken Sie 4987832 herein«, befahl er.

Wenige Minuten später betrat ein bleicher Mann im grünen Gefängniseinteiler das Büro. Er lächelte Polyon selbstsicher an. »Sie haben es sich also überlegt?«

»Das habe ich ganz bestimmt«, bestätigte Polyon. Er lächelte und zuckte mit den Schultern. »Ich kann nicht behaupten, daß mir der Gedanke sonderlich behagt – aber ich sehe auch, daß Sie mir keine andere Wahl lassen. Sie sind ein cleverer Bursche, 4987832. Wer waren Sie denn früher?«

»James Masson«, antwortete der Häftling. »Forschungsleiter bei Zectronics – von denen haben Sie doch bestimmt schon einmal gehört? Nicht? Na ja, die Galaxie ist ja auch groß. Aber zufälligerweise habe ich dort persönlich die Metachip-Entwicklung geleitet. Deshalb konnte ich auch die Veränderungen wiedererkennen, die Sie in die Chips eingebaut haben.«

»Meine Hyperchips werden schneller und mächtiger sein als die alten Metachips, und zwar mindestens um den Faktor zwei«, antwortete Polyon. »Sie werden die Industrie revolutionieren. Um das zu erkennen, braucht man kein Genie zu sein. Genie gehörte nur dazu, so etwas zu ermöglichen.«

»Und das wird auch nicht alles sein, was die Hyperchips können, nicht wahr, de Gras-Waldheim? Nicht nur die Industrie steht vor einer ... Revolution.«

Polyon neigte leise den Kopf. »Trinken Sie ein Glas Smaragd-Sekt mit mir, um unsere Vereinbarung zu feiern?«

Massons Augen weiteten sich, und er fuhr sich mit der Zunge über die Lippen. »Oh, ich habe bestimmt schon seit ... zehn Jahren keinen Smaragd-Sekt mehr zu trinken bekommen. Nicht seit ich hierher kam! Ich muß sagen, de Gras-Waldheim, ich hätte nicht gedacht, daß Sie unsere kleine Abmachung so großzügig aufnehmen würden.«

Polyon hatte Masson den Rücken zugekehrt, als er den Smaragd-Sekt in zwei funkelnde Kugeln der OG-Leuchtwaren einschenkte.

»Eine Menge anderer Leute hätten ziemlich kleinlich auf mein Anliegen reagiert, mich am Gewinn zu beteiligen«, redete Masson weiter, nahm seine Kugel entgegen und leerte sie, »aber so sind Sie Hochfamilien-Typen eben, Sie haben gelernt, eine Niederlage in Würde hinzunehmen. Schließlich ist so eine kleine Gewinnbeteiligung ja auch das reinste Nichts, wenn man sich überlegt, was aus Ihren Plänen würde, wenn ich Gouverneur Lyautey *alles* über die Hyperchipprogrammierung erzählte.« Er nahm den letzten Schluck Smaragd-Sekt, fuhr sich noch einmal mit der Zunge über die Lippen, um den Geschmack zu genießen, dann lehnte er sich mit dem leicht benommenen Ausdruck eines Mannes zurück, der zum ersten Mal seit zehn Jahren wieder ein starkes Getränk zu sich genommen hatte.

»Wie ich schon sagte«, wiederholte Polyon, »Sie haben mir keine Wahl gelassen.« Er furchte plötzlich die Stirn. »Sie haben doch wohl Ihren Teil der Vereinbarung eingehalten, nicht wahr, Masson? Kein Wort zu irgend jemandem?«

»Kein Wort«, bestätigte Masson. Er sprach schon schleppender. »Ich will ... doch ... nicht ... daß ... jemand anders ... auch noch ... ein Stück vom ... Kuchen ...« Seine Augen wurden glasig und plötzlich starrte er mit glückseligem Lächeln Löcher in die Luft.

»Sehr gut. Schön, Masson, ich habe einen besonderen Auftrag für Sie.« Polyon beugte sich vor. »Hören Sie zu und wiederholen Sie es! Sie werden sich jetzt in die Säurebadkammern begeben!«

»Ich ... werde ... mich ... jetzt ... in ... die ... Säurebadkammern ... begeben«, wiederholte Masson monoton.

»Ich möchte, daß Sie dort eine Überraschungsinspektion durchführen. Sie werden sich vorher nicht ankündigen.«

» ...nicht ... ankündigen ...«

»Sie brauchen keinen Schutzanzug.«

Masson nickte und lächelte. Alle Intelligenz war aus seinem Gesicht gewichen. Polyon empfand einen Anflug von Bedauern. Der Mann war brillant gewesen; er könnte es auch wieder werden, wenn die Wirkung des Seductron nachließe. Er hätte ein nützlicher Untergebener sein können, hätte er nur nicht den Fehler begangen, Polyon erpressen zu wollen. Aber so ... Nun, es hatte ja keinen Sinn, Zeit zu vergeuden, nicht wahr? Verdammte Alpha. Wenn sie doch nur das kontrollierte Seductron entwickelt hätte, das sie ihm ständig versprach, dann wäre ihm dieser letzte, unappetitliche Schritt erspart geblieben.

Polyon beendete seine Anweisungen und bellte eine Entlassung: »Gehen Sie. Jetzt!«

Masson erhob sich taumelnd und verließ Polyons Büro. Polyon lehnte sich zurück und begann mit dem Zeigefinger in glühenden Linien einen Metachip-Schaltkreisplan auf den Entwicklungsmonitor zu ziehen.

Fünf Minuten später leuchtete sein Vidcom auf und zeigte das Gesicht des Aufsehers der Nachmittagsschicht. »Leutnant de Gras-Waldheim? Herr Leutnant? Es hat einen schrecklichen Unfall gegeben. Einer ihrer Entwickler ist gerade ... der Mann muß völlig verrückt geworden sein, er ist ohne Schutzanzug einfach in die Säurebadhalle hereinspaziert ... wenn er doch nur angeklopft hätte, dann hätte man ihn in der Außenschleuse warten lassen, bis man die Gase abgesaugt hatte ... Die Leute wußten nicht einmal, daß er überhaupt da war ... Der Raum war voll von Ganglizidgas, er hatte nicht die geringste Chance ...« Im Hintergrund waren Schreie zu hören. »Ach, Herr Leutnant, es ist entsetzlich!«

»Wirklich ein höchst bedauerlicher Unfall«, stimmte Polyon ihm zu. »Dann fangen Sie jetzt mit dem Papierkrieg an, 567934. Und machen Sie sich keine Vorwürfe. Manchmal überkommt es diese Leute einfach so, jedenfalls die Lebenslänglichen. Besser den Tod als lebenslänglich auf Shemali, denken die sich dann, und wer weiß? Vielleicht haben sie ja sogar recht. Ach, entschuldigen Sie, das hatte ich doch glatt vergessen – Sie sind ja auch ein Lebenslänglicher, nicht wahr?«

Er brach erst in Gelächter aus, nachdem die Verbindung beendet war.

# KAPITEL 7

## BASIS SPICA, ZENTRALDATUM 2754: CALEB UND NANCIA

Nancia hinkte mit halber Kraft in die Station Spica ein, abhängig von Calebs Berichten über die Schäden am Unterdeck, wo ihre Sensoren sich selbst zerstört hatten, um sie vor einem Schock zu bewahren, als der Asteroid sie traf.

»Ein unglücklicher Unfall«, bemerkte der Techniker Siebten Grades, als er an Bord kam, um den Schaden zu begutachten.

Nancia betrauerte den glatten Glanz ihrer Außenpolitur, der nun um das zerfetzte Metall des Einschlaglochs zerbeult und pockennarbig aussah. »Ich hätte eine andere Route nehmen sollen.«

»Und ein unglückliches Schiff.« Der Techniker riß sich seine Rotsensorenbrille ab, verbarg die Augen hinter einem schwarzen Streifen Plastifilm. »Ist doch unnatürlich. Das Schiff quatscht, der Steuermann nicht!«

»Die richtigen Bezeichnungen lauten, wie Sie zweifellos wissen, ›Gehirn-Schiff‹ und ›Pilot‹!«, erwiderte Nancia frostig. »Caleb ist ... das geht Sie gar nichts an. Lassen Sie ihn einfach in Frieden, in Ordnung?« Sie hatte ihn schon öfter erlebt, wie er in diese unvernünftigen Depressionen geriet, wann immer eine ihrer Missionen nicht ganz hundertprozentig erfolreich verlaufen war. Eine Woche nach dem katastrophalen Spionageauftrag gegen Dorg Jesen hatte er sich in sich zurückgezogen und kein Wort mehr gesagt, während Nancia sich bemühte, seinen Appetit mit raffinierten Gerichten aus der Kombüse zu wecken und ihm interessante Nachrichten aus den Klatschstrahlen zu präsentieren.

»Ich brauche jemanden am anderen Ende, der mir hilft, die Hyperchips an das Schiffssystem zu koppeln«, protestierte der Techniker. »Jemanden, der das Schiff kennt. Meine Leute sind zwar gut, aber das hier ist eine kleine Basis. Die haben noch nie an einem sprechenden Schiff gearbeitet. Und mit Hyperchips hat auch noch niemand allzuviel Erfahrung. Es könnte sein, daß die sich nicht mit diesem Sensorgeräten koppeln lassen, wie es die alten Metachips taten.«

»Dann«, antwortete Nancia, »sollten Sie ihnen vielleicht erklären, daß ein sprechendes Schiff tatsächlich *sprechen* kann. Es besteht keine Notwendigkeit, meinen Pilot zu stören, um Informationen zu erhalten; ich werde die Installation selbst anleiten.« Sie fühlte sich nicht annähernd so fröhlich und sorglos, wie sie zu klingen versuchte; schon der Gedanke daran, daß irgend so ein Penner wie dieser Techniker an ihren Synapsenverbindungen herumhantieren könnte, verursachte ihr Übelkeit. Aber sie wollte auch nicht, daß er Caleb belästigte. Wenn sie eins in vergangenen vier Jahren der Partnerschaft gelernt hatte, so daß Caleb nur noch um so länger deprimiert blieb, wenn er dazu gezwungen wurde, mit Leuten zu reden, bevor er dazu bereit war.

Der Techniker grunzte zustimmend und drehte an etwas, was sie nicht erkennen konnte. »Überprüfung Sensorverbindung mit OP-N1.15.«

»Wenn Sie damit meinen, ob ich sehen kann, was Sie tun«, erwiderte Nancia, »so lautet die Antwort nein.«

Der Techniker schreckte zusammen, erholte sich aber wieder schnell. »Ha! OP-N1-Serie ... optische Nervenverbindungen? Tut mir leid, meine Dame ... mein Schiff ... was immer Sie nun sein mögen. Denn was ich hier sehe, sind ja nur Tabellen. Ich hatte nicht gedacht ...« Er verstummte für einen Augenblick. »Ehrfurchtgebietend, wenn man es einmal so betrachtet. Daß da tatsächlich irgendwo in diesem Stahl und Titan eine echte *Person* drin ist!«

»Berichtigung«, warf Nancia ein. Langsam gewöhnte sie sich an diese Tendenz unter den Normalpersonen. Sie bestanden darauf, sie mit dem Körper zu identifizieren, der in der Titansäule zusammengekringelt lag, als sei das alles von ihr. »Ich *bin* eine Person. Woran Sie da gerade herumdrehen, ist meine Unterdecksicht, und ich hätte sie wirklich sehr gern zurück – danke!« Während sie sprach, öffnete sich ein teilvisuelles Feld. Jetzt konnte sie den Techniker wieder erkennen und sah, wie eine handschuhbewehrte Hand in das Gewirr aus geschmolzenem Metall und Kabeln hinaufgriff, das einmal ihr Unterdeck-Sensorsystem gewesen war.

»OP-N1.15 wiederhergestellt«, bemerkte der Techniker. »Wenn wir – he, das wird ja richtig einfach. Dann brauche ich dieses ganze Zeug ja überhaupt nicht.« Er hakte ein Prüfgerät an seinen Gürtel und benutzte beide Hände, um gekappte Kabel miteinander zu verbinden. »OP-N1.16 jetzt funktionsfähig? Gut. 17?« Schnell ging er die ganze Reihe durch, während Nancia ihn über den Reparaturstand auf dem laufenden hielt.

»Danke«, sagte sie schließlich, als er ihre gesamte Reihe von Optiksensoren im Unterdeck wiederhergestellt hatte. »Es ist ... ziemlich beunruhigend, einen Teil von mir selbst nicht betrachten zu können.«

»Das kann ich mir vorstellen«, stimmte der Techniker zu. »Freut mich, Ihnen behilflich gewesen zu sein, stets zu Diensten.«

Nancia fiel auf, daß sie im Laufe einer kurzen Reparaturarbeit von einem »unnatürlichen sprechenden Schiff« über eine »Person« offenbar inzwischen zu einer ›Dame in Not‹ avanciert war. *Bis die Reparaturen abgeschlossen sind, wird er sich wahrscheinlich zum Pilot ausbilden lassen wollen und wird sehr traurig sein, wenn er erfährt, daß er dafür schon zu alt ist.*

»Und das ist erst der Anfang«, versprach der Techniker. »In knapp einem Tag werden Sie wieder so gut wie neu sein. *Besser* als neu, um genau zu sein. Haben Sie sich schon einmal Hyperchips einbauen lassen? Dachte ich mir. Die sind ... ich weiß nicht ... ungefähr tausendmal besser als die alten Metachips. Das wird dann etwa so werden, meine Dame.« Seine Finger krümmten sich, als er einen der neuen Chips einsetzte. Es war ein merkwürdiges Gefühl, die Bewegung zu sehen, ohne den leichten Druck zu spüren und das Klicken zu hören, als der Chip einrastete.

»Spüren Sie etwas, wenn ich das tue?«

»Nein! Doch. Oh!«

»Habe ich Ihnen weh getan?«

»Nein. Ich war nur – überrascht.« Nancia hatte das Gefühl, als seien ihre Sensoren auf volle Leistungskraft aufgedreht worden, ohne die geringste Präzisionseinbuße. Jede Bewegung war scharf umrissen; um sie herum funkelte die Welt wie ein Kristall. »Wie viele von der Sorte haben Sie noch? Können Sie auch meine Oberdecksensorchips austauschen?«

Der Techniker schüttelte bedauernd den Kopf. »Tut mir leid, werte Dame. Ist ein Produkt aus Shemali. Im Augenblick gibt es noch nicht genügend Hyperchips, um sie jedem zu verabreichen, der sie zu Reparaturzwecken braucht, ganz zu schweigen vom Austausch und der Aufrüstung voll funktionsfähiger Geräte. Die Fabrik Shemali schätzt, daß es noch gute drei bis vier Jahre dauern wird, bis sie genug produziert haben, um alle Schiffe der Flotte damit aufzurüsten.«

»Oh. Natürlich.« Nancia erinnerte sich an den Plan, den Polyon auf ihrer Jungfernfahrt erläutert hatte. »Ich nehme an«, sagte sie und kam sich dabei sehr gerissen vor, »ich nehme an, daß ziemlich viele Chips durch die Qualitätsprüfung fallen? Schließlich handelt es sich ja um eine Neuentwicklung«, fügte sie hastig hinzu.

Der Techniker schüttelte den Kopf. »Nein, gnädige Frau. Tatsächlich versagen diese Chips bei den Qualitätsprüfungen nicht annähernd so häufig wie die alte Konstruktion. Meistens wird fast die gesamte Produktion für den Markt freigegeben. Es ist nur so, daß selbst eine Jahresproduktion von Shemali nicht sonderlich viel ist, wenn man bedenkt, wo die Chips dieser Tage überall hin müssen. Es geht ja schließlich nicht nur um die Flotte. Krankenhäuser, Stationshirne, Cyborgerneuerungen, Verteidigungssysteme – sieht ganz so aus, als würde die gesamte Galaxie ohne die Dinger bald zusammenbrechen!«

Nancia war erst enttäuscht, dann erleichtert. Sie hatte erwartet davon zu hören, daß dieser neue Typ irgendwie dazu führte, das große Mengen Metachips die Qualitätsprüfungen nicht bestanden und daß niemand wußte, was eigentlich aus den vom Komitee als Ausschuß monierten Chips später wurde. Das wäre ein Indiz gewesen, das sie Caleb gegenüber hätte erwähnen können, etwas, was sein Denken in die Richtung von Polyons illegalen Aktivitäten gelenkt hätte, ohne damit preiszugeben, daß sie von dem Plan bereits vorher gewußt hatte.

Statt dessen schien es eher so zu sein, daß Polyon seinen

Plan gänzlich aufgegeben hatte. Er war ja wirklich brillant. Vielleicht war die Hyperchipentwicklung seine Idee gewesen; und vielleicht, dachte Nancia optimistisch, hatte er auch sein ursprüngliches Vorhaben längst vergessen. Metachips zu stehlen, um an seiner Stelle das ehrlich verdiente Vergnügen zu genießen, wie seine Konstruktion in der Galaxie akzeptiert und verwendet wurde.

ANGALIA, ZENTRALDATUM 2754:

Die dritte jährliche Fortschrittsbesprechung der Fünf von Nyota fand auf Angalia statt, ein Arrangement, das niemanden erfreute – am wenigsten den Gastgeber.

»Es war schließlich *deine* Idee, die Jahrestreffen rotieren zu lassen«, warf Alpha bint Hezra-Fong mürrisch ein, als Blaize sich für die primitive Unterkunft entschuldigte. »Wir hätten uns auch in aller Bequemlichkeit in einem Konferenzraum im Sommerland treffen können, aber nein, du und Polyon, ihr mußtet ja unbedingt herumnörgeln, daß es unfair gegen euch beide wäre, jedesmal nach Bahati reisen zu müssen, nur um uns anderen drei entgegenzukommen, die das Glück hatten, dort stationiert zu werden. Deshalb müssen wir nun rotieren. Zwei hübsche Treffen auf Bahati, jetzt diese gottverlassene Müllhalde, und nächstes Mal, die Sterne stehen uns bei, auf Shemali. Ihr und eure tollen Ideen! Schick mir jemanden, der meine Sachen auspackt – du mußt hier doch bestimmt *irgendwelche* als Hilfskräfte haben, oder?«

»Ich fürchte, nein«, erwiderte Blaize mit einem sonnigen Lächeln. Langsam begann ihm den Gedanke an Alphas Unbehagen auf Angalia zu gefallen. Tatsächlich war es Polyons und nicht seine Idee gewesen, die Veranstaltungsorte rotieren zu lassen, aber Alpha fürchtete sich offensichtlich davor, ihre schlechte Laune an Leutnant de Gras-Waldheim auszulassen. Blaize warf Polyon von der Seite einen Blick zu, wie er da so aufrecht und korrekt in seiner schwarzen Akademieuniform dastand, und räumte insgeheim ein, daß er es Alpha nicht einmal verübeln konnte. Wenn jemand schon die Wahl hatte, entweder dem geheimnisvollen technischen Direktor der Metafabrik von Shemali verbal die Hölle heiß zu machen oder dem kleinen rothaarigen Strunz vom PHD, wer würde da nicht lieber auf den PHD-Weichling einprügeln?

Doch die Tatsache, daß er dies begriff, vergrößerte seine Liebe zu Alpha nicht gerade – ebensowenig zum Rest der Fünf von Nyota, sich selbst eingeschlossen.

»Willkommen«, sagte Blaize mit einer ausladenden Verneigung, die alle seine vier Gäste umschloß, »im Touristikzentrum Angalia. Eine bescheidene Anlage, wie ihr seht ...«

Darnells schnaubendes Lachen bestätigte diese Einschätzung.

» ... aber eine gewaltige Verbesserung im Vergleich zu den noch bescheideneren Anfängen«, endete Blaize. »Wenn der Sieger auf der Grundlage relativen Fortschritts anstelle absoluten Reichtums bestimmt würde, würde ich nächstes Jahr zweifellos den Vogel abschießen.« Und das war bei Gott die absolute, ungeschminkte Wahrheit! Die anderen mochten ruhig die Nase rümpfen, wenn sie Blaizes langgezogenen, niedrigen Bungalow mit seinem Reetdach und den überdachten Balkon musterten, den Garten aus einheimischen Farnen und Gräsern und den befestigten Weg, der von dort zur Korykiumine führte. Egal. *Er* wußte, was es gekostet hatte, diese Annehmlichkeiten aus dem Schlammloch zu stampfen, das ihm der Vertreter auf Angalia, der Aufseher Harmon hinterlassen hatte.

»Und alles mit einheimischen Arbeitskräften?« unterbrach Fassa seine Erklärung. »Dabei weiß doch jeder, daß die Loosies viel zu dumm sind, um für irgend etwas gut zu sein.«

Blaize legte einen Finger an die Nase und zwinkerte, eine Geste, die er aus einer alten 3-D-Serie mit dem Titel *Fagin und seine Kumpel* abgeguckt hatte. »Wirklich erstaunlich, wozu selbst ein Dummkopf fähig ist, wenn er nur richtig ... motiviert wird«, bemerkte er.

»Wo bewahrst du denn die Peitschen und die spitzen Stöcke auf?« Das war der teigige Darnell, dessen Augen glänzten, als würde er tatsächlich erwarten, daß Blaize jetzt ein Arsenal von Folterinstrumenten hervorholte, um ihren Gebrauch vorzuführen.

»Du hast wirklich überhaupt kein Einfühlungsvermögen, Overton-Glaxely«, tadelte Blaize den Mann. »Denk doch mal nach. Die ... Loosies waren am Verhungern, als ich hier eintraf. Das einzige, was sie am Leben erhielt, waren die PHD-Ziegelrationen. Die Aufgabe, diese Ziegelrationen zu verteilen, oblag natürlich dem PHD-Vertreter auf Angalia. Nämlich mir.«

»Na und?« Darnell war wirklich erstaunlich schwer von Begriff. Es war nicht das erste Mal, daß Blaize sich fragte, wie er die OG Schiffstransport und die kleineren Firmen, die die OG-Unternehmungen im Laufe der Jahre geschluckt hatte, zu einem solchen Erfolg hatte führen können.

»Nun«, meinte Blaize gedehnt, »ich sah keinen Grund darin, die PHD-Rationen einfach nur zu verteilen, wenn sie sich doch ebensogut dazu einsetzen ließen, die Eingeborenen zu etwas auszubilden. Wir haben inzwischen eine einfache Regel auf Angalia, meine Freunde – wer nicht arbeitet, soll auch nicht essen.« Er zeigte zum Eingangsschacht der Korykiummine hinüber. »Und das bezieht sich nicht nur auf den Bau des Herrenbungalows. Ich habe einen Titel auf diese Mine. Die Vereinigte Raumtec hat sie aufgegeben, weil man keine menschlichen Bergbaukräfte auf Angalia halten konnte. *Ich* dagegen habe einheimische Kräfte eingesetzt, um einheimische Rohstoffe zu fördern, wenn man so will – in ein paar Minuten werdet ihr die Leute von der Tagesschicht herauskommen sehen.«

»Und du bezahlst sie mit Ziegelrationen, die vom PHD umsonst geliefert werden?« Alpha gewährte Blaize ein anerkennendes Lächeln, daß es ihm eisig den Rücken herunterfuhr. »Ich muß zugeben, Blaize, du bist gar nicht so dumm, wie du aussiehst. Damit sind ja sämtliche Erträge aus der Korykiummine für dich der reine Profit.«

Blaize öffnete in gespieltem Entsetzen den Mund. »Dr. Hezra-Fong! Ich muß schon bitten! Ich bin zutiefst betroffen und desillusioniert, daß du so etwas von mir annehmen kannst! Alle Gewinne aus der Korykiummine gehören selbstverständlich den Eingeborenen von Angalia.« Er machte eine Kunstpause, bevor er weitersprach. »Da die Eingeborenen von Angalia allerdings nicht den Status intelligenter Lebewesen genießen, können sie auch keine Bankkonten eröffnen – folglich fließen die Gutschriften zwangsläufig auf ein Netzkonto, das wiederum auf meinen Namen läuft. Aber es wird von mir natürlich nur treuhänderisch für die Loosies verwaltet – hast du verstanden?«

Die anderen kicherten wissend, und alle waren sich einig, daß sie tatsächlich verstanden hatten und daß Blaize ein kluger Junge gewesen war, seinen Hintern für den Fall einer PHD-Inspektion auf diese Weise abzusichern. Alle bis auf Polyon de Gras-Waldheim, der mit einem Finger gegen den Saum seiner schwarzen Hosen klopfte und zu den Gewitterwolken am Horizont hinüberstarrte.

»Alles in allem hast du ja einiges auf die Beine gestellt«, gestand Darnell, »aber bei derartig blöden Kreaturen hast du doch bestimmt auch ... Disziplinierungsprobleme?« Wieder nahm seine Miene diesen Peitschen-und-Ketten-Ausdruck an.

»Falls dem so wäre, könnten abgestimmte Dosen Seductron vielleicht die Lösung darstellen«, flötete Alpha. »Ich habe die Macken im Dosierungssystem schon fast vollständig unter Kontrolle, und es könnte interessant werden, es an nichtmenschlichen Lebewesen auszuprobieren.«

Blaize zwang sich zu einem Lächeln. Zeit für die Vorführung. Er hatte sie im voraus geplant – für den Fall, daß es erforderlich werden könnte, die anderen noch zusätzlich zu beeindrucken, hatte aber gehofft, daß es nicht notwendig sein würde. Es würde eine schmutzige Sache werden. Und verschwenderisch. Aber anscheinend waren sie immer noch nicht davon überzeugt, daß er die Loosies voll im Griff hatte.

»Danke, Alpha, aber Seductron wäre nicht unbedingt das richtige. Die Loosies sind ohnehin schon passiv und formbar genug. Was sie brauchen, ist gelegentliche Stimulation, und die«, sagte er mit leisem Lachen, »kann ich schon selbst herstellen.« Er hob eine Hand und ließ sie in einer schnellen Bewegung wieder sinken.

Zwei der hohen Steinsäulen neben der Gartenmauer setzten sich auf jene schlurfende, unbeholfene Art in Bewegung, wie sie für die Loosies charakteristisch war. Nun, da sie sich bewegten, waren ihre Gesichtszüge und ihre humanoide Gestalt deutlich zu erkennen, obwohl sie noch einen Augenblick vorher mit den echten Steinen verschmolzen gewesen zu sein schienen, die den Rest der Mauer bildeten. Die beiden zerrten einen dritten ›Felsen‹ zwischen sich nach vorn, einen Eingeborenen, dessen doppelgelenkigen Beine unter ihm einknickten und dessen klaffende, lippenähnliche Hautfalte sich in einer Mimikry stummen Entsetzens öffneten und schlossen.

»Sie mögen zwar nicht sprechen«, meinte Blaize, »aber sie haben doch ganz gut gelernt, einige einfache Befehlszeichen zu verstehen. Jedenfalls die meisten von ihnen. Der Bursche da in der Mitte hat gestern abend ein Tablett fallenlassen, als er mein Essen auftrug. Eigentlich habe ich ihn mir ja aufgehoben, um vor den Minenarbeitern ein Exempel zu statuieren, aber da inzwischen ja Publikum anwesend ist« – er ließ seinen Blick träge über seine vier Mitverschwörer gleiten – »braucht man das Vergnügen ja nicht länger hinauszuzögern, nicht wahr?«

Mit einer gezielten Abwärtsbewegung, die er dreimal wiederholte, zeigte er auf den Rand des Hochplateaus. Die beiden Loosiewächter wackelten mit den Quadratschädeln und schleppten und trugen ihren Gefangenen über die Kante.

»Du bringst sie dazu, sich von der Klippe zu stürzen?«

»Überhaupt nicht«, gackerte Blaize. »Das wäre viel zu schnell. Kommt und seht!«

Als sich alle an der niedrigen Mauer am Rand des Plateaus versammelt hatten, waren die drei Loosies bereits auf die Schlammebene hinuntergestiegen und näherten sich einer der Stellen, wo sich die nach Schwefel stinkenden Blasen aus dem Schleim lösten und zerplatzten. Die beiden Wächter zerrten den Gefangenen an den Rand dieser brodelnden Stelle und warfen ihn in den weichen Schlamm. Als er zappelte und zu fliehen versuchte, nahmen sie die langen Stöcke auf, die den Rand der sprudelnden Stelle markiert hatten, und benutzten sie dazu, ihn in den dampfenden Sumpf zurückzustoßen.

»Darunter liegen natürliche Wärmequellen«, erklärte Blaize. »Sie sind äußerst heiß. Es braucht ein paar Stunden, bis sie gar sind. Zum Glück sind die Loosies wirklich geduldig. Die beiden, die ich als Wächter einsetze, werden ihn immer wieder untertauchen, bis er den Versuch, herauszukommen endlich aufgibt, selbst wenn es den größten Teil des Abends dauern sollte.«

Er kehrte der Foltervorstellung den Rücken und verneigte sich einmal mehr vor seinen Gästen. »Nun, meine Damen und Herren«, fuhr er mit wohlwollendem Lächeln fort, »kommen wir zum geschäftlichen Teil?«

Blaize bemerkte, daß selbst Polyon vor dem Tiefschwarz seiner Uniform bleich wirkte; die anderen drei waren zu schockiert, um etwas zu sagen. Um so besser. Nun würde wohl eine ganze Weile vergehen, dachte er, bevor einer von ihnen den kleinen Blaize noch einmal unterschätzte.

Nach der schockierenden Vorstellung, die Blaize ihnen soeben geboten hatte, begann das dritte Jahrestreffen in etwas ruhigerem Ton als die vorherigen Zusammenkünfte. Doch waren die Spannungen innerhalb der Gruppe immer noch präsent und hatten sich im vergangenen Jahr der Gärung eher noch zugespitzt.

Als Gastgeber nahm Blaize für sich die Ehre in Anspruch, den ersten Bericht vorzutragen. Während Polyon in unverhüllter Langeweile über seinen Kopf hinwegsah und die beiden Mädchen bleich und stumm dasaßen, begann er damit, Fakten und Zahlen zu rezitieren, um seine Behauptungen zu untermauern. In den früheren Jahren hatte er nur wenig zu berichten gehabt. Dieses Jahr schien er endlich in die Kontakte zu kommen. Er meinte eine Ahnung von Respekt in Polyons Blick wahrzunehmen, als er erläuterte, wie er die ersten Gewinne aus der Korykiummine dazu verwendet hatte, schweres Bergbaugerät zu erstehen, mit dessen Hilfe sich der Planet noch weitaus umfangreicher für eine Ausbeutung erschließen ließ. Darnell zuckte und murmelte während dieses Teils des Berichts vor sich hin, explodierte aber nicht, bis Polyon pointiert nachfragte, wie Blaize denn die Anfangskosten der Mine finanziert hatte.

»Durch den Verkauf von PHD-Überschüssen«, erwiderte Blaize prompt.

»Ach du lieber Gott«, kommentierte Polyon, »ich dachte, die ... ›Loosies‹ wären am Verhungern. Hat diese Maßnahme nicht deine potentielle Arbeitspopulation etwas reduziert?«

»Man darf nur nichts umkommen lassen.« Blaize wedelte mit der Hand. »In jeder Bürokratie gibt es haufenweise Überschüsse. Ich habe nur ... gewissermaßen ... das Fett herausgeschnitten.«

Vielleicht war es ein unglücklicher Zufall, daß sein Blick in diesem Augenblick auf Darnells traf und daß die luftigen Kreise seiner Hand sich als Andeutung des wachsenden Umfangs Darnells interpretieren ließen.

»Den Teufel hast du getan!« brüllte Darnell und sprang wütend und mit hochrotem Kopf auf die Beine. »Du meinst, du hast es *mir* aus dem Leib geschnitten!« Er wandte sich an die anderen, als heischte er um ihre Sympathie. »Der kleine Hurensohn hat mich nämlich erpreßt, damit ich ihm zusätzliche Vorräte hierher schicke – noch dazu *umsonst*, während er die Rationen verhökerte, die eigentlich den Eingeborenen zustanden!«

Diese Anschuldigung erzielte jedoch nicht so recht den Effekt, den er sich damit wohl erhofft hatte.

»Wirklich, Darnell?« fragte Polyon, und seine Augen schimmerten hell von Interesse. »Was hast du denn bloß angestellt, daß er dich überhaupt erpressen konnte?«

Darnell plusterte sich auf und fing an zu stottern, bis Alpha ihn unterbrach. »Wen interessiert das schon? Ich bin jedenfalls froh, daß dich endlich mal jemand ans Kreuz genagelt hat. Ich wollte es dir schon heimzahlen, seit du das Würfelparadies übernommen hast!«

»Was kümmert es dich, wenn ich ein heruntergekommenes Casino aufkaufe?«

»Dieses ›heruntergekommene Casino‹«, informierte ihn Alpha, »war zufälligerweise meine wichtigste Verkaufsstelle für Seductron zu Straßenpreisen. Das Glücksspiel war nur eine Fassade – wenn man die Bullen von Bahati erst einmal genug geschmiert hat, um einen Glücksspielladen zuzulassen, sind sie viel zu blöd, um noch zu überprüfen, ob das ganze Geld wirklich nur daher kommt. Würfelparadies – Paradieswürfel – kapiert, Blödmann? Das ist der Straßenname für Seductron.«

»Ich dachte, du hättest das Dosierungsproblem noch gar nicht gelöst!« Fassa klang entsetzt.

Alpha zuckte mit den Schultern. Unter ihrer aufwendigen Frisur dichtgeknüpfter Zöpfchen, die im Stil von Nueva Estrella in einem Spiralrahmen aus Prismaholz aufgetürmt war, wirkten ihre Gesichtszüge rasiermesserscharf. »Na und? Dann krepieren eben ein paar Blisstosüchtige mehr vor

Glück, wen schert das schon? Ich muß aus dem Seductron vor Anbruch des nächsten Jahres etwas herausschlagen. Selbst wenn ich sämtliche Nebeneffekte ausschalte, ist es ohnehin schon zu spät, es patentieren zu lassen. Das bedeutet Straßenverkauf oder gar nichts.« Es erinnerte sie wieder an ihren Kummer. »Und seit *du* meinen besten Verkaufsschuppen an dich gerissen hast, Puddinggesicht, heißt es gar nichts. Du bist mir noch etwas schuldig.«

»Du mir auch«, sagte Fassa zu Blaize. »Bei der Ausschreibung für die Korykium-Verarbeitungsfabrik hat del Parma die ganze Konkurrenz unterboten. Laut Regierungsvorschrift hättest du uns den Auftrag erteilen müssen. Wieviel hat dir denn das andere Unternehmen unter dem Tisch zugeschoben?«

»Das«, erwiderte Blaize steif, »ist eine Angelegenheit zwischen diesem Unternehmen und mir und geht dich nichts an, Fassa! Aber angesichts dessen, was ich über die Baumethoden der Firma Polo weiß, frage ich mich, wie du nur auf den Gedanken kommen kannst, daß ich blöd genug wäre, dich auf Angalia auch nur einen Latrinengraben ausheben zu lassen!«

»Ha! Angalia *ist* doch schon ein einziger Latrinengraben! Hahaha!«

Außer Fassa beachtete niemand Darnells lahmen Witz. Sie wirbelte herum und stach mit einem langen, schillernden, korykiumüberzogenen Fingernagel nach seiner Brust. »Und du! Erinnerst du dich noch an den Procyon-Transport? Das war das letzte Mal, daß die OG-Schiffstransport einen Auftrag der Polo-Baugesellschaft bekommen hat!«

Darnell strich sich die grüne Synthopelzjacke glatt und feixte. »Ich verstehe überhaupt nicht, worüber du dich beklagst«, erwiderte er. »Gutes Baumaterial gegen minderwertiges auszutauschen gehört doch zu den Standardpraktiken von Polo.«

»Nur«, antwortete Fassa, »wenn *ich* den Reibach mache. Ich führe schließlich keine Wohltätigkeitsorganisation zugunsten der OG-Schiffstransport.«

»Ich wüßte wirklich nicht, weshalb du das *nicht* tun solltest«, höhnte Darnell. »Wie man so hört, hast du doch einem Großteil der männlichen Bevölkerung von Bahati schon genügend barmherzige Nächstenliebe angedeihen lassen.«

Fassa setzte sich abrupt auf. »Erinnere mich bloß nicht daran«, jammerte sie, »als wäre es nicht schon schlimm genug, daß du und alle anderen mich übers Ohr hauen wollen – kann ich da nicht wenigstens für ein paar Augenblicke diesen Inspektor von CreditLin vergessen? Ich habe ihm alles gegeben, was er wollte, und die Raumstation ist auch bezahlt, aber ich verstehe einfach nicht, warum er nicht wieder weggeht.«

»Ich schon«, warf Blaize hilfsbereit ein. »Gefälschte Qualitätszertifikate, minderwertige Baumaterialien, schlampige Ausführung, untertarifliche Bezahlung ...«

»Betrüger!«

»Blutsauger!«

»Geldhai!«

Die Versammlung löste sich im üblichen Chaos auf, während Polyon sich zurücklehnte, die Arme verschränkte und murmelte: »Ungezogene Kinder!«

## KAPITEL 8

### KAILAS, SUBRAUM PROCYON, ZENTRALDATUM 2754

Der Büroturm des Diplomatischen Dienstes der Zentralwelten bestand aus einem Webwerk aus Stahl- und Titannadeln, die in durchschimmernden grünen Synthofilm gehüllt waren, der das natürliche Licht einfing und als sanftes, unveränderliches Glühen umverteilte. Ob Mittag oder Mitternacht – die DDZ-Büros auf Kailas wurden stets von einem sanften, leicht grünen Licht erhellt, das energieoptimiert war und beruhigend und beflügelnd wirken sollte.

Es gab Sev Bryley das Gefühl, als würde bei ihm gleich wieder die Dschungelfäule ausbrechen, die er sich auf Capella 4 zugezogen und die seiner Haut so zugesetzt hatte. Er versuchte, nicht an das Licht zu denken. Es war eine geringfügige Angelegenheit, die die kostbaren Minuten nicht wert war, welche dieser wichtige Mann ihm gewährt hatte.

»Sie verabscheuen es auch, nicht wahr?« fragte der wichtige Mann.

»Wie bitte?«

Ein ungeduldiges Grunzen. »Das gottverdammte Licht. Das haben sich irgend so ein Psycho und ein ÖkoTech ausgedacht. Gibt mir das Gefühl, ich wäre wieder auf Capella 6.«

»Für mich war es 4«, gestand Sev.

Noch ein Grunzen. »Ein anderer Krieg, aber derselbe Dschungel. Ich würde ja ein Fenster aufmachen, wenn es hier Fenster gäbe. Aber Plastifilm kann man schlecht aufpellen, wirklich schade.«

»Es ist sehr freundlich von Ihnen, sich die Zeit zu nehmen, mich zu empfangen, mein Herr«, sagte Sev vorsichtig. Sie hatten also einen vergleichbaren Hintergrund – Dienstzeit in den Capellanischen Kriegen? War das der Grund, weshalb dieser hochrangige Diplomat einem kleinen Privatermittler zehn Minuten seines überfüllten Zeitplans gewährt hatte?

»Keine Ursache. Das täte ich für jeden Freund der Familie, wenn er Hilfe brauchte. Also, was haben Sie für ein Problem, d'Aquino?«

Sev verspannte sich. »Ich hatte nicht vor, mich auf Familienverbindungen zu berufen, mein Herr ...«

»Dann sind Sie ein gottverdammter junger Narr«, meinte der grauhaarige Mann in dem konservativen blauen Jackett. »Ich habe Ihre Netzwerkakten studiert. Ihr voller Name lautet Sevareid Bryley-Sorensen d'Aquino – warum haben Sie ihn nicht benutzt, als Sie um diesen Termin ersuchten? Damit hätten Sie mich volle drei Tage früher sprechen können. Und warum ausgerechnet ich, wenn Sie nicht vorhatten, Ihre Beziehungen zu den Hochfamilien auszuspielen?«

»Ich war mir nicht bewußt, daß es zwischen unseren Familien eine Verwandtschaft gibt. Mein Herr«, sagte Sev steif, »ich bin nach Kailas gekommen, weil es die nächstgelegene Welt mit diplomatischen Vertretern von hinreichend hohem Rang war, um sich meines Problems annehmen zu können. Und ich habe um ein Gespräch mit Ihnen ersucht, weil Sie in dem Ruf stehen, einer der beiden Zentralweltbeamten auf diesem Planeten zu sein, die sich nicht bestechen, einschüchtern oder unterwerfen lassen.«

»Dann haben Sie also tatsächlich zwei ehrliche Männer gefunden, mein Diogenes? Ich fühle mich geschmeichelt.«

»Mein Herr, mein Name lautet Bryley, nicht Dio- ... wie auch immer.«

»Eine klassische Anspielung. Egal. Was lernt man nur heutzutage an der Universität? Aber Sie haben Ihre Ausbildung ja auch nicht abgeschlossen. Warum haben Sie nach Capella 4 nicht Ihren Veteranenanspruch wahrgenommen, Ihre Ausbildung auf Kosten der Zentrale zu Ende zu führen?«

Sev versuchte erfolglos, seine Überraschung zu verbergen.

»Das Netz kann ... äh ... ziemlich viele Einzelheiten liefern«, erklärte sein Befrager sanft. »Selbst wenn es um einen ziemlich obskuren Privatdetektiv geht, der erst kürzlich seine Stellung bei Bahati CreditLin verloren hat – ja, das habe ich auch herausbekommen. Es ging um irgendeinen Spielskandal im Würfelparadies, nicht wahr?«

»Das war eine Lüge!« Er war wütend vor Empörung bei dieser Erinnerung. »Mein Vorgesetzter ... er hatte anonyme Briefe über mich bekommen. Ich weiß, wer sie geschickt hat, aber ich kann es nicht beweisen.«

»Und wer könnte das gewesen sein?«

»Derselbe Mann, der auf mein Netzwerkkonto Gutschriften buchte und unter meinem Namen im Würfelparadies spielte – vielleicht hat er aber auch einen seiner Strohmänner geschickt. Als ich das Casino aufsuchte, wollte man mir dort nichts über den Mann mitteilen, der meinen Namen benutzt hatte.«

»Nein. Statt dessen hat man Sie zusammengeschlagen und in einer Seitenstraße in dem Ökorecycler geworfen.« Der Mann mit den grauen Augen musterte Sev mit einem Blick, der auch die leiseste Spur verheilender Kratzer und Schürfwunden registrierte. »Sie haben Glück gehabt, daß Sie nicht als Dünger für irgend jemandes Rosengarten wiederverwertet wurden; wir hegen den Verdacht, daß so etwas auch schon einigen anderen Leuten passiert ist, die den Besitzer des besagten Etablissements verärgert hatten. Danach sind Sie also wieder zu sich gekommen, aus dem Ökorecycler gekrochen, bevor er mit dem Zerhäckseln anfing, haben sich Ihre offensichtlicheren Wunden von irgendeinem Unterweltarzt behandeln lassen und ... sind durch die halbe Galaxie gereist, um drei Tage lang auf ein Gespräch mit mir zu warten. Wollen Sie, daß ich Sie wieder bei Bahati CreditLin unterbringe, geht es darum? Kleiner Gefallen unter Freunden? Denen eine Lektion erteilen, keinen Jungen aus den Hochfamilien aufgrund anonymer Anschuldigungen rauszuwerfen – auch nicht einen, der sich gegen seine Herkunft aufgelehnt hat und inkognito arbeitet?«

»Mein Herr!«

»Das ließe sich nämlich einrichten, wissen Sie«, meinte der grauäugige Mann und musterte Sev dabei eindringlich. »Ein Wort aus diesem Büro, und Bahati CreditLin wird Sie wieder einstellen, bei vollem Lohnausgleich, ohne irgendwelche Fragen zu stellen. Falls Sie das wollen ...«

»Nein, mein Herr.«

Der Mann mit den grauen Augen nickte forsch. »Gut. Das hatte ich auch nicht angenommen, aber man muß ja sichergehen. Dann wollen Sie also die Leute ausfindig machen, die Sie aufs Kreuz gelegt haben?«

»Mehr als das.« Sev senkte den Blick. »Ich denke, ich weiß, wer mich aufs Kreuz gelegt hat. Und auch weshalb. Aber das ist eine lange Geschichte, und dabei sind auch Hochfamilien im Spiel. Deshalb bin ich auch zu Ihnen gekommen. Jemand ohne diesen Hintergrund könnte versucht sein, die Angelegenheit unter den Teppich zu kehren aus Furcht, sich mit mächtigen Leuten anzulegen. Und von jenen Mitgliedern der Zentralverwaltung, die aus Hochfamilien stammen ... nun ...« Er spreizte hilflos die Hände. »Ich kenne ihre Herkunftslinien und ihren Ruf nicht. Die einzigen beiden Leute, deren Integrität über jeden Verdacht erhaben ist, sind Sie und Generälin Questar-Benn – und die befindet sich gerade auf irgendeinem Geheimauftrag, niemand wollte mir sagen, wo.«

»Wie schmeichelhaft«, schnurrte der grauäugige Mann.

Erst zu spät begriff Sev, was er da angedeutet hatte. »Mein Herr, ich wollte nicht ... ich bin Ihnen wirklich sehr dankbar, daß Sie sich bereit erklärt haben, mich zu empfangen.«

»Betrachten Sie das als inzwischen registriert. Warum sagen Sie mir jetzt nicht, worum es geht?«

Sevs Wangen wurden rot. Seine Zunge fühlte sich wie ein Stück Watte an. Wo sollte er nur anfangen? In diesem kühlen, grünbeleuchteten Büro erschien ihm der Wahnsinn, der ihn auf Bahati gepackt hatte, wie ein bloßer Traum.

»Es gab da ... ein Mädchen.«

»Aha! Wissen Sie, das kommt in solchen Fällen ziemlich häufig vor. Und Sie – haben sich zum Narren gemacht?« Er blickte Sev mitfühlend an. »Wissen Sie, ich kann mich durchaus noch an den Drang erinnern, sich wegen einer jungen Dame zum Narren zu machen. Ganz so alt und vertrocknet bin ich nun auch wieder nicht. Aber wenn es sich um eine sehr persönliche Geschichte handeln sollte, wäre es Ihnen vielleicht lieber, sie mir in einer etwas weniger förmlichen Umgebung zu erzählen. Manchmal fahre ich ans andere Ende der Stadt zum Mittagessen – dort gibt es auf der Dunkelseite ein Café. Nichts Großartiges. Aber wenigstens kommt man auf diese Weise mal aus diesem verdammten Dschungellicht heraus.«

Fünfzehn Minuten später fühlte sich Sev so, als wäre er doch dem Wiederverwertungsprozeß des Ökorecyclers zum Opfer gefallen, als er sich mit dem Mann, den er aufgesucht hatte, im hinteren Teil eines höhlenähnlichen, mattbeleuchteten Cafés an einen Tisch setzte. Das einzige Fenster, das ein wenig Sonnenlicht hätte einlassen können, war mit staubigen Streifen aus Glitzerband und Prismaholzhängern verhängt. In einer Ecke des Raums war ein drahtiger Junge mit langem rotem Haar, um das er eine schwarze Samtschlaufe gebunden hatte, mit seinem Synthocomgerät beschäftigt und erzeugte gelegentliche Stöße von schrillen Tönen, die Sevs Trommelfell beleidigten.

Selbst seine schmutzige Geschichte schien hier noch geradezu normal zu wirken. Er fragte sich, ob sie vielleicht deswegen in dieses heruntergekommene Lokal gekommen waren. Für einen Mann, der sein Berufsleben damit verbrachte, sich mit Präsidenten, Königen und Generälen zu treffen, schien dies doch ein ziemlich merkwürdiger Aufenthaltsort zu sein.

»Es ist ruhig hier«, erklärte der einzige ehrliche Mann auf Kailas, »und was noch wichtiger ist, ich weiß, daß hier keine ungenehmigten Aufzeichnungen von unserem Gespräch angefertigt werden. Ich kenne die Besitzerin dieses Ladens. Sie hat eine ganze Menge Gäste, die nicht wünschen, daß man ihre Gespräche belauscht oder aufzeichnet.«

»Das glaube ich gern«, sagte Sev aus vollem Herzen.

»So. Wenn Ihre Neugier darüber, weshalb wir ausgerechnet hierher gegangen sind, damit befriedigt ist – warum erzählen Sie mir dann nicht einmal von diesem Mädchen?«

»Sie war ...« Sev brach ab, schluckte, suchte nach einem erneuten Anfang. »Sie leitet eine Baufirma auf Bahati. Bei ihrem letzten Auftrag ging es um eine Raumstation, die als

Relais für Netzsignale dienen und den Kleinlastverkehr zwischen dem Subraum Wega und den Zentralwelten abwickeln soll. Im Zuge meiner Routinearbeit für Bahati CreditLin wurde mir aufgetragen, die Station einer letzten Ortsbegehung und Inspektion zu unterziehen. Es war … es hätte eigentlich nur eine reine Formalität werden sollen; der Chef der Baubehörde hatte das Objekt ja bereits genehmigt.«

»Ich vermute«, murmelte der grauäugige Mann, »daß das Bauwerk einige Mängel aufwies?«

»Es war der reinste Witz.« Sevs Hände huschten umher, und er vergaß seine Nervosität, als er die Entdeckungen schilderte, die er gemacht hatte. »Sicher, von außen sah alles gut aus. Eine frische neue Außenhaut aus Permalegierung. Die Innenkorridore gestrichen und von Leuchtkörpern erhellt, glänzende neue Sensorenschirme, um die Außenumgebung zu überwachen. Doch als ich erst einmal anfing, ein paar Luken zu öffnen und mir mal anzuschauen, was sich hinter dem frischen Farbanstrich verbarg …« Er schüttelte den Kopf. »Sie versuchte mich abzulenken. Nein. Das ist unfair. Sie … hat mich auch abgelenkt. Für eine Weile.« Drei Tage und drei Nächte in Fassa del Parmas Privatkabine auf ihrem persönlichen Transportschiff, in der Umlaufbahn um die Raumstation, dem flammenden Tanz der Sterne durch die durchsichtigen Wände über und unter ihrem eigenen Tanz und um diesen herum zusehend …

Sev merkte, wie ihn die Erinnerung daran wieder entfachte. Und das Bedauern. Selbst jetzt noch wünschte sich ein Teil von ihm nichts sehnlicher, als wieder mit Fassa del Parma y Polo auf der *Xanadu* sein zu dürfen. Gleich, um welchen Preis.

»Sie war … verärgert«, sagte er schleppend, »als ich ihr schließlich mitteilte, daß ich die Inspektion vorschriftsgemäß zu Ende zu führen hätte.« Er blickte den Mann an, der ihm am Tisch gegenübersaß, suchte nach einer Spur der Verurteilung in den gelassenen grauen Augen. »Ich hätte die Inspektion sofort ausführen müssen. Ich hatte ihr drei Tage geschenkt.« *Nein, die hat sie mir geschenkt. Drei Tage, die ich nie vergessen werde.* »Sie ließ ihre Leute Überstunden machen, um die billige Arbeit zu kaschieren. Verschalungen hinter Verschalungen. Falsche Sicherheitsnummern, die auf die gebrauchten Stützträger gesprüht wurden. Warnschilder mit Hinweisen auf chemisch gefährliche Räume vor den Rattennestern, die sie als elektronisches System bezeichneten – als ob mich so etwas hätte aufhalten können!« schnaubte Sev.

»Wenn ich chemische Warnschilder aufgehängt hätte«, bemerkte der andere Mann, »dann hätte ich auch sichergestellt, daß Sie beim ersten Mal, wenn Sie eine Verschalung entfernten, auch tatsächlich auf eine derartige Gefahr gestoßen wären. Natürlich nichts Tödliches. Ganz bestimmt nicht wirklich Bösartiges wie Ganglizidgas. Vielleicht etwas Sinusstimulierendes. Oder capellanische Pilzsporen.«

»Daran hat sie auch gedacht«, bestätigte Sev grimmig. »Aber ich auch, zu ihrem Unglück... ich, ich habe einen chemischen Schutzanzug getragen und eine Gasmaske, während ich die Elektronik überprüfte.«

»Und?«

»Der Bau hätte nicht einmal bei der oberflächlichsten Inspektion abgenommen werden dürfen«, sagte Sev tonlos. »Auf jeden Fall hat er meine nicht bestanden. Ich habe über das Netz einen vollen Bericht abgestrahlt – es genügte, um die Zahlungen für die Raumstation einzustellen und die Firma Polo einer Untersuchung auszusetzen. Die Dame war nicht gerade erbaut davon, als ich ihr mitteilte, was ich getan hatte.« Die Erinnerung eines Lächelns zog leicht an seinem Mundwinkel, und er rieb sich gedankenverloren die vier parallel zueinander verlaufenden Kratzer unter dem rechten Ohr. Das waren zwar kaum mehr als blasse Spuren von Narben, aber die Streifen prickelten immer noch, wann immer er an Fassa dachte. Von Fassa del Parma zerkratzt zu werden bereitete zwar nicht annähernd so viel Vergnügen wie das, was sie auf der *Xanadu* getan hatten, aber es blieb immer noch eine beachtlich stimulierende Erfahrung. Selbst jetzt noch, dachte Sev, wäre ihm eine Prügelei mit Fassa lieber als eine Party mit sechs beliebigen Mädchen aus seiner Bekanntschaft auf einmal.

Nicht daß es sehr wahrscheinlich war, daß er noch jemals Gelegenheit dazu bekam …

»Sie haben gesagt, daß die Raumstation aufgrund Ihres Bericht eigentlich hätte geschlossen werden müssen«, hakte sein Gegenüber sanft nach. »Aber statt dessen …«

»Wenn ich das nur wüßte.« Sev spreizte die Hände. »Als ich wieder auf den Planeten zurückgekehrt war, war mein Bericht verschwunden. Durch irgendeinen zufälligen Computerschaden waren meine gesamten Dateien gelöscht worden, und niemand hatte sich die Mühe gemacht, ihn zuerst in ein Datenhedron zu kopieren … jedenfalls haben sie das behauptet. Und dann wurde ich wegen sexueller Belästigung angezeigt. Um genau zu sein: Ich hatte angeblich eine planmäßige Inspektion nicht abgeschlossen und Fassa del Parma y Polo mit einem schlechten Inspektionsbericht gedroht, falls sie sich nicht meinen perversen Begierden hingeben sollte.«

»Sie war zuerst da«, murmelte der andere Mann.

»Ja, sie ist schnell«, gestand Sev zähneknirschend. »Und schlau. Und … na ja, das spielt ja keine Rolle. Nicht jetzt.«

*Jetzt werde ich nie wieder an Bord der* Xanadu *dürfen. Und selbst wenn ich an Bord ginge, würde sie mich dort an eine Wand nageln und mir die Haut bei lebendigem Leib abziehen. Und zwar ganz langsam.*

»Nun stand ihr Wort gegen meins, und keine Seite verfügte über Beweise. Jedenfalls hat mein Vorgesetzter mir das gesagt. Eine zweite Inspektion, eine zweite objektive Inspektion hätte dieselben Mängel vorgefunden, die ich in meinem Bericht erwähnt hatte. Doch mich wollten sie nicht noch einmal hinschicken, nicht nach ihrer Beschwerde. Und während man gerade noch nach jemandem suchte, der über genügend technisches Wissen verfügte, um die Inspektion durchzuführen, peitschte Senator Cenevix eine Gesetzesvorlage durch seinen Ausschuß. Er ist der Vorsitzende des Komitees für lauteren Wettbewerb«, erläuterte Sev. »Diese Gesetzesvorlage stellt Zweitinspektionen auf dieselbe Stufe wie Zweitprozesse für dasselbe Vergehen – damit wurden Baufirmen unter den Schutz des Verbots von Zweitverurteilungen gestellt. Und so durften wir nicht mehr zurückkehren, um Beweismaterial zu sammeln. Erst *danach* trudelten die Briefe ein, in denen es um mein angebliches Glücksspiel im Würfelparadies ging ... und ... nun, den Rest wissen Sie schon.«

»Was ich jedoch nicht weiß, ist, was Sie von mir in dieser Angelegenheit erwarten. Sie haben gesagt, daß Sie es nicht darauf abgesehen haben, Ihre Stellung bei Bahati CreditLin durch mein Eingreifen wiederzuerlangen – und das halte ich auch für eine gute Idee. Denn wenn Sie ins System Nyota ya Jaha zurückkehren sollten, glaube ich kaum, daß Ihr Leben dort noch sehr viel Wert wäre. Und sie müssen auch wissen, daß die Zentrale sich nicht in die inneren rechtlichen Angelegenheiten anderer Planeten einmischt. Wenn diese junge Dame einen Senator bestochen haben sollte, ist das zwar höchst bedauerlich, aber dann müssen wir eben warten, bis die Bevölkerung von Bahati das als Tatsache ansieht und ihn durch den entsprechenden Wahlvorgang aus dem Amt entfernt.«

»Nicht«, warf Sev grimmig ein, »wenn ich unwiderlegbares Beweismaterial dafür bekomme, was sie getan hat.«

»Mein lieber Junge, Sie werden niemals wieder auch nur in die Nähe eines Baus der Firma Polo gelangen. Nach allem, was Sie mir erzählt haben, bin ich ganz sicher, daß die Dame viel zu klug ist, um Sie noch einmal an sich heranzulassen.«

»Das stimmt«, pflichtete Sev ihm bei. »*Ich* habe jetzt keinerlei Chancen mehr, sie zu überführen. Und es gibt nicht viele Inspektoren – männliche wie weibliche –, für deren Immunität gegen Fassas ... Ablenkungsmethoden ich garantieren würde.« Für einen Augenblick der kurzen, fast schmerzhaften Erinnerung hielt er inne. »Vielleicht gar keine«, fuhr er fort und öffnete dabei wieder die Augen. »Aber ein Gehirn-Schiff sollte doch dazu in der Lage sein, meinen Sie nicht?«

»Sagen Sie mir«, erwiderte der grauäugige Mann, »genau, was Sie sich gedacht haben.« Er hatte zwar nicht einmal mit der Wimper gezuckt, doch Sev spürte sein plötzlich gesteigertes Interesse. Und so unterbreitete er ihm seinen Plan, akzeptierte zahlreiche Berichtigungen und Ergänzungen der Strategie und hielt schließlich voller Hoffnung und Erregung die Luft an. Es war ein ziemlich gewagtes Unterfangen gewesen, diesen Mann aufzusuchen, und er hatte eigentlich nicht damit gerechnet, daß etwas dabei herauskommen würde.

»Ich denke, es läßt sich machen«, lautete das Urteil. »Ich denke, es sollte getan werden. Und ich glaube auch, daß ich es arrangieren kann.«

»Dann bleibt nur noch, ein Gehirn-Schiff zu finden, das dazu fähig ist, den Plan auszuführen.«

»Jedes Kurierdienstschiff wäre dazu *fähig*.« In der gelassenen, leidenschaftslosen Stimme schwang die Andeutung eines Vorwurfs mit. »Aber das können wir noch übertreffen. Wir brauchen Integrität, Verstand, diplomatisches Geschick und die Fähigkeit, als Drohnenschiff durchzugehen. Es gibt da ein Schiff, das erst vor relativ kurzer Zeit in Dienst gestellt wurde, und das Ihren Zwecken dienen sollte. Ich kann für ihre persönliche Integrität garantieren, müssen Sie wissen, und das zählt bei dieser Operation am meisten. Was den Rest betrifft ...« Ein kurzes, ironisches Lächeln, das Sev verwunderte ... »Nun, sagen wir einfach, daß ich die Karriere dieses besonderen Schiffs mit einigem Interesse verfolgt habe.«

Er stand auf und Sev folgte seinem Beispiel. Als sie an der Musikplattform vorbeikamen, stieß der Synthocomspieler eine lautstarke, primitive Melodie hervor – ärgerlich, viel zu laut, aber mit einem mitreißenden Rhythmus hinter dem rohen Lärm. Sev gefiel es eigentlich, doch sein Begleiter schloß die Augen und erschauerte kaum merklich.

»Ich muß mich«, sagte er, als sich die Tür hinter ihnen schloß, »für die Musik entschuldigen. Meiner Meinung nach gehört sie nicht gerade zu den Attraktionen des Cafés. Trotzdem stellt sie den zweiten Grund dafür dar, weshalb ich hierherzukommen pflege.«

Sev runzelte verwundert die Stirn.

»Man sollte doch meinen, daß ein junger Mann aus einer Hochfamilie mit guter Ausbildung und Verwandten, die nur zu gern bereit wären, ihm den Start in einen nützlichen Beruf zu erleichtern, eine bessere Beschäftigung finden sollte, als in einer verstaubten Bar auf der falschen Seite der Stadt Synthocom zu spielen, meinen Sie nicht auch?«

Es war ganz eindeutig eine rhetorische Frage. Sev nickte zustimmend.

»Ja«, sagte der einzige ehrliche Mann auf Kailas, »das würde ich nämlich auch denken. Aber mein Sohn ist offensichtlich anderer Meinung.«

## KAPITEL 9

Rahilly, Nancias KD-Vorgesetzter, befahl ihr, es ruhig angehen zu lassen, solange sie sich noch an die Hyperchip-Implantate gewöhnen mußte. »Kehre zur Zentrale zurück und laß dir Zeit dabei«, befahl er ihr. »Wenn du hier eingetroffen bist, wirst du dir unter einer ganzen Reihe von Aufträgen einen aussuchen können, aber nichts davon ist dringend, es gibt also keinen Grund für dich, dich mit allzuvielen Singularitätsübertritten zu überanstrengen, während du dich gerade an deine neuen Kapazitäten gewöhnst.« Und so wählte Nancia einen langen Nachhauseweg, der nur nach einem einzigen, sehr kleinen Transitionssprung durch die

Singularität verlangte, während sie die verstärkte Klarheit und Gedankenschnelle genoß, die ihr überall zuteil wurde, wo man ihr Hyperchips eingesetzt hatte.

Nach dem Sprung ärgerte sie sich über die übertriebene Vorsicht des Kurierdiensts.

»Das war der beste Sprung, den ich je ausgeführt habe«, teilte sie Caleb mit. »Hast du gespürt, wie sauber ich diesen Hechtsprung in den Subraum der Zentralwelten geschafft habe?«

»Hechtsprung?« fragte Caleb.

Nancia fiel ein, daß sie während ihrer gesamten gemeinsamen Zeit nicht einmal darüber gesprochen hatte, wie sich die Singularität für sie anfühlte, ebensowenig über die athletischen Metaphern im Stil der Erde, die ihr immer einfielen, wenn sie durch einen in Dekomposition befindlichen 3-Raum tauchte. »Es ... das ist ein Sportlerausdruck«, erklärte sie. »Es gab da einmal Nachrichtenbytes über die irdische Olympiade ... Ich wollte eigentlich nur sagen, daß es ein ganz phantastischer Sprung war. Meinst du nicht auch?«

»Er war weitaus schneller als die meisten«, räumte Caleb ein. »Schauen wir einmal, wie unser Auftrag aussieht.«

Sie konnten sich unter drei Angeboten eins aussuchen, doch kaum hatte Nancia den Funkstrahl ausgewertet, als sie auch schon wußte, welches davon sie als einziges annehmen wollte. Es wurde ein Gehirn-Schiff für eine verdeckte Ermittlung der Geschäftsmethoden der Baufirma PIEPS auf dem Planeten im Sonnensystem ZENSIERT gesucht. Die Angelegenheit verlangte nach höchster Diskretion; die Einzelheiten würden nur jenem Gehirn- Schiff offenbart, das den Auftrag auch annahm.

»Eine zweiwöchige Reise. Ein großer Singularitätspunkt. Ich wette, ich weiß, wo es ist«, meinte Nancia.

»Das könnte aber auch die verschiedensten Routen bedeuten«, wandte Caleb ein.

»Ja, aber ...« Nancia erschuf ein Muster aus tänzelnden

Leuchtfäden auf ihrem Zentralbildschirm. Sie wäre bereit gewesen, ihr seit vier Jahren aufgehäuftes Grundgehalt und alle Sonderzahlungen darauf zu verwetten, daß mindestens eins der verwöhnten Blagen, die sie einst ins System Nyota ya Jaha befördert hatte, die Pläne auch umsetzte, über die damals gesprochen worden war. Fassa del Parma y Polo. Die Polo-Baugesellschaft. Bahati. War nicht irgend etwas in den Nachrichtenbytes über eine Verzögerung bei der Finanzierung der neuen Raumstation vor Bahati gekommen, irgendeine Sache mit der Endabnahme? ... Es mußte Fassas Firma gewesen sein. Und hier war nun Nancias Chance, eines dieser amoralischen kleinen Ungeheuer zu bremsen. »Caleb, nehmen wir diesen hier an. Er gefällt mir.«

Caleb schniefte tadelnd. »Nun, mir aber nicht. Verdeckte Ermittlung – das ist doch so gut wie Spionage. Der Ethikkodex von Wega sieht das übrigens genauso. Ich bin nicht in den Kurierdienst eingetreten, um dort als schmutziger, heimtückischer *Spion* tätig zu werden.« Er sprach das Wort so aus, daß es richtig obszön klang. »Und schau dir das hier einmal an.« Er überdeckte Nancias Muster aus tanzenden Lichtern mit einer Kopie der Auftragsbeschreibung, die er auf den Zentralbildschirm überspielte. Mit einem Laserzeiger hob er den Wartecode hervor, der sich unauffällig in der linken oberen Ecke der Statuszeile befand. »Siehst du das? Irgend jemand hat uns diesen Auftrag ausdrücklich zugeschanzt, auch wenn es bedeutete, drei Wochen lang zu warten, bis wir auf der längsten Flugroute aus dem Subraum Spica zurückgekehrt waren. Wenn wir uns im Netz ein wenig umschauten, würden wir wahrscheinlich auch herausbekommen, wer das getan hat – nein, das wäre unmoralisch«, räumte Caleb mit leisem Seufzen ein. »Aber es gefällt mir nicht, Nancia. Es riecht förmlich danach, als ob irgendwelche Hochfamilien sich eingemischt und an Fäden gezogen hätten. Ich meine, wir sollten lieber einen der anderen Aufträge übernehmen. Irgend etwas, das ganz schlicht formuliert ist und das wir ausführen können, ohne damit unsere Integrität zu kompromittieren.«

Doch selbst Caleb konnte nicht allzuviel Begeisterung für die beiden anderen Möglichkeiten aufbringen.

Der erste Auftrag, so wurden sie gewarnt, könnte relativ lange dauern. Es wurde ein Schiff gebraucht, das das Inspektorenkomitee des Planetaren Hilfsdiensts zu seiner fünfjährigen Inspektionsreise transportierte, um auf jedem Planeten darauf zu warten, daß das Komitee die Situation inspizierte und einen Bericht darüber vorbereitete.

»Es könnte schlimmer sein«, meinte er. »Und vielleicht dauert es auch gar nicht so lang. Wenn sie diese Reise alle fünf Jahre machen, müßte das letzte Inspektionsschiff kurz vor deinem Dienstantritt zurückgekehrt sein. Magst du einmal die Unterlagen überprüfen und feststellen, wie lang die Rundreise selbst gedauert hat?«

Nancia machte sich an eine Überprüfung der öffentlichen Berichtunterlagen, während Caleb die dritte Auftragsmöglichkeit studierte. »Einen Büffelbullen in den Subraum Cor Caroli befördern? Das soll ein Auftrag für den Kurierdienst sein?«

»Ein Beitrag zur Verbesserung der Landwirtschaft«, schlug Nancia vor, dann fügte sie hinzu: »Aber das können sie nicht ernst meinen. Bestimmt sollen wir doch nur eine Samenprobe befördern.«

Doch bei näherer Überprüfung stellte sich heraus, daß es noch nie jemandem gelungen war, von Donnerkeil III, dem preisgekrönten Büffelbullen im Zoo der Zentralwelten, eine Samenprobe zu nehmen. Und da sich die einzige überlebende Büffelkuh auf Cor Caroli VI befand und weil der dortige Zoodirektor behauptete, daß Shaddupa unter schrecklichem Singularitätsstreß litt und auf keinen Fall raumfluguntauglich war, verlangte die Erhaltung dieser Art danach, daß Donnerkeil III nach Cor Caroli VI transportiert wurde.

»Ich denke, da ist selbst ein PHD-Komitee noch eine angenehmere Gesellschaft als Donnerkeil III«, bemerkte Caleb. »Nancia, gibt es keine KD-Unterlagen darüber, wie lange die letzte Inspektionsreise dauerte?«

»Ich habe sie gerade gefunden«, antwortete Nancia. Sie hatte doch mehr Aktenjahrgänge überprüfen müssen als erwartet.

»Und?«

»Und sie sollten irgendwann im nächsten Jahr zurückkehren. Im Augenblick befinden sie sich immer noch im Subraum Deneb. Ich habe die Zwischenberichte gelesen. Es sieht so aus, als ob die PHD-Bestimmungen es dem Inspektionskomitee untersagen, irgendeinen Planeten wieder zu verlassen, bevor sie nicht den entsprechenden Planetenbericht einstimmig verfaßt und paraffiert haben.«

»Na und?«

Diesmal war es Nancia, die seufzte. »Caleb, das ist ein *Komitee*!«

Drei Stunden später kam Sevareid Bryley-Sorensen d'Aquino an Bord, um seinen Plan in allen Einzelheiten zu erläutern.

»Diese Bemalung gefällt mir nicht«, beschwerte sich Nancia, als die Umrüstung abgeschlossen war.

Caleb sah wütend auf ihr Kontrollpaneel. Sie wünschte sich, daß er sich umdrehen und ihre Zentralsäule anschauen würde, die nun hinter falschen Schotts versteckt lag. »Es war schließlich deine Idee, unter falschen Farben zu reisen. Nun beschwer dich nicht auch noch!«

»Ich habe nichts dagegen, als Drohnenschiff der OG-Schiffstransport verkleidet zu sein«, erläuterte Nancia. »Ich habe nur etwas gegen Darnells Farbenwahl. Flohbraun und Malve, wie furchtbar!«

Das stimmte nicht ganz. Sie hatte durchaus etwas gegen die Logos der OG-Schiffstransport, die man ihr an die Außenseiten gesprüht hatte; der Gedanke, daß Fremde sie nun anschauen und in ihr einen Teil von Darnell Overton-Glaxelys schnell wachsendem Reich sehen könnten, war schrecklich. Doch das würde sie Caleb gegenüber bestimmt nicht zugeben, nicht nachdem sie soviel schwere Überredungsarbeit hatte leisten müssen, damit er in den Auftrag schließlich einwilligte.

Sev Bryleys Plan selbst war sehr einfach. Fassa del Parma pflegte zwar Männer zu verführen, wenn es sein mußte, in unmittelbarer Nähe ihrer Bauprojekte aber waren nur sehr wenige Fremde zugelassen, die irgendeine Bedrohung hätten darstellen können. Und ihre Arbeiter waren ihr schon geradezu fanatisch treu ergeben …

»Über diesen Teil wollen wir nicht weiter reden«, hatte Caleb Sevs Bericht unterbrochen. »Das ist nichts für Nancia.«

»Ich glaube«, führte Sev vorsichtig aus, »daß ihre Loyalität mit Beteiligungsoptionen und hohen finanziellen Sonderzuwendungen erkauft wird. Ganz zu schweigen von der Tatsache, daß viele von ihnen, Gerüchten zufolge, unter anderem Namen von der Zentrale gesucht werden; irgend jemand scheint ein gutes Geschäft daraus zu machen, Fassa mit gefälschten Netzidentitäten für ihre Arbeiter zu versorgen.«

*Polyon*. Nancia erinnerte sich daran, mit wieviel Leichtigkeit und Geschick er sich über ihren eigenen Computer in die Netzwerkkonten eingehackt hatte. Und das lag schon fünf Jahre zurück. Inzwischen war er wahrscheinlich noch sehr viel besser geworden. Sie könnte Sev Bryley mitteilen, wo er nach dem Netzwerkfälscher Ausschau zu halten hatte … oder ihm einfach nur eine Andeutung machen. Eine Andeutung mochte diesem entschlossenen jungen Mann genügen; man sah es daran, wie schnell er die Verbindung zwischen der Firma Polo und der OG-Schiffstransport ans Tageslicht gezogen hatte, die nun die Hauptgrundlage für ihren hastig umgesetzten Plan darstellte.

Fassas Gewerbe verlangte nach Schwertransportmöglichkeiten. Zwar benutzte Polo eigene Schiffe, doch wenn sie zu viele Aufträge hatte, pflegte Fassa Drohnenschiffe der OG-Schiffstransport anzumieten. Die Drohnen stellten die sicherste Methode dar, illegal Materialien zu transportieren; da gab es keine anderen Zeugen als ihre eigenen Männer, die die Fracht an einem Ende einluden, und den Männern des Kunden, die sie am Ende der Reise löschten. Keine der beiden Seiten hatte ein Interesse daran, gegen ein System auszusagen, das ihnen so viel Gewinn versprach.

Sev hatte alles herausbekommen, indem er Berichte im Netz miteinander verglichen und jedermann interviewt hatte, der auch nur beiläufig Interessen an der Firma Polo hatte. Es fehlte ihm nur eins: die Aussage eines unbestechlichen Augenzeugen, der seine Schlußfolgerungen bestätigte. Irgend jemand mußte selbst *sehen*, wie das Baumaterial ausgetauscht wurde ... jemand, dessen Integrität außer Zweifel stand ... jemand, der dicht genug ans Geschehen herankam, ohne Fassa vorzuwarnen.

Die Integrität von Kurierdienst-Gehirn-Schiffen war strittig. Und Fassa, die an die Dienstleistungen der geduldigen, stummen, hirnlosen Drohnenschiffe der OG-Schiffstransport gewöhnt war, würde kaum argwöhnen, daß sich hinter bemalten Schotten und leerstehenden Frachtdecks ein menschliches Gehirn mit der sensorischen Kapazität verbarg, alles, was an Bord des Schiffs vorging, zu hören und zu sehen ... und das auch noch über die Intelligenz verfügte, darüber später eine Aussage zu machen.

»Es ist ein brillanter Plan«, erklärte Nancia, als Sev ihn das erste Mal erläuterte.

»Mir gefällt er nicht«, antwortete Caleb wütend. »Nancia allein hinauszuschicken – ohne daß ich dabei bin, um sie anzuleiten? Was ist, wenn sie in Panik gerät?«

»Ich werde nicht in Panik geraten.« Nancia ließ ihre Stimme so ruhig und gelassen klingen wie möglich.

»Und außerdem werde ich ja bei ihr sein«, versetzte Sev. »Ich werde zwar nicht das Risiko eingehen, hinauszukommen, um von denen gesehen zu werden, aber ich werde über Nancias Sensorschirme alles mitverfolgen und ihr Stichworte geben, falls sie Hilfe brauchen sollte.«

Caleb verschränkte die Arme. »Das«, sagte er grimmig, »ist keine befriedigende Lösung. Warum kann ich nicht auch mitkommen? Ich bin schließlich ihr Pilot. Ich sollte immer bei ihr sein.«

»Um die Risiken zu minimieren«, antwortete Sev knapp. Tatsächlich hatte sein ursprünglicher Plan vorgesehen, das Gehirn-Schiff völlig unbewacht loszuschicken, wie eine Drohne. Doch er wollte sich auf keinen Fall den Höhepunkt seiner sorgfältig geplanten Aktion entgehen lassen. Er traute sich zu, genügend Selbstbeherrschung aufzubringen, um außer Sichtweite zu bleiben, bis Fassa sich ausreichend selbst belastet hatte; doch soviel Vernunft mochte er Caleb wiederum nicht zusprechen. Das alles zu erklären, dürfte den Piloten allerdings kaum besänftigen.

Caleb wandte sich direkt an Nancia. »Du bist zu jung«, sagte er. »Du bist zu unschuldig. Du wirst ihre schmutzigen Tricks erst erkennen, wenn es zu spät ist. Du ...«

»*Caleb.*« Sev Bryleys Stimme knallte plötzlich los wie ein Gewehrschuß. Der Pilot hörte auf, wie unter Zwang in der umgestalteten Kabine auf- und abzugehen. »Sie sind Nancia keine Hilfe«, sagte Sev schließlich, als er Calebs Aufmerksamkeit auf sich gezogen hatte. »Machen Sie sie nicht nervös. Warum gehen Sie nicht einfach in die Raumhafenbar und trinken etwas? Ich werde nachkommen, sobald Nancia und ich die letzte Checkliste ihrer Anweisungen durchgegangen sind.«

Caleb öffnete den Mund zu einer zornigen Erwiderung, dann schloß er ihn wieder. Nancia wünschte sich, sie hätte einen Sensor, der ihr über das schnelle Ticken seines Gehirns Bericht erstatten könnte. Irgend etwas heckte er doch aus – aber was?

»Die Einnahme berauschender Getränke verstößt gegen den Ethikkodex von Wega«, sagte Caleb schließlich, und Nancia entspannte Verbindungsbögen, von denen sie gar nicht gewußt hatte, daß sie so belastet worden waren. Was immer Caleb gedacht haben mochte, zumindest zielte er nicht auf eine Prügelei mit Sev ab, die ihrer Mission zu diesem späten Zeitpunkt höchstwahrscheinlich noch den Garaus gemacht hätte. »Ich ... ich ... ich könnte allerdings einen Gemüsesaft zu mir nehmen.«

»Dann tun Sie das«, stimmte Sev zu. »Wir treffen uns in ein paar Minuten.«

Mit vor der Brust verschränkten Armen lehnte er sich gegen ein falsches Schott. Die improvisierte Kabinenwand quietschte protestierend, und Sev richtete sich hastig wieder auf. »Reichlich schlampige Arbeit, deine Innenumgestaltung«, bemerkte er, als Calebs Schritte die Mitteltreppe hinaufhallten.

»D- dann p- paßt es ja gut zu den Bauobjekten der Firma P-Polo.« Wo kam denn nur dieses Stottern her? Nancia befahl ihren Stimmschaltkreisen zu entspannen. Doch die verkrampften sich um so mehr, und so klang der nächste Satz wie ein Quieken: »Welche letzte Checkliste?«

»Was? Ach nein, es gibt keine. Ich wollte nur Caleb loswerden. Er hat dich nervös gemacht, nicht wahr?«

»Mir geht es gut«, antwortete Nancia, diesmal um einiges unfreundlicher, als sie vorgehabt hatte.

»Du wirst eine größere Kontrolle über deine Stimmregister brauchen, um wie eine Drohne zu klingen«, warnte Sev sie. »Deren synthetische Stimmen schwanken nämlich nicht.«

Er ließ sich auf den Kabinenboden sinken, kreuzte ohne erkennbare Anstrengung die Beine und blickte auf die falsche Wand, die Nancias Titansäule verbarg. »Verdeckte Ermittlungsarbeit ist immer anstrengend«, gestand er. »Ich habe früher immer eine halbe Stunde Yoga gemacht, bevor ich eine falsche Identität annahm.«

Nancia ging schnell ihre Datenbanken durch. Anscheinend handelte es sich bei *Yoga* um ein Körpertraining auf der Alten Erde, das zu Beruhigung und spiritueller Erleuchtung führen sollte.

»Wirklich schade, daß du das nicht auch kannst«, bemerkte Sev.

»Ein Gehirn-Schiff kann alles, was ihr Normalpersonen könnt!« fauchte Nancia. »Nur besser! Erzähl mir von diesem *Yoga*.«

Sev grinste. »Vielleicht kannst du das. Es bedarf nur einer kleinen Übersetzung. Mal sehen, fangen wir doch mit regelmäßigem Atmen an ... nicht so schwer«, tadelte er Nancia, als sie die reine Luft durch ihre Belüftungsluken ein- und ausfahren ließ. »Nur regelmäßig. Geichmäßig. Leicht. Und jetzt schließe die ... deaktiviere deine visuellen Sensoren.«

Normalerweise verabscheute Nancia die Finsternis, die jede vorübergehende Unterbrechung der visuellen Sensorkontakte begleitete. Doch diesmal geschah es freiwillig. Und Sevs Stimme fuhr fort, leise und beruhigend ... und es war *tatsächlich* entspannend, nicht ihr umgestaltetes Inneres betrachten zu müssen.

Caleb mußte gerade durch die untere Außenluke steigen; wenn sie einen Außensensor öffnete, würde sie ihm nachsehen können, wie er über den Landeplatz zum Zentralbau des Raumflughafens spazierte ... *nein*. Sie würde jetzt nicht die Konzentration der Übung unterbrechen; Sevs geduldige Instruktionen erreichten ihr Ziel. Sie fühlte sich schon deutlich weniger nervös, als sie seinen Suggestionen Folge leistete, die Energie in ihren unteren Maschinen zu spüren und sie durch die Triebwerkseinheiten strömen zu lassen, ohne sie tatsächlich freizusetzen. Ein warmes, leuchtendes Gefühl durchströmte ihre Flossen und die Außenhülle. Calebs Streit mit Sev, die vor ihr liegende Konfrontation vor Bahati, sogar der erregende Verdacht, daß Daddy sie persönlich für diesen Auftrag vorgeschlagen haben könnte ... alle diese Zweifel, Befürchtungen und Hoffnungen schienen plötzlich sehr klein und weit entfernt zu sein. Nancia betrachtete sich selbst, ein winziger Staubfleck im Universum; ebenso der Planet, auf dem sie gerade ruhte, die Sonne, die den Himmel um sie herum erhellte. Alles kleine, schwebende Punkte in einem unendlichen Muster; Punkte erloschen oder entstanden, das Muster aber wirbelte ewig weiter und weiter ...

»Nun stell wieder volle Sensorverbindungen her.« Sevs ruhiger Befehl war wie ein sanfter Weckruf. Nancia öffnete ihre Sensoren, einen nach dem anderen, spürte erneut das Wunder der Existenz. Der schmutzige Raumhafenboden unter ihrem Landegestell, der Geruch von Maschinenöl in der Luft draußen, der Anblick und die Geräusche eines gewöhnlichen, aktiven Raumhafens, alle hatten sie begonnen zu leuchten und zu vibrieren.

»Ich denke, jetzt bist du in Ordnung«, sagte Sev befriedigt.

»Das denke ich auch«, bestätigte Nancia.

Aus Gewohnheit startete Nancia so sanft, als hätte sie ein volles Komitee von Diplomaten der Zentralwelten an Bord. Nur weil sie in den abstoßenden Farben der OG-Schiffstransport bemalt war, brauchte sie nicht auch wie eine geistlose Drohne einen Brutalstart zu vollführen. Außerdem würde eine schnelle Bewegung jetzt die Trance der Friedseligkeit vernichten, in der sie noch immer schwebte. Und, dachte sie schuldbewußt, es würde auch Sev zusetzen. Wenn Caleb an Bord gewesen wäre, hätte sie als erstes an seine Bequemlichkeit gedacht; Sev hatte das ebenfalls verdient.

Ihr Umbau zu einer Drohne war auf der Basis Razmak im Subraum Bellatrix erfolgt. Razmak verfügte über den sehr nützlichen Vorteil, nur eine Raumflugstunde von einer Singularitätszone entfernt zu sein, die sich direkt in den Subraum Wega in der Nähe von Nyota ya Jaha öffnete; auf diese Weise brauchte Nancia keinen weiten Flug zu riskieren, in dessen Verlauf irgendein echter Angestellter der OG-Schiffstransport sie hätte bemerken und ihre Gegenwart weitermelden können. Wie ein silberner Regenbogen schoß sie durch den Himmel und stieß in einem eleganten Sprung in die Singularität ein.

Aus der Sicht einer Normalperson bestand der Nachteil

dieser speziellen Transition darin, daß sie subjektiv länger dauerte als normal. Sev hatte gemeint, daß dies durch die Vorzüge der Basisstation Razmak aufgewogen werde; Nancia konnte nur hoffen, daß er das auch noch so sehen würde, nachdem sie in den Subraum Wega eingetreten waren.

Was Nancia selbst betraf, so hatte sie sich auf den Sprung gefreut. Sie schnitt die wogenden Wellen des zusammenbrechenden Subraums, tauchte unter und stieß wieder auf und trudelte durch die Räume, bis der Dekompositionstrichter sie wirbelnd in seinen schrumpfenden Raum einzog. Systeme linearer Gleichungen folgten ihrem geordneten Tanz; um Nancia herum schrumpfte der Raum und dehnte sich aus, sangen die Farben, entfaltete sich die unausweichliche Gleichmäßigkeit der mathematischen Transformationen mit der Schönheit einer Bachfuge. Mit einem Jubelschrei trat sie in den Subraum Wega hinaus, ließ die goldenen Klänge einer Purcell-Trompete durch die verborgenen Korridore und leeren Ladebuchten hallen.

»HÖR AUF DAMIT!«

Der empörte Schrei, der widerhallte, wo keine Menschenstimme hätte ertönen sollen, wirkte wie ein Hochfrequenzstoß durch Nancias Synapsenverbindungen.

Sie öffnete sämtliche Sensorverbindungen auf einmal. Die Welt war ein facettierter Diamant von Bildern: bemalte Schotten, Pseudostahlkorridore, Sev, der noch immer zum Singularitätsübertritt an seine Koje geschnallt war; die Zentralkabine, aus drei Winkeln zugleich gesehen: und alles eingerahmt von der Schwärze, die vom Feuer ferner Sonnen gesprenkelt war, wie sie die Außensensoren wiedergaben.

Und dann Caleb, der aus einem der Winkel hervorkam, wo provisorische Wände Nancias Sensorsicht ihres eigenen Innenlebens blockierten, prachtvoll in seiner vollen Uniform des Kurierdiensts und immer noch von der ausgedehnten Phase in der Singularität grün im Gesicht. Nancia schloß alle anderen Sensoren und vergrößerte Calebs Bild. Ihr Pilot neigte sonst nicht zu Prunk im Dienst; sie hatte ganz vergessen, wie prachtvoll ein Mann in der unbequemen schwarzsilbernen Uniform des Kurierdiensts aussehen konnte.

»Hast du eine Abneigung gegen klassische Musik entwikkelt?« Es war das einzige, was ihr zu sagen einfiel – das einzige, das jetzt zu sagen gefahrlos war.

»Bei den hohen Noten warst du einen halben Ton zu tief«, informierte Caleb sie und setzte dabei die gleiche distanzierte Stimme ein, die Nancia verwendet hatte. »Und *viel* zu laut.«

»Ich schätze, ich muß mich bei dir für den unbeabsichtigten Anschlag auf deine empfindlichen Sensoren entschuldigen«, meinte Nancia. »Ich hatte die Kabinenlautsprecher abgestellt und wußte nicht einmal, daß es noch eine weitere Normalschale an Bord gibt.«

»Eine *was*?«

Hatte Caleb tatsächlich viereinhalb Jahre als ihr Pilot mit ihr zusammen verbracht, ohne auch nur einmal den umgangssprachlichen Begriff mitzubekommen, den Hüllenpersonen für mobile Menschen verwendeten? Nancia ging schnell eine Auswahl ihrer Kommunikationen durch. Es war tatsächlich möglich. Noch nie war ihr so klar geworden, wie stark sie ihre Mitteilungen um Calebs willen zensiert, wie sorgsam sie es vermieden hatte, gegen seinen Sprach- und Handlungsstandard zu verstoßen.

Vielleicht war sie ja zu vorsichtig gewesen, wenn er jetzt tatsächlich glauben sollte, mit einer solchen Darbietung durchzukommen.

»Du wirst dir schon denken können, was der Begriff bedeutet«, sagte Nancia. Und dann, als ihr gefühlsmäßig klar wurde, was Calebs Tat bedeutete, zerbrach ihre schwer erkaufte Kontrolle. »Caleb, du Idiot, du hättest umkommen können! Was wäre passiert, wenn ich mit voller Kraft gestartet wäre? In deinem Versteck dort drüben hätte es dich doch umhergeschleudert wie drei Würfel in einem Becher!«

»Du vollführst nie harte Starts oder Landungen«, versetzte Caleb. »Dafür bist du viel zu sehr darauf erpicht, mit deiner Fähigkeit anzugeben, selbst noch auf einem Pfennigstück butterweich zu landen.«

Nancia war für einen Augenblick abgelenkt. »Was ist denn ein Pfennigstück?«

»Das weiß ich auch nicht so richtig«, gestand Caleb. »Es ist ein Ausdruck von der Alten Erde. Ich glaube, damit muß irgendeine Art kleines Insekt gemeint sein. Willst du es im Wörterbuch nachschauen? Wir könnten ja auch die Dateien über alte Sprachen im Netz abrufen. Irgend etwas, um die Zeit zu vertreiben.«

»Hör auf, das Thema zu wechseln! Warum hast du mir nicht gesagt, daß du an Bord sein würdest?«

»Hättest du mich gelassen?«

»Na ja ... nein«, gestand Nancia. »Ich hätte es Bryley mitteilen müssen. Deine Gegenwart könnte die Mission in Gefahr bringen, Caleb, begreifst du das denn nicht? Ich bin doch angeblich ein unbemanntes Drohnenschiff, hast du das vergessen?«

»Ich weiß«, antwortete Caleb. »Keine Sorge. Ich werde die verdammte Mission nicht gefährden. Aber ich konnte dich auch nicht allein auf diese Räuberbande loslassen, Nancia. Ist das so schwer einzusehen?«

Sie war überhaupt nicht allein; sie hatte Sev, der alles über Detektivarbeit und verdeckte Ermittlungen wußte. Andererseits konnte sie Caleb ja wohl schlecht vorwerfen, daß er sie beschützen wollte, oder?

»Bleib wenigstens außer Sichtweite«, entschied Nancia schließlich. »Bitte, Caleb?« *Oh! Sev benützt gerade seine Kabine. Das wird ihm nicht gefallen.* »Arrangier dich mit Sev. Wenn einer von euch sich verstecken kann, werden zwei es vielleicht auch können. Aber – er ist der Leiter dieser Mission. Darin habe ich eingewilligt, und das mußt du auch tun.«

Sie gelangte zu dem Schluß, daß das knappe Heben des Kopfs die einzige Zustimmung war, die sie von ihm bekommen würde.

»Noch etwas. Warum?« fragte Nancia, »hast du für diesen kleinen Ausflug eine volle Dienstuniform angelegt? Nicht daß es schlecht aussähe, aber ich hätte eigentlich gedacht, daß etwas weniger Auffälliges ...«

Caleb erklärte mit Geduld und Langatmigkeit die überlieferten Ehrvorstellungen auf Wega. In seinem Kopf schien es irgendeine Verbindung zwischen dem Tragen einer Uniform und der Verwechslung mit einem Spion zu geben. Oder auch der Nichtverwechslung. Nancia konnte dem Gedankengang nicht so recht folgen, und als er schließlich von weganischer Geschichte zu Erzählungen der Alten Erde überwechselte, in denen es um einen gewissen Major André ging, gab sie den Versuch auf. Caleb blieb Caleb. Sein Ehrgefühl ließ es nicht zu, daß er sein Gehirn-Schiff allein in eine Situation schickte, die er als gefährlich und moralisch fragwürdig einstufte. Offensichtlich ließ es sein Ehrgefühl ebensowenig zu, sich für diesen Anlaß etwas Vernünftiges anzuziehen.

Während Caleb über die Gesetze des Krieges dozierte, über das Konzept vom gerechten Krieg, den Bund Gottes und die Genfer Konvention, suchte und aktivierte Nancia ihre Dateien mit barocker Bläsermusik. Mit ausgeschalteten Lautsprechern ließ sie das Trompetenkonzert von Purcell dreimal durch ihre Kommunikationskanäle rauschen und wollte schon zu einem vierten Mal ansetzen, als Caleb schließlich nichts mehr einfiel.

Fassa del Parma schritt durch das Ladedock der Raumstation II auf Bahati. Seit der Beinahekatastrophe drüben an Raumstation I war sie nicht mehr gewillt, die fragwürdigen Einzelheiten ihres Geschäfts an andere zu delegieren. Es war ziemlich knapp gewesen. Wer hätte gedacht, daß Sev Bryley so stur sein würde? Sie hatte ihn doch an Bord der *Xanadu* gebracht und ihm gegeben, was er wollte, nicht wahr? Und als das nicht genügte, um den Mann zum

Schweigen zu bringen – Fassa blieb stehen und biß sich auf die Lippe. Alles, was sie von Darnell gewollt hatte, war ein kleiner Bericht über Glücksspiel und Unterschlagung, der Sev bei seinem Arbeitgeber in Mißkredit bringen sollte. Es war nicht nötig gewesen, so weit zu gehen, auch wenn Sev im Würfelparadies aufgetaucht war, um herauszufinden, wer ihn aufs Kreuz gelegt hatte. Es gab auch andere Möglichkeiten, Leute abzuschrecken, als sie bewußtlos in eine Recyclingtonne zu werfen. Sie hätte Darnells sadistische Neigungen erkennen müssen, hätte sich an die geflüsterten Gerüchte erinnern sollen, die von Leuten kündeten, welche auf mysteriöse Weise im Würfelparadies verschollen waren.

Ohne den sanften Stoß und die Vibration der Stationswände zu bemerken, die das Andocken der Drohne von Darnells OG- Schiffstransport ankündigten, lehnte Fassa den Kopf für einen Augenblick an die Wand. Die gab etwas nach, als ihre Stirn dagegen drückte; so etwas passierte eben, wenn man den bezahlten Synthostahl durch stahlfarbenen Plastifilm ersetzte. Nicht, daß es ihr etwas ausmachte. So war die Welt eben, und niemand machte sich die Mühe, der Korruption ein Ende zu setzen. Was sollte sie sich da auch um einen Mann sorgen, der zum Opfer dieser Gefühllosigkeit geworden war? Um sie hatte sich schließlich auch nie jemand Sorgen gemacht, oder?

Ganz bestimmt nicht Sev Bryley. Der war nur hinter einem Sensationsfall hergewesen, um seine Karriere zu fördern. Er hatte genommen, was sie ihm anbot, um sie danach wieder anzugreifen, als hätte es nichts bedeutet. Nun, das hatte es ja auch nicht.

Wirklich nicht?

Fassa aktivierte die Lukenreihe, die automatisch das Siegel zwischen einem angedockten Schiff und der Raumstation selbst überprüfte, den Druck ausgleichen und die Raumstation zum Löschen und Beladen öffnen würde. Diesen Teil des Baus hatte sie keinen Sparmaßnahmen unterzogen. Sie war klug genug, jeden Teil eines Kontrakts weit über Standard auszuführen, der ihre persönliche Sicherheit in Gefahr bringen könnte. Klug genug, dachte sie, als sich die Linsenaugen der Raumstationluken öffneten, um mit allen etwaigen Problemen zurechtzukommen ... möglicherweise mit Ausnahme ihrer eigenen Erinnerungen.

*Die kein Problem darstellten!*

Sie wollte gerade die Dockarbeiter rufen, um die Permastahlträger und all die anderen teuren Materialien in Darnells Drohne zu laden, als ein Gedanke sie innehalten ließ. Heutzutage konnte man gar nicht vorsichtig genug sein. Sie trat durch die Raumhafenluke, ging durch die ausgefahrenen Druckkammern und betrat die leere Ladebucht des Drohnenschiffs der OG-Schiffstransport.

Alles schien so, wie es sein sollte. Die Innengestaltung des Ladedecks war zwar etwas seltsam, aber Darnell hatte nun einmal die Angewohnheit, Schiffe anderer Firmen, die er aufgekauft hatte, zu übernehmen und umzurüsten, damit sie seinen eigenen Bedürfnissen entsprachen. Auf jeden Fall gab es hier reichlich Platz. Und wo immer sie hinsah, auf Säulen und Wände und Innenluken, erblickte Fassa das aufgesprühte rotbraune und malvenfarbene Logo der OG-Schiffstransport. An manchen Stellen war es ziemlich schlampig aufgesprüht: wacklige Linien und Farbkleckse an den Rändern der Logos. Darnell machte sich nicht die Mühe, seine Leute persönlich zu beaufsichtigen, wie sie es tat, dachte sie, und der Unterschied war auch deutlich zu erkennen.

»Drohnenschiff, bist du bereit für die Beladung?« befragte sie die Luft.

»Bereit. Zum. Aufnehmen. Von. Fracht. Beginne. Beladung.« Die Anwort kam aus einem Lautsprecher irgendwo hinter ihr, metallisch und tonlos wie alle KI-Sprache. Fassa erinnerte sich gelesen zu haben, daß KI-Linguisten durchaus dazu in der Lage waren, ein weitaus menschlicher klingendes Spechsystem zu entwickeln, vor allem mit Hilfe der hochentwickelten Metachips von Shemali, die allerdings von den Marktkräften nicht freigegeben wurden. Drohnen und andere KI-Geräte sollten gar nicht zu menschlich klingen; das machte die Leute nur nervös.

»Leite ein Gutschriftübertragung«, verlangte Fassa forsch. Darnell hatte sie schon einmal bei einer Schiffsladung übers Ohr gehauen, hatte sie weiterverkauft und den Profit selbst eingesackt, danach aber schlichtweg geleugnet, daß eine seiner Drohnen auch nur in die Nähe der Raumstation I gekommen sei. Und ihre eigene übertriebene Vorsicht, ihre eigene Weigerung, irgendwelche schriftlichen Unterlagen zu hinterlassen, hatten es ihr unmöglich gemacht, gegen ihn anzugehen. Nun verlangte sie Vorkasse, bevor auch nur eine einzige Rolle Synthostahl in eine der Drohnen dieses Hundesohns geladen wurde.

»Ihrer Gutschrift. Wird. Stattgegeben. Sobald die. Beladung. Abgeschlossen ist.«

Fassa grinste. Das klang schon wesentlich stärker nach einem menschlichen Tonfall als die übliche Drohnensprache. Sie traute es Darnell durchaus zu, daß er einige der neuen Metachips für etwas Läppisches wie die Verbesserung der Drohnensprache zweckentfremdet hatte. Allerdings hatte er es nicht richtig hinbekommen. Sie hörte immer noch heraus, daß sie mit einer Maschine sprach.

Und sie würde es nicht zulassen, daß ein verdammtes Drohnenschiff sie um ihre Ansprüche auf diese teure Schiffsladung betrog!

»Die Gutschrift hat zu erfolgen, sobald die Beladung zu fünfundzwanzig Prozent abgeschlossen ist«, sagte sie, »wie vereinbart. Sonst beende ich sofort die Beladung und du verläßt die Raumstation nicht, bevor die Gutschrift bestätigt wurde.«

»Einverstanden.« Dieses letzte Wort des Drohnenschiffs klang sehr deutlich nach menschlicher Resignation. Darnell hatte also tatsächlich an den Shemali-Metachips seiner Schiffe herumgefummelt; jetzt wäre Fassa bereit gewesen, darauf zu wetten.

Noch immer empfand sie ein vages Unbehagen bei der Operation, schob es aber beiseite. Es lag ja nur daran, daß sie über das Fiasko mit Sev Bryley nachdachte. Kein Grund anzunehmen, daß so etwas jemals wieder vorkommen würde – nicht unter den zahlreichen Senatoren und Bankiers und Inspektoren, die Fassa inzwischen dazu gebracht hatte, sich persönlich um ihr Wohlergehen zu kümmern. Fassa aktivierte das Comlink der Raumstation und rief ihre Mannschaft herbei, um das Umladen zu beenden.

Mit drohnengetriebenen Gabelstaplern und anderen automatischen Geräten war das Einladen des Baumaterials schnell zu bewältigen, es bedurfte dazu nicht mehr als dreier Männer, die alle durch persönliche Loyalität an Fassa gebunden waren – und durch die Aktienanteile, die sie an Polo hatten. Diese Aktienoptionen waren zwar eine Ausgabe, die Fassa bedauerte, doch war sie unverzichtbar, um das absolute Schweigen ihrer Gehilfen sicherzustellen. Während die Männer ihrer Aufgabe nachgingen, verfluchte sie einmal mehr den grundlegenden Chauvinismus der Baufirmen, die darauf bestanden, ihre Gabelstapler für große, muskulöse männliche Körper zu konstruieren. Es gab nicht den geringsten Grund, weshalb die Stapler nicht auch so hätten gebaut werden können, daß ihre Steuerungselemente innerhalb der Reichweite einer kleineren Frau lagen und ihrer Kraft angepaßt waren. Schließlich wurde die tatsächliche Pilotleistung doch von Maschinen und nicht von den Männern erbracht. Aber Fassa war zu klein, um die Maschinen bedienen zu können. Wenn sie überlegte, was sie diese einzige Tatsache schon Aktienanteilen und Sonderzahlungen kostete, um das Schweigen ihrer Leute zu gewährleisten, hegte sie nicht übel Lust, ihre eigene Fabrik für schweres technisches Gerät aufzumachen, um Gabelstapler, Hebebühnen und Kräne zu konstruieren, die alle so gebaut waren, daß jedermann sie auf Knopfdruck bedienen konnte.

*Eines Tages*, versprach sie sich. *Wenn ich genügend Geld habe.*

*Wenn ich mich stark genug fühle ... und sicher genug ... wenn ich mir selbst genug bin.*

Irgendwie hatte sie das Gefühl, daß ein solcher Tag niemals kommen würde.

Doch die Fünfundzwanzigprozentmarke des Frachttransfers war erreicht. Mit einer Bewegung bedeutete Fassa den Dockarbeitern aufzuhören. Während sie in Position verharrten, die Schwenkbühnen mitten im Bogen erstarrt, schritt sie in die Ladebucht des Drohnenschiffs.

»Gutschrifttransfer«, knurrte sie. »Und zwar sofort!«

»Bedaure, daß ich nicht über die Möglichkeit verfüge, Überweisungsbestätigungen in Frachträumen auszudrukken«, erwiderte das Drohnenschiff. »Erbitte, daß del Parma-Einheit sich in Kabinenbereich begibt, um Zahlung in Empfang zu nehmen.«

Der Tonfall war fast menschlich, die unbeholfene Wortwahl aber die reine Drohnensprache. Fassa lächelte, als sie mit der Hand vor den Sensoren des Aufzugs herumwedelte, und sie überlegte sich, daß sie Darnell wohl ein paar bessere Linguisten empfehlen sollte.

Der Blendenverschluß der Aufzugtür öffnete sich, und Fassa trat einen Schritt vor, als sie das Glitzern des silber- und korykiumfarbenen Bands vor dem Hintergrund der weltraumschwarzen Kurierdienstuniform bemerkte.

Erschrocken wich sie zurück, doch bevor sie entkommen konnte, hatte der uniformierte Mann sie bereits am Kragen gepackt. Fassa stürzte auf den Boden des Ladedecks und riß ihren Angreifer dabei mit sich. Er fiel schwer auf sie, trieb ihr die Luft aus den Lungen. Wo war denn nur die verdammte Lademannschaft? Konnten die denn nicht erkennen, daß etwas schiefgelaufen war?

»Fassa del Parma – ich verhafte Sie – im Namen der Zentralwelten – wegen Unterschlagung von Baumaterialien – der Raumstation«, keuchte der Hundesohn. Inzwischen hatte er beide Hände um ihre Handgelenke geschlungen und preßte sie gegen den Boden. Fassa rang nach Luft, stieß dem Schlägertypen das Knie in den Unterleib und wand sich mit derselben Bewegung aus seinem Griff. Ihr Gehirn hörte nicht auf dabei zu arbeiten. Es gab also einen Zeugen! Hatte Darnell sie reingelgt? Also schön; erst den Zeugen beseitigen, das war das drängendste Problem. Danach würde sie sich um den Rest kümmern.

»Bringt den Mann um!« schrie sie die völlig benommenen Idioten ihrer Lademannschaft an. Sie rannte der Sicherheit der Raumstation entgegen.

Krachend schlossen sich die Luken des Drohnenschiffs. Wie hatte der Hundesohn es geschafft, den Befehl dazu zu geben? Er müßte sich doch eigentlich noch vor Schmerz krümmen.

Das tat er auch. Doch während Fassa ihm zusah, kam er wieder auf die Knie. »Verhaftet ...«, keuchte er.

»Ja, das glaubst *du*«, antwortete Fassa mit ihrem lieblichsten Lächeln. Was bildete dieser Narr sich ein, etwa daß sie zu schwach und sentimental wäre, um einen Mann von Angesicht zu Angesicht umzubringen? Er war noch immer auf den Knien, sie aber stand, und der Nadler in ihrem linken Ärmel glitt mit dem kühlen Gefühl der Rache in ihre Hand. Um sie herum geriet die Zeit ins Stocken, begann die Luft zu schimmern. Der Kurierdienstpilot stürzte geradewegs auf sie zu, doch er würde sie niemals rechtzeitig erreichen. Fassa zielte mit dem Nadler, bis sie sein Gesicht sauber im Rahmenfenster der Zielvorrichtung hatte. Wer war das? Es spielte keine Rolle. Er war ein völliger Fremder, er war Sev, er war Senator Cenevix, er war Faul del Parma. Um sie herum wurde alles grün und ihre Finger waren fast zu schwach, um den Griff des Nadlers zu drücken; was war hier los? Fassa geriet ins Taumeln, preßte den Nadlergriff und sah, wie die Pfeile in hohem Bogen durch die grünen Wolken schossen, die sie jetzt umgaben. Schwindelgefühl ... die Augen klappten ihr zu, als sie die Pfeile auf ihrem Weg zum Ziel verfolgen wollte ... aber sie war zu dicht daran gewesen, um es zu verfehlen. So dicht ...

Fassa brach in der Schlafgaswolke zusammen, mit der Nancia, einen Augenblick zu spät, die geschlossene Ladebucht beflutete. Auch Caleb stürzte zu Boden, die schwarzsilberne Uniform von Blut getränkt.

## KAPITEL 10

»Nicht den Aufzug begasen! Nicht den Aufzug begasen!«

Die gebrüllten Befehle, die aus einem abgetrennten Bereich hinter falschen Wänden ertönten, erschreckten Nancia. Hastig verschob sie ihre Sicht, verwünschte die schnelle, unsaubere Umbauarbeit, die bewirkt hatte, daß große Teile ihres eigenen Inneren von ihren Sichtsensoren abgeschnitten blieben.

Sev Bryley trat mit bleichem Gesicht hinter einer der braunen und malvenfarbenen Pseudowände hervor. »Ich hole ihn aus dem Ladedeck«, rief er, ohne Nancias Sensoreneinheit auch nur einen Blick zu gönnen. »Kannst du dafür sorgen, daß das Schlafgas auf diesen Bereich beschränkt bleibt?«

»Ja, aber ...«

»Habe keine Zeit für eine Maske.« Inzwischen war Bryley bereits im Aufzug, und Nancia konnte ihn bei der qualvoll langsamen Abwärtsfahrt zum Ladedeck beobachten. Sein Brustkorb hob und senkte sich schnell, als er mit tiefen, hastigen Zügen die saubere Luft einatmete, von der er in der Ladebucht würde zehren müssen.

Nancia behielt die Aufzugtür unter Dreivierteldruck, gerade genug, damit Bryley sich durch die flexible Öffnung quetschen konnte, die sich prompt wieder hinter ihm schloß. Gleichzeitig schaltete sie das Ventilationssystem in der Ladebucht auf Höchstleistung und ersetzte soviel Schlafgas durch saubere Atemluft, wie sie nur konnte.

Sevs Rücken und Schultern schoben sich unbeholfen durch die Aufzugstür. Nancia gab die flexible Membran gerade so lange frei, daß er Caleb in den Aufzug zerren konnte. Während der langen Sekunden der Aufwärtsfahrt ließ sie das Ventilationssystem auf vollen Touren laufen. Als der Aufzug den Kabinenbereich erreichte, konnte sie keine meßbaren Spuren Schlafgas in der Atemluft feststellen. Aber Sev hatte genug davon eingeatmet, um gegen die Wand zu sacken, zu benommen, um sich und Caleb noch weiterzuschleppen.

»Gegenmittel ...?«

»Im Korridor«, teilte Nancia ihm mit. »*Im Korridor!*«

Im Aufzug selbst verfügte sie über keine Haushaltsservos. Sev mußte torkelnd den Aufzug verlassen und sich an der frischgestrichenen Korridorwand festhalten, gegen die er geprallt war. Wenigstens war es eine von Nancias echten Wänden; nur wenige Schritte von Sev entfernt befand sich eine Öffnung, aus der sie Servostimulantien und Medikamente verteilen konnten. Sev nahm zwei keuchende Atemzüge frischer Luft, dann griff er auf den flachen Teller, der ihm aus der Öffnung in der Wand angeboten wurde, griff sich eine Handvoll Ampullen und zerdrückte sie unter seiner Nase.

»Mehr«, befahl er.

»Du hast bereits die empfohlene Dosis überzogen.«

»Ich brauche meinen klaren Kopf aber *jetzt*«, knurrte Sev.

War das plötzlich noch mehr Blut auf Calebs Uniform? Es ließ sich unmöglich feststellen, womit er getroffen worden oder wie schlimm der angerichtete Schaden war. Nancia schickte einen weiteren Satz Stimulationsampullen in das Servotablett. Diesmal brach Sev sie etwas vorsichtiger auf. Nach dem dritten tiefen Atemzug des stechenden Stimulans legte er den Rest wieder auf das Tablett zurück.

»Medikamente!«

»Was?«

»Das werde ich dir sagen, wenn ich es selbst weiß.« Er

kniete nieder und blockierte Nancias Sicht, als er Calebs Uniform abstreifte. »Etwas Blutstillendes ... obwohl es bei einem Nadler nicht allzu stark bluten dürfte ... Das .. « Er benutzte einen umgangssprachlichen Ausdruck der Weganer, der sich in keinem von Nancias Vokabelhedra fand. »Sie hat Antikoagulans geladen. Und ... andere Stoffe, denke ich. Analyse?« Er ließ einen zerfetzten, blutigen Streifen Stoff auf das Servotablett fallen. Nancia beförderte es ins Medizinlabor und ersetzte es durch Ampullen HyperFinn, worauf Sev es Caleb sofort intravenös verabreichte.

»Es hat die Blutung beendet«, sagte er schließlich und stand auf. »Aber seine Gesichtsfarbe gefällt mir nicht. Sieht das deiner Meinung nach wie die normale Farblosigkeit nach Schlafgas aus?«

»Nein.« Mehr konnte Nancia nicht hervorbringen.

»Für mich auch nicht. Kannst du analysieren, was noch in dem Nadler war?«

»Nein. Irgend etwas Organisches, aber es ist zu kompliziert für mich.« Die Konzentration auf das technische Problem half ihr dabei, ihre Stimme flach zu halten. »Ich verfüge nicht über die entsprechenden Anlagen. Ich nehme Kontakt mit der Basis Murasaki auf, um Zugang zu den Medizinaltechnikern im Netz zu erhalten.«

Doch die Basis Murasaki konnte ihr auch nur raten, Caleb so schnell wie möglich zur nächstgelegenen Planetenklinik zu befördern. Falls Fassas Nadler mit Ganglizid geladen gewesen sein sollte ...

»Es war kein Ganglizid«, antwortete Nancia schnell. »Dann wäre er jetzt schon tot. Außerdem würde niemand so etwas tun.«

»Darauf würde ich lieber nicht wetten«, erwiderte das irritierend ruhige Managerhirn der Basis Murasaki. »Aber ich stimme zu, daß es sich wahrscheinlich nicht um Ganglizid handelt. Es gibt allerdings auch langsamer wirkende Nervengifte, die unbehandelt ebenso tödliche Wirkung haben können. Nach deinen Schilderungen seiner Krampfreaktion empfehle ich sofortige medizinische Behandlung durch jemanden, der mit Nervengiften und Gegenmaßnahmen Erfahrung hat.«

»Vielen Dank«, fauchte Nancia. Sev hatte Caleb in sämtliche Decken gewickelt, die er auftreiben konnte, doch das änderte nichts an Calebs unentwegtem Zittern. Und immer wieder krümmte er den Rücken und schrie im Delirium auf. »Wir sind von der Basis Razmak aus in den Subraum Bellatrix eingedrungen. Du willst mir doch wohl nicht ernsthaft vorschlagen, daß ich einen Mann in dieser Verfassung durch die Singularität befördere, oder?«

»Zufälligerweise gibt es auf Bahati eine hervorragende Klinik«, erwiderte das Gehirn der Basistation Murasaki. »Wenn du gelassen genug geblieben wärst, um die Netzberichte zu überprüfen, die ich dir gerade übertrage, CN, dann hättest du bemerkt, daß die stellvertretende Direktorin dort eine Koryphäe auf dem Gebiet der Nervengifte ist. Mit deiner Erlaubnis werde ich die Sommerlandklinik benachrichtigen, daß sie sich auf einen Notfallpatienten zur ausdrücklichen Behandlung durch Dr. Alpha bint Hezra-Fong vorbereiten soll.«

Die Zeit blieb stehen. Gesprächsfetzen, die sie vier Jahre lang fast vergessen hatte, hallten in Nancias Erinnerung wider. *Eine Expertin auf dem Gebiet der Ganglizidtherapie direkt in der Sommerlandklinik ... die ihr Ganglizid an nichtsahnenden Opfern testet ... soweit durch Blissto zerrüttet, daß sie nicht einmal mehr wußten, was mit ihnen geschah ...*

Sie hatte die gesamten Unterhaltungen aufgezeichnet und verstaut. Sie brauchte sie nicht. Ihr eigenes menschliches Bewußtsein spulte gnadenlos die Worte herunter, die sie zu vergessen versucht hatte.

Durfte sie es wagen, Caleb in Alpha bint Hezra-Fongs Hände zu geben?

Durfte sie es wagen, ihn *nicht* zur Klinik zu bringen?

Sie hatte keine wirkliche Wahl.

Bis nach Bahati waren es nur wenige Minuten, doch die

Zeit kam Nancia wie Stunden vor. Sie war froh über ihre Multiprozessorfähigkeiten, die es ihr gestatteten, verschiedene Arbeiten gleichzeitig zu erledigen. Während eine Prozessorenbank die Landeberechnungen überprüfte, stellte Nancia zwei weitere dafür ab, die Funkverbindung mit Murasaki aufrechtzuhalten und eine neue zu Bahati herzustellen. Sie erreichte den Direktor der Sommerlandklinik und erklärte ihr Begehren, während sie gleichzeitig die nüchternen Instruktionen der Basis Murasaki aufnahm.

Die Kombination von Fassas Verhaftung und Calebs Verwundung stellte ein kompliziertes politisches Problem dar. Nancia war beinahe dankbar für die Komplikationen; denn sie gaben ihr während der endlosen Minuten vor der Landung wenigstens Stoff zum Nachdenken.

Zur Betriebspolitik des Kurierdienstes gehörte ein strenges Verbot, Häftlinge an Bord eines Gehirn-Schiffs ohne Piloten zu transportieren. Nancia hielt das zwar für eine alberne Maßnahme, die einst aus Befürchtungen erwachsen war, welche schon seit Jahrzehnten überholt waren. In früheren Zeiten wäre es vielleicht denkbar gewesen, daß weniger raffiniert konstruierte Gehirn-Schiffe von ihren eigenen Passagieren gekapert wurden, doch war sie gegen alle kleinen Tricks gefeit, die Fassa sich ausdenken mochte. Die synaptischen Hilfsschaltkreise, die unter der Bezeichnung Helva Modifikationen bekannt waren, würden jeden Versuch unterbinden, ihren sensorischen Kontakt zu ihrem eigenen Schiffskörper zu unterbrechen.

Dennoch, so informierte die Basis Murasaki Nancia, existierten diese Vorschriften aus gutem Grund, und es stand einem Gehirn-Schiff nicht an, selbst darüber zu befinden, welche Dienstvorschriften es einzuhalten hatte oder nicht.

»Schon gut, schon gut.« Hatte Caleb sich gerade wieder gerührt? Auf dem Landeplatz wartete bereits Personal der Sommerlandklinik, um ihn sofort herauszuholen. Die Flugleitzentrale der Raumstation Bahati übermittelte letzte Landeanweisungen. »Ich werde Fassa del Parma den Behörden von Bahati übergeben.«

»Gar nichts wirst du tun«, widersprach das Stationsgehirn von Murasaki. »Ich hatte Kontakt mit CenDip, während du Theater wegen deines Piloten gemacht hast. Die junge Dame ist politisch gesehen eine heiße Kartoffel«

»Eine was?«

»Entschuldigung. Ein Ausdruck aus der Umgangssprache der Alten Erde. Habe nie über die wörtliche Bedeutung nachgedacht ... mal sehen, ich glaube, eine Kartoffel ist eine Knollenart, aber weshalb jemand die anzünden sollte ... na ja.« Die Basis Murasaki verschob das faszinierende linguistische Problem auf später. »Ich meine damit, daß niemand wirklich ihren Prozeß am Hals haben will. Aber das begreifst du sicherlich schon selbst, nicht wahr, Nancia? Wenn man eine Göre aus einer Hochfamilie vor Gericht stellen und ins Gefängnis schicken will, dann tut man so etwas nicht auf irgendeinem Planeten im Nirgendwo, am Außenrand der Galaxie. Du wirst sie zur Zentrale zurückbringen und sehr, sehr sorgsam darauf achten, daß alles völlig korrekt abläuft. Und zwar buchstabengetreu. CenDip hat strikte Anweisungen, dafür zu sorgen, daß wirklich *nichts* in diesem Fall schiefgehen darf; es gibt da eine bestimmte hochgestellte Persönlichkeit, die ein persönliches Interesse daran entwickelt hat, der Korruption der Hochfamilien ein Ende zu setzen.«

»Du kannst deiner hochgestellten Persönlichkeit mitteilen, sie kann sich von mir aus ...« Nancia übertrug einen Stoß schlammiger Farbtöne und dissonanter, schriller Klänge.

»Kann ich nicht«, erwiderte die Basis Murasaki selbstzufrieden. »Normalschalen können keinen derartigen Input empfangen. Ein Glück für sie, will ich meinen. Wo hat denn nur ein nettes Gehirn-Schiff wie du solche Ausdrücke gelernt?«

Nancia landete auf dem Raumhafen von Bahati wie Federflaum im Wind. Sie öffnete die unteren Kabinenluken und wartete darauf, daß die Raumhafenarbeiter eine Schweberöhre herbeischafften. Sie waren bereits darüber informiert, weshalb sie die unteren Luken nicht öffnen wollte; das Gerät müßte schon bereit und einsatzfähig sein – aha! Da war es ja auch schon.

»Nun, dann informiere deine ›hochgestellte Persönlichkeit‹ eben einfach darüber, daß bei dieser Operation bereits einige Kleinigkeiten schiefgegangen *sind*«, teilte Nancia der Basis Murasaki mit. »Und wenn ich del Parma nicht ohne Piloten transportieren darf, mir aber andererseits auch nicht gestattet ist, sie an Bahati auszuliefern, was soll ich dann mit ihr anfangen?«

»Natürlich sollst du erst einmal auf deinen neuen Piloten warten«, informierte Basis Murasaki sie.

»Und wie lange wird *das* schon wieder dauern?« Inzwischen hob man Caleb auf eine Tragbahre.

»Ungefähr eine halbe Stunde, wenn er tatsächlich schon packen kann, was er eigentlich sollte.«

»Was?«

Zur Antwort übermittelte die Basis Murasaki ihr die Instruktionen der CenDip direkt. »Der Vortragende Legationsrat Erster Klasse Armontillado y Medoc, Forister, gegenwärtig R&R an der Sommerlandklinik, früherer Pilotstatus deaktiviert nach Eintritt in den Diplomatischen Dienst der Zentralwelten, Zentraldatum 2732, reaktiviert 2754 für eine einmalige Dienstreise zum Behufe der Überstellung der Gefangenen del Parma y Polo, Fassa, an die Justizbehörden der Zentralwelten.«

Bevor sie Caleb fortbrachten, führten die Medizinaltechniker der Sommerlandklinik Tests an ihm durch und verabreichten ihm Breitbandgegenmittel. Alpha bint Hezra-Fong war persönlich gekommen, um das Vorgehen zu beaufsichtigen. Nancias Sensoren fingen ihr dunkles, scharf geschnittenes Gesicht aus verschiedenen Blickwinkeln ein, als sie sich über Caleb beugte. Ihre Miene offenbarte nichts anderes als waches berufliches Interesse: keine Andeutung irgendwelcher schlimmen Pläne, Caleb als unwissendes Versuchsopfer zu mißbrauchen.

Und keinerlei Mitleid.

Da schob man ihn bereits in die Schweberöhre, jenseits von Nancias Sensorenfeldern. *Wo war Sev?* Nancia ging die Sensorenbanken durch, bis sie ihn in einer der Passagierkabinen ausfindig gemacht hatte, die hinter ihren falschen Wänden verborgen lagen. Er bewachte eine benommene Fassa, die gerade aus ihrer Bewußtlosigkeit erwachte.

»Sev, du mußt dich um Caleb kümmern«, verkündete Nancia.

»CN-935, bitte um Bestätigung des Empfangs der offiziellen Anweisungen«, meldete sich die Basis Murasaki auf einem weiteren Kanal.

»Ich kann nicht«, erwiderte Sev, ohne sich umzublicken. »Ich muß die Gefangene bewachen. Das kannst du in den Vorschriften nachlesen.«

Nancia wußte, daß er recht hatte. Dieselben dummen KD-Vorschriften, die es ihr untersagten, Fassa ohne Pilot zu transportieren, verboten es ihr auch, einen Gefangenen allein zu übernehmen. »Sind die Vorschriften wichtiger als Calebs Leben?«

»Nancia, er bekommt hier die allerbeste mögliche medizinische Versorgung. Was machst du dir *Sorgen*?«

»CN-935 ANTWORTE!« schrie die Basis Murasaki.

Die Schweberöhre war nur noch ein Fleck am Horizont. Sie machte gar nicht erst Halt am Raumhafen, sondern brachten Caleb direkt ins Sommerland. Wo Alpha bint Hezra-Fong ihm alles, absolut alles würde antun können, während Nancia erst davon erfahren würde, wenn alles bereits zu spät wäre ...

»Instruktionen empfangen und bestätigt«, sendete sie in einem kurzen Stoß an die Station Murasaki. »Und jetzt SCHAFFT DIESEN PILOTEN AN BORD!« Forister Armontillado y Medoc? Nancia erinnerte sich an den kleinen, ruhigen Mann, den sie einmal irgendwohin befördert hatte, um eine Krise zu beheben. Der damals seine ganze Zeit an Bord mit Lesen verbracht hatte. Gleichgültig, was seine Akten sagen mochten, war er nicht gerade das, was sie sich unter einem Piloten vorstellte. Doch wen kümmerte das schon? Je schneller er hier war, um so schneller konnte Sev von seinem Wachdienst abgelöst werden und sich um Caleb kümmern.

Fassa lag am Boden eines Sees und erstickte. Algen wickelten sich um ihre Fußknöchel und die klare Atemluft war unendlich fern, Meilen oberhalb des grünen Wassers, das sie in die Tiefe drückte und mit sanfter, unbeugsamer Beharrlichkeit gegen Mund und Ohren und Nase preßte. Sie versuchte sich von den Algen zu befreien; doch die schlossen sich nur noch enger um sie, griffen mit grünen, schleimigen Fingern an Wade und Knie an ihr empor, schlangen sich um die Oberschenkel. Als sie hinunterblickte, formten sich die Algen zu fahlgrünen Gesichtern mit offenen Mündern und geschlossenen Augen. Alle Männer, die ihr ihr Herz und ihre Seele gegeben hatten, waren dort unten am Boden des Sees und wollten sie dort in ihrer Mitte festhalten. Ihre Lungen brannten vom Verlangen nach Atemluft. Würden sie sie gehen lassen, wenn sie ihnen ihre Seele zurückgab?

Sie versuchte das Amulettarmband an ihrem linken Handgelenk abzustreifen, aber der Verschluß hatte sich verhakt; sie versuchte die Kette zu zerreißen, doch die war zu stark. Grünes Seewasser sickerte mit bitterem Geschmack in ihren Mund, und vor ihren Augen tanzten schwarze Flecken. Sie riß die Kette über ihre Hand, schabte sich damit einen Fingerknöchel auf und schleuderte sie gegen die hungrigen Gespenster. Die funkelnden Amulette aus Korykium und Iridium trieben träge zwischen den schlammigen Algen, und Fassa war frei, um durch Ringe immerhellen Wassers emporzusteigen, bis sie die Oberfläche durchbrach und die Luft einatmete, die ihr in den Lungen brannte wie Feuer.

Sie lag auf der Pritsche einer Raumschiffkabine. Sev Bryley saß auf der gegenüberliegenden Pritsche und musterte sie aufmerksam. Und das Brennen in ihren Lungen war wirklich, ebenso der pochende Schmerz in ihrem Kopf; Schlafgaskater. Jetzt erinnerte sie sich: Überraschung und Gewalt und ein Idiot, der aufkreuzte, wo er nichts zu suchen hatte, und das in die Ladebucht einströmende Gas, während sie versuchte, die Luft anzuhalten.

Alles zusammen war in einer Niederlage gegipfelt, die so vernichtend war, daß sie es noch nicht ertrug, darüber auch nur nachzudenken. Und Sev, der ihr nie ein Stück von seiner Seele gegeben hatte, um es an ihrem Amulettarmband zu befestigen – war er es etwa, der diese Katastrophe gesteuert hatte?

»Was tust du hier?« krächzte sie.

»Mich davon überzeugen, daß du ohne Komplikationen aus der Ohnmacht zurückkehrst«, antwortete Sev. Seine Stimme klang dünn und angespannt, als versuchte er aus großer Ferne zu ihr durchzudringen. »Manche Leute reagieren darauf mit Krämpfen. Für eine Weile sah es so aus, als würdest du dazu gehören.«

Und das hatte ihm Sorgen gemacht? Vielleicht hatte er doch noch etwas für sie übrig. Vielleicht war das Experiment, ihn an Bord der *Xanadu* mitzunehmen, doch nicht gänzlich gescheitert. Fassa streckte sich probehalber und sah, wie seine Augen ihren Bewegungen folgten. Vielleicht ließ sich aus dieser Katastrophe doch noch etwas retten. Schließlich waren sie ja allein auf dem Drohnenschiff ...

»Keine Krämpfe«, sagte sie, streckte genüßlich die Zehen und setzte die Bewegung Muskel um Muskel nach oben fort, um sicherzugehen, daß sie wirklich jeden Zentimenter ihres Körpers wieder unter Kontrolle hatte. »Nur Alpträume.«

»Was für Alpträume?« fragte Sev.

Fassa setzte sich auf, etwas schneller, als sie vorgehabt hatte, und stürzte wieder zurück gegen die Kabinenwand. »Die Sorte, die einem Angst vor dem Tod macht.«

»So macht's Gewissen dich zum Feigling wohl«, zitierte Sev mit unveränderter Stimme, und Fassa hatte einen Anflug von Bedauern. Sie hätte diesen Mann mögen können, der ihre Gedanken so schnell aufzunehmen verstand, ihren unausgesprochenen Zitaten stets noch eins draufsetzen konnte. Wenn er doch nur nicht so stur darauf beharren würde, auf der falschen Seite zu stehen! Na ja, das ließ sich vielleicht noch ändern. Es *mußte* sich allerdings auch gründlich ändern, wenn sie hoffte, aus dieser Sache noch einmal mit heiler Haut herauszukommen, erinnerte sie sich.

»Man spricht immer nur von sich selbst«, versetzte sie. »Mein Gewissen ist nicht sonderlich in Wallung. Ich habe nicht mehr getan, als alle anderen auch, habe lediglich versucht, durch eigene Anstrengung weiterzukommen.« Falscher Ton, falscher Ton. Sie wollte mit Bryley nicht diskutieren, sie wollte ihn verführen. Nein. Sie *mußte* ihn verführen. Das war alles.

Und in ihrem jetzigen Zustand kam sie damit nicht weiter. Mit einem echten Schmerzensgestöhn schob Fassa das verschwitzte, verfilzte Haar aus ihrer Stirn. »Meine Güte, ich muß ja furchtbar aussehen«, meinte sie. »Würde es dir sehr viel ausmachen, mal rauszugehen, damit ich mich etwas frischmachen kann?«

»Ja«, erwiderte Sev, »das würde es. Du darfst nicht unbewacht bleiben, bis wir in die Zentrale zurückgekehrt sind. Anweisungen von CenDip.«

Fassa stöhnte wieder. Wenn CenDip sich schon für ihren Fall interessierte, stand es schlimmer um sie, als sie gedacht hatte. Egal. Die Zentrale war weit weg. Im Augenblick befand sie sich auf einem Drohnenschiff, und mit etwas Glück würde sie Sev schon dazu bringen, die Fahnen zu wechseln, bevor die offiziellen Transporter eintrafen, um sie zu ihrer Gerichtsverhandlung zu bringen.

Nach einer kurzen Zeit des Schmollens und Posierens gelang es ihr, selbst Sev davon zu überzeugen, daß es seinen Wächterpflichten ausreichend entspräche, wenn er sich von außen an die Wand ihrer Kabine lehnte. Das war, dachte Fassa befriedigt, immerhin ein Anfang. Jetzt würde er das Gefühl entwickelt haben, daß diese Kabine ihr Revier war.

Wenn er wieder eintraf, dann nur auf ihre Einladung ... und Einladungen konnten zu allen möglichen interessanten Dingen führen. Sie wusch sich von Kopf bis Fuß, schleuderte mit einem Tritt ihre befleckten und zerknitterten Kleider in eine Ecke unter der Koje, sprühte sich noch etwas weiteres kaltes Wasser ins Gesicht und wickelte sich schließlich in ein Bettlaken, das an die Stelle frischer Kleider treten mußte. Das hier würde eine echte Herausvorderung ihrer Fähigkeiten werden. Ohne Kosmetik, in ein armseliges Bettuch gekleidet und dazu diese kahle Kabine als romantisches Ambiente!

»*Fassa Baby, du bist so süß, ich kann dir einfach nicht widerstehen*«, pflegte Faul del Parma zu stöhnen, wenn er in ihr Zimmer kam. Und damals war sie nur ein tolpatschiges, mürrisches kleines Mädchen gewesen, das schwarze Haar zu dünnen, straffen Zöpfen gebunden. Sie hatte die häßlichsten, schmucklosesten Kleider getragen, die sie nur hatte auftreiben können, doch das hatte Faul nicht abgehalten.

Zum ersten Mal beschwor Fassa absichtlich die Erinnerungen, die sie schon so lange zu verdrängen versucht hatte, suchte nach Bestätigung dafür, daß sie weitermachen mußte. Sie wirkte wirklich unwiderstehlich auf Männer. Das hatte Faul del Parma bewiesen, nicht wahr? Obwohl er wußte, daß es verwerflich war, sogar wußte, daß sie es verabscheute, hatte er sie nicht in Frieden gelassen.

»*Es ist alles an dir: wie du gehst, wie du zu mir hinauf lächelst, mit diesen großen, rosigen Lidern, die deine Augen halb bedecken.*«

Doch anstatt daraus Zuversicht zu schöpfen, verliehen die Erinnerungen Fassa das Gefühl, schmutzig zu sein. Sie mußte ihn eingeladen haben, nicht mit Worten, aber mit der Art, wie sie ging und ihn ansah. Irgendwie hatte sie Papa dazu gebracht, sie zu wollen, ohne es selbst zu wissen. Sie war ein böses kleines Mädchen, und wenn Mama das jemals herausbekäme ...

Irgendwo in ihrem Hinterkopf schrie Mama plötzlich los und stürzte endlos tief durch das glitzernde Atrium des

Hotels. Und das war alles ihre Schuld. Fassa stieß einen Schrei aus und schleuderte mit aller Macht etwas durch die Kabine, worauf Sev Bryley durch die unverriegelte Tür gestürmt kam.

»Was ist los? Was ist passiert?«

Schon lagen seine Arme um sie, und Fassa lehnte sich gegen sein frisch gestärktes Hemd, fühlte den kräftigen Herzschlag unter ihrem Gesicht. Aus irgendeinem Grund weinte sie; einige lange Minuten konnte sie sich nicht beherrschen und weinte, während Sev sie einfach nur festhielt. Er drückte sie nicht rückwärts auf die Koje, noch ließ er seine Hände an ihr herabgleiten. Er hielt sie einfach nur.

»Na ja«, sagte Fassa schließlich und unterdrückte ihr Schluchzen, »ich sagte ja schon, ich hatte Alpträume.«

»Als ich dich verließ, schienst du noch hellwach.«

Fassa atmete zitternd durch. »Ich ... ich habe jetzt Angst, allein zu sein«, sagte sie. Es stimmte sogar. »Könntest du bei mir bleiben?«

»Zufälligerweise«, erwiderte Sev, »wäre ich sowieso geblieben.« Er ließ sie los, als spürte er, daß sie sich für den Augenblick erholt hatte, und trat einen Schritt zurück. Fassa seufzte wieder, diesmal mit etwas mehr Kalkül, und beobachtete dabei seine Augen. Ja, er merkte durchaus, was diese tiefen Atemzüge dem rutschenden Knoten antaten, der zwischen ihren Brüsten das Bettuch festhielt, und er konnte den Blick auch nicht von der sanften Haut abwenden, die sich vom gestärkten Weiß des Bettuchs abhob. Gut. Sie hatte hier einen Job zu erledigen; es wäre besser, allein daran zu denken und an nichts anderes, sonst würde sie diesen Mann nie auf ihre Seite bekommen, bevor man sie zum Prozeß abführte.

»Ach, das ist schon in Ordnung«, sagte sie und ließ eine Träne in ihren Augenwinkel treten; das war bei ihrer gegenwärtigen Verfassung nicht weiter schwierig. »Ich hatte es schon vergessen – du bist ja mein Gefängniswächter, nicht wahr?«

Sev schien bei dieser Einschätzung unbehaglich zumute zu werden, genau wie sie es wollte. »Ich würde es nicht ganz so ausdrücken. Aber irgend jemand muß schließlich bei dir bleiben, bis ...«

»Bis zum Ende«, beendete Fassa für ihn den Satz. »Welche Urteile sind eigentlich heutzutage Mode? Glaubst du, es wird Zwangsarbeit?« Sie warf den Kopf zurück und gewährte ihm ihren Christen-vor-den-Löwen-Blick: der reine Edelmut und Trotz. Gleichzeitig vollführte sie eine kleine Bewegung, damit sich das Bettuch einem Schenkel anschmiegte und ihm Visionen davon bescherte, zu welcher Art von *Zwangsarbeit* sie geeignet sein mochte.

»Du wirst einen fairen Prozeß bekommen«, teilte Sev ihr mit, »und Gelegenheit, zu deiner Verteidigung auszusagen.«

»Ach ja?« sagte Fassa herausfordernd. »Schau mich doch an! Glaubst du nicht, daß es irgend einen alten Richter geben wird, der mir nur zu gern das Gehirn auslöschen lassen will? Sie werden sich denken, was für eine Schande es doch ist, einen so schönen Körper zu vergeuden – also behalten wir den Körper, merzen lediglich die Persönlichkeit aus, und fangen wieder von vorn an.«

»Oh, ich bin sicher, daß sie das nicht tun werden«, antwortete Sev, doch jetzt klang er nicht mehr so selbstgerecht wie noch einen Augenblick zuvor. Fassa applaudierte im Geiste ihrer eigenen Klugheit. Es hatte wenig Zweck zu versuchen, Sev davon zu überzeugen, daß sie unschuldig im Sinne der Anklage war; nicht wenn er als Zeuge für die Zentrale fungierte. Da war es sehr viel besser, das Thema zu wechseln und über die Korruption auf sämtlichen Regierungsebenen zu sprechen. Davon verstand Sev einiges. Sollte er doch über die Behauptung brüten, daß sie unmöglich einen fairen Prozeß bekommen konnte; sollte er doch denken, daß sie Gefahr lief, als hirngewaschenes Spielzeug irgendeines korrupten Beamten zu enden.

»Du weißt, daß so etwas vorkommt«, fügte Fassa mit leiser

Stimme hinzu. »Du weißt, wieviel Betrug in den Regierungsstellen vorherrscht. Jeder will etwas vom Kuchen abhaben. Einer von ihnen wird *mich* haben wollen, und dann ...« Mit höhnischem Lächeln warf sie der Luft eine Kußhand zu. »Lebwohl, Fassa del Parma!« Zeit, das Bettlaken zu Boden fallen zu lassen, damit Sev ganz genau zu sehen bekam, was irgendein schmutziger alter Mann bekommen würde, wenn er nicht als erster zulangte. Sie ging auf ihn zu, Zentimeter um Zentimeter, sah, wie seine scharfen Gesichtszüge erröteten, wie die blauen Augen sich vor Begierde verdunkelten. »Du könntest mir wenigstens richtig Lebewohl sagen, Sev«, flüsterte sie.

Sie blieb stehen, die Augen geschlossen, erwartete die Wärme seiner sich um sie legenden Arme – und seinen Mund auf ihrem.

»Ich denke nicht«, erwiderte Sev Bryley, und während Fassa in schockiertem Unglauben die Augen aufriß, trat er mit zwei Schritten zur Kabinenluke zurück.

Draußen vor der Kabine aktivierte Sev wieder den Schließmechanismus, der Fassa daran hindern würde, ihre Zelle zu verlassen. Er lehnte sich gegen die Wand und fuhr sich mit dem Handrücken über die Stirn. Es nützte nicht viel; er fühlte sich immer noch so erhitzt wie nach einem Fünfzehnkilometerlauf durch den cappelanischen Dschungel. Er brauchte eine kalte Dusche. Und außerdem wäre ein Fünfzehnkilometerlauf gar keine schlechte Idee, nur daß er Nancia die Bewachung Fassas nicht allein überlassen durfte.

Doch er konnte sich Unterstützung holen – und eine Versicherung gegen die Versuchung. »Nancia?« fragte er mit leiser Stimme und blickte an die Stelle zwischen Decke und Dach, wo ihre Hörsensoren installiert waren. »Nancia, ich denke, du solltest besser sämtliche Sensoren in Fassas Kabine aktivieren. Ich weiß zwar, daß damit das Recht auf Privatsphäre der Gefangenen mißachtet wird, aber das ist auch eine sehr gefährliche Frau. Und noch etwas – Nancia? Du solltest die Sensoren die ganze Zeit aktiviert halten. Selbst wenn ich bei Fräulein del Parma bin.«

Sev dachte darüber nach und entschied, daß er seine letzte Bitte nicht eindringlich genug formuliert hatte. »*Vor allem*, wenn ich bei Fassa bin«, drückte er es diesmal aus.

»Das habe ich bereits getan, Sev«, erwiderte Nancia aus dem Wandlautsprecher. »Keine Sorge. Alles wurde beobachtet und aufgezeichnet.«

»Hervorragend«, stieß Sev zwischen zusammengebissenen Zähnen hervor. »Ich bin sicher, daß diese kleine Szene höchst amüsant für jemanden sein dürfte, der nicht von hormonellem Verlangen getrieben wird. Wenn du jetzt nichts dagegen hast, behalte Fassa einfach im Auge und laß es mich wissen, falls sie irgend etwas versuchen sollte. Ich bin im Fitneßraum.«

»Wozu?«

»Um mich um meine Hormone zu kümmern«, erklärte Sev. Er stampfte davon, um seinen eigenen Rekord im Gewichtheben zu brechen.

»FN-935 Forister Armontillado y Medoc erbittet Erlaubnis, an Bord kommen zu dürfen.«

»Erlaubnis erteilt.«

Selbst für Nancias eigene Ohren klang das brüsk. Nach einer mürrischen Nanosekunde des Nachdenkens fügte sie förmlich hinzu: »Willkommen an Bord, Forister Armontillado y Medoc.«

Der kleine, hagere Mann, den sie zuletzt gesehen hatte, als er von Bord ging, um in den planetaren Konflikt mit den Tran Phon Guerillakämpfern auf Charon einzugreifen, ließ mit erleichtertem Stöhnen drei schwere Gepäckstücke auf den Aufzugboden fallen. *Ich bekomme einen alten Mann, der nicht einmal sein eigenes Gepäck schleppen kann, ohne außer Atem zu geraten.* Doch als wollte er die stumme Kritik widerlegen, winkte Forister den Aufzug mit seinem Gepäck nach oben und nahm selbst die Wendeltreppe. Nancia verfolgte seinen Fortschritt von Sensor zu Sensor. Er bewegte sich mit schnellen, sauberen Schritten, ging sparsam mit seinen Bewegungen um. Man konnte zwar nicht gerade behaupten, daß er die Treppe emporstürmte, dennoch war er schneller oben, als sie erwartete; und als er schließlich die Zentralkabine betrat, war kein einziges seiner grauen Haare verrutscht, glitzerte kein einziger Tropfen Schweiß auf seiner Stirn.

»Ich begrüße dich, Nancia«, sagte Forister. Anders als Caleb, sah er dabei direkt das Titanschott an, das Nancias menschlichen Körper und ihr Gehirn beherbergte. Sein gezielter Blick wirkte auf Nancia beunruhigend, da sie sich inzwischen daran gewöhnt hatte, wie Caleb im Schiff umherwanderte und sie ansprach, ohne den Kopf zu wenden, in vollem Vertrauen darauf, daß ihr effizientes Sensorensystem seine Worte schon wiedergeben würde. Sie brauchte einen Moment, um diesen merkwürdigen, älteren Piloten zu begutachten und ihre Antwort vorzubereiten. Helle Augen in einem einem braungebrannten Gesicht, mit einem Netzwerk von Falten um die Augen, als sei er daran gewöhnt, alles, was er sah, sehr genau anzublicken; Spuren von Rot und Orange im ergrauenden Haar; eine entspannte Körperhaltung, als sei er darauf vorbereitet, sofort in jede beliebige Richtung davonzugehen. *Kann sein, daß er genügt. Aber ein Caleb ist er* nicht!

»Du scheinst mir bemerkenswert fit für jemanden zu sein, der gerade eine Kur in Sommerland macht«, meinte Nancia schließlich.

Forister schnitt eine Grimasse. »Oh, fit bin ich schon, falls es das gewesen sein sollte, was dir Sorgen macht, FN. In der Sommerlandklinik war ich nicht aus medizinischen Gründen.«

»Was dann? In den Anweisungen, die man mir gegeben hat, hieß es, daß du dort in Behandlung wärst.«

»Na ja, so nennen die das eben«, antwortete Forister seltsamerweise, während Nancia sich fragte, ob dieser Mann überhaupt jemals eine klare Antwort gab, wenn man ihn etwas fragte. Vielleicht wurde einem das im diplomatischen Dienst ja abgewöhnt.

Schließlich ließ er sich noch zu einem Zusatz bewegen, den man als Erklärung gelten lassen konnte. »Mein letzter Auftrag für CenDip war ... sagen wir einmal: aufreibend, und es ist nicht so gut gelaufen, wie ich gehofft hatte.«

»Charon?« fragte Nancia.

Der Pilot zuckte kurz zusammen, war überrascht. »Nein, nein. Warum – ach so, ich erinnere mich. Ich hatte ja einmal die Ehre, von dir nach Charon transportiert zu werden, nicht wahr? Ist schon ein paar Jahre her – damals warst du CN-935, wie ich mich erinnere. Mein Beileid wegen des Verlusts deines Partners.«

»Der ist nur vorübergehend ausgeschaltet«, antwortete Nancia. »Ich möchte dich beim Auspacken ja nicht drängen, aber sobald du fertig bist, möchte ich dich bitten, die Bewachung der Gefangenen zu übernehmen. Sev Bryley wird in der Sommerlandklinik gebraucht, um nach meinem Piloten zu sehen.«

»Wie du wünschst.« Forister knallte zwar nicht die Hakken zusammen, vollführte aber immerhin eine vollkommene Verneigung in die Richtung der Titansäule. Er machte auf dem Absatz kehrt, holte seine Taschen aus dem offenen Aufzug und marschierte den Gang entlang zur Kabine des Piloten – *zu Calebs Kabine* –, was Nancia mit dem Gefühl zurückließ, unangenehm barsch gewesen zu sein. Sie schaltete einen Lautsprecher in der Kabine an.

»Wenn du nichts dagegen hast, können wir unser Gespräch fortsetzen, während du auspackst.«

»Kein Einwand«, antwortete Forister. Jetzt war er etwas außer Atem, nachdem er die schweren Taschen auf seine Pritsche gehievt hatte. Was um alles in der Welt nahm dieser Mann nur auf Reisen mit? Ein Vermögen in Korytiumbarren, verborgen unter seiner Unterwäsche? Die ersten Gegenstände, die er aus den Taschen hervorholte, sahen ganz normal aus: ein CenDip-Galaanzug und Hemden zum wechseln, Toilettenartikel und eine Handvoll laserbedruckter Datenhedra.

Er mochte vielleicht keine Einwände haben, aber sonderlich entgegenkommend war er auch nicht gerade. Na ja, sie selbst war ja auch nicht so freundlich gewesen, wie es hätte sein können. Es lag an ihr, den ersten Schritt zu machen. »Was war denn dann dein letzter Auftrag, wenn nicht Charon? Und weshalb hast du dir das Sommerland ausgesucht?«

»Das Sommerland hat einen guten Ruf als Erholungseinrichtung«, erläuterte Forister. »Ich denke, du machst dir unnötig Sorgen wegen deines früheren Piloten; das medizinische Personal dort ist von allerbester Qualität.«

»Um deren technisches Können mache ich mir auch keine Sorgen«, erzählte Nancia. In Fassas Kabine gab es eine Bewegung. Sie hatte die Sensoren dort auf Monitorstufe gehalten; nun aktivierte Nancia sie und sah, daß Sev eingetreten war, um mit Fassa zu reden. Diesmal war das Mädchen angekleidet, und sie saßen einander auf den Kojen gegenüber. Nancia glaubte nicht, daß Sev ernsthafte Probleme bekommen würde. Dennoch zeichnete sie ihre leise Unterhaltung auf und hörte mit einem Ohr zu, während sie Forister beobachtete und sich wünschte, daß er doch etwas schneller auspakken würde. Jetzt war er bis zur untersten Schicht seiner ersten Tasche vorgestoßen, und nun konnte sie endlich sehen, was sein Gepäck so schwer machte: nichts als ein Haufen Antiquitäten. Ein antikes Buch nach dem anderen, Kilo um Kilo, und mit Sicherheit enthielten sie alle zusammen kaum mehr Informationen, als sich in ein paar Facetten eines Datahedrons hätten speichern lassen! Geschmack war wirklich eine merkwürdige Sache.

»Ist Sommerland nicht ziemlich abgelegen für einen Mann von deiner Wichtigkeit?« setzte Nancia nach. Sie wußte selbst, daß sie aufdringlich war, doch es war ihr gleichgültig.

Falls Forister mit Alpha und ihren kriminellen Freunden unter einer Decke stecken sollte, würde sie es nicht wagen, ihm die Bewachung Fassas anzuvertrauen – und ebensowenig, ihn zur Klinik zurückzuschicken, um über Caleb zu wachen. Sie mußte sofort einen Datenstrom zur Basis Murasaki herstellen.

»Ich habe Familie im System Nyota«, erklärte Forister. »Ich hatte eigentlich gehofft, sie nach Sommerland besuchen zu können. Und außerdem kenne ich jemanden in der Klinik.«

»Alpha bint Hezra-Fong«, riet Nancia. Wenn es schon schlechte Nachrichten geben sollte, war es besser, sie sofort am Stück zu bekommen.

»Du liebe Güte, nein!« Forister wirkte ehrlich erschrokken. »Wenn du glaubst, daß ich mich in solcher Gesellschaft zu bewegen pflege, wundert es mich nicht, daß du so feindselig gewesen bist. Nein, jemand völlig anderes, das kann ich dir versichern.«

»Wer ist es dann?«

»Das darf ich dir im Augenblick noch nicht mitteilen. Wenn alles gut laufen sollte ...« Forister brach ab und machte sich ziemlich umständlich daran, das tragbare Faltregal, in dem er seine Bücher verstaut hatte, aufzustellen und die Spannfedern zu befestigen, die die Brücke im Fall schneller Schiffsbewegungen an Ort und Stelle halten würden. »Aber ob es klappt oder nicht«, fuhr er etwas langsamer fort, »ich werde doch nicht mehr hier sein, um zu helfen. *Und* ich werde danach auch keine freie Zeit mehr übrighaben, um dieses System aufzusuchen. Ich werde mich mit dir auf dem Rückweg zur Zentrale befinden, und wenn ich dort erst einmal gelandet bin, werden Gott weiß wie viele dringende Aufträge auf mich warten.« Er sah hinauf, direkt in Nancias Kabinenhauptsensor. »Du siehst also, werte Lady, daß mir dieser Auftrag ebensowenig behagt wie dir. Ich hoffe, wir können unsere Differenzen solange beischieben ...«

»*Pst*!« Das Gespräch in Fassas Kabine hatte plötzlich eine

interessante Wendung genommen. Nancia wollte nicht so lange warten, bis sie es wieder abspielen konnte, sie wollte sofort wissen, was los war.

Anscheinend versuchte Fassa, ihre Haut zu retten, indem sie Informationen über einige der anderen jungen Leute zum besten gab, die an jener verhängnisvollen Wette teilgenommen hatten. Fassa leitete das Manöver mit der Andeutung ein, Sev über eine ganze Verbrecherbande im System Nyota aufklären zu können, sofern ihr das ein geringeres Strafmaß einbringen würde. Sev klärte sie völlig korrekt darüber auf, daß er zu derlei Zusicherungen nicht befugt war.

»Ach, was soll's«, meinte Fassa schließlich matt. »Wenn ich schon untergehe, dann wenigstens nicht allein. Dann kannst du auch gleich alles erfahren. Dann wirst du immerhin begreifen, daß ich bei weitem nicht die schlimmste von allen bin.«

Sie fing damit an, daß sie selbst alles erzählte, was sie über Darnell Overton-Glaxely wußte: wie er seinen illegalen Netzzugang ausnutzte, erst, um Kostenvoranschläge zu machen, die immer einen Hauch billiger waren als die seiner Konkurrenten, dann um die Bonität aller kleineren Firmen zu vernichten, die er seinem Reich einverleiben wollte, und ihre Aktienanteile an sich zu reißen.

»Das ist ja alles sehr interessant«, antwortete Sev. »Aber wenn Overton-Glaxely wirklich so schlau ist, an private Netzdatenströme heranzukommen, dann wird er auch schlau genug gewesen sein, um keine Spuren seiner Fallen dort zu hinterlassen.«

»Oh, der ist überhaupt nicht schlau«, widersprach Fassa. »Das hat ihm jemand beigebracht, wie er den Datenstrom anzapfen ...«

»Wer denn?« hakte Sev sanft nach.

Fassa schüttelte den Kopf. Sie war ziemlich bleich um die Lippen geworden. »Das spielt keine Rolle. Niemand, den du wirst erwischen können. Und er hat es auch nicht von mir, falls du das glauben solltest. Das ist nicht meine Art von Hirnkapazität.«

»Das hätte ich auch nie angenommen«, sagte Sev etwas zu ernst. Fassa blickte ihn mißtrauisch an. Ihre Lippen zuckten. Sie tat, als würde sie nach ihm schlagen.

»Nur zu, beleidige ruhig meine Intelligenz!«

Sev packte ihr Handgelenk und hielt es für einen langen Augenblick fest, bis sich Nancia schon fragte, ob es wohl Zeit sei einzugreifen. Schließlich löste er die Finger wieder. Fassa sackte auf ihre Koje. Am Handgelenk, wo Sev sie festgehalten hatte, war ein weißer Ring zu sehen; sie rieb zerstreut daran, während sie weitersprach. »Gut, dann lassen wir die Sache mit dem Netz erst einmal. Es gibt auch andere Möglichkeiten, es zu beweisen. Einer der Männer, die Darnell ruiniert hat, hat ein wenig zuviel über seine Methoden herausbekommen, da hat ihn Darnell ins Sommerland geschickt.«

An diesem Punkt entschied Nancia, daß Forister das Gespräch besser mitverfolgen sollte. Was immer sie von dem Mann als Ersatz für ihren Caleb halten mochte, war er doch immerhin ein hoher, zuverlässiger Beamter der CenDip. Er hatte Freunde im Sommerland. Und er schien ihre Meinung von Dr. bint Hezra-Fong zu teilen. Sie stellte den Input aus Fassas Kabine zu ihren Lautsprechern in Foristers durch. Nach einem Augenblick benommenen Schweigens nahm Forister zwischen den Antiquitätenstapeln auf seiner Koje Platz und lauschte angespannt.

»Darnell glaubte, daß Alpha den Mann für ihn umbringen würde. Sie hatte einen Haufen Unfälle bei den Tests, die sie mit ihren Wohlfahrtspatienten ausführte. Sie war schon richtig geschickt darin geworden, Todesurkunden mit scheinbar harmlosen Todesursachen zu fälschen. Bei unseren jährlichen Treffen pflegte sie damit zu prahlen. Einer mehr oder weniger wäre kein Problem für sie gewesen. Aber sie hat ihn nicht getötet. Sie hält ihn voll unter Seductron, daß er nicht mehr weiß, wer er ist, und wann immer sie will, daß Darnell ihr einen Gefallen tut, droht sie, dem Mann seine Seductron-Dosis abzuschneiden.«

»Sein Name?« wollte Sev wissen.

Fassa senkte die Augen. »Ich hätte gern ein paar Garantien, daß du meine Strafe mindern läßt.«

»Du weißt, daß ich dir diese Garantien nicht geben kann«, versetzte Sev.

Sie verschränkte die Finger. »Du könntest aber deinen Bericht über diese letzte Reise verlegen. Ohne deine Aussage und die Aufzeichnungen gäbe es keinerlei schwerwiegende Beweise gegen mich.« Sie sah auf, ihre Augen schimmerten von ungeweinten Tränen. »*Bitte* Sev! Ich dachte, du würdest wenigstens *etwas* für mich empfinden.«

»Da hast du falsch gedacht«, sagte Sev mit einer Stimme, die so tot und tonlos klang wie die künstliche Sprache irgendeines Drohnenschiffs.

»Was habe ich dann davon? Warum sollte ich dir irgend etwas geben?« Verzweifelt hämmerte Fassa mit den Fäusten auf die Koje ein. Ihre Fäuste versanken in der Plasmaform und hinterließen vorübergehende Dellen, die sich wieder glätteten, sobald sie die Hände hob. »Na gut, na schön. Dann mach nur weiter und sieh mit an, wie man mir das Gehirn ausbrennt oder mich so lange im Gefängnis festhält, bis ich zu alt bin, um mich noch darum zu kümmern«, sagte sie müde. »Aber warum sollen die anderen davonkommen, wenn mein eigenes Leben ruiniert ist? Der Mann heißt Valden Allen Hopkirk, und ihm gehörten früher die Hopkirk-Leuchtwaren hier auf Bahati. Genügt dir das, oder hättest du auch gerne noch seinen zentralen Bürgercode?«

»Wir wissen alle Einzelheiten zu schätzen, die du uns mitteilen kannst«, erwiderte Sev vorsichtig.

»Nun, zufälligerweise kenne ich aber seinen Code nicht, da hast du also Pech!« fauchte Fassa. »Warte ... warte ... da ist noch mehr.«

»Ach ja?«

»Finde Hopkirk, dann hast du Beweismaterial gegen Alpha und Darnell«, warf Fassa schnell ein. »Aber es gibt da noch jemanden, den du dir kaufen solltest. Sein Name ist Blaize ...«

In der anderen Kabine senkte Forister den Kopf auf seine zu Fäusten geballten Hände. »Blaize Armontillado-Perez y Medoc«, flüsterte er. »Nein. Nein.«

*Ich habe Familie im System Nyota … Ich wollte sie nach Sommerland besuchen …*

Nancia unterbrach die Audioübertragung in Foristers Kabine und schaltete ihre eigenen Sensoren dort aus. So lauschte sie allein, während Fassa die Einzelheiten von Blaizes unrühmlicher Karriere auf Angalia zum besten gab; das Umlenken von PHD-Frachten, die Sklavenarbeit und die Folterungen der eingeborenen Bevölkerung, deren Beschützer er doch eigentlich hätte sein sollen.

Eines Tages würde Forister diese Einzelheiten erfahren und akzeptieren müssen, aber noch nicht jetzt. Sie würde ihn damit unbehelligt lassen, bis er von sich aus um die Aufzeichnungen dieser Unterhaltung bat, und dann würde sie dafür sorgen, daß er sie ungestört anhören könnte.

Und so war Nancia die einzige Zeugin, als Fassas Beichte zu einem abrupten Ende gelangte. Nachdem sie ihre Erzählung über Blaizes Missetaten abgeschlossen hatte, hakte Sev zur Kontrolle nach.

»Ich habe mir die Berichte über diese erste Reise einmal angeschaut«, sagte er beinahe beiläufig. »Ihr wart zu fünft, nicht wahr? Du, Dr. bint Hezra-Fong, Overton-Glaxely, Armontillado-Perez y Medoc und ein weiterer: Polyon de Gras-Waldheim, frisch von der Akademie entlassen. Welche Rolle hat er denn bei dieser Wette gespielt?«

Fassa preßte die Lippen zusammen und schüttelte leise den Kopf. »Mehr kann ich dir nicht sagen«, flüsterte sie. »Nur – laßt sie mich nicht nach Shemali verbannen. Bring mich lieber vorher um. Ich weiß, daß du mich nie gemocht hast, aber ich bitte dich von Mensch zu Mensch – bring mich vorher um. Bitte!«

»Du irrst dich, wenn du glaubst, daß ich dich nie gemocht habe«, erwiderte Sev nach langem Schweigen.

»Das hast du doch selbst gesagt.«

»Du hast mich gefragt, ob ich wenigstens *etwas* für dich übrig habe«, berichtigte er sie. »Und das habe ich auch nicht. Du bist eitel und egoistisch und hast möglicherweise einen guten Mann umgebracht, hast aber bisher nicht das geringste Interesse an Calebs Schicksal gezeigt. Ich habe überhaupt nichts für dich übrig.«

»Ja, ich weiß.«

»Leider«, fuhr er ohne jede Veränderung seiner Miene fort, »scheine ich, ob es dir gefällt oder nicht ... scheine ich dich zu lieben. Nicht«, fügte er beinahe sanft hinzu, »daß es uns beiden unter den gegebenen Umständen allzuviel nützt, aber ich dachte schon, daß du es erfahren solltest.«

## KAPITEL 11

Caleb erholte sich erstaunlich schnell. Zwei Stunden, nachdem er in die Klinik eingeliefert worden war, vierzig Minuten nachdem Alpha bint Hezra-Fong das Gift in seinem Blut analysiert und Reizpflaster mit dem entsprechenden Gegenmittel appliziert hatte, hörten die Nervenkrämpfe bereits auf. Nancia wußte genau davon, denn inzwischen hatte sie daran gedacht, Sev Bryley mit einem im Kragen seiner Uniformjacke verborgenen Kontaktknopf in die Klinik zu schikken, wo er an Calebs Krankenhausmantel diskret einen weiteren Knopf anbrachte. Während Forister als offizieller Bewacher an Bord blieb, hing Sev in den Besucherräumen der Sommerlandklinik herum und versuchte, wie ein besorgter Freund oder Verwandter auszusehen, während er mit den genesenden VIPs plauderte.

Nancia konnte die Klinik aus zwei verschiedenen Blickwinkeln beobachten: durch die von Calebs Krampfanfällen zitternden Ansicht einer rissigen weißen Zimmerdecke, wie von Calebs Kontaktknopf übertragen, und die sich wiederholenden Anblicke künstlicher Topfpalmen und tatternder alter Prominenter, mit denen Sev sich unterhielt. Im großen und ganzen waren die Topfpflanzen ergiebiger als die Prominenten; wenigstens vergeudeten sie Sevs Zeit nicht mit ihren Erinnerungen an Ereignisse, die schon ein Jahrhundert zurücklagen.

»Keiner dieser Leute weiß irgend etwas über Hopkirk«, flüsterte sie durch Sevs Kontaktknopf.

»Das ist mir auch aufgefallen«, antwortete er, während der senile Direktor a. D. der Musikhochschule von Bahati, seines Zeichens einhundertundfünfundsiebzig Standardzentraljahre alt, zu seinen nachmittäglichen Untersuchungen davonschlurfte.

»Kannst du nicht etwas Produktiveres tun?«

»Laß mir Zeit. Wir dürfen nicht auffallen. Und hör auf mit mir zu flüstern. Sonst denken die noch, daß ich Selbstgespräche führe und Stimmen höre.«

»Nach allem, was ich bisher von diesen verwirrten feinen Leuten mitbekommen habe, würdest du damit gut reinpassen.«

»Nur«, erwiderte Sev grimmig, »wenn sie die Stimmen nicht auch hören.«

Nancia ließ es zwar nur ungern zu, daß er das letzte Wort behielt, aber im Augenblick war sie abgelenkt. Irgend etwas war passiert – oder hatte aufgehört zu passieren. Calebs Sensorknopf übertrug plötzlich kein zuckendes Bild mehr; vielmehr war das Bild jetzt still und völlig klar.

Nein, doch nicht ganz still: Eine regelmäßige, sanfte Bewegung versicherte ihr, daß er noch atmete.

Einen Augenblick später tauschten zwei Helfer ein Kauderwelsch leiser, aber doch überwiegend fröhlicher Kommentare an Calebs Bett aus. Nancia verstand nur, daß es sich um eine gute Nachricht handeln mußte; sein (dreisilbige griechische Wurzel) war wieder hoch, sein (viersilbige lateinische Ableitung) war tief, sie setzten ihn gerade auf eine regelmäßige Dosis (denebianisches Doppelwort), und sobald er wieder bei Bewußtsein war, würden sie ihm eine Physiotherapie angedeihen lassen.

Sie beschwerte sich bei Forister über den Fachjargon.

»Jetzt begreifst du endlich mal, wie sich der Rest der Welt fühlt, wenn er es mit Hirnen und Piloten zu tun bekommt«, meinte er tröstend. »Weißt du, es gibt Leute, die sind der Auffassung, daß die Dekompositionstheorie schwer nachzuvollziehen sei. Die werfen uns vor, die Mathematik absichtlich zu mystifizieren.«

»Ha! An Mathematik ist doch nichts Mystisches«, entgegnete Nancia. »Dieses Medizinerjargon ist doch etwas völlig anderes.«

»Warum hast du die Begriffe nicht übersetzt und selbst herausgefunden, was sie bedeuten?«

»Ich habe keine klassische Ausbildung«, erwiderte Nancia. »Aber ich werde mir eine kaufen, wenn wir wieder in die Zivilisation zurückgekehrt sind. Ich möchte volle Datahedra mit lateinischer, griechischer und medizinischer Terminologie. Mit diesem neuen Hyperchips müßte ich eigentlich dazu in der Lage sein, die Begriffe annähernd so schnell einzuordnen wie ein Muttersprachler.«

Dicht außerhalb des Gesichtfelds von Calebs Sensorknopf stieß jemand gerade einen Schrei aus. Das Bild der Krankenhausdecke erbebte, wurde unscharf und wich schließlich einem Glasfenster, grünen Feldern und einem weißgekleideten Arm von links. »Da«, sagte eine ruhige, kompetente Stimme, unmittelbar bevor Caleb sich über die vor ihm stehende Schüssel aus Permalegierung beugte und seine letzte Mahlzeit erbrach.

Der Kontaktknopf gab Nancia ein sehr klares, scharf umrissenes Bild des daraus folgenden Produkts.

Danach jedoch kam er mit erstaunlicher Schnelligkeit wieder zu Kräften. Nancia verfolgte den ganzen Tag seine Sitzungen mit dem Physiotherapeuten. Gleichzeitig behielt sie Sev im Auge, der die Gänge der Sommerlandklinik entlangschlenderte und Ausschau nach jedem verfügbaren Informationsfetzen über einen Patienten namens Valden Allen Hopkirk hielt.

Am Spätnachmittag war ein neuer Helfer dazu in der Lage, Caleb zu versichern, daß die Attacke keine permanenten Nervenschäden zurücklassen würde.

»Allerdings sind Sie geschwächt, und wir werden einige der Nervenbahnen wieder trainieren müssen, das Zeug, daß Ihre Raumpiratin da verwendet hat, war ein Nervenblocker. Der Schaden läßt sich wieder beheben«, fuhr der Helfer forsch fort, »aber ich würde zu einer ausgiebigen Therapie raten. Auf jeden Fall werden Sie eine ganze Weile nicht als Pilot arbeiten können. Hat man Ihr Schiff bereits benachrichtigt?«

»Sie weiß alles, was hier vorgeht«, sagte Caleb und legte einen Finger kurz an die Kante des Kontaktknopfs.

Nancia studierte eindringlich das Gesicht des Krankenpflegers. Der Mann wirkte nachdenklich, vielleicht sogar besorgt. »Ich ... verstehe. Und ich nehme an, der Knopf hat auch einen Toter-Mann-Schalter? Irgendeine Alarmvorkehrung für den Fall, daß er abgeschaltet oder entfernt wird?«

»Absolut«, antwortete Nancia über den Kontaktknopf, bevor Caleb die Wahrheit sagen konnte. Ein solches Arrangement wäre eine hervorragende Lebensversicherung für Caleb, und sie wünschte sich, daß die Zentrale daran gedacht hätte. Doch mangels einer echten Einrichtung würde es ihm vielleicht wenigstens etwas Schutz bieten, wenn sie so tat als ob. Sie setzte ihre Mitteilung durch den winzigen Lautsprecher fort, ignorierte Calebs Versuche sie zu unterbrechen. »Bitte informieren Sie das gesamte zuständige Personal von diesem Arrangement. Ich würde es bedauern, einen Generalalarm auslösen zu müssen, nur weil ein uninformiertes Mitglied versehentlich mein Überwachungssystem stört.«

»Das wäre in der Tat ... bedauerlich«, meinte der Helfer nachdenklich.

Nachdem er gegangen war, sagte Caleb leise in den Kontaktknopf hinein: »Das war eine Lüge, Nancia!«

»War es das?« parierte Nancia. »Glaubst du etwa, du würdest *alle* meine Fähigkeiten kennen? Wer ist denn in dieser Partnerschaft eigentlich das ›Gehirn‹?«

»Ich verstehe!«

Nancia hoffte eher, daß er es nicht tat. Wenigstens war sie darumgekommen, Caleb regelrecht anzulügen. Das war schon etwas ... aber nicht genug.

Sie hatte ihre Unfähigkeit nie bedauert, sich auf Planetenoberflächen frei bewegen zu können. Der Test der Psychologischen Abteilung, den sie vor Beginn ihrer Ausbildung zum Gehirn-Schiff absolviert hatte, hatte gezeigt, daß sie die Fähigkeit, zwischen den Sternen hin- und herzufliegen, weit über die beschränkte Mobilität planetengebundener Lebewesen stellte. »Das hätte ich denen auch vorher sagen können«, hatte Nancia erwidert, als man ihr die Testergebnisse zeigte. »Wer will sich schon mühsam über die Oberfläche wälzen, wenn er sich ebensogut im tiefen Weltall tummeln kann? Und wenn ich auf einem Planeten irgend etwas haben will, kann man es mir zum Raumhafen bringen.«

Doch einen Caleb konnte man ihr nicht bringen. Und sie konnte auch nicht in die Sommerlandklinik, um dort über ihn zu wachen. Nancia konnte alles sehen und hören, was innerhalb der Reichweite dieser Knöpfe geschah. Sie konnte dem Träger sogar Instruktionen geben. Aber *handeln* konnte sie nicht. Sie blieb darauf beschränkt, sich Sorgen über den langsamen Fortschritt zu machen, den sie erzielten, sowie über die Medikamente, die man Caleb in die Blutbahn spritzte.

»Hast du noch nichts entdecken können?« fragte sie Forister. Seit Fassa den Tag leise weinend in ihrer Kabine zugebracht hatte, hatte Forister damit begonnen, seine ›Wächterpflichten‹ ziemlich frei auszulegen. Er war zwar an Bord und stand bereit, falls es zu einem Fluchtversuch kommen sollte, hatte Nancia aber auch mitgeteilt, daß er keinen Grund dafür sah, weshalb er seine Zeit damit verbringen sollte, draußen vor Fassas Kabinenluke auf einer harten Bank herumzusitzen. Statt dessen saß er nun vor einem Touchscreen in der Zentralkabine, stellte delikate Computerverbindungen zu Alphas Klinikgarten her und suchte nach irgendeinem Hinweis darauf, wo sie den Zeugen untergebracht hatte, den sie brauchten.

Forister richtete sich auf und seufzte. »Ich habe«, erzählte er, »vierhundert Gigamegs an Patiententabellen entdeckt, die allesamt ausführliche Berichte über Medikamentierung, Behandlungen und Meßdaten enthalten.«

»Na ja, warum schaust du dann nicht einfach nach Hopkirk und stellst fest, was sie mit ihm gemacht hat?« wollte Nancia wissen.

Zur Antwort tippte Forister mit einem Finger auf den Schirm und preßte die Handfläche auf Nancias Analog-Input. Die Daten, die er abgerufen hatte, wurden direkt in Nancias bewußte Erinnerungsspeicher gespeist. Es fühlte sich an, als würde ihr der Inhalt einer medizinischen Bibliothek direkt in den Schädel injiziert. Nancia zuckte, schaltete ihre instinktiven Lesereflexe ab und öffnete einen winzigen Bewußtseinsschlitz für eine mikroskopisch kleine Portion der Daten.

Es war ein unverständliches Kauderwelsch aus medizinischer Terminologie, ohne Rücksicht auf Absätze oder Abstände komprimiert und mit merkwürdigen Symbolcodes durchsetzt, die die Textstrings aus Fachjargon interpunktierten.

Sie öffnete einen weiteren Schlitz und ›sah‹ das gleiche dichtkomprimierte, unverständliche Sprachgewirr.

»Das Material ist nicht nach Patientennamen indiziert«, erläuterte Forister. »Die Namen sind verschlüsselt – aus Gründen der Schweigepflicht, nehme ich an. Falls die Daten überhaupt nach irgend etwas indiziert sein sollten, dann möglicherweise nach Art der Behandlung. Es könnte aber auch nach einer willkürlichen Liste von Medikamenten sein. Bisher konnte ich beim besten Willen kein Ordnungsprinzip ausmachen. Und außerdem«, fügte er unnötigerweise hinzu, »ist alles auch noch komprimiert.«

»Wir wissen, daß er durch kontrollierte Überdosen Seductrons ruhiggehalten wird«, antwortete Nancia. »Warum nicht ... ach so!« Beim Sprechen hatte sie den Datenstrom überprüft. Seductron wurde nirgendwo erwähnt. »Eine illegale Droge«, stöhnte sie. »Offiziell gibt es so eine Behandlung überhaupt nicht. Sie muß es als irgend etwas anderes verschlüsselt haben.«

»Ich hätte Latein lernen sollen«, meinte Forister nickend. »Cappelanisch schien für einen Diplomaten soviel nützlicher zu sein ... Na ja.«

»Kannst du dich weiterhin in die Berichte einhacken?« fragte Nancia. »Vielleicht gibt es ja irgendwo anders einen Hinweis.«

Forister sah leicht schockiert aus. »Ich muß schon bitten, werte Dame! ›Hacken‹ ist ein Straftatbestand.«

»Aber ist es nicht das, was du da tust?«

»Ich mag zwar nur vorübergehend als Pilot im Dienst stehen«, versetzte Forister, »aber ich bin ein permanentes Mitglied des Diplomatischen Diensts der Zentrale. Code G, falls dir das etwas sagt. Als solches genieße ich diplomatische Immunität. Hacken ist illegal; aber was immer ich tue, ist nicht illegal; folglich ist es auch kein Hacken.« Er lächelte freundlich und zog eine Spiralbahn vom Außenrand des Touchscreen nach innen, löschte die vorhergehende Suche und öffnete einen neuen Zugang ins Labyrinth der Klinikberichte von Sommerland.

»*Ich* hätte lieber *Logik* lernen sollen«, murrte Nancia. »Ich glaube, daß an deinem Syllogismus etwas Fundamentales falsch sein muß. Kode G. Heißt das, du bist ein *Spion*?« Caleb würde ihr das nie verzeihen. Sich mit Spionen abzugeben, die Nase in Privatakten zu stecken ... Die Tatsache, daß sie ebensosehr daran arbeitete, ihn zu retten, als auch Verbrecher dingfest zu machen, würde das Ausmaß ihres Vergehens in seinen Augen nicht mildern.

»Du kannst mich X-39 nennen, wenn du willst.« Forister summte vor sich hin, als er den Datenpfad glättete, mit dem er angefangen hatte, und ein neues, komplizierteres Muster auf den Bildschirm zog.

»Ist das nicht ziemlich sinnlos«, fragte Nancia, »wenn man bedenkt, daß ich deinen Namen bereits kenne?«

»Ach so, ja – da geht es schon los!« Forister kicherte zufrieden, als er einen Zugang zu einem neuen Segment des Computersystems der Sommerlandklinik öffnete. »Völlig nutzlos, wie die meiste Spionage. Wie die meiste Diplomatie übrigens auch, wenn wir schon dabei sind. Nein, wir verwenden natürlich keine Kodenamen. Aber ich dachte immer, daß es ganz schön spaßig sein müßte, als X-39 bekannt zu sein.«

»Hast du das, ja?« brummte Alpha bint Hezra-Fong in der Abgeschiedenheit ihres Büros. »Wie würde es dir gefallen, als ›Seductron, Gescheiterter Versuch Nr. 106‹, bekannt zu werden? Wenn ich gewußt hätte, wer du bist ...« Sie unterbrach ihre Drohungen. Sie wußte es jetzt. Und sollte Forister jemals den Fehler begehen, gleich aus welchem Grund, in die Sommerlandklinik zurückzukehren, dann würde sie ihre Revanche bekommen.

Weder Forister noch Nancia hatten daran gedacht, Nancias Decks nach Sendern abzusuchen – und selbst wenn sie es getan hätten, hätte sie Alphas persönliche Spinne wohl nicht wiedererkannt: ein hauchdünnes Metachipgerät, das sich an jede Wand aus Parmalegierung heften ließ und wie ein Chamäleon die Farbe seiner Umgebung nachahmte. Bei all dem Durcheinander während der Verbringung des verwundeten Piloten in die Schweberöhre war es Alpha ein leichtes gewesen, eine der Spinnen in Nancias Zentralkorridor anzubringen. Von dort aus nahm sie jedes Gespräch in den Kabinen wahr, obwohl die Stimmen durch Entfernung und Interferenzen verzerrt klangen.

Alpha war sich ursprünglich gar nicht sicher gewesen, welcher Instinkt sie dazu bewegte, die Spinne einzupflanzen; sie hatte nur den Eindruck gewonnen, daß der Umfang des Funkverkehrs im Netz, der sich um dieses Gehirn-Schiff und seinen Piloten drehte, darauf hinwies, daß sie wichtiger waren als sie aussahen. Irritierenderweise waren die Datenströme, die über das Netz von der Zentrale kamen, in einem Kode verschlüsselt, den Alpha bisher noch nicht hatte knakken können, und so stellte die Spinne ihre einzige Informationsquelle dar.

Bisher hatte sie sich allerdings als herausragend effizientes Werkzeug erwiesen. Alpha war stolz darauf, soviel Klugheit besessen zu haben, eine der teuren Spinnen gerade dort anzubringen, wo sie am meisten gebraucht wurde. Sie trommelte mit den Fingern auf das Eingabebrett der Workstation, während sie im Geiste noch einmal durchging, was sie bisher getan und welche Schritte sie bisher unternommen hatte, um der Gefahr zu begegnen. Der Rhythmus ihrer Fingerspitzen wiederholte sich auf dem Schirm als abgehacktes Wirrwarr fahriger Linien, die sich in einem hypnotisierenden Tanz brachen und aufs neue miteinander verbanden.

Die erste Überraschung war Fassa del Parmas Stimme gewesen. Zwar hatte Alpha das breite dramatische Spektrum bewundert, mit dem Fassa ihren Bewacher anflehte, sie freizulassen, dennoch war sie kaum überrascht, als das Mädchen schließlich doch zusammenbrach und anfing, über ihre Konkurrenten auszupacken. Alpha hatte schon immer das Gefühl gehabt, daß das del Parma-Kind nicht das Zeug dazu hatte, wirklich an die Spitze zu kommen. Viel zu emotional. Im Schlaf weinen, aber ihre Opfer verhöhnen. Wenn man wirklichen Erfolg wollte, mußte man so sein wie Alpha oder Polyon: kalt, ungerührt, über Triumphgefühle erhaben, ständig auf das gewünschte Ziel konzentriert.

Glücklicherweise wußte Fassa nicht allzuviel. Sie war zu dumm gewesen, um allzuweit über ihren eigenen Tellerrand hinausblicken zu können. Alpha mochte darauf wetten, daß die kleine Schlampe nie daran gedacht hatte, über jeden ihrer Konkurrenten ein Dossier mit verwendbaren, harten Daten anzulegen, die sich im Falle einer Katastrophe als Tauschobjekt einsetzen ließen. Sie verfügte lediglich über Klatsch und Gerüchte und Geschichten von den Jahrestreffen. Blaize war böse zu den Einheimischen, Alpha hatte eine illegale Droge entwickelt, Darnell war alles andere als moralisch bei seinen Firmenübernahmen.

Hörensagen! Ohne richtiges Beweismaterial, um diese Geschichten zu stützen, würde es die Zentrale nie schaffen, mit einer derartigen Anklage durchzukommen, und dort war man viel zu klug, um es überhaupt zu versuchen. Alpha grinste und klatschte mit der Handfläche auf das Eingabebrett, was den Computer dazu bewegte, ein zufälliges Gemisch aus medizinischen Fachbegriffen und sinnlosen Symbolen mit willkürlich aus Patientenberichten hervorgeholten Sätzen zu vermengen. Sie hatte dieses Programm schon vor Jahren vorbereitet, als Schutz gegen einen Computerangriff, wie ihn Forister soeben versuchte. Und den Gesprächsfetzen zwischen ihm und Nancia zufolge funktionierte es auch. Sie würden ihre ganze Energie darauf vergeuden, einen Kode zu entziffern, der in Wirklichkeit gar keinen Sinn hatte.

Und während sie daran arbeiteten, würde Alpha die erforderlichen Schritte unternehmen, um das einzige wirkliche Beweismaterial zu entsorgen, auf das Fassa sie hingewiesen hatte. Ihre Finger trommelten schneller; sie schlug wieder auf das Eingabebrett, diesmal, um den Sprachmodus zu aktivieren.

»Schicken Sie Baynes und Moss in mein Büro – nein, in das Versuchszimmer Vier«, sagte sie. Baynes ließ sich für eine Weile gefahrlos von seinem Beobachterposten abziehen: Caleb war zu geschwächt, um irgendeine Gefahr darzustellen, und außerdem war er durch den Monitorknopf seines Gehirn-Schiffs geschützt.

Alpha glaubte nicht, daß ihr Büro mit Spinnen verseucht war; und was den Versuchsraum 4 anging, eine glitzernde

Schale aus Permalegierung ohne jede Wandfuge und fast ohne Mobiliar, war sie sich völlig sicher. Alpha hatte den Bau dieses Raums aus den Profiten ihrer ersten ungesetzlichen Verkäufe von Seductron finanziert. Offiziell diente der Laborraum für Alphas Experimente mit bioaktiven Kampfstoffen; die extreme Schlichtheit seines Aufbaus erleichterte die vollkommene Sterilisation der Kammer nach Beendigung der Experimente.

Dazu taugte er sehr gut. Und der Bauunternehmer, der hinter der Haut aus Permalegierung ein Netzwerk elektronischer Impulsstrahler angebracht hatte, was den Raum für alle bis dahin bekannten externen Überwachungsgeräte undurchdringbar machte, war kurz nach seiner Fertigstellung einer tödlichen Überdosis Blissto erlegen. Alpha hatte nur kopfschüttelnd geseufzt, wie alle anderen auch, und sich darüber gewundert, daß der Mann ein Drogensüchtiger gewesen war. Und das Geheimnis des Zimmers war gesichert.

Baynes und Moss waren tatsächlich Abhängige. Alpha hatte ihre Blisstosucht ›kuriert‹, hatte ihnen eine Stellung in der Klinik verschafft und sie darüber aufgeklärt, daß die Blisstosucht nur durch eine sehr viel gefährlichere Droge abgelöst worden war, eine Variante des Seductron mit dem unangenehmen Nebeneffekt, bei Opfern, deren regelmäßige Dosis plötzlich entzogen wurde, einen völligen Nervenzusammenbruch auszulösen. Alpha hatte damit experimentiert, eine leicht suchterzeugende Form des Seductron zu entwickeln, die jeden, der das Zeug einmal versuchte, zu einem sicheren Kunden machte. Seductron-B4 stellte eine Art Gegenextrem dar. Sie traute sich nicht, das Zeug für den Straßenmarkt preiszugeben. Doch war es unglaublich nützlich, wenn man sich billige Sklaven heranzüchten wollte. Es hatte nur ein oder zwei sorgfältig geplante Verzögerungen bei der Verabreichung der Seductron-B4-Dosen bedurft, um Baynes und Moss davon zu überzeugen, daß ihr Leben allein von ihrer Treue zu ihr abhing. Sie hatte sich ihre Werkzeuge sorgfältig ausgesucht. Sie besaßen genügend medizinische Bildung, um ihr in der Klinik als echte Assistenten zu dienen, waren aber viel zu dumm, um ihre Seductronforschung selbst nachvollziehen zu können. Sollte sie sterben oder anderweitig ausfallen, würden Baynes und Moss ebenfalls den Tod finden: unweigerlich, langsam und qualvoll.

Alpha empfand eine stille Befriedigung, wie immer, wenn sie zwei Männer sah, denen ihr, Alphas, Leben im wahrsten Sinne des Wortes ebenso wertvoll war wie ihr eigenes. *Dieses kleine Flittchen Fassa kann noch soviel Sexappeal einsetzen – kein Mann, der sie jemals beglückt hat, schert sich auch nur annähernd um ihr Wohlergehen wie diese beiden um meins.*

Alpha erteilte ihre Instruktionen schnell und selbstbewußt, erwartete nichts anderes als sofortigen Gehorsam. Der Patient, der in den Listen der Klinik als Varian Alexander geführt wurde, sollte sofort in den Wohlfahrtstrakt verlegt werden. Auf Station 6, wo die genesenden Blisstoabhängigen und Alkoholiker untergebracht waren, war noch ein Bett frei; dort wäre er für den Augenblick gut aufgehoben.

»Entschuldigung, Doktor, aber sind Sie sicher ...«, begann Baynes.

»Er wird den Transport schon überstehen«, entschied Alpha.

»Ja, aber ...«

»Das sollte doch wohl selbst für Ihr drogenverseuchtes Hirn einfach genug zu bewältigen sein, möchte ich meinen!«

»Er macht sich nicht wegen Alexander Sorgen, Doktor«, warf der schnellerdenkende Moss ein. »Es geht um diese Halbcyborg-Mißgeburt auf Station 6. Qualia Benton. Die hat eine Menge Fragen gestellt. Viel zu viele.«

Alpha trommelte mit den Fingerspitzen auf den Tisch. Benton. Qualia Benton. Ach ja. Ein interessanter Fall. Als alkoholabhängige Veteranin der Capellanischen Kriege eingewiesen, die zu zittrig und hirngeschädigt war, um ihre eigene periodische Wartung ihrer Cyborg-Gliedmaßen und

Organersatzteile auszuführen. Zwar schienen alle Teile voll funktionsfähig zu sein, dennoch hatte Alpha Testreihen und Wartung angeordnet; die Veteranenhilfe würde für diese Leistungen aufkommen, und wenn Qualia Benton zu zerstört war, um ihre eigene Wartung durchzuführen, würde sie auch nicht auf den Gedanken kommen, sich zu fragen, ob die von der Klinik in Rechnung gestellten Arbeiten tatsächlich absolut erforderlich gewesen waren – oder ob sie überhaupt durchgeführt wurden.

»Was für Fragen?«

Baynes zuckte mit den Schultern. »Alles mögliche. Alles. Wie uns unser Job gefällt. Wie wir unseren Job bekommen haben. Wie viele Zimmer es in diesem herrlich großen Gebäude gibt und was wir außer der Pflege alter Mißgeburten wie ihr selbst alles machen. Mal angenommen, sie wollte einen Job an einem hübschen, sauberen Ort wie diesem haben, ob wir wohl dann ein gutes Wort für sie einlegen würden.«

»Alles harmlos.«

»Ja, aber ...« Baynes verlagerte sein Gewicht von einem Fuß auf den anderen und verstummte.

Moss setzte den Bericht fort. »Letzten Freitag wälzte sie sich im Bett und behauptete, furchtbare Nervenschmerzen in ihrem linken Fuß zu haben, der gar nicht mehr da ist, Doktor, und mit den Prothesenverbindungen war auch alles in Ordnung, ich habe sie zweimal überprüft. Sie wollte nicht mit den anderen Säufern zur Körperertüchtigung, also habe ich sie zurückgelassen, während wir die anderen zu ihrem gesunden Spaziergang im Park hinausschoben. Es ist nur so, daß ich etwas früher zurück mußte, weil der alte Charlie Blissed-out mit Schmerzen in der Brust zusammenbrach und ich eine Schweberöhre holen wollte, um ihn zurückzubringen. Da fand ich sie draußen auf dem Boden vor dem Personalraum liegend. Sie behauptete, sie hätte versucht, mit der Prothese zu arbeiten, aber die sei unter ihr zusammengebrochen.«

»Was möglicherweise stimmt«, meinte Alpha.

»Ja. Nur ... die Tür zum Personalraum war aufgesperrt. Ich kann aber beschwören, Doktor, daß ich sie zugeschlossen hatte wie immer, aber da war sie offen.«

Für einen langen Augenblick musterte Alpha Moss' schwitzendes Gesicht. Es könnte sein, daß er nur versuchte, seine eigene Achtlosigkeit zu kaschieren, weil er die Tür zum Personalraum nicht abgeschlossen und eine Patientin allein auf Station zurückgelassen. Andererseits hätte er auch überhaupt nicht von dem Vorfall zu berichten brauchen. Er würde ihren Zorn nur riskieren, wenn er sich vor etwas noch schlimmerem fürchtete – beispielsweise einer Bedrohung ihrer Stellung in der Klinik, etwas, was sie von hier entfernen und damit seinen Nachschub an Seductron-B4 abschneiden könnte.

»Legen Sie die beiden in ein Privatzimmer«, befahl Alpha.

»Im Wohlfahrtstrakt gibt es aber keine«, wandte Baynes mürrisch ein.

Moss rollte die Augen. »Ach du liebe Güte«, murmelte er. »Das *weiß* die Frau Doktor doch alles, Baynes. Viktor Alexander wird eben nicht mehr in den Wohlfahrtstrakt verbracht. Wir sollen Qualia Benton mit ihm in ein Zimmer für Privatpatienten auf der VIP-Seite legen und uns keine Gedanken über die Tatsache machen, daß die Veteranenhilfe den Aufpreis nicht bezahlen wird; ich schätze, sie wird ohnehin nicht lang genug dort bleiben, um eine allzu hohe Rechnung auflaufen zu lassen. Richtig, Doktor?«

Er gewährte Alpha ein verschwörerisches Lächeln, das sie nicht erwiderte.

»Benton ist ein interessanter Fall«, sagte Alpha nüchtern. »Ich möchte dieses Prothesenproblem selbst untersuchen. Alle damit zusammenhängenden Umdisponierungen werden dem Experimentallabor in Rechnung gestellt. In der Zwischenzeit wünsche ich, daß Sie den Besucher Bryley im Auge behalten. Eigentlich ist er nur als Begleitperson dieses Piloten hier, aber er hat entschieden zu viel Zeit damit zugebracht, sich in den öffentlichen Räumlichkeiten mit entschieden zu vielen Leuten zu unterhalten.«

Bryley mochte zwar keine unmittelbare Gefahr darstellen, doch würde es nicht schaden, wenn Baynes und Moss ihn im Auge behielten. Was die beiden anderen betraf, hegte Alpha nicht die Absicht, die Lösung dieser Probleme diesem Paar Stümper zu überlassen, von denen der eine dumm und der andere unterwürfig war. Ebensowenig hatte sie vor das Risiko einzugehen, daß die zwei, sollte es zu Schlimmsten kommen, aus erster Hand gegen sie aussagen könnten.

Qualia Benton war möglicherweise nichts anderes als eine alkoholisierte alte Närrin, die es nicht lassen konnte, in den Angelegenheiten anderer Leute herumzuschnüffeln; vielleicht war sie aber doch etwas völlig anderes. Im ersten Fall wäre sie kein Verlust; im zweiten mußte sie sofort beiseite geschafft werden. Was allerdings Valden Allen Hopkirk betraf, so verabscheute Alpha es zwar, ein potentielles Werkzeug wie ihn zu vergeuden, vor allem nachdem sie sich all diese Mühe gemacht hatte, ihn die ganze Zeit leicht betäubt zur Verfügung zu halten; doch andererseits hielt sie sich etwas auf ihre Fähigkeit zugute, den Tatsachen stets ins Auge zu sehen und ihre Verluste zu minimieren. Es gab plötzlich einfach zu viele Leute, die in Sommerland zu viele Fragen stellten.

Alpha entließ Baynes und Moss und begab sich wieder in ihren privaten Lagerraum, um sich vorzubereiten. »Wenn man nicht alles selber macht«, murmelte sie, während sie zwei Reizpflaster mit einer kräftigen Überdosis Seductron-B4 präparierte.

Die Frau mit dem Namen Qualia Benton wußte, daß irgend etwas nicht stimmte, als die beiden Assistenten, die als Doktor Hezra-Fongs Schatten fungierten, kamen, um sie aus dem Wohlfahrtstrakt der Klinik zu holen. In diesem Augenblick war sie bereit, sich zu wehren, die Finger an der Seite ihrer linken Beinprothese angespannt, durch das Adrenalin überempfindlich geworden für jede Schattierung und Änderung des Tonfalls.

Und dann geschah nichts. »Sie werden in ein Privatpatientenzimmer verlegt« sagte der große Kerl mit dem Namen Baynes.

»Und wer bezahlt das?« wollte Qualia Benton in dem schrillen Ton wissen, den man von einer alten Trinkerin erwartete.

»Die Frau Doktor interessiert sich für Ihren Fall«, erklärte der kleine Schwarzhaarige, Moss. »Sie will ein paar Tests durchführen. Das geht auf Kosten der Klinik, wenn die Veteranenhilfe es nicht bezahlt. Vielleicht kommen Sie sogar in die nächste Ausgabe des Ärzteblatts.«

»Ich fühle mich geehrt«, erwiderte Qualia Benton höflich. Sie ließ sich von den Männern in den Rollstuhl heben und fuhr dann ruhig die langen, schweigenden Korridore der Sommerlandklinik entlang, beobachtete dabei die zehntausend Spiegelungen ihrer selbst und der Assistenten in den polierten Kacheln am Boden und an Wänden und Decke, bereit für die leiseste Bewegung, die ihr das Signal geben würde, zu handeln.

*Das wird nicht in den Gängen passieren. Sie werden zuschlagen, sobald ich allein in einem Raum bin*, sagte sie sich. Aber was war, wenn sie damit rechneten, daß sie dies erwartete, und sie statt dessen in einem dieser langen, leeren Gänge überrumpelten? Sie wagte nicht sich zu entspannen.

Selbst nachdem sie in ein Zimmer mit zwei Betten gefahren wurde, von denen das am Fenster gelegene bereits besetzt war, blieb sie noch angespannt vor Erwartung.

»He, Sie haben doch gesagt, daß ich ein Privatzimmer bekomme!« heulte sie. Qualia Benton mußte ja heulen; vor allem wäre sie mißtrauisch und argwöhnisch, wie die meisten rekonvaleszenten Süchtigen, fast paranoid. Dieser Teil war wirklich nicht schwer zu heucheln.

»Ist doch so gut wie privat«, sagte der Mann namens

Moss. »*Der* wird sie nicht viel belästigen. Nicht wahr, Varian?«

Der Patient in dem anderen Bett schüttelte abwechselnd den Kopf und nickte, zeigte ein dämliches Grinsen, das ihr einen Schauer den Rücken jagte. *Ein Blisstoabhängiger. Oder etwas Schlimmeres … falls es überhaupt etwas Schlimmeres gibt. Und die behalten ihn in diesem Zustand, anstatt zu versuchen, seine Sucht zu brechen. Das ist kriminell!*

Qualia Benton, die chronische Alkoholikerin, die viel zu durcheinander war, um sich um ihre eigenen Prothesen und Ersatzorgane zu kümmern, würde sich auch nicht für die Probleme anderer Leute interessieren.

Die Assistenten halfen ihr in das freie Bett.

»So, da wären wir«, sagte der kleine Mann mit den schwarzen Haaren fröhlich. Seine Hand fuhr hinab, applizierte rasch ein Reizpflaster. Sie zuckte zurück, konnte den stechenden Kontakt an ihrer Schulter jedoch nicht ganz entweichen. »Nur etwas zum Entspannen, bevor die Tests losgehen«, sagte er.

»Will mich nicht entspannen«, knurrte sie. Die schleppende Aussprache war nicht gespielt. Plötzlich hatte sie Schwierigkeiten beim Denken. Irgend etwas drang in ihren Blutkreislauf ein, etwas, das so sanft war wie eine Wolke und so warm wie Sonnenschein, um sie zu den seligen Gefilden zu befördern – Blissto! Das war's!

Der Mann im Nachbarbett – war das wirklich ein Blisstoabhängiger, oder hatte man ihn auf dieselbe Weise unter Drogen gesetzt? Töricht, so etwas nicht vorhergesehen zu haben! Als der Assistent sie dabei erwischt hatte, wie sie ihr Bett verlassen hatte, um herumzuschnüffeln, wo sie nicht hingehörte, hätte sie wissen müssen, daß ihre Zeit in der Klinik abgelaufen war.

Sie stemmte ihre Willenskraft gegen die Macht der Droge. Und nicht nur ihren Willen. Es hatte seine Vorteile, unterschätzt zu werden, wenn man als alte Pennerin ohne genügend Verstand angesehen wurde, um für seine eigenen künstlichen Organe zu sorgen. Dr. Hezra-Fong hatte anscheinend noch keine ernsthaften Tests an diesen mit Hyperchips verbesserten Organen durchgeführt. Das Blissto riß sie fort; doch wenn sie nur ein oder zwei Stunden herausschinden könnte, könnte alles doch noch gut enden.

Aber verfügte sie über diese Stunde Gnadenfrist? Das ließ sich nicht sagen; sie konnte nur beobachten, und das nicht einmal besonders effizient. Das harte Krankenhauskissen unter ihrem Kopf war ihr weich wie denebianischer Flaumflausch.

Ihre linke Hand ruhte noch immer an der glatten, harten Prothese, doch konnte sie die Permahaut kaum spüren; das Blissto schob eine flauschige Wolke glückseliger Illusion zwischen sie und die Realität.

*Die Frau Doktor will einige Tests damit durchführen ...* War das wirklich alles? Bestimmt nicht. Eine so wichtige Person wie Dr. Hezra-Fong, Stellvertretende Direktorin der Klinik Sommerland, würde sich nicht diese ganze Mühe machen, nur um nachzuweisen, daß eine alte Säuferin Behinderung vortäuschte. Es mußte um mehr gehen.

Am späten Nachmittag bemerkte Sev, daß immer dieselben beiden Assistenten durch die öffentlichen Besuchszimmer kamen. Sie waren beide recht auffällig – der eine ein gedrungener Mann mit dunklem Kinn und polterndem Gang, der andere geschniegelter und schnell, mit der Angewohnheit, sein schwarzes Haar mit kurzen, nervösen Bewegungen glattzustreichen. Ohnehin paßten sie eher in eine Hafenbar als in eine Luxusklinik.

Sev überlegte, daß man von ihm wahrscheinlich erwartete, daß er sie bemerkte und die Flucht ergriff. Das war ärgerlich. Denn gerade eben hatte sich die tattrige alte CenDip-Witwe, mit der er sich unterhielt, endlich an einen Patienten namens Varian Alexander erinnert, einen Blisstosüchtigen. Das könnte ein Tarnname für Valden Allen Hopkirk sein; die Information, daß Alexander gerade in ein privates Zimmer verlegt worden war, unterstützte diese Theorie. Er war bereit, zu Nancia zurückzukehren und die Berichte über diesen Alexander zu überprüfen, doch war ihm der Gedanke zuwider, diesen beiden kleinen Schlägern den Eindruck zu geben, sie hätten ihm Angst eingejagt

Du wirst *nichts* mit diesen beiden Typen anfangen«, instruierte ihn Nancia, als er seine Beschwerde in den Kontaktknopf murmelte. »Die sind unwichtig. Mach dich wieder daran, Caleb zu bewachen. Ich werde Forister daransetzen, sich um unseren Freund Hopkirk zu kümmern.«

»Und wer«, fragte Sev in genüßlichem Ton, »wird dann auf Fassa aufpassen?«

Nancia attackierte seine Trommelfelle mit einem Stoß von Statik, der die Aufmerksamkeit zweier anderer Besucher erregte. Mit zweifelndem Blick musterten sie den künstlichen Capellafarn neben Sev, dann begaben sie sich in einen anderen Teil des Raums, wo sie weitab von dem seltsamen, mürrischen jungen Mann und seiner sprechenden Pflanze Platz nahm.

»Übrigens erregst du Aufmerksamkeit«, versetzte Sev liebenswürdig. »Laß mich die Sache lieber auf meine Weise begehen.«

»Dann schieb nur nicht *mir* die Schuld zu, wenn du wieder in einer Recyclingtonne endest«, entgegnete Nancia. »Und erwarte bloß nicht, daß ich Forister losschicke, um dir aus der Klemme zu helfen. Denn irgend jemand muß ja, wie du eben selbst festgestellt hast, Fassa bewachen.«

»Ich brauche«, sagte Sev laut und klar, »niemanden, der mich aus der Klemme holt.«

Die anderen Besucher begannen zu tuscheln, und irgend jemand kicherte. Sev spürte, wie er rot wurde. Zwei Gestalten materialisierten sich rechts und links neben seinen Ellenbogen, die eine groß und klobig, die andere schnell auf ihn zustoßend wie ein Kolibri.

»Haben wir schon wieder unsere Medikamente vergessen, Söhnchen?« fragte der Kleine mit gütiger, besorgter Stimme. Er wandte sich an die anderen Besucher im Raum. »Entschuldigen Sie die Belästigung. Der arme Kerl hört Stimmen. Sollte gleich besser werden, nach der Thera- aua!«

Sev trieb eine Faust gegen das Kinn des kleinen Manns und wirbelte herum, um sich dem großen zu stellen. Da senkte sich eine Hand wie ein kleiner Felsbrocken auf seinen Kopf. Der Raum um ihn herum begann sich zu drehen. Eine alte Dame kreischte auf. Er erblickte etwas Scharfes in der riesigen Hand. *Hätte ich mir denken müssen. Die Gefahr ist niemals dort, wo du hinschaust*. Die Hand senkte sich ein zweites Mal, wie ein Erdbeben oder eine Lawine, und als Sev sich mit einer Windung wegdrehen wollte, schob sich die Nadel in sein Fleisch, leise wie ein Flüstern, sanft wie der Schlaf.

Als sie den Lärm des Handgemenges in den Besucherräumen bemerkte, schlüpfte Alpha in das private Zimmer, das sie Hopkirk und der schnüffelnden Pennerin zugewiesen hatte. Diese verdammten Baynes und Moss! Konnten die denn nicht einmal eine winzige Aufgabe erledigen, ohne gleich eine Prügelei anzufangen? Blissto mußte irgend etwas an sich haben, das die Gehirnzellen dauerhaft zerstörte.

Nun gut, wenigstens würde der Aufruhr im Warteraum dort alle Aufmerksamkeit binden; dann würde es hier keine unliebsamen Zeugen für ihr Vorgehen geben. Nicht daß sie damit rechnete, lange genug hierzubleiben, bis sich Probleme einstellten. Hopkirk grinste auf seine übliche, freundliche Art, und die Alkoholikerin Benton ruhte schlaff auf ihrem Kissen wie in einem Blisstotraum. Es war besser, sich erst um sie zu kümmern; Hopkirk war viel zu sediert, um Ärger zu machen.

Als sie den Ärmel der alten Säuferin hochschob, um das Reizpflaster zu applizieren, fragte sich Alpha, ob Qualia Benton wirklich eine Schnüfflerin war oder nur eine hirngeschädigte Obdachlose, die das Pech gehabt hatte, zur falschen Zeit an den falschen Ort zu stolpern. Nicht daß es einen großen Unterschied machte. Sie würde jetzt keine Fragen mehr beantworten.

Das Reizpflaster wurde auf kaltes, festes Fleisch gepreßt. Das Nadelkissen klickte, sank aber nicht ein. Eine eisige Vorahnung überkam Alpha. *Irgend etwas ist hier faul. Irgend etwas ist hier sogar äußerst faul.*

Und Qualia Bentons dunkle Augen waren weit geöffnet, musterten sie amüsiert.

»Die rechte Armprothese ist wirklich lebensecht«, meinte sie fröhlich, »aber Reizkissennadeln bekommen Sie nicht durch die Plastihaut. Und jetzt – o nein, meine Liebe Das würde ich lieber sein lassen. Ganz bestimmt.«

Unter dem Bettuch hatte sie einen häßlichen Nadler hervorgezogen. *Wo kommt der denn her? Das alte Aas hat doch gar nichts anderes an als ihren Krankenhauskittel.*

»Was immer Sie in diesem Reizpflaster gehabt haben mögen, ist jetzt vergeudet«, informierte Qualia Benton sie im selben fröhlichen Tonfall. »Es wird gerade noch genug davon übrig sein, damit es in der Zentrale von einem Labor untersucht werden kann. Bitte versuchen Sie nicht, es wegzuwerfen; ich möchte es schließlich zur Beweissicherung für den Prozeß in einen Asservatenbeutel tun.«

»Prozeß«, krächzte Alpha. »Asservatenbeutel.« Sie wich einen Schritt zurück, gelähmt vor Entsetzen, während ihr vorgesehenes Opfer ein echtes Bein und eine Prothese aus Permalegierung aus dem Bett schwang, den Kittel glattstrich und einen Plastikbeutel unter dem Kopfkissen hervorholte.

»Lassen Sie es einfach hier hineinfallen, meine Liebe, und machen Sie keine plötzlichen Bewegungen. Sie wollen doch wohl nicht eine arme, alte Frau erschrecken, oder? Dieser Nadler ist auf Streusprühung eingestellt und mit ParaVen geladen. Eigentlich *möchte* ich Sie ja gar nicht paralysieren«, fügte sie nachdenklich hinzu, »aber falls es erforderlich sein sollte ...«

Mit zwei weiteren Schritten rückwärts hatte Alpha die Tür erreicht. Sie ließ sich zu Boden fallen und rollte sich in den Gang hinaus ab, vorübergehend außer Reichweite des Nadlers. »Baynes! Moss!« schrie sie. »32-A, Patient außer Kontrolle, Code Z, Alarm!«

Schritte donnerten den Korridor entlang, und Alpha schloß erleichtert die Augen. Dieser schwere Schritt mußte Baynes gehören. Sollte diese verrückte Schnüfflerin doch ihre Nadlerladung auf die Assistenten vergeuden – dann würde Alpha sie in die Station für gewalttätige Patienten schaffen. Sie versprach sich eine lange, unterhaltsame Reihe von Experimenten an dem alten Luder, sobald sie ihr erst diesen verdammten Nadler entwendet hatten.

»Halt, stehenbleiben!« rief die alte Frau in einer Stimme, die viel zu klar für ihr scheinbares Alter war. »Ich bin eine Bevollmächtigte Vertreterin der Aufklärung der Zentralwelten. Jeder Angriff auf meine Person ist ein Akt des Hochverrats und somit strafbar. Sie sind verhaftet.«

»Den Teufel bin ich«, entgegnete eine Stimme, die ganz gewiß nicht dem begriffstutzigen Baynes gehörte. Alpha blickte auf und sah Bryley, um den Baynes und Moss sich hatten kümmern sollen. »*Ich* bin hier der Vertreter der Zentralwelten, und *Sie* stehen unter Arrest. Was haben Sie mit meinem Zeugen gemacht?«

»Mit dem Burschen im Nachbarbett?« Zum ersten Mal schien die Bentonfrau verunsichert zu sein. »Der wird Ihnen nicht viel nützen. Viel zu weggetreten, um auch nur seinen eigenen Namen noch zu wissen. Aber Sie können ihn gern haben, wenn Sie ihn wollen. Ich nehme an, daß Sie ihn als nächsten umbringen wollte, nachdem sie sich um mich gekümmert hatte.«

»Umbringen? Sie?« Nun klang Bryley ebenso verwirrt.

In ihrer niedergekauerten Position sah Alpha, wie die Bentonfrau sich vorbeugte und an ihrer Beinprothese fingerte. Dort öffnete sich eine Ritze und holte einen dünnen holografischen Streifen hervor, der im Licht des Gangs in Regenbogenfarben schillerte. *Da hat sie also den Nadler versteckt ...*

»Generälin Micaya Questar-Benn«, stellte die Frau sich vor. Jetzt stand sie aufrechter da, ohne den Buckel und das eingeknickte Bein, das sie zuvor so klein und hilflos hatte aussehen lassen. »In verdeckter Ermittlung im Auftrag der Zentrale tätig, bei der Überprüfung der verdächtig hohen Todesrate im Wohlfahrtstrakt der Sommerlandklinik. Mein Kollege Forister Armontillado y Medoc müßte irgendwo hier in der Nähe sein; er kann für mich bürgen. Und Sie?«

»Sevreid Bryley-Sorensen, vorläufig beauftragt, das betrügerische Verhalten einer Baufirma auf Bahati zu untersuchen.« Er sah zu Alpha hinunter; seine Miene erinnerte an eine Katze, die etwas hervorgezerrt hatte, was besser in einer dunklen Seitengasse liegengeblieben wäre. »Ich denke, unsere jeweiligen Fälle könnten in einem Zusammenhang stehen. Ich war hier, um Valden Allen Hopkirk zu übernehmen, einem Zeugen in einem Fall krimineller Netzmanipulationen durch eine Freundin der del Parma. Anscheinend gehört diese ›Dame‹ ebenfalls zu der Bande. Sie hat den Zeugen versteckt gehalten und ihn so stark unter Drogen gesetzt, daß er kaum noch aussagen könnte. Sie glauben, sie wollte ihn umbringen?«

»Wir werden wohl warten müssen, bis dieses Reizpflaster in ihrer Hand auf Spuren von Drogen untersucht wurde«, antwortete Generälin Questar-Benn. »Aber ich bin mir sicher, daß sie nicht im Begriff stand, einfache Medikamente zu verabreichen. Glücklicherweise hat sie das Reizpflaster auf meine Oberarmprothese appliziert. Ich denke, ich sollte so betäubt werden, daß ich sie nicht mehr wahrnehmen würde. Einer ihrer Schlägertypen hat mir Blissto verabreicht; das war vor ungefähr einer Stunde.«

Langsam erhob Alpha sich. Wenn sie schon verloren war, würde sie wenigstens in Würde untergehen. Sie war einen halben Kopf größer als dieser Sev Bryley; und es war ihr schon eine gewisse Genugtuung, von oben auf ihn herabsehen zu können.

»Und wer sind Sie?« fragte sie. »Ein Roboter? Niemand ist

immun gegen Seduc- … Blissto«, berichtigte sie sich. Es gab keinen Grund, Informationen zu verschenken …

Generälin Questar-Benn lachte leise. »Nein, liebes Mädchen, ich bin nicht so schlimm dran wie der Blechnußknakker. Meine Herzklappen mögen zwar durch Hyperchips unterstützt werden, aber ich habe immerhin noch mein eigenes Herz – etwas, das in Ihrem Make-up dagegen völlig zu fehlen scheint. Aber Leber und Nieren sind bei mir Ersatz, und letztes Jahr ließ ich mir eine neue, hyperchipgesteuerte Blutfilterfunktion einbauen, damit ich meine eigenen Innenprothesen überwachen kann. Wenn Sie sofort erschienen wären, nachdem Ihr Schläger mich betäubte, wäre ich wahrscheinlich in Schwierigkeiten geraten. Aber eine Stunde war mehr als genug, um die Droge aus meinem Blutkreislauf herauszufiltern.«

Alpha sah sie und Bryley gleichermaßen wütend an. »Und was ist mit Ihnen?« wollte sie von Bryley wissen. »Sie haben zwar ausgesehen wie ein *Mensch,* aber ich schätze, Sie sind bloß so eine verdammte Cyborg-Mißgeburt.«

»Ich bin ein Mensch«, erwiderte Bryley in mildem Ton. »Ich bin auch schnell – und im Krieg habe ich capellanischen Nahkampf gelernt. Ihr großer Schläger ist über seine eigenen Füße gestolpert und hat sich selbst das Reizpflaster aufgeklebt, das er eigentlich für mich vorgesehen hatte. Ich weiß nicht, was darin war; vielleicht hätten Sie die Freundlichkeit mir zu sagen, ob er diese Erfahrung überleben wird? Was den Kleinen betrifft, so ist er mit einem der großen Keramiktöpfe zusammengestoßen, mit denen Sie den Warteraum dekoriert haben. Er wird wahrscheinlich ein paar furchtbare Kopfschmerzen haben, wenn er aufgewacht ist, aber ansonsten wird er völlig unversehrt sein, um gegen Sie auszusagen.«

»Nein, das wird er nicht«, brüllte Alpha. »Sie wissen nicht so viel, wie Sie glauben! Der Mann ist abhängig von – von etwas, das Sie ihm nicht werden beschaffen können. Ohne seine nächste Dosis wird er noch vor Ablauf der Woche qualvoll verenden!«

Bryley hob eine Augenbraue. »Dann«, sagte er fröhlich, »sollten wir wohl besser dafür sorgen, daß er seine Aussage auf Datahedron speichert, bevor er stirbt, nicht wahr? Danke für die Warnung.«

## KAPITEL 12

»Krankenhäuser!« Die Generälin Micaya Questar-Benn sprach es wie ein Schimpfwort aus. »Nichts Persönliches, Thalmark, aber diese verdammten Gewänder sind nur ein Komplott, um die Patienten hilflos und folgsam zu machen. Danke, daß Sie mir meine Uniform gebracht haben, Bryley.«

»Ich denke doch, daß es mehr bedarf, um Sie folgsam zu machen, Generälin«, bemerkte Galena Thalmark.

Sev und Micaya hatten sich in Alpha bint Hezra-Fongs früherem Büro getroffen, das nun von der Verwaltungsassistentin besetzt wurde, die die Zentralwelten über die auffällig hohe Todesrate im Wohlfahrtstrakt der Sommerlandklinik benachrichtigt hatte. Heute morgen sah Galena Thalmark zehn Jahre jünger aus als die gehetzte, übergewichtige Frau, die Micaya noch vor einiger Zeit begrüßt und in der Tarnung der Alkoholikerin ›Qualia Benton‹ auf Station eingeschleust hatte.

»Ich weiß gar nicht, wie ich Ihnen beiden danken soll«, meinte sie und schob sich das dunkle Lockenhaar aus dem runden Gesicht, »deshalb werde ich es auch gar nicht erst versuchen. Generälin Questar-Benn, ich möchte Ihnen mein ehrliches Bedauern für die Gefahren aussprechen, denen sie hier ausgesetzt waren.«

»Das gehört zum Job«, meinte Micaya.

»Dennoch, wir hätten wachsamer sein müssen. Ich hätte

dafür sorgen müssen, daß das Personal, dem ich vertrauen konnte, die ganze Zeit über Ihre Sicherheit wachte«, warf Galena ein.

Micaya nickte, ohne weitere Kommentare abzugeben. Sie war davon beeindruckt, wie schnell Galena die Situation erfaßte, ja, noch beeindruckter von der Tatsache, daß die junge Frau die volle Verantwortung für Probleme übernahm, an denen sie nun wirklich keine Schuld hatte. Es hatte ja nicht ihrer Kompetenz unterstanden, daß der alternde Direktor der Klinik immer mehr Macht in die Hände von Dr. Hezra-Fong gegeben hatte, bis der Wohlfahrtstrakt personell katastrophal unterversorgt war und ein Mangel an Disziplin die ganze Klinik infizierte.

»Die Probleme der Klinik sind nicht Ihre Schuld gewesen, Thalmark«, meinte Micaya schließlich, »aber sie *werden* jetzt zu Ihrem Problem. Der Direktor muß senil gewesen sein, vor alledem beide Augen zuzudrücken. Gehört natürlich zu den Hochfamilien, politisch unklug, ihn zu feuern, aber ich habe einen meiner Adjutanten einen hübschen Rücktrittsbrief für ihn aufsetzen lassen. Wollen Sie den Posten? Kann ich natürlich nicht garantieren, müssen Sie verstehen«, fügte sie hinzu, »aber ich habe doch etwas Einfluß in der Zentrale.«

Galena Thalmark errötete anmutig und murmelte ihren Dank. »Im übrigen«, sagte sie und wühlte in ihren Papieren, bis sie ihre Fassung zurückgewonnen hatte, »freue ich mich, Ihnen mitteilen zu können, daß Herr Hopkirk recht gut auf die Behandlung anspricht. Dr. Hezra-Fong hat uns mit sämtlichen Einzelheiten über die Drogen versorgt, mit denen er sediert wurde. Wir senken die Dosis kontinuierlich und beobachten ihn auf Krämpfe, doch bisher gibt es keine Komplikationen. Er dürfte innerhalb der nächsten achtundvierzig Stunden wach genug sein, um eine Aussage auf Datahedron zu machen.«

»Gute Arbeit!« rief Micaya.

Galena Thalmark nickte. »Gleich, welche Fehler sie auch haben mag, Dr. Hezra-Fong bleibt eine brillante biomedizinische Forscherin. Ich fühle mich verpflichtet Ihnen mitzuteilen, daß wir ohne ihre volle Kooperation und Anleitung nicht dazu in der Lage gewesen wären, die Auswirkungen der Behandlung so schnell wieder zu beheben.« Sie sah Micaya in die Augen. »Sie bat darum, daß diese Tatsache in ihrer Akte offiziell protokolliert wird.«

»Das wird geschehen«, versprach Micaya. »Doch ich bezweifle, daß es den Rest ihrer Taten merklich aufwiegen wird.«

Galena biß sich auf die Unterlippe. »Diese vielen Tode«, murmelte sie. »Wenn ich doch nur von Anfang an begriffen hätte, was da passierte ...«

Micaya nickte mitfühlend. »Quälen Sie sich nicht«, sagte sie zu der jüngeren Frau. »Als sie damit anfing, waren Sie ja noch nicht einmal im Sommerland. Sie hatten jeden Grund, Ihren Vorgesetzten zu vertrauen. Es spricht nur für Sie, daß Sie so schnell mißtrauisch wurden und dann auch sofort die zuständigen Behörden einschalteten, um dem ein Ende zu setzen. Versuchen Sie jetzt nicht, hinterher klüger gewesen sein zu wollen!« Den letzten Satz rief sie so laut, daß Galena den Kopf emporriß.

»Ich meine es ernst«, teilte Micaye ihr etwas sanfter mit. »Meine Liebe, ich habe Soldaten in Schlachten befehligt. Ich habe gesehen, wie tapfere Männer und Frauen starben, weil ich Befehle gab. Und manchmal waren es auch die falschen Befehle. Dann trauert man um die Toten, gibt das Beste, was man hat, und – macht weiter. Sonst kann man nicht dienen.«

Galena Thalmark musterte die ältere Frau nachdenklich, wie sie aufrecht und gefaßt in ihrer schlichten grünen Uniform vor ihr stand. Einige ihrer Kriegsverwundungen waren sichtbar: der Arm und das Bein aus Permalegierung. Andere lagen in der chirurgischen Anamnese verborgen, die Galena studiert hatte: die inneren Ersatzorgane für die Nieren und die Leber, das Hyperchip-Implantat in einer Herzklappe und die Blutfilterfunktion. Und als Ärztin konnte Galena durchaus abschätzen, wie viele Stunden schmerzvollster Chirurgie und Rehabilitationsarbeit die Wiederherstellung von Micayas Körper nach jeder ihrer Verwundungen gekostet haben mußte.

»Man macht weiter«, wiederholte Micaya leise, »und ... man dient so gut, wie man kann. Ich glaube, daß Sie eine ausgezeichnete Direktorin für die Sommerlandklinik abgeben werden, Dr. Thalmark. Lassen Sie sich nicht von Bedauern und Vergangenheitschau einschränken; wir brauchen Sie hier und jetzt, und nicht in einer Vergangenheit, die nicht mehr verändert werden kann.«

»Jetzt begreife ich, wie Sie Generälin geworden sind«, meinte Sev nachdenklich, als sie den Flieger bestiegen, der sie von der Klinik fortbringen sollte. »Wenn wir einen befehlshabenden Offizier wie Sie auf Capella 4 gehabt hätten ...«

Generälin Questar-Benn errötete ein wenig. »Machen Sie sich nichts vor. Mitreißende Reden zu halten ist nur ein geringfügiger Teil der Kriegskunst.«

»Wirklich? Ich meine, genug davon gehört zu haben, als ich auf Capella diente. Mag sein, daß es noch mehr davon in den Stabsräumen gab, aber ich bin nie hoch genug in der Armee aufgestiegen, um das ganze Bild mitzubekommen. Das ist es, was ich an der privaten Ermittlungsarbeit liebe«, fügte Sev nachdenklich hinzu, »jetzt bin *ich* das ganze Bild. Oder war es zumindest.« Er sah Micaya direkt in die Augen. »Für den Rest dieser Operation betrachte ich mich als unter Ihrem Kommando stehend.«

»Für den Rest – aber mein Auftrag ist doch beendet«, protestierte Micaya.

»Ist er das?«

Es war schon sehr lange her, seit ein junger Mann sie so intensiv angeschaut hatte – und damals, dachte Micaya belustigt, hatte der letzte Mann, der sie so anschaute, etwas gänzlich anderes von ihr gewollt. Na ja. Sie wollten ja immer irgend etwas, nicht wahr?

»Fassa del Parma und Alpha bint Hezra-Fong sind auf demselben Transportschiff ins System Nyota gekommen«, fuhr Sev fort. »Ebenso Darnell Overton-Glaxely. Sie haben sich alle gegenseitig dabei geholfen, auf die schnellste und schmutzigste Weise reich zu werden, deren sie fähig waren. Es gab noch zwei weitere Passagiere auf diesem Transport – Blaize Armontillado-Perez y Medoc und Polyon de Gras-Waldheim. Fassa hat Blaize bereits belastet – das war der, der nach Angalia versetzt wurde. Verstehen Sie nicht? Sie halten einen Faden dieses Knäuels in der Hand, ich halte einen anderen.«

»Und Sie meinen, daß wir das Knäuel zusammen entwirren könnten?«

Sev gewährte ihr ein Grinsen, das angesichts seines gegenwärtigen Anliegens doch ziemlich fehl am Platz war. »Oder wir benutzen die Methode Alexanders und hauen den Gordischen Knoten durch. Diese Korruption sollte ein Ende finden«, sagte er. »Sagen Sie mir nicht, daß es ja nur ein kleiner Teil dessen sei, was schließlich jedermann tut. Das ist mir egal. Dies ist der Teil, den ich erkennen kann, gegen den ich etwas unternehmen kann. Ich *muß* diese Sache zu Ende führen!« Er brach ab und wirkte plötzlich etwas verlegen. »Und ich hatte gehofft«, fuhr er in einem etwas ruhigeren Ton fort, »ich hatte gehofft, daß Sie sich uns anschließen würden. Uns führen würden.«

Der Flieger setzte mit einer perfekten Landung unmittelbar vor Nancias geöffneter Zutrittsbucht auf.

»Kommen Sie mit mir?« fragte Sev.

»Ich habe einen Transportflug nach Kailas gebucht. Zurück an meinen Schreibtisch.«

»Das können Sie ändern«, meinte er und grinste sie an, wie er es mit einem Gleichaltrigen getan hätte. »Kommen Sie schon, Mic! Sie wollen doch gar nicht wirklich zurück zum Aktenschieben auf Kailas, oder?«

Micaya rieb sich den Nacken. Sie fühlte sich um Generationen älter als dieser junge Mann: müde, beschmutzt von der

Korruption im Sommerland und nicht sonderlich an irgend etwas anderem interessiert als an einem ausgiebigen Bad und einer Massage. »Verdammt«, sagte sie matt. »Sie sind auch nicht schlecht, was flammende Reden angeht, Bryley-Sorensen. Ich vermute, daß Sie glauben, ich könnte dafür sorgen, daß die Befehle Ihres Gehirn-Schiffs geändert werden, damit wir nach Angalia können, anstatt del Parma sofort und direkt zurück zur Zentrale zu befördern?«

»Das macht doch wohl Sinn, oder?«

»Sinn«, meinte Micaya, »war für Bürokratien noch nie ein besonders beeindruckendes Argument. Also gut. Sie haben gewonnen. Ich werde sehen, was ich tun kann, um die Zentrale sowohl Nancia als auch mich mit einem anderen Auftrag versehen zu lassen. Ich muß zugeben, daß auch ich gern das Ende dieses Falls miterleben möchte.« Trotz ihrer Mattigkeit spürte sie, wie sie unwillkürlich lächeln mußte. »Außerdem schuldet mir der Pilot Ihres Schiffs eine Revanche beim 3-D-Schach.«

»*Caleb?*«

»Forister«, berichtigte ihn Micaya. »Nancia hat doch einen Ersatzpiloten zugewiesen bekommen, wissen Sie noch? Forister Armontillado y Medoc. Wir hatten an dieser Sommerlandgeschichte zusammengearbeitet, bis die Zentrale ihn von dem Fall abberief, um Nancia zu den Zentralwelten zurückzubringen.« Sie blieb in der offenen Eingangsluke stehen. »Einen Augenblick. Wie, sagten Sie, hieß der andere Junge – der nach Angalia ging?«

Sev hatte keine Zeit mehr zu antworten. Ein zweiter Flieger ging auf dem Landestreifen nieder, und ein Bote in der weißen Uniform der Sommerlandklinik kam auf sie zugeeilt.

»Habe noch versucht, Sie in der Luft zu erreichen«, japste er. »Die Kommunikationseinheit Ihres Piloten muß defekt gewesen sein. Hopkirk hat ausgesagt!«

»Hat er! Schon?«

»Er schien es damit ziemlich eilig zu haben. Dr. Thalmark dachte, es würde mehr Schaden anrichten, ihn zurückzuhalten, als ihn sprechen zu lassen. Seine Aussage ist auf Datahedron gespeichert – und es gibt auch noch ein paar weitere ehrliche Männer auf Bahati, Herr Bryley; zwei von ihnen sind gerade unterwegs, um Overton-Glaxely zu verhaften. Da er wahrscheinlich zum Prozeß zur Zentrale verbracht werden wird, wäre es ihnen lieb, wenn ein Vertreter der Zentrale sie jetzt begleiten könnte, nur um sicherzugehen, daß alles ordnungsgemäß verläuft.«

»Sie meinen, um sicherzugehen, daß man jemand anderem die Schuld in die Schuhe schieben kann, falls seine Familie Rache üben sollte«, murmelte Sev.

»Ich werde gehen«, warf Micaya ein. »Mein Wort wird niemand anfechten.«

»*Ich gehe*«, berichtigte Sev sie. »Ich habe schon so viele Hochfamilien verärgert, da macht eine mehr oder weniger auch keinen Unterschied. Gehen Sie mal ruhig 3-D-Schach spielen.«

»Ich hatte immer etwas für Untergebene mit reichlich Initiative übrig«, knurrte Micaya. Aber sie war müde und machte sich auch Gedanken über die mögliche Verbindung zwischen Blaize und Forister. Nun, solange Sev Bryley unterwegs war, um seinen Gefangenen abzuholen, und Fassa del Parma in ihrer Kabine eingesperrt blieb, würden sie etwas Ungestörtheit genießen können. Sie mußte Forister fragen, wie eng die Verwandtschaft tatsächlich war – und ob er ausgerechnet Pilot eines Schiffs sein wollte, das nach Angalia flog, um dort einen seiner Verwandten festzunehmen.

Forister war glücklich damit beschäftigt, eine Sonderlieferung der OG-Leuchtwaren auszupacken, als Micaya Questar-Benn um Erlaubnis bat, an Bord kommen zu dürfen.

»Wir bekommen Gesellschaft«, warnte Nancia ihn. »Und ist das nicht unanständig, bei einer Firma zu kaufen, während man daran arbeitet, ihren Besitzer hinter Gitter zu bringen?«

»Wüßte nicht, was«, sagte Forister und pfiff vor sich hin. »Aber solltest du etwas in den KD-Vorschriften darüber finden, laß es mich auf jeden Fall wissen. Die OG-Leuchtwaren ist jedenfalls die einzige Firma auf dieser Seite von Antares, die diese Art von Spezialanfertigungen herstellt.« Er schob die letzte undurchsichtige Hülle ab, um seine Erwerbung vorzuzeigen: ein dreißig Zentimeter großes Solido von einer wunderschönen jungen Frau, jeder Zug der zerbrechlichen prismatischen Schnitzarbeit scharf geschnitten. Ihr Kinn war fast störrisch gereckt; sie begrüßte die Welt mit einem Lächeln, dessen Spiegelung in ihren Augen tanzte; eine kurze Kappe aus lockigem Haar, so fein graviert, daß es den Anschein hatte, als würden sich die einzelnen Strähnen beim leisesten Lufthauch bewegen; es krönte das erhobene Haupt, das in Welten hinausblickte, die jenseits der menschlichen Sehfähigkeit lagen.

»Ah – sehr hübsch«, sagte Nancia schleppend, als Forister auf irgendeine Reaktion zu warten schien. »Eine Verwandte von dir?« *Seine Akten haben keine Freundin erwähnt, und ist er nicht etwas zu alt für die hier?*

»Eine sehr entfernte Verbindung, wie die meisten Abkömmlinge der Hochfamilien. Aber sie könnte zu mehr werden als das – zu meiner Freundin, wie ich hoffe. Vielleicht zu meiner Partnerin.« Forister stellte das Solido auf das Regal über dem Pilotenpaneel und drehte sich lächelnd zu Nancias Titansäule um. »Tatsächlich handelt es sich hierbei um eine genetische Extrapolation. Sie zeigt, wie eine gewisse junge Frau, die ich kenne, ausgesehen hätte, wenn sie normal aufgewachsen wäre, ohne die eine genetische Anomalie, die es ihr verunmöglicht, außerhalb einer Schale zu überleben. Ihr Name ist ... Nancia Perez y de Gras.«

Nancia wußte nicht, wie sie auf diese Enthüllung reagieren sollte. Sie konnte einfach nicht antworten. *Caleb hat sich nie gefragt, wie ich ausgesehen hätte, wenn ... hat mich nie als Person betrachtet.* Schon der bloße Gedanke daran war unloyal ... aber was *sollte* sie denn sonst zu Forister sagen?

Die Antwort blieb ihr erspart, als sich die Luftschleuse öffnete. Die ernste Miene der Generälin Questar-Benn erschreckte sie beide. »Dieser Teil der Mission ist beendet«, verkündete sie. »Hezra-Fong ist – unter Bewachung – auf dem Weg hierher, und Bryley ist fortgegangen, um Overton-Glaxely zu verhaften. Er hat vorgeschlagen, daß wir um eine Änderung von Nancias Befehlen bitten sollen, um gegen die beiden anderen Passagiere zu ermitteln, die sie in das System Nyota brachte, erst danach sollen wir zur Zentrale zurückkehren. Ich dachte, ich sollte Sie erst konsultieren, Forister.«

Forister erbleichte. »Ich werde jeden Befehl des Kurierdiensts befolgen, solange ich Pilot dieses Schiffs bin.«

»Das weiß ich«, antwortete Micaya. »Aber ich muß noch mehr wissen. In welcher Verbindung stehen Sie zu diesem Jungen auf Angalia genau? Ist es ein entfernter Verwandter? Mit welchen Interessenkonflikten bekommen wir es hier zu tun?«

»Er ist mein Neffe.« Forister ließ sich in den Pilotensessel sinken.

»Kann ich mich auf Sie verlassen?«

Nancia sah und hörte zu, ohne sich in das Gespräch einzumischen. Bei ihrer früheren Begegnung hatte sie die Generälin Questar-Benn zwar gemocht, aber jetzt meinte sie, daß sie Forister zu sehr in die Enge trieb. Zum ersten Mal, seit er an Bord gekommen war, sah er so alt aus, wie er tatsächlich war. Das spitzbübische Funkeln, das sein Gesicht für Nancia so vertraut gemacht hatte, war verschwunden. Natürlich, begriff sie, deshalb hatte sie ja auch das Gefühl gehabt, Forister bereits zu kennen! Es lag nicht nur an seiner früheren Reise nach Charon. Es war das Funkeln in seinen Augen, als er sich summend in die Sommerlanddateien hineinhackte. Der rothaarige junge Blaize hatte genau den gleichen Ausdruck gehabt, als er Unheil ausheckte.

Doch Forister verfügte über jene Integrität, an der es Blaizes Charakter so katastrophal mangelte. Er hatte nicht versucht, Fassas Geschichten, die seinen Neffen belasteten, wegzudiskutieren, und nun würde er sich auch nicht vor der Pflicht drücken, diese Geschichten zu bestätigen.

»Sie müssen nicht mit uns kommen«, teilte Micaya ihm mit. »Wir können diesem Schiff auch einen anderen Piloten zuweisen lassen. Sie haben sich eigentlich eine echte Kur verdient, nach dieser Geheimoperation in der Sommerlandklinik ...«

Forister hob den Kopf und musterte sie mit ausdruckslosen grauen Augen. »Im Sommerland haben Sie sämtliche Risiken auf sich geladen«, sagte er mit einer Stimme, die so gefühlsleer war, daß Nancia richtig nervös wurde. Sie schaltete ihre lokalen Sensoren auf eine höhere Verstärkungsstufe, bis sie den Puls an Foristers Schläfe pochen sehen konnte und das leise Klopfen seines Herzens. Der Mann stand eindeutig unter viel zu großem Streß.

»ICH WAR NUTZLOS«, ertönte seine verstärkte Stimme krachend, und Nancia stellte hastig wieder eine normale Sensorstufe her, während ihre Nervenenden von dem krächzenden Geräusch schmerzten. »Ich konnte ja nicht einmal Computeraufzeichnungen ausfindig machen, die Sie unterstützt hätten. Wenn überhaupt jemand einen Erholungsurlaub verdient hat, Mic, dann sind Sie es. Und wenn irgend jemand die Unehrenhaftigkeit meines Neffen beweisen muß«, endete er matt, »dann will ich es sein. Wir werde die Sache nicht in der Familie behalten können, das weiß ich, aber ich muß genau wissen, was er getan hat und wie wir es wieder gutmachen können.«

»Es ist nicht gut, persönlich in seine Fälle involviert zu sein«, murmelte die Generälin Micaya Questar-Benn. »Das ist die erste Regel der Akademie.«

Forister richtete sich auf. »Nein. Die erste Regel lautet ... zu dienen. Das ist alles, worum ich Sie bitte. Um eine Gelegenheit zu dienen, Wiedergutmachung zu leisten, falls das möglich ist. Außerdem«, fügte er mit einer leisen Andeutung seiner alten Heftigkeit in der Stimme hinzu, »werden

Sie auf dieser Seite des Subraums Bellatrix keinen anderen Piloten finden.«

»Ach, kommen Sie«, konterte Micaya. »Diese Leute mit der Pilotenausbildung überschätzen sich immer selbst. Ich wette, es wird allein im Subraum Wega mindestens ein halbes Dutzend qualifizierter Piloten geben.«

Forister versteifte sich. »Keine, die für die neuen hyperchipbestückten Gehirn-Schiffe qualifiziert sind. Unsere Nancia verfügt nämlich über diese Aufrüstung, nicht wahr, meine Liebe?« Wie immer richtete er beim Sprechen den Blick auf die Titansäule.

»Meine unteren Decksensoren und die Hecknavigationsinstrumente sind mit Hyperchips bestückt«, teilte Nancia ihm mit, »und ich verwende auch einige davon in den Prozessorbanken. Ich stehe für die restlichen schon auf der Warteliste.«

»Sehen Sie«, sagte Forister zu Micaya. »Sie brauchen mich also. Und ich – muß das erledigen.«

»Sie brauchen diesen Auftrag ungefähr so sehr wie ich eine neue Prothese«, brummte Micaya, nahm aber mit einer resignierten Miene Platz. »Und wie soll das so plötzlich kommen, daß Sie ausgerechnet für die neuen Chipschiffe qualifiziert sind? Sie sind doch CenDip seit ...«

» ... seit mehr Jahren, als es jedem von uns zu zählen lieb sein kann«, unterbrach sie Forister. »Und außerdem heißt es Gehirn-Schiffe, Mic, nicht ›Chipschiffe‹. Wir wollen unsere Dame doch nicht beleidigen.«

»Das ist schon in Ordnung«, warf Nancia ein. »Ich bin nicht beleidigt.«

»Aber ich bin es«, konterte Forister. Er atmete tief durch und richtete sich auf. Nancia konnte es fast greifen, wie er seinen Schmerz unterdrückte und seine Diplomatenmaske wieder anlegte. Als er den Kopf wandte, um einmal mehr direkt zu ihr zu sprechen, wirkte er fast ungerührt – sofern man die Sensoren nicht auf die winzigen Falten der Verspannung und Sorge um seine Augen konzentrierte. »Du bist jetzt *meine* Dame, Nancia, wenigstens für die Dauer dieser Mission. Und über mein Schiff spottet niemand.«

Micaya blähte die Wangen zu einem empörten Seufzen. »Sie haben meine Frage nicht beantwortet. Wie kommt es, daß Sie für die neuesten Schiffmodelle qualifiziert sein sollen, wenn Sie doch schon seit ... Jahren keinen Dienst mehr als Pilot getan haben?«

»Ich habe viel gelesen«, meinte Forister mit einem beiläufigen Winken der Hand. »Über antike Guerillakriege, neue Computernavigationssysteme, das ist alles Wasser auf meine Mühlen. Im Grunde bin ich ein Mensch des zwanzigsten Jahrhunderts«, teilte er Micaya mit. »Ein Mensch von vielen Interessen und unvermuteten Talenten. Und ich bleibe gern auf meinem Feld auf dem laufenden – auf *allen* meinen Feldern.«

»Also schön. Sie sind drin. Dann habe ich wenigstens jemanden, den ich auf dem Flug nach Angalia im 3-D-Schach schlagen kann«, erwiderte Micaya.

Forister schnaufte. »Sie meinen wohl jemanden, der *Sie* schlägt. Ihr Ego hat sich offensichtlich überproportional zu Ihren Fähigkeiten entwickelt, Generälin. Bauen Sie die Steine auf!«

Nancia sah neugierig zu, wie die Generälin Questar-Benn eine Karte aus ihrer Tasche zog. Forister grinste. »Sie haben also Ihr tragbares Spielbrett mitgebracht, wie ich sehe.«

Die Generälin tippte auf die kleinen Einbuchtungen an der Oberfläche der Karte, worauf diese ein Hologramm mit einem partitionierten Würfel projizierte, dessen Kanten regenbogenfarben schillerten. Eine weitere Reihe von Berührungen ließ die durchsichtigen Abbilder von Spielfiguren an zwei einander gegenüberliegenden Würfelkanten erscheinen. Nancia manipulierte ihre Sensorvergrößerung und -brennweite, bis sie die Einzelheiten ausmachen konnte. Ja, das waren die üblichen Spielfiguren für das 3-D-Schach: Sie erkannte die uralte Dreifachanordnung. Die Bauern in der ersten und untersten Reihe; darüber der

König und die Königin mit ihren Läufern und Springern und Türmen. Über diesen wiederum an höchster Stelle und bereit, sich auf den Spielwürfel zu stürzen, das Gehirn-Schiff und sein Pilot mit ihren Unterstützungsfiguren, den Kundschaftern und Luftkissenfahrzeugen und Satelliten. Die Bilder waren verschwommen und flackerten immer wieder auf und nieder, was Nancia die Empfindung gab, als würden enge Bänder über ihre Sensorverbindungen gezogen, wenn sie versuchte, sie länger zu betrachten.

»Bauer auf Gehirnkundschafter 4,2«, trug Forister eine Standarderöffnung vor.

Nichts geschah.

»Mein tragbares Spiel ist nicht mit Sprachsteuerung ausgerüstet«, entschuldigte sich Micaya. »Sie werden schon den Kode eintippen müssen.«

Während sie auf die Reihe der fingerkuppengroßen Vertiefungen zeigte, begann Nancia leise zu summen – das war ihr Ersatz für das Brummen und Räuspern, mit dem die Normalschalen immer eine ungeplante Unterbrechung einleiteten. Beide Spieler blickten auf, und nach einem kurzen Augenblick der Irritation wandte Forister sein Gesicht in Richtung von Nancias Titansäule.

»Ja, Nancia?«

»Wenn du mir einen Augenblick Zeit gibst, um die Konfiguration zu studieren«, schlug Nancia vor, »denke ich, daß ich euer Holospiel mit einem etwas deutlicheren Display duplizieren kann. Und ich kann natürlich auch die Spracherkennung zur Verfügung stellen.«

Noch während sie sprach, stellte sie einen virtuellen Speicherbereich und einen Grafikkoprozessor zur Bearbeitung des Problems ab. Noch bevor ihre Stimme verklungen war, leuchtete eine neue und sehr viel klarere holografische Projektion neben der ursprünglichen auf. Angesichts der perfekten Ausführung der Einzelheiten der Miniatursteine stieß Forister einen entzückten Ruf aus; Micaya streckte die Hand vor, als wollte sie einen vollkommen geformten kleinen Satelliten mit seinen drei Wohn- und Lagerkugeln, komplett mit winzigen Zugangsluken und Raumverbindungsröhren, berühren.

»Schön«, seufzte Forister erfreut. »Aber braucht das nicht zuviel von deiner Prozessorkapazität, Nancia?«

»Nicht, solange wir hier auf dem Boden stehen«, antwortete Nancia. »Bei der normalen Navigation benutze ich diesen Prozessor nicht einmal. Es könnte höchstens sein, daß ich es kurz abschalten muß, solange wir in der Singularität sind, denn *dafür* brauche ich doch etwas mehr Konzentration, aber ...«

Forister schloß kurz die Augen. »Das geht schon in Ordnung, Nancia. Um die Wahrheit zu sagen, mir ist ohnehin nie der Gedanke gekommen, ausgerechnet in der Singularität 3-D-Schach zu spielen.«

»Mir auch nicht«, meinte Micaya und schien schon beim bloßen Gedanken daran ein wenig grün anzulaufen. »In einer solchen Situation will man ganz bestimmt nicht über Raumrelationen nachdenken müssen.«

»*Ich* schon«, antwortete Nancia fröhlich.

Keine zwei Standardstunden später unterbrach Sev die erste Partie 3-D-Schach, um einen kleinlauten Darnell Glaxely-Overton zum Transport in die Zentrale abzuliefern. »Er ist zusammengebrochen, als ich ihm das Hedron mit Hopkirks Belastungsmaterial zeigte«, teilte er den anderen mit, nachdem er Darnell in einer Kabine eingeschlossen hatte. »Merkwürdig – es war fast, als würde er damit rechnen, daß ihn eines Tages jemand erwischt. Den größten Teil der Rückreise an Bord des Fliegers hat er damit verbracht, mir alles zu erzählen, was er über die anderen drei weiß. Hier ist die Aufzeichnung.«

»Vier«, berichtigte Nancia ihn, als er eine Datenkarte in ihr Lesegerät schob.

»Drei«, wiederholte Sev. »Fassa. Alpha. Und ... Blaize.«

Er bemühte sich ganz offensichtlich, Forister nicht anzublikken, als er den letzten Namen aussprach.

»Und keiner von ihnen hat irgend etwas gesagt, was Polyon de Gras-Waldheim belasten könnte?« Nancia konnte es nicht glauben.

Sev zuckte mit den Schultern. »Wer weiß? Vielleicht gibt es ja nichts zu sagen. Man kann es nicht wissen, vielleicht ist ja doch noch ein guter Apfel in diesem Haufen verfaulter Exemplare.«

*Nicht Polyon.* Doch Nancia versagte es sich, ihren Protest laut zu artikulieren. Nach den Unterhaltungen, die sie während ihres Jungfernflugs mitangehört hatte, war sie davon überzeugt, daß Polyon de Gras-Waldheim völlig amoralisch war. Doch wäre es vertretbar, diese Unterhaltungen zu offenbaren? Caleb war so entschieden gegen alles gewesen, was auch nur nach Spionage roch, daß sie nicht einmal auf den Gedanken gekommen war, ihm davon zu berichten.

Doch das war vor fünf Jahren gewesen. Sie hatte sich verändert; nun konnte sie auch Grautöne erkennen und nicht nur das saubere Schwarzweiß der KD-Regularien. Selbst Caleb hatte sich möglicherweise verändert; schließlich hatte er ja auch dieser verdeckten Mission zugestimmt.

Unter Protest.

Er könnte sich möglicherweise gleich doppelt verraten fühlen, wenn sie sich dazu entschließen sollte, gegen seinen ethischen Kodex zu verstoßen, solange er nicht einmal hier war, um sie deswegen zurechtzuweisen.

Vielleicht könnte sie die Entscheidung ja noch eine Weile hinauszögern. »Es könnte trotzdem die Sache wert sein, einmal auf Shemali vorbeizuschauen«, schlug Nancia vor. »Man weiß ja nie. Vielleicht finden wir auch Beweismaterial dafür, das de Gras-Waldheim mit dem Rest der Mannschaft zusammenführt.« *Wir hätten dieses Beweismaterial bereits, wenn nicht alle zu verängstigt wären, um auch nur ein Wort gegen ihn zu sagen.*

»Möglich«, meinte Sev. »Wollen wir uns also nach Angalia dort treffen?«

»Ich dachte, Sie würden mit uns kommen!« Micaya Questar-Benn erhob sich ein wenig aus ihrem Sessel und streckte dabei eine Hand durch Nancias 3-D-Schach-Hologramm.

»Das wollte ich auch«, bestätigte Sev. »Das tue ich auch. Ich werde mich mit Ihnen auf Shemali treffen. Es ist etwas vorgefallen.«

Noch bevor sie ihm eine Frage stellen konnten, war er bereits verschwunden, nahm immer drei Stufen auf einmal und pfiff dabei vor sich hin. Nancia überlegte kurz, die unteren Luken vor ihm zuzuschlagen und ihn solange festzuhalten, bis er sein genaues Vorhaben erklärt hatte.

Doch das würde sie natürlich nicht tun. Das wäre ein unverzeihlicher Mißbrauch ihrer Fähigkeiten, genau jene Art von Nötigung, vor der man sie im Ethikunterricht gewarnt hatte, der zur Ausbildung jedes Hüllenmenschen gehörte.

Aber die Versuchung war schon recht groß.

»Irgend etwas«, meinte Micaya nachdenklich, »hat diesen jungen Mann äußerst glücklich gemacht. Ich frage mich nur, was das war. Nancia, steht irgend etwas Weltbewegendes in dieser Datenkarte mit Darnell Overton-Glaxelys Aussage?«

Nancia hatte mit der Prüfung schon begonnen, bevor Micaya etwas sagte. »Da steht nicht einmal etwas Interessantes drin«, sagte sie, »es sei denn, ein schäbiger Bericht über kleine Bestechungen, Korruption und Nötigung kann Sie noch faszinieren.«

»Aha. Overton-Glaxely kam mir tatsächlich wie ein Westentaschengauner vor.«

»Vielleicht möchten Sie seine Aussage ja selbst überprüfen«, schlug Nancia vor. »Möglicherweise entdecken Sie auch etwas, was ich übersehen habe.«

Micaya nickte. »Das werde ich tun. Aber ich bezweifle, daß ich etwas finden werde. Bryley hat gesagt, daß es kein Beweismaterial gegen de Gras-Waldheim gibt, was immer ihn nach Shemali führt, kann uns also nichts angehen. Verdammter Bursche! Na ja, ich schätze, wir werden es schon herausbekommen, wenn wir erst auf Shemali sind.«

»Aber vorher«, warf Forister ein, »haben wir noch eine Aufgabe auf Angalia zu erledigen.« Sein Gesicht war wieder aschfahl und reglos; die kurzzeitige Erregung durch die Partie 3-D-Schach war verschwunden. *Er sieht aus wie ein Mann mit einer tödlichen Krankheit. Ist ihm die Familienehre denn so wichtig?* Nancia fragte sich, wie sie sich selbst denn fühlen würde, wenn sich etwa herausstellen sollte, daß Jinevra ihre Abteilung des PHD korrumpiert und die Kasse veruntreut hätte.

Es war unmöglich, sich so etwas auch nur vorzustellen. Also gut. Was, wenn Flix etwas getan hätte, das sie dazu zwingen würde, ihn zu hetzen, festzunehmen, ihn zur Zentrale zurückzubringen, wo ihn eine jahrelange Haftstrafe ohne seine geliebte Musik erwartete?

Der Schmerz dieses Gedankens erschütterte Nancia so heftig, daß das gleichmäßige Summen der Luftstabilisatoren unterbrochen wurde und der Koprozessor für das 3-D-Schach-Hologramm ausfiel. Das Bild des Spielwürfels erzitterte, zerbrach in Regenbogenfarben und verfestigte sich wieder, als Nancia die Kontrolle über sich selbst und ihre Systeme wiedererlangte.

Wenn es ihr schon so weh tun konnte, sich auch nur vorzustellen, wie Flix in Schwierigkeiten war, wie konnte Forister sich da mit der Tatsächlichkeit von Blaizes Verbrechen abfinden? Das konnte er nicht, entschied sie, und so oblag es ihr und Micaya, ihn abzulenken, wo es nur ging.

»Generälin Questar-Benn, Sie sind an der Reihe«, sagte sie.

»Was? Ach so – Kundschafter auf Königsläufer 3,3«, sagte Micaya. Mit diesem Zug schlug sie einen von Foristers Satelliten und stellte einen Probabilitätspfad zu seinem Gehirn-Schiff her. Nancia berechnete die möglichen Züge ohne bewußte Anstrengung.

»Du hast nur zwei Züge, die dein Gehirn-Schiff nicht innerhalb der nächsten fünf Züge ins Schach bringen werden«, warnte sie Forister.

»Zwei?« Foristers Augenbrauen schossen hoch, und er beugte sich über den Spielwürfel. »Ich habe nur einen gesehen.«

»Foul!« beschwerte sich Micaya. »Ich habe den Piloten herausgefordert, nicht das Gehirn.«

»Wir arbeiten als Team«, erklärte Nancia ihr.

Sie hoffte auf jeden Fall, daß das stimmte. Um Foristers willen – um ihrer beider willen. Er mußte diese Trauer nicht allein durchstehen; sie war da, um ihn zu stützen.

»Aha. Jetzt sehe ich, was du meinst.« Forister beugte sich über das Brett und überraschte Nancia mit einem dritten Zug, einem, der so offensichtlich katastrophal war, daß sie ihn bei ihren ursprünglichen Berechnungen nicht einmal in Erwägung gezogen hatte.

Mit einem unterdrückten hämischen Juchzen schlug Micaya Questar-Benn Foristers zweiten Satelliten – und sah wie betäubt zu, als er daraufhin einen unbeachteten Springer aus der zweiten Reihe bewegte und ihr Gehirn-Schiff Schach setzte.

»Danke für den Tip, Nancia«, sagte Forister. »Bis du mich dazu gezwungen hast, den Alternativzug zu berücksichtigen, hatte ich nicht einmal den Gedanken daran gefaßt, in dieser Situation die *Jigo-Kanaka-Attacke* anzuwenden.«

»Ich ... bitte schön, gern geschehen«, konnte Nancia ihm zwischen den drei folgenden Zügen gerade noch sagen, die das Spiel zu seinem triumphierenden Abschluß brachten. Micayas Kräfte wurden gelähmt, ihr Pilot geschlagen und ihr Gehirn-Schiff schachmatt gesetzt.

Vielleicht brauchte Forister doch nicht ganz so viel Hilfe, wie sie geglaubt hatte.

## KAPITEL 13

Nancias Landung auf Angalia gehöre zu den schlechtesten, die sie je durchgeführt hatte. Der Planet erwischte sie völlig unvorbereitet.

Am Anfang verliefen die Navigationsmanöver noch völlig normal. Erst als sie in Sichtweite des Landeplatzes gekommen war, geriet sie in Verwirrung. Die grünen Terrassenklippen hinter dem Hochplateau und das dieses einschließende grasbewachsene Becken sahen überhaupt nicht so aus wie bei ihrer Landung vor fünf Jahren. Hatte sie sich möglicherweise verrechnet, war sie in einem bis dahin unbekannten Gebiet des Planeten gelandet?

Nancia rief ihre Speicherdateien von jener ersten Landung ab und legte die gespeicherten Bilder über das grüne Paradies vor ihr. Ja, das mußte tatsächlich das Landefeld von Angalia sein. Die topographischen Merkmale deckten sich vollständig mit ihrer Systemkarte. Und dort, am Rande des Hochplateaus, stand noch immer die Fertighütte aus Plastifilm mit ihrer durchhängenden Markise aus geflochtenem Gras und sah eher noch heruntergekommener und wackliger aus als vor fünf Jahren.

Mit ihrem Bildvergleich entzog Nancia dem Navigationsprozessor Rechenkraft. Sie vergaß, die Landung zu überwachen, und entging nur knapp einem Absturz auf dem Landefeld von Angalia. Sie korrigierte den Abstieg, vollführte noch einen Satz in die Höhe und kam das zweite Mal etwas langsamer herunter. Ihre Audiosensoren nahmen ein breites Spektrum an Lärm, Stöhnen und Beschwerden aus den Kabinen auf, wo Micaya und die drei Gefangenen untergebracht waren.

»Ich entschuldige mich für die harte Landung«, fing sie an, doch Forister schaltete ihre Lautsprecher für einen Moment ab und drängte sich vor. »Örtliche Turbulenzen«, sagte er. »Nancia hat sich hervorragend davon erholt, aber selbst ein Gehirn-Schiff kann nicht alle unberechenbaren Umweltbedingungen auf Angalia kompensieren.«

Mit einer streichelnden Geste ließ er die offene Hand über das Handflächenbrett streichen, um Nancia wieder die Kontrolle über die Lautsprecher zu überlassen, während er sie gütig anlächelte.

»Ich brauche dich nicht, um mein Gesicht zu retten«, teilte Nancia ihm mit einem bebenden Wispern durch die Lautsprecher der Hauptkabine mit.

»Ach nein? Ich dachte, wir wären ein Team. Wenn du mir beim 3-D-Schach helfen kannst, habe ich ja wohl das Recht, es dir zu ersparen, dich vor diesen verwöhnten Gören zu entschuldigen.«

»Ich ... na ja, danke«, gab Nancia nach.

»Keine Ursache. Und davon einmal abgesehen – was ist denn gerade *tatsächlich* passiert?«

»Ich war abgelenkt. Es sieht hier überhaupt nicht mehr aus wie bei meiner letzten Landung.« Nancia schaltete alle Monitore auf Externwiedergabe. Forister musterte anerkennend das 3-Schirm-Display eines grasbewachsenen Paradieses, das von glühenden Terrassen eingerahmt wurde.

»Was, zum Teufel, ist *das* denn?« rief Fassa aus ihrer Kabine. Darnell und Alpha zeigten sich ebenso überrascht.

Nancia befriedigte diese Reaktion. Die Schirme der Passagierkabinen waren zwar dramaturgisch nicht so wirksam wie die Displaywände ihrer Zentralkabine, doch wenigstens zeigten sie genug von Angalia, um Nancia selbst zu bestätigen, daß sie nicht verrückt wurde – oder daß sie damit wenigstens nicht allein dastand. Keiner der Gefangenen hatte damit gerechnet, daß Angalia wie der Garten Eden aussehen würde.

»Kann ich daraus schließen«, fragte sie sanft, »daß der Planet sich seit Ihrem letzten Besuch verändert hat?«

»Das hat er allerdings«, antwortete Fassa. »Sind Sie sicher, daß es derselbe Ort ist? Erst letztes Jahr – ach so, ich verstehe!«

Es folgte ein langes Schweigen. Zum ersten Mal in ihrem Leben sehnte sich Nancia nach den Gliedmaßen einer Normalperson. Es wäre schön, Fassa an den Schultern zu pakken und sie aus ihrer Trance zu schütteln. Warum konnten Normalpersonen nur nicht die Übertragung von Datenströmen fortsetzen, während sie mit ihrer Verarbeitung befaßt waren?

Sie mußte sich damit zufriedengeben, Fassas Kabinenlichter blinken zu lassen und sie mit heftigen Musikstößen aus Flix' neuestem Sonohedron zu attackieren.

»Verstehe ich das richtig«, hakte sie nach, als sie sicher war, die Aufmerksamkeit des Mädchens erregt zu haben, »daß Sie einige der wesentlichen Merkmale wiedererkennen?«

»Ja … ich denke es jedenfalls.« Natürlich, Fassa hatte bestimmt keine Kontrolle über die visuellen Einzelheiten, ganz zu schweigen von der Genauigkeit welcher Bilder auch immer sie bei ihrem letzten Besuch gespeichert haben mochte. Sie mußte davon abhängig sein, was ihr ihr biologisches Gedächtnis vorsetzen konnte. Als sie dies begriff, rechnete Nancia nicht mehr damit, noch irgend etwas Bemerkenswertes zu erfahren.

»Diese Gärten am Berghang …« sagte Fassa. »Die Terrassen hatte er schon vor einem Jahr angelegt, aber da waren sie nicht bepflanzt. Ich dachte, es hätte irgend etwas mit der Mine zu tun.«

Nancia lenkte die Signale für Fassas Monitor um, damit er den Mineneingang zeigte. Blauuniformierte Gestalten bewegten sich in den Schacht und kamen hervor, schoben Waggons auf Schienen, die sich um den Berghang wanden. Eine Vergrößerung der Aufnahme zeigte, daß es sich bei den Gestalten um Eingeborene von Angalia handelte, ordentlich in blaue Shorts und Hemden gekleidet, die mit der Präzision eines Balletts zusammenarbeiteten. Ein Eingeborener hievte einen Sack vom Mineneingang hoch und warf ihn über seinen Kopf; ein weiterer begab sich gerade noch rechtzeitig in

Position, um ihn aufzufangen; als er sich umgedreht hatte, hatte ein dritter Eingeborener bereits seinen Waggon auf dem Schienensystem herangeschoben, um die Last aufzunehmen.

»Erstaunlich«, bemerkte Nancia. »Ich dachte, die Angalier ließen sich nicht ausbilden.«

»Blaize«, meinte Forister mit hohlem Klang, »ist jedenfalls ein emsiger kleiner Junge gewesen.«

»Bisher sieht alles gar nicht so schlecht aus«, versetzte Nancia. »Fassa, haben Sie noch etwas wiedererkannt, oder haben es die anderen getan?«

Sie ließ den Sensorblick über ein Panorama des Hochplateaus und des umgebenden Lands schweifen, bis Fassa plötzlich einen Ruf des Erkennens ausstieß. »O Gott, den Vulkan hat er stehenlassen!«

Nancia fror das Bild ein und studierte es. Eine übel aussehende Blase aus braungrünem Schlamm waberte, zerplatzte und bildete sich wieder aus, wogte unentwegt inmitten der Hochgrasdecke, die den Rest des Beckens überzog.

»Ich denke, dort etwas anzupflanzen, würde ihn auch kaum verbergen«, stimmte sie zu.

»Sie verstehen mich nicht.« Fassa klang so, als sei sie den Tränen nahe. »So kontrolliert er sie – so bringt er sie dazu, etwas für sich zu tun. Wenn die Loosies ihm mißfallen, *kocht* er sie in diesem brodelnden Schlamm bei lebendigem Leib! Ich habe es letztes Mal mitangesehen – diese Schreie werde ich nie vergessen.«

»Alpha? Darnell?« befragte Nancia die anderen beiden.

»Das ist richtig«, teilte Darnell ihr mit. »Widerlich.«

Alpha nickte stumm, die Bewegung war für Nancias Videosensoren kaum zu sehen.

Jetzt hatte sie für Forister auch keine ermunternden Worte mehr.

Micaya überredete Forister dazu, ihr Blaize für die erste Befragung zu überlassen. »Ich werde einen Kontaktknopf tragen«, versprach sie ihm. »Dann können Sie und Nancia alles, was vorgeht, mitansehen und belauschen.«

»Es ist meine Pflicht ...« fing Forister an.

»Meine auch«, unterbrach ihn Micaya. »Der junge Mann dürfte eher gestehen, wenn er nicht glaubt, daß er seine Familienbeziehungen spielen lassen kann.«

»Das kann er nicht«, entgegnete Forister grimmig. »Ich bin nicht hier, um zu seinen Gunsten einzugreifen.«

»Ja, aber das weiß er nicht«, versetzte Micaya.

Nancia behielt sämtliche externen Sensoren auf Micaya gerichtet, als die Generälin auf einem Weg aus abgerundetem Vulkangestein zur Tür der Permalegierunghütte schritt. Zu beiden Seiten des Wegs blühten Gräser und flammende tropische Blumen, ragten mit ihren Samenkapseln und Blüten hoch über Micayas kurzgeschorenes, silbernes Haar. Nancia erkannte die Arten der Alten Erde, die sich mit denebianischen Sternenblumen und den singenden Gräsern von Fomalhaut II abwechselten, ein jubilierendes Flammen von rosa und orangefarbenen und purpurnen Blumen.

Micaya betrat die Hütte, und Nancias Sichtfeld grenzte sich auf den von dem Kontaktknopf abgedeckten Halbkreis ein. In der schattigen Hütte, in der Papier und Maschinenteile hoch aufgestapelt lagen, glühte Blaizes roter Kopf wie ein Scheit vor dem Computerschirm, der seine Aufmerksamkeit gefesselt hielt.

»Blaize Armontillado-Perez y Medoc«, sagte Micaya förmlich.

»PHD-Lieferung? Ich hake es gleich ab. Muß nur noch diese eine Sache zu Ende führen ...«

Die Auflösung des Kontaktknopfs war nicht hoch genug, als daß Nancia die Worte auf dem Computermonitor hätte lesen können, doch erkannte sie den aus sieben Tönen bestehenden Antwortkode, der plötzlich zu hören war, nachdem Blaize mit der flachen Hand auf das Eingabebrett geschlagen hatte. Eine interplanetare Abstrahlung – nein, Fintersubraum; er hatte gerade etwas gesendet, und zwar an ... Nancia durchforstete ihre Dateien und identifizierte den Kode. An das Hauptbüro des Diplomatischen Diensts der Zentrale? Was konnten die denn mit Angalia zu tun haben, einem Planeten, auf dem es keine intelligenten Lebewesen gab? Hatte Blaizes Korruptionsgespinst etwa auch einige der Kollegen ihres Vaters und Foristers erfaßt?

»So!« Als der letzte Ton des Kodes verklungen war, schwang sich Blaize herum, ein seraphisches Lächeln auf seinem Sommersprossengesicht. »Und was ...«

Seine Miene veränderte sich schnell und geradezu komisch, als er Micaya Questar-Benn in voller Uniform vor sich erblickte. »Sie«, sagte er schleppend, »gehören nicht zum PHD.«

»Völlig richtig«, erwiderte Micaya. »Ihre Aktivitäten haben die Aufmerksamkeit anderer Stellen erregt.«

Blaize reckte das Kinn vor, und seine Sommersprossen schienen ein leuchtendes Eigenleben zu entwickeln. »Nun, es ist zu spät. Jetzt können Sie mich nicht mehr aufhalten!«

»Kann ich nicht?« Micayas Tonfall war trügerisch milde.

»Ich habe einen vollen Bericht an CenDip geschickt. Es ist mir gleichgültig, welche Freunde Sie beim PHD haben mögen, jedenfalls werden Sie Angalia jetzt in Frieden lassen müssen.«

»Mein lieber Junge«, antwortete Micaya, »zäumen Sie das Pferd damit nicht von hinten auf? *Sie* sind ein Angestellter des Planetaren Hilfsdiensts. Genaugenommen, Sie *waren* es.«

Nancias Aufmerksamkeit wurde so stark von diesem Dialog gefesselt, daß sie es nicht bemerkte, wie Forister aus ihrer Zentralkabine schlüpfte und zur Treppe ging, und so erschrak sie ebensosehr wie Blaize, als Forister plötzlich in der Tür der Hütte erschien.

»Onkel Forister!« rief Blaize. »Was ist hier los? Kannst du mir helfen ...«

»Nenn mich nicht *Onkel*«, preßte Forister zwischen zusammengebissenen Zähnen hervor. »Ich begleite Generälin Questar-Benn, um deinem Treiben ein Ende zu setzen, Junge, und nicht, um dir zu helfen!«

Blaize schloß einen Moment die Augen und sah aus, als würde er sich gleich übergeben. »Du nicht auch noch!«

»Du hast doch wohl nicht geglaubt, daß das Familiengefühl so weit gehen würde, dir dabei zu helfen, diese unschuldigen Eingeborenen auszubeuten und zu foltern?«

»Foltern? Ausbeuten?« Blaize schnappte nach Luft. »Ich … nein, Onkel Forister, hast du etwa mit einem Mädchen namens Fassa del Parma y Polo gesprochen? Oder mit Alpha bint Hezra-Fong? Oder mit Darnell …«

»Mit allen dreien«, bestätigte Forister, »und – was, zum Teufel, ist daran so komisch?«

Denn nun hatte Blaize sich zusammengekrümmt und schnaubte in unterdrücktem Lachen. »Meine Sünden haben mich eingeholt«, keuchte er.

»Ich verstehe nicht, was daran so komisch sein soll.«

Forister war selbst bleich geworden und wirkte verkniffen um seine Mundwinkel.

»Natürlich nicht. Noch nicht. Aber wenn ich dir … oh, Mann! Mit dieser Komplikation habe ich wirklich nie …« Blaize brach in ein hysterisches Gelächter aus, das erst endete, als Forister ihm eine Faust in den Bauch schlug. Blaize krähte noch immer und rang nach Luft, als ein zweiter Hieb gegen seinen Kiefer seinen Kopf zurückriß und ihn auf höchst unwürdige Weise gegen den wackligen Tisch schleuderte, auf dem seine Computergeräte standen. Blaizes Beine gaben nach, und er glitt sanft zu Boden. Hinter ihm begann der Tisch gefährlich zu wackeln. Das Handbrett rutschte auf eine Ecke der Tischplatte zu, wo es sich an einem Splitter verhakte. Ein Schauer von dünnen blauen Hardcopys ergoß sich in einem sanften, raschelnden Regen über Blaize: Berichte und Buchhaltungstabellen und PHD-Instruktionen.

Forister griff sich ein Blatt, als es gerade zu Boden schweben wollte, und musterte einen langen Moment die Zahlenreihen mit erhobenen Augenbrauen. Als er ans Ende der Seite gelangte, wirkte er plötzlich müde und grau und genau so alt, wie er war.

»Eindeutiger Beweis«, kommentierte er, während er das Papier an Micaya weiterreichte, »wenn wir überhaupt noch einen brauchten.«

Micaya nahm das Papier entgegen und hielt es so, daß Nancia es durch den Kontaktknopf anpeilen konnte. Die Ziffern wackelten und tanzten in Micayas Hand; grimmig glich Nancia die Bewegung aus und vergrößerte die verschwommenen Buchstaben und Zahlen, bis auch sie das Gedruckte lesen konnte.

Es war ein Auszug von Blaizes Netzkonto aus dem vergangenen Monat. Die großen Summen, die dort auf das Konto gebucht und entnommen worden waren, sagten Nancia zwar nicht gleich etwas, eins aber war klar: Jede dieser Zahlen war erheblich größer als Blaizes PHD-Gehalt, und die Gesamtsumme am Fuß der Seite stellte eine eindeutige Belastung des Kontoinhabers dar – sie war über dreißigmal so hoch wie alles, was er jemals hätte ansammeln können, selbst wenn er jeden Pfennig seines Gehalts gespart hätte.

»Onkel Forister«, sagte Blaize am Boden, während er sich vorsichtig den schmerzenden Kiefer massierte, »du hast alles völlig falsch verstanden. Vertraue mir.«

»Wie kommst du darauf, daß ich dir vertrauen sollte«, fauchte Forister, »bei all diesem Beweismaterial hier vor meinen Augen?«

Blaize grinste ihn von unten her an. Seine Lippe blutete und ein Schneidezahn wackelte bedrohlich. »Du wärst überrascht.«

»Falls Sie an eine kleine Schmiergeldzahlung aus Ihren verbrecherischen Gewinnen gedacht haben sollten«, teilte Micaya ihm mit, »so überlegen Sie es sich lieber noch einmal.« Sie senkte den Kopf und sprach direkt in den Kontaktknopf hinein, während Nancia sich beeilte, die Verstärkung herunterzudrehen. Normalschalen begriffen nie, daß sie einen Induktionsknopf nicht anzubrüllen brauchten. Der Lautsprecher mochte zwar blechern klingen, aber die Inputschaltungen waren ebenso leistungsfähig wie alle Bordsensoren eines Gehirn-Schiffs. »Nancia, bitte schalten Sie sich mit meinem persönlichen Zugangskode ins Netz ein. Das wäre Q-B76, JBJ, 450, MIC. Mit diesem Kode sind Sie berechtigt, sämtliche Guthaben unter dem persönlichen Kode von, lassen Sie mich mal sehen ...« Sie blinzelte den oberen Teil des Papiers an, um eine Kodesequenz zu lesen, die Nancia mit den die Unschärfe durch Bewegung ausgleichenden Korrektoren vollkommen deutlich erkennen konnte. »Ach, egal, ich schätze, Sie können es schon lesen«, erinnerte sich Micaya kurz darauf.

»Korrekt«, schickte Nancia ihr Stimmsignal durch die Kontaktverbindung.

»Tun sie das nicht!« Blaize kam auf die Beine, er schwankte leicht. »Sie verstehen nicht ...«

Forister bewegte sich mit einer Schnelligkeit zur Seite, wie sie Nancia noch nie an ihm gesehen hatte: eine verwischte Bewegung, die ihn zwischen Blaize und Micaya mit ihrer Kopie des Bankauszugs brachte. »Ich habe erfahren, daß du nichtintelligente, leidensfähige Lebewesen zur persönlichen Bereicherung ausgebeutet hast«, sagte er. »Deine Erklärungen kannst du vor den Behörden abgeben. Nancia, ich möchte, daß du jetzt eine offizielle Aufzeichnung der Anklage anfertigst, nur für den Fall, daß hier irgend etwas schiefgehen sollte.«

»Schon erledigt«, erwiderte Nancia.

Blaize schüttelte den Kopf und schnitt dabei eine Grimasse. »Nein. Onkel Forister, du hast die Geschichte wirklich völlig falsch aufgezogen. Und es gibt auch keinerlei Möglichkeit, mich wegen Ausbeutung nichtintelligenter, leidensfähiger Lebewesen zu packen. Im Gegenteil. Die Loosies haben einen Anspruch auf den Status intelligenter Lebewesen, und das kann ich auch beweisen – und niemand kann mich jetzt mehr aufhalten. Ich habe soeben die letzte Dokumentation an CenDip abgestrahlt. Selbst wenn du mich jetzt zum Schweigen bringen solltest, wird es eine unabhängige CenDip-Untersuchung geben.«

»Dich zum Schweigen bringen?« Forister blickte Micaya an. Seine grauen Augenbrauen schossen in die Höhe. »Darum geht es überhaupt nicht. Wir haben nichts mit Vertuschungen zu tun. Du wirst Gelegenheit erhalten, vor Gericht alles zu sagen, was du sagen willst. Und das werde ich auch, Gott steh mir bei«, murmelte er so leise, daß nur Nancias Kontaktknopf die Worte auffing. »Das werde ich auch.«

»Wenn ihr Leute mir doch nur einmal *zuhören* würdet«, sagte Blaize empört, »dann wäre überhaupt kein Prozeß nötig. Habt ihr denn nicht gehört, was ich gerade gesagt habe, daß die Loosies nämlich intelligent sind?«

Micaya schüttelte den Kopf. »Sie sind wohl schon zu lange hier, wenn Sie anfangen sollten, sich dieser Illusion hinzugeben. Blicken Sie doch den Tatsachen ins Auge. Auf dem Weg hierher habe ich die Gutachten aus dem Netz abgerufen. Die einheimische Art zeigt keinerlei Anzeichen von Intelligenz – keine Sprache, keine Kleidung, kein Ackerbau, keine politische Organisation.«

»Die haben schon immer eine Sprache gehabt«, widersprach Blaize. »Und jetzt haben sie Kleidung und Ackerbau. Und was die politische Organisation betrifft, so denken Sie doch mal einen Augenblick an den PHD und fragen Sie sich selbst, ob das wirklich ein Beweis für Intelligenz ist.«

Micaya mußte einfach lachen. »Da haben Sie nicht unrecht. Aber wir sind nicht hierhergekommen, um mit Ihnen über die Qualifikationsanforderungen des ILS zu diskutieren ...«

»Vielleicht nicht«, meinte Blaize, »aber da Sie schon hier sind und ...« Einen Augenblick sah er sie mißtrauisch an.

»Sie arbeiten doch wohl nicht mit Harmon zusammen, oder?«

»Mit wem?«

Micayas Überraschung mußte glaubwürdig genug ausgesehen haben, um Blaize zu überzeugen.

»Mit meinem Vorgänger hier – inzwischen ist er mein Sachbearbeiter. So korrupt, daß man ihm nicht einmal ein paar Socken anvertrauen sollte«, erklärte Blaize knapp. »Er ist der Grund, weshalb ich auf diese Weise vorgehen mußte. Obwohl wahrscheinlich selbst ein ehrlicher PHD-Sachbearbeiter nicht seinen Segen dazu gegeben hätte. Ich habe ein paar Vorschriften gebeugt«, räumte er ein. »Aber tun Sie mir doch den Gefallen, Sie auf eine kurze Besichtigung der Siedlung mitzunehmen. Ich glaube, danach werden Sie alles sehr viel besser verstehen.«

Micaya sah Forister an und zuckte mit den Schultern. »Das kann meiner Meinung nach nicht schaden.«

»Ich nehme an, wenn wir nicht mitspielen, wirst du einen Verfahrensfehler mit der Begründung geltend machen, daß du kein Beweismaterial zu deiner Verteidigung vorbringen durftest?« wollte Forister wissen.

Blaizes Gesicht lief fast so rot an wie sein Haar. »Hör mal! Du stehst über diesen Knopf in Verbindung mit deinem Gehirn-Schiff. Wenn er deaktiviert wird oder wenn sie irgend etwas sehen sollte, was ihr nicht gefällt, kann die volle Aufzeichnung davon sofort über das Netz an die Zentrale gehen. Was kostet es dich, mir einmal im Leben zuzuhören, Onkel Forister? Gott weiß, daß sich niemand sonst in unserer Familie jemals die Mühe gemacht hat«, fügte er hinzu, »aber ich dachte eigentlich immer, du wärst anders.«

Forister seufzte. »Ich höre schon zu.«

»Gut! Dann kommt bitte hier entlang.« Blaize schob sich zwischen Forister und Micaya und öffnete die Hüttentür. Sonnenlicht und bunte Blumen und tausend Grünschattierungen tanzten vor ihnen, ein greller Kontrast zum schäbigen Inneren der Hütte. Blaize ging den Pfad entlang, redete über die Schulter gewandt wie ein Wasserfall auf die beiden anderen ein, die ihm folgen. Nancia aktivierte das defektfreie Doppelaufnahmesystem, das jedes Wort und Bild gleichzeitig zur Basis Wega und in ihre eigenen Speicher übermitteln würde.

»Die Loosies haben nie eine gesprochene Sprache entwikkelt, weil sie Telepathen sind«, erklärte Blaize. »Ich weiß, das läßt sich schwer unmittelbar beweisen, aber wartet nur, bis ihr sie bei der gemeinsamen Arbeit gesehen habt! Wenn die Mannschaft von CenDip hier eintrifft, sollten sie ein paar Psychologen mitbringen. Aufgeschlossene Leute, die die Tests auch anordnen, ohne von Anfang an davon auszugehen, daß ich lüge. Sicher, ich habe auch eine Weile gebraucht, um es zu bemerken«, plapperte er fröhlich vor sich hin, als er vom Hauptweg auf einen Seitenpfad überwechselte, der sich durch kopfhohes Schilfrohr wand. »Vor allem am Anfang, als sie für mich alle gleich aussahen. Ich habe mich so verdammt gelangweilt, und diese krächzenden Geräusche, die sie ausstoßen, gingen mir derart auf die Nerven, daß ich anfing, einigen von ihnen ASL beizubringen.«

»Was?« unterbrach Micaya.

»Das ist eine alte Zeichensprache, die man früher für unheilbar Taube benutzt hat, bevor wir gelernt haben, Audiosynapsen auf Metachips zu installieren und sie an die entsprechenden Gehirnzentren anzuschließen«, erläuterte Forister. »Blaize hatte schon immer sehr merkwürdige Hobbys. Aber den Loosies ein paar Signale aus der Zeichensprache beizubringen, beweist noch nicht, daß sie intelligent sind, Junge. Das haben ein paar Forscher im zwanzigsten Jahrhundert auch mit Schimpansen geschafft.«

»Na ja, klar, mehr hatte ich am Anfang auch gar nicht zu erreichen gehofft«, meinte Blaize. »Das kannst du mir glauben, nach ein paar Monaten auf Angalia wäre mir ein Schimpanse mit Zeichensprache schon wie eine richtig tolle

Gesellschaft vorgekommen! Aber sie haben es aufgenommen wie – wie ein Gehirn-Schiff Singularitätsmathematik aufnimmt. Das war die erste Überraschung. Ich habe drei von ihnen unterrichtet, die mehr oder weniger hier herumhingen – Hummhumm und Bobobs und Gurgel.« Er errötete leicht. »Ja, ich weiß, es sind verdammt alberne Namen, aber damals wußte ich ja auch noch nicht, daß ich es mit echten *Leuten* zu tun hatte. Ich habe nur ein paar der abgewürgten Geräusche imitiert, die sie immer machten, wenn ich mit ihnen sprach und sie mir antworten wollten, bis ich endlich begriff, daß sie nie echte Sprechwerkzeuge entwickelt haben. Da habe ich mit der Zeichensprache begonnen. Tut mir leid, ich bin etwas durcheinander. Wo war ich stehengeblieben?«

»Wahrscheinlich, wie du Hummhumm das Zeichen für ›Wo ist der Rationsriegel?‹ beigebracht hast«, warf Forister ein.

Blaize lachte. »Ganz und gar nicht! Sein erster Satz lautete eher: ›Warum hat Wampenmann unsere Rationsriegel in den Schlamm geworfen und uns wie Tiere behandelt, und warum stapelst du sie nicht auf und gibst sie uns einen nach dem anderen mit gebührendem Respekt?‹«

Er blieb stehen und drehte sich zu ihnen um. »Könnt ihr euch vorstellen, was für ein Gefühl das war, eine derartige Frage von jemandem zu hören, den ich bis dahin als eine Art abgerichtete Spinne angesehen hatte, mit der ich mir während meiner Gefängnishaft die Zeit vertreiben wollte? Da habe ich erkannt, daß die Loosies keine Tiere sind. Danach darauf zu kommen, was man deswegen unternehmen sollte«, sagte er und setzte seinen Gang durchs Schiff fort, »hat etwas länger gedauert.

Auf Telepathie kam ich, als ich bemerkte, daß schon eine Woche, nachdem Hummhumm ASL begriffen hatte, *jeder* Loosie, der zum Rationsempfang erschien, mir Zeichen gab. Und zwar fließend. So schnell hätte der ihnen die Grundlagen gar nicht beibringen können; sie mußten die Zeichen und die Sprachstruktur mit fortschreitenden Lektionen aus seinem Geist abgezapft haben. Tatsächlich haben sie mir das auch mitgeteilt, als ich sie danach fragte. Was ganz und gar nicht einfach war. Das ASL *kennt* nämlich kein Zeichen für ›Telepathie‹, und da sie kein Englisch können, konnte ich es ihnen auch nicht buchstabieren. Doch irgendwann haben wir unsere Signale schließlich aufeinander abgestimmt.«

»Wenn die so intelligent sind, wie Sie behaupten, und ein Kommunikationssystem besaßen, hätten sie auch ohne Eingriff von außen über ihre primitive Entwicklungsstufe hinausgelangen müssen«, wandte Micaya ein.

»Sie haben gut reden«, erwiderte Blaize. »Ich frage mich, wie leicht Sie oder irgendein anderer von uns sich auf einem Planeten entwickelt hätte, wo die einzige ackerbautaugliche Fläche einmal die Woche von heftigen Fluten umgewühlt wird, wo die Höhlen, die wir als Unterkunft benutzten, ständig von Erdbeben erschüttert und zerschmettert wurden? Sie hatten bis vor wenigen Generationen noch eine Jäger- und Sammlergesellschaft – nur eine kleine Population, nicht größer, als sie der Planet ernähren konnte, die in den Sumpfgebieten am anderen Ende dieses Kontinents lebte.«

»Und was ist dann geschehen?«

»Dann«, sagte Blaize, »wurden wir entdeckt. Der erste Bericht stuft sie als potentiell intelligent ein und verlangte nach Lieferungen des Planetaren Hilfsdiensts. Als das zweite Beobachterteam kam, hatte diese PHD-Station bereits seit drei Generationen unbegrenzte Vorräte von Rationsriegeln verteilt, und die ursprüngliche Kultur war dadurch praktisch vernichtet worden. Anstelle von kleinen Gruppen aus Jägern und Sammlern hatten wir es hier plötzlich mit einer großen Kolonie zu tun, deren Mitglieder über keine Fertigkeiten zur Nahrungsbeschaffung mehr verfügten. Es waren viel zuviele, um von den Sumpfgebieten ernährt zu werden, und sie hatten nichts zu tun und keine andere Hoffnung auf Überleben, als die Ziegelrationen abzuholen. Logischerweise gelangte die zweite Beobachtermannschaft dann auch zu dem Schluß, daß sie nichtintelligent seien. Schließlich war ja auch keiner der Wissenschaftler lange genug hier, um den Versuch zu unternehmen, sich mit Hilfe von Zeichen mit ihnen zu verständigen. Aber aus humanitären Gründen oder aus Tierliebe haben sie die Empfehlung ausgesprochen, daß wir die PHD-Lieferungen nicht einstellen und sie nicht verhungern lassen sollten.«

»Aber wenn sie intelligent ...« warf Forister wieder ein.

»Das sind sie. Und sie können sich auch selbst etwas aufbauen. Sie brauchten nur einen – einen Startpunkt « Mit beiden Armen schob Blaize die letzten Farne auseinander und trat beiseite, damit Forister und Micaya den Blick auf die Mine genießen konnten. »Das war der erste Schritt.«

Von diesem Aussichtspunkt aus konnten sie, wie Nancia bemerkte, weitaus mehr vom Geschehen an der Mine mitbekommen als vom Landeplatz. Truppen blauuniformierter Arbeiter waren über den ganzen Hang verteilt und standen unter den Dächern der Verarbeitungsschuppen – zwanzig, vierzig, mehr als fünfzig von ihnen, geteilt in Gruppen zu vier oder fünf Individuen, die in vollkommenem Gleichsinn und mit wortloser Effizienz ihren Aufgaben nachgingen.

»Könnte man Schimpansen etwa auch dazu abrichten, *das* zu tun?« wollte Blaize wissen.

Forister schüttelte bedächtig den Kopf. »Und ich vermute, daß die Mine auch die Quelle deines Reichtums ist?«

»Ganz bestimmt ist sie die Quelle der Zahlungseinheiten auf diesem Netzkonto«, stimmte Blaize zu.

»Intelligente Lebewesen auszubeuten ist auch nicht besser, als es mit dummen Tieren zu tun.«

Blaize knirschte die Zähne. Nancia konnte das Geräusch deutlich über den Kontaktknopf vernehmen. »Ich. Beute. Niemanden. Aus«, preßte er hervor. »Hör zu, Onkel Forister. Als ich hierherkam, hatten die Loosies keinen ILS. Sie konnten keine eingetragenen Besitzer der Mine sein, sie durften keine Netzkonten unterhalten, sie konnten keine offiziellen Dokumente mit einem Handabdruck unterschreiben. Natürlich steht mein Kode auf allem! Wer hätte denn sonst für sie tätig werden können?«

»Und ihr Kode«, warf Micaya ein, »wird auch in Verbindung mit dem illegalen Weiterverkauf von PHD-Rationslieferungen gebracht, die eigentlich unter den Einheimischen verteilt werden sollten.«

Blaize nickte matt. »Ich brauchte Geld, um die Mine wieder in Schuß zu bringen. Ich versuchte einen Kredit zu bekommen, aber die Banken wollten wissen, was ich damit vorhatte. Als ich ihnen sagte, daß ich die Minen auf Angalia wiederbeleben wollte, teilten sie mir mit, daß ich das nicht könnte, weil es auf dem Planeten keine Arbeitskräfte gäbe, denn der Planetenbericht der CenDip hatte über Angalia gemeldet, daß dort keine intelligenten Lebewesen lebten. Und ohne Kredit konnte ich mit der Mine nichts anfangen. Und ohne Credits für die Mine konnte ich auch nicht – na ja, darauf kommen wir gleich noch. Hören Sie, ich habe tatsächlich einige PHD-Berichte gefälscht. Habe behauptet, die Population hätte sich verdreifacht. Rationsriegel sind schließlich nicht gerade der Knüller auf dem internationalen Markt«, fügte er trocken hinzu. »Ich mußte wirklich *große* Überschüsse haben, um damit überhaupt Handel treiben zu können. Zum Glück hatte ich gleich einen Abnehmer. Dieser Schweinepriester Harmon hatte die Loosies nämlich sehr knapp gehalten, um einen Teil ihrer Rationsriegel gegen Fusel einzuhandeln. Ich mußte erst ein kleines Gespräch mit dem Schwarzmarkthändler führen, um ihn davon zu überzeugen, daß ich lieber harte Credits statt harten Fusel haben wollte, aber schließlich ist er ... auch zu meiner Überzeugung gelangt.«

»Erzähl mir lieber nicht, wie du ihn überzeugt hast«, warf Forister hastig ein. »Ich will es gar nicht wissen.«

Blaize grinste. »Schon gut. Jedenfalls habt ihr jetzt die Mine gesehen. Nun will ich euch zur Besichtigung des Projekts 2 führen. Dafür müssen wir allerdings leider den Berg hinauf. Ich möchte, daß ihr den Überblick bekommt.«

Der Pfad, der neben der Mine in die Höhe führte, war zwar steil, doch durch die Absätze und Stufen war er leichter zu begehen, als es aus der Ferne ausgesehen hatte. Als sie am Eingang zur Mine vorbeikamen, blickten mehrere Loosies von ihrer Arbeit auf, um Blaize zuzulächeln. Sie hoben ihre grauen Hände mit der schlaffen Haut und bewegten sie in flackernden Gesten vor und zurück, die Nancia als Bildblitzaufnahmen für spätere Interpretation einfing. Im Augenblick war sie es zufrieden, sich auf Blaizes Übersetzung zu verlassen.

»Sie fragen, wer denn meine geistig behinderten Freunde sind und ob ihr Lust auf eine kleine Fahrt hinunter zu den Verarbeitungsschuppen habt«, erklärte er.

Während er sprach, füllte ein Team am Mineneingang gerade einen Wagen mit Erzbrocken und schob ihn an die oberste Stelle, wo die Schienen in scharfem Bogen ins Tal hinunterführten. Die drei Arbeiter setzten sich auf das Erz und packten mit ihren Händen die Kanten des Waggons, während ein Mitglied des nächsten Teams sie anschob und sie daraufhin wie auf einer Achterbahn den Hügel hinunterjagten.

»Am Anfang haben wir ein paar auf diese Weise verloren«, bemerkte Blaize, »bis ich die Schienenführung umkonstruierte, damit sie in den Mulden nicht abgeworfen wurden.«

Oberhalb der Mine dünnte die Vegetation aus, was ihnen einen Blick auf die Terrassengärten ermöglichte, die überall, wo eine Schaufel voll Erde Halt fand, die Steilklippen und Felsen bedeckten. Micaya schnüffelte anerkennend und machte eine Bemerkung über das stechende Aroma der in den kleinen Gärten wachsenden Kräuter. Auf dem Gipfel des Bergs hatten sie einen Panoramablick über das frühere Große Schlammbecken von Angalia, das sich inzwischen in Grasland verwandelt hatte, in dem sich Getreidefelder den Platz mit buntleuchtenden Blüten teilten.

»Das wird unsere erste Jahresernte«, sagte Blaize. »Als ich

letztes Jahr gerade die Vorbereitungen zur Aussaat getroffen hatte, kamen diese Hohlköpfe, mit denen ich in dieses System gekommen bin, zu unserem Treffen hierher. Natürlich hat von *denen* niemand eine Veränderung bemerkt. Aber wenn euer Gehirn-Schiff die Dateien über die Ersterkundung abruft ...«

»Sie kann noch mehr tun«, teilte Forister ihm mit. »Sie war selbst schon einmal hier. Nancia, kannst du irgendwelche Veränderungen feststellen? Abgesehen davon, daß hier inzwischen Pflanzen wachsen, meine ich?«

Blaize erbleichte zwischen seinen Sommersprossen. »*Nancia*?«

»Hast du irgendwelche Probleme mit meinem Gehirnschiff?« fragte Forister freundlich.

»Wir ... sind nicht gerade als Freunde auseinandergegangen«, gestand Blaize mit erstickter Stimme.

Nancia hegte zwar inzwischen schon weitaus freundlichere Gefühle gegen Blaize, war aber noch nicht bereit, ihm das auch einzugestehen. »Der Horizont weist Veränderungen zwischen allen großen Berggipfeln aus«, berichtete sie in der neutralen, blechernen Stimme, die ihr die Beschränkungen des Kontaktknopfs auferlegten. »Die Vergrößerung eines veränderten Gebiets zeigt neue Erdaufschüttungen und Felsgestein, die ein System von Abwasserkanälen blokkieren, das im Augenblick 17,35 Meter unter dem Wasserspiegel liegt ...«

»Der Hummhumm-See«, sagte Blaize. »Mein erster Versuch der Landschaftsgestaltung. Das Problem war, daß ich *sämtliche* Abflüsse blockieren und Staumauern errichten mußte, bevor ich dafür garantieren konnte, daß die Fluten nicht durch das Schlammbecken krachen würden. Danach brauchten wir Bewässerungskanäle, die in das Becken führten. Und Sedimentablagerungen, damit das Erdreich, welches die Fluten früher hierherschwemmten, immer noch in das Becken einströmen und den Mutterboden erneuern können. Wollt ihr jetzt wieder mit nach unten kommen? Ich will euch die Getreideproben zeigen und die Testergebnisse. Natürlich ist es noch nicht ganz reif«, redete er weiter, als er sie wieder den Weg hinunterführte, »aber es wird eine erstklassige Ernte. Amaranth-19-hyper-J Rev2, falls euch das etwas sagt. Hoher Proteingehalt, reich an natürlichen Nährstoffen, hervorragender Ertrag auf diesem reichen Mutterboden. Damit dürften wir in der Lage sein, uns selbst zu versorgen und auch noch Überschüsse zu verkaufen. Deshalb habe ich auch bis jetzt gewartet, bevor ich für die Loosies den Status Intelligenter Lebewesen beanspruchte. Ich wollte sichergehen, daß wir uns selbst versorgen können – für den Fall, daß der PHD beschließt, die Rationslieferungen zu beschneiden. Und ich habe mich auch nicht ans Pflanzen gewagt, bevor nicht das ganze Dämmsystem fertiggestellt und getestet worden war. Die Loosies hätten mir nie wieder vertraut, wenn ich Saat gesetzt hätte und sie fortgespült worden wäre. Wir brauchten sehr viel Hochleistungsgerät zur Landschaftsumgestaltung; das hat sämtliche Minenprofite der ersten drei Jahre verschlungen.«

Sie gelangten an den Fuß des Bergs, und Blaize machte sich forsch auf den Rückweg zur Hütte. Forister nahm ihn am Arm und zog ihn sanft von der Hütte fort an den Rand des Hochplateaus. »Ich würde mir doch gern erst noch deine Getreideernte etwas näher anschauen, bevor wir hineingehen«, fuhr er fort.

Dort standen sie allerdings nicht am allerbesten Platz, um das Getreide zu begutachten: Sie kamen am Rand des Hochplateaus unmittelbar über dem häßlichen vulkanischen Schlammloch zum Stehen, das das Becken verunstaltete und in dem sich träge Blasen wälzten.

Forister musterte Blaize wachsam. »Du hast die Eingeborenen gezwungen, in einer Korykiummine zu arbeiten, die dir gehört.«

»Sie davon überzeugt«, berichtigte ihn Blaize.

»Sie haben deinen Versprechungen geglaubt, die Gewinne zu ihrem eigenen Nutzen zu verwenden?«

Blaize errötete. »Ich glaube nicht, daß sie ganz verstanden haben, was ich ursprünglich vorhatte. Jedenfalls die meisten nicht. Hummhumm und Gurgel begriffen es zwar, glaubten aber nie, daß es funktionieren würde.«

»Und dann ...?« Forister ließ die Frage offen.

»Ich glaube«, meinte Blaize fast unhörbar, »ich glaube, sie haben es getan, weil sie mich ein wenig mögen.«

»Es wurden schon andere Gründe dafür vorgebracht«, entgegnete Forister.

Blaize sah ihn einen Augenblick verständnislos an, dann bemerkte er, in welche Richtung Forister gerade schaute. Er starrte auf das vulkanische Schlammgeblubber hinunter.

»Ach so, Fassa del Parma, ja?«

»Und Dr. Hezra-Fong«, ergänzte Micaya, »und Darnell Overton-Glaxely. Sie müssen immer noch ihre Folterungsvorwürfe widerlegen.«

»Ich ... ich verstehe.« Mit einem plötzlichen Satz sprang Blaize von Forister und Micaya fort, um sich auf einen Felsvorsprung zu stellen, der aus der Hochplateauwand herausragte. »Ihr wollt Beweise dafür haben, daß ich Hummhumm nicht gefoltert habe?«

»Es wird Ihnen nichts nützen, irgendeinen Eingeborenen vorzuführen und zu behaupten, daß er es war, den Sie in aller Öffentlichkeit gefoltert haben, und daß er sich davon angeblich erholt hätte«, teilte Micaya ihm mit. »Nur falls Sie daran denken sollten. Sie haben keine Möglichkeit zu beweisen, daß Sie nicht den einen ermordet und begraben haben, dessen Folter sie mitangesehen haben.«

»Nun, das war schon Hummhumm, und er wird es Ihnen auch sagen, aber ich verstehe, was Sie meinen«, bestätigte Blaize. Er fingerte an seiner Jacke; die Synthofilmteile lösten sich, und er faltete das Kleidungsstück sauber zusammen. »Meine beste Jacke«, erklärte er höflich, »da werden Sie bestimmt verstehen, daß ich sie mir nicht ruinieren will.«

»Was tust du da? Komm zurück, Junge!« rief Forister, einen Augenblick zu spät. Denn Blaize war bereits einige

Meter hinabgerutscht und hing nun knapp außer Reichweite von einem Fels herab.

»Eine Minute«, keuchte Blaize. Seine Synthofilmhose rutschte ihm in einem schimmernden Haufen bis zu den Fußknöcheln herab; er trat aus und schleuderte sie hoch, worauf sie sich in einem Dornengestrüpp fing.

»Blaize, *tun Sie das nicht!*« Micaya sprach im Tonfall ruhiger Autorität, der Blaizes Willen für einen Augenblick zu schwächen schien. Er hing noch eine Weile von der Felskante herab, seine milchweiße Haut glühte fast vor dem Hintergrund der stumpfen Farbtöne des unter ihm liegenden Vulkanteichs.

»Ich muß es tun«, sagte er ruhig. »Es ist die einzige Möglichkeit.«

Bevor einer von ihnen noch etwas vorbringen konnte, war er bereits in einer trudelnden, unbeholfenen Tauchbewegung abgesprungen, um in den brodelnden Schlamm zu stürzen. Mit auseinandergespreizten Armen und Beinen und still daliegendem Kopf schien es für einen Augenblick, als habe er durch den Sturz das Bewußtsein verloren oder sei sogar ums Leben gekommen. Dann begann er wieder heftig um sich zu treten und zu zappeln, um mit jeder Bewegung tiefer im Schlamm zu versinken.

»Halt still«, rief Forister, »wir werden dir ein Seil zuwerfen – wir werden etwas tun ...«

Blaize drehte sich auf den Rücken. Eine dichte Schlammschicht bedeckte seinen Körper, verbarg nur mit Mühe seine Scham. Er schlug um sich, bis Nancia erkannte, daß er wohl versuchte, auf dem Rücken zu schwimmen.

»Komm rein, Onkel Forister«, rief er. »Der Schlamm ist heute herrlich!«

»Geht es Ihnen gut?« rief Micaya, während Forister ausnahmsweise um Worte ringen mußte.

»Könnte gar nicht besser sein. Der Schlamm hat heute so gerade eben Saunahitze.« Blaize streckte sich und zappelte wohlig, dann grinste er sie mit schlammbespritzten Wangen an. »Ich springe meistens nicht aus solcher Höhe hinein – hat mir einen Augenblick den Atem verschlagen. Aber ich dachte mir, Sie könnten die Demonstration gebrauchen. Haben Sie Lust, mir Gesellschaft zu leisten?«

Micaya blickte Forister fragend an. Der Pilot warf die Schuhe ab und rollte seine Hosenbeine hoch. »Oh, ich gehe schon, keine Bange«, preßte er zwischen zusammengebissenen Zähnen hervor. »Das ist die schnellste Möglichkeit, Hand an diesen Jungen zu legen. Und dann werde ich … werde ich …« Die Worte versagten ihm.

»Ihn in ein kochendes Schlammloch stecken?« schlug Micaya vor.

## KAPITEL 14

Nancia drosselte absichtlich ihre Geschwindigkeit für den kurzen Sprung von Angalia nach Shemali. Sie brauchte Zeit, um ihre Berichte zu überprüfen, Zugang zum Netz herzustellen und nach Beweisen für Polyons Schurkerei zu suchen. Irgendwo müßten doch in den Aufzeichnungen über Meta- und Hyperchiptransaktionen der vergangenen fünf Jahre irgendwelche Spuren seiner kriminellen Aktivitäten zu finden sein – denn sie konnte sich nicht vorstellen, daß er den Plänen gänzlich entsagt hatte, die er während ihres Jungfernflugs angekündigt hatte. Nicht Polyon de Gras-Waldheim.

Nicht einmal der Zugang zum Netz wurde immer in Sofortzeit hergestellt, vor allem dann nicht, wenn man sämtliche zur Verfügung stehenden öffentliche Aufzeichnungen über Verkauf, Transfer oder Gebrauch von Hyperchips in der bekannten Galaxie abrief und zusammenstellte. Und so verzögerte Nancia und hoffte darauf, daß ihre Passagiere nicht bemerken würden, wie lange ihre Reise dauerte.

Zum Glück schienen sie alle ihre eigenen Sorgen zu haben. Fassa, Alpha und Darnell wurden in separaten Kabinen festgehalten und beschäftigten sich jeder auf seine Weise mit den langen Einzelhaftstrafen, die nun vor ihnen lagen. Alpha erbat sich medizinische und chirurgische Fachzeitschriften aus den Netzbibliotheken und studierte das technische Material, das Nancia dort für sie abrief, mit intensiver Konzentration, als glaubte sie, irgendwann einmal Erlaubnis zu erhalten, wieder in ihrem eigentlichen Beruf arbeiten zu dürfen. *Nicht, wenn es nach mir geht,* schwor sich Nancia. Doch in Wirklichkeit hatte sie auch nicht viel zu sagen. Sie konnte ihre Aussage aufzeichnen und die Bilder, die sie über die Kontaktknöpfe empfangen hatte, und dieses Beweismaterial würde bei Alphas Prozeß verwendet werden. Danach würde es jedoch bei den Normalpersonen liegen, die auf den Zentralwelten die hohen Gerichte besetzten. Die meisten stammten aus Hochfamilien; die Hälfte von ihnen hatte irgendeine Verbindung, verwandtschaftlicher oder finanzieller Art, mit dem Hezra-Fong-Klan. Alpha könnte durchaus ungeschoren davonkommen – vielleicht nicht sofort, aber vielleicht in fünf oder zehn oder zwanzig Jahren, ein bloßer Augenblick im Leben eines Mädchens aus den Hochfamilien, das kaum dreißig chronologische Jahre hinter sich hatte und Zugang zu den allerbesten Verjüngungstechnologien besaß, um ihre Lebensspanne auf bis zu zweihundert Jahre zu verlängern.

*Das ist nicht meine Entscheidung*, erinnerte sich Nancia und richtete ihre Aufmerksamkeit auf die beiden anderen. Als Sicherheitsmaßnahme ließ sie rund um die Uhr ihre Kabinensensoren eingeschaltet, versuchte aber, ihnen nicht allzuviel Beachtung zu schenken, sofern nicht die Sensorrezeptoren aufblitzten, um ungewöhnliche Aktivitäten zu melden.

Darnells Aktivitäten waren durchaus gewöhnlich, dachte Nancia, für jemanden, der mit den erbärmlich eingeschränkten Sinnesrezeptoren einer Normalperson gestraft war. Er hatte Smaragd-Sekt verlangt, rigellianisches Räucherhuhn und einen Satz von Dorg Jesens Pornhedra; Nancia hatte ihm statt dessen nichtalkoholisches Bier, Synthogeflügelscheiben und die Hedra geliefert, von denen Forister ihr mitgeteilt hatte, daß sie unter den in ihrer Bibliothek vorhandenen Werken Pornos am nächsten kämen. Darnell verbrachte den größten Teil seiner Zeit damit, auf der Koje zu liegen, Synthogeflügel und kandierte Kleiekuchen mit dem Bier herunterzuspülen und sich das Remake eines Romans von der Alten Erde immer und immer wieder anzuschauen. Nancia konnte nicht begreifen, was er an den datengespeicherten Abenteuern dieses Tom Jones fand, aber schließlich ging es sie ja auch nichts an.

Blaize war in der Kabine gegenüber von Darnell untergebracht. Nach einem heftigen Streit darüber, wer denn nach »seinen« Loosies schauen sollte, während man ihn zur Zentrale zurückbrachte, hatte ihn Nancias Versprechen beschwichtigt, dafür zu sorgen, daß sich ihre Schwester Jinevra persönlich darum kümmerte, wen man als Ersatz für ihn nach Angalia schickte. »Eins muß man der Perez-Linie lassen, sie sind alle hoffnungslos ehrlich«, meinte er resigniert. »Jinevra mag zwar nicht kreativ sein, aber wenigstens wird sie nicht zulassen, daß dieses Schwein von Harmon sie wieder an die Angel bekommt. Ist dir klar, daß meine ganze Arbeit vergebens war, wenn die diesjährige Ernte ausbleibt?«

»Das ist mir klar«, antwortete Nancia geduldig. »Vertraue nur auf Jinevra.« Und als sie einen allgemeinen Netzruf an Jinevra abschickte, um ihrer Schwester die Situation zu erklären, fragte sie sich schuldbewußt, inwieweit sie sich überhaupt von den Bälgern der Hochfamilien unterschied. Papi hatte seine Beziehungen spielen lassen, um ihr diesen Auftrag zuzuschanzen, jetzt forderte sie einen Gefallen für ihre Kurierdienste ein, was wiederum bei ihrer Schwester Schuldgefühle auslösen sollte, damit sie sich in etwas einmischte, was man eigentlich dem normalen Dienstweg der PHD-Verwaltung hätte überlassen sollen.

Aber der ›normale Dienstweg‹ würde eben auch dafür sorgen, daß die Loosies nicht die Hilfe bekamen, die sie brauchten. Nancia seufzte.

»Wird es denn nie eine Bürokratie geben, die einfach nur tut, was man von ihr erwartet, ohne gleich in Korruption und Ineffizienz zu versinken?« fragte sie Forister.

»Wahrscheinlich nicht«, erwiderte er.

»Du hörst dich an wie Simeon – der hat mir auch geraten, die Korruption zu akzeptieren, weil sie doch allgegenwärtig ist!«

Forister schüttelte den Kopf. »Nicht im geringsten. Ich rate dir lediglich, keine Energie darauf zu vergeuden, dich überrascht zu geben und dich von etwas schockieren zu lassen, was doch völlig berechenbar ist. Kein System, gleich wo es ist, ist vor menschlichem Versagen sicher. Wenn es das wäre«, er zwang sich zu einem müden Lächeln, »wären wir Computer. Deine Hyperchips mögen zwar narrensicher sein, Nancia, aber der menschliche Teil von dir macht Fehler – und das tun wir eben alle. Glücklicherweise«, fügte er hinzu, »können Menschen ihre Fehler aber auch erkennen und ausbügeln – anders als Computer, die einfach nur immer weitermachen, bis sie abstürzen. Und wenn du mich jetzt entschuldigen würdest, ich hätte gern für eine Weile Zugang zu deinem Kommunikationssystem. Ich möchte nämlich sehen, was ich tun kann, um Blaize vor einem Absturz zu bewahren.«

Während Blaizes Erklärungen sie zwar alle auf emotionaler Ebene zufriedengestellt hatten, stand er doch noch immer vor einigen rechtlichen Problemen. Gleich wie edel seine Motivation auch gewesen sein mochte, unterm Strich blieb doch die Tatsache, daß er PHD-Berichte gefälscht, PHD-Lieferungen auf dem Schwarzmarkt verkauft und die Profite auf sein persönliches Netzwerkkonto überwiesen hatte. Ihn auf Angalia zurückzulassen, während die anderen zurücktransportiert wurden, damit ihnen der Prozeß gemacht wurde, wäre wirklich die übelste Form von Nepotismus gewesen. Forister konnte nur dafür sorgen, daß *sämtliche* Fakten vor Gericht in Protokollform zur Verfügung standen – nicht nur, wie Blaize an das Geld gekommen war, sondern auch, was er damit getan und wie er das Leben der Leute, denen zu helfen er entsandt worden war, damit verbessert hatte.

»Es *sind* nämlich Leute«, meldete Forister Blaize mit Befriedigung.

»Natürlich sind sie das! Hast du das denn nicht gemerkt?«

»Was ich geglaubt habe oder was du geglaubt hast, ist völlig irrelevant«, antwortete Forister. »Was zählt, ist die Entscheidung CenDips. Und dort muß es mindestens einen intelligenten Mann geben, denn dein Bericht wurde bereits empfangen und umgesetzt. Seit gestern haben die Loosies den ILS. Und diese Entscheidung ist mit dem Handabdruck von keinem geringeren als dem Universalsekretär des CenDip, Javier Perez y de Gras, unterzeichnet.«

Nancia vernahm es mit großer Befriedigung und widmete ihre Aufmerksamkeit dem letzten Häftling. Fassa verbrachte den größten Teil dieser Reise genauso, wie sie den Flug von Bahati nach Angalia zugebracht hatte: auf dem Kabinenboden zusamengekauert, die Arme um die Knie geschlungen, vor sich hinstarrend und die Tabletts mit Speisen ignorierend, die Nancia ihr aus dem Speiseschlitz spendete. Unberührte Suppenschüsseln, Körbe mit Scheiben süßen Brots, verlockende Fruchtpürees und Synthogeflügelscheiben in Glühsoße verschwanden wieder in den Recyclingtonnen, um zu neuen Kombinationen von Proteinen und Kohlehydraten und Fetten synthetisiert zu werden. Trotz Nancias Angeboten an Speisen oder Unterhaltung erwiderte Fassa jedesmal mit einem stumpfen »Nein, danke« oder »Es spielt keine Rolle«.

»Sie müssen aber etwas essen«, sagte Nancia zu ihr.

»Muß ich das?« Fassa schien auf irgendeine seltsame Weise amüsiert. »Nein, danke. Ich habe genug davon, daß mir Männer sagen, was ich zu tun und wer ich zu sein habe.

Wen kümmert es schon, wenn ich irgendwann zu dürr bin, um noch für irgend jemanden attraktiv zu sein?«

»Ich bin kein Mann«, versetzte Nancia. »Mein einziges Interesse an Ihrem Körper ist, daß ich nicht will, daß Sie krank werden, bevor ...«

»Bevor ich meinen Prozeß antreten kann«, beendete Fassa gelassen den Satz für sie. »Es ist schon in Ordnung. Sie brauchen nicht taktvoll zu sein. Ich habe eine lange Haftstrafe vor mir. Vielleicht eine lebenslängliche. Solange man mich nicht nach Shemali verbringt, ist mir das egal.«

»Was ist denn los mit Shemali?« fragte Nancia.

Fassa preßte die Lippen zusammen und starrte die Kabinenwand an. Ihre Haut war fahler als sonst, von grünen Schatten durchzogen. »Nichts. Ich weiß nichts über Shemali. Und ich habe auch nichts über Shemali gesagt.«

Nancia gab Fassa für den Augenblick auf. Schließlich gab es ja auch andere Möglichkeiten herauszufinden, was auf Shemali los war. Schon bald müßten Berichte über Hyperchipproduktion und -verkauf über das Netz hereinkommen. Ein paar belebende Stunden der Sichtung von Beweismaterial gegen Polyon würden sie beruhigen und besser dazu in die Lage versetzen, Fassa aufzuheitern.

Sie empfand eine verstohlene Sympathie für das Mädchen, nachdem sie ihre Akten gelesen hatte. Es konnte nicht leicht gewesen sein, im Schatten von Faul del Parma aufzuwachsen: mit dreizehn Jahren die Mutter verloren, die nächsten fünf Jahre in einem Internat zugebracht, ohne einen einzigen Besuch durch ihren Vater, danach nach Bahati geschickt, um sich zu beweisen ... Nancia glaubte zu wissen, wie Fassa sich fühlen mußte. *Aber ich bin auch nicht kriminell geworden, um meine Familie zu beeindrucken*, wandte sie vor sich selbst ein.

*Deine Familie*, erwiderte sie, *wäre nicht beeinddruckt gewesen*. Außerdem hatte sie es besser gehabt als Fassa. Daddy und Jinevra und Flix waren regelmäßig zu Besuch gekommen, als Nancia ihre achtzehn Jahre in der Laborschule zugebracht hatte. Erst nach ihrem Abschluß hatte Daddy das Interesse verloren ...

Normalpersonen konnten weinen, und es hieß, daß ihre Tränen eine natürliche Art der Spannungsauflösung darstellten. Nancia ging die biomedizinischen Abhandlungen über die chemische Zusammensetzung von Tränen durch, stellte ihre Versorgungsschläuche so ein, daß sie diese Chemikalien aus ihrem System entfernten, und konzentrierte sich auf die Netzberichte über Hyperchipverkäufe und -Transfers.

Absolut nichts, was Polyon belastet hätte. Zwei Jahre nach seiner Ankunft in Shemali war sein Metachip-Entwurf genehmigt worden und in Produktion gegangen; man hatte ihn ›Hyperchip‹ getauft, eine Anerkennung seiner Geschwindigkeitssteigerung und größeren Komplexität. Seitdem war die Produktion von Hyperchips in jedem Abrechnungsquartal rapide angestiegen, so schnell, daß Nancia nicht glauben konnte, daß Polyon etwas davon für seine persönlichen Zwecke abzweigen konnte. Die hergestellten Hyperchips wurden besonders strengen Qualitätskontrollen unterworfen, doch fiel dabei nicht mehr als der erwartete Anteil bei den Tests durch ... und alle Ausschußexemplare wurden registriert. Sie wurden vom Planeten geschafft, um von einer unabhängigen Recyclingfirma entsorgt und vernichtet zu werden, die offenbar keinerlei Verbindungen zu Polyon, den Linien der de Gras oder Waldheim oder irgendwelchen anderen Hochfamilien hatte. Die Hyperchips, die durch die Qualitätskontrollen kamen, wurden ebenso schnell installiert, wie sie freigegeben worden waren, und jeder dieser Verkäufe wurde vom Kontingentierungskomitee abgewickelt. Nancia wußte aus eigener Erfahrung, wie schwierig es war, sie zu bekommen; seitdem ihre Unterdecksensoren und Grafikprozessoren mit Hyperchips aufgerüstet worden waren, hatte sie erfolglos darauf gedrängt, die Hyperchips auch im Rest ihres Systems installieren zu lassen. Micaya Questar-Benn teilte Nancia auf

Befragung mit, daß ihre Leber, Herzklappenfilter und Nieren allesamt mit Hyperchips funktionierten, die installiert worden waren, nachdem die metachipgesteuerten Organe zu versagen begonnen hatten. Doch auch sie war nicht dazu in der Lage gewesen, die intelligenten Chips in ihren externen Prothesen ersetzen zu lassen; das wäre kein Notfall gewesen, und so hatte das Zuteilungskomitee sich geweigert, den chirurgischen Eingriffen oder der Versorgung mit Ersatzteilen stattzugeben.

Polyon war zweimal für den Galaktischen Leistungspreis nominiert worden, und zwar für die Beiträge, die sein Hyperchip-Entwurf in solch unterschiedlichen Bereichen wie Gehirnraumkontrollen von Flottenschiffen, Molekularchirurgie und Informationssysteme geleistet hatte. Selbst das Netz, dieses behäbige Kommunikationssystem, das die Galaxie mit Nachrichten und Berichten über alles versorgte, was jemals per Computer geleistet wurde – selbst die Leiter des Netzwerks waren langsam dabei, Schlüsselfunktionen der Kommunikation mit Hyperchipsteuerungen auszustatten, die den Netzabruf deutlich beschleunigten. Die Klatschbyter spekulierten unverhohlen darüber, daß Polyon dieses Jahr den begehrten Preis erhalten würde. Dann wäre er der jüngste Mann – und der bestaussehende, wie Cornelia Net-Link kokett meinte –, der jemals die Korykiumfigur erhalten hätte. Es wurde auch viel darüber spekuliert, welchen beruflichen Posten er nach der Verleihung des Preises annehmen würde. Es schien eine solche Verschwendung für einen derart talentierten jungen Mann zu sein, irgendwo am Außenrand der Welt festzusitzen, um dort eine Gefängnisfabrik für Chip-Herstellung zu leiten. Doch bisher hatte Polyon sich mit schicklicher Bescheidenheit geweigert, solche Angebote anderer Positionen auch nur zu diskutieren.

»Die Raumflotte hat mich an diesen Posten versetzt, und meine Ehre liegt darin, dort zu dienen, wo man mich hinschickt«, erklärte er, wann immer er befragt wurde.

Nancia widerstand der Versuchung, laut aufzustöhnen,

als sie diese Dateien las. Hüllenmenschen mit ihrer fast totalen Kontrolle über ihr Audio- und Lautsprechersystem brauchten nicht auf eine solch kindische Stufe herabzusinken ...

»Pfffft«, erklärte sie. *Irgend etwas* auf Shemali war faul; sie wußte es, auch wenn sie es nicht beweisen konnte.

Vielleicht würde ihr unangekündigter Besuch ja die erforderlichen Daten sicherstellen.

Trotz ihrer verminderten Fluggeschwindigkeit war Nancia bei der Ankunft auf Shemali immer noch dabei, sich zu überlegen, wie sie sich gegenüber der Raumhafenmannschaft ausweisen sollte. Die Ankunft eines Gehirn-Schiffs des Kurierdiensts war für diese abgelegenen Planeten ein ungewöhnliches Ereignis; sie wollte Polyon nicht warnen, damit er nicht noch Gelegenheit erhielt, etwas zu vertuschen – was immer es zu vertuschen gab. *Irgend etwas* mußte es einfach geben! dachte Nancia.

Doch diese Entscheidung wurde ihr abgenommen.

»OG-48, Erlaubnis für Landung aus Orbit erteilt«, ertönte knisternd die gelangweilte Stimme eines Raumfluglotsen in ihrem Comlink, während Nancia noch zögerte und sich fragte, wie sie sich vorstellen sollte, ohne gleich damit einen Wirbel auszulösen.

Schnell überprüfte sie ihre externen Sensoren. Im Orbit um Shemali waren keine weiteren Schiffe zu erkennen, und etwaige Schiffe der OG-Schiffstransport auf der abgewandten Planetenseite müßten außerhalb der Reichweite des Comlinks liegen. Die Meldung mußte ihr gelten – ja, natürlich! Nancia lachte leise vor sich hin. Seit der Operation vor Bahati war sie viel zu beschäftigt gewesen, um einen Neuanstrich anzufordern. Noch immer versperrten die malvenfarbenen, falschen Wände einer OG-Drohne ihr Inneres; wahrscheinlich war das Logo der Firma immer noch deutlich auf ihrer Außenhaut zu erkennen. Darnell Overton-Glaxely war bekannt dafür, daß er Schiffe aus allen möglichen Bezugsquellen übernahm und umrüstete. Ihre schlanke KD-Gestalt wäre zwar etwas ungewöhnlich für das Fahrzeug einer Schiffahrtslinie, anscheinend aber nicht ungewöhnlich genug, um das Mißtrauen des Fluglotsen zu erregen. Während er seine Landeinstruktionen weiter abspulte, überlegte Nancia, daß sie die ruhige, gelassene, unreflektierte Stimme wiedererkannte. Nicht diese Stimme im besonderen, aber den Eindruck der Abgehobenheit von weltlichen Dingen. *Seit wann halten Blisstoabhängige verantwortliche Positionen auf Raumhäfen inne? Ich wußte doch, daß hier irgend etwas faul ist. Und wir – Forister, Micaya und ich – werden auch herausbekommen, was es ist!*

Mit einem Gefühl der Beschwingtheit und der Abenteuerlust setzte sie auf dem Landeplatz auf. Und dann, als sie ihre Umgebung aufnahm, zerplatzten die Blasen der Freude und alles wurde so schal wie Smaragd-Sekt, der zu lange offengestanden hatte.

»Pfui! Was ist denn hier *passiert*?« rief Forister, sobald Nancia ihre Monitordisplays gelöscht hatte, um ihm ein Bild des Raumhafens von Shemali zu überspielen.

Der Permabeton der Landestelle war rissig und gefleckt, und am Rand des Betonstreifens war ein schartiges, eingefressenes Loch zu erkennen, als hätte jemand dort eine Tonne mit industriellen Bioreinigern ausgekippt und sich nicht mehr die Mühe gemacht, das Verschüttete wieder abzusaugen, bevor die mikroskopischen Bioreiniger sich selbst auf Permabeton und -farbe zu Tode fraßen. Das Raumhafengebäude war ein fensterloser Permabetonbau, grimmig und abweisend wie ein Hochsicherheitsgefängnis – was irgendwie den gesamten Planeten beschrieb.

Jenseits des Raumhafens ballten sich Wolken aus grünem und purpurnem Rauch in der Luft. Das war wahrscheinlich der Ursprung der grünschwarzen Asche, die sich auf jede für Nancia sichtbare Oberfläche gelegt hatte.

Während sie darauf warteten, daß der Raumhafenfluglotse sich identifizierte und sie auf Shemali willkommen hieß, pfiff ein Windstoß über das offenstehende Landefeld und wirbelte die Asche zu strudelnden Schmutzsäulen auf, die ebenso schnell wieder in sich zusammensackten, wie sie entstanden waren.

Nancias Außenmonitore meldeten eine Windtemperatur von 5 °C.

»Shemali hat seinen Namen wirklich verdient«, murmelte sie.

»Wie bitte?«

»Nordwind«, erklärte Nancia. »Alpha kennt die Sprache, aus der sämtliche Namen im System Nyota stammen. Sie hat die Übersetzung einmal erwähnt ... vor langer Zeit.«

»Ist der Rest des Planeten auch so?«

Nancia ging schnell die Außenaufnahmen mit den Vergrößerungen durch, die sie beim Anflug aus dem Orbit gemacht hatte. Zu diesem Zeitpunkt war sie zu sehr damit beschäftigt gewesen, über das Problem einer angebrachten Begrüßungsformel nachzudenken, um sich allzugroße Sorgen über die Oberflächenbeschaffenheit des Planeten zu machen. Nun blickte sie zusammen mit Forister in entsetztem Schweigen auf tote Teiche, in denen sich nichts Lebendiges mehr rührte, auf Täler, die durch die brutalen Straßenschnitte erodiert waren, die den Zugang zu den neuen Hyperchipanlagen herstellten, auf strudelnde Wolken aus Staub und Asche, die sich wie eine Decke über Wälder legten, in denen die Bäume abgestorben waren und kein Vogel mehr sang.

»Ich wußte gar nicht, daß eine einzige Fabrik einem Planeten solchen Schaden zufügen kann«, meinte Forister schleppend.

»Sieht so aus, als würden dort jetzt mehrere Fabriken arbeiten«, versetzte Micaya. »Und alle auf Hochtouren, schätze ich, ohne sich um die Umweltschäden zu scheren ... während die Winde von Shemali den giftigen Ausstoß über den gesamten Planeten verteilen dürften.«

»Hat denn niemand Shemali *besucht*, bevor er Polyon für einen Galaktischen Leistungspreis nominierte? Wahrscheinlich nicht«, beantwortete Forister seine eigene Frage. »Wer will schon einen Gefängnisplaneten in einem unbedeutenden Sonnensystem besuchen? Und seine Akten sind einwandfrei, nicht wahr, Nancia?«

»Die öffentlich zugänglichen Akten sind hervorragend«, antwortete Nancia. »Es sieht so aus, als hätte Polyon de Gras-Waldheim tatsächlich jede Anstrengung unternommen, um dafür zu sorgen, daß ein Maximum an Hyperchips produziert und daß sie so weit wie möglich verteilt werden.« *Unwiderbringlich zu Lasten der Umwelt. Aber das ist kein Verbrechen ... nicht rechtlich, jedenfalls nicht hier. Wenn die Zentrale sich um Shemali gesorgt hätte, hätte man hier erst gar keine Gefängnis-Metachipfabrik errichtet.*

Ein Klopfen an den unteren Luken hallte durch Nancias Außenhülle. Sie schaltete wieder auf externe Audio- und Videosensoren. Die Apparaturen am Landegestell zeigten ihr, wer diesen Lärm veranstaltete ... ein hagerer Mann, in zerfetzte Lumpen gekleidet, die wie der Überrest einer Gefängnisuniform aussahen, dazu Lumpen auf dem Kopf und um die Fäuste gewickelt.

Er rief ihren Namen. »Nancia! Nancia, laß mich rein, schnell!«

Vom Rand des Landeplatzes näherten sich langsam, unbeholfen und bedrohlich zwei große Gestalten in glitzernden Schutzanzügen aus Silbertuch. Die silbernen Kapuzen bedeckten ihre Gesichter wie Helme, die Silberanzüge flimmerten wie eine Rüstung. Doch die Waffen in ihren erhobenen Händen waren keine ritterlichen Lanzen, sondern Nervenschneider, klobige, eckige Geräte, die bedrohlicher waren als jede eiserne Lanzenspitze.

Nancia öffnete die untere Luke. Der Flüchtling rutschte aus und stürzte ins geöffnete Frachtdeck. Als eine der beiden silber gekleideten Gestalten ihren Nervenschneider hob, ließ Nancia wieder donnernd die Luke zuschlagen. Die

Strahlen prallten schadlos an ihrer Außenhülle ab; sie absorbierte die Energie, ohne einen Gedanken daran zu verschwenden. Ihre ganze Aufmerksamkeit war jetzt auf den zerlumpten Häftling gerichtet, der sich auf die Knie stemmte und sich langsam und schmerzvoll die Lumpen aus dem Gesicht wickelte.

»Das war möglicherweise keine kluge Entscheidung«, bemerkte Forister milde. »Wir sollten uns nicht mit den örtlichen Behörden anlegen. Gefängniskonflikte gehören nicht in unser Aufgabengebiet.«

»Dieser Mann schon«, erwiderte Nancia. Sie schaltete die Überwachungsmonitore ein, um ihm zu zeigen, was ihre Sensoren gerade im Frachtdeckoff einfingen. Micaya Questar-Benn war die erste, die den Mann mit einem atmelosen Aufkeuchen wiedererkannte.

»Der junge Bryley-Sorensen! Wie ist er denn in ein Gefängnis auf Shemali gekommen ... und wieder heraus ... noch dazu in einem solchen Zustand?«

»Das«, sagte Nancia grimmig, »würde ich auch gern wissen.«

Sev zerrte sich an einem der Stützträger in die Höhe, die sich quer durch das Frachtdeck zogen. »Nancia, laß sonst niemanden herein. Es gibt ... du weißt das nicht ... schreckliche Dinge auf Shemali. Schrecklich«, wiederholte er. Er verdrehte die Augen und rutschte wieder zu Boden.

»Forister, Micaya, holt ihn aus dem Frachtdeck, bevor diese beiden Wächter gegen meine Luken hämmern«, rief Nancia. »Nein, wartet. Ich habe eine Idee. Nehmt ihm erst die Kleider ab und laßt sie dort liegen.«

»Wozu?«

»Keine Zeit für Erklärungen. Tut es einfach!« Sie schickte ihre Küchensynthetisierer an die Arbeit und schaltete den Verbrennungsofen an. Das, was sie vorhatte, würde niemals funktionieren, wenn Shemali ein ordentlich geführtes Gefängnis war. Doch was sie bisher an Raubbau auf diesem Planeten gesehen hatte, paßte zu allem, was sie noch von der skrupellosen Persönlichkeit des jungen Polyon de Gras-Waldheim wußte, und Sevs letzte hervorgekeuchte Worte waren ihr genug Bestätigung.

Während Forister und Micaya den bewußtlosen Sev entkleideten und in den Aufzug schleppten, erweiterte Nancia den Wahrnehmungsbereich ihrer Sensoren, um ihn genauer zu untersuchen. Sie speicherte alles für spätere Analysen ab, wobei sie besonders die schrecklichen Hautschürfungen beachtete, die Sevs Arme und ein Bein verunstalteten. Dunkel angelaufene Prellungen blühten purpurn, blau und grün über Rippen und Magen, und sein Rücken war von einem Gitter geschwollener Platzwunden gezeichnet, aus denen Blut hervorsickerte, als die beiden anderen Normalpersonen ihn bewegten. Seine Atmung ging flach und unregelmäßig, und er zeigte keinerlei Anzeichen, daß er sein Bewußtsein wiedergewinnen würde, als sie ihn zum Aufzug schleppten.

Was hatte man mit ihm auf Shemali gemacht? Oberflächliche Wunden konnte Nancia zwar behandeln, aber dies war ein Planet der Nervengase und Säuren. Die Schürfungen an seinen Armen und Beinen erschreckten sie, ebenso sein verzweifeltes, abgehacktes Atmen.

Was sie jetzt brauchten, war ein Arzt ... und zufälligerweise gab es eine Ärztin an Bord.

Nancia überspielte ihre Aufnahmen von Sev in Alphas Kabine. Sie hörte einen Ruf des Entsetzens, dann ein stranguliertes Schluchzen. Das war Fassas Stimme, nicht Alphas. Nancia stellte fest, daß sie in ihrer Eile dasselbe Bild in alle Passagierkabinen gespeist hatte. Darnell fluchte bereits über die Unterbrechung seines Videos. Sie schaltete die Rezeptoren ihrer Kabine aus und holte sich die Gesichter der anderen drei Gefangenen auf die Schirme, um sie beobachten zu können, während sie sich mit Alpha besprach.

»Dr. Hezra-Fong«, begann Nancia förmlich, »wir haben soeben einen Häftling mit schweren Verletzungen an Bord gebracht. Ich befürchte eine Ganglizidvergiftung. Können Sie ihn behandeln?«

»Das ist kein Ganglizid«, sagte Alpha bestimmt. »Kleinere Säureverbrennungen, das ist alles. Allerdings könnten Lungenschäden vorliegen. Das kann ich aus diesen Bildern allein nicht erkennen. Und so, wie diese Prellungen liegen, mache ich mir auch Sorgen über etwaige Nierenschäden und innere Blutungen. Transportieren Sie ihn ins medizinisch-technische Zentrum. Ich werde ihn mir ansehen.«

Sie war kühl und schnell und kompetent; Nancia mußte diese Qualitäten bewundern. Aber durfte sie ihr auch Sevs Gesundheit anvertrauen?

Alpha drückte gegen die geschlossene Kabinenluke und wandte sich wieder an den Sensor. Ihr feines, scharfgeschnittenes Gesicht war verkniffen vor Verärgerung. »FN-935, ich kann diesen Mann nicht per Fernsteuerung diagnostizieren und behandeln! Wenn Sie an seiner Gesundheit Interesse haben sollten, würde ich doch stärkstens empfehlen, daß Sie diese Luke öffnen und mir erlauben, meine Arbeit zu tun!«

Doch was würde sie außerdem noch tun? fragte sich Nancia.

»Laß mich mit ihr gehen«, schlug Blaize vor.

»Und mich auch.« Fassas große Augen waren tränenerfüllt. Schauspielerei oder Verzweiflung? Es gab kaum Zeit, das zu entscheiden.

Nancia vertraute Blaize zwar instinktiv, war sich aber nicht sicher, wie zuverlässig er war. Er neigte dazu, mit der Mehrheit mitzulaufen. Und wenn sie beide, Fassa und Blaize, zusammen mit Alpha hinausließe, würden die Häftlinge in der Überzahl sein.

Doch was immer Fassa auch verbrochen hatte, irgendwie bezweifelte Nancia, daß sie irgend etwas tun würde, um Sev Bryley Sorensen zu schädigen. Nicht nachdem sie die Szenen zwischen den beiden mitangesehen hatte. Nicht nachdem sie mitangesehen hatte, wie Fassa zwischen Bahati und Shemali in eine tiefe Depression verfallen war, überzeugt, daß Sev sie verlassen hatte und daß sie ihn nie wiedersehen würde.

»Fassa del Parma y Polo wird Dr. Hezra-Fong begleiten und ihr assistieren«, verkündete Nancia und betete lautlos darum, daß sie die richtige Entscheidung gefällt hatte.

Während die beiden Frauen den Gang entlangeilten, um Forister und Micaya am Aufzug in Empfang zu nehmen, öffnete Nancia ihre untere Frachtraumluke um knappe zehn Zentimeter. Der Wächter im silbernen Schutzanzug, der gerade draußen die Faust gehoben hatte, um gegen die Luke zu schlagen, ließ sie nun sinken, zielte aber mit seinem Nervenschneider in das Ladedeck hinein.

»Was kann ich für Sie tun?« fragte Nancia eisig.

»Drohne OG-48, Sie beherbergen einen entflohenen Häftling«, sagte der Wächter. »Übergeben Sie ihn uns sofort wieder, oder es wird schlimme Folgen für Sie haben. Ihr Besitzer wird Ihr Verhalten nicht gerade billigen, denke ich.«

Nancia gelang ein eisiges Lachen, das selbst ihre eigenen Sensoren noch frösteln ließ. »Das hier ist keine Drohne. Sie werden uns zur entsprechenden Zeit schon noch kennenlernen. Und was dieses verseuchte Lumpenbündel betrifft, das hier um Einlaß bettelte, so wurde es ordnungsgemäß entsorgt. Es sah so aus, als litte es unter capellanischer Dschungelfäule und Altairpest – ganz zu schweigen von irdischen Läusen. Haben Sie etwa geglaubt, daß wir es zulassen würden, dieses schöne saubere Schiff von so etwas verschmutzen zu lassen?«

»Versuchen Sie nicht, mich anzulügen«, warnte sie der Wächter. »Dieses Schiff steht seit der Landung unter ständiger Beobachtung. Der Häftling hat das Schiff nicht verlassen.«

»Wer hat denn von Verlassen geredet? Hier sind seine Kleider – sofern man diese Lumpen so bezeichnen darf«, fügte Nancia abfällig hinzu. Sie öffnete die Ladeluke weitere fünfzehn Zentimeter, gerade genug, damit der Wächter sich seitlich hereinquetschen konnte. »Und hier ist der Rest Ihres Flüchtlings.« Sie öffnete die Entsorgungsluke und gab den Inhalt frei. Ein armseliges Häuflein organischer Asche, teilweise verbrannten Proteins und verkohlter Knochensplitter ergoß sich auf das Tablett. Der Wächter wich zurück, jede Faser seines Körpers schieres Entsetzen. Nancia hätte sich am liebsten gewünscht, hinter dem silbernen Permafilm und dem feingewobenen Atemnetz seinen Gesichtsausdruck erkennen zu können.

»Was ist denn los?« fragte sie. »Er lag doch ohnehin im Sterben.«

Der Wächter taumelte auf die Luke zu, gab hinter seiner Maske würgende Geräusche von sich. »Ich hatte ja immer geglaubt, de Gras-Waldheim wäre kalt«, sagte er zwischen erstickten Krächzern, »aber ihr Typen von der OG-Schiffstransport seid wirklich die Härte!«

Nancias letztes Lachen folgte ihm bis auf den Landeplatz hinaus.

»Wollen Sie die Überreste denn nicht mitnehmen?« rief sie ihm nach.

Sie schloß donnernd die Frachtluken, bevor er antworten konnte, nur für den Fall, daß er seinen Ekel überwand und tatsächlich zurückkam, um die ›Überreste‹ einzusammeln. Es wäre ganz und gar nicht wünschenswert, daß ein Labor den synthetisierten ›Knochen‹ und das Algenprotein-›Fleisch‹ zur Untersuchung bekam, die sie erst hergestellt und dann im Brennofen verkohlt hatte.

## KAPITEL 15

»Reizpflaster! Medikamentendepot!« rief Alpha über die Schulter gewandt. Schweigend holte Nancia die Dinge aus ihren Schubladen. Alphas schlanke dunkle Finger huschten zwischen den Ampullen umher und impften das Pflaster mit einer Kombination von Drogen. Nancia erkannte ein allgemeines Nervenstimulans, einen Atmungsstabilisator sowie mindestens zwei verschiedene Anästhetika.

»Sind Sie sicher, daß die alle miteinander kombiniert werden dürfen?« fragte sie zögernd. Alpha war die Ärztin. Aber Nancia war in Erster Hilfe und Schmerzlinderungstechniken ausgebildet worden, die sie würde brauchen können, um einen erkrankten Piloten oder einen Passagier bis zur Klinik zu versorgen; und in einem Punkt war ihr Ausbilder sehr, sehr strikt gewesen; nämlich was die Gefahren unerwarteter Nebenwirkungen der Vermischung verschiedener Medikamente betraf.

»Sie wollten eine Expertin haben«, entgegnete Alpha barsch, »jetzt haben Sie eine! Ich muß seinen Zustand erst stabilisieren, bevor ich die oberflächlichen Prellungen behandeln und ihn auf innere Verletzungen überprüfen kann. Das hier sollte ihn am Atmen halten ... wenn dieses Mittel es nicht tut, dann funktioniert überhaupt nichts mehr. Wir haben nicht viel Zeit zu verlieren, wissen Sie.«

Stumm schob sich Fassa del Parma zwischen Alpha und Sevs bewußtlosen Körper, der nun auf der gepolsterten Untersuchungsbank lag, die aus einer Wand der engen Lazarettkammer hervorgeglitten war. »Wenn diese Kombination harmlos ist«, sagte sie, »dann versuch sie erst an mir.«

»Sei nicht albern«, giftete Alpha, »du wiegst nicht einmal halb so viel wie er. Wenn ich dir dieselbe Dosis verabreiche, die ich für Bryley zubereitet habe, bist du für zwei Tage außer Gefecht!«

»Dann nimm nur die Hälfte des Reizpflasters«, schlug Fassa vor. Sie zog einen Ärmel über ihre Schulter, legte ein Stück weißcremiger Haut frei, nackt und verwundbar. »Da. Ich werde mich nicht bewegen. Aber ich möchte erst eine Demonstration sehen, bevor du irgend etwas in ... Sev hineinstichst.« Sie schluckte bei seinem Namen, doch davon abgesehen war ihre Haltung ungebrochen.

Nancia, die als einzige den Luxus genießen durfte, Sev aus verschiedenen Blickwinkeln anzusehen, meinte zu bemerken, wie Sevs Augenlider beim Klang von Fassas Stimme zu flattern begannen. Keine der beiden jungen

Frauen nahm es wahr; sie waren viel zu sehr miteinander beschäftigt. An der Luke stand Micaya Questar-Benn und sah besorgt zu. Hinter ihr spähte Forister zu einem von Nancias Korridorsensoren hinauf. »Zeit zum Eingreifen?« fragte er wortlos, indem er nur die Lippenbewegungen nachahmte.

»Eine Minute«, flüsterte Nancia zurück; es war nur der Hauch eines Tons.

Alpha starrte in Fassas ruhige Miene und auf die freigelegte Schulter, die sie ihr anbot. In ihrem eigenen Gesicht arbeitete es zornig. »Ich sollte dich beim Wort nehmen«, meinte sie, »du Aas. Hast schon immer eine Schwäche für Männer gehabt, wie? Also gut dann!« Sie warf das gefüllte Reizpflaster in die Richtung eines Entsorgungsschachts; Nancia ließ die Flügelenden des Schachts ausfahren und fing das Ding ab, bevor es in die Recyclingkammer glitt. Sie wollte eine unabhängige Laboranalyse der ersten Mischung anfordern, sobald sie einen zivilisierten Planeten erreicht hatten.

Alpha bereitete ein zweites Reizpflaster vor, das mit nichts anderem gefüllt war als einem gebräuchlichen Anregungsmittel. »Zufrieden?« fragte sie, die Augenbrauen sarkastisch gehoben.

»Ja, danke«, erwiderten Nancia und Fassa gleichzeitig. Dennoch bestand Fassa immer noch darauf, daß Alpha ihr ein Muster jedes Medikaments injizierte, das sie für Sevs Behandlung verwendete.

»Du bist eine Närrin«, murmelte Alpha, zu leise, als daß die Generälin Questar-Benn es hören konnte; Nancia mußte ihre Audiosensoren hochfahren, um die Worte aufzufangen. Alpha beugte sich beim Sprechen über Sev, während sie mit kurzen, ruckartigen Strichen die Säurewunden an Armen und Beinen abtupfte. »Er war schon in einem ziemlich schlimmen Zustand ... wenn er nicht mehr aufgewacht wäre, gäbe es auch entsprechend weniger Beweismaterial gegen dich und mich. Bist du ihm etwa so dankbar dafür, daß er alles getan hat, um dich ins Gefängnis zu bringen?«

»Ich habe bereits einmal getötet«, antwortete Fassa. »Das genügt mir. *Was ist das?*«

»Ein antibiotisches Spray. Immer mit der Ruhe«, sagte Alpha zu ihr. »Wir hatten unsere Chance, etwas Beweismaterial loszuwerden, die hast du versiebt, und jetzt ist es zu spät. Jetzt schauen uns diese Mißgeburt von einer Generälin und der alte Knacker von einem Pilot über die Schultern und würden mir zu allem Überfluß auch noch einen Mißbrauchsprozeß anhängen. Ich werde mein Bestes tun, um deinen Detektiv für dich zusammenzuflicken – und mein Bestes«, fügte sie in dem schlichten Stolz hinzu, der völlig unberührt von ihrer kriminellen Vergangenheit blieb, »mein Bestes, liebste Fassa, ist wirklich eine ganze Menge.«

Keine Stunde später ruhte Sev auf Kissen, trank Kamillentee, der so stark mit Zucker und Weißmacher versetzt war, daß man ihn kaum noch wiedererkennen konnte, und erklärte Forister und Micaya, was er auf Shemali entdeckt hatte und weshalb er sich in einem so verzweifelten Zustand befunden hatte, als Nancia landete.

»Ich habe einige Fehler gemacht«, gestand er mit einer Grimasse. »Ich meinte, daß ich nur als Häftling verkleidet unbemerkt nach Shemali gelangen und mich dort einschmuggeln könnte. Das hat auch funktioniert. Allerdings gab es danach noch einige weitere Faktoren, mit denen ich nicht gerechnet hatte.«

Sev hatte erwartet, daß ihm seine gefälschten Gefängnispapiere, die ihm Expertenwissen auf dem Gebiet der Metachip-Mathematik und der Netzwerkoordination bescheinigten, einen Gefängnisjob in der Verwaltung einbringen würde, wo er Gelegenheit hätte, in Polyons Aufzeichnungen herumzuschnüffeln und aufzufinden, wonach er suchte. Die Arbeitsstelle, die man ihm zuwies, sah zuerst auch vielversprechend aus – doch sobald er mit seiner Suche begann, lief alles gründlich schief.

»Sie haben uns noch nicht gesagt, was Sie auf Shemali eigentlich genau gesucht haben«, drängte Forister höflich.

Sev nahm einen tiefen Schluck von seinem heißen Tee, hustete, keuchte und lehnte sich zurück, sah etwas geschwächter aus. »Unwichtig. Wichtig ist, da geht mehr vor, als man von außen vermuten würde. Habe selbst nicht alles ... aber genug ...«

Polyons gesamtes Computersystem war mit codierten Fallen und Alarmmechanismen gespickt. Schon beim ersten Mal, als Sev versuchte, Zugang zu derartig gesicherten Daten zu bekommen, wurden Polyon und seine Vertrauten alarmiert und ertappten ihn mitten im Akt, bevor er auch nur mehr als eine Handvoll harmloser Berichte abgerufen hatte. Daraufhin hatte Sev ihnen seinen Zentralweltpaß gezeigt und erklärt, daß er in einer Ermittlungsmission unterwegs sei, die nichts mit Polyon oder Shemali zu tun habe.

»Sie haben mir nicht geglaubt«, fügte er seufzend an. »Obwohl es zufälligerweise stimmte.«

»Was haben Sie denn *dann* dort getan?« wollte Micaya Questar-Benn wissen.

»Später.« Sev setzte seine Geschichte fort. Man hatte ihn zusammengeschlagen, entkleidet, den dünnen Streifen Spinnenplatte entdeckt und unschädlich gemacht, mit dem er Nancia eigentlich ein Notsignal hätte übermitteln sollen, falls er in Schwierigkeiten geriet. »Diese Dinger sollten eigentlich ein Notsignal ausstrahlen, das sich in das Netz einklinkt, wenn sie betätigt werden«, klagte Sev. »Deshalb habe ich mir zu Anfang auch keine allzu großen Sorgen gemacht. Aber als du dann nicht kamst und zwei Tage vergangen waren, begann ich den Verdacht zu hegen, daß ich möglicherweise doch völlig auf mich selbst gestellt war.«

»De Gras-Waldheim muß eine Methode kennen, sie funktionsuntüchtig zu machen«, meinte Forister nickend.

»Sehr wahrscheinlich«, warf Nancia über Lautsprecher ein. »Er hat sie schließlich erfunden. Im Prinzip handelt es sich dabei um auf eine einzige Funktion reduzierte Hyperchips – und niemand weiß mehr über Hyperchips als Polyon.«

Als nächstes entdeckte Sev, daß Polyon die Hyperchip-Produktion der neuen Fabriken hochgetrieben hatte, indem er sämtliche Sicherheitsbestimmungen mißachtete. Sev wurde in die Säurebadabteilung der Hyperchipherstellung versetzt, wo sich die Lebenserwartung eines Häftlings zwischen den Wolken nervenzerstörenden Gases eher in Tagen als in Jahren messen ließ; dort hatte er auch beschlossen zu fliehen, sobald das erste Schiff auf Shemali landete – vor allem nachdem er die schlanken Konturen von Nancias Kurierdiensthülle unter der tarnenden Schminke von Logos und malvenfarbenen Streifen der OG-Schiffstransport erkannte. Die Flucht war nicht allzu schwierig gewesen, alle anderen Häftlinge waren viel zu eingeschüchtert, um überhaupt an so etwas zu denken, und dementsprechend waren die Wächter faul, nachlässig und unwillig, allzuviel Zeit in den Säurebadräumen zu verbringen.

»Und außerdem«, beendete Forister seinen Bericht mit einem Grinsen, »hätte niemand damit gerechnet, daß ein Häftling ausgerechnet zu einer Drohne der OG-Schiffstransport um Hilfe laufen würde. Nancia, deine Bemalung hat uns gute Dienste geleistet. Denkst du nicht auch mal darüber nach, sie beizubehalten, nachdem das hier alles vorbei ist?«

»Ganz bestimmt nicht!« antwortete Nancia. »Und es würde ohnehin nicht funktionieren. Wenn wir im System Nyota fertig sind, wird es keine OG-Schiffstransport mehr geben. Aber – was tun wir jetzt?«

Sevs Bericht hatte zwar genügend Unregelmäßigkeiten offenbart, um Polyon gleich zweimal zu verhaften. Aber das wäre nur eine einzige Aussage gewesen, ohne Datenaufzeichnungen oder Computerdateien, die seine Geschichte als Beweismittel untermauerten. Wenn sie Polyon jetzt mitnahmen, ohne weitere Beweise zu sichern, so prophezeite Sev, würde Shemali bis zu ihrer Wiederkehr vollkommen gesäubert worden sein.

»Unmöglich«, meinte Forister eindringlich.

Sev nickte matt. »Natürlich nicht die Planetenoberfläche. Aber Sie können sichergehen, daß es dann in den Fabriken nichts mehr geben wird, woran ein Untersuchungskomitee etwas aussetzen kann. Dann haben wir dort saubere Fließbänder und strikt eingehaltene Sicherheitsbestimmungen.«

»Und die Gefangenen, die bereits durch Säuren und Gase geschädigt wurden?«

»Ich glaube nicht«, sagte Sev düster, »daß auch nur einer von denen bis dahin noch aussagen kann.«

»Dann müssen wir sofort hingehen, um uns die Beweise zu holen«, entschied Forister.

Sev schüttelte den Kopf. »Das wird nicht funktionieren. Polyon ist schlau und hat eine eigene Besichtigungstour nur für VIPs entwickelt. Da werden die entstellten Gefangenen und die gefährlichen Herstellungsabschnitte alle sorgfältig außer Sichtweite gehalten. Vor allem in den Zweitfabriken, die im Hinterland des Planeten versteckt sind. Ich weiß, wo eine der schlimmsten Anlagen steht. Ich war dort. Aber ohne mich würde er Sie nur von einem Ende der zentralen Gefängnisfabrik zum anderen jagen, und Sie würden überhaupt nichts zu sehen bekommen. Und jedes Mal, wenn Sie sich umdrehen, stellen sich Ihnen sechs Wachen in den Weg. Ich muß mit Ihnen gehen.« Er versuchte sich von den Kissen zu erheben, bekam einen Hustenanfall und sank zurück.

»Das kannst du nicht!« rief Fassa.

»Kann sein, daß er muß«, meinte Micaya Questar-Benn. »Pflicht.« Sie nickte Sev zu, und er tat es ihr gleich. »Sie beide«, mit einem Kopfrucken wies sie auf Fassa und Alpha, » … zurück in Ihre Kabinen. Hat nichts mit Ihnen zu tun – hätten gar nicht so viel mitbekommen dürfen.«

»Warten Sie!« rief Fassa, als Forister sie am Arm nahm. »Es muß auch eine andere Möglichkeit geben. Das funktioniert doch nicht, Sev mitzunehmen, sehen Sie das denn nicht? Selbst wenn er kräftiger wäre, ist Polyon doch sofort vorgewarnt, sobald er ihn erblickt. Keiner von Ihnen – keiner von uns wird mit dem Leben davonkommen.«

»Ach, kommen Sie«, sagte Forister sanft. »So furchtbar gefährlich kann Ihr Freund nun auch wieder nicht sein.«

Fassas Miene verhärtete sich. »Wenn Sie mir nicht glauben, fragen Sie doch die anderen. Alpha?«

Alpha bint Hezra-Fong nickte zögernd.

Fassa sah zu dem Kabinensensor hinauf. »Nancia, können Sie uns mit Blaize und Darnell verbinden? Nur für einen Augenblick?«

Beide Männer stimmten Fassas Einschätzung der Situation zu.

»Was *können* wir denn dann tun?« wollte Forister wissen. »Verdammt, ich werfe doch jetzt nicht einfach das Ruder herum und renne von dem Planeten davon, aus Furcht vor irgendeinem verwöhnten Sprößling der Hochfamilien, der ein paar gefährliche Spielzeuge in seine Gewalt gebracht hat!«

»Ich denke«, antwortete Fassa schleppend, »daß Sie *mich* einsetzen müssen.« Sie war sehr bleich. »Bringen Sie Alpha in Ihre Kabine zurück, dann werde ich erklären, was wir meiner Meinung nach tun können.« Sie blickte Alpha entschuldigungsheischend an.

»Verräterin! Wenn Polyon das herausbekommt ...«

Fassa hatte die Lippen zusammengepreßt. Jetzt war sie überhaupt nicht mehr hübsch. Dafür aber fast schön, auf eine kalte, distanzierte Weise. »Dieses Risiko muß ich wohl eingehen, nicht wahr?«

»Besser du als ich«, meinte Alpha. Sie wandte sich zum Gehen. »Also gut. Sperren Sie mich wieder ein. Ich will diesen Plan nicht einmal hören. Vielleicht trägt er es mir nicht nach, wenn ich nicht dabei bin, während Sie darüber sprechen.« Doch sie klang nicht allzu hoffnungsfroh.

Als Fassa ihren Plan erläutert hatte, herrschte kurzes Schweigen, während Forister, Nancia und Micaya darüber nachdachten.

»Meinen Sie, er fällt darauf rein?« fragte Forister.

»Er hält Nancia für eine OG-Drohne«, erörterte Fassa. »Er

glaubt, daß Ihre Passagiere Sev eingeäschert haben, nur weil er ihnen lästig war. Glauben Sie mir, wenn er diese Geschichte nicht geschluckt hätte, hätten wir inzwischen schon längst von ihm gehört.« Sie gewährte ihnen ein gequältes Lächeln. »Mörder, begleitet von der OG-Schiffstransport – welche besseren Referenzen könnte man sich denken? Und wenn ich den Kontakt herstelle …«

»Ich werde nicht zulassen, daß sie das tut!« sagte Sev heiser.

»Fassa bleibt an Bord von Nancia«, unterbrach Micaya. »Soviel ist klar.« Sie sah das Mädchen an. »Nicht übelnehmen, Fassa. Aber vom Schiff aus können wir überwachen, was Sie sagen. Und außerdem meine ich, daß Sie besser das hier anziehen sollten.« Sie beugte sich kurz vor, nestelte an ihrer linken Beinprothese und hielt, als sie sich wieder aufrichtete, zwei Bahnen schimmernden, feinen Drahts in den Händen. »Strecken Sie die Handgelenke vor.«

Fassa gehorchte und Micaya legte eine Bahn um jedes ihrer Handgelenke. Als sie die Enden verschloß, schienen die Drähte einzufallen und sich unsichtbar zu versiegeln.

»Ein Fesselfeld? Ist das wirklich erforderlich?«

Micaya nickte. »Eine reine Sicherheitsmaßnahme. Das Feld wird nur aktiviert, wenn wir auf Shemali in Schwierigkeiten geraten. Alles klar, Nancia?«

»Bestätigung.«

Micaya faßte an ihren synthetischen Arm. »Ich habe hier einen tragbaren Fesselfeldgenerator eingebaut«, teilte sie Forister mit. »Könnte sich auf Shemali als nützlich erweisen. Wollen Sie einige Drähte?«

Forister nahm eine Handvoll der leuchtenden Drähte entgegen und musterte sie zweifelnd. »Ich ziehe es vor, meine Probleme auf elegantere Weise zu lösen.«

»Ich auch.« Micaya streifte ihr dunkelgrünes Hosenbein wieder über die Prothese. »Ist aber nicht immer möglich. Jedermann teilt mir mit, daß es furchtbare politische Komplikationen gibt, wenn wir diesem Bengel auch nur ein Haar krümmen. Deshalb ...« Sie klopfte einmal mehr auf ihre Beinprothese und richtete sich auf. »Ich habe den Nadler weggesteckt. Bin übrigens Ihrer Meinung, wäre einfacher, ihn gleich zu krallen. Aber Sie haben ja darauf bestanden, alles nach Vorschrift zu machen.«

»Das«, antwortete Forister, »war nicht gerade das, was ich mit einer eleganten Lösung meinte.«

Micaya musterte ihn mit einem Ausdruck der Belustigung in ihrem ernsten, dunklen Gesicht. »Weiß ich. Ist aber meistens die ›elegante‹ Methode. Läßt man kleine Tyrannen frei herumlaufen, werden sie zu großen Tyrannen. Dann handelt man sich eine capellanische Schweinerei ein, oder irgend so etwas. Kriege«, versetzte sie, »sind eben nicht elegant.« Sie nickte Fassa zur Entschuldigung zu. »Sie müssen verstehen, will Ihnen keinen Hochverrat unterstellen, will nur keine Risiken eingehen. Möchte Sie warnen ...«

» ... daß ein Geheimsignal an Polyon mir mehr Schaden zufügt, als es mir nützen könnte«, beendete Fassa gelassen ihren Satz. »Sie vertrauen mir nicht. Das ist schon in Ordnung. *Ich* würde mir auch nicht vertrauen.«

Inzwischen war sie bleich bis auf die Lippen, und ihre Hände zitterten, ging aber als erste ohne Zögern aus der Lazarettkabine.

Nancia sah, wie Sev sich so heftig abplagte, den anderen zu folgen, daß er dabei hätte zu Schaden kommen können; deshalb schaltete sie die Monitore so, daß er visuellen und akustischen Kontakt zur Hauptkabine behielt.

Fassa war immer noch bleich, als Nancia die Signalsequenz einleitete, mit der eine Comlink-Verbindung zu den planetaren Behörden hergestellt wurde, doch bewältigte sie die Vorstellung ihrer Passagiere mit vollkommener Gefaßtheit. Für Polyon wurde Forister zu einem gewissen Forest Perez, während aus Micaya Qualia Benton wurde: ein Paar potentieller Hyperchipabnehmer mit Bargeld, das sie in diese Operation investieren wollten. Sie deutete zart an, daß ›Qualia Benton‹ in Wirklichkeit eine hochgestellte Generälin aus der Zentrale sei, und Micaya trat schon vor, um sie zum Schweigen zu bringen. Doch Forister legte ihr eine Hand auf den Arm. »Vertrauen Sie der jungen Dame, Mic«, murmelte er. »Sie hat ... mehr Erfahrung in solchen Dingen als Sie oder ich.«

Und so erwies es sich auch. Polyon wirkte alles andere als erschreckt von Micayas militärischem Rang, ihre Anwesenheit an Bord eines OG-Schiffs in Fassas Begleitung, war ihm Beweis genug, daß sie ebenso korrupt sein mußte wie seine Freunde. Und er schien eindeutig erfreut über die Kontaktaufnahme zu sein. Wenige Minuten später arrangierte er ein Treffen mit Fassas ›Freunden‹ und stellte ihnen eine Besichtigung der neuesten Hyperchipfabrik in Aussicht.

»Ich weiß nicht warum, aber Polyon war schon immer scharf darauf, mehr Hyperchips an das Militär zu verkaufen«, erläuterte Fassa, nachdem sie die Verbindung abgebrochen hatte. »Es geht auch nicht um Geld dabei; er hat der Raumakademie einmal einen Rabatt angeboten, aber das Zuteilungskomitee hat ihn zurückgepfiffen. Ich wußte, daß Ihr militärischer Rang ihn an den Haken bringen würde, Micaya. Und es ist Polyons Traum, einen Fuß in der Tür zur Versorgung des militärischen Systems zu haben.«

»Ich vermute, daß er seinen alten Lehrern und Klassenkameraden damit imponieren will, daß sie alle seine Erfindungen benutzen«, riet Forister.

Nancia war verwirrt. »Aber er bildet sich doch wohl nicht ein, daß er mit dem Verkauf von Hyperchips auf dem Schwarzmarkt seinen Ruf an der Akademie aufpolieren kann?«

Alle drei Normalpersonen lachten nachsichtig, und Nancia hörte ein schwaches Kichern über die Sensorverbindung zur Lazarettkabine, wo Sev sich gerade ausruhte. »Du solltest irgendwann einmal die Herkunft des Vermögens einiger Hochfamilien erforschen, Nancia«, riet ihr Sev. »Geld stinkt nicht, es wäscht rein – und zwar schneller, als du für möglich halten dürftest.«

»Nicht«, antwortete Nancia, »an der Akademie. Und auch nicht im Haus Perez y de Gras.«

Nancia hegte und pflegte Forister und Micaya bis zum letzten Augenblick, rüstete sie mit Kontaktknöpfen aus, Spynnenplatten und allen möglichen anderen fernsteuerbaren Schutzgeräten, die ihr einfielen. »Ich weiß wirklich nicht, was das alles deiner Meinung nach nützen soll«, beklagte sich Forister. »Schließlich hat de Gras-Waldheim ja auch Sevs Spynnenplatte ausgeschaltet, ohne daß irgend jemand etwas merkte, nicht wahr?«

»Sev wurde auch nicht von mir überwacht«, versetzte Nancia.

Sie hätte Fassa eigentlich wieder in ihre Kabine sperren sollen, bevor die beiden anderen gingen, aber sie brachte es nicht übers Herz. »Irgend jemand sollte bei Sev bleiben«, flehte Fassa.

»Ach, laß das Kind doch bei ihm bleiben«, warf Forister unerwarteterweise ein. »Als Geisel taugt sie ohnehin nicht viel. Wenn auch nur die Hälfte von dem stimmt, was uns Sev über die Arbeitsbedingungen in der Hyperchipfabrik gesagt hat, ist Polyon de Gras-Waldheim ein dutzendfacher Mörder, der sich auch nichts dabei denken würde, eine Schiffsladung früherer Freunde zu opfern.«

Fassa nickte. »Ja, das stimmt ungefähr. Mit einer Ausnahme – er würde nicht sagen, daß er sich nichts dabei denkt, er würde es wahrscheinlich sogar genießen.«

»Warum haben Sie uns nicht vorher über Polyon erzählt?« wollte Nancia wissen. »Sie haben sich alle um Kopf und Kragen geredet, mit dem Finger aufeinander gezeigt, um etwas Strafmilderung herauszuschlagen, aber vor Polyon haben Sie uns nicht gewarnt.«

»Zuviel Angst«, erwiderte Fassa niedergeschlagen.

»Soviel Angst, daß Sie es zugelassen haben, daß Sev nach Shemali gehen konnte, ohne vorgewarnt zu werden? Ich hätte ihn doch niemals unbewacht gehen lassen, wenn ich das geahnt hätte.«

»Ich wußte doch gar nicht, daß Sev nach Shemali gegangen war«, verteidigte sich Fassa. »Mir hat niemand etwas gesagt. Ich wußte ja nicht einmal, daß er gar nicht mehr an Bord war, als wir Bahati verließen. Ich wußte nur, daß er nicht wiedergekommen ist, um mich zu sehen, und ich dachte ... Und er hatte ja auch recht, warum sollte er sich mit jemandem wie mir abgeben?« Tränen standen ihr in den Augen; Nancia dachte, daß sie zur Abwechslung einmal echt sein dürften.

»Fassa del Parma, du bist wirklich eine Idiotin!« Sevs mattes, heiseres Flüstern erschreckte sie alle; Nancia hatte schon wieder vergessen, daß sie die Verbindungen zwischen Hauptkabine und Behandlungsraum freigeschaltet hatte. »Komm her und halte mir die Hand. Ich bin ein verwundeter Mann. Ich brauche Aufmerksamkeit.«

»Dann ruf doch nach Alpha. Die ist Ärztin«, sagte Fassa schluckend.

»Ich will aber *dich*. Kommst du jetzt von allein, oder muß ich erst aufstehen und dich holen?«

Fassa huschte davon. Und Nancia sah zu, war befriedigt und kam sich nur ein wenig indiskret vor, als Fassa durch die Luke der Lazarettkabine stürzte. Hatte Sev ihr nicht ausdrücklich aufgetragen, sämtliche Sensoren voll zu aktivieren, wann immer er mit Fassa del Parma zusammen war?

Die beiden waren viel zu sehr miteinander beschäftigt, als daß Fassa noch für irgend jemanden eine Gefahr hätte darstellen können. Dennoch ließ Nancia die Sensoren angeschaltet, während sie den größten Teil ihrer Aufmerksamkeit auf die Bilder und Töne konzentrierte, die aus Foristers und Micayas Kontaktknöpfen hereinkamen. Polyon vergeudete keine Zeit; er hatte sie in einem Flieger vom Landeplatz abgeholt, mit dem sie sofort zur neuesten Hyperchipanlage schwebten, einem kastenförmigen Gebäude in einem Tal, das vielleicht einmal schön gewesen war, bevor Polyons Bautrupps die Erde aufgerissen hatte und die Abfallprodukte seiner Fabrik die Bäume vernichteten. Nun stand das

Gebäude allein auf der Spitze eines sanften Hügels, umringt von toten, giftig aussehenden Gewässern und den abgebrochenen Stümpfen toter Bäume. Nancia spürte, wie ihre Sensoren sich bei diesem Bild angewidert zusammenzogen.

»Generälin, können Sie mit diesem Flieger umgehen?« murmelte sie durch Micayas Kontaktknopf.

»Es freut mich zu sehen, daß Sie über derart modernes Gerät verfügen, de Gras«, sagte Micaya laut, damit Nancia es auch mitbekam. »Ich habe die Prototypen dieses Fliegers erst kürzlich getestet, wußte aber gar nicht, daß das Modell bereits allgemein ausgeliefert wird.«

Gut. Micaya würde die drei also wenigstens zurückbringen können. Nancia lauschte Sevs und Fassas Gespräch, während Polyon den Flieger landete und Forister und Micaya in die Fabrik führte.

»Du denkst zuviel«, sagte Sev gerade in strengem Ton zu Fassa. »Was ich dir vorher sagte, habe ich auch so gemeint, und ich meine es immer noch. Du Idiotin, ich bin doch nur deinetwegen nach Shemali gegangen!«

»Meinetwegen?« wiederholte Fassa und es klang, als sei sie unfähig, überhaupt irgend etwas zu denken.

Sev nickte. »Da bin ich jede Nacht in Nancias Korridoren auf- und abmarschiert, habe versucht, mir etwas zu überlegen, wie man dich retten kann, und plötzlich gab mir Darnell einen Hinweis. Er erzählte, daß du eine Hyperchipfabrik für Polyon gebaut hast und sie kostenfrei ersetzt hast, als sie einstürzte. Ich dachte mir, wenn ich das beweisen könnte, könnte dein Rechtsanwalt argumentieren, daß du ja nie vorgehabt hast, unterdurchschnittliche Arbeit auszuführen – daß alle etwaigen Probleme mit deinen Gebäuden nur das Ergebnis davon waren, daß man ein junges Mädchen losgeschickt hatte, ein Geschäft zu leiten, mit dem es unvertraut war. Und daß er dies beweisen könnte, indem er vorführte, wie bereitwillig du für Ersatz gesorgt hast, als tatsächlich einmal ein solches Problem zu deiner Kenntnis gelangte.«

Fassa lächelte trotz ihrer Tränen. »Es ist ein wirklich wunderschönes Argument, Sev! Leider stimmt kein einziges Wort davon. Ich bin«, fuhr Fassa fort, »oder genauer, ich war eine extrem kompetente Bauunternehmerin.« Sie schniefte. »Verdammter Papa. Er hat mich aus Versehen in ein Geschäft geschickt, für das ich tatsächlich ein echtes Talent besaß.«

»Wenn dem so gewesen sein sollte«, meinte Sev sanft, »warum bist du dann nicht einfach Bauunternehmerin geblieben, anstatt in diesen Kleidern herumzurennen, die dir ständig von den Schultern fielen und Männer in den mittleren Jahren in den Wahnsinn trieben?«

Fassas Mine verhärtete sich. »Frag Papa.« Sie versuchte sich abzuwenden, aber Sev hatte ihre beiden Hände ergriffen.

»Das hatte ich schon vor einer Weile erraten«, erklärte er. »Und ... ich habe alte Klatschbytes überprüft. War das der Grund, weshalb deine Mutter sich das Leben nahm?«

Fassa nickte. Die Tränen strömten ihr nun ungehindert die Wangen herab. »Also gut. Jetzt wirst du nichts mehr mit mir zu tun haben wollen. Das verstehe ich. Ich bin nicht, ich bin nicht ... Es lag nicht nur an Papa, mußt du wissen. Da gab es so viele andere Männer ...« Sie unterdrückte ein Schluchzen.

Für einen Mann, der erst wenige Stunden zuvor am Rand eines Zusammenbruchs gestanden hatte, bewies Sev eine beachtliche Widerstandskraft. Nancia war beeindruckt, wie er Fassa gegen ihren Willen in die Arme nahm. »Du«, sagte er bedächtig, »bist die Frau, die ich liebe, und nichts, was vor heute geschehen ist, hat noch irgendeine Bedeutung für mich.« Er hielt einen Augenblick inne, und Nancia schaltete ihre Videosensoren aus. Sie meinte nicht, daß es zu ihren Überwachungsaufgaben gehörte, mitanzusehen, wie Sev Bryley-Sorensen Fassa so verzweifelt küßte wie ein Mann, der im Vakuum nach Luft schnappte.

Auf Shemali hatte Micaya Questar-Benn Polyon schließlich dazu überredet, die keimfreie VIP-Tour seiner Fabrik abzubrechen. Sie teilte ihm mit, daß sie nicht glaubte, daß er Hyperchips in hinreichenden Mengen würde herstellen können, wie sie ihren Erfordernissen entsprachen, und außerdem glaubte sie auch nicht, daß er die Fabrikproduktion schnell genug würde steigern können. Die Sicherheitsbestimmungen, wie sie von der Handelskammer überwacht wurden, brauchten viel zu lange, um umgesetzt und aufrechterhalten zu werden.

Polyon schlug vor, daß die Handelskammer doch kollektiv etwas tun möge, was seinen Gesprächsteilnehmern individuell anatomisch unmöglich gewesen wäre. Und wenn die Generälin sehen wollte, wie schnell er tatsächlich Hyperchips produzieren konnte, fügte er hinzu, sollte sie ihm mit ihrem Freund einfach folgen. Allerdings würden sie dazu Schutzanzüge anlegen müssen, ergänzte er und kämpfte sich dabei bereits selbst in einen Anzug aus Silberstoff.

Während Micaya und Forister die für Gäste bereitgestellten Anzüge anlegten, bemerkte Micaya unschuldig, daß allein schon die Kosten für die Ausrüstung der ganzen in der Produktion tätigen Häftlinge mit Schutzanzügen exorbitant sein dürften und daß sie nicht verstand, wie man die für die Herstellung erforderliche Fingerfertigkeit in den klobigen Silbertuchhandschuhen gewährleisten wollte.

Polyon lachte leise und pflichtete ihr bei, daß die Schwierigkeiten gewaltig seien.

An Bord waren Sev und Fassa wieder ins Gespräch vertieft; Nancia überwachte es diskret, doch gab es nicht viel, was ihrer Aufmerksamkeit bedurft hätte; angesichts ihrer Aussicht auf eine jahrelange Gefängnisstrafe war Fassa sehr niedergeschlagen. Sev war selbst nicht allzu fröhlich; er versicherte Fassa, daß er auf sie warten würde.

»Ich glaube nicht, daß man Mörderinnen entläßt«, widersprach Fassa. »Es sei denn, sie beschließen, meinen Geist auszulöschen.«

»Fassa, du bist keine Mörderin. Caleb ist nicht tot.«

Fassas schlanker Leib versteifte sich. »Ist er nicht?«

»Du hast schon recht«, meinte Sev. »Dir sagt wirklich niemand was. Nein, er ist nicht tot. Er ist nicht einmal ernstlich krank. Als ich Bahati verließ, wurde er gerade wegen Nervenschäden behandelt.«

»Die neuesten Bulletins aus der Sommerlandklinik besagen, daß er schon bald wieder völlig hergestellt sein dürfte und wahrscheinlich innerhalb der nächsten Wochen wieder seinen aktiven Dienst als Pilot antreten wird«, bestätigte Nancia.

Sev und Fassa lösten sich plötzlich voneinander und blickten zum Kabinenlautsprecher hoch.

»Nancia!« rief Sev. »Ich wußte gar nicht, daß du mithörst.«

»Du hast mir selbst die Anweisung dazu erteilt«, erinnerte Nancia ihn.

»Ach ja.« Sev dachte nach. »Kann ich die Anweisung wieder streichen? Wirst du mir gehorchen, wenn ich es tue?«

»Das sollte ich eigentlich nicht.«

»Dann verriegel doch die Tür für uns beide«, schlug Sev vor. »Mir macht das nichts aus. Aber könnten wir jetzt bitte vielleicht etwas ungestört sein? Diese Reise zurück zur Zentrale ist wahrscheinlich für lange, lange Zeit meine letzte Gelegenheit, mit meinem Mädchen allein zu sein.«

Fassa sah gerade zu grotesk glücklich aus für jemanden, der kurz vor einem Prozeß und einer harten Gefängnisstrafe stand. Nancia ließ die beiden gewähren.

Auf Shemali gab es auch nicht viel, was ihre Aufmerksamkeit fesselte. Micaya und Forister hatten gar nicht erst die volle Besichtigungstour der Hyperchip-Produktionsfließbänder absolviert; einige wenige Blicke auf die Gefangenen, die ungeschützt mit hautzerstörenden Säuren arbeiten mußten, genügten, um Sevs ausführlichen Augenzeugenbericht zu stützen. Die Datenaufzeichnungen waren besonders belastend, wenn sie von Polyon angenehmer, kultivierter Stimme begleitet wurden, als er erklärte, wie er die Kosten gesenkt und die Produktion gesteigert hatte, indem er die ihm anvertrauten Häftlinge zu einem langsamen, schmerzhaften Tod durch industrielle Vergiftung verdammte. Als Nancia diese Bilder betrachtet hatte, hatte Micaya bereits die Fesseldrähte um Polyons Handgelenke, Fußknöchel und sogar um seinen Hals gelegt. Bei aktiviertem Fußknöchelfeld las sie ihm seine offizielle Verhaftung vor.

»Das können Sie nicht tun!« protestierte Polyon. »Wissen Sie überhaupt, wer ich bin? Ich bin ein de Gras-Waldheim. Und ich habe für alles, was ich hier getan habe, die Einwilligung von Gouverneur Lyautey!«

»Mein Gehirn-Schiff hat bereits ein Gesuch um eine medizinische Untersuchung an Lyautey und allen anderen zivilen Mitarbeitern abgesandt«, teilte Forister ihm mit. »Als ich Ihren Raumfluglotsen hörte, habe ich gleich Blissto vermutet. Was haben Sie getan, haben Sie jeden zum Süchtigen gemacht, der sie verpfeifen könnte?«

»Sie können mich nicht verhaften«, wiederholte Polyon, als hätte er kein Wort davon verstanden.

Micaya Questar-Benn konnte so lächeln, daß selbst Stahl noch vor Frost geplatzt wäre. »Wollen wir wetten, Söhnchen? Gehen Sie vor mir her. Immer langsam. Wir wollen doch nicht, daß das Fesselfeld denkt, Sie möchten fliehen, und Ihnen die Füße abschneidet; das wäre ein viel zu schneller und leichter Tod für jemanden Ihres Schlages.« Und als Polyon erneut den Mund öffnete, aktivierte sie das Fesselfeld am Halsdraht, um ihn daran zu hindern, seine Zunge wieder in Bewegung zu setzen.

Als sie das Fließband verließen, ertönte hinter ihnen der heisere Jubelruf der Häftlinge.

# KAPITEL 16

Polyon mußte mit Schrecken und Erstaunen feststellen, daß die Cyborg-Mißgeburt und ihr Partner es tatsächlich schafften, Gouverneur Lyautey von ihrer Befugnis zu überzeugen, einen de Gras-Waldheim festzunehmen und abzuführen. ›Überzeugen‹ war allerdings wohl ein viel zu starkes Wort. Polyon begriff mit reumütiger Belustigung, daß er in seine eigene Falle getappt war. Der Gouverneur wurde wie alle Zivilisten, die noch auf Shemali lebten, konstanten Dosen von Alpha bint Hezra-Fongs Seductron ausgesetzt. Da Lyautey keine unverzichtbare Stellung einnahm, hielt Polyon die Dauerdosis so hoch, daß der Gouverneur kaum zu etwas anderem fähig war, als freundlich zu lächeln und jedem zuzustimmen, der gerade mit ihm sprach.

Irgend jemand mußte das herausgefunden haben und mußte darauf gekommen sein, es gegen ihn zu nutzen. Da sein Mund von einem Fesselfeld verriegelt war, blieb Polyon nichts anderes übrig als zuzuhören, während Micaya Questar-Benn und ihr Partner ihre amtlich klingenden Floskeln herunterleierten, ihre gefälschten Ausweise vorzeigten – sie mußten einfach gefälscht sein! – und ihn im selben Flieger mit sich nahmen, den er noch vorhin losgeschickt hatte, um sie am Raumhafen zu empfangen.

Freundlicherweise entfernten sie das Fesselfeld von seinem Mund, nachdem der Flieger gestartet war. Während des kurzen Fluges zurück zum Raumhafen bewahrte Polyon ein würdiges Schweigen, sein Verstand aber arbeitete fieberhaft. Er weigerte sich zu glauben, daß diese ›Verhaftung‹ wirklich sein könnte. Echte Agenten der Zentrale verfügten über eigene Transportmittel, sie ließen sich nicht von einem OG-Kreuzer mitnehmen oder von einer intriganten kleinen Hure wie Fassa del Parma vorstellen. Es mußte vielmehr irgendein von Darnell und Fassa ausgehecktes Komplott sein, um die Herrschaft über die Hyperchips an sich zu reißen. Er hatte nicht vor, ihnen oder ihren Freunden das Vergnügen zu gönnen, zuzusehen, wie er sich wehrte und protestierte. Später, wenn er erst herausbekommen hätte, wohin der Hase lief, würde er den Spieß umdrehen und sie schon noch zum Quietschen bringen. Darnell zu brechen würde ein leichtes sein, aber Fassa ... er lächelte unangenehm bei dem Gedanken, wie er ihren Stolz im einzelnen zu zerschlagen gedachte. Bisher hatte er Fassa noch nie körperlich bedroht. Vielleicht war es jetzt an der Zeit, damit anzufangen.

Und dann, als der Flieger sich sanft auf den Landeplatz senkte, blinzelte er und sah die Silhouette des Schiffs für einen Augenblick vor dem strahlenden Himmel aufragen, nur die schlanken Konturen und das stromlinienförmige Design, ohne die verwirrenden Einzelheiten des OG-Logos. Da wußte er, wo er ein solches Schiff schon einmal gesehen hatte.

»Kurierdienst«, stöhnte er, und zum ersten Mal begann er zu argwöhnen, daß er tatsächlich unter Arrest stand.

»Genau getroffen«, sagte der hagere, ruhige Mann, der die Generälin Questar-Benn begleitet hatte, und bot ihm die Hand, um ihm beim Ausstieg zu helfen. »Es wird Zeit, daß ich mich vorstelle. Forister Armontillado y Medoc, Pilot der FN-935.«

»*Sie* ein Pilot, Sie alter Mann?« höhnte Polyon. »Das glaube ich erst, wenn ich es sehe!« Er schlug die stützende Hand aus und schwang sich aus dem Flieger, die Füße zuerst, die Hände vorgestreckt, immer noch mit athletischer Anmut. Auch mit von Fesselfeldern in ihren Bewegungen eingeschränkten Händen und Füßen besaß er noch seine Kraft und sein natürliches Gleichgewichtsgefühl.

»Sie werden nicht lange darauf warten müssen«, erwiderte Forister milde. »Ich werde Sie meinem Gehirn-Schiff vorstellen, sobald wir an Bord sind.«

Polyon bewahrte grimmiges Schweigen, als die beiden ihn zum Schiffsaufzug begleiteten, zum Passagierdeck hinauffuhren und durch einen deprimierenden malvenfarbenen Korridor zu der Kabine schritten, in den er schließlich eingesperrt werden sollte. Dort lehnte er sich gegen die Wand und wartete. Der Pilot Forister und der Cyborg Micaya zogen sich zurück, ließen die beiden Fesselfelder immer noch um Handgelenke und Fußknöchel aktiviert. »Warten Sie!« rief er. »Wollen Sie mir nicht meine ...«

Mit einer Reihe von Klickgeräuschen rasteten die konzentrischen Ringe der Lukenlinse ein, und im nächsten Augenblick meldete sich eine liebliche weibliche Stimme aus dem Lautsprecher am Kabinendach.

»Willkommen an Bord der FN-935«, sagte sie – es. »Ich bin Nancia, das Gehirn-Schiff dieser Partnerschaft. Ihre Verhaftung entspricht dem Zentralstrafgesetzbuch, und zwar ...« Sie spulte Paragraphen herunter, die Polyon nichts sagten. »Als Häftling, der vor einem Verfahren wegen Kapitalverbrechen steht, ist es rechtlich statthaft, Sie für die Dauer dieser Reise mit Fesselfeldern sicherzustellen, was ungefähr zwei Wochen sein wird. Generälin Questar-Benn hat die Kontrolle über das Fesselfeld meinem Computer übertragen; wenn Sie mir Ihr Wort geben, weder mir noch Ihren Mitpassagieren Schaden zuzufügen, werde ich das Fesselfeld jetzt lösen und Ihnen Bewegungsfreiheit innerhalb Ihrer Kabine gestatten.«

Polyon ließ den Blick durch die enge Kabine schweifen und lachte sarkastisch. »Sie haben mein Wort«, sagte er. So ein Wort kostete schließlich nicht viel.

Kaum hatte er es ausgesprochen, als das elektronische Feld auch schon aufhörte zu vibrieren. Seine Handgelenke und Fußknöchel begannen zu prickeln; ein ungemütliches Gefühl, aber viel besser, als die nächsten zwei Wochen elektronisch an Hand und Fuß gefesselt zu bleiben.

Das Gehirn-Schiff plapperte weiter: Drohungen mit Schlafgas und anderen Restriktionen, die zum Einsatz kommen könnten, falls er irgendwelche Schwierigkeiten machte; Polyon machte sich nicht einmal die Mühe zuzuhören. Dazu hatte er zuviel Stoff zum Nachdenken. Außerdem hatte er ohnehin nicht vor, etwas zu tun, was das Gehirn-Schiff mitbekommen würde. So dumm war er nicht.

Unauffällig, unter dem Vorwand, seine Handgelenke zu strecken, um wieder volle Bewegungsfähigkeit zu erreichen, betastete er seine Brusttasche und spürte den beruhigenden Klumpen dort, wo er hingehörte, wo er nämlich stets ein Minihedron mit der neuesten Testversion seines Masterprogramms mit sich trug. Er war *wirklich* schlau, dachte Polyon. Viel zu schlau, als daß dieses Pärchen ihn allzulange würde im Griff haben können.

Oh, er würde diesem herumschnüffelnden Gehirn-Schiff und seinem tattrigen Pilot schon noch genügend Ärger bereiten, sobald er die Gelegenheit dazu bekam. Aber das war kein Ärger, den sie auf sich zukommen sehen würden, und es würde auch nichts geben, was sie dagegen unternehmen könnten, sobald er einmal angefangen hatte. Verdammt! Er war noch nicht bereit dazu; er brauchte eigentlich noch zwei bis drei Jahre, bis er alles erledigt hätte. Wieviel würde es ihn kosten, seinen geplanten Zug vorzeitig auszuführen?

Das ließ sich nicht berechnen; er würde einfach handeln müssen, um es danach festzustellen. Was immer der Preis, er konnte niemals so hoch sein wie der, zahm in die Zentrale zurückzukehren, um sich dort aburteilen und einsperren zu lassen. Aber es war ja von Anfang an ein Glücksspiel gewesen, tröstete Polyon sich. Er hatte immer mit dem Wissen gelebt, daß eines Tages jemand die Sache mit den Hyperchips herausbekommen würde und daß er in diesem Fall schnell würde handeln müssen.

Aber selbst jetzt, da ihm dieser Zug aufgezwungen wurde, geschah es wenigstens durch ein paar Ignoranten, die nicht einmal ahnten, auf welche Weise er zurückschlagen könnte. Den Vorteil der Überraschung würde er für sich verbuchen können.

Wenn er doch nur noch genug Zeit gehabt hätte, um

schon die Endphase einzuleiten! Dann hätte er auf der Stelle beginnen können, mit einem einzigen gesprochenen Befehl. Statt dessen mußte er dieses Minihedron erst in einen Leseschlitz bekommen, bevor er anfangen konnte.

In seiner Kabine gab es keine Leseschlitze; und er würde auch hier festgehalten werden, bis sie die Zentrale erreicht hatten. Sollte er versuchen auszubrechen, würde dieses verdammte Gehirn-Schiff ihn mit Schlafgas oder einem Fesselfeld lahmlegen, bevor er einen Leseschlitz erreicht hatte.

Polyon bleckte kurz die Zähne. Er liebte Herausforderungen durchaus. Er hatte noch immer seine Stimme, seinen Verstand, seinen Charme und Sensorkontakt zum Gehirn-Schiff und seinem Pilot. Mit diesen Werkzeugen macht er sich an die Arbeit, sich einen sicheren Tunnel in die Freiheit zu graben, indem er jedes Wort und jede Bitte so sorgfältig plazierte, wie ein Bergbauarbeiter das lose Erdreich an der Decke des Schachts löste.

In den langen, nicht enden wollenden Stunden bis zum Singularitätspunkt zur Transition in den Subraum der Zentralwelten gab es nicht viel anders zu tun, als zu spielen oder zu lesen. Forister und Micaya spielten eine weitere Partie 3-D-Schach. Nancia kam ihnen entgegen, erschuf den Holowürfel für sie und speicherte die Züge, warnte sie aber, daß einige der Spieldaten verlorengehen könnten, falls sie beim Durchtritt durch die Singularität diesen Satz Coprozessoren verwenden mußte.

»Das geht schon in Ordnung«, erwiderte Forister zerstreut. »Mic und ich sind im Laufe der Zeit schon so häufig von allen möglichen Dingen unterbrochen worden. Du spielst also nicht als meine Partnerin mit?«

»Ich glaube, ich sollte es lieber lassen«, erwiderte Nancia mit echtem Bedauern. »Ich denke, ich sollte über unsere Passagiere wachen. Denen hat man eine Menge Freiheiten gestattet, weißt du.«

Micaya schnaubte. »Freiheiten! Sie dürfen sich gerade einmal frei in ihren Kabinen bewegen, das ist schon alles. Sicher, ich würde die Zügel auch nicht zu locker lassen, aber –«

»Das«, warf Forister ein, »ist auch der Grund, weshalb Sie ständig politische Probleme bekommen. Sie lassen die Zügel der Hochfamilien niemals schleifen, und das verabscheuen die.«

»Sollten sie aber nicht«, meinte Micaya. »Ich gehöre schließlich auch dazu.«

»Das ist kein Trost«, antwortete Forister fast traurig. »Wie dem auch sei, Mic, machen sie sich überhaupt keine Sorgen wegen einer eventuellen Schiffsmeuterei?«

»Von diesen verwöhnten Bälgern?« Micaya schnaubte. »Ha! Selbst dieser de Gras-Junge, vor dem die anderen so viel Angst hatten, ist folgsam wie ein Lämmchen mitgekommen. Nein, keiner außer vielleicht Blaize hat den Verstand oder den Mumm, etwas zu versuchen.«

»Blaize würde überhaupt nichts versuchen«, erwiderte Forister scharf. »Er ist ein guter Junge.«

Micaya tätschelte Foristers Arm. »Ich weiß, ich weiß. Hat mich überzeugt. Aber den PHD hat er trotzdem übers Ohr gehauen. Und was ich noch schlimmer finde – er hat keinen Ton gegen die anderen gesagt. Dafür wird er noch geradestehen müssen, obwohl es alles in allem weniger ist, als der Rest dieser ehrenwerten Mannschaft für sich verbuchen kann.«

»Ich verstehe«, bemerkte Forister mürrisch.

Sev Bryley Sorensen streckte seine langen Beine aus. »Ich denke, ich werde mich mal ein wenig sportlich ertüchtigen«, verkündete er an niemanden im besonderen.

»Wenn man das lange Gesicht dieses Jungen sieht, könnte man meinen, daß eigentlich er es ist, der zu seinem Prozeß reisen muß«, bemerkte Micaya, als Sev den Korridor zum Fitneßraum entlangging.

»Es kann nicht allzuviel Vergnügen bereiten«, antwortete Forister sanft, »in ein Mädchen verliebt zu sein, das höchstwahrscheinlich die nächsten fünfzig Standardjahre nicht erreichbar sein wird. Und er hat auch nicht viel, was ihn davon ablenken könnte. Er ist nicht der Typ für 3-D-Schach.«

»Nicht klug genug, meinen sie. Das ist wahr«, sagte Micaya mit einem Anflug von Selbstzufriedenheit. »Und andererseits zu klug für dieses blöde Spiel, das die Gefangenen spielen. Da bleibt ihm nicht viel anderes übrig, Sie haben recht.«

»Mußt du *wirklich* die Gefangenen die ganze Zeit überwachen, Nancia?« Forister musterte ihre Säule mit jenem Lächeln, angesichts dessen ihre strengsten Vorsätze immer dahinschmolzen. »Die werden doch bestimmt keinen Schaden anrichten, während sie dieses idiotische Spiel spielen. Und wenn du meinst, daß es Micaya gegenüber unfair wäre, auf meiner Seite mitzuspielen ... wir könnten doch zu dritt spielen?«

Für dieses Display mußte Nancia sich etwas stärker konzentrieren, doch nach einem Augenblick intensiver Rechenarbeit schimmerte, wälzte sich und tänzelte der Holowürfel um seinen Innenkern, als Holohexaeder umgestaltet, mit drei separaten Dreierreihen von Spielfiguren, die einander gegenüberstanden.

Und in seiner Kabine hörte Polyon de Gras-Waldheim damit auf, den Gesprächen der Zentralkabine zu lauschen und setzte das SPACED-OUT-Spiel fort, das seinen Mitgefangenen dabei half, ihre Sorgen zu vergessen. Sein erster Schritt hatte darin bestanden, Nancia zu überreden, das Kommunikationssystem zu öffnen, damit die fünf in ihren Kabinen an dem Spiel teilnehmen konnten. Jetzt konnte er wenigstens mit den anderen sprechen. Doch bisher hatte er nicht gewagt, irgend etwas über die üblichen Spielzüge Hinausgehendes zu sagen, solange Nancia sie gewissenhaft überwachte.

Der Schirm zeigte, daß drei der Spielcharaktere es bereits geschafft hatten, sich in den Tunnels der Trolle zu verirren. Polyons eigenes Spielicon stand immer noch am Eingang der

Tunnels und wartete auf seinen Befehl. »Ich weiß, wie wir aus den Tunnels herauskommen«, sagte er.

»Wie denn? Ich habe es mit jedem Ausgang versucht, den das System anzeigt. Sie sind alle blockiert«, klagte Alpha.

»Es gibt einen Geheimschlüssel«, teilte Polyon ihr mit. »Ich besitze ihn. Aber ich komme von hier aus nicht an die Tür heran, die damit aufgeschlossen werden kann.«

»Ich habe noch nie etwas von einem Geheimschlüssel gehört«, verkündete Darnell. »Ich glaube, du bluffst nur.« Sein Spielicon sprang zornig einen der Trolltunnel zurück und sprühte dabei Funken.

»Das kannst du auch gar nicht«, erwiderte Polyon aalglatt. »Ich bin schließlich der Spielmeister. Dieser Geheimschlüssel kann sogar deine Figur übertrumpfen, Fassa.«

Fassa hatte für diese Partie das Schifficon gewählt.

»Ich wüßte nicht, wie«, erwiderte Fassa. »Zeig es mir.«

»Ich habe es dir doch schon gesagt. Ich komme nicht an die Stelle, wo ich ihn benutzen kann. Aber wenn einer von euch mir durch diese Sackgasse hilft, dann ...«

»Du bist doch gar nicht *in* einer Sackgasse!« unterbrach ihn Darnell. »Du stehst direkt vor dem Eingang zu den Tunnels der Trolle! Warum bewegst du dein Icon nicht hinein?«

»Um mich dann dort zu verirren, wie der Rest von euch? Nein, danke.« Polyon fuhr mit der Hand über das Handbrett und schaltete die meckernden Stimmen der Spieler ab. Schweigend brütete er vor sich hin. Weshalb hatte er sich nur jemals mit einem derartig unfähigen Haufen von Verschwörern abgegeben? Sie waren viel zu dumm, um seine versteckten Andeutungen zu begreifen. Sie glaubten tatsächlich, daß er sich für ein *Spiel* interessierte!

Also gut, dann eben Blaize. Blaize war aufgeweckter als die anderen, und er hatte an dem kurzen Wortwechsel nicht teilgenommen. Polyon gab eine Reihe von Befehlen ein, die ihm eine private Direktverbindung zu Blaizes Kabine herstellten. Wenigstens konnte er sich von der Tastatur aus so weit in Nancias System einhacken. Es war allerdings kein

Vergleich zu der Macht, die er erst besitzen würde, nachdem er sein Minihedron in einen Leseschlitz gegeben hatte.

Während er überlegte, wie er Blaize ansprechen sollte, erschreckte ihn ein Knistern. Der Idiot dachte wohl, er hätte seinen Privatkanal zum Aufenthaltsraum hergestellt! Und was hatte er damit vor? Polyon runzelte die Stirn, dann begann er aufmerksam zu lauschen. Es schien, daß Blaize doch zu aufgeweckt war, um ein gutes Werkzeug abzugeben.

Aber er könnte immer noch hervorragend als Bauer dienen, in einem Spiel, von dessen Zügen er niemals erfahren würde ...

»Onkel Forister?« Blaize wechselte den Kommunikationskanal zum Aufenthaltsraum. »Ich muß mit dir sprechen.«

»Sprich«, knurrte Forister. Er war gerade damit beschäftigt, einer wahrhaft schönen Strategie den letzten Schliff zu geben, mit der Micayas und Nancias Schiffiguren gegeneinander gestellt werden sollten, während er selbst widerstandslos sämtliche Schnittflächen des Holohexaeders in seine Gewalt brachte.

»Unter vier Augen.«

»Also gut.« Forister stand auf und streckte sich. »Nancia, kannst du das Holohexaeder speichern, bis ich zurück bin? Ich möchte dich nicht ermüden, indem ich dich bitte, das Display aufrechtzuhalten, während wir gar nicht spielen.«

Nancia lachte. »Du meinst wohl, du möchtest das Holohexaeder mit dem Spielstand nicht dort stehenlassen, wo wir die Stellung studieren können, um herauszufinden, was für eine böse Falle du uns gerade einmal wieder stellst.«

»Na ja ...«

Das Holohexaeder klappte zusammen und wurde zu einer Fläche, dann einer Linie, dann zu einem Punkt aus blendendem blauen Licht, der schließlich erlosch. »Also gut. Wir nähern uns ohnehin dem Singularitätspunkt. Ich sollte jetzt eigentlich keine Spiele mehr spielen. Muß doch meine mathematischen Fertigkeiten noch einmal überprüfen«, sagte Nancia fröhlich. »Sorg dafür, daß du rechtzeitig zurück bist, um dich anzuschnallen. Ihr Normalpersonen seid ja immer so desorientiert in der Singularität.«

»Und ihr Hüllenmenschen werdet deswegen immer gleich so hochnäsig«, entgegnete Forister. »Na gut. Ich nehme an, du wirst uns rechtzeitig vorwarnen?«

»*Und* euch überwachen, solange du in der Kabine bist«, antwortete Nancia. »Schau mich nicht so an, es dient ebensosehr Blaizes Schutz wie deinem. Wenn du mit ihm allein gelassen würdest, könnte die Verteidigung versuchen, deine Aussage in Zweifel zu ziehen, sie könnte behaupten, daß du bestochen oder eingeschüchtert wurdest.«

»Sie werden ohnehin nicht viel Respekt für die Bürgschaft seines Onkels hegen«, meinte Forister düster und ging den Gang entlang, um festzustellen, was Blaize auf dem Herzen hatte. Nancia löste den Verschlußmechanismus der Kabinenluke gerade lang genug, daß er hineinschlüpfen konnte.

»Ich glaube, Polyon führt etwas im Schilde«, sagte Blaize sofort, als Forister in die Kabine kam. Er saß gerade an der Kabinenkonsole, eine Hand über dem Handbrett schwebend, ohne jedoch ein Programm zu starten.

»Was denn?«

»Ich weiß es nicht. Er will aus seiner Kabine raus. Er teilt uns unentwegt mit, daß er alles hinbekommen könnte, wenn man ihn nur ein paar Minuten rausließe. Hör zu!« Blaize ließ den Daumenballen über das Handbrett gleiten und holte eine Aufzeichnung der letzten Züge der SPACED-OUT-Spieler auf den Schirm. Von der Kabinenkonsole aus verfügte er allerdings nicht über genügend Arbeitsspeicher, um sowohl Grafiken als auch Bilder abzuspeichern, und so knisterten die Worte der Spieler körperlos und sinnentleert aus dem Lautsprecher. Forister lauschte dem aufgezeichneten Gespräch und schüttelte den Kopf.

»Klingt nur wie irgendwelche Züge in diesem blöden Spiel, das ihr da spielt, Blaize.«

»Ein Zug im Spiel ist es schon«, meinte Blaize grimmig,

»aber er spielt nicht dasselbe Spiel wie wir anderen. Verdammt! Ich wünschte, ich wäre in der Lage gewesen, die Grafiken und die Iconbewegungen abzuspeichern. Dann würdest du es sehen.«

»Was würde ich sehen?«

»Daß das, was Polyon sagte, im Kontext des eigentlichen Spiels keinerlei Bedeutung hatte.« Blaize ließ die Hände in den Schoß sinken und sah zu Forister auf. »Kann Nancia Polyon unter Schlafgas setzen, bis wir die Zentrale erreicht haben?«

»Das *kann* sie zwar«, erwiderte Forister, »aber ich müßte erst noch einen Grund dafür sehen, weshalb sie es auch tun *sollte*. Dieser Fall wird ohnehin dazu führen, daß sämtliche Hochfamilien aufschrecken und einen Stunk machen werden wie entwurzeltes Stechkraut; wenn wir ihnen da noch einen Vorwand für die Behauptung liefern, die Gefangenen seien mißhandelt worden, wird das die Sache nur verschlimmern.«

»Aber du hast ihn doch gehört!«

»Ich konnte darin nicht viel Sinn erkennen«, räumte Forister ein, »andererseits macht meiner bescheidenen Meinung nach nichts an diesem albernen Spiel überhaupt Sinn. Komm schon, Blaize. Stellst du dir ernsthaft vor, daß ich irgendeinem Richter am Obersten Gerichtshof erkläre, daß ich einen Gefangenen zwei geschlagene Wochen lang betäubt und bewußtlos gehalten habe, weil er im Laufe eines Kinderspiels irgend etwas sagte, was mich nervös machte?«

»Nein, wahrscheinlich nicht«, stimmte Blaize zu. »Aber ... du wirst doch vorsichtig sein?«

»Ich bin immer vorsichtig«, versetzte Forister.

»Und ... ich meine, du solltest nicht mit ihm sprechen. Der Mann ist gefährlich.«

»Ich weiß, wie sehr ihr vier ihn fürchtet«, bestätigte Forister, »aber ich denke, das liegt wohl eher daran, daß ihr schon solange von der Zentrale weg seid. Er ist nichts anderes als ein arrogantes Balg, dem man mehr Macht übertragen hat, als ihm guttat. Genau wie gewisse andere Leute, deren Namen ich hier auch nennen könnte. Wenn du mich jetzt entschuldigen möchtest, es wird Zeit, sich für den Singularitätssprung anzuschnallen.«

Er nickte in Richtung der Wandsensoren, und Nancia öffnete wortlos die Luke.

Als er wieder draußen im Gang war, sprach sie mit leiser Stimme zu ihm.

»Polyon de Gras-Waldheim erbittet die Gunst eines Gesprächs.«

»Tut er das? Und du wirst, wie ich vermute, der Auffassung sein, daß ich Blaizes Warnung ernstnehmen und darauf achten soll, Micaya als Leibwächterin mitzunehmen, bevor ich mit ihm spreche?«

»Ich denke, du bist schon einigermaßen in der Lage, auf dich selbst aufzupassen«, meinte Nancia, »vor allem da ich alles mithöre. Es ist ja nicht so, als würdest du ein Dummschiff steuern. Aber es ist nicht mehr viel Zeit. Ich werde schon in wenigen Minuten die ersten Dekompositionssequenzen eingeben.«

»Um so besser«, meinte Forister. »Dann brauche ich auch nicht so lange bei ihm zu bleiben. Ich werde mit ihm sprechen, bis du die Warnglocke für den Singularitätssprung läutest, sofern das in Ordnung sein sollte. Ich kann es ihm schlecht ausschlagen. Nachdem ich Blaize aufgesucht habe, muß ich auch jeden anderen aufsuchen, der mich darum bittet.«

Als Forister eintrat, lag Polyon gerade mit hinter dem Kopf verschränkten Händen auf seiner Koje. Beim sanften Geräusch der aufgleitenden Luke sprang er auf die Beine, knallte die Hacken mit militärischer Präzision zusammen, die Forister fast als ärgerlich empfand, und salutierte.

»Ich bin nicht«, versetzte Forister nachsichtig, »Ihr vorgesetzter Offizier. Also brauchen Sie auch nicht mit den Hakken zu knallen und zu salutieren. Sie wollten mir etwas mitteilen?«

»Ich ... ja ... nein ... ich glaube nicht«, stammelte Polyon. Seine blauen Augen wirkten gehetzt; er strich sich eine verirrte goldene Haarsträhne aus der Stirn. »Ich dachte ... aber er war doch mein Freund, ich kann es einfach nicht tun. Nicht einmal, um meine eigene Strafzeit damit zu verkürzen – nein, das ist einfach unmöglich. Es tut mir leid, daß ich Sie umsonst bemüht habe.«

»Ich denke«, sagte Forister sanft, »Sie sollten mir alles darüber erzählen, mein Junge.« Es fiel schwer, die gehetzte Kreatur vor ihm mit jenem Ungeheuer gleichzusetzen, das das Gefängnis von Shemali in die reinste Hölle verwandelt hatte. Vielleicht wollte Polyon irgendeine Erklärung abgeben, Informationen über andere Leute, die das niederträchtige Fabriksystem entwickelt hatten?

Er brauchte gute fünf Minuten, um Polyons Ehrgefühl zu besänftigen, während er die ganze Zeit aufmerksam auf die Warnglocke lauschte, bis er den Jungen schließlich dazu gebracht hatte, einen Namen zu nennen.

»Es geht um Blaize«, sagte Polyon schließlich niedergeschlagen. »Um Ihren Neffen. Es tut mir so leid, mein Herr. Aber – na ja, als wir gerade SPACED OUT spielten, hat er mir gegenüber geprahlt, wie er Ihnen das Fell über die Ohren gezogen hat, wie er Sie davon überzeugte, daß er völlig unschuldig sei ...«

»Nicht ganz«, widersprach Forister. Er wählte seine Worte sehr sorgfältig, um den Anflug von Schmerz zu kaschieren, der sich in seiner Brust verkrampfte. »Immerhin hat er PHD-Lieferungen auf dem Schwarzmarkt verkauft. Nach meinem Maßstab heißt das schuldig zu sein, und dafür wird er auch in der Zentrale vor Gericht gestellt.«

Polyon nickte. Sein gequälter Blick war noch nicht gewichen. »Ja, das hat er mir auch erzählt, daß er Ihnen diese Legende aufgetischt hat. Und dann habe ich mir gedacht, daß ich vielleicht – falls Sie es noch nicht wissen sollten – die Information gegen eine Strafmilderung eintauschen könnte.«

»Welche Information?« fragte Forister in scharfem Ton.

Polyon schüttelte den Kopf. »Lassen wir das. Es spielt keine Rolle. Ich habe schon genug auf dem Gewissen«, meinte er, hob den Kopf und starrte die Wand mit einem Ausdruck edler Resigniertheit an, den Forister reichlich irritierend fand. »Ich werde die Liste meiner Verbrechen nicht noch verlängern, indem ich gegen einen Freund aussage. Es steht zwar alles auf diesem Minihedron ... aber das macht ja nichts.«

»Was«, fragte Forister, »was soll denn genau auf dem Minihedron stehen?« Er blickte die facettierte schwarze Figur an, die Polyon in der Hand hielt, dunkel und unheilschwanger wie das Auge eines fremden Gottes.

»Der wahre Bericht darüber, wie Blaize sein Vermögen gemacht hat«, erklärte Polyon. »Es steht alles dort drauf – er hat geglaubt, er könnte seine Spuren verwischen, aber ich hatte genügend Netzverbindungen, um die Protokolle aufzuspüren. Ich bin recht gut mit Computern, wissen Sie«, sagte er mit dem naiven Stolz eines Schuljungen. »Aber als ich ihn bat, Ihnen doch die Wahrheit zu sagen, hat er mich ausgelacht. Hat gesagt, Sie seien von seiner Unschuld überzeugt und daß er keinen Grund sähe, daran etwas zu ändern. Da habe ich mir gedacht – aber nein«, sagte Polyon und wandte das Gesicht ab, als er Forister das Minihedron entgegenreckte, »ich will keine Almosen.«

Forister hatte ein flaues Gefühl im Magen, als wären sie bereits in die Singularität eingetreten. War dies vielleicht der Grund, weshalb Blaize sich so angestrengt hatte, ihn daran zu hindern, mit Polyon zu sprechen? Er hatte gewollt, daß Polyon unter Drogen bewußtlos gehalten wurde, bis sie die Zentrale erreicht hatten; er hatte diese alberne Geschichte über Polyon verzapft, der angeblich das SPACED-OUT-Spiel als Kulisse für irgendein Komplott benutzt hatte. Doch was sollte es nützen, Polyon zwei Wochen lang am Reden zu hindern, wenn sein Beweismaterial danach doch noch vor Gericht käme?

» … nehmen Sie es einfach. Lesen Sie es einmal. Danach bewahren Sie es sicher auf – oder löschen Sie es, wenn Sie wollen«, wies ihn Polyon an. »*Mir* ist es gleich. Ich wollte es nur jemandem geben, der … ehrbar ist. Gott weiß, daß ich das kaum für mich selbst beanspruchen kann. Nehmen Sie es. Sie werden schon wissen, was mit der Information zu tun ist.«

»Was ist es denn?«

Polyon schüttelte wieder den Kopf. »Ich will nicht … ich kann es Ihnen nicht sagen. Gehen Sie und lesen Sie es ungestört. Werfen Sie es einfach in irgendeinen Leseschlitz des Schiffs und schauen Sie sich die Information an. Dann können Sie entscheiden, was unternommen werden soll. Und ich will nicht«, fügte er fast heftig hinzu, »ich *will nicht* davon profitieren, haben Sie verstanden? Sagen Sie, sie hätten es von jemand anderem. Oder sagen Sie überhaupt nicht, woher Sie es haben. Oder vernichten Sie es. Tun Sie, was Sie wollen – wenigstens ist es mir jetzt von der Seele genommen!«

Er ließ sich wieder auf die Koje sinken und vergrub den Kopf in den Armen. An der Decke ertönte das silberne Klingeln der ersten Alarmglocke. »Fünf Minuten bis zur Singularität«, verkündete Nancia. »Alle Passagiere werden gebeten sich hinzulegen oder Platz zu nehmen und die Sicherheitsgurte für die Schwerelosigkeit anzulegen. Tabletten gegen Singularitätskrankheit stehen in allen Kabinen zur Verfügung. Sollten Sie Grund zu der Annahme haben, daß die Transition unerwünschte Auswirkungen auf Sie haben könnte, nehmen Sie das Medikament jetzt bitte selbständig ein. Fünf Minuten bis zur Singularität.«

Ohne hinaufzublicken, hantierte Polyon an seinem Sicherheitsgurt und schnallte sich an. »Die Singularität«, sagt er verbittert, »verursacht mir keine Übelkeit. Aber das, was auf dem Minihedron steht.«

Forister verließ die Kabine mit einem funkelnden schwarzen Minihedron in der Hand, dessen Facetten sich in seine

Handflächen schnitten, der Kopf drehte sich ihm von Zweifeln.

»Was für ein hervorragendes Stück Theater!« kommentierte Nancia mit leisem Lachen.

»Du denkst, Polyon hat gelogen?«

»Ich bin mir ganz sicher«, teilte sie ihm mit. »Du kennst doch Polyon. Hältst du es auch nur einen Augenblick für glaubwürdig, daß Blaize hätte Verbrechen begehen können, bei denen sich ausgerechnet Polyon der Magen umdreht?«

»Ich ... weiß es nicht«, stöhnte Forister. Er ließ sich in den Pilotensessel sinken und starrte auf die Konsole vor ihm. Micaya Questar-Benn tat taktvollerweise so, als würde sie die glitzernde Gürtelspange ihrer Uniform polieren. »Bis vorhin hätte ich noch gesagt ... aber ich bin ja auch voreingenommen, weißt du.«

»Nun, ich bin es nicht«, erwiderte Nancia mit Entschiedenheit. »Ich weiß nicht, was Polyon da vorhat, aber was immer es sein mag, ich glaube kein Wort davon.«

Forister lachte matt. »Du bist ebenfalls voreingenommen, liebe Nancia.« Er starrte auf die funkelnde Oberfläche des Minihedrons, doch die polierten, undurchsichtigen Facetten gaben nichts preis, und er seufzte schwer. »Ich denke, ich sollte wohl besser mal herausfinden, was das ist.«

»Kann das nicht bis nach der Singularität warten?« fragte Nancia, doch sie kam zu spät. Forister hatte soeben das Datahedron in den Leseschlitz eingeworfen. Automatisch, den Geist bereits auf den Strudel mathematischer Transformationen gerichtet, die vor ihr lagen, überspielte Nancia den Inhalt des Minihedrons in ihren Speicher. Irgend etwas war hier seltsam – nicht wie gewöhnliche Worte, mehr eine Art Kitzeln im Hinterkopf oder wie ein schlecht positionierter Synapsenkonnektor ...

Sie ritt auf dem Wirbelwind in die Singularität hinein, balancierte sich aus und jagte durch die sich unentwegt verändernden Gleichungen, die die einstürzenden Wände des Strudels definierten.

Irgend etwas war verkehrt; sie spürte es schon, bevor sie den Zugriff auf die mathematischen Transformationen verlor. Noch nie hatte sie eine solche Transition erlebt. Was war hier los? Töne wisperten und kicherten in ihren Ohren; Farben jenseits des menschlichen Wahrnehmungsspektrums kratzten wie Fingernägel an ihr, die über eine Tafel gezogen wurden. Das Gleichgewicht aus Salzen und Flüssigkeiten, die ihren geschrumpften menschlichen Körper umgaben, strudelte wie verrückt, und ein Dutzend Alarmsysteme legten gleichzeitig los: *Überspannung! Überspannung! Überspannung!*

Sie konnte den Weg nicht optimieren; um sie herum lösten sich Räume auf und schossen in einer Unendlichkeit verschiedenster Rekompositionen davon, dehnten sich auf jedem Pfad zu Lichtern und Chaos aus, die sie zerfetzen konnten. Die hyperchipgestützten mathematischen Coprozessoren gaben nur Kauderwelsch von sich. Ihre Hirnwellen waren über das Gitternetz einer multidimensionalen Matrix verteilt. Irgend etwas versuchte die Matrix umzustülpen. Keine Berechnung, die noch mit früheren Ergebnissen gleich war, und in allen Richtungen lauerte Gefahr.

Nancia schaltete auf einen Schlag sämtliche Rechenoperationen ab. Die betäubenden Farben und stinkenden Geräusche wichen von ihr. Sie hing in der Dunkelheit, verweigerte ihren eigenen sensorischen Input, in der Balance an jenem Punkt der Singularität, wo sich die in Auflösung befindlichen Subräume schnitten, ohne einen Weg voran oder zurück.

## KAPITEL 17

Polyon schritt in seiner engen Kabine auf und ab, zu ungeduldig, um sich für die Singularität anzuschnallen; er wartete auf ein Zeichen, daß Forister angebissen hatte, als plötzlich die Luft um ihn herum zu schimmern begann und sich verdichtete.

Er sperrte den Mund auf, um sein Pech zu verfluchen. Das Schiff war in die Singularität eingetreten, bevor dieser stumpfsinnige Pilot einen Leseschlitz aufgesucht hatte!

Die Luft verzerrte sich zu glasigen Wogen, dann wurde sie fast zu dünn zum Atmen. Die Kabinenwände und die Einrichtung wurden zu fernen Staubflecken, dann schwammen sie wieder um ihn herum, riesige, bedrohliche, freischwebende Gestalten. Polyons Fluchen wurde zu einem komischen Grollen, das in einem Quieken endete.

Verdammte Singularität! Jetzt bestand keine Möglichkeit mehr, daß Forister das Datenhedron augenblicklich in einen Leseschlitz warf, er würde vielmehr brav in seinem Pilotensessel angeschnallt sein. Inzwischen waren die Leseschlitze des Schiffs, für die Dauer des Eintritts in die Singularität wahrscheinlich abgeschaltet – und selbst wenn er durch irgendein Wunder Nancia dazu überreden könnte, das Hedron entgegenzunehmen, würde er doch nicht mehr ins Netz gelangen, bevor die Transformationen nicht beendet und alle in den Normalraum zurückgekehrt waren. Nein, er würde solange warten müssen, bis die Subraumtransformation beendet war, bevor er die Endphase einleitete – und diese Transformation würde das Gehirn-Schiff in den Subraum der Zentrale befördern, direkt erreichbar für alle Hilfe, die die Zentralwelten und ihre zahllosen Flotten leisten konnten.

Er gemahnte sich daran, daß das nicht den geringsten Unterschied machte. Am Spiel selbst änderte sich nichts. Entweder war sein Plan weit genug gediehen, um zu gelingen, obwohl ihm ein Zugzwang aufgelegt wurde, oder eben nicht. War er so weit, dann würden die Flotten der Zentrale ihm gehorchen und nicht mehr ihren früheren Herren. War er es nicht – nun, dann würde die Vernichtung eben ein wenig schneller einsetzen, als wenn er erst aus den abgelegenen Räumen um Nyota losgeschlagen hätte, das war alles.

Also brauchte er bloß dazusitzen und abzuwarten. Und eine einzige Transformation durch die Singularität abzuwarten, sollte für ihn eine Lappalie sein. Auf Shemali hatte er bereits jahrelang gewartet, hatte seine Saat ausgebracht, ihr Gedeihen mitangesehen, das Universum befruchtet, seit jenem Geistesblitz, als er zugleich die Konstruktion des Hyperchips schaute wie auch die Möglichkeit seiner Nutzung zu eigenen Zwecken.

Doch dieses Warten erwies sich als schwieriger als jene Jahre, in denen er wenigstens *etwas* zur Förderung dieser Ziele hatte tun können. Und es schien im länger. Es war etwas Beunruhigendes an der Dekomposition dieses Schiffs. Die Singularität sollte eigentlich nicht so schlimm wirken. Polyon atmete einen übelkeitserregenden Strudel aus Farben und Gerüchen und Texturen, würgte daran, schaute an sich selbst die wabernde Verzerrung seiner eigenen Gliedmaßen und schloß kurz die Augen. Das war ein Fehler: Die Singularitätskrankheit bestürmte seine Eingeweide. Was war nur los? Während seiner Akademieausbildung hatte er schon viele Dekompositionen durchgemacht, ganz zu schweigen davon, daß er auf dem Weg zum Subraum Wega durch diesen Singularitätspunkt gekommen war. War ihm seine Konditionierung in den fünf Jahren auf Shemali schon so weit abhanden gekommen, daß er jetzt würgte und krampfte wie ein junger Rekrut?

Nein. Irgend etwas anderes stimmte hier nicht. Diese Dekomposition dauerte zu lang. Und einige der optischen Verzerrungen sahen merkwürdig vertraut aus. Polyon fixierte den Blick auf einen kleinen Kabinenausschnitt, wo die Regalstützen eine schlichte, geschlossene Kurve aus Permalegierung und Plastikfilm bildeten. Als er sie beobachtete, verlängerte sich das Dreieck aus Stütze, Wand und Regal zu einer Nadelform mit dünnem Öhr, streckte sich zu einem geöffneten Auge, so groß wie die Wand, schrumpfte zu einem rotierenden Lichtpunkt, in dessen Mitte absolute Schwärze herrschte, und entfaltete sich wieder zum ursprünglichen Dreieck. Nadel, Nadelöhr, Nadelspitze, Dreieck; Nadel, Nadelöhr, Nadelspitze, Dreieck. Sie waren in einer Subraumschlaufe gefangen, lösten sich immer wieder auf und setzten sich erneut zu einer Sequenz zusammen, die zwar die topologischen Eigenschaften bewahrte, aber keinen Fortschritt in Richtung der Austrittssequenz vollzog, die in den Subraum der Zentralwelten führte.

Eine derartige Schlaufe hätte nicht vorkommen können, dürfte nicht vorkommen, es sei denn, die Schiffsprozessoren hatten sich abgeschaltet. Oder – plötzlich durchglühte ihn eine wilde Hoffnung – die Schiffsprozessoren waren zu sehr mit einem anderen Problem befaßt, um ihre Navigationsfunktion auszuführen und sie aus der Singularität zu bringen.

Beispielsweise mit einem Problem wie der Assimilierung eines Wurmprogramms, das die gesamte Kontrolle an einen einzigen Benutzer übergeben und das Gehirn effektiv von seinem eigenen Körper und seiner Rechnereinheit abschneiden würde.

Polyon schluckte seine lautlosen Flüche herunter und stürzte durch die Kabine. Er hatte einige Schwierigkeiten, das Eingabebrett zu finden und die Handfläche ruhig darüber zu halten, doch schließlich gelang es ihm, seinen unentwegt schrumpfenden und sich krümmenden Arm mit der erratischen Schlaufe der sich zu einem Ballon aufblähenden Eingabeeinheit in Einklang zu bringen. Er schlug zweimal gegen die Oberfläche. »Spracheingabemodus!«

Seine eigene Stimme dröhnte ihm seltsam in den Ohren, die Klangwellen durch die stetige Verdrehung des Raums um ihn herum verzerrt, doch offensichtlich gab es etwas

Unveränderliches in den Stimmustern, die sein Wurmprogramm immer noch wiedererkannte. »Spracheingabemodus bestätigt«, dröhnte und zwitscherte eine wogende Stimme aus den Lautsprechern.

»Öffne diese Kabinenluke.« Beim ersten Mal kamen die Worte als unverständliches Quietschen heraus; beim zweiten glichen sie schon eher seiner normalen Sprechstimme, und der Computer bestätigte den Befehl. Doch es geschah nichts. Einen Augenblick später antwortete das wimmernde Lautsignal des Programms mit einem schrillen Quieken, das sich langsam in ein stöhnendes Dröhnen verwandelte.

»Zieleinheit nicht identifizierbar.«

Langsam begann Polyon den Rhythmus der Subraumschlaufe aufzunehmen. Wenn er die Augen auf einen festen Punkt fixierte, beispielsweise auf das Dreieck von Regal und Wand und Stütze, konnte er erkennen, wann sie durch jene Dekompositionen traten, die dem Normalraum am nächsten war. Wenn er dann sprach, wurde seine Stimme zwar immer noch durch Subraumtransformationsreste verzerrt, doch konnte der Computer wenigstens seine Befehle erkennen und sie ausführen.

Er wartete mit dem Sprechen, bis der richtige Augenblick gekommen war.

»Identifiziere diese Kabine.«

Dioden blitzten auf der Kontrollkonsole der Kabine auf, stiegen empor und flatterten umher wie Glühwürmchen über die flüssige Oberfläche des Paneels, zerflossen zu länglichen Hieroglyphen einer unbekannten Sprache und senkten sich wieder in die Konsolenoberfläche, um zu einem Muster zu werden, das ihm Scheitern signalisierte.

»Keine entsprechende Routine vorhanden.«

Polyon fluchte halblaut, und die Subraumtransformationsschlaufe verzerrte seine Worte. Irgend etwas stimmte mit seinem Wurmprogramm nicht. Irgendwie war es ihm nicht gelungen, die Computerfunktionen des Schiffs zu übernehmen.

»Generalentriegelung«, rief er bei der nächsten Schlaufenbewegung durch den Normalraum.

Seine Kabinenluke schnappte auf, dann kreischte sie und waberte vor und zurück, als der reibungsarme innere Gleitmechanismus sich an irgend etwas verhakte. Polyon sprang hindurch, schätzte in der ständigen, flüssigen Verschiebung der Transformationen die Abstände falsch ein, schlug sich einen Ellenbogen an der Kante der halboffenen Luke auf, landete auf einem Bett aus Treibsand, rollte sich ab und fand seine Füße auf dem Boden des Korridors draußen vor der Kabine wieder.

»Raus! Alles raus!« Die Schlaufe dehnte sein letztes Wort zu einem Heulen. *Wenigstens erregte es ihre Aufmerksamkeit.* Ein grüner Wurm tropfte durch eine der anderen Luken und verwandelte sich in einen sich übergebenden Darnell. Weiter entfernt loderte Blaizes roter Kopf unter Lichtern, die sich unentwegt von Stahlblau über künstliche Sonnen zu tiefsten Schatten veränderten. Fassa war eine Porzellanpuppe, weiß und perfekt, doch mit zunehmender Schlaufenentwicklung nahm sie ihre normale Statur wieder an.

»Was ist hier los?« Die Schlaufe riß ihr die Worte aus den Mund, aber Polyon las ihre Lippen, bevor die nächste Phase sie zu Gummiringen werden ließ. Er wartete auf den nächsten Normalraumdurchgang.

»Hol Alpha. Will es nicht zweimal erklären.«

Fassa nickte und huschte in die Nachbarkabine. Darnell zitterte und nahm wieder seine Gestalt als grüner Riesenwurm an. Der Korridor verzerrte sich zu einem Tunnel, an dessen gegenüberliegendem Ende Blaize stand, der sich irgendwie abseits der Gruppe hielt.

Fassa kam wieder hervor, schüttelte den Kopf. »Sie will sich nicht rühren. Ich ...« Sie war ganz schön klug, diese Fassa del Parma; als sich der Raum um sie verschob, mitten im Satz, wartete sie den nächsten Normraumdurchtritt ab, um ihren Satz zu beenden. » ... Glaube, sie ist zu verängstigt. Ich habe auch Angst. Was ist ...«

Polyon durfte keine Zeit mit offensichtlichen Fragen vergeuden. Beim nächsten Normraumdurchgang war er vorbereitet, den Augenblick beim Schopf zu packen. »Ich übernehme gerade das Schiff, das ist hier los«, sagte er. »Jede Schiffsfunktion, die mit meinen Hyperchips funktioniert, steht jetzt unter meinem Befehl. Der Grund ...«

Verschieben, Strecken, Zusammenziehen, Wabern, für wenige Sekunden zurück ins Normale. » ... diese lange Transition liegt darin, daß das Gehirn des Schiffs nicht funktioniert, uns nicht aus der Singularität herausbringen kann.«

Darnell heulte und erbrach sich noch lauter als zuvor, übertönte damit Polyons nächste Worte und vergeudete den Rest dieses Normraumdurchtritts. Polyon wartete ab, ein gestiefelter Schuh streckte sich beim Wippen und schlang sich um sich selbst wie eine Schlange, um sich schließlich wieder zu entblähen und die normale Form eines Akademiestiefels anzunehmen.

»Ich kann uns aus Singularität herausführen«, verkündete er. »Aber dafür muß ich an die Kontrollkonsole. Das könnte Schwierigkeiten geben. Ihr müßt mir dabei helfen, den Pilot und den Cyborg hinauszubringen.«

»Weshalb sollten wir?«

Polyon lächelte. »Danach«, sagte er sanft, »werde ich bestimmt nicht vergessen, wer meine Freude sind.«

»Was soll ...« Darnell wollte es natürlich wissen, aber die Transformationsschlaufe spülte seine Frage davon, und als der Normraum wieder eintraf, stand Blaize näher bei ihnen, dicht genug, um an Polyons Stelle zu antworten.

»Was seine Gunst uns einbringen soll? Eine ganze Menge, denke ich. Es sind ja nicht nur die Hyperchips auf diesem Schiff, nicht wahr, Polyon? Sämtliche Hyperchips, die die Shemali so schnell ausgespuckt hat, haben denselben fundamentalen Fehler, nicht wahr?«

»Ich«, sagte Polyon, »würde es nicht unbedingt als Fehler bezeichnen. Aber du hast recht. Wenn wir die Singularität erst einmal verlassen haben und einen neuen Zugang zum Netz bekommen, wird dieser Chipcomputer jedem jemals installierten Hyperchip das Signal für die Endphase senden. Dann werde ich …«

Inzwischen hatten alle den Rhythmus der Transformationsschlaufe durchschaut. Das Abwarten von drei verzerrten Subräumen wurde zum Bestandteil ihres normalen Gesprächsmodus.

» … die Kontrolle über das Universum haben«, beendete er seinen Satz beim nächsten Normraumdurchtritt. Blaize war noch näher gekommen; blöder kleiner Penner, daß er versuchte, sich während der Transformationen zu bewegen!

»Und wir sollen deine treuen Adjutanten sein?« fragte Blaize.

»Ich weiß treue Dienste zu belohnen«, erwiderte Polyon unverbindlich. *In einen Ganglizidtank mit dir, sobald ich die Macht dazu habe!*

»Nicht daß ich wüßte«, sagte Blaize, als der Normraum wieder in seine erste Verzerrungsphase eintrat. Er schwang eine Faust in Polyons Richtung, doch bevor sie ihn traf, war seine Hand bereits zur Größe einer Walnuß geschrumpft, und beim nächsten Sprung durch den Normraum war Polyon vorbereitet und konterte mit einem Schlag, der Blaize zu Boden streckte. Als er stürzte, war das Deck weich wie Treibsand, eine Pfütze, in der Blaize umherstrudelte, zu benommen, um sich sofort wieder zu erheben.

»Hindert mich daran«, sagte Polyon zu den beiden anderen, als der Normraum vorbeizog, »und ihr werdet sterben, hier in der Singularität, weil uns nämlich niemand sonst herausholen kann. Wenn ihr es aber versucht und dabei versagt, dann werdet ihr euch noch wünschen, daß ihr *tatsächlich* hier gestorben wärt. Seid ihr auf meiner Seite?«

Bevor sie antworten konnte, trat ein neues Element ins Spiel ein: eine zischende Gaswolke, im Normraum unsichtbar, im ersten Transformationsraum deutlich als pinkgeränderte Flut aus rosa Licht auszumachen. Sie umschlang

Blaize, und er hörte auf zu zucken, lag wie tot in den nachgiebigen Transformationen des Decks.

Schlafgas. Und er konnte nicht durch die Schlaufe hindurchrufen, um sie zu warnen. Polyon schlug beide Hände vor Mund und Nase, sah, daß Fassa es ihm gleichtat, wies mit einem Nicken auf die Zentralkabine. Auch deren Luke stand halboffen. Er hielt darauf zu, taumelnd durch Schlamm und Treibsand, durch Luft schwimmend, die so dick geworden war wie Wasser. Durchgefallen. Irgend jemand hinter ihm, der drückte, Fassa, und dahinter wiederum Darnell. Vergiß Blaize, den Verräter, und Alpha, die jetzt in ihrer Kabine schlafbegast ist. Polyon keuchte und schrie mit seinem ersten brennenden Atemzug: »Generalverschluß!«

Die Luke der Kontrollkabine schnappte mit einer merkwürdig abgehackten Bewegung zu, als kämpfte sie gegen ihren eigenen Mechanismus an, und Polyon fand seine Füße wieder, begutachtete sein neues Territorium.

*Nicht schlecht*. Der einzige Passagier, dessentwegen er sich ernsthafte Sorgen gemacht hatte, war Sev Bryley-Sorensen. Aber Bryley war nicht hier. Gut. Dann war er also ausgesperrt, zusammen mit Alpha und Blaize; wahrscheinlich dem Schlafgas zum Opfer gefallen wie sie. Die beiden anderen waren über ihre Konsolen gebeugt, versuchten wahrscheinlich immer noch herauszubekommen, weshalb sich die Luken ohne ihren Befehl öffneten und schlossen, versuchten wohl, den Passagiertrakt mit Schlafgas zu befluten – nun, das war ihnen zwar gelungen, aber was nützte es ihnen noch! Er sah sie durch die Transitionen in ihren Sesseln herumschwenken, offene Münder, die sich im zweiten Subraum wie Schaum in die Länge streckten, um dann im dritten zu runden Punkten zusammenzuschrumpfen. Der Normraum offenbarte den Cyborgkrüppel, wie er eine Bewegung machte, die kein Teil der Transformationsillusion war, wie der rechte Arm an ihren Gürtel fuhr. Polyon bellte einen Befehl, und die Arm- und Beinprothesen der Mißgeburt begannen in ihren Sockeln zu tanzen, wanden sich aus ihren Gelenken. Ihr Rumpf aus Fleisch und Blut folgte dem schmerzhaften Ziehen der synthetischen Gliedmaßen, und sie drehte sich halb aus ihrem Sessel. Ein weiterer Befehl, und die Prothesen stürzten leblos und schwer zu Boden, rissen den Rest des Körpers mit sich. Ihr Kopf schlug gegen die Stützsäule unter ihrem Sessel. Polyon trat vor, um ihr den Nadler abzunehmen, bevor sie sich erholte. Der Raum streckte sich von ihm, doch sein Arm dehnte sich gleichermaßen, und das feste, schwere Gefühl des Nadlers versicherte ihn, daß seine Finger die Waffe fest zu packen bekommen hatten, auch wenn sie vorübergehend Tentakeln glichen.

Beim nächsten Normraumdurchtritt stand er wieder aufrecht da, den Nadler auf Forister gerichtet. »Dort rüber.« Mit einem Kopfrucken wies er auf die Zentralsäule. Irgendwo dahinter trieb das Gehirn des Schiffs innerhalb einer Titanschale, ein zerschrumpfter, mißgestalteter Körper, der durch Röhren und Drähte und Versorgungssysteme am Leben gehalten wurde. Polyon erschauerte bei dem Gedanken; er hatte nie begriffen, warum die Zentrale darauf bestand, diese Ungeheuer am Leben zu halten, ihnen sogar verantwortliche Positionen zu übertragen, die ebensogut von richtigen Menschen wie ihm selbst hätten eingenommen werden können. Nun, das Gehirn würde mittlerweile wahnsinnig geworden sein zwischen der sensorischen Deprivation und den Reizen, mit denen es seine eigenen Hyperchips auf seinen Befehl hin bombardiert hatten; es zu töten würde ein Akt der Barmherzigkeit werden. Und ebenso angebracht würde es sein, den Piloten am Fuß der Säule umzubringen.

Aber jetzt noch nicht. Polyon machte sich nicht das geringste darüber vor, daß er längst nicht alles über die Navigation eines Gehirn-Schiffs wußte. Wenn er sie lebend aus dieser Transitionschlaufe bringen wollte, würde er der vollen Unterstützung der Computer und des Piloten bedürfen.

Er studierte die Nadleranzeigen, drehte mit dem Daumen am Rad, musterte dabei Darnell und Fassa. Wem von ihnen durfte er vertrauen? Keinem, wenn er es genau nahm; also schön, wer von ihnen fürchtete ihn am meisten? Fassa hatte eine aufmüpfige Art entwickelt, hatte Fragen gestellt, wo sie hätte zuhören sollen. Darnell war immer noch grün im Gesicht, schien aber nicht mehr zu erbrechen. Polyon warf ihm den Nadler zu, und Darnell fing ihn im Reflex auf, kurz bevor die Transition ihn zu einem leuchtenden Strich aus Permalegierung schrumpfen ließ.

»Wenn einer von ihnen sich bewegt«, sagte Polyon freundlich, »dann nadle sie. Ich habe ihn auf Töten eingestellt ... und zwar auf langsames.« Tatsächlich hatte er Micayas Einstellung übernommen, die Waffe würde also eine lähmende, aber nicht tödliche Dosis Paravenin versprühen; doch es gab keine Notwendigkeit, seine Gefangenen allzu sehr zu beruhigen. »Und nun ...« Er zog seine Uniformjacke aus und legte sie säuberlich über den Drehsessel, auf dem Micaya gesessen hatte, um dann in Foristers Sessel vor der Kommandokonsole Platz zu nehmen. Die Transitionen übertrieben das leichte Rucken seiner Handgelenke zu einer aufgeblähten Geste, machten aus seinen Ärmeln weiße Stoffwolken, die alles überragten und die anderen Kabineninsassen zu Zwergen werden ließen.

»Was glauben Sie, was Sie da tun?« rief Forister. Seine Stimme schrillte durch den vierten Transitionsraum.

Polyon lächelte. Er konnte seine eigenen Zähne und sein Haar leuchten sehen, weiß und golden, im spiegelhellen Paneel. »Ich«, sagte er leise, »werde uns jetzt aus der Singularität führen. Meinen Sie nicht auch, daß es langsam Zeit wird, daß jemand das übernimmt?«

Sein Spiegelbild wurde schmaler, verlieh ihm ein zerquetschtes Gesicht wie eine Wanze, ließ das strahlende Gold seines Haars stumpf werden und verwandelte seine Zähne in grüne, faulende Stümpfe. Unter seinen Händen schrumpfte das Kontrollpaneel zusammen, dann schwoll es wieder an und hob sich wie ein sturmdurchtostes Meer. Als der Normraum nahte, schoß Polyon vor, tippte einen Satz knapper Kommandos mit der rechten Hand, während er mit der linken über das Eingabebrett fuhr, um Nancias mathematische Koprozessoren aufzurufen, gleichzeitig rasselte er verbale Befehle herunter, die das ganze Schiff auf seine Befehle reagieren lassen würden, bereit, durch die Subräume aus der Singularität hinaus zu segeln.

Das Schiff war träge wie ein Wasserfahrzeug ohne Ruder und Tiefgang, die Hälfte der Maschinen gehorchte seinen Befehlen, die andere Hälfte machte sie wieder zunichte. Die mathematischen Koprozessoren gingen online und verschwanden wieder, bevor er die erforderlichen Berechnungen eingegeben hatte, stießen kreischendes Kauderwelsch aus und glitten in einem Durcheinander sinnloser Symbole davon. Der Augenblick des Normraums war verstrichen, und Polyon knirschte mit den Zähnen. In der zweiten Transformation fühlten sich die Zähne an wie verfaultes Gemüse in seinem Mund, um in der dritten zu Nadeln zu werden, die Blut zogen, und als der Normraum schließlich wiederkehrte, hatte er gelernt, seinen Emotionen nicht wieder nachzugeben.

Er unternahm zwei weitere Versuche, Kontrolle über das Schiff zu erlangen, wartete drei vollständige Transitionsschlaufen ab, bevor er schließlich den Pilotensessel vom Instrumentenpaneel abstieß.

»Ihr Gehirn-Schiff kämpft gegen mich«, teilte er Forister beim nächsten Normraumdurchtritt mit.

»Gut für sie!« Etwas lauter fügte Forister hinzu: »Nancia, Mädchen, kannst du mich hören? Mach weiter so!«

»Seien Sie kein Narr, Forister«, sagte Polyon müde. »Wenn Ihr Gehirn-Schiff bei Bewußtsein wäre und zusammenhängend denken könnte, hätte sie uns schon selbst aus der Singularität geführt.«

Er nutzte die verbliebenen Sekunden im Normraum, um einen weiteren Befehl einzutippen. Nun hallten die melodischen Töne von Nancias Zugangskode durch die Kabine. Forister erbleichte. Dann umwirbelten sie die Transitionsräume wieder, verwandelten die Kabine und alles darin auf monströse Weise, und Polyon konnte nicht mehr auseinanderhalten, welches der verzerrten Abbilder vor ihm die Öffnung zu Nancias Titansäule zeigte.

Beim nächsten Durchtritt durch den Normraum sah er, daß die Säule tatsächlich immer noch geschlossen war. Die Transition mußte die letzten Töne der Zugangssequenz verzerrt haben. Er tippte den Befehl noch einmal ein. Wieder erklangen die melodischen Töne ohne ihre Begleitsilben; und wieder geschah nichts.

»Sie sollten mir besser den Rest des Kodes mitteilen«, sagte er beim nächsten Normraumdurchtritt zu Forister.

Forister lächelte – ganz kurz; irgend etwas an seinem Gesichtsausdruck erinnerte Polyon an sein eigenes ironisches Lachen. »Wie kommen Sie darauf, daß ich ihn kenne, mein Junge? Die beiden Teile werden streng voneinander getrennt gehalten. Ich wußte nicht einmal, wie ich aus Nancias Speicherbanken an die Tonsequenz herankomme. Höchstwahrscheinlich sind die Silben gar nicht in ihr enkodiert. Sie werden in der Zentrale gespeichert sein.«

»Ein Pilot soll die gesprochene Hälfte des Kodes kennen«, brüllte Polyon.

»Ich habe kurz vor diesem Flug eine Umkodierung veranlaßt«, behauptete Forister. »Aus Sicherheitsgründen. Bei sovielen Gefangenen an Bord befürchtete ich eine Kaperaktion – wie es aussieht, mit gutem Grund.«

»Ich hoffe wirklich, daß Sie lügen«, meinte Polyon. Er preßte die Lippen aufeinander und wartete die nächste Transition ab, um seine Argumente zu sammeln. »Denn wenn die Zentrale die einzige Quelle für den Rest des Kodes sein sollte, sind wir alle tot. Aus der Singularität kann ich nicht das Netz anzapfen und mich in die Datenbank des Kurierdiensts einhacken – und ohne das Gehirn zu neutralisieren kann ich uns nicht aus der Singularität herausführen.«

»Sie meinen, ohne Nancia umzubringen«, versetzte Forister mit kalter Stimme. Sein Blick flackerte einmal zur Kabinenkonsole. Polyon folgte den Augen des Manns, und für einen Augenblick packte ihn die Furcht. Über den Instrumentenpaneelen stand ein feingliedriges Solido, das Abbild einer schönen jungen Frau mit spitzbübischem Lächeln und einer Wolke roter Locken um sich.

Polyon hatte von Piloten gehört, die sich emotional auf ihr Gehirn-Schiff fixierten, ja soweit gingen, ein Solido vom Genotypus ihres Schiffs anfertigen zu lassen, das ihnen zeigte, wie die Mißgeburt ohne ihre fatalen Defekte hätte heranreifen können. Er hätte gar nicht gedacht, daß Forister ein sentimentaler Typ war oder daß er überhaupt genügend Zeit gehabt hatte, sich derartig an Nancia zu binden. Es könnte gut sein, daß der Idiot wirklich lieber sterben würde, als sein Gehirn-Schiff zu töten.

»Es gibt keinen Grund, das Problem mit Gefühlsduselei zu befrachten«, sagte Polyon zu ihm. Wie konnte er Forister nur aus seiner sentimentalen Fixierung herausbrechen? »Solange die Kontrolle über das Schiff teilweise bei mir, teilweise aber auch bei Nancia liegt, kann uns keiner von uns allein aus der Singularität navigieren.«

Verdammte Transitionsschlaufe! Forister hatte den Rhythmus inzwischen registriert. Und die erforderliche Wartepause, in der sich drei verzerrte Subräume um sie komponierten und wieder dekomponierten, gewährte ihm Zeit zum Nachdenken.

»Ich habe einen besseren Vorschlag«, sagte der Pilot schließlich. »Sie *behaupten* nur, daß Sie uns herausnavigieren können. Schön, aber daß *Nancia* es kann, das wissen wir alle. Übergeben Sie ihr wieder die volle Kontrolle, dann ...«

»Was dann? Lassen Sie dann die Anklage fallen und ich kann wieder zurück, um eine Gefängnisfabrik zu leiten? Da habe ich inzwischen eine bessere Karriere in Aussicht.«

»Ich hatte nicht vor«, erwiderte Forister gefaßt, »Ihnen ein derartiges Angebot zu unterbreiten.«

Der Rhythmus der einstürzenden und sich neu ausbildenden Subräume ging ihnen langsam in Fleisch und Blut über. Inzwischen störten Polyon die Zwangspausen beim Sprechen nicht mehr.

»Ich hatte eher an etwas wie Ihr eigenes Angebot gedacht«, fuhr Forister bei der nächsten Gelegenheit fort. »Geben Sie Nancias hyperchipgestützte Computersysteme frei, dann wird sie uns aus der Singularität herausbringen – und Sie werden überleben.«

»Wie haben Sie das erräten?«

Forister wirkte überrascht. »Logische Schlußfolgerung. Sie haben die Hyperchips entwickelt. Sie haben mich mit einem Trick dazu gebracht, ein Programm zu aktivieren, das Nancias Computersystemen etwas antat. Die Fehlerprotokolle, die ich gerade las, bevor Sie hereinkamen, wiesen genau auf jene Bereiche, wo sie sich Hyperchips hat installieren lassen, nämlich im Unterdeck und im Navigationssystem. Seitdem haben Sie Stimmkontrolle über Micayas hyperchipgestützte Prothesen ausgeübt. Offensichtlich enthält Ihre Hyperchipkonstruktion eine Hintertür, durch welche Sie persönlich jede Installation kontrollieren können, die mit Ihren Chips arbeitet.«

»Raffiniert«, meinte Polyon. »Aber nicht raffiniert genug, um Sie aus der Singularität zu bringen. Ich versichere Ihnen, daß ich nicht vorhabe, einem Gehirn-Schiff wieder die volle Rechenhoheit zu übertragen, das inzwischen wahrscheinlich verrückt geworden sein dürfte.«

»Wie kommen Sie darauf?«

Polyon hob die Brauen. »Wir wissen doch alle, was sensorische Deprivation einem Schalenmenschen zufügen kann, Forister. Muß ich wirklich noch Einzelheiten nennen?«

»Es braucht mehr als fünf Minuten in der Dunkelheit, um meine Nancia aus der Fassung zu bringen«, antwortete Forister nüchtern.

Polyon bleckte die Zähne. »Inzwischen, alter Mann, hat sie schon weitaus mehr als das hinter sich. Das erste, was mein Hyperchipwurm anstellt, ist ein Anschlag auf jegliche Intelligenz, die an jene Computer angeschlossen ist, in denen er sich wiederfindet. Diese Reizüberflutung würde jeden Menschen dazu zwingen, die Verbindung sofort abzubrechen. Ich fürchte, daß ›Ihre‹ Nancia, die dieser Verbindung leider nicht so leicht entfliehen kann, inzwischen völlig wahnsinnig geworden ist. Deshalb meine ich, daß Sie mir, sollten Sie überleben wollen, *jetzt sofort* den Rest des Zugangskodes nennen sollten.«

»Ich denke nicht«, erwiderte Forister gelassen. »In Ihrer Kalkulation steckt nämlich ein fataler Rechenfehler.«

Die Transitionsschlaufe erstickte jedes Gespräch für die endlose Dauer der verschlungenen, verschlauften Augenblicke des Durchtritts durch schrumpfende und verzerrte Räume. Polyon ignorierte die Sinnestäuschungen der räumlichen Transformationen und dachte angestrengt nach. Als der Normraum zurückkehrte, griff er aus seinem Sessel nach dem Solido von Nancia als junger Frau. Ganz gezielt und Foristers Gesicht dabei im Auge behaltend, ließ er das Solido aufs Deck fallen und zermalmte das zerbrechliche Material unter seinem Stiefelabsatz zu Scherben.

»*Das* ist alles, was von ›Ihrer‹ Nancia noch übrig ist, alter Mann«, sagte er. »Wollen Sie Ihre Liebe zu einer Frau, die niemals lebte, zu unser aller Tod werden lassen?«

Foristers Miene war schmerzerfüllt, doch als er sprach, klang es gelassen wie immer. »Meine ... Gefühle ... für Nancia haben mit dieser Angelegenheit nicht das geringste zu tun. Ihr Fehler ist viel fundamentalerer Art. Sie glauben, daß ich es eher zuließe, Sie freizusetzen, um das Universum Ihrer Gewalt zu unterwerfen, als hier in der Singularität zu sterben. Das ist falsch.«

Er sagte es so ruhig, daß Polyon einen Augenblick brauchte, um die Worte zu begreifen, und in diesem Moment verschlang die Transitionsschlaufe den Raum und entstellte die darin stattfindenden Bewegungen. Als sie wieder durch den Normraum kamen, stand Fassa del Parma zwischen Forister und Darnell, so als glaubte sie, den Piloten vor einem direkten Nadlerbeschuß abschirmen zu können.

»Er hat recht«, sagte sie. »Ich hatte vorher keine Zeit, darüber nachzudenken. Du bist ein Monster.«

Polyon lachte humorlos. »Fassa, Liebes, für rechtschaffene Seelen wie Forister und Generälin Questar-Benn sind wir alle Monster. Ich hätte mich daran erinnern müssen, wie du ihnen vorher in den Arsch gekrochen bist, wie du ihnen geholfen hast, mich reinzulegen. Hast du ernsthaft geglaubt, daß du damit deine Haut retten würdest?

Sie werden dich nur benutzen und wieder wegwerfen, wie es dein Vater getan hat.«

Fassa wurde bleich und erstarrte. »Nicht alle von uns haben ein derart schlichtes, überschaubares Weltbild«, warf Forister ein. »Aber Fassa, Sie können nicht ...«

Darnells Finger zuckten. Polyon nickte. Langsam, zu langsam hob Darnell den Nadler. Er ließ Forister reichlich Zeit, Fassa an den Schultern zu packen und sie aus der Schußlinie zu reißen. Während Forister sich bewegte, schien die Kabine einen Satz zu machen, und die Beleuchtung wurde schwächer. Die Gravitation ging auf halbnormal zurück, dann verschwand sie gänzlich, und als Fassa emporwirbelte, drückte die Reaktion auf Foristers Schub ihren Urheber in die entgegengesetzte Richtung. Die Nadeln sprühten weit auseinander, doch ein leuchtender Strich am Ende des Bogens durchbohrte Foristers Ärmel und brachte sein Handgelenk zum Bluten. Das Blut tänzelte in leuchtenden Tröpfchen durch die Kabine, die von der Transitionsschlaufe zu blutigen Seen verzerrt wurden; Polyon beobachtete eine Blase von der Größe eines kleinen Teichs, die unaufhaltsam auf ihn zugeschwebt kam, sich mit klammem Griff um ihn legte und schließlich zu einem hellen, knopfgroßen Fleck auf seiner Hemdfront schrumpfte.

Fassa schwebte zurück, um Foristers schlaffen Körper zu ergreifen und zu rufen: »Warum haben Sie das getan? Ich wollte Sie retten!«

»Wollte … daß er … mich umbringt«, hauchte Forister. Das Paravenin kämpfte gegen die Kontraktionen seines Brustkorbs. »Ohne mich – keine Möglichkeit, an Nancias Code zu kommen. Hier gefangen … wir alle … besser, als ihn freizulassen? Mir verzeihen?«

»Lieber den Tod als die Schande.« Polyon verlieh den Worten einen höhnischen Zungenschlag, um das rührselige Paar merken zu lassen, was er von solchen Durchhalteparolen hielt. »Und der Tod wird es wohl schon werden. Sehen Sie, wie die Schiffssysteme versagen? Was wird Ihrer Meinung nach als nächstes ausfallen? Der Sauerstoff? Der Kabinendruck?«

Ohne direkte Befehle hätten Gravitation und Beleuchtung eigentlich durch Nancias autonome Nervenfunktionen gesteuert werden müssen. Forister stöhnte auf, als ihm klar wurde, was dieser jüngste Ausfall zu bedeuten hatte.

»Sie stirbt ohnehin. Mit oder ohne Ihre Hilfe«, setzte Polyon nach. »Aber *Sie* sind noch nicht tot. Ich habe Sie belogen. Der Nadler war nur auf Lähmung eingestellt. Und jetzt geben Sie uns den Zugangskode, bevor Nancia aufhört zu atmen und uns allesamt umbringt.«

Mit trägem, schmerzvollem Zucken schüttelte Forister den Kopf.

»Komm her, Fassa, Liebes«, befahl Polyon.

»Nein. Ich bleibe bei ihm.«

»Das meinst du doch gar nicht ernst«, konterte Polyon freundlich. »Du weißt doch selbst, daß du dafür viel zu viel Angst vor mir hast. Erinnerst du dich noch an die schäbigen Bauten, die du auf Shemali errichtet hast? Du hast sie kostenlos ersetzt, weißt du noch, und dabei brauchte ich noch nicht einmal eins der interessanten Dinge zu tun, über die wir gesprochen hatten. Aber wenn ich dir damals schon drohte, dir bei lebendigem Leib die Haut abzuziehen, Fassa, nur weil du mich bei einer Fabrik übers Ohr gehauen hattest, dann denk doch mal darüber nach, was ich dir wohl erst antun werde, wenn du dich jetzt gegen mich stellst.«

Die Transitionsschlaufe war fast eine Hilfe: Die erzwungenen Pausen gaben Fassa Zeit, ihre kühne Haltung noch einmal zu überdenken.

»Machen Sie schon, Fassa«, drängte Forister, als normales Sprechen wieder möglich war. »Sie können mir jetzt nicht mehr helfen, und ich möchte auch nicht mitansehen müssen, wie Sie meinetwegen zu Schaden kommen.«

»Danke für die Information«, sagte Polyon mit höflicher Verneigung. »Vielleicht werde ich das als nächstes versuchen. Aber ich denke, wir werden lieber mit einer noch älteren und teureren Freundin beginnen, um zu schnelleren Ergebnissen zu gelangen. Darnell, wenn die Mißgeburt – nein, ich tue es selbst. Halte du nur den Nadler auf Fassa gerichtet für den Fall, daß sie auf komische Gedanken kommen sollte.«

Polyon hielt sich am Pilotensessel fest, um seinen Halt nicht zu verlieren, dann drehte er sich um und verpaßte Micaya Questar-Benn einen heftigen Tritt. Die Aufhebung der Schiffsgravitation hatte sie zwar von ihren künstlich beschwerten Prothesen befreit, die sie bis dahin am Boden festgehalten hatten, aber Arm und Bein zuckten immer noch außer Kontrolle hin und her. Sie war so gut wie verkrüppelt – nein, sie *war* ein Krüppel, ein widerlicher Anblick.

»Ich möchte, daß Forister einen guten Blick darauf hat«, teilte er ihr höflich mit. »Prothesen blockieren!«

Das war an den Computer gerichtet; ein Signal an die Hyperchips preßte Micayas künstlichen Arm und das Bein zusammen.

»Wenn Sie Mic auch nur anfassen ...«, drohte Forister und kämpfte dabei vergeblich gegen die Wirkung des Paravenin an.

»Das brauche ich gar nicht«, erwiderte Polyon mit strahlendem Lächeln. »Ich kann alles von hier aus erledigen.«

Eine Reihe mündlicher Befehle und eingetippter Codes bewegten den durch Polyon kontrollierten Schiffscomputer dazu, alle früheren aufhebende Instruktionen an die Hyperchips zu senden, die Micayas innere Ersatzorgane steuerten. Die Veränderungen brauchten eine volle Transitionsschlaufe, bis sie Wirkungen zeigten. Als sie schließlich wieder in den Normraum einkehrte, war die Farbe aus Micayas Gesicht gewichen, und Schweißperlen bedeckten ihre Stirn.

»Es ist erstaunlich, wie schmerzhaft einige wenige, einfache organische Veränderungen wirken können«, kommentierte Polyon fröhlich. »Kleine Sachen, beispielsweise eine Manipulation des Blutkreislaufs. Wie geht es der Hand, Mic, Baby? Macht sie Ihnen ein bißchen zu schaffen?«

»Kommen Sie doch etwas näher«, lud Micaya ihn ein, »und stellen Sie es selbst fest.« Doch inzwischen hatte Polyon die Aufmerksamkeit auf ihre verbliebene Hand gelenkt; alle konnten sehen, wie sie sich verfärbt hatte. Die Fingernägel waren fast schwarz angelaufen, die Haut violett und geschwollen.

»Eine Woche in diesem Zustand«, bemerkte Polyon, »und es gibt einen herrlichen Wundstarrkrampf. Nun haben wir natürlich keine volle Woche Zeit. Ich könnte auch noch mehr Blut in der Hand stauen und damit die Venen zum Platzen bringen, aber das würde sie zu schnell umbringen. Also belasse ich es für eine Weile dabei, damit Sie es sich noch einmal überlegen können, Forister, vielleicht machen wir uns ja auch noch über den Fuß her. Das Herz ist glücklicherweise eines ihrer Cyborgersatzteile, deshalb brauchen wir uns keine Sorgen zu machen, daß es unter diesen erhöhten Belastungen versagen könnte; es wird immer weiter arbeiten ... solange ich das möchte. Wollen Sie einmal hören, wie gut es jetzt schon arbeitet?«

Ein gesprochener Befehl verstärkte deutlich das Geräusch von Micayas künstlichem Herzschlag, machte den gesteigerten Puls offenbar, den Polyon durch die zusätzliche Belastung ihres Systems in die Höhe getrieben hatte. Der verzweifelte, abgehackte Doppelschlag hallte durch die Kabine, dröhnte und hämmerte und schrillte durch eine vollständige Transitionsschlaufe, und niemand sagte auch nur einen Ton oder bewegte sich.

Für die Dauer eines Herzschlags, doch um keinen Deut länger, empfand Nancia die Stille und die Dunkelheit als willkommene Befreiung von dem stechenden Schmerz des Inputs ihrer wildgewordenen Sensoren. *Fühlt sich für Normalpersonen so die Singularität an?* Aber nein, es war schlimmer als das. In den verwirrten Augenblicken, bevor sie alle bewußten Funktionen abgeschaltet und ihre eigenen Sensorverbindungen deaktiviert hatte, hatte sie etwas sehr viel Schlimmeres als die Farbverschiebungen und Raumverzerrungen der Singularität wahrgenommen: die Mißgunst eines anderen Geists, der aufs engste mit ihr verschlungen war und sie mit gezielter Bösartigkeit heimsuchte.

*Er will mich in den Wahnsinn treiben. Wenn ich meine Sensoren wieder aktiviere, wird er es tun. Und wenn ich weiterhin in dieser Dunkelheit umherschwebe, wird es ebenfalls passieren.* Die blanke Verzweiflung in diesem Gedanken stammte irgendwo aus den Tiefen ihrer Erinnerungen. Wann, wie hatte sie sich jemals so durch und durch verlassen gefühlt? Nancia griff ohne nachzudenken hinaus, um ihre Speicherbanken zu durchsuchen – dann bremste sie sich selbst, bevor die Verbindung vollständig hergestellt worden war. Wenn die Sensoren als Waffe gegen sie eingesetzt werden konnte, ließen sich dann nicht auch die Speicherbanken infiltrieren?

Wenn sie sich Zutritt zu den Speicherbanken des Computers verschaffte, könnte es sein, daß sie plötzlich alles »wußte«, was immer dieser andere Geist sie glauben machen wollte.

*Ist es ein anderer Geist? Oder ein Teil meiner selbst? Vielleicht bin ich ja schon verrückt und das hier ist nur das erste Symptom.* Das Blitzen, die desorientierenden Lichter und die verzerrten Geräusche, die übelkeiterregenden Strudelgefühle, sogar die Überzeugung, daß sie von einem anderen Geist angegriffen wurde – waren das nicht alles Symptome einer jener Erkrankungen der Alten Erde, die einst so viele Menschen dahingerafft hatten, bevor die moderne Elektrostimulations- und Drogentherapie das Gleichgewicht ihrer gemarterten Gehirne wiederherzustellen vermochten? Nancia sehnte sich danach, wenigstens einen einzigen der Enzyklopädieartikel in ihren Speicherbanken zu lesen; doch dieses Werkzeug war ihr für den Augenblick verwehrt. Paranoide Schizophrenie, das war es – eine Abspaltung des Geists von der Wirklichkeit.

*Mal sehen,* überlegte sie. *Wenn ich verrückt bin, dann kann es nicht schaden, die Symptome abzufragen und zu dem Schluß zu gelangen, daß ich verrückt bin, nur daß ich dann vermutlich das Beweismaterial nicht akzeptieren werde. Und wenn ich nicht verrückt bin, darf ich es nicht wagen, meinen Speicher zu überprüfen, um es nachzuweisen. Deshalb sollten wir besser die Hypothese akzeptieren, daß ich geistig gesund bin, um von dort aus weiterzumachen.* Der trockene Humor dieses Syllogismus trug einiges dazu bei, ihr emotionales Gleichgewicht wiederherzustellen. *Wie lange ich allerdings unter diesen Umständen noch bei geistiger Gesundheit bleiben kann ...*

Lieber nicht darüber nachdenken. Besser sich nicht an Calebs ersten Partner zu erinnern, der lieber in ein unumkehrbares Koma eingetreten war, als sich der Leere auszuliefern, die ihn umhüllte, nachdem die synaptischen Verbindungen zwischen seiner Schale und der Außenwelt zerstört worden waren. Im Interesse ihrer geistigen Gesundheit wie auch ihres Überlebens, entschied Nancia, würde sie von der Annahme ausgehen, daß irgend jemand ihr dies zugefügt hatte, um sich dann auf die Lösung des Rätsels zu konzentrieren, wer es getan hatte und wie man ihn aufhalten konnte.

Ein naheliegender erster Schritt würde darin bestehen, einen einzigen Sensor zu reaktivieren, um die Energiestöße zu untersuchen, die ihr Nervensystem beinahe zerrüttet hätten ... *Das kann ich nicht!* schrie das Kind in ihr, fast in Panik. *Du kannst mich nicht zwingen, ich will nicht, ich will nicht, hier kann ich für immer in Sicherheit bleiben.*

*Das ist keine Option,* sagte Nancia sich streng. Sie wollte es laut aussprechen, um sich selbst mit dem Klang ihrer eigenen Stimme Sicherheit zu geben; doch war sie ebenso stumm wie taub und blind und gefühllos, schwebte in absoluter Finsternis. Irgendwie mußte sie diese Panik in ihrem Inneren in den Griff bekommen.

Manchmal half die Poesie. Etwa dieser Dramatiker der Alten Erde, den Sev und Fassa so gern zitierten – sie hatte zahlreiche seiner Reden in ihren Speicherbanken aufbewahrt. *In einer Nacht wie dieser* ... Ohne nachzudenken, griff Nancia nach ihrem Gedächtnis, unterbrach den Impuls gerade noch rechtzeitig. Sie *kannte* diese Rede nicht wirklich, sie hatte sie nur in ihrem Gedächtnisspeicher untergebracht. Das war eine völlig andere Sache. Dann also der Versuch mit etwas anderem. *Ich könnte in einer Nußschale gefesselt sein und mich doch König des unendlichen Raums heißen, wären da nicht meine Alpträume* ... Keine gute Wahl, unter den gegebenen Umständen. Vielleicht ... kannte sie noch etwas? Was war sie ohne ihre Speicherbanken, ihre Sensoren, ihre mächtigen Triebwerke? Existierte sie überhaupt?

*Dieser Weg führt in den Wahn.* Natürlich existierte sie. Gezielt erfüllte Nancia sich selbst mit ihrem eigenen echten Erinnerungen. Das Jagen durch die Korridore der Laborschule, Verstecken und Stromsuche mit ihren Freunden. Die Beste im Schlußexamen Mathematik, von Lobatschewskijs Geometrie bis zur Dekompositionstopologie, wieder ein Spiel, mit all den wunderbaren Räumen aus Zahlen und Flächen und Punkten, zwischen denen man umherwandern konnte. Stimmtraining mit Ser Vospatrian, dem Schauspiellehrer der Laborschule, der ihnen beigebracht hatte, ihre Lautsprechervokalisation durch das gesamte Spektrum menschlicher Sprache mit allen ihren emotionalen Untertönen zu modulieren. An jenem ersten Tag waren sie alle schüchtern und nervös gewesen, hatten die aufgezeichnete Wiedergabe ihrer eigenen blechernen, künstlichen Stimmen verabscheut. Vospatrian hatte sie Limericks und Nonsensgedichte aufsagen lassen, bis sie in Kichern ausbrachen und ihre Verlegenheit vergaßen. Du liebe Güte, sie konnte sich immer noch an diese albernen Gedichte erinnern, mit denen er jede Sitzung begann ...

Und ohne nachzudenken oder ihre künstlich ergänzten Speicherbanken zu bemühen, legte Nancia los.

*Die Bauernmagd hatte braunes Haar,*
*brachte Butter und Eier, die Liese,*
*und ich las ein Gedicht, weiß nicht, wo es war,*
*das hatte nur Verse wie diese ...*

*Ein junges Gehirn-Schiff von Wega kam ...*

*Jung Chipfried wollt' baden im Datenblut,*
*das tat seinen Speicherbausteinen so gut.*
*Er nahm RAM und ROM,*
*sprach zur Festplatte: »Komm!«*
*Und fraß Algorithmen in köstlicher Wut.*

Nancia ging Ser Vospatrians gesamtes Repertoire durch, bis sie kicherte und auf der Woge natürlicher Beschwingtheit ihrer durch Lachen produzierten Endorphine schwamm. Und dann machte sie sich daran, ihre Sensorverbindungen eine nach der anderen anzuschalten.

Die Unterdecksensoren waren vollkommen nutzlos, ebenso ihr Navigationscomputer und die neuen Mathematik- und Grafikkoprozessoren, die sie erst kürzlich angeschafft hatte. *Tatsächlich alles, was Hyperchips aus Shemali enthält ...* Und mit dieser Schlußfolgerung wußte Nancia sofort, wer er war, der da auf sie einschlug, und warum.

Nacheinander öffnete sie die Oberdecksensoren, nahm erst die schlafenden Leiber wahr, die in den Gängen und Kabinen lagen: Sev, über den isometrischen Federgeräten im Fitneßraum zusammengesackt, Hände und Füße noch immer an den Halterungen; Alpha, in ihrer Kabine angeschnallt; Blaize, der über dem Deck des Korridors schwebte.

*Meuterei. Und irgend jemand hat Schlafgas freigesetzt. Aber welche Seite?* Sie öffnete langsam die Sensoren der Kontrollkabine, blieb vorsichtig. Die Backbordsensoren waberten und gaben ein erratisches Bild wieder. Irgendwie mußten Polyons Hyperchips daran arbeiten, das gesamte Computersystem zu kontaminieren. *Ich habe nicht viel Zeit ...*

Nach weniger Zeit, als sie geglaubt hatte, mußte Nancia begreifen, als sie den Konflikt im Kontrollraum zu überschauen begann. Generälin Questar-Benn ausgeschaltet – *natürlich, die Hyperchips in ihren Prothesen* –, Darnell ihren Nadler auf einen trotzigen Forister gerichtet, während Polyon im Pilotensessel saß und mit seinen Befehlen auf der Computerkonsole spielte. Dagegen konnte sie wenigstens etwas unternehmen. Nancia schlug zurück, speiste dem Computer ihre eigenen Befehle ein, deaktivierte die Konsole Abschnitt um Abschnitt, verzerrte Polyons Befehle, wie sie hereinkamen. Er gab eine Sequenz ein, die sie nicht kannte; sie verfolgte sie zu ihrer Quelle und erkannte mit einem Schrecken ihren eigenen Zugangskode. Schon hallten die melodischen Töne in der Kabine wider. Doch die dazugehörigen Silben waren nicht am selben Ort gespeichert ... *sie müssen aber irgendwo sein. In irgendeinem Teil meines Gedächtnisses, der für meinen bewußten Zugriff unzugänglich bleibt. Sonst würde meine Schale sie nicht erkennen und sich für sie öffnen.* Nancia war zunächst recht stolz darauf, das herausbekommen zu haben. Dann wurde ihr mulmig, als sie sich fragte, wie lange Polyon wohl brauchen würde, um zur selben Schlußfolgerung zu gelangen. *Und wenn die Silben dort gespeichert sind, wo ich sie nicht bewußt wieder abrufen kann, wie kann ich Polyon dann daran hindern, es zu tun?*

Sie fühlte sich geschwächt von den wiederholten Schlaufendurchtritten durch vier Dekompositionsräume, aber es gab keinen sicheren Weg, die Schlaufe zu verlassen, bevor sie nicht ihre volle Rechen- und Navigationskraft wiedererlangt hatte. *Dann wollen wir mal als erstes den Schaden reparieren ...* Nancia arbeitete furios, deaktivierte nachhaltig jene

Teile ihres Computersystems, die von den Shemali-Hyperchips kontaminiert waren, suchte nach alternativen Zugangspfaden zu den Prozessoren, die bisher unberührt geblieben waren. Gleichzeitig kroch das von Polyon entfesselte Wurmprogramm immer tiefer in ihr System hinein, veränderte und mutierte dabei Programmcodes, löschte seine eigenen Spuren, so daß sie seine letzte Position immer nur an dem plötzlichen Aufflackern desorientierenden Sinnesinputs oder verzerrter Mathematik bestimmen konnte. Bevor sie irgend etwas anderes unternehmen konnte, mußte sie diesen Kode finden und stoppen.

Tief im komplizierten Gespinst ihres eigenen Systems zuckte Nancia vor Schmerz zusammen, als Darnell Forister niederstreckte.

*Nicht zuhören. Gar nicht darüber nachdenken.* Sie würde ihre gesamte Konzentration brauchen, um Polyons Piratenkode auszuschalten, mehr Konzentration, als sie jemals auf die vergleichsweise trivialen Probleme der Subraumnavigation hatte verwenden müssen. Nancia erinnerte sich an Sev Bryleys Entspannungstraining und begann damit, sich langsam gezielt zu beruhigen, Energie aus ihren Extremitäten abzuziehen und ihr Bewußtsein auf den inneren Lichtkern zu konzentrieren, in dem sie unabhängig von Computer und Schale und Schiff existierte. In einem abgelegenen Teil ihres Bewußtseins spürte sie das Versagen des Gravitationssystems und die Dämpfung der Beleuchtung, den Schock und die Sorge ihrer Passagiere, doch konnte sie es sich nicht leisten, ihr Bewußtsein jetzt auf diese halbautomatischen Funktionen zu lenken.

Die automatischen Datenaufzeichnungsroutinen, die Nancia angelegt hatte, operierten weiter, als Polyon mit Micayas Folterung begann. Nancia konnte seinen Befehlen nichts entgegensetzen, ohne ihre Trance zu brechen; sie konnte nicht einmal die Gravitation und die Beleuchtung wiederherstellen, um Forister zu beruhigen. Micayas Schmerz zu ignorieren war die schwierigste Aufgabe, vor der sie je gestanden hatte. *Im Augenblick existiert Micaya nicht. Nichts existiert außerhalb von diesem Ort, diesem Moment, dieser Mitte.* Da war der Piratenkode. Sie vernichtete ihn in einem lodernden Energiestoß, zerstörte dabei Tiefengedächtnisspeicher. Es war wie eine Amputation, dachte sie, erst der Pfahl der Pein, danach der nagende Schmerz. Und jetzt die zerstörten Funktionen wiederherstellen ... gnadenlos beschnitt sie alle Schnörkel und jeden Luxus ihrer Programmierung, reduzierte die Energie, die normalerweise ihre automatischen Funktionen speiste. Die Beleuchtung in der Kontrollkabine wurde noch matter, und die Normalpersonen machten Bemerkungen über einen stechenden Geruch, der in der Luft hing. Damit würden sie sich abfinden müssen; Nancia brauchte diese Rechenleistung, um ihre verkrüppelten Navigationsprogramme wiederherzustellen. Drei der vier mathematischen Hauptkoprozessoren waren verloren; dafür mußte eben der Grafikprozessor einspringen. Das würde zwar nur einen von ihnen ersetzen, aber sie hatte jetzt keine Zeit, um noch lange über die anderen nachzudenken. Nancia löschte unnötige Programme und speicherte andere auf Datahedron ab, schuf Platz in dem wenigen verbliebenen Arbeitsspeicher, den sie für die erforderlichen Prozesse benötigte. Ob das genug sein würde? Es gab keine Möglichkeit für Tests, keine Zeit zum Zögern. Sie schlug zurück, mit allem, was sie aufzubieten hatte. Fühlte, wie die Hyperchips zu blanken Stücken Permalegierung zusammenschrumpften, spürte, wie die deaktivierten Sensoren und Prozessoren aus lebendigen Systemen zu totem Ballast wurden.

*Manche Tiere nagen ihre eigenen Gliedmaßen ab, um sich aus einer Falle zu befreien ...*

Es gab auch keine Zeit für Trauer. Mit dem ›Tod‹ der Hyperchips in Nancias System endeten auch die Übertragungen, die Micayas Cyborgorgane gequält hatten. Von einem Trommelschlag zum nächsten setzte das Geräusch ihres verstärkten Herzschlags aus. Forister stöhnte auf. *Er denkt, ich wäre tot*. Im nächsten Augenblick würde er neuen Trost finden. Nancia aktivierte die volle Gravitation. Darnell stürzte von seinem Sitz an der Wand aufs Deck, Fassa ging in die Knie. Polyon geriet zwar ins Schwanken, blieb aber aufrecht stehen. Nancia strahlte Befehle an die Fesselfelddrähte ab. Darnell, Polyon und Fassa erstarrten, Gespinste aus umherhuschenden Lichtern umhüllten die Fesselfeldtasten an ihren Hand- und Fußgelenken und am Hals. Schließlich zapfte Nancia etwas Energie ab, um die Kabinenbeleuchtung zu verstärken und die Atemluft zu erneuern.

»FN-035 meldet sich zum Dienst«, sagte sie. »Ich bedaure etwaige vorübergehende Unannehmlichkeiten ...«

»Nancia!« rief Forister, den Tränen nahe.

»Generälin Questar-Benn, würden Sie bitte den Pilotensessel einnehmen?« bat Nancia. »Es könnte sein, daß ich etwas Unterstützung brauche, um uns aus der Singularität hinauszunavigieren.«

»Werde mein Bestes tun.« Micayas Atem ging noch immer abgehackt, und sie lehnte sich auf den neben ihr stehenden Sessel, humpelte aber ohne Unterstützung zum Pilotensitz, während ihre Prothesen einmal mehr auf die elektrischen Impulse ihres eigenen Gehirns reagierten. »Was kann ich tun?«

»Ich operiere zur Zeit nur mit einem einzigen mathematischen Koprozessor«, teilte Nancia ihr mit, »und meine Navigationseinheiten sind nicht mehr funktionstüchtig. Wenn ich die Triebwerke zünde, werden wir uns aus dieser Transitionsschlaufe bewegen und in die Ausdehnung des jeweiligen Subraums gelangen, in dem wir uns dann gerade befinden. Ich werde versuchen, einen geraden Pfad durch die Subraumoptionen zu steuern, aber möglicherweise brauche ich Ihre Hilfe für die Navigation. Da der Grafikprozessor unbeschädigt ist, werde ich Abbildungen der herannahenden Subräume aufwerfen. Legen Sie Ihre Hand auf das Eingabebrett und geben Sie mir bei jeder Abzweigung eine Richtungsanweisung.«

»Werde mein Bestes tun«, wiederholte Micaya, doch Nancia bemerkte, daß sie die Prothesenhand auf das Eingabebrett legte; die andere Hand war immer noch von häßlicher Purpurfärbung, mit geschwärzten Monden an den geschwollenen Fingerspitzen. Sie erinnerte sich daran, was Polyon über Wundstarrkrampf gesagt hatte. Inwieweit hatten seine Hyperchips Micayas Stoffwechselprozesse beschleunigt? *Ich muß sie in medizinische Behandlung bringen ... aber das kann ich nur, wenn mir jemand hilft, aus der Singularität zu reiten ... Und wir dürfen nicht erst solange warten, bis Foristers Paravenin seine Wirkung verloren hat ...*

Und dann hatte Nancia keine Energie mehr, um sich über Micaya oder sonst irgend etwas Sorgen zu machen, mußte sich allein mit den Wogen der Transformationen befassen, die sich über ihrem Kopf brachen, die sie keuchend durch Subräume schleuderten und wippten, die ihren Körper und alles darin deformierten, mit den Strömen der Berechnungen, die aus ihren Prozessoren hervorspulten. Verirrt und erstickt spürte sie, wie eine feste Hand sie nach oben lenkte ... hinaus ... Sie zermalmte die letzten Zahlen zu einer Formelreihe und durchbrach das Chaos unzählbar unendlicher Subräume, um in die herrliche Normalität des Realraums zurückzukehren.

Noch bevor sie Zeit hatte, Micaya zu danken, stürmte eine Kompaktstrahlsendung auf ihr geschwächtes Kommunikationszentrum ein. »Schon so bald zurück, FN? Was ist denn los? Ich dachte, du wärst auf Kurs Zentrale.«

Das war Simeon, das Managergehirn der Basis Wega. »Wir hatten ein kleines Virusproblem«, strahlte Nancia zurück. »Rückkehr zur ... Reparatur.«

Der Rest der Geschichte konnte warten, bis sie absolut ungestört war. Es gab keinen Grund, die Galaxie in helle Aufregung darüber zu versetzen, daß eine unbekannte Anzahl ihrer Computersysteme durch Hyperchips aus Shemali kontaminiert waren.

»Hast du jetzt alles wieder unter Kontrolle?«

»So könnte man es ausdrücken«, erwiderte Nancia trokken, schaltete ihre verbliebenen Sensoren ein und begutachtete ihren eigenen Innenzustand: die Hälfte ihrer Prozessoren ausgebrannt; der Passagiertrakt übersät von schlafenden Leibern; drei Hochfamilienbälger in Fesselfeldern gefangen und schäumend vor Wut; Forister, der sich unter den Nadelstichen des abklingenden Paravenin wand, und eine verkrüppelte Generälin, die sie gerade sicher in den Realraum geführt hatte ...

»Ja«, sagte sie zu Simeon. »Alles unter Kontrolle.«

## KAPITEL 18

In den Tagen der Reparatur, die nun folgten, begann Nancia zu begreifen, wie sehr Caleb es verabscheut haben mußte, in der Sommerlandklinik an den Planeten gefesselt zu sein, während sie sich mit einem neuen Pilot aufmachte, die begonnene Aufgabe zu beenden. Jetzt war sie selbst ›rekonvaleszent‹ und vorübergehend ausgeschaltet. Um sich vor den heimtückischen Effekten von Polyons Hyperchips zu schützen, hatte sie sich tatsächlich selbst verstümmelt, hatte große Teile ihres eigenen Systems funktionsuntüchtig gemacht; um das von ihm eingepflanzte Wurmprogramm daran zu hindern, nach ihrem Austritt aus der Singularität und der Wiederherstellung des Netzkontakts mit anderen Hyperchips Kontakt aufzunehmen, hatte sie ihr eigenes Speichergedächtnis durchtrennt und rücksichtslos ganze Vektoren von Speicherbanken und Programmcodes ausgemerzt.

Es ist ein Wunder, daß du es in einem Stück hierher geschafft hast«, teilte ihr Simeon von der Station Wega mit, »und du wirst die Basis solange nicht verlassen, bevor du dich nicht einer gründlichen Überholung und Reparatur unterzogen hast. Das sind nicht etwa meine Befehle, es ist eine direkte Anweisung des KD. Also keine Widerrede!«

»Ich hatte gar nicht vor, zu widersprechen«, sagte Nancia ungewohnt kleinlaut. Tatsächlich hatte sie nach dem Streß dieses unfreiwillig verlängerten Aufenthalts in der Singularität und ihrer humpelnden Rückkehr bei Eindrittelkraft kaum ein anderes Bedürfnis, als im Orbit um die Basis Wega zu parken und nur noch zuzusehen, wie die Sterne an ihr vorüberzogen.

Das redete sie sich jedenfalls ein. Sie war müde und verwundet und der anstrengenden Aufgabe nicht gewachsen, die Gefangenen und Zeugen zum Prozeß zur Zentrale zurückzubringen. Es war weitaus vernünftiger, ein Datahedron mit ihrer eigenen Aussage anzufertigen, etwas, das man mit dem Kurierdienstschiff zurücksenden konnte, das inzwischen eingetroffen war, um die anderen abzuholen.

»Ich werde dich vermissen«, sagte Forister, »aber du wirst schon bald wieder in Aktion sein, Nancia. Bei dem Tempo, das die Zentrale gerade zulegt, wirst du wahrscheinlich schon zurück sein, bevor der Prozeß beendet ist! Und wenn nicht«, und er nahm das leuchtende Gewicht des Megahedron in eine Hand, »ist das hier ebensogut, was die rechtliche Seite betrifft, als wärst du persönlich anwesend. Du hast doch Datenaufzeichnungen von allem angefertigt, was an Bord geschehen ist oder was du über deine Kontaktknöpfe aufgenommen hast? Das dürfte der vollständigste und belastendste Bericht sein, den wir uns nur wünschen können.«

»Er ... ist vielleicht nicht so vollständig, wie du erwartest«, wandte Nancia ein. »Ich habe einige Gedächtnislükken, weißt du.«

»Ja, das weiß ich. Aber dich persönlich dort zu haben würde daran wohl kaum etwas ändern, nicht wahr? Wenn aus deinen Speicherbanken etwas verlorengegangen sein sollte, wird es auch unter Kreuzverhör nicht wiederherzustellen sein.«

Nancia mußte einräumen, daß das wohl stimmte. Und

wenn der in ihren Speicherbanken angerichtete Schaden die einzige Ursache für die Lücken in dem Bericht sein sollte, gäbe es ohnehin keinen Grund für sie, sich einem Kreuzverhör zu unterziehen. Sie verspürte kein Verlangen, dieses Thema weiter auszubreiten. Also verabschiedete sie sich von Forister, versuchte den Anflug von Einsamkeit in den Griff zu bekommen, den sie empfand, als das neue KD-Schiff abhob, und kehrte zu ihrer Beobachtung der Sterne im Subraum Wega zurück. Sterne waren beruhigend; sie waren hell und still, in unveränderlichen Mustern angeordnet, die ihr vertraut waren, etwa … etwa …

Nancia entdeckte, daß sie sich nicht mehr an die Namen der Konstellationen »erinnern« konnte, wie sie im Subraum Wega erschienen. Sie war ohnehin nie lange genug in diesem Subraum geblieben, um das Aussehen des Firmaments in ihrem eigenen, menschlichen Gedächtnis zu speichern; und die Navigationskarten, auf die sie sich verließ, waren gelöscht worden. Ebenso ihre Tabellen mit Singularitätspunkten und Dekompositionsalgorithmen, ihre capellanischen Musikaufnahmen …

»Weißt du, inzwischen tut es mir leid, daß ich die Normalpersonen früher ausgelacht habe«, sagte sie nachdenklich zu Simeon, während um sie herum die Techniker schwärmten, die geschmolzenen Flecken entfernten, die einmal Hyperchips gewesen waren, Verbindungen und Sensoren wiederherstellten, neue, leere Speicherbanken einbauten, die mit jeder gewünschten Information zu laden waren. »Mir war nie bewußt, wie verkrüppelt sie doch sind, weil sie sich nur auf die Fertigkeiten und Informationen verlassen können, die sich in einem organischen Gehirn speichern lassen.«

»Es ist nicht nett, Behinderte auszulachen«, stimmte Simeon ihr ernst zu. »Ich denke, das war dir wohl eine Lehre, junge FN. Möchtest du, daß ich dir dabei helfe, eine Liste von Datenanforderungen für deine neuen Gedächtnisspeicher aufzustellen?«

»Ja, gern«, sagte Nancia. Sie konnte sich noch deutlich an die Frustration erinnern, wie sie sich den medizinischen Fachjargon der Techniker in der Sommerlandklinik hatte anhören müssen, als diese sich an Caleb zu schaffen machten. »Meinst du, ich könnte mir eine humanistische Ausbildung leisten? Lateinische und griechische Vokabularien und Syntax?«

»Ich werde Loebs Hedron Klassischer Sprachen anfordern«, sagte Simeon. »Das umfaßt sechsundzwanzig Sprachen der Alten Erde und die dazugehörige wichtigste Literatur.«

»Und ...«, sie wollte sich nicht allzu hoch verschulden, »einen Satz medizinischer Daten vielleicht? Pharmakologie, Innere und Chirurgie?«

»Das sollte eigentlich von Amts wegen in jedes Schiff eingebaut sein, das soviel in Schwierigkeiten gerät wie du«, stimmte Simeon zu.

»Ja, aber kann ich mir das leisten? Ich habe einige Buchhaltungsdaten verloren. Ich weiß nicht, wie mein Guthaben beim Kurierdienst zur Zeit aussieht ...«

Simeon kam einem Lachen so nahe, wie Nancia es noch nie bei ihm erlebt hatte. »FN, vertraue mir, der Bonus für diese letzte Arbeit, noch dazu die Gefahrenzulage – das reicht für alle Extrawünsche *und* kommt auch noch für einen erklecklichen Teil deiner Schulden bei der Laborschule auf. Noch zwei solche Aktionen, und du wirst tatsächlich eine freie Frau sein«, fügte er nachdenklich hinzu. »Es gibt eigentlich keinen Grund, weshalb du selbst für die humanistischen und medizinischen Hedra aufkommen solltest. Ich werde sie einfach auf die Ersatzteilliste tun, die der Zentrale in Rechnung gestellt ...«

»*Nein*«, sagte Nancia entschieden. »So fängt es an.«

»Was fängt so an?«

»Du weißt schon. Darnell. Polyon. Alle.«

»Ach so. Na ja, ich verstehe zwar, was du meinst, aber eigentlich ist das doch eine Grauzone ...«

»Nicht«, antwortete Nancia, »für das Haus Perez y de Gras. Ich werde die Hedra mit den Sonderfunktionen selbst kaufen und bezahlen, von meinem Bonus. Den Zahlen zufolge, die du mir gerade übertragen hast, besitze ich mehr als genug, um ehrlich für diesen ›Schnickschnack‹ und alle Unkosten aufzukommen, die ich während dieses Aufenthalts verursachen könnte.«

Aber das war gewesen, bevor sie den einen Posten entdeckte, der ihren Etat bis zur äußersten Grenze ausreizen sollte.

Nancias Reparaturen waren fast abgeschlossen, als Caleb, der nun ohne Stock gehen konnte, auf der Basis Wega landete und um Erlaubnis bat, an Bord zu kommen. Als sie den sonnengebräunten, jungen Mann erblickte, der da aus der Luftschleuse trat, stieß Nancia einen Ruf des Entzückens aus.

»Meine Güte, Caleb, du siehst ja aus, als würdest du in deinem ganzen Leben keinen Tag mehr krank werden.«

»In der Sommerlandklinik gab es nicht viel, was man hätte tun können«, bemerkte Caleb. »Aber Zeitverschwendung ist eine Sünde. Ich habe die meiste Zeit in den Physiotherapieräumen trainiert, während sie sich noch mit den Abschlußtests herumplagten und mich schließlich wieder diensttauglich schrieben. Wie lautet unser nächster Auftag?«

»*Unser?*«

»Du hast doch wohl nicht geglaubt, daß ich dich im Stich lassen werde? Klar, während meiner Anwesenheit hast du dir zwar einige Fehleinschätzungen zuschulden kommen lassen, Nancia, aber das ist nichts, was sich nicht wieder ausbügeln ließe. Tatsächlich«, fügte Caleb hinzu und sah sich im glitzernden Inneren um, aus dem inzwischen sämtliche Spuren der Malvenfarbe und des Flohbrauns der OG-Schiffstransport endlich entfernt worden waren, »sieht es so aus, als seien die Reparaturen fast beendet.«

»Das sind sie auch, aber Caleb, ich ... ich bin jetzt die Partnerin von Forister«, sagte Nancia. Sie hatte Schuldgefühle bei diesen Worten. Angenommen, Caleb hatte das Gefühl, daß sie ihn abwies? Aber es war nun einmal die nackte Wahrheit. Ihr Rufzeichen war jetzt FN-935 und nicht mehr CN.

»Ach, das war doch nur eine vorübergehende Zuweisung«, wischte Caleb den Einwand beiseite. »Jetzt, da ich wieder diensttauglich bin, kann Forister sich in seinen wohlverdienten Ruhestand zurückbegeben. Es besteht keine Notwendigkeit mehr, daß er sich mit einer Aufgabe übernimmt, der er eigentlich nicht so recht gewachsen ist. Nehmen wir nur einmal dieses jüngste Debakel. Dich trifft ja keine Schuld daran, Nancia, denn du bist jung und unerfahren, aber du mußt doch begreifen, daß das alles völlig falsch angefaßt wurde. Wenn ...«

Während Caleb alle Fehler erläuterte, die Forister begangen hatte, und darüber sprach, wie er alles soviel besser gehandhabt hätte, mußte Nancia sich mit einigen neuen, unvertrauten Empfindungen befassen.

*Simeon*, strahlte sie an das Managergehirn, *ist da irgendein Defekt in meinen reparierten Schaltkreisen? Meine Sensoren zeigen einen Temperaturanstieg und gesteigerte Leitfähigkeit, und in einigen meiner Audioschaltkreise empfange ich ein merkwürdiges Summen.*

Der Manager von Wega brauchte einige Sekunden, bis er antwortete. *Faszinierend*, strahlte er zurück, während Caleb mit seiner Rede fortfuhr. *Deine synaptischen Konnektoren fangen direkte emotionale Signale auf. Was für eine ungewöhnliche Kopplung – so etwas dürfte gar nicht passieren. Du mußt irgend etwas an deinen Schnittstellen geändert haben, als du den Angriff der Hyperchips abgewehrt hast.*

*Wovon redest du da? Ist das gefährlich? Reparier es!* verlangte Nancia.

Simeon übertrug ein Lachen über den Audioschaltkreis, das Caleb mitten in seinem Vortrag innehalten ließ.

»Was war denn das? Versucht die Zentrale gerade, Kontakt mit uns aufzunehmen?«

»Nein, nur eine … eine Nachricht von einem der Reparaturtechniker«, improvisierte Nancia. »Was hast du gerade gesagt?«

»Dann versuch bitte, dafür zu sorgen, daß so etwas nicht noch einmal vorkommt«, sagte Caleb pikiert. »Wir müssen unsere zukünftige Beziehung klären, Nancia. Das dürfte doch wohl wichtiger sein als irgendein Getue um deine Reparaturen, oder? Jetzt hör mir zu. Ich möchte nicht, daß du irgendwelche Schuldgefühle wegen der Vergangenheit hast.«

»Weshalb sollte ich?« fragte Nancia erschrocken. »Ach so, weil ich die Gespräche nicht gemeldet habe, die ich auf meiner ersten Reise belauschte, um diese jungen Verbrecher schon im Vorfeld aufzuhalten, bevor sie überhaupt richtig loslegen konnten? Na gut, in diesem Punkt fühle ich mich tatsächlich schuldig. Das war ein schlimmer Fehler.« Doch einer, zu dem Caleb sie ermuntert hatte.

»Das meine ich doch überhaupt nicht!« widersprach Caleb. »Es war vollkommen schicklich, diese Gespräche für dich zu behalten. Ich meine die Art, wie du im System Nyota herumgedüst bist, falsches Zeugnis abgelegt hast, dich für jemand anderen ausgegeben hast, einen Verstoß gegen die PHD-Vorschriften auf Angalia gefördert und dich in alle möglichen Formen gewalttätiger Auseinandersetzung verwickelt und dich mit äußerst zwielichtigen Personen abgegeben hast …«

*Simeon, ich weiß, daß ich gerade heißlaufe. Kannst du nicht einen Techniker schicken, der meine Schaltkreise repariert?*

*Da gibt es nichts zu reparieren, Nancia, aber die Laborschule wird untersuchen wollen, wie du das genau hinbekommen hast. Kurz gesagt, du hast eine Körper-Geist-Feedbackschlaufe zwischen deiner Hirnrinde und dem Schiff hergestellt – eine, die sowohl emotionale als auch intellektuelle und motorische Impulse übermittelt.*

*Du meinst …?*

*Du bist jetzt ein wenig mehr Normalperson als wir anderen,*

*Nancia – man könnte auch sagen, etwas menschlicher. Du bist wütend, meine Liebe, und deine Schnittstellen beweisen es. Erröten, summende Ohren, beschleunigte Atmung, gesteigerte Treibstoffverbrennung – ja, ich würde sagen, du befindest dich in einem echten Tobsuchtskoller. Und nicht ohne guten Grund. Du bist inzwischen zu alt für diesen selbstgerechten kleinen Nörgler geworden, Nancia. Wann bringst du ihn endlich zum Schweigen und schüttelst ihn ab?*

» ... aber du bist verführt worden, und ich selbst trage an diesem Fehler in gewissem Unfang Schuld, weil ich doch zugelassen habe, daß du mich gegen mein besseres Wissen zu dem ersten falschen Schritt auf den abschüssigen Pfaden der Täuschung überredet hast«, beendete Caleb seinen Satz, ohne den Austausch zwischen Nancia und Simeon zu bemerken. »Aber jetzt, da du begriffen hast, wozu so etwas führen kann, bin ich sicher, daß du deinen Fehler einsehen wirst. Und du sollst wissen, daß ich dir ohne Vorbehalte und vollständig verzeihe. Wir werden nie wieder darüber reden ...«

»Da hast du verdammt recht!« unterbrach ihn Nancia. »Geh und such dir ein Schiff, das zu deiner Moral paßt, Caleb!«

»Was meinst du damit?«

Um sich etwas zu beruhigen, nahm Nancia sich einen Augenblick Zeit, die gesamte Karte des Subraums Wega in die Meßeinheiten der Alten Erde umzurechnen und zurück. Durch multiple arithmetische Präzisionsroutinen. Im Oberflächencode. Sie stand im Begriff, Calebs Gefühle zu verletzen. Und sie war nicht ganz wütend genug, um das zuzulassen. Das unerfahrene junge Gehirn-Schiff, das vor fünf Jahren eine Partnerschaft mit Caleb eingegangen war, hätte seinen selbstgerechten Vortrag noch akzeptiert, als wären es die Vorschriften des Kurierdienstes. Es war nicht Calebs Fehler, ebensowenig wie ihr eigener, daß sie über diese enge Schwarzweißsicht der Welt hinausgewachsen war. Forister hatte sie den Wert von Grautönen gelehrt. Und wenn sie jetzt in diesem hageren, sarkastischen, alternden Pilot viel eher einen Partner sah als in dem jungen Mann, der seine ersten Abenteuer mit ihr geteilt hatte – nun, das war kein Grund, daß Caleb unnötig darunter leiden sollte.

Ihre überhitzten Schaltkreise kühlten sich ab, und das Summen in ihren Ohren verstummte, als sie sich mit beruhigenden, fixierten Gleichungen wieder faßte.

»Es würde nicht funktionieren, Caleb«, sagte sie schließlich. »Du magst mir zwar verzeihen, aber die Vergangenheit würde immer zwischen uns stehen. Du tätest besser daran, ein anderes Gehirn-Schiff zu suchen, eins, das deine hohen Ideale noch nie verraten hat.« *Vorzugsweise eins, daß vor höchstens zehn Minuten in Dienst gestellt wurde.*

»Was mich betrifft ...« Nancia seufzte. Aus Schaden wurde man klug, *soviel wenigstens ist wahr,* » ... so halte ich es für angemessener, meine befristete Partnerschaft mit Forister in einen Dauerstatus umzuwandeln oder mir einen anderen Pilot zu suchen, falls Forister sich entschließen sollte, sich jetzt zur Ruhe zu setzen.« *Bitte, bitte, laß ihn das nicht tun.*

»Na ja.« Wenigstens war Calebs Belehrungslust für einen Augenblick der Wind aus den Segeln genommen worden. »Wenn du wirklich meinst ...«

»Das tue ich«, erwiderte Nancia.

Der Prozeß gegen die Fünf von Nyota, wie die Klatschbyter Nancias erste Passagiere getauft hatten, war immer noch im Gange, als Nancia einige Wochen später auf der Zentralbasis landete.

Die einsame Rückreise, ohne Pilot oder Passagiere, die sie hätten ablenken können, hatte Nancia viel Zeit zum Nachdenken gelassen ... vielleicht zuviel. Sie hatte keinerlei Möglichkeit gehabt zu erfahren, welchen Lauf der Prozeß genommen hatte oder wie das Gericht auf die vorgelegten Aussagen reagierte. In Anbetracht der Empfindlichkeit der

Hochfamilien wurden im Gerichtsaal keine Nachrichtensender zugelassen, während die Klatschbyter nur Spekulationen zu berichten wußten. Nancia wußte nicht einmal, ob das Gericht sie über die Aussage, die sie auf Datahedron zurückgeschickt hatte, einem Kreuzverhör würde unterziehen wollen. Nun, sollte dem so sein, stünde sie jetzt wenigstens zur Verfügung. Und es würde auch keinen neuen Auftrag geben, bevor Forister nicht von seinen Zeugenpflichten entbunden worden und wieder frei war, ihr Pilot zu werden. *Falls* er das immer noch wollte, nachdem er erst einmal vernommen hatte, was sie ausgesagt hatte ... und was nicht.

Nancia hatte nicht viel Zeit, über diese Möglichkeit nachzudenken, denn kaum war sie auf der Station gelandet, als auch schon ein Besucher angekündigt wurde.

»Perez y de Gras bittet um Erlaubnis, an Bord kommen zu dürfen«, warnte sie das Managergehirn der Zentralbasis.

Das war eine willkommene Überraschung! Das Letzte, was Nancia von Flix gehört hatte, war ein Bitstreampaket aus Kailas, das hauptsächlich aus Bildern des heruntergekommenen Cafés bestanden hatte, wo er einen Synthocom-Gig auf die Beine gestellt hatte. Er mußte gekündigt haben – oder war gefeuert worden ... nun, sie würde ihn nicht danach fragen. Nancia öffnete ihre Außenluke und stellte die wandgroßen Bildschirme in der Hauptkabine darauf ein, die Überraschung zu zeigen, die sie für ihn vorbereitet hatte.

»Flix, wie wunderbar, ich wußte gar nicht, daß du ...« begann sie fröhlich, als die Luftschleuse sich öffnete. Doch die Worte versickerten in einem leisen Zischen ihres Backbordlautsprechers, als sie den grauhaarigen Mann erblickte, der in der offenen Luftschleuse stand und ihr Inneres mit kühlen grauen Augen musterten. Hastig ließ Nancia die Animationsgrafiken ihrer neuen, hologestützten, superdetaillierten Version von SPACED OUT erlöschen und ersetzte sie durch einige ruhige, korrekte Stilleben der Alten Meister.

»Soweit ich weiß«, sagte Javier Perez y de Gras, »hat er nicht. Obwohl dein kleiner Bruder zweifellos nun, da ich wieder in die Zentrale versetzt worden bin, eine andere schäbige Position auf diesem Planeten finden wird, von der aus er mich mit dem Anblick seiner verkrachten Existenz ärgern kann.«

»Oh.« Nancia war noch gar nicht darauf gekommen, Flix' Umherhüpfen von Gig zu Gig mit den Versetzungen ihres Vaters im diplomatischen Dienst zu vergleichen. Nun ging sie hastig ihre wiederhergestellten Speicherbanken durch und entdeckte eine erstaunliche Anzahl von Korrespondenzen. Das war etwas, wonach sie Flix einmal fragen müßte. Aber im Augenblick fühlte sie sich wirklich nicht dazu in der Lage, es mit Daddy zu besprechen.

»Ich nehme nicht an«, sagte sie vorsichtig, »daß du mich deswegen ausgesucht hast? Wegen Flix' Karriere, meine ich?«

Ihr Vater schnaubte leise. »So etwas betrachte ich nicht als Karriere. *Du* machst Karriere, Nancia, meine Liebe. Und nach allem, was man hört, hast du dich bis heute ganz ordentlich gehalten – vielleicht das eine oder andere Fehlurteil, aber nichts, was nicht durch zunehmende Reife und Erfahrung ...«

Diesmal wußte Nancia gleich, was die Hitzewoge ausgelöst hatte, die ihre Oberdeckschaltkreise durchflutete, kannte sie schon den Rotschleier, der in ihren Videosensoren bebte. Einen Augenblick lang sagte sie nichts, fürchtete, daß sie ihre Stimme nicht würde beherrschen können. Sie konnte Daddy nicht ansehen, ohne zugleich Caleb und – als Schatten ihrer Imagination – Faul del Parma y Polo zu schauen. Wieder so ein Mann, der in ihr nichts anderes als ein Werkzeug im Dienste seiner Pläne sah, der gekommen war, um ihr sein Urteil darüber mitzuteilen, wie gut oder schlecht sie seiner Meinung nach abgeschnitten hatte.

Waren alle Männer so?

»An welche Fehlurteile hast du denn genau gedacht?« fragte sie, als sie ihre Stimmschaltkreise wieder unter Kontrolle hatte. Nicht daß sie nicht jede Menge Fehler begangen hätte, auf die Daddy sich stürzen könnte ...

»Endlich hat ein anderes Schiff die Aufgabe übernommen, die Angeklagten zur Zentrale zurückzubefördern«, sagte Daddy. »Aber wie ich im Prozeß hörte, warst du durchaus dazu bereit, diesen Dienst selbst zu erbringen. Du solltest dich nicht auf eine solche Weise herabwürdigen, Nancia. Eine Perez y de Gras sollte nicht als Gefängnisschiff für den Transport gemeiner Verbrecher ausgenutzt werden.«

»Falls du es vergessen haben solltest, Daddy«, erwiderte Nancia, »bei diesen ›gemeinen Verbrechern‹ handelt es sich um dieselben Leute, die ich auf meiner Jungfernfahrt ins System Nyota transportiert habe ... Und hast du nicht damals ein paar Fäden gezogen, um mir diesen Auftrag zu verschaffen?«

Javier Perez y de Gras setzte sich schwerfällig in einen der Kabinensessel. »Das habe ich«, bestätigte er. »Ich dachte, es würde ganz nett für dich sein, etwas jüngere Gesellschaft zu haben ... junge Leute deiner eigenen Klasse und Bildungsstufe ... auf deiner ersten Fahrt. Eine leichte Aufgabe, wie ich dachte.«

»Das dachte ich auch«, antwortete Nancia. In ihre Stimme schlich sich etwas von der Trauer, die sie empfand. Was immer sie mit ihren Feedbackschlaufen angestellt hatte, es schien jedenfalls in beide Richtungen zu funktionieren. Nun konnte sie nicht mehr die vollkommen kontrollierten, emotional tonlosen Vokalisationen ausführen, auf die sie noch vor dem Hyperchip-Desaster so stolz gewesen war. »Das habe ich auch gedacht. Aber es erwies sich als ... sehr viel komplizierter. Und ich wußte nicht, was ich tun sollte. Vielleicht habe ich tatsächlich einige ›Fehlurteile‹ gefällt. Wie du dich erinnerst, hatte ich ja auch nicht allzu viele Ratgeber zu Verfügung.« *Nur eine aufgezeichnete Glückwunschnachricht von einem Mann, der zu beschäftigt und zu wichtig war, um zu meiner Abschlußfeier zu kommen.*

»Ich erinnere mich sehr wohl«, bestätigte ihr Vater. »Das kannst du von mir aus *meinen* Fehler nennen, wenn du willst. Nachdem du die Laborschule hinter dich gebracht hattest und in Dienst gestellt wurdest, schienst du dich so gut zu entwickeln – und ich machte mir solche Sorgen wegen Flix. Was ich übrigens immer noch tue.« Er seufzte. »Jedenfalls warst du im Begriff, eine ruhmvolle Karriere anzutreten, während meine anderen Kinder jede Menge Probleme hatten.«

»Jinevra doch wohl nicht!« rief Nancia. »Ich dachte immer, sie wäre das perfekte Beispiel dessen, was auch wir deiner Meinung nach werden sollten.«

»Ich wollte nur, daß ihr ihr selbst werdet«, widersprach ihr Vater. »Das habe ich euch anscheinend nicht deutlich genug gemacht. Jinevra ist ein musterhaftes Exemplar der idealen PHD-Verwaltungsbeamtin, und ich weiß überhaupt nicht mehr, wie ich zu ihr durchdringen kann. Und Flix ... na ja, Flix kennst du ja selbst. Ich dachte, daß er mehr meiner Aufmerksamkeit bedurfte als du. Ich glaubte, daß ein paar Hinweise, vielleicht eine Einstiegsposition in irgendeiner Abteilung der Zentrale, wo er sich hocharbeiten könnte, um eines Tages etwas darzustellen ... Natürlich hätte er dafür seine Herumalberei mit dem Synthcom aufgeben müssen ...« Javier Perez y de Gras seufzte. »Flix ist nie vernünftig geworden. Ich weiß es nicht, vielleicht fühlt er sich ja vernachlässigt wegen der vielen Jahre, in denen ich mir jeden freien Augenblick nahm, um dich in der Laborschule zu besuchen. Damals hatte ich nicht viel Zeit für ihn. Sogar an dem Tag, als er geboren wurde, war ich in der Laborschule, um zuzusehen, wie du an deine erste mobile Hülle angeschlossen wurdest. Es schien mir, daß er mich mehr brauchen würde als du ... Ich dachte, es sei an der Zeit, das Gleichgewicht wiederherzustellen.«

Schweigend nahm Nancia die Bedeutung dieser Rede in sich auf. Wie sie in das verzerrte Gesicht ihres Vaters blickte, begann sie zum ersten Mal zu begreifen, wieviel Zeit und Mühe er seiner Familie im Laufe der Jahre tatsächlich gewidmet haben mußte. Seit ihre Mutter sich in einer verschwiegenen, vornehmen Klinik in aller Stille in den Hafen der

Blisstosucht begeben hatte, hatte er sich bemüht, drei widerspenstigen, hochintelligenten Kindern Vater und Mutter zugleich zu sein. Ein Mann von anderem Schlag hätte seine Kinder vielleicht emotional überfordert; ein anderer Karrierediplomat hätte sie möglicherweise in exklusive Internate gesteckt und sie dort vergessen. Aber Daddy war kein Faul del Parma, der seine Kinder benutzte, mißbrauchte und vergaß. Er hatte sein Bestes für sie gegeben ... im Rahmen seiner Möglichkeiten ... hatte sich zwischen Sitzungen freigenommen, hatte lange, ermüdende Umwege zwischen zwei Posten in Kauf genommen, um ein oder oder zwei Tage auf ihrem Planeten zuzubringen, mit der gnadenlosen Terminplanung eines Diplomaten jonglierend, um an Abschlußfeiern und Schultheatervorführungen teilnehmen zu können.

»Ein Mangel an Urteilskraft, vielleicht«, sagte Javier Perez y de Gras, als das Schweigen zu lang geworden war, »aber niemals ... bitte glaube mir ... mangelnde Liebe. Du bist meine Tochter. Ich wollte nur das Beste für dich.« Und als er sich aus seinem gepolsterten Sessel erhob, legte er eine Hand kurz auf die Titansäule, die Nancias Schale umschloß und beschützte.

»Erbitte Erlaubnis, an Bord zu kommen!«

Diesmal gab es keine Identifikation, aber Nancia erkannte Foristers Stimme, auch wenn er die Worte beim Sprechen auf etwas unvertraute Weise dehnte. Sie aktivierte ihre Außensensoren und erblickte nicht nur Forister, sondern auch die Generälin Questar-Benn, die mit ihm draußen auf dem Landeplatz stand.

»Erbitte Erlaubnis, an Bord zu kommen«, wiederholte Forister. Er strengte sich sehr an, die Worte sorgfältig auszusprechen. Und Micaya Questar-Benn stand auch sehr förmlich da, steif wie auf dem Exerzierplatz. Ein Verdacht keimte in Nancia auf.

Sie ließ die unteren Luken aufgleiten und wartete. Einen

Moment später öffnete sich die Luftschleuse und Micaya Questar-Benn betrat die Hauptkabine. Sehr langsam, sehr vorsichtig.

Forister folgte. Er hielt eine geöffnete Flasche in einer Hand.

»Du bist ja *tatsächlich* betrunken«, sagte Nancia streng.

Forister wirkte verletzt. »Noch nicht. Wollte mich nicht endgültig betrinken, bevor ich nicht zurückgekehrt war, um dir die Nachricht mitzuteilen. Einfach nur ... glücklich. Sehr glücklich«, führte er aus. »Sehr, sehr, sehr ... wo war ich stehengeblieben?«

»Dabei, den Boden einer Flasche Schaumheorot zu bewundern, vermute ich«, sagte Nancia zu ihm.

Foristers gekränkte Miene verdüsterte sich noch mehr. »Bitte! Glaubst du wirklich, ich würde dem besten Gehirn-Schiff in der Zentrale einen Trinkspruch mit diesem billigen Zeug ausbringen? Das ist doch nur etwas für, für ...«

»Für am Hungertuch nagende Musiker?« schlug Nancia vor. Eines Tages würde sie ein ernstes Gespräch mit Daddy über Flix führen müssen. Sie würde ihm raten, damit aufzuhören, vielversprechende Karrierestarts für Flix zu suchen und dem Jungen einfach zu gestatten, Synthocommer zu bleiben. Doch Daddys letzter Besuch war nicht gerade die beste Gelegenheit gewesen, das Thema zur Sprache zu bringen. Und anfunken konnte sie ihn auch nicht. Foristers Geist hatte noch andere Anschläge auf sie vor. Jedenfalls das, was von seinem Geist noch übrig war, berichtigte sie sich mit einem Anflug von Neid.

»Ich lasse dich hiermit wissen«, verkündete Forister mit einer ausladenden Armbewegung, »daß dies echter Wein von der Alten Erde ist! Nichts Geringeres als Badacsonyi Keknyelu!«

Nancias neues Sprachmodul beinhaltete nicht nur Latein und Griechisch, sondern auch eine Auswahl weniger bekannter Sprachen der Alten Erde. Sie ging das ungarische Wörterbuch durch. »Blauzunge Badacsony-See? Bist du sicher?«

»Glauben Sie ihm«, mischte sich Micaya Questar-Benn ein. Wie Forister mühte sie sich um sorgfältigste Aussprache ihrer Konsonanten. »Wenn es so gut ist wie das rote Zeug, ist es jede Verrechnungseinheit wert, die er dafür bezahlt hat. Wie hieß das rote Gesöff noch einmal, Forister?«

»Egri Bikaver.«

»Stierblut vom Eger«, übersetzte Nancia. »Na ja. Wißt ihr, manchmal bedaure ich es wirklich nicht, nicht die Freuden der Normalschalen teilen zu können. Was feiern wir wir überhaupt?«

»Prozeßende! Verfolgst du denn überhaupt keine Nachrichtenbytes?«

»In letzter Zeit nicht. Sie haben immer so wenig zu sagen«, heuchelte Nancia. *Und sollte es irgendwelche Zweifel an meiner Aussage geben, will ich sie lieber gar erst nicht hören.*

»Nun, jetzt aber doch.« Forister richtete sich auf und stellte sich leise schwankend in die Mitte der Kabine. »Die Urteilsverkündung fand heute statt. Alpha bint Hezra-Fong und Darnell Overton-Glaxely haben jeweils fünfundzwanzig Jahre bekommen. Sie werden Sozialarbeit auf einem neukolonisierten Planeten leisten – unter strenger Bewachung.«

»Alpha mag für die Kolonisten ja noch von gewissem Nutzen sein«, bemerkte Nancia, »aber ich weiß wirklich nicht, womit ein armer, unschuldiger Haufen Siedler es verdient haben könnte, ausgerechnet Darnell aufs Auge gedrückt zu bekommen.«

»Es ist eine Agrarwelt«, erklärte Forister fröhlich. »Da muß man sich bei der Arbeit eine Menge bücken. Und was den Rest betrifft ...« Er wurde kurz nüchtern. »Polyon geht zurück nach Shemali.«

»*Wie bitte??*«

»Um an den Säurebädern der Hyperchip-Produktion zu arbeiten«, ergänzte Forister. »Der neue Direktor hat eine narrensichere Methode entwickelt, den Virus unschädlich zu machen, den Polyon in seine Hyperchipkonstruktion eingebaut hat. Die Fabriken sollen also weiterproduzieren ... unter einer etwas verantwortungsbewußteren Leitung. Ich fürchte, das Angebot an Hyperchips dürfte für eine Weile in den Keller gehen. Es wird wahrscheinlich einige Zeit dauern, bis du die Exemplare ersetzen kannst, die du dir ausgebrannt hast, Nancia.«

»Damit kann ich leben«, antwortete Nancia. Es würde wirklich noch sehr viel Zeit vergehen, bevor sie irgendeinen Chip, der von Polyon de Gras-Waldheim entwickelt worden war, auch nur auf Anschlußdistanz *ihrer* Mutterplatinen heranlassen würde!

Forister hatte immer noch nicht die beiden Menschen erwähnt, deren Schicksal sie am meisten interessierte. »Und Blaize?« Allzu schlimm konnte es nicht sein, sonst würde Forister jetzt nicht so enthusiastisch feiern.

»Fünf Jahre sozialer Dienst«, teilte Forister ihr mit. »Hätte schlimmer kommen können. Man hat auch schon einen Planeten im Subraum Deneb ausgesucht – noch schlimmer als Angalia und die einzige vernunftbegabte, empfindungsfähige Lebensform dort gleicht Riesenspinnen, mit denen noch niemand hat kommunizieren können. Blaize hat zwar gefleht und gejammert, aber ich habe den Verdacht, daß er es gar nicht mehr erwarten kann, den Spinnen ASL beizubringen. Nach dem nächsten Auftrag müssen wir unbedingt mal vorbeischauen und sehen, wie er sich macht.«

»Nach dem nächsten Auftrag?«

»Hier ist die Datenaufzeichnung.« Forister warf ein Hedron in Nancias Leseschlitz. Sie las die Anweisungen, während er mit Micaya die Flasche Badacsonyi Keknyelu öffnete. Sie waren zu dritt als Team nach Theta Szentmari beordert worden ... wirklich sehr, sehr weit von der Zentrale entfernt, eine Reise durch drei verschiedene Singularitätspunkte. Eine der Singularitätstransitionen würde sie kurz in den Subraum Deneb führen.

»Und was«, fragte sie, »sollen wir dort anstellen?« *Vorausgesetzt, man will mich überhaupt noch als Gehirn-Schiff haben ...*

*was ich annehme. Aber warum hat denn keiner ein Wort über Fassa verloren?*

»Versiegelte Befehle.« Forister warf ein zweites Hedron in das Lesegerät. Zu ihrer Bekümmerung mußte Nancia feststellen, daß sie die darauf enthaltenen Informationen nicht entschlüsseln konnte. »Es soll sich selbst entschlüsseln, wenn wir durch die dritte Singularität kommen«, erklärte Forister. »Anscheinend ist das, was da vorgeht, was immer es auch sein mag, sogar noch zu heiß, um es in der Zentrale zu erklären ... Man macht sich Sorgen wegen undichter Stellen. Man hat über die Möglichkeit gesprochen, uns drei zu einem permanenten Untersuchungsteam zusammenzufassen, das heißen kleinen Skandalen nachgehen soll, wie es wahrscheinlich gerade einen auf Theta Szentmari gibt.«

»Und was«, fragte Nancia vorsichtig, »denkt ihr beide darüber? Jetzt, da der Prozeß beendet ist? Und ... du hast mir überhaupt nichts von Fassa erzählt.«

»Ach ja, Fassa.« Foristers fröhliches Augenzwinkern verlor etwas von seinem Glanz. »Sev begleitet sie nach Rigel IV, hast du das gewußt? Er sagt, daß er dort versuchen wird, sich als privater Ermittler zu betätigen oder irgendwelche Sicherheitsaufgaben zu übernehmen, bis sie ihre Strafe abgebüßt hat.«

»Fünfundzwanzig Jahre?«

»Zehn. Auf Grund ihrer offensichtlichen Rehabilitation wurden ihr mildernde Umstände zugestanden, weil sie uns dabei geholfen hat, Polyon festzusetzen; auch ihr sehr bewegender Versuch, mich zu schützen, als Polyon uns alle in der Singularität gefangenhielt, wurde berücksichtigt. Das meiste davon kam in deinen Datenaufzeichnungen wirklich in brillanter Schärfe herüber, Nancia.« Foristers lächelte gütig. »Allerdings gab es auch ein paar Lücken.«

*Jetzt kommt es.* Sie hatte versucht, den Gedanken an diesen Aspekt des Prozesses zu verdrängen. »Ich hatte dir ja gesagt, daß ich teilweise unter Gedächtnisverlust gelitten hatte«, erinnerte Nancia.

»Das hast du, das hast du ... Das Gericht war sich nicht schlüssig, was es daraus machen sollte. Schließlich war sie ja bereits verhaftet, deshalb bestand die Möglichkeit, daß sie nur versuchte, sich selbst im Hinblick auf das Verfahren im bestmöglichen Licht darzustellen. Doch da gab es noch eine frühere Sache, lange bevor sie verhaftet wurde, die das Gericht davon überzeugte, daß sie doch nicht ganz so habgierig war wie ihre Spießgesellen.« Forister zwinkerte. »Es scheint, daß sie, als die von ihr auf Shemali erbaute Fabrik einstürzte, das neue Gebäude kostenlos errichtete. Sev Bryley hat das zur Beweissicherung beigetragen. Nun habe ich gehört, daß Polyon behauptet, er hätte sie durch Terror erpreßt, diesen Ersatz zu leisten. Aber Polyons Prozeß war bereits beendet, bevor Sev mit der Geschichte über die Bauten auf Shemali herauskam, deshalb konnte er nicht mehr zu einem Kreuzverhör hinzugezogen werden. Und einer der kleinen Aussetzer in deinen Datenaufzeichnungen geschah nun ausgerechnet in dem Augenblick, als Polyon uns diese kleine Angelegenheit erklärte.«

Nancia spürte eine glühende Hitze in sämtlichen Oberdeckschaltkreisen. »Ich habe dir doch *wirklich* gesagt, daß ich Gedächtniseinbußen zu verzeichnen hatte«, wiederholte sie.

»Aber sehr gut placiert.«

»Also schön. Ja, ich habe diesen Teil der Aufzeichnungen gelöscht. Ich ... Fassa hat mit Problemen zu kämpfen gehabt, die schlimmer waren, als alles, was du oder ich je durchmachen mußten«, erklärte Nancia. »Nach allem, was ich zu hören bekam, als ich sie und Sev bewachte – du weißt nicht, was ihr Vater ihr angetan hat.«

»Ich kann es mir denken«, antwortete Forister.

»Na gut. Das entschuldigt zwar nicht, was *sie* getan hat, das weiß ich selbst. Und es wäre ihr Tod, wenn all das vor Gericht an die Öffentlichkeit gezerrt würde. Aber ... sie hat nicht viele Chancen bekommen«, erläuterte Nancia. »Sie hat nie gewußt, wie das ist, sich der Unterstützung einer liebevollen Familie sicher sein zu können.« *Ich habe da sehr viel mehr Glück gehabt – auch wenn ich eine kleine Weile nichts davon wußte.* »Ich dachte, daß sie eine solche zweite Chance verdient hätte.«

Schweigen.

»Ich ... es war unehrlich«, gestand Nancia. »Und das weiß ich auch. Und wenn ihr beide jetzt nicht mehr meine Partner sein wollt ...«

»Über die Gebäude wußte ich bereits Bescheid«, warf Micaya ein. »Wir waren nämlich auch dort, falls du dich erinnerst. *Ich* habe keine Notwendigkeit gesehen, vor Gericht aufzustehen und Sevs ziemlich anrührende Aussage zu widerlegen. Und dein Pilot hier ebensowenig.« Sie warf den Kopf zurück und leerte ihr Glas importierten Weins in einem einzigen Zug. Forister schnitt eine Grimasse.

»Dann ...« Nancia war verwirrt.

Forister berührte zärtlich ihre Titansäule. »Es war ... eine Art Test, könnte man sagen«, sagte er zu ihr. »Mic dachte, daß du schon etwas zu lange mit Caleb zusammen gewesen warst, daß du zuviel von seiner Schwarzweißmalerei übernommen hattest, um so flexibel zu sein, wie es ein gutes Ermittlungsteam sein muß. Wir könnten einige delikate Aufträge vor uns haben. Dann müssen wir eigene Urteile fällen – können uns nicht darauf verlassen, daß die KD-Vorschriften auf jede Eventualität eine Antwort haben. Nun war *ich* der Meinung, daß du reif genug bist, deine eigenen moralischen Urteile zu fällen – und dazu gehört auch, zu wissen, wann man schweigen soll. Schließlich hast du ja nicht gelogen, was Fassas Missetaten angeht. Diese Beweise sind alle eindeutig in deiner Aussage zu finden. Du hast nur ... ins Gleichgewicht gebracht, was du über ihre tragische Kindheit nicht sagen durftest, und zwar gegen das, was du über ihre Arbeit auf Shemali nicht zu sagen brauchtest.«

»Ihr verachtet mich nicht dafür?«

»Ich habe dasselbe getan«, verwies Forister sie, »und zwar ohne deinen Hintergrundinformationen über Fassa Kindheit.«

»Dann – war das also gar nicht verkehrt?«

»Du bist jetzt erwachsen, Nancia. Benutze dein eigenes Urteilsvermögen. Was meinst *du* denn?« fragte Forister.

Nancia dachte immer noch darüber nach, als sie auf dem Flug nach Theta Szentmari den ersten Singularitätspunkt erreichte. Während Forister und Micaya angeschnallt in ihren Kabinen lagen, schoß sie in einem mühelosen Sprung durch die kollabierenden Räume. Um sie herum verzerrten sich Raum und Zeit und bildeten sich aufs neue, als sie ihren Pfad durch die sich unentwegt verändernden Matrizes der Transformationen wählte. In den ersten wenigen Sekunden der perfekten, gleitenden, gefährlichen Transition tanzte und schwamm sie in ihrem eigenen Element, traf ihre eigenen Entscheidungen.

Was sie auch für den Rest ihrer Karriere tat.

ENDE

## NACHBEMERKUNG

Mit ihrer neuen großen Saga um ›menschliche ‹ Raumschiffe kehrt Anne McCaffrey, die erfolgreiche Fantasy-Autorin, gewissermaßen zu ihren Wurzeln zurück. Das Konzept für den Roman ›Nancia‹ stammt aus dem Jahre 1970. In ihrem Buch ›The Ship who sang‹ (dt. ›Ein Raumschiff namens Helva‹) beschreibt Anne McCaffrey das ungewöhnliche Leben des Mädchens Helva, das verkrüppelt und eigentlich dem Tode geweiht auf die Welt kommt. Um das Mädchen zu retten, entschließen sich die Eltern, ihr intaktes Gehirn von ihrem Körper zu trennen. Helva wird in eine unzerstörbare Titanschicht gekleidet und als gewissermaßen menschlicher Cyborg zur Steuereinheit eines Raumschiffs, das heißt, sie ist das ›Gehirn‹, alle Funktionen des Schiffs werden von ihr kontrolliert.

Dieses Konzept der ›Gehirn-Schiffe‹ ist von Anne McCaffrey nun mit namhaften Co-Autorinnen wieder aufgenommen und wird mit weiteren Titeln fortgeführt werden.